BASTEI
LÜBBE

JERRY COTTON

Sein Name war Capello

Tod im Frisco-Express

Der Schinder

Drei Kriminalromane

BASTEI LÜBBE

BASTEI LÜBBE TASCHENBUCH
Band 31 969

Erste Auflage: Juni 2007

Lektorat: Rainer Delfs
Titelbild: PWE / defd
(Die abgebildeten Schauspieler stehen in keinem Zusammenhang
mit den Romantiteln und dem Inhalt der Romane)
Umschlaggestaltung: Quadrografik, Bensberg
Satz: Wildpanner, München
Druck und Verarbeitung:
Nørhaven Paperback A / S
Printed in Denmark
ISBN 978-3-404-31969-5

Inhalt

Sein Name war Capello

Es sah nach einem alltäglichen Job aus. Wir sollten Frank Capello aufspüren, einen seit langem gesuchten Verbrecher. Frank Capello war in einem kleinen Nest am Long Island Sound gesehen worden. Routinefall, dachten wir – mein Freund Phil Decker und ich. Aber wir hatten nicht mit dem Hurrikan gerechnet. Frank Capello allerdings auch nicht.

Hurrikane sind unberechenbar wie Frauen. Vor allem dann, wenn sie unvermittelt so weit im Norden auftauchen. Tödliche Ladys. Die Meteorologen geben ihnen Frauennamen – sie wissen warum. Dem ersten Hurrikan im Jahr einen mit dem Anfangsbuchstaben A, dem zweiten einen mit dem Buchstaben B und so weiter. Dies war der erste Hurrikan in diesem Jahr im Bereich der Ostküste, obwohl es schon Ende August war. Einer der Meteorologen taufte ihn auf den Namen Agatha. Ein harmloser, etwas altmodisch klingender Name. Aber in diesem Fall bedeutete Agatha Tod.

Die drei Männer saßen regungslos in dem alten Packard. Sie beobachteten den erleuchteten Eingang der Kneipe gegenüber. Der große schwarze Wagen stand im Dunkeln. Die beiden Männer auf den vorderen Sitzen schirmten die Glut ihrer Zigaretten mit den hohlen Händen ab. Es war kurz nach Mitternacht, und es gab kaum noch Fußgänger. Der Platz lag ruhig da. Nur hin und wieder, wenn ein Gast schwankend die Kneipe gegenüber verließ, klangen Fetzen von Musik zu den Männern in dem Packard herüber. Die sanfte Brise von der See her roch nach Fisch und Wasser und schmeckte salzig.

Wieder öffnete sich die Tür der kleinen Fischerbar. Ein schmächtiger, älterer Mann stand im Schein der Lampe, sah sich kurz um und vergrub die Hände in den Hosentaschen, obwohl es ausgesprochen warm war. Langsam ging er los, betrat den Platz und steuerte zielsicher auf die Einmündung einer engen Gasse zu, die zum Strand hinunter führte.

Lautlos verließen zwei der drei Männer ihren Wagen. Der Schmale musste nahe an ihnen vorbei, aber er bemerkte sie erst, als er schon fast mit ihnen zusammenprallte.

»Stopp«, sagte einer der Männer. »Sind Sie Adam Shingler?«

Der Angesprochene blieb stehen und versuchte, die Gesichter der

Männer zu erkennen. Aber das trübe Licht der Bar drang nicht bis hierher. Shingler sah nur die wuchtigen Gestalten, die ruhig vor ihm standen. Sie erschienen ihm plötzlich bedrohlich. Unruhig zog er die schmalen Schultern hoch.

»Was wollen Sie?«, fragte er schließlich unsicher.

»Adam Shingler?«, fragte einer der Männer noch einmal. Es war ein großer Bursche mit rötlichen Haaren. Als Shingler zaghaft nickte, packte der Rothaarige plötzlich zu und schlang zwei knochige Arme um Shinglers magere Brust. Dann stieß er einen leisen Pfiff aus.

Der schwarze Wagen glitt heran und hielt neben der Gruppe. Die rechte vordere Tür flog auf. Jetzt begann Shingler zu schreien.

Der Rothaarige ließ los, riss Shingler herum und knallte ihm die Rückseite seiner Hand über den Mund. Der Schrei erstarb in einem Wimmern. Roh stieß der Rothaarige den Schmächtigen in den Wagen und setzte sich neben ihn. Der andere Mann kletterte auf den Rücksitz.

Der Packard setzte sich sofort in Bewegung. Leise und ohne Licht rollte der große Wagen in die Gasse hinein. Am Ende bog er nach links ab und schaukelte über einen ausgefahrenen Sandweg. Im matten Schein des Mondes waren kleine Holzhäuser unter windzerzausten Birken und Fichten zu erkennen. Die Fenster und Türen waren mit massiven Schlagläden verschlossen. Auf der rechten Seite plätscherten glitzernde Wellen träge auf den Strand.

Der Rothaarige hielt Shingler am Arm fest. Shingler versuchte, um sich zu schlagen. Verbissen zerrte er an seinem Arm. Der Rothaarige schlug ihm einen kurzen Haken in die Rippen, der den Kleinen zusammensacken ließ, und schickte noch einen Schlag gegen die Kinnlade hinterher. Mit einem unangenehmen Geräusch schlugen die Zähne des Entführten zusammen. Langsam kippte der Mann zur Seite und lehnte dann bewusstlos an der Schulter des Rothaarigen.

»Mach's nicht zu hart«, warnte der Mann am Steuer. »Er soll uns noch einiges erzählen!«

Der Rothaarige grunzte unwillig. »Ein bisschen Terror gleich am Anfang, und der Bursche spurt. Er soll sehen, dass wir keine Spaßmacher sind.«

Der schwarze Wagen stoppte an einer Einfahrt. Am Ende des Weges erkannten die Männer die undeutlichen Konturen eines niedrigen Gebäudes.

Die Gangster stiegen aus. Sie packten den alten Mann an den Schultern und Füßen, zerrten ihn aus dem Wagen und trugen ihn die Einfahrt hinauf. Vor dem Tor des Schuppens hielten sie an, und einer öffnete es. Die Scharniere quietschten laut durch die Nacht. Gemeinsam schleppten sie ihr Opfer in den Schuppen und schlossen das Tor wieder. Einer der Gangster, ein langer, schlaksiger Bursche mit unruhigen Bewegungen, knipste eine Taschenlampe an. Der dünne Strahl der Lampe fiel über ein flaches Motorboot auf einem Bootsschlitten und einen Landrover.

Der Rothaarige richtete den Schmächtigen auf und schüttelte ihn. Der Mann zuckte krampfhaft und öffnete zögernd die Augen. Der Gangster stieß ihn roh gegen die Bretterwand und hielt ihn dort fest.

Jetzt schob sich ein anderer Gangster neben den Rothaarigen. Es war ein großer, schlanker Mann in einem eleganten dunkelblauen Anzug. Der Schlaksige leuchtete mit seiner Lampe in Shinglers Augen.

»So, Mr Shingler«, begann der Elegante mit sanfter Stimme. »Sie werden uns nun einiges erzählen. Zuvor möchte ich Ihnen etwas sagen. Wir haben uns nach Ihnen erkundigt. Sie sind Buchhalter, Lohnbuchhalter, um genau zu sein, bei der Fischfabrik von Willow's Point. Sie leben allein in einem kleinen Haus in der Gasse da hinten«, er machte eine vage Bewegung mit der linken Hand, die der Kleine allerdings kaum sehen konnte. »Diese beiden Tatsachen haben unsere Wahl auf Sie fallen lassen. Und heute Abend hatten wir doch Gelegenheit, ein interessantes Gespräch zu verfolgen, wirklich interessant. In der Bar unterhielten sich ein paar Männer über Sie. Vielleicht nicht die feine Art, über einen Mann herzuziehen, der nicht anwesend ist, aber das spielt keine Rolle.« Der Elegante machte eine Kunstpause. »Ihr Chef würde Augen machen«, sagte er dann. Bisher hatte er leise und sanft, fast träge gesprochen. Jetzt zischte er scharf: »Was machen Sie mit all dem Geld, Alter?«

Der Kleine ächzte. »Was meinen Sie?«, krächzte er.

»Sie wissen genau, was ich meine. Überall haben Sie Schulden. Dreißig Dollar beim Wirt, zwanzig bei einem Burschen namens Will Stanton, fünfzig bei – soll ich fortfahren?«

»Nein, nein!«

»Also, was machen Sie mit dem Geld? Wofür muss sich ein allein stehender Mann, der einen guten Job hat, noch Geld leihen?«

Shingler stöhnte nur.

»Soll ich raten? Ich kann es mir denken, und ich habe volles Verständnis dafür. Aber ob Ihr Chef das auch hat? Ein Buchhalter sollte keine Schulden haben, Mr Shingler. Das wird nicht gerne gesehen.«

Der Kleine wimmerte auf. »Ich bezahle ja alles, bestimmt. Am Freitag, morgen. Sagen Sie Marco …«

»Wer ist Marco?«

Der Kleine stöhnte nur und antwortete nicht.

»Wer ist Marco?« Drohend hob der Rothaarige seine Faust. Shingler legte schützend die Arme um den Kopf. »Marco ist Buchmacher«, flüsterte er tonlos.

»Na also«, stellte der Rothaarige zufrieden fest.

Jetzt schob sich der Elegante wieder vor. »Wir sind nicht gekommen, um Ihre Spielschulden einzutreiben. Von Ihrer stillen Leidenschaft erfährt niemand, wenn Sie uns einen kleinen Gefallen tun. Wir haben da etwas von einem Geldtransporter läuten gehört, der euch da oben den Kies bringt. Erzählen Sie uns schnell davon, und wir lassen Sie in Ruhe.«

Shingler stöhnte. »Mann, das darf ich doch nicht!«

Der Rothaarige stemmte den Kleinen mit einer Hand an der Wand hoch und schlug ihn hart gegen das Holz.

»Hau ihm doch eine«, zischelte der Schlaksige, »los, hau ihm eine rein.«

Der Rothaarige beutelte den Schmächtigen, dessen Kopf bereits kraftlos hin und her pendelte.

»Stopp!«, befahl der Elegante. »Also, Mr Shingler?«

Der Kleine war nur noch ein wimmerndes Bündel. Wie aus einer offenen Schleuse sprudelten jetzt die Informationen aus dem kleinen Mann heraus. Als er kraftlos zusammensackte, warf der Rothaarige das hilflose Bündel in die Arme seiner Komplizen. Sie drehten ihm die Arme auf den Rücken und stießen ihn in das Boot. Mit dünnen Stricken, die schon bereitlagen, fesselten sie ihn und schoben ihm ein Taschentuch zwischen die Zähne. Dann klebten sie einen breiten Streifen Heftpflaster über seinen Mund und legten ihn auf die gepolsterte Heckbank des Bootes.

Lautlos verließen die Gangster den Schuppen. Mit einem Dietrich verschloss der Rothaarige die Tür. »Vor morgen Nachmittag wird ihn hier bestimmt niemand suchen – und finden«, grinste er.

»Und dann ist für uns alles gelaufen«, bestätigte der Elegante.

Die Gangster stiegen in ihren Wagen. Leise rollten sie durch das Dorf und verließen die Halbinsel von Willow's Point. Mit der Absicht, am nächsten Morgen wiederzukommen.

Mit einem eleganten Sprung flankte Phil über die niedrige Umfassungsmauer und landete zwischen dem Gerümpel, das den finsteren Hof bedeckte. Sanft federte er den Aufprall ab. Nichts war zu hören.

Ich hockte bereits neben einer Mülltonne. In der rechten Faust hielt ich meinen Smith & Wesson, in der linken einen starken Handscheinwerfer, mit dessen Strahl ich Frank Capello aus der Dunkelheit reißen wollte, wenn es so weit war.

Phil huschte an meine Seite und wartete, genau wie ich. Ich sah auf das Leuchtzifferblatt meiner Armbanduhr. Es war siebzehn Minuten nach Mitternacht. Noch drei Minuten. In drei Minuten würde Detective Sergeant Maher vom 58. Revier an die Vordertür der Erdgeschosswohnung des Hauses vor uns klopfen. Er würde laut und deutlich »Polizei« rufen, aber schön neben der Tür in Deckung bleiben. Wenn meine Rechnung aufging, würde Frank Capello wie ein angesengter Affe aus dem hinteren Fenster auf den Hof springen. Sollte er jedoch versuchen, vorn durchzubrechen, nun, dann würde ihn Sergeant Maher mit seinen Männern dort erwarten. Wir hatten die Situation voll in der Hand.

Noch eine Minute. Ich beobachtete den Sekundenzeiger. In wenigen Sekunden würde die Jagd auf Frank Capello zu Ende sein. Unser Informant war zuverlässig. Ein ehemaliger Mithäftling von Frank Capello hatte ihn am Morgen erkannt, als Capello dieses Haus verließ. Seitdem überwachten Revierdetektive das Gebäude. Und vor einer Stunde meldeten sie, dass Capello wieder in seiner Wohnung war. Es konnte nichts schief gehen.

Null Uhr zwanzig. Wir hielten den Atem an. Gespannt hockte ich da, den linken Daumen am Schalter des Scheinwerfers. Hinter dem rechten Fenster des schmalen Gebäudes flammte Licht auf. Ich atmete langsam aus. Ein dünner Vorhang verwehrte den Blick in den Raum dahinter. Ich hatte erwartet, Capello im Dunkeln aus dem Fenster hechten zu hören. Ich hatte auch damit gerechnet, Schüsse zu hören. Aber nicht mit Licht hinter dem Fenster.

Irgendjemand zog den Vorhang zur Seite, ein Riegel klirrte. Im Rahmen erschien eine Gestalt in Regenmantel und Hut und spähte in den finsteren Hof.

»Hallo!«, rief der Mann. »Mr Cotton! Mr Decker!« Es war Sergeant Mahers Stimme.

Phil und ich richteten uns auf. Ich schaltete die Lampe ein und leuchtete den Weg zum Haus aus. Maher lehnte im Fensterrahmen und blickte uns entgegen.

»Was ist, Sergeant?«, fragte ich.

»Wir haben eine Niete gezogen, Sir. Capello ist heute Morgen ausgezogen. Der Gentleman hier ist harmlos.« Maher wandte sich ab und gab den Blick auf einen Mann im Schlafanzug frei, der blass an einer Kommode lehnte. Er war groß und schlank und hatte schwarzes Haar. Die Detektive mussten ihn für Capello gehalten haben, obwohl sie ein gutes Foto zur Verfügung hatten.

»Dieses Haus besteht aus zahllosen kleinen Apartments«, erklärte der Sergeant. »Sie werden alle von einer bekannten Zimmervermittlung vermietet und verwaltet. Die hat immer Interessenten an der Hand. Morgens zieht einer aus, mittags ist schon der neue Mieter da.«

Ich nickte meinem Freund resignierend zu. Dann bemerkte ich die Waffe in meiner Hand und steckte den Revolver schnell ein.

Die Jagd auf Frank Capello begann von neuem.

Die Morgensonne knallte auf das Dach des schwarzen Packard. Die drei Männer in dem Wagen schwitzten. Der Packard stand an der Gabelung der Straße, die von Willow's Point zur Fischfabrik hinauf führte. Nach links machte die schmale Asphaltstraße einen leichten Bogen und endete etwa zweihundert Yards weiter unten am Hafen. Eine hölzerne Mole aus massiven Stämmen führte weit ins Wasser hinaus. Auf der rechten Seite schaukelten abgedeckte Motorboote und schlanke Segelyachten auf der Innenseite der Wellenbrecherstege in den sanften Wellen. Die Poller auf der linken Seite des Anlegers waren frei. An ihnen würden am späten Abend die Kutter der Hummerfischer festmachen.

Die drei Männer in dem Wagen waren Frank Capello, Dave Frazer und Paul »Dix« Hawthorn. Sie starrten zu dem Tor der Fischfabrik hinauf, schätzten die Entfernung zur Gabelung und zum Dorf. Der Weg zu dem kleinen Hafen interessierte sie weniger. Frank Capello umriss mit klaren, präzisen Worten seinen Plan. Die anderen hörten stumm zu. Sie hatten die Seitenfenster des Wagens geöffnet, aber kein Luftzug strich durch den Innenraum.

Dave Frazers mächtige Fäuste lagen auf dem Steuerrad. Der Mann hatte helle Augen, rötliche Haare und farblose Wimpern. Das flache Gesicht war von einem Gewirr feiner Falten überzogen, die aber nicht vom Lachen herrührten. Dave Frazer lachte nie. Wenn er einmal die Lippen verzog, kam höchstens ein verzerrtes Grinsen zustande. Eine Zigarette verglimmte zwischen den schmalen Lippen. Der blaue Rauch stieg kerzengerade auf, zerflatterte und trieb träge in Frazers linkes Auge. Frazer kniff das Auge zu. Aus dem anderen starrte er zu dem geschlossenen Tor der Fabrik hoch. Er trug ein dünnes rotes Polohemd, das einen knochigen Brustkorb umspannte. Frazer war zweiundvierzig Jahre alt und brachte einhundertsechzig Pfund Muskeln und Knochen auf die Waage.

Neben Frazer saß Frank Capello. Capello hatte ein schmales, fast schön zu nennendes Gesicht mit tief liegenden dunklen Augen unter schmalen, pechschwarzen Brauen. Seine Gesichtshaut war hell und blass, die Nase gerade, das Kinn kantig und tief eingekerbt. Er trug einen eleganten dunkelblauen Anzug. Trotz der Hitze zog er das Jackett nicht aus. Die feinen Schweißperlen auf der Oberlippe und der Stirn schienen ihn nicht zu stören. Seine Augen wanderten langsam umher und nahmen die Umgebung auf. Ihnen entging keine Einzelheit, die für seinen Plan wichtig zu sein schien.

Frank Capello war fünfundvierzig Jahre alt. Siebzehn Jahre seines Lebens hatte er bei den Ledernacken verbracht, die letzten neun Jahre als Sergeant. Noch gegen Ende seiner Dienstzeit war er auf die Idee gekommen, für sein Alter vorzusorgen. Er begann, die Tresore der PX-Läden der Army zu plündern. Das ist gar nicht so schwer, denn alle Tresore stammen von derselben Lieferfirma, und wer den Dreh erst mal raushat, knackt die Dinger wie Konservendosen, ob sie nun in Tunis stehen oder auf Okinawa. Im Zeitalter der Düsenklipper geht das ziemlich rasch. Aber schließlich erwischte ihn die Militärpolizei doch. Nach sieben Jahren Leavenworth, dem Gefängnis der Streitkräfte, besaß Capello immer noch das Respekt einflößende Auftreten des berufsmäßigen Schleifers. Aber das im positiven Sinne – seine Leute hatten ihm immer vertraut und waren gut dabei gefahren. Capello war der geborene Anführer. Er war hart, hart gegenüber anderen und sich selbst. Ob bei der Armee oder in der Unterwelt.

Der Mann auf der Rückbank war da ganz anders. Paul Hawthorn, genannt Dix, war ein langer Lümmel mit dümmlichem Gesichtsausdruck und fahrigen Bewegungen.

Dix Hawthorn war vierundzwanzig Jahre alt. Mit neunzehn war er bei der Armee desertiert, hatte auf der Flucht vor der Militärpolizei einige Raubüberfälle verübt und war dann ebenfalls in Leavenworth gelandet. Dort hatte er Frank Capello kennen gelernt. Frank hatte einige freundliche Worte mit Dix gewechselt, und seitdem lief Dix dem älteren Sergeant nach wie ein kleiner Hund seinem Herrn.

Paul Dix Hawthorn trug eine blaue Leinenjacke, um eine große Colt-Pistole zu verdecken, die im Bund seiner Hose steckte. Immer wieder holte Dix das Schießeisen hervor, grinste verzückt und ließ die schwere Waffe um seinen rechten Zeigefinger kreisen. Genau wie die Westernhelden im Kino, denen er diese Bewegung abgesehen hatte. Immer wieder ließ er die Pistole kreisen, ließ den breiten Kolben auf die Handfläche schlagen und schloss die langen Finger um die braunen Griffschalen. Für eine Sekunde ruhte der Colt dann bewegungslos in der schlanken Hand, nur der Zeigefinger am Abzug zuckte etwas, und der Hammer hob sich leicht. Nur Capellos energischer und wachsamer Führung konnte Dix es verdanken, dass er noch frei herumlief. Und dass er noch niemanden umgebracht hatte.

Frank Capello schnippte eine Zigarette aus der Schachtel, die im Handschuhfach gelegen hatte, und hielt das glühende Ende des elektrischen Anzünders an das Stäbchen. Langsam atmete er den Rauch ein, hielt ihn genussvoll in der Lunge und blies dann einen dünnen blauen Strahl gegen die Windschutzscheibe.

Nichts rührte sich auf der Straße. Capello wusste, dass es gegen drei Uhr lebendig wurde, wenn die Frühschicht zu Ende war und die zweite Schicht die Arbeit aufnahm. Aber bis dahin wollte er seinen Job erledigt haben. Der Transporter würde zwischen Viertel vor zwei und zwei eintreffen, wie an jedem Freitag. Wenn Shingler nicht gelogen hatte. Aber das würden sie bald wissen. In spätestens sechs Stunden.

Capello sog noch einmal an seiner Zigarette und warf sie dann aus dem Fenster. »Ab«, sagte er in das Schweigen hinein.

Dave Frazer drehte den Zündschlüssel. Die Maschine sprang sofort an, sie schnurrte leise und gleichmäßig. Als die Kupplung packte, zog der Motor kraftvoll an. Frazer verzog die Lippen zu einem zufriedenen Grinsen. In dieser alten Mühle würde niemand eine liebevoll gepflegte Hochleistungsmaschine vermuten. Autos waren Dave Frazers einzige Leidenschaft. Er konnte einen verkommenen Schlitten vom Schrottplatz holen und einen unschlagbaren Renner daraus machen. Und ihn auch fahren. Das wusste Frank Capello, und deshalb hatte er Frazer auch zu diesem Job mitgenommen. Denn nachher würde der Erfolg ihrer Aktion allein davon abhängen, wie schnell Frazer den Highway Nummer eins nach New Haven erreichen würde.

Frazer wendete und steuerte den großen Wagen nach Willow's Point hinunter. Mehrere schmale Fahrwege mündeten von rechts und links auf die Straße, die langsam breiter wurde. Auf einer Anhöhe öffnete sich plötzlich die Landschaft, die hohen Eichen wichen zurück und gaben den Blick auf den Sound frei. Auf dem glitzernden blauen Wasser zogen große Schiffe ihre Bahn, kleine Motorboote flitzten zwischen Frachtern hindurch. Drüben im Dunst, etwa dreißig Meilen entfernt, erkannte Capello den Leuchtturm von Horton Point auf Long Island und als grünliche, fast konturlose Masse die Küste der Halbinsel. Die Inseln auf der Nordseite des Long Island Sound, zwischen Willow's Point und der großen Fischerinsel, waren dagegen wesentlich deutlicher auszumachen.

Capello sog die Luft ein, schien ihren Geruch schmecken zu wollen und blickte prüfend zum Himmel empor, der ein strahlendes Blau zeigte. Frank Capello fühlte sich etwas unbehaglich. Aber einen Grund für dieses Gefühl hätte er nicht angeben können. Irgendetwas an der Luft, dem Schein der Sonne, am leichten Wind, an der Art der glitzernden Wellen gefiel dem alten Marinesoldaten nicht. Aber dann lächelte er. Er war schließlich nicht im Pazifik, wo sich innerhalb weniger Stunden gewaltige Taifune aufbauen und ihren zerstörerischen Weg über die Inseln antreten konnten. Nein, nein, dachte er. Nicht hier an der Atlantikküste. Wäre er in Florida gewesen oder in Alabama oder Mississippi, an der Golfküste, hätte er seinem Gefühl sofort nachgegeben und den Job ohne zu zögern abgeblasen. Nie hätte er seine Leute unnötigen Gefahren ausgesetzt. Nächste Woche gab es schließlich wieder einen Freitag.

In langen Windungen führte die Straße bergab. In einer Haltebucht stand ein blau-weißer Wagen mit einer dünnen Dachantenne. Dix Hawthorn ließ blitzschnell seinen Colt unter der Jacke verschwinden. Frazer sah starr geradeaus. Capello erspähte den Mann in dem hellen Anzug, der an dem Wagen lehnte und nachdenklich über den Sound blickte. Ein breitrandiger Hut überschattete ein faltiges Gesicht, aus dem eine klobige Nase wie ein Felsbrocken aus dem Sand hervorsprang. Als der Mann den näher kommenden Wagen hörte, drehte er sich langsam um, und Capello bemerkte den hell blinkenden Stern auf der breiten Brust.

»Das ist der Sheriff!«, schrie Dix aufgeregt. »Der Sheriff!«

»Halt den Schnabel«, sagte Frazer ruhig.

»Der Sheriff! Er sieht uns! Soll ich ihn umlegen?«

»Schnauze!«, zischte Capello nur. Er dachte an die offen stehenden Seitenfenster. Dann waren sie vorbei. »Behalt die Nerven, Kleiner«, fügte Capello gelassen hinzu. »Der wird uns nicht gefährlich.«

»Wie sollte er auch«, bemerkte Frazer. »Ein Dorfpolizist!« Er schnaufte verächtlich.

Sheriff Stanley Leroy war in Willow's Point alt geworden. Er kannte jeden Einwohner, jeden Mann aus der kleinen Fischersiedlung unten am Hafen, jeden der Strandhausvermieter und all die Familien aus den umliegenden Städten, denen eins der kleinen Sommerhäuser gehörte. Und alle kannten und schätzten ihn, den Sheriff, der über die kleine Gemeinde wachte. Die alljährlichen Einbrüche in die kleinen Häuser am Strand nahmen die Besitzer gelassen hin, sie waren schließlich versichert. Niemand, kein vernünftiger Mensch jedenfalls, konnte vom Sheriff verlangen, hinter jedem nichtsnutzigen Stranddieb her zu sein wie hinter einem Schwerverbrecher. Dabei trauten die Leute von Willow's Point es ihrem Sheriff durchaus zu, auch mit übleren Halunken fertig zu werden. Der alte Mann hatte noch nie die Spur von Furcht gezeigt, wenn es galt, einen Streit in einer der Bars am Hafen zu schlichten, wenn die Fischer einen über den Durst getrunken hatten und harte Fäuste durch die Luft zischten.

Der Sheriff sah dem schwarzen Wagen nach, der gerade hinter einer Biegung verschwand. In Gedanken ging er die Sommerhäuser durch, die noch bewohnt waren, fand aber keins, in das die drei Männer aus dem Wagen gepasst hätten. Der eine kam ihm irgendwie bekannt vor, der schwarzhaarige. Leroy zuckte mit den Schultern. Vielleicht hatte jemand den Männern sein Haus vermietet, ohne dass er, der Sheriff, davon wusste. Er konnte schließlich nicht alles wissen. Aber ein beunruhigender Gedanke blieb.

Er warf noch einen sorgenvollen Blick über das fast zu ruhige Wasser und kletterte dann seufzend in seinen Streifenwagen. Der Chevrolet war schon alt, zu alt, dachte der Sheriff und drückte mit seinem breiten Zeigefinger den Schaumstoff durch eine geplatzte Naht in das Polster zurück. Er drehte den Zündschlüssel, lauschte dem Mahlen des Anlassers, wartete auf das erste Tuckern des Motors. Er seufzte wieder, löste die Handbremse und trat das Kupplungspedal durch. Langsam setzte sich der Wagen in Bewegung, die Reifen knirschten auf dem Schotter des Parkplatzes, rollten dann lautlos über den glatten Teer der Straße. Auf der abschüssigen Straße wurde der Chevrolet schneller. Der Sheriff legte den dritten Gang ein und nahm den Fuß von der Kupplung. Der lange Wagen ruckte etwas, Leroy hielt sich am Steuerrad fest und gab dann behutsam Gas. Befriedigt nickte der Sheriff und beschloss, den Wagen gleich am Montag zu Scott Johnson in die Werkstatt zu geben. Scott Johnson war der Einzige auf der Halbinsel, der etwas von Autos verstand.

Der Sheriff fuhr langsam durch den kleinen Ort, nickte Bekannten zu und hielt unbewusst nach dem schwarzen Packard Ausschau. Viele Möglichkeiten gab es nicht. Der Wagen stand nicht vor dem Laden, der sich großspurig Kaufhaus nannte, nicht vor dem einzigen Café und auch nicht auf dem Parkplatz hinter der Fischerbar, was allerdings der ungewöhnlichste Aufenthalt um diese Zeit gewesen wäre. Denn in der Fischerbar spielte sich das Nachtleben von Willow's Point ab, wenn Saison war oder Wochenende. Leroy wusste genau, dass die Fischerbar erst am Abend öffnen würde, wenn die ersten Wochenendgäste eingetroffen waren.

Der Packard war nicht da. Sheriff Leroy stoppte vor einem flachen, weiß getünchten Haus mit einer hohen Antenne auf dem Dach. Ein hölzernes Schild wies es als die Polizeistation von Willow's Point aus.

Der Sheriff kletterte aus dem Streifenwagen, nachdem er den Motor wohl oder übel abgestellt hatte. Hier unten konnte er den Chevrolet nicht so einfach anrollen lassen. Notfalls musste Jeff anschieben. Der Sheriff grinste bei dem Gedanken, seinen Hilfssheriff schwitzen zu lassen.

Munter betrat er das Haus, stieß die Tür zum Office auf und warf einen schnellen Blick auf seinen Schreibtisch, auf dem sich Papiere stapelten. Nur unmittelbar vor dem lederbezogenen Stuhl war eine kleine freie Fläche. Zufrieden stellte Leroy fest, dass seit seinem Weggang keine Meldungen eingetroffen waren.

An einem kleinen Tisch an der Seite saß Jeff Quince, der Hilfssheriff. Quince war ein jüngerer, schlaksiger Mann mit braunem Haar und dünnem Hals. Er hatte die Ellbogen auf den altersschwachen Tisch gestützt und kaute gedankenverloren an einem Bleistift herum. Das Funkgerät neben ihm summte leise.

»Ich fühle mich gar nicht wohl«, sagte Quince, ohne aufzusehen.

»Ich auch nicht«, knurrte der Sheriff gereizt. Er zerrte den Stuhl vor seinem Schreibtisch mit dem Fuß zurück und ließ sich hineinfallen. Schnaufend schob er den breitrandigen Hut in den Nacken und starrte zur Decke hoch, an der sich zwei dicke Fliegen jagten. Dann beugte er sich entschlossen vor und zog einen unordentlichen Stapel mit Steckbriefen zu sich herüber. Er betrachtete das Foto des Mannes, das auf dem obersten Steckbrief prangte, und verzog angewidert das Gesicht. Er gab sich einen Ruck und begann, wie ein Bankkassierer sein Geld die Steckbriefe durchzublättern. Er begann unten, um dem Schicksal ein Schnippchen zu schlagen, das mit dem Gesuchten stets am Schluss oder der unwahrscheinlichsten Stelle herauszurücken pflegt.

Es war ein hoher Haufen, in Jahren gewachsen und niemals aussortiert. Für einige Minuten hörte man nur das Rascheln von Papier, das Summen der Fliegen und das Brummen des Funkgeräts, aus dem doch nie eine Meldung kam, die den Sheriff von Willow's Point betraf.

Der Sheriff hatte den Stapel fast durchgeblättert. Obenauf lagen die neueren. Plötzlich hielt Stan Leroy inne und betrachtete ungläubig das Gesicht des Mannes, das den zweiten Steckbrief von oben zierte. Das Foto zeigte ein schmales Gesicht mit gerader Nase, dunklen Augen und einer tiefen Kerbe am Kinn. Genau diesen Mann hatte er vor zwanzig Minuten gesehen.

Aufmerksam studierte Leroy den Text unter dem Bild.

Frank Capello, 45, stand da, über die Einzelheiten der Personenbeschreibung las der Sheriff hinweg, *wird dringend gesucht im Zusammenhang mit mehreren bewaffneten Raubüberfällen und Fällen von Körperverletzung. Vorsicht bei der Festnahme! Capello ist bewaffnet und macht von der Schusswaffe Gebrauch! Zu benachrichtigen ist FBI New York …*

Der Sheriff schüttelte bedauernd den Kopf. Die G-men wollten alles allein machen. Er zog das Telefon zu sich heran und begann zu wählen. Na gut, sollen die Burschen den Mann aufstöbern. Er fühlte sich viel zu schlapp. Irgendetwas lag in der Luft …

John D. High, Chef des FBI New York, sah von einer Akte auf, als wir sein Office betraten. Phil und ich zogen uns Stühle heran und nahmen Platz.

Es war Freitagvormittag an einem warmen, sonnigen Tag Ende August. Nicht zu warm, die Klimaanlage schaffte es gerade noch, eine angenehme Temperatur im Distriktgebäude zu halten. Man konnte sich wohl fühlen. Nur für das Wochenende sah ich schwarz, wenn der Chef uns zu sich zitierte.

Mr High lehnte sich zurück und sah uns nacheinander an. »Frank Capello ist Ihnen entwischt?«, fragte er. Ohne eine Antwort abzuwarten, denn diese Tatsache war ihm bekannt, fuhr er fort: »Irgendwelche Spuren?«

»Keine«, berichtete ich. »Capello wohnte seit zwei Wochen in dem Apartment. Niemand hat ihn je mit anderen gesehen, er hatte offenbar keinen Wagen in der Nähe, nichts. Wir haben die umliegenden Geschäfte abgeklappert, die Parkhäuser, alles umsonst.«

Mr High nickte bedächtig. »Aber wir müssen ihn haben. Capello läuft lange genug frei herum.«

Aus den Augenwinkeln sah ich, wie mein Freund resignierend die Augenbrauen hochzog. Auf unserem Dienstplan stand ein freies Wochenende …

Mr High lächelte jetzt. »Was haben Sie sich fürs Wochenende vorgenommen?«

Konnte unser Chef Gedanken lesen?

»Ausschlafen«, antwortete ich. »Nur schlafen, sonst nichts.«

»Ich habe eine Hütte am Oriental Beach gemietet«, sagte Phil. »Ein bisschen Schwimmen, zum Fischen rausfahren und so. Aber sonst nichts Besonderes.«

»Da weiß ich ein schöneres Plätzchen für Sie.« Mr High lächelte immer noch.

Ich sah meinen Chef misstrauisch an. Er war zwar immer wie ein Vater zu uns, aber um unsere Freizeitgestaltung hatte er sich nie besonders gekümmert.

»Ein schönes Wochenende auf Staatskosten am Long Island Sound!«

Das durfte doch nicht wahr sein! Der Haken musste noch kommen. Und er kam prompt.

»Es gibt da ein stilles Nest, einige Meilen südwestlich New Londons. Willow's Point heißt es. Sehen Sie sich dort etwas um. So bis Sonntag oder Montag, von mir aus. Der Sheriff will einen Mann gesehen haben, den wir seit langem suchen.«

Doch nicht noch einen, dachte ich und hatte dabei Frank Capello im Sinn. Aber ich atmete trotzdem vorsichtig auf. Das hörte sich ja ganz gut an. Phil und ich hatten schwere Tage hinter uns. Im Stillen dankte ich unserem Chef dafür, dass er uns zur Abwechslung einmal einen erholsamen Job verschaffen wollte. Der Vorgang war an sich ganz normal. Ein Sheriff rief den FBI um Hilfe an, und der FBI musste jemanden schicken. Vor allen Dingen dann, wenn ein Verbrecher bereits vom FBI gesucht wurde.

»Und wie soll der Bösewicht heißen, der das Seebad Willow's Point unsicher macht?«, fragte Phil. Eine gute Frage, dachte ich. In meiner Begeisterung hätte ich sie beinahe vergessen.

»Frank Capello«, antwortete Mr High harmlos.

Ich hätte es ja wissen müssen, aber ich fuhr trotzdem leicht zusammen. Wie ein ahnungsloses Baby war ich meinem Chef in die Falle getappt. Erholsamer Job, dachte ich erbittert. Schönes Wochenende! Wenn Frank Capello in Willow's Point war, konnte es dort interessant werden, spannend und abwechslungsreich. Aber nicht erholsam.

Phil und ich waren dem Gangster zwar noch nicht begegnet, wir kannten jedoch seine Akte sehr genau. Capellos Name tauchte seit Monaten fast monoton in den Fahndungslisten mehrerer FBI-Dienststellen auf. Der Gangster plante blitzschnelle Raubüberfälle auf Geldboten, kleine Bankfilialen und die wohl gefüllten Kassen von Supermärkten. Er verstand es meisterhaft, diese Überfälle bei kürzester Vorbereitung mit militärischer Präzision ablaufen zu lassen. Meistens arbeitete er mit einem Komplizen, manchmal auch mit zweien, nie mit mehr Leuten.

Mr High reichte uns die Notiz herüber, auf der der Anruf des Sheriffs von Willow's Point festgehalten war. »Seien Sie vorsichtig«, mahnte er. »Capello ist rücksichtslos. Er schießt zwar nur, wenn es ihm notwendig erscheint – aber er schießt. Was wir ihm nachweisen können, reicht für zwanzig Jahre. Das sind viele Gründe, zur Waffe zu greifen.«

Mein Freund und ich standen auf.

»Fahren Sie gleich los. Und – schönes Wochenende!«

»Zynismus ist das«, schimpfte Phil leise. »Reiner Zynismus!«

»Was denn?«, fragte ich, als wir auf dem Weg zu unserem Office waren.

»Das schöne Wochenende meine ich. Mist!«

Wider besseres Wissen stimmte ich meinem Freund nicht zu. Wir räumten rasch die Papiere auf unseren Schreibtischen zusammen.

»Denk an deine Pflicht!«, rief ich meinem Freund munter zu. »Und beeil dich. Sonst überlegt sich der Chef die Sache noch mal. So eine Gelegenheit bekommen wir so schnell nicht wieder.«

»Recht hast du«, stimmte Phil zu, aber es klang nicht sehr überzeugt. »Lass uns verschwinden.«

Wir meldeten uns bei der Zentrale ab und liefen hinunter in den

Hof. Wenig später lenkte ich den Jaguar auf die Third Avenue hinaus und steuerte nordwärts, Richtung Bronx. Wir fuhren ein Stück über den Bruckner Expressway und den New England Thruway, bis wir hinter New Rochelle die Interstate Nummer 95 erreichten. Die Nummer 95 ist eine schöne Straße, die auf Meilen der Küste des Long Island Sound folgt. Ich sah auf die Uhr am Armaturenbrett. Es war kurz nach zehn. Gegen zwölf würden wir in Willow's Point sein.

»Am Oriental Beach wäre es schöner gewesen«, maulte Phil plötzlich.

»Und langweiliger«, sagte ich. »Oriental Beach! Was ist denn da schon los!«

»Da habe ich eine Hütte für mich allein, und ich kenne einen freundlichen Fischer, der mir sein Boot leiht und sein Angelzeug. Und dann war doch noch etwas – ach ja, ich habe keine Badehose mit.«

»Ich kaufe dir eine«, sagte ich.

»Wie großzügig!«, spottete Phil.

»Bin ich immer – wenn du mir eine kaufst!«

»Ich wusste es doch! Du bist ein Geizkragen, Jerry. Aber die Badehose setze ich auf die Spesenrechnung, verlass dich drauf. Ich kann einen Gangster schließlich nicht unten ohne ins Wasser verfolgen!«

»Das wär ein Fressen für die Presse«, grinste ich. »Ich sehe schon die Schlagzeilen. »G-man erregt öffentliches Ärgernis! Frauenverein verklagt …«

»Hör schon auf«, sagte Phil klagend. »Ich bezahle meine Hose selber.«

»So ist es fein«, lobte ich. »Immer an den Steuerzahler denken.«

Der rote Jaguar schnurrte brav an der Küste Connecticuts entlang. Hinter New Haven gerieten wir in einen Stau, und von da an ging es nur noch langsam voran. Die ersten Wochenendausflügler aus Hartford und Waterbury bestimmten das Tempo. Als wir die Nummer 95 verließen und in die schmale Asphaltstraße nach Willow's Point einbogen, war es schon ein Uhr durch. Mein Magen knurrte böse, und unsere Laune war lange nicht mehr so gut wie noch vor zwei Stunden.

Langsam fuhren wir in den Ort ein, der in mittäglicher Ruhe dahindämmerte. Kaum ein Mensch war auf den Straßen zu sehen. Es war fast windstill, und erst jetzt, bei der langsamen Fahrt, merkte ich, wie heiß es war. Ich stoppte am Straßenrand, wir stiegen aus und reckten uns. Ein holpriger Weg führte zu einem schmalen Sandstrand hinunter, der nur wenige Yards breit war und dann von Felsen verdrängt wurde. Wir gingen schweigend den Weg entlang. Einige Strandkörbe standen verlassen da. Ich blickte nach links, zur Spitze der Halbinsel hin. Dort verbreiterte sich der Strand etwas, bunte Fahnen blähten sich träge an hohen Masten und fielen gleich wieder zusammen. Das eigentliche Strandleben schien sich also dort abzuspielen, stellte ich fest.

Die See war kaum bewegt, leichter Dunst lag über dem Wasser. In der Ferne erkannte ich ein schnelles Motorboot, das eine hohe Bugwelle aufwarf. Jetzt hörte ich auch das Knattern des Motors und bemerkte einen Wasserskiläufer auf der weiten Fläche. Der Läufer beugte sich plötzlich vornüber, breitete die Arme aus, ließ das Schleppseil fahren und sank langsam ins Wasser. Das helle Knattern des Motors erstarb, das Boot zog eine elegante Schleife und hielt dann neben dem dunklen Kopf, der auf dem Wasser schwamm. Die Stimmen zweier Männer drangen klar herüber. Es war ein friedliches Bild.

»Komm«, sagte ich zu meinem Freund. »Sheriff suchen, Hotel nehmen, Badehose kaufen, Wasserski fahren. Okay?«

»Wie ein kleines Kind«, lachte Phil, »alles nachmachen!«

Ich wollte gerade einen Jungen, der mit seinem Fahrrad vorüberfuhr, nach der Station des Sheriffs fragen, als ich das weiße Haus mit der Funkantenne auf dem Dach und dem Streifenwagen vor der Tür bemerkte. Es lag schräg gegenüber von dem Platz, an dem ich meinen Wagen abgestellt hatte. Wir ließen den Jaguar stehen und gingen hinüber.

»Da sind Sie ja«, brummte der Sheriff missmutig, als wir die Tür zu seinem Office aufstießen. Er hielt eine klobige Pfeife zwischen den Zähnen und paffte mächtige Wolken in die Luft. Langsam stand er auf.

»Ich heiße Stan Leroy«, sagte er und reichte uns seine Hand. »Da sitzt sonst mein Hilfssheriff. Quince heißt der, falls Sie ihm mal begegnen sollten. Setzen Sie sich.« Er wies mit einer großzügigen Geste auf einen Stuhl vor dem Funkgerät und einen niedrigen Hocker, der verstaubt in einer Ecke stand. Ich schnappte mir den Hocker und blies eine Staubwolke von der Sitzfläche, bevor ich Platz nahm.

»Ich heiße Jerry Cotton, das ist mein Kollege Phil Decker. Also, Sheriff, wo steckt Frank Capello?«

Leroy zuckte mit den breiten Schultern. »Ich habe die Kerle nur im Vorbeifahren gesehen. Sie kamen die Straße von der Fabrik und den Strandhäusern herunter. Aber im Ort sind sie nicht. Ich habe mich umgesehen.«

»Kerle?«, fragte Phil. »Heißt das, dass es mehrere waren?«

Der Sheriff nickte. »Drei. Aber nur der eine fiel mir auf.« Er schob den Steckbrief herüber. Das Blatt zeigte eine ältere Aufnahme von Capello, die aber immer noch zu stimmen schien. In den FBI-Akten befanden sich neuere Fotos, die Unterschiede fielen jedoch nicht ins Gewicht. Frank Capello hatte sich gut gehalten. Und das Gesicht war keine Dutzendphysiognomie.

»Ich habe nachgedacht«, nahm Leroy den Faden wieder auf. »Vielleicht haben die Brüder in der Nähe ein Ding gedreht und sich hier eine Weile verborgen gehalten. Die meisten Sommerhäuser stehen während der Woche leer. Heute ist Freitag, da kommen viele aus Hartford und den anderen Städten. Deshalb sind die Gangster heute einfach weitergezogen.«

Diese Überlegung hatte etwas für sich. Aber besser gefiel sie mir auch nicht. Das bedeutete Rückfragen. Und es bedeutete ferner, dass wir hier in Willow's Point an der falschen Stelle bohrten. Phil sah mich stumm an. Er hatte es auch schon begriffen.

»Gehen wir essen«, sagte er mit gequältem Gesichtsausdruck.

Mac Farlane beugte sich über den Bildfunkempfänger und lauschte dem leichten Summen aus dem Inneren des Gerätes. Gleichzeitig beobachtete er gespannt den rasch hin und her wandernden Punkt auf dem Kontrollbildschirm, der anzeigte, wie das Bild aufgebaut wurde.

Mac Farlane war einer der Meteorologen in der Wetterstation von Salem, Massachusetts. Er hatte die Formationen, die das Satellitenfoto eine Stunde vorher gezeigt hatte, noch genau im Kopf. Und weil die Luftdruckverhältnisse dem erfahrenen Meteorologen Sorgen bereiteten, wartete er jetzt ungeduldig auf das neue Bild, das er gerade von dem ESA-Wettersatelliten abgerufen hatte. Ein Vergleich zwischen den Koordinaten der beiden Fotos würde eine exakte Berechnung des Weges erlauben, den Agatha nehmen würde. Agatha war der Name des Hurrikans, der sich seit einigen Stunden draußen über dem Atlantik aufbaute.

Das Summen verstummte, der helle Punkt auf der Bildröhre erlosch. Aus einem Schlitz glitt das Satellitenfoto aus dem Bildfunkgerät. Mac Farlane spannte es in den Rahmen des Auswerters und klappte das Messgitter darüber. Scharf und klar zeichneten sich die Konturen der Küste auf dem Bild ab – keine Wolke trübte hier den Himmel. Aber über der See sah es anders aus.

Dort stand hellweiß das Zentrum eines ausgedehnten Hurrikans über der dunklen Fläche des Wassers. Die zerfetzten Streifen an den Rändern sahen wie Zuckerwatte aus, die um ihren Mittelpunkt herumwirbelt. Diese Streifen deuteten die Ausläufer an, deren nördliche bald die Küste der Neuenglandstaaten erreichen würden.

Auch ohne die Koordinaten des früheren Fotos zu Rate zu ziehen, stellte Mac Farlanes geübter Blick sofort fest, dass der Hurrikan seine Richtung geändert hatte und jetzt von Südosten her genau auf die Küste Neuenglands zutrieb. Wenn kein Wunder geschah, würde Agatha die Küsten von Massachusetts, Rhode Island und Connecticut mit voller Wucht treffen.

Das war einigermaßen sensationell. Die Wettersatelliten fotografierten in jedem Jahr Hurrikane so weit im Norden über dem Atlantik. Aber nur äußerst selten waren gleichzeitig so unterschiedliche Luftdrücke über Land und See zu verzeichnen, dass ein Hurrikan seine Richtung wechselte und auf das Land zugetrieben wurde.

Rasch tippte der Meteorologe die Koordinaten des Hurrikans in die Tastatur, die die Daten in derselben Sekunde einem Zentralcomputer übermittelte, in dem noch andere Nachrichten zusammenliefen – Angaben über Meeresströmungen und Temperaturen, Luftdruck und Turbulenzen der Atmosphäre. Die Station von Salem, Massachusetts, war nur ein kleines Glied in einer langen Kette von Wetter- und Warnstationen, die die ganzen Staaten und die ganze Welt umspannen. Mac Farlane wusste, dass innerhalb weniger Minuten viel geübte Routinemaßnahmen an der Ostküste ablaufen und zahlreiche Organisationen in Alarmzustand versetzt werden würden.

Fernschreiben und Funksprüche würden die Küstenbadeorte und Fischereihäfen, Flugplätze und die Küstenwache, Straßenmeistereien und Katastrophendienste, Polizei und Radiostationen entlang der Ostküste warnen. Ein Hurrikan namens Agatha war im Anzug. Der erste Hurrikan in diesem Jahr so weit im Norden.

Schon die erste Sturmwarnung der Küstenwache erreichte auch die RED SUSAN, die gerade den Nantucket Sound verließ und auf südwestlichem Kurs in den Long Island Sound einlief.

Die RED SUSAN war eine hochseetüchtige 60-Tonnen-Yacht mit zwei 320 HP Rolls-Royce-Motoren im Maschinenraum, mit Radar- und Wasseraufbereitungsanlage, voll klimatisierten Luxuskabinen für den Eigner und seine Gäste. Die RED SUSAN war ein Schiff mit allen Schikanen.

Die Luxuskabinen waren bei dieser Fahrt keineswegs alle belegt, aber immerhin befanden sich außer dem Kapitän, drei weiteren Besatzungsmitgliedern und dem Eigner noch sechs Girls an Bord. Sechs gut gebaute Girls, Weibchen, Mädchen, Puppen oder wie immer man sie nennen wollte. Sechs lebenshungrige Girls, die sich für Mannequins hielten, ja sogar für Schauspielerinnen, obwohl kaum eins von ihnen jemals ein Studio von innen gesehen hatte. Aber gerade das hatte der Besitzer der Yacht den Mädchen versprochen – Rollen in verschiedenen Fernsehproduktionen. Und weil McGaw, so hieß der Eigner der Yacht, tatsächlich seine Finger, oder besser gesagt einige seiner Finger, im Fernsehgeschäft hatte, gab es für die Girls keine Zweifel an der Lauterkeit von McGaws Absichten.

Die RED SUSAN kam von einer 4-Tage-Kreuzfahrt zurück, die das Schiff in den Gewässern um Cape Cod verbracht hatte. Während der Reise hatte McGaw die Talente der Girls testen wollen. Und er hatte sie getestet. Am Abend dieses Tages wurde McGaw in New York erwartet. Geschäfte von der Art, wie sie McGaw betrieb, liefen nicht von allein.

McGaw, in hellgrauer Hose mit scharfer Bügelfalte, blauem Blazer mit dem Klubwappen des exklusivsten Yachtclubs von New York auf der breiten Brust, lehnte am Kartentisch im Steuerstand und spähte gelassen wie ein alter Seebär über das Vorschiff.

Mark Kelly, der Kapitän, war ein Mann in den Fünfzigern mit zerfurchtem Gesicht, borstigem blondem Haar und knappen Bewegungen. Er blickte forschend zum Himmel empor, den kein Wölkchen trübte, und betrachtete dann aus zusammengekniffenen Augen das Wasser, das in langen Wogen unter dem Kiel wegrollte. Er wandte sich an den Steuermann.

»Wir drehen ab«, sagte er ruhig. »Kurs Nordnordost.«

»Nordnordost«, wiederholte der Steuermann.

McGaw blickte nach draußen, nach steuerbord, wo im langsam zunehmenden Dunst die Küstenlinie auszumachen war. Dann sah er den Kapitän an.

»Ich verstehe zwar nichts davon, Mr Kelly«, sagte er. »Aber wenn mich nicht alles täuscht, würden wir bei diesem Kurs die Küste anlaufen.«

»Stimmt, Mr McGaw. Wir laufen den Hafen von Newport an.«

»Warum?« McGaw zog die dünnen Augenbrauen zusammen.

»Wie Sie wissen, haben wir eben eine Hurrikanwarnung aufgenommen. Darin wurde allen Schiffen unter einhundert Tonnen empfohlen, den nächsten Hafen anzulaufen. Die Empfehlung war dringend.«

Die schäumende Bugwelle fiel zusammen, als die RED SUSAN den Kurs wechselte. Das Schiff beschrieb einen weiten Bogen und glitt dann weich auf dem neuen Kurs dahin. Die Insel Martha's Vineyard verschwand achteraus aus dem Gesichtskreis.

»Ich muss heute Abend in New York sein. Also fahren wir nach New York, Mr Kelly.« McGaws Stimme klang eine Spur schärfer und bestimmter als vorher. Jeder, der ihn kannte und von ihm abhängig war, hätte jetzt bedingungslos jede Anweisung McGaws befolgt.

»Das ist zwar Ihr Dampfer, Mr McGaw. Und Sie können damit machen, was Ihnen beliebt. Aber ich bin vor mir und dem Gesetz für die Besatzung und die Passagiere verantwortlich. Ich allein. Diese Verantwortung kann mir niemand abnehmen.«

»Wie Sie soeben richtig bemerkten, ist das mein Schiff. Und ich sage, wir fahren nach New York.«

»Wenn Sie anordnen, ich soll in die Antarktis fahren, dann bringe ich den Kahn in die Antarktis – aber nicht bei einem Hurrikan.« Kapitän Kellys Blick hing starr auf dem Kreiselkompass.

»Hurrikan!«, schnaufte McGaw verächtlich. »Wenn Sie Angst vor einem bisschen Wind haben, können Sie abmustern. Abgetakelte Kapitäne wie Sie finde ich in jeder Hafenkneipe in Brooklyn. Wenn ich nicht in zwei Stunden in New York bin, sind Sie entlassen. Ist das klar?«

Mitleidlos beobachtete McGaw die gedrungene Gestalt des Kapitäns. Er sah, wie dessen Nacken rot anlief. Und er bemerkte auch sehr genau, dass Kelly die Fäuste ballte, bis die Knöchel weiß hervortraten.

McGaw kannte die Schwächen seiner Leute sehr genau. Er wusste, dass Kelly ein hervorragender Kapitän war, der sein halbes Leben in den Küstengewässern des amerikanischen Kontinents verbracht hatte. Aber er wusste auch, dass Kelly in seinem Alter so schnell kein neues Schiff bekommen würde.

Kelly wandte sich nicht um. »Wir gehen auf alten Kurs«, sagte er. »Südwest.«

»Südwest«, wiederholte der Steuermann gleichgültig.

»Wir fahren in Sichtweite der Küste, so lange es geht. Wenn das Wetter hält, überqueren wir den Sound weiter westlich.« Kellys Stimme klang gepresst.

McGaw nickte zufrieden. »Na also«, sagte er herablassend und verließ den Steuerstand. Gemessen schritt er an der Reling entlang zum Sonnendeck hinüber. Auf dem Achterdeck lagen die Girls in Liegestühlen. Blinzelnd sahen sie McGaw entgegen. Wohlwollend musterte der Mann die Mädchen in den knappen Bikinis. Dann ließ er sich langsam neben einer schwarzhaarigen Schönheit nieder und legte seine Hand wie zufällig auf einen braun gebrannten Schenkel. Das Girl lächelte und träumte mit offenen Augen von einer Karriere als Fernsehstar.

Phil, der Sheriff und ich saßen beim Essen. Mein Freund und ich hatten ohne viel Appetit irgendetwas heruntergewürgt, das wie Steaks schmeckte. Wahrscheinlich waren es auch welche gewesen, ich hatte einfach nicht darauf geachtet. Das Wetter war schön, aber etwas lag in der Luft, das die Stimmung drückte. Auch Stan Leroy, der Sheriff, schien das zu spüren. Er stocherte verdrossen auf seinem Teller herum und schob den Fisch und die Chips hin und her, die er sich bestellt hatte.

Wir waren die einzigen Gäste in dem kleinen Restaurant, das hoch oben, fast an der Spitze der schlanken Halbinsel lag. Als massives Steinhaus stand es geduckt auf einem Felsen. Die Kiefern und Birken hier oben sahen zerzaust und verbogen von dem dauernden Wind aus, der von der See her fast das ganze Jahr lang an ihnen zerrte.

Wir saßen in der östlichen Ecke und konnten aus zwei Fenstern die Aussicht genießen. Der Blick über das glasklare Wasser des Long Island Sound war herrlich. Eben noch war die Silhouette von Long Island gut zu erkennen gewesen, jetzt verschwamm sie unmerklich vor unseren Augen und war plötzlich nicht mehr zu sehen. Auch das gegenüberliegende Festland von Connecticut, kaum eine halbe Meile entfernt, war nur noch schattenhaft auszumachen.

Einen Augenblick lang fesselte mich das Bild einer majestätisch dahingleitenden schneeweißen Segelyacht unter voller Leinwand. Das Schiff rauschte an den roten Bojen entlang, die die Fahrrinne zum Anleger in der geschützten Bucht markierten. Die Bucht wurde von dem Winkel der Halbinsel zum Festland gebildet. Unter uns, etwas nach rechts zur offenen See hin, befand sich der Wellenbrecher aus mächtigen Eichenstämmen, der die Landspitze vor dem Anprall der Wogen schützte, wenn im Herbst und Winter die Wellen vom Atlantik her gegen das Land rollten.

Der Sheriff sah unruhig nach draußen. »Die Flut kommt früh«, meinte er dann nachdenklich. »Gefällt mir gar nicht. Ein Sturm um diese Jahreszeit ...« Er seufzte schwer.

Ein stärker werdender Ostwind drückte gegen die Scheiben, die Wipfel der Eichen schaukelten gemächlich und ließen die Kraft ahnen, die jetzt schon hinter dem Wind stand. Über der See türmten sich schwere, schwarze Wolken auf, die Ränder zeichneten sich gelb gegen die blaugrauen Wolkenmassen ab. Das Wasser wurde dunkel, stählern schimmernd, die Luft grau von Wasserschleiern. Wellen bildeten sich urplötzlich, stiegen hoch. Der Wind pfiff stärker.

»Das Geld für die Badehosen haben wir gespart«, bemerkte ich.

Phil nickte missmutig. »In Oriental Beach sieht es garantiert besser aus.« Da mochte er Recht haben. Oriental Beach liegt an der Südseite von Brooklyn, auf Coney Island.

»Was soll's«, tröstete ich meinen Freund. »Es hätte immerhin schön werden können.« Ich beendete meine Mahlzeit. Auch die anderen hatten keinen Appetit mehr. Unsere Teller waren noch halb voll.

Sheriff Leroy bestellte drei Bourbon beim Wirt. »Wer weiß, was uns heute noch blüht«, meinte er wie zur Entschuldigung. »Das sieht übel aus.«

Genießerisch schnüffelte er an seinem Glas, nahm einen vorsichtigen Schluck und schloss die faltigen Lider. Dann drang das Heulen einer Sirene herüber, laut und nah. Das Singen füllte den Raum, legte sich betäubend auf die Ohren. Der schrille Ton hielt an. Unwillkürlich sah ich auf die Uhr. Es war neun Minuten vor zwei.

»Was ist?«, fragte ich den Sheriff. »Sturmwarnung?«

Stan Leroy schüttelte den Kopf und kniff nachdenklich die Lider zusammen. Dann wurde er blass.

»Mein Gott«, flüsterte er, »der Geldtransporter!«

Die Schüsse verhallten. Der gepanzerte Wagen stand auf vier platten Reifen da und wirkte herrenlos – wie Schrott. Entsetzte Gesichter erschienen in den Bürofenstern, zuckten aber gleich wieder zurück, als Frazer das Schnellfeuergewehr hochriss.

Frank Capello schlug dem einen Mann in der grauen Uniform den Kolben seiner Pistole über den Schädel. Ohne einen Laut brach der Wächter der Transportgesellschaft zusammen. Dix Hawthorn grinste selig. Er hatte die Mündung seiner Coltpistole einem anderen Mann in den Nacken gedrückt. Starr stand der Mann vor dem Führerhaus, die Arme hielt er gespreizt.

»Weg da!«, zischte Frazer und packte den Uniformierten an der Krawatte. Roh riss er den Mann zu sich heran und stieß ihn dann mit voller Wucht gegen die Panzerplatten des Geldtransporters. »Mach auf!«

Frank Capello beobachtete die Fenster. Sie blieben zu, ebenso die kleine Tür, vor der der Wagen stand. Neben der Tür lehnte mit blassem Gesicht der Pförtner, der das Tor geöffnet hatte.

Der Fahrer des Transporters blieb stumm. Ausdruckslos erwiderte er Frazers kalten Blick. Frazer hob das kurzläufige Schnellfeuergewehr und presste die große Mündung unter den Hals des Wehrlosen. Mit aller Kraft drückte er die Waffe hoch. Der Mann hob sich auf die Zehenspitzen, reckte den Hals, ächzte leise.

»Mach schon!«, rief Capello. Er lief an die Rückseite des Panzerfahrzeugs und rüttelte am Türriegel. Er wusste, dass es sinnlos war. Wütend wartete er. Der Fischgeruch, der über den Hof wehte, ekelte ihn an.

Frazer ließ plötzlich das Gewehr sinken, packte es am Lauf und wirbelte herum. Der hölzerne Kolben knallte in die Seite des Mannes, der sich stöhnend zusammenkrümmte. Frazer fasste das Gewehr mit der anderen Hand am Lauf an und riss es hoch. Krachend schlug es unter die Kinnlade des Wächters. Halb bewusstlos sackte er zusammen.

»Aufmachen!«, schrie Frazer.

»Mach schon!«, keifte Dix.

Capello bückte sich, fasste den Mann an der Jacke und schleifte ihn um den Wagen herum. An der Rückfront zerrte Capello den Mann hoch. »Mach jetzt auf«, sagte er kalt, »oder ich knall dich ab. Eins, zwei ...«

Plötzlich heulte über ihnen die Sirene der Fischfabrik los. Das schrille Geräusch legte sich betäubend über die Männer im Hof.

Dix Hawthorn riss den Mund auf, aber was er schrie, war nicht zu hören. Das runde Oval seines Mundes klaffte scheinbar sinnlos, er hüpfte erregt von einem Bein aufs andere und fuchtelte wild mit seiner Pistole. Capello beachtete ihn nicht.

Frank Capello schüttelte den Wächter. Dessen Kopf pendelte kraftlos hin und her. Aus einer großen Wunde an der Stirn sickerte Blut. Die Hand nestelte an der Uniformjacke, zog einen kleinen Schlüssel, der an einer Stahlkette befestigt war, hervor und suchte mit unsicheren Bewegungen das Schlüsselloch.

Capello riss den Schlüssel an sich und ließ den Fahrer los. Der Mann sackte sofort wieder zusammen, der Schlüssel an der Kette entglitt Capellos Fingern. Fluchend zerrte der Gangster den halb Bewusstlosen wieder hoch. Das schrille Heulen begann an seinen Nerven zu zerren. Sie hatten nicht mehr viel Zeit.

Capello steckte den Schlüssel ins Schloss und drehte ihn herum. Die Tür ließ sich öffnen. Der Fahrer hatte die Innenverriegelung offenbar schon geöffnet, als der Transporter in den Hof einfuhr. Capello griff den ersten Sack, warf ihn Dix Hawthorn zu und angelte dann nach den anderen. Es waren insgesamt sechs kleine Leinensäcke.

Mit den Säcken unter den Armen rannten die Männer auf das immer noch offen stehende Tor zu, erreichten den schwarzen Packard, rissen die Türen auf, warfen sich hinein.

Dave Frazer startete. Er rammte den ersten Gang ein und trat das Gaspedal durch. Der Wagen schien sich aufbäumen zu wollen, die Räder packten, der große Wagen schoss davon, auf die Gabelung zu.

Der Packard schlingerte in die Kurve, fing sich, raste geradeaus. Die Bäume am Straßenrand wichen zurück, die Männer im Wagen sahen die See, grau und bewegt. Unvermittelt packte eine heftige Bö von der See her den Wagen. Frazer steuerte gegen, etwas zu heftig, das rechte Vorderrad geriet an den Straßenrand, kam von der glatten Straße ab. In dem Moment brach ein trockener Ast, der dem ersten Ansturm des Windes nicht standhalten konnte, und stürzte auf die Kühlerhaube. Erschreckt riss Frazer das Steuer nach links, das rechte Rad scheuerte kreischend dort, wo der Belag der Straßendecke in weichen Waldboden überging. Der Ast rutschte herunter, fiel genau vor das Vorderrad. Das Steuer wurde aus Frazers mächtigen Pranken gerissen, der Packard schleuderte in einem wilden Schlenker herum, die lange Schnauze senkte sich nach rechts ab, die Räder wühlten sich in den weichen Boden. Der Wagen stand. Und immer noch verfolgte die Männer das Heulen der Sirene.

»Scheiße!«, schrie Frazer.

»Scheiße!«, echote Dix.

Capello presste die Lippen zusammen. Er stieß die Tür auf und sprang aus dem Wagen. Ihm war klar, dass der Weg durch den Ort schon versperrt war. Heute Morgen hatte er etwas weiter vorn einen schmalen Weg gesehen, der zum Anleger hinunterführte. Entschlossen raffte er drei der Geldsäcke an sich und stürmte los.

»Kommt schon!«, schrie er den anderen zu. »Wir kapern ein Boot!«

Die anderen beiden schnappten die drei letzten Säcke und rannten hinter Capello her. Sie mussten sich schon fast gegen den Sturm anstemmen.

Rechts öffnete sich der Weg. Capello sah einen schmalen Wasserstreifen vor sich. Das war die kleine Bucht, die zwischen der Halbinsel und dem Festland lag. Heute Morgen hatte er das andere Ufer noch erkennen können, jetzt lag es hinter grauen Dunstschleiern verborgen, die Wellen gingen hoch.

Capello blieb unschlüssig stehen. Dix und Frazer prallten gegen ihn. Capello biss die Zähne zusammen und lief den Weg hinab.

»He!«, rief Frazer ihm nach.

»Was ist?«, schrie Capello zurück und blieb stehen. »Beeilt euch!«

»Ich gehe nicht aufs Wasser!«, brüllte Frazer.

»Dann lass es. Ich versuche es!« Als altem Marinesoldaten war Capello die raue See immer noch sympathischer als das Land. Sie hatten an der Fabrik mehr Zeit verschwendet, als er vorgesehen hatte. Er hatte keine Lust, im Dorf in eine Falle zu laufen.

»Die haben jetzt gar keine Zeit, nach uns zu suchen. Wir schleichen ins Dorf runter und schnappen da einen Wagen.« Entschlossen drehte sich Frazer um. Dix Hawthorn sah seinem Komplizen nach, zögerte eine Sekunde lang und lief dann hinter Frank Capello her.

»He, Frank! Frank! Verlass mich nicht! Warte doch!«

Capello rannte den Weg hinunter, stolperte einmal, raffte sich wieder auf. Dann kämpfte er sich durch den hohen Sand, seine Füße versanken, er wurde langsamer. Atemlos hetzte Dix hinter ihm her.

Der Anleger tauchte aus dem Dunst auf. Die kleinen Hütten der Fischer waren verschlossen, die aufgespannten Netze und Hummerreusen zerrten an den Pflöcken. Ein leerer Kanister polterte über den Strand, vom Sturm getrieben.

Capello warf die Säcke in den Sand. Salzwasser sprühte in seine Augen. Große und kleine Boote, Segel- und Motoryachten, zerrten an ihren Leinen. Capellos Augen blieben auf einem kleinen Kajütboot mit schnittigem Rumpf hängen. Er verfolgte die Leine, mit der es festgemacht war. Die Spring klatschte aufs Wasser. Capello löste das Tau vom Poller und zog.

Bald keuchte er vor Anstrengung. Nur langsam kam die kleine Yacht näher. Sie schaukelte wild, die Wellen schäumten über den Bug und die Heckpersenning. Capello wickelte das Tau wieder um den Poller. Näher wollte er das Boot nicht ziehen. Die nächste Welle hätte es auf den Grund knallen können. Er sprang ins Wasser und löste die

Persenning aus den Haken. Achtlos ließ er das feste Gewebe los. Der Wind packte das Segeltuch, knatternd flog es davon.

Capello stemmte sich gegen das wild schlingernde Boot. Nur unter Aufbietung aller Kräfte konnte er es einigermaßen ruhig halten. Das Wasser reichte ihm an dieser Stelle bis zum Bauch. Mühsam versuchte er, die Yacht noch näher ans Ufer zu bringen, der Tiefgang reichte seiner Ansicht nach aus. Seinen Komplizen beachtete er nicht. Dix war für ihn keine Hilfe. Dix hüpfte auf dem Sand auf und ab, unaufhörlich bewegte sich sein Mund, er schien dauernd irgendetwas zu rufen.

Capello angelte wieder nach der Leine und sprang aus dem Wasser. »Schmeiß die Säcke rein!«, schrie er Dix zu.

Dix bückte sich hastig und raffte die Leinensäcke auf. Vorsichtig stakste er ins Wasser und warf sie in den offenen Heckraum. Zufrieden stellte Capello fest, dass es vier waren.

»Steig ein!«, brüllte Capello dann und begleitete die Aufforderung mit wilden Gesten. Unbeholfen zog sich Dix über den Freibord und plumpste ins Boot. Capello löste die Leine und lief wieder ins Wasser. Geschickt schwang er sich an Bord. Als er sich aufrichtete, traf ihn eine Bö mit voller Wucht. Er hielt sich am Handlauf des Kajütdaches fest und turnte vorsichtig zur Back hinüber.

Capello hatte ein Trojan Sea Skiff erwischt, einen hochseetüchtigen Motorkreuzer mit weit ausfallendem Vorschiff. Capello kannte das kleine Schiff von Florida her, wo er einmal für einige Zeit untergeschlüpft war.

Das Sea Skiff war fünfundzwanzig Fuß lang. Als Rundspanter war es bei unruhiger See unschlagbar. Ein Rundspanter geht bei starkem Wellengang leichter und ist gegen Kreuzseen weitgehend unempfindlich. Capello war zufrieden. Mit diesem Kreuzer würde er bis Florida schippern, wenn es sein musste.

Capello sprang in den Ruderstand. Seine Augen huschten über die Instrumententafel. Der Startschlüssel fehlte. Capello ließ sich auf die Knie nieder und zerrte mit beiden Händen an der Kunststoffverkleidung. Eine Planke löste sich krachend. Capello tastete mit der rechten Hand in dem Hohlraum hinter den Armaturen herum. Mit kräftigem Ruck riss er zwei Kabel aus ihren Anschlüssen und zerrte die Enden aus dem Loch heraus. Die losgerissenen Enden blinkten matt. Capello tippte die Drähte aneinander. Funken blitzten, der Boden unter ihm vibrierte, als er den Starterhebel nach links drückte. Er ließ den Hebel wieder los, verband die blanken Enden der beiden Drähte miteinander und startete dann von neuem.

Die schwere 195-HP-Maschine begann kraftvoll zu dröhnen. Aufatmend ließ sich Capello in den erhöht stehenden gepolsterten Kommandostuhl fallen.

»Luken dicht!«, rief er Dix zu.

Dix schloss die Tür zum Heck. Das Tosen der See wurde zu einem gleichmäßigen Brausen. Capello ergriff das Steuerruder und gab Gas. Der schnittige Bug hob sich aus dem Wasser. Das Sea Skiff schlingerte in die Wellen hinaus.

Der Sheriff schien zusammenzufallen. »Mein Gott«, stöhnte er noch einmal, »der Geldtransporter!«

Ich sprang auf. »Was für ein Geldtransporter? Reden Sie schon!«

»Der aus Hartford, für die Fischfabrik. Löhne für die Arbeiter und Bargeld für die Versteigerungen. Mindestens zweihunderttausend Dollar.«

Zweihunderttausend Dollar und Frank Capello. Der Fall war klar. Die Leute hier auf der abgeschiedenen Halbinsel waren so eingelullt in ihr Sicherheitsgefühl, dass niemandem mehr bewusst war, dass wahrscheinlich jede Woche ein Geldtransporter hier durchkam. Der Wagen musste für die Leute hier etwa so auffällig sein wie woanders die Karre des Milchmannes.

Phil und ich stürmten los. Der Sheriff kam hinterher. Der Sturm riss mir fast die Tür aus der Hand. Wir liefen auf unseren Jaguar zu, der Sheriff steuerte seinen Streifenwagen an. Ich startete und wendete. Sheriff Leroy hockte in seinem alten Chevrolet, beugte sich vor, die Lippen bewegten sich. Das Heulen der Sirene vermischte sich mit dem Pfeifen des Sturms zu einem ekligen Jaulen.

Ungeduldig wartete ich auf den Streifenwagen. »Der kriegt seine Mühle nicht an«, vermutete Phil.

Ich riss die Tür auf und lief auf den Wagen des Sheriffs zu. Leroy kurbelte die Scheibe herunter und zuckte bedauernd die Achseln.

»Tut's nicht«, meinte er hilflos. »Wollte ihn sowieso am Montag zum Überholen weggeben ...«

»Kommen Sie mit uns«, sagte ich und spurtete zurück. Phil kletterte bereits auf den Notsitz und faltete sich zusammen. Der Sheriff zwängte sich ächzend neben mich und schlug die Tür zu.

»Da runter«, sagte er.

Ich fuhr unter hohen Bäumen her. Hier war es zwar windstiller, aber die Wipfel wiegten sich heftig hin und her. Hoffentlich knallt kein Ast auf meinen schönen Renner, dachte ich.

Zur Fischfabrik war es nicht weit. Der Hof stand voller Menschen, Büroangestellte und Männer und Frauen in weißen Arbeitsanzügen mit weißen Mützen und blutigen Schürzen. Ein Mann beugte sich über einen anderen, der regungslos am Boden lag.

»Platz!«, brüllte der Sheriff und übertönte mühelos das Heulen der Sirene. »Und kann einer mal das verdammte Ding abstellen?«

Irgendjemand flitzte los. Ich sah auf den Mann am Boden nieder. Er trug eine graue Uniform mit einem schwarzen Gürtel, an dem eine Pistolentasche hing. Die Tasche war zu. Der Kopf des Mannes lag auf dem Pflaster, aus den hellen Haaren sickerte Blut.

Das Gellen der Sirene erstarb. Für einige Sekunden war ich wie taub. Erst dann drang das Rauschen des Sturms in mein Bewusstsein. Der Mann, der sich über den Verletzten gebeugt hatte, richtete sich auf.

»Das ist Joe Benson«, sagte der Sheriff. »Joe ist der Sanitäter hier.«

Benson nickte. »Der Mann da muss sofort weg. Ich vermute einen Schädelbruch. Ich hole unseren Krankenwagen.« Die Umstehenden wichen zurück.

Ich bemerkte noch einen Mann, der mit blassem Gesicht und einer Platzwunde auf der Stirn an dem Geldtransporter lehnte. Die Jungs haben ihr Bestes getan, dachte ich. Gegen Capello hatten sie keine Chance.

Ich nahm den Sheriff zur Seite. »Was macht Ihr Hilfssheriff?«

»Quince? Der wird wohl munter geworden sein. Aber ich schätze, er hilft den Leuten, ihre Häuser zu vernageln.«

»Greifen Sie sich ein Telefon«, sagte ich energisch. »Er soll die Straße sperren.«

»Okay.« Stan Leroy stapfte davon. Seine Haltung ließ darauf schließen, dass er meiner Maßnahme nicht viele Erfolgschancen einräumte.

Aber ich wollte nichts versäumen. Schließlich waren die Gangster vom Sturm ebenso überrascht worden wie wir auch. Vielleicht war ihnen schon etwas zugestoßen …

Jemand rannte über den Hof. »Wo ist der Sheriff?«, rief er.

Ich hielt den Mann an. »FBI«, sagte ich und klappte meine ID-Card auf.

Ehrfürchtig starrte der Mann mein Foto und das Siegel der Vereinigten Staaten an.

»Was gibt's?«, fragte ich.

»Ach so, ja. Da unten an der Straße nach Willow's Point steht der Wagen, ein großer schwarzer.«

Der Packard der Gangster! Ich winkte Phil zu und sprang in meinen Renner. Ich raste vom Hof, an der Gabelung bog ich ab. Zweihundert Yards vor uns stand der Packard, die lange Schnauze zwischen zwei Bäumen, die Vorderräder in den weichen Boden gewühlt. In vorsichtiger Entfernung hielt ich an. Wir stiegen aus und trennten uns, ohne ein Wort zu wechseln. Ich benutzte die Bäume der rechten Seite als Deckung. Phil schlich geduckt von links heran. Wir beide hatten unsere Dienstrevolver in den Fäusten.

Von der offenen See her fegte der Sturm heran, seine starken Böen zerrten an den Ästen. Phil, der dem Anprall fast schutzlos ausgesetzt war, stemmte sich mit vorgebeugtem Kopf gegen den Wind.

Ich sah in den Packard hinein. Der Wagen war leer. Keine Männer, keine Geldkassetten oder Geldsäcke. Weiter vorn bog ein Weg ab. Ich lief auf die Einmündung zu. Unten schlugen Wellen auf den Strand.

Phil und ich verständigten uns mit raschen Zeichen. Mein Freund folgte der Straße nach Willow's Point, vielleicht fand er eine Spur. Die Gangster konnten noch nicht sehr weit gekommen sein. Ich lief den steinigen Weg zum Strand hinunter.

Ich stapfte durch den Sand, Gischt spritzte, Wellen leckten über meine Füße. Der Wind nahm mir fast den Atem. Ich schmeckte salziges Wasser auf meinen Lippen.

Aus den sprühenden Wellen und dem Dunst tauchte der Anleger vor mir auf. Ich sah die frischen Fußspuren zweier Männer, noch kaum verweht. Und ein loses Tau im nassen Sand.

Die Gangster waren über das Wasser geflohen. Das Festland

konnte von hier aus nicht weit sein. Ich versuchte, die Windrichtung festzustellen. Es war gar nicht so einfach. Der heulende Sturm war überall. Heftige Böen drückten die Wellenkämme glatt. Hier in der leidlich geschützten Bucht mochte es im Moment noch ruhiger sein als draußen im Sound. Die Gangster waren mit einem Boot unterwegs. Hatten sie eine Chance?

Für eine Sekunde flaute der Sturm etwas ab, die grauen Schleier fielen in die See zurück. Für einen winzigen Augenblick erkannte ich den hellen Umriss eines Bootes, einer kleinen Yacht, die quer zur Bucht wild schwankend durch das Wasser pflügte. Dann fielen die Schleier wieder, verschluckten das Boot.

Ein gewaltiger Windstoß jagte parallel zum Strand heran, brüllend stiegen Wogen auf. Ich sprang zurück und drehte dem Sturm den Rücken. Über mir knackten Äste, polterten auf den Strand. Weiter entfernt, ich schätzte in Höhe der Straße, krachte es berstend. Ich hörte das Knacken dicker Äste und dann ein Prasseln. Da oben stürzte ein Baum! Und Phil lief dort herum, und mein kostbarer Jaguar stand auch da.

Ich rannte los, keuchte den Weg hinauf, erreichte die Straße. Ich sah nach links. Niedrig und rot stand mein Renner da, das gute Stück war noch unversehrt. Ich blickte nach rechts und erstarrte. Ein riesiger Ast lag quer über der Straße. Die Blätter waren schon gelb. Der abgestorbene Ast war eine leichte Beute des Sturms geworden.

Phil war nicht da. Ich schrie seinen Namen gegen den Wind, hörte mich selbst kaum, gab es auf. Ich versuchte, den Ast zu umgehen. Nach links fiel die Straße steil ab, rechts hatten sich die belaubten kleineren Äste zwischen den anderen Bäumen verfangen und bildeten ein fast unüberwindliches Hindernis. Ich riss Zweige und Äste zur Seite, drang in den starren Käfig ein und suchte meinen Freund.

Das Laub wurde nass und glitschig, es regnete. Große Tropfen trommelten auf die Blätter. Ich gab die Suche auf, als ich sicher sein konnte, dass meinem Freund nichts geschehen war – wenigstens nichts von dem gestürzten Ast. Ich schlug den Kragen meiner Jacke hoch und ging langsam auf den Jaguar zu. Ich musste den Wagen von den Bäumen wegschaffen. Im Augenblick konnte ich zwar wenig mit ihm anfangen, aber einmal musste der Sturm ja wieder abflauen.

Der Wind peitschte mir den Regen nadelscharf ins Gesicht. Meine dünne Sommerjacke war durchnässt, und ich fror jämmerlich. Ich zog die Jacke aus und warf sie auf den Rücksitz. Dann stieg ich ein. Meine Augen tasteten noch einmal die Büsche und Bäume am Straßenrand ab. Von meinem Freund war nichts zu sehen.

Ich beschloss, zur Fischfabrik zurückzufahren und mit dem Sheriff wiederzukommen. Ich startete. Zum Wenden war die Straße zu schmal. Ich legte den Rückwärtsgang ein und ließ die Kupplung kommen. Bevor ich den Kopf wandte, um nach rückwärts zu sehen, nahm ich noch eine undeutliche Bewegung bei dem gestürzten Ast wahr. Die Zweige teilten sich, und wie ein Waldgeist erschien eine dunkle Gestalt in dem Gewirr, rutschte über einen Ast und stand auf der Straße. Es war Phil.

Ich hupte und winkte. Mit eingezogenem Kopf rannte Phil auf mich zu. Ich öffnete die Tür, und schnaufend ließ sich mein Freund ins Polster fallen. Seine Kleider rochen nass.

»Nun?«, fragte ich ihn.

Er schüttelte den Kopf. »Nichts. Ich bin ein Stück die Straße runtergelaufen, aber von den Gangstern war nichts zu sehen.«

»Zwei sind vermutlich übers Wasser geflohen«, sagte ich. »Der andere steckt irgendwo hier in der Gegend.« Ich beschrieb einen vagen Bogen mit meiner Hand. »Er kommt nicht weg.«

Ein kleinerer Ast klatschte auf die Motorhaube und ratschte über den Lack. Ich fuhr endlich an. »Wir lassen die Straße nach Crescend Beach sperren. Mehr können wir jetzt nicht tun.«

Phil nickte bestätigend. Dann fragte er: »Und die anderen? Die werden kaum eine Chance haben. Was meinst du?«

»Ich weiß es nicht. Capello war bei den Ledernacken. Die Jungs haben schon oft Unmögliches fertig gebracht. Wir müssen die Küstenwache alarmieren.«

An der Gabelung wendete ich und schoss dann in die Zufahrt zur Fabrik hinein. Der Hof war jetzt leer, die Leute hatten sich ins Trockene zurückgezogen. Nur der Geldtransporter stand verloren auf seinen platten Reifen vorm Eingang.

Aus zusammengekniffenen Augen starrte Frank Capello in den grauen Dunst hinaus. Seine harten Fäuste umklammerten das Steuerruder. Angespannt saß er auf dem erhöhten Sitz im Cockpit. Gischt sprühte gegen die Scheiben. Der Scheibenwischer fuhr unermüdlich über das Glas, aber gegen den Ansturm aus Regen und Gischt war er machtlos. Capello hatte das Echolot eingeschaltet. Immer wieder huschten seine Augen über den mattgrün blinkenden Schirm. Die Tiefe lag fast konstant bei fünfeinhalb Fuß. Er schätzte den Tiefgang der Yacht auf knapp zwei Fuß.

Heftige Böen trafen das Boot und drohten immer wieder, es quer gegen die See zu drücken. Capello steigerte die Geschwindigkeit und richtete den Bug gegen den Wind. Gelegentlich hörte er Dix Hawthorn hinter sich stöhnen, aber er kümmerte sich nicht um seinen Komplizen.

Der Kompass zeigte jetzt Ostsüdost. Aber mit dieser Angabe konnte Capello nicht viel anfangen. Er wusste nur, dass ihn diese Richtung in den Long Island Sound hinaus führen würde. Behutsam versuchte er, die Fahrtrichtung zu ändern auf Ostnordost. So konnte er halbschräg gegen den Sturm anlaufen und doch die Küste erreichen.

Die Yacht schlingerte schwer. Die Wellen stiegen zwar nicht hoch, weil der Wind die Kämme niederhielt, aber das Wasser rollte in kurzen Wellen unter dem Kiel her.

Dix Hawthorns Stöhnen ging in ein lang gezogenes Wimmern über.

»Ich kann nicht mehr, Frank«, jammerte er. »Oh, mir wird schlecht!«

Capello starrte verbissen nach vorn. Ein Stück Holz tauchte unvermittelt vorm Bug des Sea Skiff auf und trieb vorbei. Wachsam spähte er in das tobende Wetter hinaus.

»Hörst du nicht, Frank?«, wimmerte Dix. »Ich will an Land! Mir wird schlecht!«

»Dann kotz doch!«, rief Capello roh. »Aber über Bord, verstanden?«

Hawthorn schrie erschreckt auf. »Ich geh nicht nach draußen, Frank!«

»Dann halt dir die Schnauze zu und quatsch mich nicht an. Ich hab zu tun.«

Capello hörte, wie Dix würgte. Angewidert verzog er das Gesicht.

Die Tür des Ruderstandes wurde geöffnet, der Wind schlug die Tür heftig gegen die Bordwand, Wasser sprühte in den kleinen Raum.

»Tür zu!«, brüllte Capello. Aber Hawthorn war in einem Zustand, in dem ihm alles egal war.

Capellos Augen wanderten wieder über die Instrumente. Zum ersten Mal bemerkte er das rote Warnlicht unter dem Zifferblatt der Benzinuhr. Der kleine Zeiger stand auf Null. Capellos Herz begann plötzlich wild zu hämmern. Überdeutlich spürten seine Füße das Vibrieren der starken Maschine unter seinen Füßen. Noch liefen die beiden Motoren, aber wie lange noch? Er versuchte, sich an den Benzinverbrauch des Sea Skiff zu erinnern. Die Tanks fassten etwa sechzig Gallonen, das wusste er noch. Wie weit kam man damit? Einhundert, vielleicht einhundertfünfzig Seemeilen. Bei gutem Wetter und ruhiger See. Das bedeutete drei Stunden Fahrt bei vollem Tank. Sie waren jetzt seit zwanzig Minuten draußen. Wie lange konnten sie noch fahren?

Capello wandte den Kopf, um nach Dix zu sehen. Er sah die langen Beine seines Komplizen im Ausschnitt der immer noch offen stehenden Tür. Den linken Fuß hatte Dix unter eine Spante geklemmt, mit dem rechten stemmte er sich gegen eine Sitzbank.

»Dix!«, brüllte Capello. »Dix!«

Dix Hawthorn rührte sich nicht. Capello zog am Ventil des Signalhorns. Die Hupe brüllte auf. Dix' Füße zuckten. Capello ließ das Horn noch einmal ertönen. Jetzt reagierte Dix. Langsam zog er die Beine an und beugte den Oberkörper zurück. Im Türrahmen erschien Dix' langes Gesicht. Es war blass und elend. Leidend sah er seinen Boss aus großen runden Augen an.

»Komm rein!«, schrie Capello. Der pfeifende Wind übertönte seine Stimme. Capello winkte heftig. Hawthorn stolperte schwankend in das Cockpit.

»Der Sprit ist alle«, sagte Capello, sich mühsam zur Ruhe zwingend. »Such nach den Reservekanistern.«

»Wo?«, fragte Dix.

»Überall! Verdammt noch mal, reiß die Augen auf! Weiß ich denn, wo der Skipper sein Zeug versteckt?«

Dix stöhnte. Planlos sah er sich um, öffnete eine Luke im Boden, spürte den öligen Dunst von den Maschinen auf seiner Zunge und ließ die Klappe schnell wieder zufallen.

»Draußen«, zischte Capello böse. »Das Zeug muss irgendwo draußen sein.« Er hoffte, dass der Eigentümer der Yacht überhaupt Reservekanister an Bord hatte.

Dix Hawthorn schwankte hinaus. Capello nahm das Gas etwas zurück. Der Zeiger der Benzinuhr stand jetzt sogar einen Strich unter der Null. In wenigen Sekunden musste es vorbei sein.

Frank Capello versuchte, mit seinen Augen die Dunstschleier zu durchdringen. Die Sicht ging kaum weiter, als das Sea Skiff lang war. Vielleicht zwanzig Yards. Der Kompass stand jetzt wieder auf Ostsüdost. Offenbar hatte der Wind gedreht.

Capello kam jetzt zum ersten Mal der Gedanke, dass er in einen echten Hurrikan geraten sein könnte. Auch die Wellen schienen ihre Richtung geändert zu haben. Wenn dieser Sturm ein Hurrikan war, befanden sie sich im Südostquadranten. Wenn die Maschine jetzt ausfiel, würde der Sturm das Boot in den Sound hinaustreiben oder gegen die Spitze der Halbinsel werfen. Beides war gleich schlimm. Ein hilflos treibendes Boot in den mächtigen Wogen, die von der offenen See hereintobten. Die Yacht würde voll schlagen oder zertrümmert werden. Und die Landspitze der Halbinsel wurde von einem mächtigen Wellenbrecher geschützt. Wenn das Sea Skiff dagegen geschleudert wurde …

Das Steuerruder bewegte sich plötzlich leichter in Capellos Hand, und er bemerkte jetzt auch, dass das Vibrieren fehlte. Die Maschinen standen. Capello drückte den Starterhebel, immer wieder. Aber nichts geschah. Das Sea Skiff lag jetzt quer zu den Wellen.

Capello sah sich um. Der Sturm drückte die Wellen über den Freibord, die Yacht nahm Wasser über. Wie lange würde die Batterie die elektrische Lenzpumpe noch speisen können? Nicht lange bei der Belastung, dachte Capello. Er ließ das Ruder los und verließ das Cockpit. Draußen traf ihn der Sturm mit voller Wucht. Salzwasser spritzte in seine Augen. Wild sah Capello sich um. Dix Hawthorn war nicht zu sehen.

»Dix!«, schrie Capello. »Dix!« Der Sturm fetzte die Wörter von seinen Lippen. Über den Boden schwappte fußhoch das Wasser, wieder übernahm das Boot eine Welle. Es schwankte jetzt heftig hin und her.

Hinter der Sitzbank erschien plötzlich Dix' langes Gesicht. Das schwarze Haar hing ihm wirr und feucht ins Gesicht, die Jacke klebte nass an seinem hageren Körper. Hilflos schüttelte er den Kopf und richtete sich auf.

Capello stemmte sich ins Cockpit zurück und winkte Dix. Hawthorn tastete sich an der Reling entlang. Capello packte ihn am Arm und zog ihn hinein. Dann schlug er die Tür zu.

In dem geschlossenen Raum klang das Brausen des Sturms nicht mehr so nervenzermürbend. Ratlos starrte Capello auf das Instrumentenpult. Das Echolot zeigte nur noch drei Fuß Wasser unter dem Kiel. Der Sturm trieb die Yacht quer zu den Wellen nach Südosten. Das Boot krängte schwer nach steuerbord.

Capello sah hinaus. Durch die treibenden Schleier hindurch meinte er, für einen Moment die mächtigen Bohlen des Wellenbrechers gesehen zu haben. Konnte das sein? Waren sie nicht weiter gekommen als bis zur Spitze der Halbinsel? Angespannt versuchte er, etwas durch das aufgewirbelte Wasser hindurch zu erkennen. Noch einmal glaubte er, den Wellenbrecher zu erkennen, dann fielen die Schleier wieder.

Dix Hawthorn saß zusammengesunken auf einer Kiste. Die Kiste trug in großen gelben Buchstaben das Wort »Schwimmwesten«. Capello stieß seinen Kumpel an.

»Steh mal auf«, sagte er. Capello erhob sich, stand schwankend, lehnte sich an die Tür. Capello erkannte klar, dass mit Dix nicht mehr zu rechnen war. Er öffnete die Klappe und zog zwei der gelben Westen heraus. Es waren große Schwimmwesten, wie sie auch bei der Marine verwendet werden. Richtige große Jacken mit einem weiten Kragen, der verhindern soll, dass der Schwimmer zu viel Wasser schluckt.

Capello schüttelte Dix heftig. Der Mann sah ihn nur mit leeren Blicken an. Entschlossen zwängte Capello seinen Komplizen in die Weste und hakte die Klammern vor der Brust zu.

»Wenn du ins Wasser gehst, immer den Kopf hochhalten. Das ist das Wichtigste. Verstehst du?«

Hawthorn reagierte nicht. Capello schlug ihn zweimal mit der flachen Hand ins Gesicht und wiederholte seine Anweisung. Hawthorn nickte stumm.

Capello legte sich jetzt selbst eine Schwimmweste an. Dann sprang er über den Niedergang in die Kajüte und raffte die vier Geldsäcke auf, die er vor einer halben Stunde achtlos dort hineingeworfen hatte. Er wühlte in einer Schublade des Geschirrschrankes herum, bis er ein kurzes Tauende fand. Rasch knotete er die Säcke zusammen und warf sich das Bündel über die Schultern. Das Geld würde er so schnell nicht aufgeben.

Das Sea Skiff legte sich fast auf die Seite, als Capello sich ins Ruderhaus zog. Das Boot kam wieder hoch, jetzt hob sich der Bug, fiel zurück. Capello hielt sich am Rahmen der Windschutzscheibe fest. Das Echolot zeigte sieben Fuß, dann acht Fuß, zehn, zwölf. Ungläubig starrte Capello auf das grüne Glas. Dann sah er nach draußen. Die Wellen gingen hoch, er schätzte fünfzehn Fuß. Das Sea Skiff wurde von einer Woge angehoben, Capello spürte die Belastung wie in einem schnell anfahrenden Expresslift. Dann sauste die Yacht in die Tiefe, wurde abrupt gestoppt. Die Planken ächzten. Das Echolot zeigte zwanzig Fuß an.

Capello begriff nur langsam, dass er an dem Wellenbrecher vorbeigekommen war. Aber ob er darüber froh sein sollte, war ihm nicht klar. Die Wassertiefe nahm immer noch zu. Wohin mochten sie jetzt treiben? Südost voraus lag eine größere Insel, Fishers Island. Bis dahin mochten es etwa acht Meilen sein. Aber Capello nahm an, dass der Kurs der Yacht sie südlich an der Insel vorbeiführen würde. Dazwischen gab es eine Reihe weiterer Inseln, die meisten sehr klein und unbewohnt. Eine Insel mit flachem Strand könnte die Rettung bedeuten.

Eine Woge krachte auf das Vorschiff nieder und ließ das Sea Skiff erbeben. Eine zweite folgte kurz darauf. Langsam würde die Yacht zertrümmert werden, dachte Capello. Er sah auf die Uhr. Es war erst kurz nach halb drei. Noch nicht einmal eine Stunde war seit dem Überfall vergangen. Er saß auf dem Sprung. Jeden Augenblick konnte das Boot auseinander brechen. Die Spanten ächzten erbärmlich, wenn das Sea Skiff in ein Wellental geworfen wurde. Capello beobachtete den Schirm des Echolots. Die Tiefe betrug achtundzwanzig Fuß. Er hatte die Hoffnung, auf eine Insel zugetrieben zu werden, schon fast aufgegeben, als die dünne Linie wieder zu steigen begann. Fünfundzwanzig, zwanzig, fünfzehn, zehn, es schien rasend schnell zu gehen. Acht, sechs. Plötzlich ging ein Zittern durch den Rumpf, ein entsetzliches Kratzen ertönte, ein Reißen, für einen Moment lag das Boot fest, als das Wasser zurückwich. Dann packte eine Welle das Sea Skiff, hob es hoch und warf es krachend auf ein Riff. Die Yacht hing in steilem Winkel nach Backbord über, die Back hing unter Wasser, unter der Tür drang Wasser ein.

Capello fasste die vier Geldsäcke fester und stieß Dix Hawthorn zur Tür. Entschlossen riss er sie auf. Der Wind drückte in den Raum hinein. Capello stemmte sich dagegen und zerrte den willenlosen Hawthorn hinter sich her. Eine Welle brach über ihm zusammen, der Bootsrumpf ächzte, Holz riss. Capello stieß seinen Kumpan auf der Leeseite über Bord und sprang hinterher.

Er sackte unter, hielt die Luft an und ruderte mit den Armen, bis er am Kopf wieder den Wind spürte. Seine Hand fühlte Stoff, er packte zu. Er hatte Dix' Schwimmweste erwischt und hielt fest. Die beiden Männer wurden von einer hohen, schäumenden Welle überspült und mitgerissen. Capellos Füße stießen gegen etwas Hartes, er tastete herum, und mit wilder Freude stellte er fest, dass er steinigen Boden unter den Füßen hatte.

Eine neue Woge hob die Männer an, trug sie voran. Die Wucht des Wassers riss Capello die Schuhe von den Füßen, aber er hielt seinen Partner fest. Unter seinen Füßen fühlte er scharfkantige Steine. Eine Welle rollte ihn mit dem ganzen Körper über rauen Fels, er spürte einen scharfen Schmerz an der Wirbelsäule. Mit der Schwimmweste blieb er an einem Stein hängen und wurde wieder von einer hohen Welle überrannt. Die Kraft riss Dix' Körper aus seiner Hand. Er hatte nicht richtig Luft geholt, und nun rang er nach Atem, während das Wasser über ihm war und nicht ablaufen wollte. Seine linke Hand hatte sich in die Säcke gekrallt. Er wollte schon loslassen, um sich von dem Stein zu befreien, als er wieder Luft bekam. Gierig sog er seine Lungen voll, bekam den Mund halb voll mit schäumender Gischt, würgte und spuckte.

Plötzlich war er frei. Auf den Knien rutschte er vorwärts, schrammte sich die Haut auf, platschte durchs Wasser. Er hörte das Heranrollen der nächsten Woge, richtete sich halb auf, stolperte hastig voran, fiel hin, rappelte sich wieder hoch. Da war der Wasserberg wieder über ihm, begrub ihn, zerrte ihn über die Felsen. Das ablaufende Wasser nahm ihn ein Stück mit zurück. Halb betäubt, mit blinden, brennenden Augen und zerschundenen Knochen wankte er voran. Er lief und lief, schwankend und taumelnd, fast ohne Besinnung. Das Donnern der nächsten anstürmenden Welle drang in sein Gehirn. Er erwartete, umgeworfen und von den Wassermassen begraben zu werden. Aber nur ein dünnes Rinnsal umspülte seine Füße, leckte an den Waden.

Capellos Füße trugen ihn noch zwei, drei unsichere Schritte vorwärts, dann gaben die Knie nach. Capello stürzte, sein Gesicht fiel in den nassen Sand, er spürte die harten Körner zwischen den Zähnen, den Fingern. Nasser Sand, aber kein Wasser mehr. Ein Schluchzen schüttelte ihn, sein Körper zuckte, dann lag er still.

In dem winzigen Sanitätsraum der Fischfabrik drängten sich die Menschen. Einer der Männer vom Geldtransporter lag auf der mit Kunstleder bespannten Liege. Sein Gesicht war blass, die Brust hob sich in kurzen, unregelmäßigen Stößen. Joe Benson, der Sanitäter, beugte sich über ihn und verband die Kopfwunde.

Ich nahm den Sheriff zur Seite. »Wie sieht es im Dorf aus?«, fragte ich ihn.

Stan Leroy verzog das faltige Gesicht. »Die Telefonleitung ist unterbrochen. Ich kann Jeff nicht erreichen.«

Ich fluchte leise. Dann fragte ich: »Gibt es noch einen Weg, ins Dorf zu kommen? Vielleicht am Strand entlang? Die Straße ist jedenfalls versperrt.«

»Auf der Südseite führt ein schmaler Sandweg an den Sommerhäusern entlang«, antwortete der Sheriff. »Aber ich bezweifle, dass Sie da noch durchkommen. Jedenfalls nicht mit Ihrem Rennwagen, und mit dem kleinen Unfallwagen von der Fabrik auch nicht.«

»Wir müssen Ihren Hilfssheriff erreichen«, sagte ich verbissen. »Einer der Gangster muss in Richtung aufs Dorf geflohen sein. Er wird sich dort einen Wagen besorgen wollen. Kommen Sie mit, wir rufen ihn über Sprechfunk. Und dann versuchen wir, ins Dorf zu kommen. Wie, ist egal. Hier sind wir am falschen Ende.«

Phil und der Sheriff verließen den Raum. Ich wandte mich an den Sanitäter. »Wie geht es ihm?«

Benson zuckte vorsichtig mit den Schultern. »Er gehört in ein

Krankenhaus. Zumindest muss ein Arzt her.« Er sah mich hoffnungsvoll an. »Könnten Sie vielleicht ...?«

Ich dachte an die versperrte Straße und den Sturm und schüttelte den Kopf.

Der andere Mann von der Transportgesellschaft drängte sich durch die Umstehenden und stellte sich neben mich.

»Mein Name ist Fanning«, sagte er, »Victor Fanning. Sie sind doch vom FBI?« Und als ich nickte, fuhr er mit drängender Stimme fort: »Können Sie denn gar nichts tun? Dan Bowler stirbt, wenn er hier bleibt. Das sehen Sie doch!«

Ich sah den Mann prüfend an. Auch er war blass, ein mächtiges Pflaster verdeckte die halbe Stirn. Aber er schien sonst okay zu sein und machte einen entschlossenen Eindruck. Er mochte Ende dreißig sein, vielleicht auch vierzig, und war gut in Form.

»Es gibt nur eine Straße ins Dorf runter, und die ist versperrt. Ein großer Ast ...«

»Das weiß ich«, unterbrach er mich ungeduldig. »Was kann ich tun?«

»Schnappen Sie sich ein paar Männer und räumen Sie die Straße. Im Dorf wird es einen Arzt geben. Sorgen Sie dafür, dass der Krankenwagen durchkommt.«

Fanning nickte und sah sich um. Er sprach mit einigen Männern, handfesten Burschen. Sie würden es vielleicht schaffen, solange der Sturm nicht heftiger wurde.

Ich ging nach draußen. Der Wind heulte um die Gebäude der Fabrik. Phil und der Sheriff standen neben meinem Jaguar. Ich lief auf sie zu.

»Im Büro des Sheriffs meldet sich niemand«, berichtete Phil.

»Das hätte ich Ihnen gleich sagen können«, meinte Leroy. »Jeff hilft den anderen. Katastropheneinsatz.«

»Wir müssen ins Dorf«, sagte ich verbissen.

»Nicht mit dieser Karre. Mit dem Geldtransporter da ginge es vielleicht, aber nicht mit diesem Sonntagsauto ...«

Sonntagsauto!, dachte ich empört, sagte aber nichts. Der Geldtransporter war ein neuerer Chevrolet Kingswood Estate, eine Art umgebauter Lieferwagen auf einem normalen Chassis. Ich lief los, stürmte in den Sanitätsraum und fragte: »Wer ist für den Fuhrpark der Fabrik verantwortlich?«

Ein älterer, gebeugter Mann hob die Hand. »Ich, Sir.«

»Was haben Sie für Wagen in Ihrer Garage? Haben Sie einen Jeep oder etwas Ähnliches?«

»Nein, nur offene Pritschenwagen und zwei PKW. Einen Olds, der gehört dem Chef, und einen Chevy, der ist für die Einkäufer und so da.«

»Was für 'n Chevy?«

»68er«, kam die kurze Antwort.

»Haben Sie Winterreifen für den Wagen da?«

»Sicher, sogar auf Felgen.«

»Los, holen Sie die Räder und montieren Sie sie auf den Geldtransporter.«

»Okay, Sir. Sie sind der Chef.« Der Mann flitzte raus. Ich folgte ihm und ging wieder zum Jaguar. Fanning und sieben andere Männer verließen gerade den Hof. Sie trugen Äxte, Sägen und Seile in den Fäusten.

Phil saß auf dem Beifahrersitz, das Mikrofon in der Hand. Der Sheriff stand im Regen. Phil sprach mit jemandem.

»... Straße sperren«, verstand ich, dann quakte eine empörte Stimme aus dem Lautsprecher.

Fragend sah ich den Sheriff an.

»Ihr Kollege spricht mit der State Police in Niantic.« Er grinste flüchtig. »Bei dem Wetter werden die nicht viel für uns tun können. Es gibt im Moment Wichtigeres, verstehen Sie?«

Ich nickte. »Wo steckt eigentlich Ihre Fischereiflotte?«

»Oh, um die brauchen Sie sich keine Sorgen zu machen.« Leroy wies mit der Hand auf unser Sprechfunkgerät. »Die Jungs von der State Police haben mir gerade Bescheid gesagt. Die Boote sind rechtzeitig in die Bucht von Snug Harbor eingelaufen.«

Wenigstens eine gute Nachricht, dachte ich. Phil hakte das Mikro zurück und stieg aus. Resignierend zuckte er mit den Schultern.

»Agatha heißt dieses Windchen«, sagte er. »Die Dame hält zur Zeit alle offiziellen Stellen in Atem. Sowie der Sturm abflaut, stellen die Kollegen von der State Police Straßensperren auf. Mehr konnten sie nicht versprechen.«

Der Mann vom Fuhrpark rollte ein Rad heran. Wir gingen zum Geldtransporter und fassten mit an. Ich begann, die Radmuttern zu lösen, während Phil den Wagen mit einem hydraulischen Wagenheber anhob. Innerhalb von zehn Minuten stand der Wagen auf vier neuen Rädern mit grobem Profil. Damit konnte man es riskieren, über nassen Sand zu fahren. Phil, Sheriff Leroy und ich stiegen ein. Wie selbstverständlich klemmte sich der Sheriff hinter das Steuerrad.

Er wendete und fuhr die Straße zur Landspitze hinauf, an dem Restaurant vorbei. Ein eklig schmaler Hohlweg führte abwärts. Und schon war die Reise zu Ende. Der umgestürzte Mast einer Telefonleitung blockierte bereits die Einfahrt. Wir stiegen aus.

Der Sturm fegte mit voller Wucht heran, zerrte an unseren Kleidern und trieb uns peitschend den Regen ins Gesicht. Wir zerrten an dem Mast, konnten ihn aber nicht bewegen. Der Mast hatte sich zwischen den Bäumen verkeilt. Wir gaben es auf.

Ich sah auf den Sound hinaus. Neben dem Restaurant stand eine kleine Aussichtsplattform mit eisernem Geländer und einem Fernrohr auf einem gusseisernen Sockel. Ich hielt mich an dem Geländer fest und versuchte, mit meinen Augen die ziehenden grauen Schleier zu durchdringen. Der Sturm peitschte die Wassermassen auf, zerriss die Wellen zu Schleiern aus Nässe und trieb sie vor sich her. Nur wenn eine Bö plötzlich aus einer anderen Richtung heranfegte, fielen die aufwirbelnden Massen sekundenlang in sich zusammen. So erkannte ich einmal den Wellenbrecher unter mir, triefende, dunkle Bohlen aus Eichenstämmen. Die Wellen leckten an dem Holz, überspülten es. Dann fiel der Vorhang wieder.

Phil und der Sheriff standen neben mir und sahen ebenfalls schweigend in das Toben hinein. Ich brachte meinen Mund nahe an das Ohr des Sheriffs und brüllte: »Welche Chance hat man jetzt mit einem Boot da draußen?«

»Kommt drauf an. Es gibt ein paar in der Gegend, die sich selbst bei diesem Wetter eine Weile halten können. Die Boote der Strandwächter zum Beispiel oder die kleinen Kajütkreuzer, wenn sie starke Motoren haben.«

Ich dachte an die Männer in der weißen Motoryacht. Hatte Capello eine Chance? War er es überhaupt, der an Bord war?

Für einen Moment fielen die Schleier wieder in sich zusammen, ich sah die wogende See hinter dem Wellenbrecher, die platt gedrückten Wellenkämme und die sprühende Gischt. Und wie ein Schemen tauchte geisterhaft ein weißer Rumpf aus dem Dunst, quer zu den Wellen, heftig schaukelnd. Ich erkannte einen schlanken Rumpf, die flachen Kajütfenster und den hohen Aufbau des Ruderhauses.

»Das Sea Skiff des Doktors«, stöhnte der Sheriff neben mir. »Was macht der denn da draußen?«

Eine mächtige Woge brandete gegen den Wellenbrecher und verschluckte die Yacht, dann tauchte sie noch einmal auf. Das Boot schien antriebslos auf den Wellenbrecher zuzutreiben. Eine Welle riss das Sea Skiff herum, das Heck kam den Bohlen gefährlich nahe. Dann schaukelte die Yacht vorbei und tauchte hinter den tobenden Wellen und der Wasserwand unter.

»Mein Gott«, sagte der Sheriff. »Der Doktor!«

»Wo liegt die Yacht gewöhnlich?«, fragte ich schreiend den Sheriff.

»Am östlichen Anleger, am äußersten Ende. Warum?«

»Wahrscheinlich sind zwei der Gangster an Bord. Die Maschine scheint ausgefallen zu sein, was meinen Sie?«

»Sicher, der Kahn trieb ja hilflos daher. Wenn die Maschinen laufen, sieht das ganz anders aus. Die saufen ab, das steht fest.«

»Wo liegen die Boote der Strandwächter?«, fragte ich.

»Unten am Anleger natürlich.«

»Ist eins fahrbereit?«

»Die sind immer fahrbereit. Aber Sie wollen doch nicht raus?«

Ich nickte heftig. »Und ob. Da treibt ein Boot mit zwei Männern an Bord. Die sind verloren, wenn niemand hilft. Kommen Sie!«

Wir liefen auf den Wagen zu und sprangen hinein. Leroy startete. Unterwegs fragte ich den Sheriff nach dem Rettungsboot aus.

»Es sind Chris Craft Lancers, kleine Motorkreuzer mit geschlossenem Ruderhaus und Doppelrümpfen, praktisch unsinkbar. Haben Sie so 'n Ding schon mal gesteuert?«

Ich nickte nur. Zu meinen wenigen Leidenschaften gehört der Wassersport mit allem Drum und Dran. In den Staaten gibt es wohl keine Wasserratte, die diese schnellen Kreuzer nicht kennt.

Der Sheriff stoppte einige Yards vorm Anleger. Die Wellen schlugen über die hölzernen Bohlen. Die Boote, die hier festgemacht waren, zerrten wild an ihren Leinen. Drei schneeweiße Lancers lagen an den Pollern neben dem Zollschuppen und rieben sich mit ihren Fendern am Anleger. Außer uns war kein Mensch hier unten.

Gemeinsam hielten wir eins der Boote fest. Ich riss die Persenning von der offenen Plicht und sprang hinein. Das Boot schaukelte wie verrückt, und ich musste die Schlingerbewegungen mit gespreizten Beinen und gebeugten Knien abfangen. Phil wollte mir nachspringen.

»Stopp!«, rief ich. »Einer genügt!«

»Quatsch!«, brüllte Phil zurück. »Du brauchst einen Aufpasser!«

Ich öffnete die niedrige Tür zum Ruderstand. Das nasse Hemd klebte mir unangenehm am Körper, und die Riemen des Schulterholsters drückten. Ich rückte das Ding zurecht und zog den Smith & Wesson. Das Metall glänzte feucht. Seufzend steckte ich den Revolver wieder ein. Meistens schießt ein Revolver sogar dann noch, wenn man damit gebadet hat, aber man kann sich nicht darauf verlassen. Ich tröstete mich mit dem Gedanken, dass die Schießeisen der Gangster kaum trockener sein konnten. Und wahrscheinlich würde den Burschen nicht nach Schießen zumute sein, falls ich sie überhaupt finden sollte.

Phil machte Anstalten, das Boot zu entern.

»Alle Mann von Bord!«, schrie ich. »Ich komme schon zurecht. Schlag dich ins Dorf durch. Wer weiß, was dort los ist!«

»Etwa zu Fuß?«, brüllte mein Freund empört.

»Spazieren gehen ist gesund!«, rief ich ihm zu und knallte die Tür zum Ruderstand zu. Ich warf mich in den drehbaren, gepolsterten Schalensessel, zog die Sitzarretierung fest und legte mir die Anschnallgurte um. Rasch überflog ich die Instrumente auf dem Steuerpult, bevor ich den Starterschlüssel drehte. Durch den Sitz spürte ich das Vibrieren der Maschine. Regen und Gischt sprühten gegen die Scheiben und ließen die Vorgänge draußen nur wie durch einen dichten Schleier erkennen. Verschwommen sah ich die Figur des Sheriffs, der mit weit ausholenden Bewegungen seiner Arme zu winken schien. Ich nahm an, dass er die Leine losgeworfen hatte, und gab Gas. Der Scheibenwischer schnitt einen breiten Sektor aus der Frontscheibe. Ich starrte nach vorne, in die grauen Schleier, aus der die Wogen hervorbrachen. Der Bug hob sich, als der Propeller kraftvoll das Wasser peitschte. Mit rauschender Bugwelle glitt ich in die tobende See hinaus.

Frazer war am Ende seiner Kräfte. Keuchend stapfte er durch den Wald neben der Straße, die nach Willow's Point hinunterführte. Unter den Bäumen spürte er den Wind weniger scharf, und er erwartete hier mehr Schutz vor dem Regen, den die Sturmböen über jede freie Fläche trieben. Trotzdem waren Frazers Kleider durchnässt. Das Wasser stand in seinen Schuhen, lief über sein Gesicht, drang durch die Jacke bis auf die Haut.

Mit zusammengebissenen Zähnen stolperte er vorwärts, kletterte über losgerissene Äste. Sein Blick hing am Boden, aber er nahm kaum noch etwas wahr. Einen flachen Graben bemerkte er zu spät. Die Rinne war plötzlich da, Frazers Fuß trat ins Leere, und der Mann fiel der Länge nach hin. Der Graben stand voll Wasser, vermischt mit Laub und Erde und Zweigen. Fluchend schlug Frazer um sich, schürfte sich die Hände auf. Einmal verlor er einen der beiden Geldsäcke. Er platschte wild in dem Wasser umher, bis er den nassen Stoff des Beutels wieder zwischen den Fingern spürte. Seine Füße versanken im Schlamm. Mühsam raffte er sich auf, krabbelte auf allen vieren die niedrige Böschung hoch und ließ sich erschöpft ins nasse Gras fallen.

Mit zitternden Fingern suchte er nach seiner Zigarettenschachtel. Er fand die nasse Packung, fluchte leise, als er die zerkrümelten, aufgelösten Stäbchen sah. Er riss die Packung ganz auf und fand endlich eine Zigarette, die noch halbwegs trocken geblieben war. Vorsichtig schützte er sie mit der hohlen Hand gegen herabfallende Regentropfen und versuchte gleichzeitig, sein Feuerzeug zu zünden. Nach mehreren Versuchen flammte der Docht auf. Gierig hielt Frazer die glimmende Zigarette zwischen den schmalen Lippen.

Seine Lebensgeister kehrten zurück. Langsam sah er sich um. Zwischen den Bäumen entdeckte er weiter vorn, kaum dreihundert Yards entfernt, die Umrisse einiger Häuser. Willow's Point!

Behutsam robbte Frazer auf die Straße zu, von wo aus er besser beobachten konnte. Einige Männer rannten auf der Straße umher, sie trugen Werkzeuge in den Händen. Ein Auto war nicht zu sehen. Dabei brauchte er dringend einen Wagen, wenn er von dieser verdammten Halbinsel wegkommen wollte.

Aber woher sollte er in diesem Kuhdorf einen Wagen bekommen? Die Männer da vorne liefen wie aufgescheuchte Hühner herum. Da war bestimmt nichts zu machen. Frazer nahm noch einen langen Zug aus der Zigarette und warf den winzigen Stummel dann weg. Erbittert dachte er an Frank Capello, der ihn zu diesem Job überredet hatte. Dann fiel sein Blick auf die beiden prall gefüllten Säcke an seiner Faust. Seinen Anteil hatte er wenigstens noch, das war immerhin etwas. Und dann hatte Frazer eine Idee.

Er dachte an den Buchhalter, den sie in einem Schuppen unten am Strandweg abgeladen hatten. Das musste doch ganz in der Nähe sein!

Frazer sprang auf und huschte geduckt über die Straße. Er rannte durch das dichte Unterholz, ohne auf die starren Zweige zu achten, die sein Gesicht zerkratzten. In dem Schuppen lag dieser Shingler, der bestimmt Zigaretten in seiner Tasche hatte. Und in dem Schuppen stand ein Wagen, ein Landrover! Den musste er haben.

Frazer rutschte die Böschung hinab. Als er den Schutz des Waldes verließ, traf ihn der Sturm mit voller Wucht. Frazer riss den Mund auf und rang nach Luft. Die Gischt sprühte bis hierher, traf seine Augen und trübte den Blick.

Dann stand Frazer hinter einer niedrigen Strandhütte. Er ging um den Bau herum. Die Brandung hatte den Uferweg bereits erreicht. Die Wellen schlugen über den Strand und rollten in langen Zügen bis zu den Häusern, die hier standen. Frazer bemerkte ein losgerissenes Dach, und als er sich umsah, erkannte er das Ausmaß der Verwüstung. Die meisten Strandhäuser waren bereits beschädigt. Die Dächer waren davongeflogen, einige der leichten Hütten lagen halb zertrümmert neben ihren Fundamenten.

Frazer mied den Strandweg. Hinter den Häusern her ging er die Strecke ab. Er fand einen Schuppen, der Ähnlichkeit mit dem hatte, in dem Shingler liegen musste. Frazer riss eine Planke von der hinteren Wand und spähte in das Innere. Fluchend lief er weiter, kehrte um, als er sich dem Dorf näherte, kämpfte sich am Strand entlang.

Endlich hatte er den Schuppen gefunden. Das Gebäude war niedrig und lag im Schutz eines größeren, massiven Strandhauses. Die Böen rüttelten lärmend an den hölzernen Wänden, aber das Material hielt stand.

Frazer ließ sich auf die Knie nieder, legte die beiden Säcke ab und zerrte an einem Brett. Es gelang ihm, einen kleinen Spalt zwischen zwei der Bohlen zu treiben, aber trotz aller Anstrengung bekam er das Brett nicht los. Er zog seinen Revolver aus dem Hosenbund, den er wie durch ein Wunder noch nicht verloren hatte, und setzte den langen Lauf als Hebel an. Krachend löste sich das Brett. Frazer vergrößerte schnell das entstandene Loch, bis er ächzend hindurchschlüpfen konnte.

Im Inneren des Schuppens war es dunkel. Frazer tastete umher, stieß mit dem Schienbein gegen Metall, stolperte fluchend weiter. An der Tür fand er einen Lichtschalter und drehte. Nichts geschah. Frazer tapste wieder umher, bis er die Umrisse des Landrover unter seinen Händen fühlte. Er stieg auf den Fahrersitz und drückte einige Hebel und Schalter. Als die Scheinwerfer des Wagens aufflammten, atmete Frazer erleichtert auf.

Auf der Heckbank des Bootes lag Adam Shingler und starrte Frazer aus großen Augen angstvoll an. Frazer schwang sich in das Motorboot und beugte sich über Shingler. Der Gefesselte krümmte sich zusammen. Frazer tastete ihn ab, bis er eine Packung Zigaretten fand. Er nestelte ein Stäbchen aus der Packung und zündete es an. Langsam und genussvoll atmete er den Rauch ein und setzte sich dann neben Shingler auf die Bank. Nachdenklich betrachtete er den Mann.

»Auch eine?«, fragte er endlich.

Shingler nickte hastig. Frazer riss ihm das Pflaster vom Mund, und Shingler schrie unterdrückt auf, wobei er das durchweichte Taschentuch ausspuckte.

»Nur ruhig, Freundchen«, sagte Frazer warnend und schob dem kleinen Mann ein Stäbchen zwischen die Lippen. Dann hielt er das brennende Ende seiner eigenen Zigarette an Shinglers Stäbchen, der hastig zu ziehen begann. Shingler hustete ein paar Mal unterdrückt.

Frazer lauschte dem Heulen des Sturms, der um den Schuppen fegte und am Dach rüttelte. Die ganze Hütte schien zu schwanken, ächzte und rappelte. Frazer hatte noch nie einen so starken Sturm erlebt, deshalb konnte er sich kein Bild von der Kraft machen, die dahinter steckte.

»Was meinst du?«, fragte er Shingler. »Ob die Straße nach Crescent Beach noch frei ist?«

Shingler schüttelte energisch den Kopf. »Nie im Leben«, krächzte er heiser.

Frazer seufzte und studierte die Schalter im Cockpit des Bootes. Es war ein kleines Kajütboot. Er beugte sich vor und legte einen Hebel herum, unter dem auf einem kleinen Schild »Licht« stand. Zwei schwache Birnen flammten auf, eine über dem Rudersitz, eine am Niedergang zur Kajüte. Frazer sprang aus dem Boot und schaltete die Scheinwerfer des Landrover aus. Er wollte die Batterie schonen. Denn er hatte die Absicht, den Wagen zur Flucht zu benutzen, sowie der Sturm nachließ.

Frazer ging zum Tor und wollte es öffnen.

»Nicht!«, rief Shingler heiser.

Frazer wandte sich ungeduldig um. »Warum denn nicht?«, fragte er unwillig.

»Der Sturm reißt uns den Schuppen über den Köpfen weg, glauben Sie mir!«

Frazer grunzte. Aber er wusste, dass Shingler Recht hatte. Er kletterte wieder ins Boot und sah den kleinen Mann nachdenklich an. »Du kennst dich aus, wie?«

Shingler nickte eifrig.

Frazer blies ihm den Rauch seiner Zigarette ins Gesicht. »Fein, fein«, sagte er dann bedächtig. »Du wirst mich hier rauslotsen, nachher, wenn der Wirbel vorbei ist.« Er zog seinen Revolver und wischte das Metall mit einem Lappen trocken, den er im Boot gefunden hatte. »Okay?«, fragte er dann, ohne den Kleinen anzusehen.

Shinglers Augen flackerten unruhig. Dann nickte er ergeben.

Ich kam mir vor wie in einem U-Boot. Das Wasser war überall und erlaubte kaum einen Blick nach draußen. Ich fuhr nur mit dem Echolot und dem Kreiselkompass und dem Vertrauen auf Glück. Das schnittige Boot pflügte unbeirrt durch die hoch gehenden Wellen, der Sturm fetzte die Bugwellen gegen die Frontscheibe. Der Scheibenwischer arbeitete unermüdlich und kämpfte wacker gegen die Wassermassen an.

Der Lancer lag verhältnismäßig ruhig in der schäumenden, wirbelnden See. Während der ersten zehn Minuten hielt ich genau östlichen Kurs, dann schwenkte ich in weitem Bogen nach Südosten. Wenn mein Gefühl mich nicht trog, musste mich dieser Kurs um die Spitze der Halbinsel von Willow's Point herumführen.

Ich glaubte, am Schwanken des Bootes die rauer gehende See zu spüren. Der Lancer krängte einmal schwer nach backbord und nahm eine hohe Welle über. Aber wie ein Stehaufmännchen richtete er sich wieder auf und folgte weiter willig dem Druck des Propellers und dem Ruder. Dann stieß der Bug in ein Wellental, und die Wogen schlugen über dem Boot zusammen. Eine halbe Sekunde lang – eine ganze Ewigkeit, wie mir schien – lag das Boot unter Wasser. Der Rumpf ächzte. Aber der Ruderstand blieb dicht. Wie ein Ball, den man unter Wasser gehalten und plötzlich losgelassen hat, schoss der Lancer wieder an die Oberfläche. Einen Augenblick mahlte der Propeller leer, dann tauchte das Heck wieder ein und trieb das Boot voran.

Angestrengt starrte ich nach draußen. Alles war grau, die Trennungslinie zwischen Wasser und Luft schien nicht mehr zu existieren. Aber dann sah ich etwas, etwas Weißes, das schemenhaft auftauchte und wieder verschwand, bevor ich es richtig gesehen hatte. Irgendetwas war vorbeigetrieben.

Ich brachte meinen Kopf so nahe wie möglich an die Frontscheibe, um besser sehen zu können. Das Glas beschlug von meinem Atem. Ich wischte die Scheibe klar und spähte in die schäumende Masse. Da war wieder etwas, es gab keinen Zweifel. Eine weiße Planke trieb rasend schnell vorbei, dann ein großer Brocken, der wie ein Kajütdach aussah.

Mein Blick huschte über den Schirm des Echolots. Eben noch hatte das Instrument eine Wassertiefe von fast dreißig Fuß angezeigt, jetzt kletterte die Linie rasch und stand schon bei der 18-Fuß-Marke. Verblüfft sah ich wieder nach draußen. Trümmer trieben jetzt nicht mehr vorbei. Behutsam drehte ich das Steuerruder. Der Lancer legte sich folgsam auf die Seite. Der Sturm packte das Boot jetzt von backbord und drückte es tief in die Wellen. Der Bug tauchte krachend unter, schoss hoch, tauchte wieder unter. Ich wollte einen weiten Kreis um die Stelle ziehen, an der die Bootstrümmer so plötzlich aufgetaucht waren. Aber dann lief ein Zittern durch den Bootskörper, es schabte und kratzte entsetzlich unter dem Kiel. Ich warf das Steuer noch weiter nach steuerbord herum und riss am Gashebel. Eine Welle hob den Lancer an. Das Boot lag jetzt in einem Winkel von 45 Grad auf dem Wasser, die Steuerbordseite hing weit unter Wasser.

Ich ließ das Ruder in die Nulllage zurückdrehen, und der Lancer richtete sich wieder auf. Als ich in ein Wellental hineinschoss, krachte es wieder. Es klang erbärmlich und zerrte an den Nerven. Die leuchtende Linie des Echolotes zitterte knapp unter dem Nullstrich. Dann krachte es noch einmal, und ich hing fest.

Ich schlug mit der flachen Hand auf den Verschluss des Gurtes und ließ mich aus dem Sitz gleiten. Da packte eine Welle das Boot, hob es an und setzte es dann mit voller Wucht wieder auf Grund. Ich flog in eine Ecke und knallte mit dem Kopf gegen den Feuerlöscher. Ich taumelte wieder auf die Füße.

Lange würde das Boot diese Belastung nicht aushalten, das war mir klar. Ich zerrte eine Schwimmweste aus dem Stauraum neben dem Cockpit und legte sie mir um. Die Wellen und der Sturm rüttelten am Boot und rieben es über den Grund. Wenigstens wurde es jetzt nicht mehr angehoben, dachte ich. Entweder gingen die Wellen nicht mehr so hoch, oder es lag schon so nahe an Land, dass die Wassertiefe nicht mehr betrug als der Tiefgang des Lancer, also höchstens zwei Fuß, eher weniger.

Ich kontrollierte den Sitz meines Revolvers, holte tief Luft und stemmte die Tür zur Plicht auf. Dahinter schien eine Wasserwand aufrecht zu stehen, die mich voll traf. Ich schluckte Salzwasser und rang nach Luft. Mit vorgehaltenem Kopf zog ich mich an der Heckreling entlang, stieg auf die Sitzbank und sprang auf der Leeseite über Bord. Ich versank nur bis zu den Knien, meine Füße standen auf weichem Sand. Aber nur einen Sekundenbruchteil lang. Das Boot schaukelte heftig unter dem Anprall einer Welle, und plötzlich reichte mir das Wasser fast bis zu den Schultern. Salziger Schaum sprühte in mein Gesicht.

Ich zerrte an dem Lancer, um ihn in flacheres Wasser zu bekommen. Um mein Gewicht erleichtert, ruckte er ein kleines Stückchen vorwärts, bis das Wasser der starken Welle abfloss und das Boot wieder aufsitzen ließ. Mit der nächsten Woge wiederholte ich das Manöver, aber ich hatte nicht den Eindruck, voranzukommen. Dagegen meinte ich, dass der Sturm etwas abgeflaut war. Aber vielleicht lag es nur daran, dass mich der Bootsrumpf vor dem direkten Angriff der Böen etwas schützte.

Plötzlich hörte ich das Heranbrausen einer mächtigen Welle. Das dumpfe Rollen übertönte das Heulen des Sturmes. Ich wandte mich um, sah aber nur die graue Wand aus Wasser und Gischt. Das rollende Geräusch wurde heller, fast schrill. Ich wusste, dass die Wassermassen gleich über mir sein mussten. Ich zog den Kopf ein, pumpte meine Lungen voll Luft und krallte mich an der Reling des Bootes fest. Und da war das Wasser auch schon da.

Der gewaltige Anprall überrollte mich, warf mich gegen den Lancer und begrub mich und das Boot unter sich. Der Druck des Wassers presste mich auf den Grund, das Boot hatte ich längst losgelassen, meine Hände spürten Sand, mein Körper wurde hart über den Grund gerissen. Und dann setzte sich etwas Hartes unsanft über meine Beine, drückte und presste, bis der Sand nicht mehr nachgab.

Der Schmerz raubte mir fast die Besinnung, ich wollte schreien, riss den Mund auf, schluckte Wasser. Der Untersog der Woge zerrte an meinem Oberkörper. Und immer noch war das Wasser über mir.

Rote Ringe tanzten vor meinen Augen, und ich glaubte, meine Lungen müssten platzen. Vorsichtig stieß ich etwas Luft aus, dann mehr, presste alles heraus. Mein Gehirn arbeitete mit seltsamer Klarheit. Ich wusste, dass ich in ein oder zwei Sekunden versuchen würde, einzuatmen. Irgendetwas. Wusste, dass ich es tun würde, tun musste. Und ich wusste, dass der erste Zug der Anfang vom Ende sein würde.

Verzweifelt zerrte ich an meinen Beinen, um sie aus der tödlichen Umklammerung zu lösen. Ich wälzte mich auf die Seite, aber das Gewicht des Bootes hielt mich wie mit einer eisernen Klammer fest.

Ohne mein Zutun öffnete sich mein Mund, der Brustkorb wollte sich weiten. Noch einmal siegte mein Wille. Ich bäumte mich auf, mit letzter, versagender Kraft.

Plötzlich waren die Beine frei. Ich strampelte wild, stieß mich ab und riss den Kopf hoch, nur hoch. Meine Lungen machten einen gierigen Atemzug, ich hörte mich heiser atmen und wusste, dass ich noch einmal davongekommen war. Ich bekam Luft, wasserhaltige zwar, aber herrliche Luft.

Im Moment sah ich noch nichts, meine Augen schmerzten. Mit den Armen tastete ich umher, platschte ins Wasser. Ich machte einen

Schritt, stolperte, fiel, kam wieder mit dem Kopf unter Wasser. Wie in Panik rappelte ich mich auf, strauchelte vorwärts. Eine Welle warf mich um, rollte über mich hinweg, riss mich beim Zurückströmen erneut von den Füßen.

Das Wasser war jetzt so flach, dass ich wie ein Kind auf allen vieren kroch. Keuchend und würgend vom vielen Salzwasser, das ich geschluckt hatte, tappte ich blind daher. Meine Arme knickten weg, mein Gesicht grub sich in nassen Sand, wurde vom Wasser überspült. Träge drehte ich meinen Kopf, um wenigstens den Mund oben zu behalten, wenn der nächste Brecher mich erreichen würde.

Und die nächste Woge kam. Ich hörte ihr dumpfes Grollen, das Zischen des aufgeschäumten Wassers. Unendlich langsam kroch ich weiter, obwohl ich genau wusste, dass das Wasser schneller sein würde. Es würde mich überrollen, mich auf den Sand pressen und dann wieder hinauszerren.

Das durfte nicht sein, der Kampf durfte nicht umsonst gewesen sein! Ich stemmte mich mit den Armen hoch, richtete mich auf, kam mühsam auf die Beine. Schwankend setzte ich einen Fuß vor den anderen.

Das Brausen der heranstürmenden Welle biss sich in mein Gehirn. Meine Füße stampften durch den Sand, wurden schneller, ich lief! Donnernd brach die Woge hinter mir zusammen, ein flaches Rinnsal umspülte meine Waden. Schäumendes, glitzerndes Wasser lief vor mir her und rann schon zurück.

Meine Knie knickten ein, einen Augenblick noch hielt ich mich aufrecht, dann sackte ich ausgepumpt zusammen. Mein ganzer Wille konzentrierte sich jetzt darauf, nicht das Bewusstsein zu verlieren. Dann spürte ich plötzlich, wie ich gepackt und über den Sand geschleift wurde. Ich schlug wild um mich.

»Ruhig, Junge«, sagte da eine dunkle Stimme sanft. »Du bist ja in Sicherheit.«

Der Geldtransporter rollte in den Hof der Fischfabrik. Ein abgerissener Ast geriet zwischen die Räder und brachte den Wagen hart zum Stehen. Phil und der Sheriff sprangen hinaus und rannten über die ungeschützte Fläche. Der Sturm trieb kleinere Äste über den

Beton, und dauernd prasselten Dachpfannen herab, die scheppernd zersprangen.

Phil warf dem Jaguar einen besorgten Blick zu und seufzte leise. Der rote Flitzer würde ein paar Schrammen und Beulen abbekommen.

Der Sheriff riss die Tür zum Hauptgebäude auf und schlug sie keuchend hinter sich zu, als auch Phil das Haus erreicht hatte. Phil atmete auf. Ohne Not brachte ihn niemand mehr in das Unwetter hinaus.

Die beiden Männer betraten den kleinen Sanitätsraum, in dem sich immer noch die Leute drängten. Schweigend wichen sie zurück und gaben den Blick auf die Liege frei. Phil sah das blasse Gesicht Dan Bowlers, die eingefallenen Wangen und hörte den rasselnden Atem des Verletzten. Und er sah den anderen Mann der Transportgesellschaft, der ihn stumm anblickte. Phils Magen krampfte sich zusammen. Der Verletzte! Also waren Fanning und die anderen Männer nicht durchgekommen.

»War nichts zu machen?«, fragte Phil trotzdem.

Fanning schüttelte den Kopf. »Aussichtslos. Äste und umgestürzte Bäume …«

Phil wandte sich an Joe Benson, den Sanitäter. »Wie geht es ihm?«

»Nicht besser, nicht schlechter. Ist bei Gehirnerschütterungen nicht anders zu erwarten.« Benson fühlte nach Bowlers Puls.

»Welche Chance hat er hier?«

»Da bin ich überfragt, Mister. Der Mann gehört in ein Krankenhaus. Ich bin nur für kleine Wehwehchen zuständig, verstehen Sie?« Bensons Stimme hatte einen leicht schrillen Unterton.

Phil erkannte, dass der Mann überfordert war. Er betrachtete noch einmal den bewusstlosen Mann auf der Liege. Er lag auf der Seite, eine leichte Decke bedeckte den Oberkörper. Phil nickte unbewusst. Mehr konnte er auch nicht tun. Oder doch! Wenn man den Verletzten nicht ins Krankenhaus bringen konnte, musste eben ein Arzt her. Ganz einfach. Phil wollte jedenfalls nicht tatenlos zusehen, bis der Mann vielleicht starb. Entschlossen reckte er die Schultern.

»Ich hole den Arzt«, sagte er gepresst, »und wenn ich ihn herauftragen muss.«

Die Männer in dem Raum schwiegen, nur Fanning sah Phil hoffnungsvoll an. Phil nickte noch einmal und wandte sich zur Tür.

»Warten Sie«, sagte Benson und öffnete einen Schrank. »Hier, nehmen Sie den.« Er reichte Phil einen gelben Schutzhelm.

»Danke«, murmelte Phil und stülpte sich das harte Ding über den Kopf.

»Ich komme mit«, verkündete der Sheriff.

Phil verharrte unentschlossen an der Tür. Sheriff Leroy war ein alter Mann. Einen Dreimeilenmarsch durch den Sturm, über umgestürzte Bäume, durch den verwüsteten Wald traute er ihm nicht zu. Phil wollte nicht unhöflich sein. Krampfhaft suchte er nach einer Aufgabe für den Sheriff, die ihn hier oben festhalten würde.

»Sie werden hier gebraucht«, sagte Phil fest. »Hängen Sie sich an das Sprechfunkgerät im Jaguar. Versuchen Sie, Verbindung mit Ihrem Vize zu bekommen und mit meinem Kollegen in dem Rettungskreuzer. Das ist wichtiger.« Phil sah, wie sich das faltige Gesicht des Sheriffs spannte. Schnell fügte er deshalb hinzu: »Und noch etwas. Sehen Sie zu, dass Sie die State Police oder eine Station der Küstenwache erreichen. Vielleicht schicken die einen Hubschrauber, sowie der Hurrikan abflaut. Selbst wenn sich der Arzt durchschlagen kann, muss der Mann dort immer noch ins Krankenhaus. Und zwar rasch. Selbst wenn der Sturm bald nachlässt, wird die Straße nicht vor morgen passierbar sein. Okay?«

Leroy nickte langsam. »Ich tue, was ich kann. Verlassen Sie sich darauf.«

»Bleiben Sie im Wagen. Ich melde mich von Ihrem Office aus, sowie ich unten bin.«

Phil rannte los. Geduckt lief er über den Hof, die Straße bis zur Kreuzung hinab und tauchte dann zwischen den Bäumen unter. Genau wie Dave Frazer vor einer knappen Stunde folgte auch Phil seitlich dem Kammweg. Wo es ging, legte er einige Yards in leichtem Trab zurück, dann kletterte er über dicke Äste, umgestürzte Bäume, watete durch wassergefüllte Rinnen. Der Sturm fegte durch Zweige und Gebüsch und trieb den Regen wie scharfe Sandkörner vor sich her.

Phil dachte nicht an den Gangster, der ins Dorf geflohen sein musste. Er achtete nicht auf die Hindernisse, die den Weg erschwerten. Verbissen verfolgte er sein Ziel: das Dorf und den Arzt, den er heraufbringen musste.

Als Phil schätzte, die halbe Strecke geschafft zu haben, legte er eine kurze Pause ein. An einen Baumstamm gelehnt wartete er, bis sich sein pfeifender Atem etwas beruhigt hatte. Dann lief er weiter durch den heulenden Sturm. Einmal krachte unmittelbar vor ihm ein großer Ast nieder und bohrte sich in den weichen Boden. Zweige wischten über ihn hinweg und zerkratzten sein Gesicht. Unbeirrt und ohne sich aufhalten zu lassen umrundete Phil das Hindernis und trabte weiter, nur weiter. Der Weg senkte sich ab, der Wald lichtete sich. Dort, wo vor wenigen Stunden noch die See blauschimmernd zu sehen gewesen war, hingen jetzt düstere, graue Schleier. Trümmer wirbelten durch die Luft. Eine Tür flog hoch, stieg auf wie ein Windvogel auf den abgeernteten Feldern im Herbst, drehte sich und stürzte dann mit atemberaubender Geschwindigkeit nieder auf die Dächer der Häuser.

Phil trat unter den Bäumen hervor. Das Dorf lag vor ihm. Der kleine Platz und die beiden Straßen, die er einsehen konnte, waren menschenleer. Die meisten Häuser hatten die Rollläden oder Fensterläden geschlossen, die anderen waren mit Brettern vernagelt. Balken, Dachziegel, Teile von Gartenlauben und Fernsehantennen lagen auf den Straßen, hin und her gezerrt von den Böen, die um die Häuser pfiffen. In einer Senke der Straße, die zum Strand hinunterführte, hatte sich Wasser angesammelt, und mitten in dem vom Sturm gepeitschten Tümpel schwamm ein Kaninchenstall, mit dem Maschendraht nach oben. Phil glaubte, eine Bewegung hinter den Maschen zu erkennen.

Phil hielt den Helm fest und stürmte los. Er rannte zwischen den Trümmern her, suchte an einer Hauswand Schutz vor dem jagenden Wind und raste dann quer über den Platz auf das Gebäude der Sheriff-Station zu. Mit einem schnellen Blick nach oben bemerkte er, dass die hohe Funkantenne nicht mehr auf dem Dach stand.

Phil stürmte in das Haus und drückte die Tür hinter sich zu. Durch die Pendeltür betrat er das Sheriffoffice. Jeff Quince, der Hilfssheriff, stand gebeugt an dem Tisch mit dem Funkgerät und arbeitete an einem langen, dünnen Rohr. Er sah auf.

»Wer sind Sie?«, fragte er unfreundlich und wandte sich wieder dem Rohr zu. »Wenn Sie den Alten suchen, der ist nicht da. Ich weiß auch nicht, wo er steckt, und Zeit habe ich auch keine.«

»Wenn Sie Sheriff Leroy meinen sollten«, antwortete Phil, »können Sie ihn oben bei der Fischfabrik erreichen.«

Quince lachte wiehernd. »Erreichen ist gut, wirklich gut. Wie denn?« Er schob eine schlanke Stahlrute in das Rohr und keilte sie mit Holzsplittern fest. »Was tut der Alte denn da oben?«

»Er versucht, Hilfe zu bekommen. Im Sanitätsraum der Fabrik liegt ein Verletzter. Gehirnerschütterung. Der Arzt muss schnellstens rauf.«

Quince packte das Rohr und ging auf die Tür zu. »Der Doc hat hier unten alle Hände voll zu tun.« Er blieb stehen und sah Phil feindselig an. »Wir haben ein Kind, dem ein Balken über die Beine gefallen ist, einen alten Mann mit einem Herzanfall, eine Frau, die in den Wehen liegt, und noch ein paar Leute, um die der Doc sich kümmern muss. Er kann nicht weg.« Quince stieß die Pendeltür auf. »Ich muss die Notantenne aufstellen.« Er ließ die Tür hinter sich zufallen.

Phil nahm eine Rolle Scotchband vom Schreibtisch und folgte dem Hilfssheriff. Quince stemmte sich mit vorgebeugten Schultern gegen den Wind und ging auf einen Pfahl zu, der früher einmal Bestandteil eines Zauns gewesen sein mochte. Prüfend rüttelte er an dem Pfosten.

Phil trat neben ihn. Gemeinsam stellten sie das Rohr auf und wühlten es mit kreisenden Bewegungen unmittelbar neben dem Pfahl in den Boden. Quince schnitt mit einer Zange ein Stück Draht von einer Kabelrolle ab und befestigte damit das Rohr an dem Pfosten. Phil wickelte noch einige Lagen Klebeband darum. Jetzt schloss Quince den Draht an ein von der Stahlrute herabhängendes Kabel an und rollte die Litze ab. Rückwärts schritt er auf das Haus zu.

»Wir brauchen nämlich selber Hilfe«, brüllte er gegen den Sturm, die Unterhaltung von vorhin wieder aufnehmend. »Und mit dem ganzen Mist muss ich jetzt allein fertig werden.«

Als sie wieder im Haus waren und Quince den Antennendraht an das Funkgerät anschloss, fragte Phil: »Wo finde ich den Arzt?«

Quince richtete sich auf. Böse funkelte er Phil an. »Der Doc bleibt hier, verstanden?«

»Ich will mit ihm reden«, antwortete Phil ruhig. »Also?« Gelassen erwiderte er den Blick des Hilfssheriffs, der mit hängenden Armen vor ihm stand. »Der Geldtransporter ist nämlich überfallen worden«, fügte er beiläufig hinzu, »vielleicht haben Sie noch nichts davon gehört.«

Quince atmete plötzlich heftiger, sein Blick flackerte. »Was sagen Sie da? Überfallen? Wann?« Erregt wischte er sich mit der Hand durch das nasse Haar. »Um zwei? Als die Sirene heulte?«

»Ja. Einer der Männer aus dem Transporter wurde schwer verletzt. Die Gangster sind entkommen.«

»Aber wie denn? Da ging doch der Sturm los! Hier ist keiner durchgekommen, ich war fast die ganze Zeit seitdem auf der Straße.«

»Zwei sind mit einem Boot abgehauen, der andere muss zu Fuß hier heruntergekommen sein.«

Quince wirbelte herum und riss eine Schublade auf. Er zerrte einen großen Revolvergurt hervor. Im Holster steckte eine schwere Polizeiwaffe. Mit geschmeidigen Bewegungen legte er den Gurt um, rückte die Revolvertasche zurecht und zog den Revolver. Er klappte die Trommel auf, prüfte die Kammern und schloss die Waffe wieder.

»Er muss noch hier sein«, sagte er. »Die Straße nach Crescent Beach ist fortgespült, verstehen Sie?« Erregt funkelte er Phil an. »Er muss also irgendwo hier stecken. Ich werde ihn kriegen, verlassen Sie sich darauf.« Quince wollte aus dem Haus stürmen.

»Stopp«, sagte Phil leise. »Machen Sie erst das Funkgerät klar. Das ist wichtiger.«

»Wichtiger?«, höhnte Quince. »Ein Gangster versteckt sich in Willow's Point, und Sie wollen mir sagen, was wichtig ist? Mir, dem amtierenden Sheriff?«

»Sheriff Leroy ist im Dienst«, entgegnete Phil scharf. »Holen Sie sich Ihre Anweisungen von ihm.«

Langsam breitete sich ein triumphierendes Grinsen auf dem langen Gesicht aus. Quince lehnte sich gegen die Wand und verschränkte gemächlich die Arme vor der Brust. »Machen Sie mal einen Vorschlag. Telefonieren vielleicht, he?«

»Nein, aber über Sprechfunk. Der Sheriff wartet. Stellen Sie endlich das Ding an.«

Das Grinsen verschwand. »Wollen Sie mich auf den Arm nehmen?« Plötzlich kniff Quince die Lider zusammen, die Arme sanken herab, und wachsam beobachtete er Phil. »Vielleicht sind Sie einer der Gangster, ja? Probieren einen Trick? Nicht mit mir. Wer sind Sie?«

Phil griff in die Brusttasche. Quinces Hand zuckte zum Revolver. Phil zog seine Hand wieder hervor und klappte langsam das Etui mit der ID-Card auf. »FBI«, sagte er gelassen. »Ich heiße Phil Decker. Wussten Sie nicht, dass wir hier sind?«

Quince schüttelte den Kopf. »Nicht so schnell. Und ich dachte, bei dem Sturm kommen Sie nicht mehr. Der Alte hatte irgendwas von Gangstern gesagt, die er gesehen haben wollte ...«

»Und Sie haben ihm nicht geglaubt. Dachten, der ist ja doch verkalkt und bildet sich etwas ein.« Phil sah, wie sich das Gesicht des Hilfssheriffs rötete. Dann ließ Quince sich vor dem Funkgerät nieder und schaltete es ein.

»Ich kann den Sheriff über Sprechfunk erreichen?«, fragte er.

»Über FBI-Welle. Unser Wagen steht im Fabrikhof.«

Quince drehte an der Abstimmung und drückte dann die Ruftaste. »Sheriff-Station Willow's Point«, sagte er in das Mikrofon. »Bitte melden.«

Aus dem Lautsprecher drang helles Rauschen, und dann hörten die Männer leise und weit entfernt Sheriff Leroys Stimme.

»Quince?«, fragte er. »Wie sieht es aus? Kommen Sie zurecht?«

»Alles okay, Chef. Ein paar abgedeckte Dächer und einige Verletzte, aber im Moment ist die Situation nicht bedrohlich.«

»Ist der G-man bei Ihnen?«

»Er steht neben mir.«

»Wo steckt Doc Strudwick? Er wird hier gebraucht.«

»Nichts zu machen, Chef. Der Doc kann hier nicht so lange weg. Der Kleine von Neil Goring hat beide Beine gebrochen, und Mrs Connay liegt beim Doc im Sprechzimmer. Es wird 'ne schwere Geburt, meint der Doc.«

Eine Weile hörte man nur das Rauschen aus dem Gerät, dann meldete sich der Sheriff wieder.

»Dann müssen wir eben warten«, sagte er schwer, »auf den Hubschrauber. Ich habe eben mit der Leitstelle der Coast Guard gesprochen. Sie schicken einen Helikopter, sowie der Sturm etwas abflaut. Und noch etwas. Sagen Sie dem G-man, ich kann seinen Kollegen nicht erreichen. Wahrscheinlich hat er sein Funkgerät nicht eingeschaltet. Ende.«

Phil lauschte dem Heulen des Hurrikans, der an dem Rollladen vor dem Fenster tobte. Quince stand auf. »Und nun?«, fragte er. »Wir können nichts tun, Sir. Bestimmt nicht. Wir sind abgeschnitten.«

Phil nickte und schwieg.

»Der Gangster …«, Quinces Haltung spannte sich wieder, »suchen wir ihn doch! Er muss hier irgendwo stecken!«

Phil sah auf die Uhr. Es war Viertel nach fünf. Wie lange tobte der Hurrikan schon? Phil versuchte, sich zu erinnern. Es schien so lange her. Dabei waren gerade drei Stunden vergangen. Phil nickte langsam. Lieber etwas tun, als hier untätig zu warten. Wer wusste schon, was der Gangster inzwischen anstellte.

»Überlegen Sie mal«, forderte er Quince auf. »Der Gangster ist zu Fuß gewesen. Vermutlich kam er über die Straße bis zum Rand des Ortes. Wohin wird er gegangen sein?«

Quince wischte mit dem Handrücken über die Nase und zog die hohe Stirn in Falten. »Wann war das?«, fragte er.

»Schätzungsweise drei Uhr, vielleicht auch Viertel nach. Kaum später.«

»Da waren wir noch alle draußen«, überlegte Quince laut. »Die Häuser verrammeln, verstehen Sie?« Nachdenklich fuhr er fort: »Wir haben natürlich alle nicht auf Fremde geachtet, aber ich wette, dass kein fremdes Gesicht hier durchgekommen ist.« Bekräftigend schüttelte er den Kopf. »Ein paar Familien aus den Strandhäusern haben irgendwo im Dorf Schutz gesucht, die meisten sitzen in der Fischerbar. Aber ein Einzelner? Nein, nein.«

Phil ließ dem Mann Zeit. Quince kannte sich hier aus, er nicht.

»Für eine Flucht über den Sound oder die Bucht war es schon zu spät«, meinte der Hilfssheriff. Plötzlich ruckte sein Kopf hoch. »Adam Shingler!«, rief er erregt. »Natürlich! Adam ist heute nicht zur Arbeit gegangen, das weiß ich.«

»Shingler?«, fragte Phil. »Wer ist das?«

»Adam ist Buchhalter in der Fabrik. Sein Chef hat angerufen, das muss so kurz vor zwei gewesen sein. Ich sollte mal nach ihm sehen, weil er nicht zur Arbeit gekommen ist, und er sollte den Tresorschlüssel raufbringen. Weil das Geld ja kam.« Quince kniff die Lider zusammen und stieß einen leisen Pfiff aus. »Adam Shingler«, flüsterte er versonnen. »Sieh mal an!« Ein Gedanke schien in seinem

Kopf zu entstehen. »Deshalb ist kein Fremder hier durchgekommen. Auf Adam hat natürlich niemand geachtet!«

»Was ist mit diesem Shingler?«, fragte Phil. Er liebte es nicht, wenn andere Ideen entwickelten und ihn verständnislos zusehen ließen.

»Shingler spielt«, berichtete Quince genüsslich, »er hat Schulden bei jedem hier im Ort. Adam, Adam«, grinste er.

»Na, na«, meinte Phil warnend. »Der Verdacht ist reichlich vage. Waren Sie bei ihm, nachdem die Leute von der Fabrik angerufen hatten?«

Quince schüttelte den Kopf. »Eben nicht. Da ging der Hurrikan los, und ich hatte alle Hände voll zu tun.« Quince reckte sich und rückte an dem Revolvergurt. »Kommen Sie mit? Ich gehe zu ihm. Adam wird bestimmt einiges zu erzählen haben.« Quinces Augen funkelten wieder. Er witterte ein Wild.

Hintereinander verließen sie das Haus. Phil schlug den Kragen seiner ohnehin durchnässten Jacke hoch. Eilig liefen die beiden Männer über den Platz auf die Einmündung der schmalen Gasse zu, die zum Strand führte. Die Böen, die ihnen entgegenjagten, nahmen ihnen den Atem. In dem Tümpel schwamm immer noch der Kaninchenstall. Phil sprang ins Wasser und zerrte den Kasten an den Rand. Auf dem nassen Stroh kauerten zwei Kaninchen und blickten unruhig und ängstlich nach oben.

Quince war vor einem Haus stehen geblieben. Mit der Faust schlug er gegen die Tür. Phil lief zu ihm und wartete dann. Nichts rührte sich. Quince probierte den Drehknauf der Tür. Als sie sich öffnen ließ, legte der Hilfssheriff seine Rechte auf den Kolben seiner Waffe. Eine Bö packte die Tür und schlug sie nach innen. Leicht gebeugt, in wachsamer Haltung, trat Quince über die Schwelle. Phil folgte ihm.

In den zwei kleinen Räumen im Erdgeschoss war niemand. Phil stand bereits an der Treppe, die zum Obergeschoss hinaufführte. Eilig lief er die Stufen hinauf, dicht gefolgt von Quince, der die Situation offenbar in der Hand behalten wollte. Rasch stieß Phil die drei Türen auf. Eine führte ins Badezimmer, die anderen in zwei winzige Kammern mit je zwei Betten. Offenbar vermietete Shingler an Sommergäste. Alle Räume waren leer.

Quince schnaufte enttäuscht und blickte etwas ratlos umher. Dann verzog er das lange Gesicht zu einem grimmigen Grinsen. Mit dem nassen Haar über der faltigen Stirn sah er wie ein Jagdhund aus, dem man eine erlegte Wachtel aus den Fängen gerissen hatte.

»Ich suche ihn, und ich werde ihn finden«, verkündete er gereizt. Und verdrossen fragte er: »Wollen Sie mit?« Die Frage klang nicht nach einer Aufforderung. Der Hilfssheriff wollte sein Wild allein zur Strecke bringen. Was Phil sogar verstehen konnte. Denn wann bot sich dem Hilfssheriff von Willow's Point schon mal die Gelegenheit, einen Verbrecher fangen zu können?

Aber Phil seufzte. Natürlich musste er mit. Quince war wie ein unruhiger Jagdhund. Wie ein Jagdhund, dem lange kein Wild mehr vor die Nase gekommen war. Und solche Hunde sind gefährlich.

Alles um mich herum war grau und dunkel, und mein Gehirn schien in Watte gepackt zu sein. Ich fühlte mich leer, ausgepumpt, schwerelos – es war gar nicht so unangenehm. Ganz langsam begannen meine Sinne wieder zu arbeiten. Zuerst spürte ich den salzigen Geschmack auf meinen spröden Lippen und dann den Sand zwischen den Zähnen.

Behutsam ließ ich meine Blicke wandern. Ich schien in einer flachen Mulde zu liegen, denn ich hörte wohl das Brausen des Sturmes, aber den Wind spürte ich nicht. Langsam richtete ich mich auf, um meinen Horizont zu erweitern. Mein Hemd klebte nass und kalt auf der Haut, fröstelnd zog ich die Schultern zusammen.

»Willkommen auf Robinsons Insel«, sagte die dunkle Stimme, die ich schon einmal gehört hatte. Mühsam drehte ich meinen Kopf. Zuerst sah ich niemanden, weil mir das Regenwasser über die Augen lief. Aber als ich die Lider zusammenkniff, bemerkte ich einen Mann, einen jungen Burschen.

Ich starrte in die Mündung einer großen Pistole, die unbeweglich auf mich gerichtet war. Eine schlanke Hand umklammerte den schweren Kolben der Waffe. Mein Blick wanderte aufwärts und fiel in zwei große, leuchtend blaue Kinderaugen, die mich aufgeregt anstarrten. Der Bursche hatte ein Kindergesicht und den Ausdruck eines leicht Schwachsinnigen. Aus Erfahrung wusste ich, wie gefährlich eine Schusswaffe in der Hand eines solchen Menschen werden kann.

Vorsichtig drehte ich den Kopf. Hinter mir hockte noch ein Mann im nassen Sand. Auch er hielt eine Waffe in seiner Hand – sie kam mir bekannt vor. Ich tastete zu meinem Schulterholster. Ohne Verwunderung stellte ich fest, dass mein Smith & Wesson fehlte. Ich bemerkte ein flüchtiges Lächeln auf den schmalen Lippen.

Der Mann mochte etwa mittelgroß sein. Er hatte schwarze Haare und einen leicht düsteren Ausdruck in den Augen, und die Erschöpfung zeigte sich deutlich in den tiefen Falten um den Mund. Das Hemd hing in Fetzen an dem kräftigen Oberkörper. Er trug eine dunkelblaue Hose, die formlos an seinen Beinen klebte. Die Füße steckten in durchlöcherten Socken – die Schuhe schien er verloren zu haben. Der Mann war Frank Capello. Ganz offensichtlich hatte er in den letzten Stunden einiges mitgemacht, aber er wirkte gelassen und energiegeladen.

Ich setzte mich ganz auf und sah den Gangster gleichmütig an.

»Fein, dass Sie es geschafft haben, Mr Capello«, sagte ich. Wenn der Gangster überrascht war, hatte er sich gut in der Gewalt. Er zuckte mit keinem Muskel. Wahrscheinlich hatte er den ersten Schock schon hinter sich, als er den Polizeirevolver in meinem Schulterholster erkannt hatte.

Capello verzog die Lippen wieder zu einem Lächeln, das sich diesmal bis zu den Augen hin ausbreitete. »Aber die Karten sind neu gemischt, wie?«

Ich nickte, weil sich diese Tatsache kaum abstreiten ließ. Und falls ich Trümpfe im Spiel hatte, musste ich meine Karten erst einmal in Ruhe sortieren.

»Was sind Sie eigentlich für einer?«, fragte Capello ruhig. »G-man, nehme ich an.«

»Special Agent.«

»Sieh mal an, ein G-man.« Er nickte versonnen. »Ihr jagt mich ja schon seit einigen Monaten.« Dann sah er mich leicht belustigt an. »Aber wissen Sie was? Ob Sie es glauben oder nicht, ich habe noch nie einen G-man gesehen!«

»Wir tragen unsere Marke schließlich nicht am Rockaufschlag.«

»Sicher, sicher. Wie nennt man Sie eigentlich? Mr G-man? Oder Mr Special Agent?«

»Einfach Mister. Ich heiße Cotton.« Der Dialog erschien mir irgendwie absurd. Über uns heulte der Hurrikan und trieb den Regen in die Mulde, und ich starrte auf einer wahrscheinlich menschenleeren Insel in die Mündung meines eigenen Revolvers. Langsam stand ich auf und drückte prüfend die Knie durch. Meine Beine schmerzten zwar noch, aber ich biss die Zähne zusammen.

Capello beobachtete mich aufmerksam. Als der Junge mir seine Waffe in den Rücken bohrte, winkte Capello ab. Sofort verschwand der Druck in der Nierengegend.

»Setzen Sie sich wieder hin, G-man«, sagte Capello schließlich. »Und damit das gleich klar ist: Im Moment bestimme nur ich, was hier getan wird.« Er hob den Revolver etwas an. »Die nötige Autorität dazu habe ich.«

Jetzt erst bemerkte ich die Geldsäcke, die hinter Capello lagen. Es schienen vier Stück zu sein.

»Wer ist das da?«, fragte ich und wies mit dem Kopf in die Richtung des Burschen, der das Interesse an mir verloren zu haben schien und nur noch mit seinem Colt spielte.

»Ich kann mir nicht vorstellen, dass Sie auf diese Frage wirklich eine Antwort erwarten!«

»Ihre Verschwiegenheit hat wenig Sinn. Den Namen Ihres Partners erfahre ich innerhalb von zwanzig Minuten, wenn ich wieder auf dem Festland bin. Ich habe ein gutes Gedächtnis für Gesichter, und meine Kollegen im FBI-Archiv werden es mit Leichtigkeit identifizieren!«

»Stopp!«, zischte Capello leise. »Seien Sie vorsichtiger.«

Ich sah den jungen Burschen an. Er musterte mich jetzt aus tückisch zusammengekniffenen Augen. Die Pistole lag unbeweglich in seiner Faust. Ich fühlte mich plötzlich noch unbehaglicher als zuvor.

»Sie haben keine Chance«, sagte ich zu Capello. »Alle Polizeidienststellen sind alarmiert. Sowie der Sturm abflaut, holt man uns hier runter.«

Capello lächelte. »Machen Sie sich nicht lächerlich. Die haben anderes zu tun. Oben auf dem Hügel, in einem kleinen Schuppen, liegt ein Ruderboot – gehört wohl einem Fischer. Mit dem Kahn paddeln wir in die Freiheit. Der da und ich.«

Sowie das Wetter es zuließ, würde Phil nach mir suchen, das wusste ich. Aber diesen Trumpf wollte ich im Ärmel behalten. Der Gangster hatte Recht, die Polizeibehörden hatten Wichtigeres zu tun, als nach mir und den Gangstern zu suchen – aber Phil würde kommen.

Ich setzte mich wieder hin und dachte nach. Ich lauschte dem Heulen des Sturms, und es schien mir, als ob das Brausen nachließ. Der Regen fiel jetzt gleichmäßiger, und die Luft war nicht mehr so grau. Allmählich wurde der Himmel heller. Ich sah auf die Uhr. Es war zehn Minuten vor sechs.

Auch Capello schien die Veränderung bemerkt zu haben. Er stand auf und kroch den Hang hinauf. Der junge Bursche beobachtete mich wachsam. Ich hatte gegen ihn und seinen Colt keine Chance. Capello richtete sich plötzlich hoch auf und spähte gebannt nach Osten. Dann drehte er sich ruckartig um und lief den Abhang hinab. Er schob meinen Smith & Wesson in den Bund seiner Hose und raffte die Geldsäcke zusammen.

»Los, auf!«, rief er seinem Partner zu. »Unser Schiff ist da!«

Der junge Bursche starrte Capello mit offenem Mund an. »He?«, fragte er. »Wer ist da?«

»Frag nicht so dämlich. Pack die Säcke und zieh ab!«

Der Junge rappelte sich eilig auf und warf sich die zusammengebundenen Säcke über die Schulter. Capello richtete den Revolver auf mich.

»Ich lege Sie nicht um«, sagte er. »Ist nicht nötig. Mein Vorsprung ist groß genug.«

»Wie großzügig«, spottete ich.

»Nicht wahr? Als Gegenleistung geben Sie mir Ihre Schuhe. Der Weg zum Strand ist steinig.«

Schweigend streifte ich die Halbschuhe ab. Ich warf dem Gangster zuerst den linken hin, er fiel knapp vor seine Füße. Mit dem anderen zielte ich etwas genauer und legte meine ganze Kraft in den Wurf.

Der Schuh knallte mit der Sohle gegen Capellos rechtes Knie. Der Gangster zuckte kurz zusammen und ließ für den Bruchteil einer Sekunde die Waffe etwas sinken.

Ich schleuderte eine Hand voll Sand in Capellos Gesicht und sprang gleichzeitig auf. Ich stieß mich ab und warf mich mit einem Hechtsprung in die Richtung des Gangsters.

Capello trat hastig einen Schritt zurück und riss die Waffe hoch.

Ich fiel über ihn, packte mit beiden Händen das Hemd, Stoff riss. Mit den Armen umklammerte ich die Beine des Gangsters und zog sie mit einem wilden Ruck zu mir heran. Capello ruderte mit den Armen und stürzte dann. Ich knallte meine Handkante auf seinen rechten Arm und hoffte, dass er den Smith & Wesson loslassen musste.

Aber dann traf ein hartes Knie meinen Unterleib, und zwei Finger bohrten sich in meine Augen. Ich riss den Kopf zurück und schlug blind mit der Faust zu. Einmal traf ich den Sand, einmal ein Kinn, dann krachte ein harter Schlag gegen meinen Hals. Capello warf mich mit einer plötzlichen, ruckartigen Drehung ab. Und dann war er über mir.

Ich sah wirbelnde Fäuste, mit Sand panierte Knöchel ratschten durch mein Gesicht. Ich krümmte mich zusammen und stemmte mich hoch. Mit einem ausgestreckten Arm hielt ich mir den Gangster vom Leib. Als ich auf den Knien war, teilte ich ein paar Schwinger aus. Ein Hieb traf Capello in der Herzgegend. Nach Luft schnappend taumelte der Gangster zurück.

Ich sah meinen Revolver im Sand liegen und warf mich auf die Waffe. Capello schrie heiser: »Dix! Dix!« Dann stürzte er sich wieder auf mich. Verbissen rammte er mir harte Schläge gegen die Rippen. Ich bäumte mich auf, den Revolver fest umklammert. Es gelang mir, meinen Gegner abzuschütteln. Ich warf den Oberkörper herum und wollte die Waffe auf Capello richten, als ein mörderischer Schlag hinter meinem linken Ohr explodierte. Kraftlos fiel ich zusammen.

Ich blieb bei Bewusstsein, aber meine Muskeln gehorchten mir nicht mehr.

»Soll ich ihn umlegen?«, hörte ich eine eifrige Stimme fragen.

»Hau ab!«, knurrte Capello.

Ich konnte sehen, wie der Gangster meine Schuhe überzog. Als er mich ansah, bemerkte ich Blut, das von einer Stirnwunde über sein Auge lief. »Sie haben große Füße, G-man«, sagte er und lächelte wahrhaftig wieder. Dann ging er mit schleppenden Schritten weg und verschwand aus meinem Gesichtskreis.

Ich krümmte die Finger meiner rechten Hand und spürte Widerstand. Ich hatte meinen Revolver, stellte ich erleichtert fest. Irgendwie gab mir diese Tatsache meine Kraft zurück. Auf allen vieren kroch ich auf den Rand der Mulde zu. Meine Arme und Beine knickten zwar einige Male ein, aber ich schaffte es. Oben blies der Wind in mein Gesicht, als ich über den Rand spähte. Die frische Brise tat mir gut.

Dann sah ich die beiden Gangster. Sie gingen gerade über den Strand, etwa dreihundert Yards entfernt, auf eine kleine Bucht zu, die von einer schmalen, felsigen Landzunge gebildet wurde. Und in der Bucht lag eine große, schneeweiße Yacht, die langsam in den kurzen Wellen schaukelte.

Mir fielen Capellos Worte wieder ein. Unser Schiff ist da, hatte er gesagt. Unser Schiff? Ihr Schiff?, dachte ich verwundert. Sollten noch mehr Leute an dem Raub beteiligt gewesen sein? Zweihunderttausend Dollar lohnten schon einigen Aufwand. Aber das Schiff da draußen war kein Bötchen für Amateure. Das war eine Hunderttausend-Dollar-Yacht, das war mir klar.

Und dann fiel mir die zweite Möglichkeit für die Anwesenheit der Yacht ein. Der Kapitän hatte in der einigermaßen windgeschützten Bucht Schutz vor dem Sturm gesucht. Wenn diese Annahme stimmte, standen der Besatzung und den Passagieren unangenehme Stunden bevor. Wesentlich rauere Stunden als die Zeit im Sturm.

Ich streckte den Arm mit meinem Revolver aus und zielte auf eine der beiden Gestalten, die über den Strand auf das Schiff zuliefen und immer kleiner wurden und kaum noch zu erkennen waren. Ich spürte den Sand zwischen meinen Fingern und dem Metall der Waffe und ließ den Arm wieder sinken.

Meine Kanone war versandet wie eine ungewaschene Miesmuschel. Ein gezielter Schuss war so oder so unmöglich. Die Gangster waren schon zu weit entfernt. Ich blickte in den Lauf des Smith & Wesson. Das Ding war voll Sand. Seufzend schob ich den Revolver ins Schulterholster und stand auf.

Mit zusammengebissenen Zähnen, humpelnd und mit schmerzendem Schädel machte ich mich an die Verfolgung der Gangster. Ich musste wenigstens das Schiff von nahem sehen.

Das Heulen des Sturmes nahm wieder zu. Mit voller Wucht jagten die Böen von der See heran und trieben mir peitschend den Regen ins Gesicht. Mit gesenktem Kopf kämpfte ich mich über spitze Steine, die meine Strümpfe zerrissen. Als ich einmal den Kopf hob, war alles wieder grau und dunkel. Aufgewühlte Wasserschleier hatten die Yacht verschluckt. Verbissen stapfte ich jetzt durch den nassen, weichen Sand und hoffte, die Richtung nicht zu verlieren.

McGaw hing schlapp in einem der Ledersessel des kleinen Salons und sah elend aus. Sein rundes Gesicht hatte eine teigige Färbung angenommen. Einer seiner Arme baumelte kraftlos über der Lehne herab und pendelte schlaff mit den Bewegungen der Yacht hin und her.

Ihm gegenüber lag ein Girl, nur mit knapp sitzendem Bikini bekleidet, in den tiefen Polstern der Couch. Das lange schwarze Haar hing ihr wirr über das Gesicht. Sie hatte einen Arm auf den Leib gepresst und wimmerte leise vor sich hin. Außer der Schwarzhaarigen befand sich nur noch ein weiteres Mädchen, ein blondes, schlankes Girl von kaum zwanzig Jahren, im Salon. Sie trug einen blauen Bademantel. Mit gebeugten Knien stand sie an der Bar und betrachtete aus ausdruckslosen Augen die beiden anderen Menschen. Die anderen Girls hatten es vorgezogen, in ihren Kabinen mit ihrem Elend allein zu bleiben.

Die Yacht rollte in kurzen, harten Stößen. Den tiefen Teppich auf dem Boden bedeckten zerbrochene Gläser, ein Shaker, eine silberne Eisschale, leere Zigarettenschachteln und Flaschen. Eine leere Whiskyflasche rollte hin und her und klickte monoton gegen eins der festgeschraubten Beine des niedrigen Klubtisches. Über dem kleinen Raum hing der penetrante Gestank von Erbrochenem, kaltem Rauch und verschütteten Getränken.

Das Mädchen an der Bar hieß Nancy Pemberton. Sie spürte das Nachlassen der harten Rollbewegungen des Schiffes zuerst in ihren Beinen, mit denen sie das Schlingern mechanisch ausglich. Dann fiel ihr auf, dass die Flasche unregelmäßiger rollte, für eine Sekunde mitten auf dem Teppich liegen blieb, träge auf den Tisch zukollerte und nur noch gelegentlich leise gegen den Tischfuß stieß.

Nancy atmete vorsichtig auf. Sie hoffte, das Schlimmste überstanden zu haben. Sie sah zu McGaw hinüber, der immer noch wie leblos in seinem Sessel hing. Langsam ging sie zu ihm hin und nahm seine Hand, die sich kalt und feucht anfühlte.

»He, Mac«, sagte sie.

McGaw hob müde die schweren Lider und blinzelte das Girl abwesend an. Dann erst schien er sie zu erkennen. Er schloss die Augen wieder und stöhnte gequält.

»Soll ich dir einen Drink machen?«, fragte Nancy.

McGaw stöhnte noch heftiger. Nancy ging mit wiegenden Schritten hinüber und mischte rasch und geschickt einen Cocktail in einem heil gebliebenen Shaker und verteilte das fertige Gemisch auf zwei Gläser. Mit den Drinks in den Händen balancierte sie zu McGaw und drückte ihm ein Glas in die Hand.

»Hier, trink das«, sagte sie ruhig. »Es wird dir gut tun.« Sie setzte ihr Glas an die Lippen und trank in kleinen, vorsichtigen Schlucken.

Auch McGaw nippte an seinem Drink, verzog aber das Gesicht zu einer Grimasse, als der erste Schluck seinen Magen erreichte. Hastig stellte er das Glas ab und lehnte sich zurück. Er hatte wieder die Augen geschlossen und atmete mit offenem Mund.

Nancy beobachtete McGaw. Ihr Blick tastete den Mann ab, versuchte, in den schlaffen Zügen irgendetwas zu entdecken, das es ihr erleichtert hätte, McGaws Forderungen zu erfüllen. Sie dachte an seine gierigen Hände, die bei jeder Gelegenheit über ihren Körper zu streichen versuchten, und an die weichen Lippen, die sie hatten küssen wollen. Und sie dachte an die Karriere, die vor ihr liegen könnte, wenn sie freundlicher zu ihm gewesen wäre.

Nancy Pemberton war Realistin. Sie nahm McGaws Annäherungsversuche hin als etwas Unvermeidliches, etwa so wie die Prozente, die ihr Agent eines Tages kassieren würde, wenn sie es geschafft hatte. Nur hatte McGaw seine Prozente zu hoch angesetzt, dachte Nancy sachlich. Ohne Bedauern stellte sie fest, dass sie mit ihrer Karriere nicht weiter gekommen war. Vier Tage verloren, was soll's? Besser auf diesem Schiff die Zeit vertrödelt als in den staubigen Vorzimmern dubioser Modellagenturen.

Als ihr Blick auf die Schwarzhaarige auf der Couch fiel, lächelte sie. Judy war da ganz anders. Nancy zweifelte nicht daran, das Girl in Kürze öfters auf dem Bildschirm bewundern zu können.

Plötzlich spürte Nancy das Vibrieren der schweren Maschine unter ihren Füßen. Die Yacht schlingerte wieder heftiger, die beiden Deckenlampen flackerten einmal kurz, brannten dann aber gleichmäßig weiter. Unwillkürlich sah sie zu den Bullaugen hinüber, aber die Scheiben waren wegen des Hurrikans mit massiven gusseisernen Klappen verschlossen.

McGaw hob den Kopf. »Was ist los?«, fragte er matt.

Nancy zuckte mit den Schultern. »Die Maschine läuft. Wahrscheinlich fahren wir weiter.«

»Nein, nein«, sagte McGaw hastig. »Sag Kelly Bescheid. Er soll hier bleiben, bis alles vorbei ist.«

Nancy nahm den Hörer des Wandtelefons ab und drückte die weiße Taste. Dann lauschte sie. Als sich niemand meldete, hängte sie den Hörer zurück. »Der Kapitän wird zu tun haben«, meinte sie.

»Dann geh rauf«, krächzte McGaw. »Ich will, dass wir hier liegen bleiben. Los, sag ihm das, dem gottverdammten Bastard von einem abgewrackten Kapitän.«

»Wie du meinst«, antwortete Nancy kühl. »Ich werde Kapitän Kelly den Befehl überbringen.« Sie mochte die ruhige Art des Kapitäns, der sein Handwerk verstand. Sie hatte während des kurzen Trips mehr Zeit im Steuerstand verbracht als unten bei McGaw und den anderen Girls. Und sie hatte das Gefühl, dass Kelly auch sie mochte. Und sie hatte Mitleid mit dem Mann, der sich von McGaw herumstoßen ließ wie ein kleiner dummer Junge.

Sie verließ den Salon und stieg die Stufen zum Steuerstand hinauf. Als sie den verglasten Kommandoraum betrat, blieb sie eine Sekunde lang erschrocken in der Tür stehen. Der höher gelegene Raum schwankte heftiger hin und her, der Sturm drückte heulend gegen die Scheiben und schüttete dichte Wasserschleier über das Glas. Der vordere Scheibenwischer lief und schnitt für Sekundenbruchteile eine klare Fläche heraus und gab den Blick frei auf die graue, aufgewühlte Wasserfläche draußen.

Kapitän Kelly stand mit gebeugtem Oberkörper an der vorderen Windschutzscheibe und schien angestrengt nach draußen zu starren.

»Halbe Kraft«, sagte er ruhig. »Zwei Strich Backbord.«

Der Steuermann führte den Befehl aus. Sein Gesicht war angespannt. Krampfhaft hielt er das Steuerruder.

»Und jetzt ...«, Kellys Stimme klang gepresst, »Ankerwinde auf!«

Der Steuermann legte einen Hebel herum. Das Brummen der Ankerwinde war bei dem Sturm nicht zu hören, aber Nancy spürte, wie sich die Yacht nach steuerbord neigte, wie sie sich weiter überlegte und wie die See am Rumpf gegen den Zug der Ankerwinde zerrte. Dann richtete das Schiff sich plötzlich auf und schwankte heftig.

»Zwei Strich backbord«, befahl Kelly. »Halbe Kraft.«

Nancy konnte die langsame Fahrt nur fühlen, zu sehen war nichts, woran sie hätte merken können, dass die RED SUSAN Fahrt machte.

Der Kapitän starrte nach draußen. Seine angespannte Haltung ließ vermuten, dass er alle Sinne zusammennehmen musste.

»Mr Kelly«, begann Nancy behutsam, »Mr Kelly!«

Kelly rührte sich nicht, er schien Nancys Stimme gar nicht gehört zu haben. Nancy versuchte es noch einmal.

»Wir sollen nicht auslaufen«, sagte sie etwas lauter. »Mr McGaw lässt Ihnen ausrichten …«

Kellys Kopf ruckte plötzlich herum, sein Gesicht war rot angelaufen.

»Warum sagt der Kerl mir das nicht selber?«, brüllte er. »Soll er doch raufkommen! Sagen Sie ihm das!« Kelly wandte sich wieder um. »Maschine stopp!«, rief er dann.

Die Yacht zitterte leicht, als der Steuermann den Gashebel herumwarf. Eine Bö drückte die RED SUSAN schwer nach backbord über, und dann knirschte etwas, der Boden unter Nancys Füßen hob sich ruckartig, und dann lag das Schiff still, zu still. Kapitän Kelly drehte sich um.

»Schauen Sie«, sagte er und trat einen Schritt zur Seite. Nancy stellte sich neben den Kapitän und spähte nach draußen. Sie sah den dichten Vorhang aus Wasser, erkannte schäumende, weiß gekrönte Wellenkämme auf der Steuerbordseite und backbord etwas Helles. Sand! Sie waren aufgelaufen. Oder hatte der Kapitän das Schiff etwa mit Absicht auf Grund gesetzt, weil er Schlimmeres befürchtete? Aber dann wusste sie Bescheid. Sie erkannte plötzlich zwei Gestalten, die sich kaum von der grauen Umgebung abhoben. Zwei Männer standen da draußen und winkten heftig. Stumm sah Nancy den Kapitän an.

Kelly nickte nur und öffnete die Seitentür, die auf das Deck hinausführte. Er schlüpfte hindurch und zog sie hinter sich zu.

Eine Minute später flog die Tür wieder auf. In einem Wirbel aus Nässe und Wind polterten zwei Männer in den engen Kommandostand, gefolgt von dem Kapitän.

Frank Capellos Blick fiel über die Instrumente und dann auf Nancy, wo er für einige Sekunden haften blieb. Dix Hawthorn grinste dümmlich und schüttelte das Wasser von den Säcken, die er mit einer Faust gepackt hielt.

»Ich zeige Ihnen eine Kabine«, sagte Kelly und öffnete die Tür zum Niedergang. Er gab den beiden Männern den Weg frei und forderte sie mit einer Handbewegung auf, voranzugehen.

Capello hob langsam seinen rechten Fuß, holte aus und trat mit voller Wucht gegen das leichte Holz der Tür. Mit einem lauten Knall krachte die Tür ins Schloss. Nancy zuckte erschrocken zusammen.

»Gib die Kanone her«, sagte Capello und streckte die Hand aus. Dix zog den Colt und reichte ihn seinem Partner.

Capello richtete die Waffe auf Kelly, die Mündung zeigte auf dessen Schläfe.

»Wenn Sie der Kapitän von diesem Dampfer sind, dann machen Sie den Kahn mal ganz schnell flott. Wir müssen nämlich weg von hier, verstehen Sie?«

Nancy begriff die Situation sofort, vielleicht noch schneller als der Kapitän. Kelly starrte den Gangster stumm an, die Lippen hatte er zusammengepresst, und sein breiter Nacken rötete sich langsam. Trotz der verschiedenen Geräusche, die der Sturm erzeugte, hörte Nancy deutlich die schweren Atemzüge des Kapitäns. Nancy hielt sich am Kartentisch fest und rührte sich nicht.

Mark Kelly strich mit einer unendlich müde wirkenden Geste über sein borstiges Haar und drehte sich langsam um. Durch die Frontscheibe spähte er nach draußen.

»Volle Kraft zurück«, befahl er.

Der Steuermann, ein unauffälliger junger Mann, legte den Ganghebel herum und gab Gas. Das Schiff vibrierte, zitterte dann heftig, Glas klirrte. Die RED SUSAN schien sich etwas zu heben, das Dröhnen der Maschinen nahm zu. Dann ging ein kräftiger Ruck durch den Schiffsleib, und die Yacht begann zu schaukeln.

»Steuerbord«, sagte Kelly.

Der Steuermann führte den Befehl aus. Der Sturm packte das

Schiff, die Böen trafen es mit voller Wucht breitseits. Die Yacht legte sich nach backbord über, und plötzlich lag der Boden schräg in einem Winkel von fünfundvierzig Grad. Dix verlor den Halt, er taumelte und fiel dann gegen Nancy. Erschrocken wich das Mädchen aus, rutschte über den schrägen Boden auf den anderen Gangster zu. Capello lachte und fing sie auf. Mit hartem Griff fasste er sie am Oberarm. Nancy stöhnte unter der Berührung und versuchte, sich loszureißen. Als es ihr nicht sofort gelang, schlug sie wild auf Capello ein. Ihre kleine Faust traf den Gangster ins Gesicht und erwischte eine empfindliche Stelle neben der Nase.

Wütend packte der Gangster Nancy mit der einen Hand am Aufschlag ihres Bademantels und stieß sie mit der anderen von sich. Der Mantel klaffte auf, als Nancy zurückgeworfen wurde. Sie fiel hart gegen den Kartentisch. Ihr Gesicht verzerrte sich vor Schmerz. Der Mantel stand offen und enthüllte zwischen den Teilen des winzigen Bikinis ihren hervorragend gebauten Körper und glatte, gleichmäßig braune Haut.

Frank Capello und Dix Hawthorn starrten sie an. Dix grinste blöde dabei. Capellos Lippen öffneten sich leicht, und seine Augen schlossen sich zu schmalen Schlitzen. Seine Umwelt schien er vergessen zu haben.

Nancy kam sich nackt vor unter diesem Blick, nackter, als wenn sie gar nichts angehabt hätte. Aber sie widerstand dem Impuls, hastig den Mantel zuzuzerren. Langsam, fast gleichgültig, zog sie den leichten Bademantel über ihre Schultern und knotete den Gürtel zu.

Mark Kelly hatte die Situation erfasst, und er versuchte, den Gangster abzulenken. Er sagte sachlich: »Der Hurrikan flaut ab, aber ich glaube nicht, dass wir zu diesem Zeitpunkt draußen eine Chance haben.«

Capello riss sich vom Anblick des Girls los und sah den Kapitän an. »Und warum nicht?«, fragte er herausfordernd.

»Die See geht noch zu hoch«, antwortete Kelly ruhig. »Es wird noch Stunden dauern ...«

Capello hob den Revolver. »Wir fahren. Wenn nicht, brenne ich dem Girl ein Loch in den Pelz.« Lauernd beobachtete er den Kapitän. »Ist das Ihre Tochter?«

Kelly schüttelte stumm den Kopf.

»Etwa Ihr Girl, he? Mit so 'nem Dampfer kann man sich doch jedes Weib leisten.«

In dem Moment schnarrte das Telefon an der Rückwand des Ruderstandes. Capello fuhr herum.

»Was bedeutet das?«

Kelly ging die wenigen Schritte zu dem Apparat hinüber und nahm den Hörer ab.

»Das wird der Eigner sein«, sagte er zu Capello und nahm dann die Sprechmuschel. Dann lauschte er, und seine Züge verfinsterten sich. »Kommen Sie bitte herauf. Ich muss abfahren.« Wieder hörte er mit verschlossenem Gesicht zu und versuchte gelegentlich, selbst etwas zu sagen. »Ich muss, verstehen Sie doch – kommen Sie bitte herauf ...« Dann legte er einfach auf und ging wieder zu seinem Beobachtungsstand, von dem aus er auch den Schirm des Radargeräts im Auge hatte. Der Steuermann hatte das befohlene Manöver beendet. Die RED SUSAN lag jetzt genau im Wind, ihr Bug zeigte in den offenen Sound hinaus.

»Wo wollen Sie denn hin?«, fragte Kelly den Gangster.

»Egal. Irgendwo aufs Festland, wo der Wind nicht so bläst. Und ein kleiner Ort sollte schon in der Nähe sein, und eine Straße natürlich auch.«

Kelly knurrte etwas Unverständliches und verstummte dann. Er schien angestrengt nachzudenken.

Und Kelly dachte nach. Der Sturm stellte keine großen Anforderungen an die Yacht mehr, und auch die Wellen würden ihr nicht übermäßig zusetzen. Einerseits wollte er die Gangster natürlich schnell loswerden, aber andererseits wollte er versuchen, sie der Polizei in die Hände zu spielen. Aber das würde kaum an der von dem Hurrikan verwüsteten Neuenglandküste möglich sein. Dort hatte die Polizei alle Hände voll zu tun und würde sich kaum unter einem Vorwand auf das Schiff bestellen lassen.

Kelly drehte sich um und schaltete das Funkgerät ein.

»Was soll das?«, protestierte Capello.

»Ich brauche einen Wetterbericht«, entgegnete Kelly, ohne den Gangster anzusehen.

»Machen Sie keine Mätzchen«, drohte Capello. Misstrauisch betrachtete er das große Funkgerät, das auch über eine Funkpeileinrichtung verfügte.

»Ich könnte Sie irgendwo an der Küste absetzen«, sagte Kelly. »Aber dort wird alles verwüstet sein. Die Straßen sind überflutet, die Anlegestellen zerstört ...«

»Was schlagen Sie vor?«

»Wir befinden uns hier auf der Länge von New London. Das Zentrum des Hurrikans zieht nach Südosten ab. Wir folgen der Küste bis etwa Bridgeport, dort ist es ruhig, der Sturm ist nämlich nur bis kurz vor New Haven gekommen. Sie können dann in Bridgeport aussteigen oder mit uns nach Long Island fahren, nach Centerport. Das ist der Heimathafen dieser Yacht.«

»Wo ist das?«

»Östlich von Huntington, etwa dreißig Meilen bis Manhattan.« Gespannt wartete Kelly auf die Reaktion des Gangsters. Manhattan war der Köder. Würde der Mann anbeißen?

»Also los«, sagte Capello. »Erst mal Richtung Bridgeport.«

Kelly erkannte, dass der Gangster sich nicht so leicht übertölpeln lassen würde. Aber Kelly wusste auch, dass die Chance, schnell nach Manhattan kommen zu können, einen unwiderstehlichen Reiz für den Gangster darstellen musste. Zufrieden lauschte er dem Funksprechverkehr zwischen den Wetterstationen und den Einsatzkommandos der Coast Guard und der Marine.

»Westsüdwest«, befahl der Kapitän, »halbe Kraft.«

Der Blick des Steuermanns hing an dem großen Kreiselkompass. Er gab behutsam Gas und brachte das Schiff dann auf den befohlenen Kurs. Unter dem Druck der beiden starken Motoren stampfte die Yacht in die graue Wand aus Wasser und Wind hinaus.

Nancy löste sich von dem Kartentisch. Der ältere der beiden Gangster stand neben dem Kapitän und beobachtete wachsam alles, was im Ruderhaus vor sich ging. Nur das Girl schien er nicht zu beachten. Nancy ging ruhig auf die Tür zum Niedergang zu und öffnete sie. Aber bevor sie den Raum verlassen konnte, wirbelte Capello herum, warf sich gegen die Tür und schmetterte sie ins Schloss. Wieder packte er den Arm des Girls und schleuderte es gegen den Kartentisch. Wütend funkelte er Nancy an.

»Du bleibst hier, du kleine Katze«, fauchte er. Wild sah er sich um. »Niemand verlässt diesen Raum!«, brüllte er dann. Mit dem Revolver stieß er Kelly an. »Wie viele Leute sind an Bord?«

»Außer uns der Eigner, noch zwei Matrosen und fünf junge Damen.«

Capello grinste. »Fünf Girls? Von ihrem Kaliber?« Er musterte Nancy. »Das gibt eine lustige Reise! Was, Dix?«

Dix Hawthorn nickte eifrig und grinste ebenfalls.

»Wo steckt der andere Matrose?«, fragte Capello dann.

»Unten, im Maschinenraum. Er hält dort Notwache. Das ist so üblich.«

»Und der Chef von diesem Eimer?«

»Mr McGaw befindet sich im kleinen Salon, soviel ich weiß. Ich nehme an, dass er dort bleiben wird.« Jetzt erst drehte sich Kelly um. Ruhig sah er den Gangster an. »Von mir und den anderen Leuten an Bord droht Ihnen keine Gefahr, wenn Sie sich anständig benehmen. Aber wenn Sie Miss Pemberton noch einmal zu nahe kommen, öffne ich die Flutventile und setze die Yacht auf Grund.« Die Stimme des Kapitäns hatte gleichmäßig, fast leise geklungen. Aber seine Worte wirkten dadurch nur umso stärker. Nancy sah ihn dankbar an.

Capello nickte gleichmütig. »Okay, Käpt'n.« Er musterte das Girl und grinste leicht, dann verschleierte sich sein Blick. Erst mal aus dem Sturm rauskommen, dachte er. Dann war immer noch Zeit …

Erst trat ich mit dem Fuß auf einen eklig spitzen Stein, dann knallte ich mit den Zehen gegen einen anderen. Ich fluchte leise vor mich hin. Aber ich fühlte mich einfach zu schlapp, zu ausgepumpt, um besser auf meinen Weg zu achten. Ich stolperte einfach daher und hoffte, die Yacht in der Bucht zu finden.

Es regnete jetzt stärker. Wie ein dichter Vorhang strömte der Regen herab, peitschte in mein Gesicht und nahm mir den Atem. Ich hatte das Gefühl, im Kreis herumzulaufen. Eben noch hatte ich Sand unter den schmerzenden Füßen gehabt, jetzt waren es wieder Steine. Das bedeutete, dass ich mich wieder vom Strand entfernte.

Ich wechselte die Richtung. Unterwegs zog ich meinen Smith & Wesson und klappte die Trommel heraus. Der Sand zwischen den beweglichen Metallteilen knirschte hässlich. Ich schüttelte die Patronen aus den Kammern und steckte sie in meine Hosentasche. Dann riss ich ein Stück von meinem Hemd ab und begann die Waffe zu putzen.

Plötzlich lief ich durch Wasser. Ich glaubte, schon das Ufer erreicht zu haben. Aber ich watete nur durch eine wassergefüllte Mulde. Ich bückte mich und spülte den Revolver durch. Unwillkürlich musste ich grinsen. Wenn einer der FBI-Waffentechniker mich bei dieser Tätigkeit beobachten könnte, würde er sofort meine unehrenhafte Entlassung fordern.

Ich prüfte die Waffe. Der Hahn ließ sich durchziehen, ohne zu knirschen. Ich peilte durch den Lauf und konnte kein Sandkörnchen entdecken. Rasch wischte ich die Patronen mit einem anderen Fetzen meines Hemdes notdürftig trocken und schob sie wieder in die Kammern. Dann hastete ich weiter.

Wieder spülte Wasser um meine Füße, plätscherte zunächst sanft bis zu den Knöcheln, aber dann rollte eine Woge heran, und der Schaum der Wellen leckte an meinen Beinen hoch. Ich hörte das Rauschen einer heranstürmenden Welle und wich zurück. Jetzt konnte ich der Wasserlinie nach Osten folgen, wo ich die Yacht vermutete.

Und dann hörte ich sie. Ich vernahm das mahlende Geräusch eines Propellers, der Wasser aufwühlte, und dann das Dröhnen schwerer Schiffsmotoren. Ich rannte los, das seichte Wasser der kleinen Bucht spritzte um meine Beine. Das Geräusch des Schiffspropellers veränderte sich, wurde dumpfer, Wasser gurgelte. Ich erkannte den hellen Umriss der großen Yacht vor mir, als eine Sturmbö die Wasserschleier zerriss. Unter dem Heck des Schiffes quirlte die Hecksee vor.

Ich lief auf die Yacht zu. Meine Schritte wurden langsamer, als das Wasser stieg. Einmal stolperte ich und fiel, tauchte unter. Als ich wieder hochkam, machte die Yacht schon schnellere Fahrt. Mit schäumender Bugwelle lief sie aus der Bucht. Ich schätzte die Entfernung auf gut einhundertfünfzig Yards und gab die Verfolgung auf.

Meine Augen tasteten den weißen Rumpf ab. Dunkel hob sich eine Reihe von Buchstaben und Zahlen von dem hellen Untergrund des Hecks ab. Meine Augen waren fast blind von dem Salzwasser, aber ich brachte den Sinn eines Wortes zusammen, bevor das Schiff im Dunst verschwamm. Ich erkannte ein Wort, das mir bekannt vorkam: Centerport.

Centerport war ein bekannter Yachthafen auf der Nordseite von Long Island, nicht allzu weit von New York entfernt. Der Ort lag am Ende eines langen, engen Sounds und war nur durch die Bays von Huntington und Northport zu erreichen.

Wütend knirschte ich mit den Zähnen. Ich musste von dieser verdammten Insel herunterkommen und die Küstenwache alarmieren und die Polizeistationen der Häfen auf Long Island. Ich sah auf die Uhr. Es war zwei Minuten vor halb sieben.

Langsam watete ich aus dem Wasser. Wenn der Sturm nicht bald nachließ, stand mir eine lausige und nasse Nacht auf der Insel bevor. Ich lauschte auf das Heulen des Hurrikans. Der Wind ging jetzt ziemlich gleichmäßig, die Böen strichen nur noch matt von der See her über die Insel. Wie lange dauerte der Hurrikan schon? Seit gut vier Stunden. Es konnte einfach nicht mehr lange dauern. Ich hoffte es wenigstens. Ich beschloss, das Boot zu suchen, von dem Capello gesprochen hatte.

Phil lief in dem engen Sheriffoffice hin und her. Zur Barriere, zum fest verrammelten Fenster und zurück. Quince hatte sich im Sessel des Sheriffs hinter dessen Schreibtisch niedergelassen und starrte teilnahmslos vor sich hin.

Der Sturm fauchte ums Haus und rüttelte an der Tür und dem Rollladen vor dem einzigen Fenster. In dem Raum roch es muffig nach Staub und altem Bohnerwachs. Vor einer halben Stunde hatte Phil noch einmal mit Sheriff Leroy über Funk gesprochen. Der Zustand des Verletzten in der Fabrik hatte sich nicht verschlechtert, was unter den gegebenen Umständen eine gute Nachricht war. Vorher hatte Phil mit Doktor Strudwick gesprochen. Der Doc hatte fest versprochen, so rasch wie möglich zur Fabrik raufzukommen. Aber er hatte auch gefragt wie, und darauf hatte Phil keine Antwort gewusst. Phil war jedoch immer noch fest entschlossen, den Arzt hinaufzubringen, egal wie.

Aber jetzt zermürbten ihn die Ungewissheit und die Tatenlosigkeit immer mehr. Phil blieb stehen und schaute den Hilfssheriff an.

»Was hat er für eine Chance?«, fragte er. »Was glauben Sie?«

»Wer?«, erkundigte sich Quince.

»Mein Kollege«, antwortete Phil ungeduldig. »Sie kennen doch diese Rettungsboote – vielleicht ist er zurück, ist irgendwo gelandet ...«

Quince zog langsam die knochigen Schultern hoch und sah Phil kurz an. »Möglich«, meinte er dann. »Aber wir müssen abwarten.«

»Warten, warten, verdammt noch mal!« Phil schwieg plötzlich

und neigte lauschend den Kopf. »Hören Sie es auch? Ich glaube, der Sturm lässt nach.«

»Noch eine halbe Stunde, dann ist das Schlimmste vorbei.«

»Ich muss raus, solange es noch hell ist«, sagte Phil. »Kommen Sie mit?«

Quince schüttelte bedächtig den Kopf. »Es hat noch keinen Zweck, Mr Decker. Warten Sie noch etwas, dann trommele ich die Männer zusammen. Wenn wir das Ufer planmäßig absuchen, finden wir Ihren Kollegen – wenn er da ist.«

Phil zögerte eine Sekunde, dann ging er zur Pendeltür, die in den Flur hinausführte.

»Ich muss raus«, sagte er verbissen. »Hier drinnen ersticke ich.«

In dem Moment bewegte sich die Pendeltür kurz, und Phil hörte das Heulen einer Sturmbö. Im nächsten Augenblick flog einer der Flügel auf, und der Arzt betrat das Office.

Doktor Strudwick war ein hagerer Mann von gut fünfzig Jahren. Er steckte in einem langen, fleckigen Trenchcoat, den Kragen hatte er hochgeschlagen. Den schmalen Kopf bedeckte ein unförmiger, uralter Filzhut. Von der Krempe tropfte das Wasser. An den Füßen trug er hohe Gummistiefel.

Strudwick nahm den Hut ab und wischte sich erschöpft über das Gesicht.

»Der kleine Goring ist versorgt«, berichtete er, zu Quince gewandt, »und Mrs Connay hat einen Sohn.« Er blickte Phil an. »Wenn Sie wollen, kann ich mich jetzt um den Mann in der Fabrik kümmern.«

Phil nickte dankbar. Er nahm seinen Helm vom Tisch neben dem Funkgerät und wandte sich zur Tür.

»Sagen Sie dem Sheriff Bescheid«, rief er Quince zu. »In ein, zwei Stunden sind wir oben.«

»Sie könnten versuchen, ein Stück zu fahren«, sagte der Hilfssheriff. »Bis zum Aussichtsparkplatz müssten Sie durchkommen, das ist der halbe Weg.«

»Haben Sie einen Wagen?«, fragte Doc Strudwick. »Meiner steht in der Einfahrt zu meinem Haus und ist eingekeilt. Ein Telefonmast und ein Baum.«

Quince runzelte nachdenklich die Stirn. In Gedanken ging er die Wagen der Einwohner von Willow's Point durch.

»Sie brauchten einen Jeep oder einen Landrover«, meinte er dann. »Der von Sam Orchard ist in Crescent Beach in der Werkstatt, und die anderen gehören den Fischern und stehen in der Fischersiedlung, das hat keinen Sinn.« Dann stand Quince unvermittelt auf und griff nach seiner Jacke, die auf dem Schreibtisch lag. »Kommen Sie, ich hab einen«, sagte er. »Scott Millard wird nichts dagegen haben, wenn wir seinen benutzen. Dient ja einem guten Zweck.« Der Hilfssheriff stürmte zur Tür. Phil und der Doc folgten ihm.

Die Männer liefen durch den Regen, stemmten sich gegen den Wind. Quince bog nach rechts in die Gasse ab, die zum Strand hinunterführte.

»Scott Millard hat einen Landrover in seinem Schuppen stehen«, schrie der Hilfssheriff dem Doc zu.

Strudwick antwortete nicht. Er kannte Millard gut. Scott Millard war Rechtsanwalt und wohnte in Norwich. Millard hatte ein Haus am Strand, in dem er regelmäßig seine Wochenenden verbrachte.

Der Uferweg war schlammbedeckt und aufgeweicht. Eins der leichten Sommerhäuser hatte der Sturm von seinem Fundament gerissen, es lag schief im Vorgarten. Zwei oder drei andere hatten keine Dächer mehr. Die Zäune vor den Grundstücken waren umgerissen. Man sah deutlich, dass vor kurzem die Brecher bis zum Hang hinauf geschlagen sein mussten.

Während sie sich vorwärts kämpften, bückten sich Phil und Quince regelmäßig und warfen Trümmer zur Seite – Latten, eine ganze Tür, einen Mülleimer, mehrere Gartenstühle.

Quince verließ den schmalen Weg und stapfte durch knöcheltiefen Schlick auf einen Schuppen zu, der massiv aussah und den Sturm gut überstanden hatte. Das Steinhaus daneben zeigte ebenfalls keine Schäden.

Vor dem Tor des Schuppens blieb Quince stehen und betrachtete das Schloss. Dann sah er Phil an. »Ich glaube, wir sollten die Tür einfach aufreißen.«

»Okay«, nickte Phil und tastete mit seinen Fingern nach der Fuge zwischen den beiden Türflügeln. Auch Quince packte das Holz. Dann nickte er. Gemeinsam und ruckartig zerrten die beiden Männer an der Tür. Sie gab ein Stück nach, aber das Holz hielt.

»Noch mal«, keuchte Phil. Mit dem Fuß stemmte er sich gegen den anderen Flügel ab und zog mit aller Kraft. Das Holz ächzte, dann krachte es, die Tür flog auf. Phil taumelte und stolperte kurz. Das rettete ihm das Leben.

Aus der dunklen Öffnung blitzte es plötzlich hervor. Die Männer begriffen zunächst nicht, dass das Schüsse waren, Schüsse aus einem schweren Revolver. Erst nach dem dritten oder vierten nahm Phil die gedämpft klingenden Detonationen wahr, die durch den lärmenden Sturm kaum zu hören waren. Er presste sich in den Schlamm und angelte gleichzeitig nach seiner Waffe. Er sah nach dem Doc, doch der war vorläufig hinter der Tür, die seinen Körper verdeckte, in Sicherheit. Phil riss seinen Smith & Wesson heraus, als sein Blick auf Quince fiel.

Der Hilfssheriff stand plötzlich steif vor der gähnenden Öffnung, stellte sich unendlich langsam auf die Zehenspitzen und kippte dann kerzengerade nach hinten über.

Ich stapfte vom Strand weg, watete durch knietiefe Pfützen, patschte durch wassergefüllte Mulden und tastete mich vorsichtig mit meinen zerschundenen Füßen zwischen Steinen und Geröll hindurch. Obwohl die Sturmwolken sich etwas zu lichten schienen, wurde es jetzt langsam dunkler.

Ich stolperte einen flachen Hang hinauf und sah mich um. Vor mir erstreckte sich eine grasbewachsene steile Böschung. Ich kletterte hinauf, hielt mich an Büscheln von Ginster und Strandhafer fest, während das scharfe Gras mir die letzten Reste der Socken zerschnitt. Als ich oben war, sah ich die Hütte sofort – oder das, was von ihr übrig war. Dunkel und vor Nässe glänzend lagen die geteerten Wände in einem wirren Haufen übereinander. Das Dach, nur noch an der stumpfgrauen Farbe der Dachpappe zu erkennen, war ein Stück den Abhang hinuntergerutscht. Der Schuppen befand sich an der linken Seite des Hügels. Dort musste Westen sein, wenn mich nicht alles täuschte.

Ich erkannte jetzt sturmgepeitschte Wellen mit weißen Schaumkronen, die gegen den Strand rollten. Das Festland, das ich dahinter vermutete, war noch hinter dichten Dunstschleiern verborgen.

Wie weit mochte es bis zur Halbinsel von Willow's Point sein? Ich hatte vor meiner überstürzten Abfahrt keine Karte gesehen, und als ich schon unterwegs war, hatte ich jedes Gefühl für Entfernungen verloren. Ich erinnerte mich nur, beim Mittagessen eine Insel gesehen zu haben, eine kleine Insel, die südöstlich der Landspitze von Willow's Point lag. Wenn ich auf dieser Insel war, konnte das Festland nicht weiter als eine halbe Meile entfernt sein.

Ich lief zu der Hütte hinüber. Mein Mund war ausgedörrt, die Kehle schmerzte vom vielen Salzwasser. Plötzlich fiel mir ein, dass ich seit heute Mittag nichts mehr getrunken und für die nächsten Stunden wahrscheinlich nichts zu erwarten hatte. Bei diesem Gedanken überfiel mich der Durst wie eine ansteckende Krankheit. Ich leckte mir das Regenwasser von den aufgesprungenen Lippen und warf den Kopf in den Nacken, um von dem herabströmenden Regen etwas aufzufangen. Aber alles, was ich erwischte, schmeckte salzig. Also schloss ich den Mund wieder. »So schlimm kann dein Durst noch nicht sein«, sagte ich laut vor mich hin.

Als ich die Trümmer des Schuppens erreichte, vergaß ich den Durst sofort. Ich zerrte einen Balken zur Seite und konnte dann eine ganze Seitenwand packen und wegschieben. Die Wand rutschte mir aus der Hand und glitt über das nasse, glitschige Gras den Abhang hinunter. Rasch legte ich den Boden der Hütte frei. Unter der Giebelwand entdeckte ich das Boot. Es war ein großes, schwerfälliges, kastenförmiges Ding mit stumpfem Bug und hoher Bordwand. Und es schien unversehrt zu sein. Mit viel Mühe schob und zerrte ich es ins Freie. Zwei lange Riemen lagen in dem Boot unter alten Netzen und Hummerreusen. Ich zerrte alles heraus, was ich nicht brauchen konnte. Im Stillen hoffte ich, etwas Trinkbares zu entdecken, aber ich wurde enttäuscht. Kein Wasserkanister, nicht einmal eine Whiskyflasche mit einem winzigen Tropfen am Boden.

Ich durchsuchte das Gerümpel unter den Trümmern der Hütte. Ich fand zwar auch hier nichts zu trinken, aber etwas anderes, das für mich ebenso wertvoll war. In einer Kiste entdeckte ich eine alte Schwimmweste. Der gummierte Überzug sah brüchig aus, aber für die kurze Reise, die ich so bald wie möglich antreten wollte, würde sie reichen. Ich warf sie in das Boot.

Der Kahn war bestimmt seit langem nicht mehr benutzt worden. Das Holz war ausgetrocknet und sog das Wasser auf wie ein

Schwamm. Und das Pech in den Fugen war spröde wie Glas und bröckelte weg wie trockener Lehm. Ich war froh, dass es immer noch stark regnete, weil das Wasser die Planken aufquellen lassen und vielleicht dichten würde.

Dann wuchtete ich das schwere Boot den Abhang hinunter. Das Holz knisterte und knackte, aber ich hörte nicht hin. Ich musste mir selbst helfen. Mit Phil konnte ich so schnell nicht rechnen, überlegte ich. Die See ging immer noch ziemlich hoch, und alle Boote, die auf der Halbinsel von Willow's Point verfügbar waren, lagen in dem kleinen Fischer- und Yachthafen am äußersten Ende der Halbinsel. Wenn mein Freund sich ins Dorf durchgeschlagen hatte, würde er Mühe haben, zum Hafen zu gelangen. Der Weg dorthin musste verwüstet sein, und die Boote waren wahrscheinlich zerstört oder hatten sich losgerissen. Unbewusst nickte ich mir zu. Ich musste einfach versuchen, die Insel mit eigener Kraft zu verlassen. Hilfe hatte ich hier vor morgen früh nicht zu erwarten. Ich hatte nicht einmal trockene Streichhölzer, mit denen ich ein Signalfeuer anzünden könnte. Von trockenem Papier oder Holz ganz zu schweigen. Nur das Boot war trocken, obwohl sich auf dem Boden langsam eine schwappende Lache bildete.

Ich hatte den Kahn den Abhang hinuntergeschoben und ließ mich keuchend daneben in den Sand fallen. Das schwerste Stück Weg lag noch vor mir. Etwa zweihundert Yards über Sand und Steine ohne Gefälle. Besorgt betrachtete ich das Wasser, das sich in dem Boot ansammelte. Ich würde etwas zum Schöpfen brauchen, wenn ich erst einmal unterwegs war. Ich rappelte mich also auf und trottete wieder die Böschung hinauf. Unter dem Gerümpel des Schuppens hatte ich leere Konservendosen und einen alten Marmeladen- oder Fischeimer gesehen. Ich durchsuchte den Plunder, den ich kurz zuvor achtlos zur Seite geworfen hatte, bis ich den verbeulten, offenen Blecheimer fand. Zufrieden trabte ich zu dem Kahn zurück.

Um Kräfte zu sparen, ging ich jetzt methodisch vor. Ich suchte einen Weg zum Ufer, der möglichst eben und glatt war, und warf alle größeren Steinbrocken zur Seite. Dann schob und zog ich das Boot über den Strand.

Der Strand hier war flach und sandig, anders als der Strand auf der Seeseite von Willow's Point, wo das Ufer felsig war und steil abfiel.

Ich musste das Boot ein Stück ins Wasser schieben, ehe es von der Dünung erfasst und angehoben wurde.

Ich stand bis zum Bauch im Wasser und hielt den Kahn mit aller Kraft fest. Die Wellen zerrten an dem unförmigen Boot. Misstrauisch sah ich hinein. Das Holz war rau und an verschiedenen Stellen zersplittert, aber ich entdeckte kein Leck.

Als ich eine hohe Welle heranrauschen hörte und sie dann auch sah, schwang ich mich rasch über die hohe Bordwand, zog die Ruderstangen an mich und steckte sie auf die Zapfen. Die Woge rollte heran und hob das Boot an. Im ersten Moment befürchtete ich schon, auf den Strand zurückgeworfen zu werden, aber mit dem ablaufenden Wasser schaukelte der Kahn hinaus. Ich setzte mich auf der harten Ruderbank zurecht und tauchte die Riemen ein. Ich zog ein paar Mal kräftig durch, um von der Insel abzukommen. Es ging besser, als ich gedacht hatte. Der Wind blies ziemlich gleichmäßig von Osten her, und weil das Boot hoch auf dem Wasser lag, unterstützte der Wind meine Anstrengungen.

Die Linie zwischen Ufer und Wasser und Himmel verschwamm in der zunehmenden Dunkelheit und dem Dunst. Bald hörte ich nicht mehr das Rauschen der Wellen, die den Strand der Insel hinaufliefen. Außer dem gleichmäßigen Singen des Windes hörte ich nur, wie die kurzen Wellen gegen den Bootsrumpf schlugen. Dieses fast sanfte Plätschern wiegte mich in Sicherheit.

Bald lief mir der Schweiß aus allen Poren. Ich ruderte kräftig, sorgfältig darauf bedacht, die starke Brise dauernd im Gesicht zu spüren. Je weiter ich mich von der Insel entfernte, desto höher hob die Dünung das Boot, ließ es in tiefe Wellentäler hinabgleiten, bis die grauen Wände der Wellen fast haushoch neben mir aufwuchsen. Und dann brach der erste Wellenkamm über mir zusammen. Es krachte, und von einer Sekunde zur anderen saß ich im Wasser.

Hastig raffte ich die Schwimmweste an mich, hielt die Riemen mit den Beinen fest und zog die Weste über. Dann nahm ich den Eimer, der auf dem Wasser schwamm, und begann wie ein Wilder zu schöpfen.

Das Boot lag jetzt tief und schwer im Wasser. Ich zog die Riemen ganz ein, weil ich den Kahn so doch nicht vorwärts bewegen konnte. Ich beglückwünschte mich im Stillen dazu, einen so großen Eimer erwischt zu haben. Obwohl jetzt sogar schon kleinere Wellen über die Bordwände schwappten, schaffte ich es, mehr Wasser herauszuschöpfen, als in das Boot hineinkam. Und wenn mich nicht alles täuschte, würden mich der Wind und die Wellen dem Festland zutreiben.

Ich fluchte laut, als wieder donnernd eine Woge neben mir zusammenbrach und das Boot wieder teilweise überschwemmte. Aber der Zweigalloneneimer bewährte sich. Langsam, aber sicher schöpfte ich das Wasser raus. Als es nur noch um meine Knöchel schwappte, steckte ich die Riemen wieder auf und ruderte mit aller Kraft weiter.

Rudern und Schöpfen wechselten sich regelmäßig ab. Ich arbeitete wie ein Roboter. Jedes Gefühl für Zeit und Richtung war mir abhanden gekommen.

Dann rauschte eine schäumende Woge heran, packte das Boot und schob es vor sich her. Die nächste kam, weiß und glitzernd und hoch. Wasser brach über die Bordwand. Die Geräusche der See hatten sich geändert. Ich drückte die Riemen hoch und lauschte. Mit den Ohren verfolgte ich den Lauf einer Welle. Sie rauschte an mir vorüber und brach nach zwei oder drei Sekunden klatschend und gurgelnd zusammen, und dann hörte ich auch das gleichmäßige Brausen, das plötzlich in der Luft hing. Ich lief genau in eine Brandungszone hinein. Das konnte nur bedeuten, dass Land vor mir lag. Land!

Ich behielt die von der offenen See heranrollenden Wogen im Auge und tauchte die Ruderblätter wieder ein. Ich ließ mich von den Wellen hochheben, und, wenn die Woge unter mir war, zog ich die Riemen kräftig durch.

Der Kahn knirschte plötzlich über Grund. Ich ließ mich noch einmal hochheben, drückte das Boot hart auf den Kamm der Welle und ließ mich weitertragen. Als die Woge brach, sprang ich hinaus.

Ich stand fast bis zum Bauch im Wasser, warf mich seitlich in die schäumende Gischt, um nicht von dem Kahn erschlagen zu werden, und schwamm mit langsamen Zügen durch das flache Wasser auf den Strand zu. Als meine Knie über Steine schrammten, richtete ich mich vorsichtig auf und schwankte an Land.

Ich lief und lief, meine Füße versanken in dem Schlamm, der von den Vorgärten der Sommerhäuser heruntergeschwemmt worden war. Einmal schlug ich lang hin, ich hatte nicht mehr die Kraft, den Sturz mit den Armen abzublocken. Mit dem Gesicht fiel ich in den Schlick und schmeckte den widerlichen Schlamm auf der Zunge. Ich wälzte mich mühsam auf den Rücken und blieb nach Luft schnappend liegen. Einige Sekunden lang sah ich den jagenden Wolken am Himmel zu, die im letzten Licht dieses verdämmernden Tages noch zu erkennen waren.

Ich drehte den Kopf. Schwach erkannte ich die Umrisse einiger niedriger Häuser, die dunkel vor der bewaldeten Anhöhe standen. Ich atmete auf. Ich musste mich an der Südostseite der Halbinsel befinden, irgendwo zwischen dem Dorf und der Landspitze.

Ich zog meinen Revolver, fühlte mit dem Daumen am glatten Kolben entlang und spannte dann vorsichtig den Hahn. Das Geräusch der sich drehenden Trommel klang vertraut, glatt und geschmeidig. Kein Sand im Getriebe, dachte ich zufrieden. Ich richtete die Waffe zum Himmel hoch und zog durch.

Phil presste sich eng auf den schlammigen Boden und hoffte, dass er vom Schuppen her nicht zu erkennen war. Er sah zu Quince hinüber, der lang auf dem Rücken lag, die Arme ausgebreitet, und sich nicht rührte. Doc Strudwick kauerte hinter dem geöffneten Türflügel. Die schmalen Gesichtszüge wirkten zerknittert. Entsetzt schaute er herüber und machte hilflose Gebärden mit den Händen.

Phil schüttelte kurz den Kopf und richtete seinen Blick auf die dunkle Öffnung vor sich.

Wieder blitzte es auf, einmal, zweimal. Die Schüsse waren jetzt deutlicher zu hören. Phil hielt seinen Revolver mit beiden Händen und zog zweimal kurz hintereinander durch. Er hielt die Waffe hoch, mit seinen beiden Schüssen wollte er nur zeigen, dass er nicht wehrlos war. Er hörte einen erstickten Schrei. Hatte er doch jemanden getroffen? Gespannt lauschte er.

Als er nichts hörte, schrie er: »Kommen Sie raus! Waffen weg und Hände hoch!«

Nichts rührte sich. Nur der Wind rüttelte an dem offenen Türflügel, das Holz schlug gegen einen Stein oder einen Balken. Es klang nervenzermürbend.

»Rauskommen!«, brüllte Phil. »Ich zähle bis drei, dann schieße ich!«

Wieder schrie jemand erschreckt auf. Dann vernahm Phil eine dünne, schrille Stimme: »Nicht schießen, Stan! Bitte, nicht schießen! Ich bin's, Adam!«

Phil wollte gerade zu zählen beginnen. Verblüfft hielt er inne. Dann begriff er. Adam Shingler war da drinnen. War er tatsächlich der Gangster, der ins Dorf geflohen war? Warum verbarg er sich dann in dem Schuppen?

»Haben Sie gehört?«, rief plötzlich eine andere Stimme. »Ihr Freund Adam ist bei mir, Sheriff. Er ist gefesselt, und ich werde ihn als Schutzschild benutzen! Ziehen Sie ab, aber dalli, bevor dem Alten was zustößt!«

Phil spürte, wie sich sein Magen zusammenzog. Fieberhaft suchte er nach einem Ausweg. Nach einem Ausweg für Shingler und Quince, der schnellstens Hilfe brauchte. Die Männer in dem Schuppen glaubten, er sei der Sheriff, was Phil für einen Vorteil hielt. Der Gangster musste annehmen, es mit nur zwei Männern zu tun zu haben, den Doc hatte er bestimmt nicht gesehen. Okay, dachte Phil, ich serviere dir zwei Männer. Quince und den Doc. Der Gangster sollte überzeugt sein, freie Bahn zu haben.

»Okay!«, rief er grimmig und hoffte, dass Shingler keinen Fehler machte, wenn er merken sollte, dass seine Stimme weder dem Sheriff noch Quince gehörte. »Sie sollen Ihre Chance haben. Ich werde den Verletzten bergen und mich neben das Haus zurückziehen.«

»Machen Sie schon!«, dröhnte die Stimme aus der Dunkelheit. »Ich werde nicht schießen. Und Sie auch nicht! Ihr Freund Adam wird nämlich bei mir sein, wenn ich rauskomme.«

»Okay«, bestätigte Phil noch einmal. Er zog die Arme an und spannte die Muskeln. Hoffentlich sieht der Kerl mich nicht, dachte er. Fast erstaunt stellte er fest, dass es inzwischen dunkel geworden war. Blitzschnell rollte er sich nach rechts weg, glitt hinter die Tür und richtete sich neben dem Doc auf.

»Los, Doc«, zischte er. »Gehen Sie zu Quince und ziehen Sie ihn in Deckung. Dann können Sie sich gleich um ihn kümmern. Ich warte hier. Der Gangster rechnet nur mit zwei Männern und glaubt, die Situation in der Hand zu haben.«

Doc Strudwick sah Phil eine Sekunde lang stumm an. Dann nickte er und lief gebückt auf Quince zu. Phil hielt den Atem an. Mit dem Revolver in der Faust stand er sprungbereit da, entschlossen, beim ersten Schuss den Schuppen zu stürmen.

Phil sah den Schatten des Arztes, wie er neben dem Hilfssheriff kauerte. Dann packte der Doc den Verletzten unter den Armen und zog ihn behutsam weg. Langsam kam er an Phil vorbei, ohne ihm einen Blick zu schenken. Phil sah das Gesicht des Hilfssheriffs. Es sah bleich und eingefallen aus, die Augen hatte er geschlossen, die Arme und Beine rutschten kraftlos über den Boden.

An einer windgeschützten Stelle neben dem Haupthaus hielt der Doktor an, zog seinen Mantel aus und breitete ihn über den Verletzten. Daraus schloss Phil, dass Quince noch lebte. Er wandte jetzt seine ganze Aufmerksamkeit dem Schuppen zu. Er ging in die Hocke und wartete ab. Der Gangster musste jeden Augenblick erscheinen.

Plötzlich hörte Phil ein helles Summen – das Mahlen eines Anlassers. Der Landrover, dachte Phil. Das Geräusch verstummte, als der Motor nicht gleich ansprang, kam wieder. Etwas schwächer und ungleichmäßiger als vorher und war dann kaum noch zu hören. Die Batterie schien schwach zu sein, wahrscheinlich war der Wagen lange nicht mehr gefahren worden. Dann tuckerte der Motor einmal kurz, erstarb wieder.

Eine Minute lang blieb es still. Phil bewunderte die Nerven des Gangsters, der der Batterie Zeit gab, sich zu erholen. Dann summte der Anlasser von Neuem, und diesmal sprang der Motor nach einigen Sekunden an. Die Maschine heulte im Leerlauf ein paar Mal auf, bis sie auch ohne Gas ruhig lief.

Phil schob seinen Smith & Wesson ins verschlammte Schulterholster. Für das, was er vorhatte, würde er beide Hände brauchen. Er hörte, wie die Drehzahl des Motors behutsam erhöht wurde. Der Wagen fuhr an.

Phil spannte alle Muskeln. Langsam schob sich die eckige Schnauze vor, die heruntergeklappte Windschutzscheibe erschien in Phils Blickfeld. Er hatte nicht damit gerechnet, dass der Gangster so langsam starten würde. Der Mann musste jeden Augenblick an Phils Seite erscheinen, wenn er hinter dem Steuer saß. Phil beschloss, den Gangster anzuspringen und aus dem offenen Wagen herauszureißen. Das Überraschungsmoment würde auf Phils Seite sein.

Aber plötzlich brüllte der Motor auf, der Landrover machte einen Satz und schoss über den schlammbedeckten Weg auf die Strandstraße zu. Jetzt war Phil überrascht und verlor eine wertvolle Sekunde. Er spurtete los, glitt aus, rannte gebückt weiter. Zwei Männer saßen auf den vorderen Sitzen des Wagens.

Das Fahrzeug schlingerte, das Heck brach aus. Phil sah, wie der Fahrer, offenbar ruhig und gelassen, das große Lenkrad drehte, und er hörte auch, wie der Mann durch Schalten und vorsichtiges Gasgeben den Wagen wieder unter Kontrolle brachte. Der Landrover trieb in einem kontrollierten Rutscher auf die schmale Straße zu. Die Räder wirbelten Schlamm auf, ein Brocken traf mitten in Phils Gesicht und nahm ihm für einen Moment die Sicht.

Aber Phil ließ sich nicht aufhalten. Der Wagen konnte nicht schnell fahren, und mit wenigen langen Sätzen hatte er ihn eingeholt. Seine ausgestreckten Finger berührten den Reservereifen, der hinten aufgeschraubt war, er fasste zu und krallte sich fest.

Der Landrover beschleunigte, und Phils Füße, die auf dem glatten Boden keinen Halt fanden, rutschten weg. Verbissen klammerte er sich fest und ließ sich von dem Wagen durch den Schlamm ziehen. Er schlang beide Arme um den Reifen und zog sich langsam näher heran.

Er warf einen schnellen Blick über die hohe Rückwand. Der Fahrer war groß und wuchtig, leicht geduckt hockte er hinter dem Steuerrad, der Wind zerrte an seinen Haaren. Phil sah auch den Rückspiegel, der offenbar falsch eingestellt war. Für den Augenblick bestand keine Gefahr, dass der Gangster ihn im Spiegel sehen würde. Der Mann auf dem Beifahrersitz war klein und schmächtig. Er saß zusammengekrümmt da, der Kopf pendelte kraftlos nach rechts und links, wenn der Wagen über eine Unebenheit der Straße fuhr.

Phil schwang erst ein Bein hoch, dann das andere und klammerte sich an der rückwärtigen Kante des Aufbaues fest. Langsam brachte er sich in eine aufrechte Lage. Der Wagen rumpelte einmal hart, und Phil verlor fast den Halt. Die Füße standen nicht richtig, nur mit den Händen konnte er sich halten. Phil biss die Zähne zusammen und versuchte, ein Bein über die Rückwand zu schwingen. Aber der Wagen schaukelte zu stark. Er ließ seinen Oberkörper über den Reifen nach vorn fallen, packte die Lehne des Rücksitzes und ließ sich unendlich langsam in den Wagen hineingleiten.

Der Gangster nahm das Gas weg, als er ein Hindernis auf der Straße bemerkte. Das war Phils Chance! Er richtete sich auf, als er plötzlich einen Schuss hörte. Schwach zwar und nur ganz dünn zu hören über dem Dröhnen des Motors und dem Heulen des Windes, aber es war unverkennbar ein Schuss, und er musste ganz in der Nähe abgegeben worden sein.

Phil ließ sich urplötzlich auf den Mann auf dem Beifahrersitz fallen, der Adam Shingler sein musste. Er packte die kleine Gestalt, und mit einer halben Drehung seines Oberkörpers brachte er sich zwischen ihn und den Fahrer. Der Kleine quiekte erschreckt und spannte sich. Phil schob seinen linken Arm unter Shinglers Beine, drückte hoch und warf den Mann mit einem kräftigen Ruck einfach aus dem Wagen.

Phil wirbelte herum, um sich auf den Gangster zu werfen, aber er griff ins Leere. Plötzlich drehte sich alles, die ganze Welt schien aus kreisender Dunkelheit zu bestehen, und von der Fliehkraft wurde er gegen die Türöffnung gedrückt. Ein harter Fuß traf Phils Brustkorb, der Schmerz zuckte durch den ganzen Körper. Phils Hand erwischte einen Haltegriff, mit der anderen krallte er sich an der Lehne des Sitzes fest und zog die Beine an.

Gegen den helleren Hintergrund des Himmels über der See sah er die breite Gestalt des Gangsters, als der Wagen wieder geradeaus fuhr. Eine Faust knallte gegen Phils Füße, und Phil trat durch, traf auf Widerstand. Sein Fuß wurde gepackt und herumgedreht. Phil musste nachgeben, sich mitdrehen, der Schmerz wurde trotzdem unerträglich. Er trat mit dem anderen Bein um sich, sein Fuß wurde losgelassen.

Wieder drehte sich der Wagen, schlingerte quer zum Strand hinunter. Der Gangster hatte das Steuerrad einfach losgelassen und warf sich über Phil. Die mächtige Gestalt begrub Phil unter sich. Knochige Fäuste trafen Phils Kinn, dann krallten sich lange, harte Finger um seinen Hals. Und der Landrover schlitterte führerlos über Sand und Steine auf die felsige Linie zwischen Ufer und See zu.

Der Knall des Schusses aus meinem Revolver verhallte. Da der Wind nachgelassen hatte, klang es ziemlich laut. Also probierte ich es noch einmal. Aber diesmal klickte es nur – die Patronen hatten zu viel Nässe abbekommen. Ich ließ die Waffe sinken. Ich wollte jetzt nicht mehr Schüsse verbrauchen. Wenn noch trockene Patronen in den Kammern waren, wollte ich sie mir für später aufheben.

Ich lauschte den Geräuschen der Nacht und spürte, wie sich das Toben des Sturmes immer mehr beruhigte. Der Regen strömte gleichmäßig herab und lief über mein Gesicht. Ich empfand die Nässe jetzt gar nicht mehr als unangenehm, im Gegenteil, sie kühlte meinen zerschundenen Körper. Das Donnern der Brandung klang einschläfernd, aber ich durfte hier nicht einschlafen, hämmerte ich mir ein.

Dann drang ein Brummen in mein Bewusstsein, das nicht zu den Geräuschen passte, die ich zu hören erwartete. Ich identifizierte es als das Brummen eines Motors. Schon Hilfe?, dachte ich erstaunt. Mühsam richtete ich mich auf. Meine Schultern schmerzten vom Rudern, die Füße fühlten sich unförmig an, klumpig, taub. Schwankend stand ich da und sah zur Straße hoch.

Etwas Großes, Dunkles löste sich aus den verschwimmenden Schatten weiter vorn. Aus der Richtung der Landspitze her kam ein Wagen. Ein Auto ohne Licht. Der Motor heulte plötzlich auf, der Wagen begann zu drehen, wirbelte um seine Achse, kam von der Straße ab. Es war ein Bild wie in einem Albtraum, so unwirklich. Der Wagen rutschte den Hang herab, veränderte noch einmal seine Richtung und trieb nun quer auf mich zu. Tatsächlich, das Auto schlitterte mit seiner Breitseite haargenau zu mir herüber.

Hastig stolperte ich zur Seite. Die Räder auf der linken Seite gerieten gegen große Steinbrocken, der Wagen neigte sich nach links, drohte einen Moment lang zu kippen und fiel dann zurück. Ich warf einen Blick ins Innere und erkannte zwei ineinander verbissene Gestalten auf den Vordersitzen. Mein Gehirn schaltete träge, und mein Körper schien sich zu weigern, einzugreifen. Nur mein Instinkt wurde hellwach.

Ich machte zwei lange Sätze und sprang auf das Trittbrett. In der Rechten hatte ich immer noch meinen Revolver. Ich packte einfach mit der linken Hand zu, fühlte Stoff zwischen den Fingern und zerrte. Nähte rissen, aber der Mann, ich nahm an, dass es einer war, keuchte nur.

Der Wagen rauschte ins Wasser, wurde hart gebremst, ich fiel nach vorn. Eine Brandungswelle spülte über die Motorhaube und drang ins Wageninnere. Überall war salziger Schaum. Ich umschlang den Mann vor mir mit beiden Armen. Ich spürte steinharte Muskeln und zerrte, und als ich nichts erreichte, packte ich einen Arm, den ich mit aller Kraft nach hinten bog.

Es war, als hätte ich einen schlafenden Bullen geweckt. Der Arm wurde mir mit einem harten Ruck entrissen, der Kerl bäumte sich auf, eine Faust krachte gegen meinen Hals, und ich flog zurück. Ich hielt mich irgendwo fest, ergriff einen Arm, der mich gerade wieder schlagen oder stoßen wollte. Der Mann, der zu dem Arm gehörte, ließ sich nach vorn fallen. Ich verlor den Halt und fiel aus dem Wagen, zusammen mit meinem unbekannten Gegner. Ich fiel ins Wasser, mein Rücken schrammte über spitze Steine, als das Gewicht, das auf mir lag, mich niederdrückte.

Ich riss die Beine hoch, bekam die Füße zwischen meinen Oberkörper und dem Kerl auf mir und stieß zu. Das Gewicht war plötzlich weg. Ich tauchte auf, sah eine Gestalt durch das Wasser taumeln und warf mich darauf. Zusammen stürzten wir, ich atmete hastig ein und tauchte unter, meinen Gegner mit mir ziehend. Dessen Körper begann wild zu zucken, aber ich hielt ihn fest, bis meine Lungen zu platzen drohten. Dann ließ ich los und riss den Kopf hoch.

Gierig schnappte ich nach Luft. Vor mir wuchs die mächtige Gestalt auf, die torkelnd durch das Wasser platschte. Ich war müde, unendlich müde und erschöpft. Zum Weiterkämpfen fehlte mir einfach die Kraft. Ich holte mit dem rechten Arm aus. Wie durch ein Wunder hatte ich immer noch meinen Revolver in der Faust, und ich ließ den Kolben der Waffe gegen die kurzen Rippen des Mannes krachen.

Der Mann stieß pfeifend die Luft aus, taumelte und brach in die Knie. Ich packte ihn von hinten und zerrte ihn aus dem Wasser. Als er mit den Füßen nach mir trat, knallte ich ihm meine Handkante gegen den Hals. Er erschlaffte augenblicklich und fiel lang hin.

Ich warf mich neben ihn. Meine Lungen arbeiteten auf Hochtouren wie ein Blasebalg, mein Herz hämmerte schmerzhaft gegen die Rippen, und vor meinen Augen tanzten blutrote Ringe. Gelegentlich spülten die Ausläufer einer Welle um meine Beine. Ich spürte plötzlich das Brennen des Salzwassers in den Wunden. Müde zog ich die Beine an, aber das Brennen blieb.

Ein Geräusch drang in mein Gehirn, das Scharren von Schritten, ein Stein klickte. Ist der Kerl etwa schon wieder auf den Beinen?, dachte ich müde. Aber ich war zu erschöpft, um mich noch wehren zu können. Eine Hand strich über mein Gesicht, dann wurde mein Kopf vorsichtig hochgehoben.

»Jerry«, sagte eine leise Stimme, die mir bekannt vorkam. »Jerry, he, wach auf!«

Ich genoss das wohlige Gefühl, in Sicherheit zu sein, und wollte irgendetwas sagen. Aber meine Zunge klebte dick am Gaumen. Ich hörte mich krächzen, hustete und würgte. Als ich die Kehle frei hatte, sagte ich: »Was tust du denn hier?« Etwas Intelligenteres fiel mir im Moment nicht ein.

Phil lachte leise.

Ich versuchte aufzustehen. Ich fühlte, dass Phil schon protestieren wollte, aber er sah wohl ein, dass wir hier weg mussten. Wir mussten den Gangster in Sicherheit bringen. Als ich stand, schüttelte ich seinen Arm ab.

»Es geht schon«, brummte ich.

Prüfend sahen Phil und ich uns an und musterten uns, so gut das bei der Dunkelheit möglich war. Das Gesicht meines Freundes sah blass und verquollen aus, und mitten auf der Stirn hatte er eine blutige Schramme.

Er verzog die Lippen zu einem schwachen Grinsen. »Du siehst auch nicht besser aus«, sagte er rau und wandte den Kopf ab. »Schönes Wochenende, was?«

»Schönes Wochenende«, entgegnete ich mit Überzeugung.

Der Gangster rührte sich wieder. Gemeinsam richteten wir ihn auf, warteten, bis er wieder ganz bei Bewusstsein zu sein schien.

»Halt ihn mal fest«, sagte Phil plötzlich und lief zu dem Wagen, der halb im Wasser stand. Nach wenigen Augenblicken kam er zurück und schwenkte zwei Säcke. »Ein Teil der Beute«, sagte er und stieß den Gangster an. »Los, voran!«

Ich überließ Phil die Führung. Mein Freund schlug die Richtung zum Dorf ein und trieb den Gefangenen zur Eile an. Unterwegs berichtete er kurz, und auch ich informierte ihn über das, was ich in der Zwischenzeit erlebt hatte.

Als wir über den kleinen Platz von Willow's Point gingen, drei nasse, abgerissene und zerschundene Gestalten, begegneten wir einigen Männern, die Bretter schleppten und Taschen, offenbar voll mit Lebensmitteln. Einer trug eine alte Stalllaterne. Er musterte uns kurz und hastete ohne zu fragen weiter. Nach der Katastrophe hatte jeder mit seinen eigenen Problemen zu kämpfen.

Wir betraten das Gebäude der Sheriffstation und tasteten uns durch den stockfinsteren Flur bis ins Office. Das Licht brannte nicht. Phil kramte im Dunklen herum, bis eine Batterielampe aufflammte. Dann öffnete er eine der beiden Türen, die vom Dienstraum ausgingen, und winkte mir zu. Ich schob den Gangster vor mir her in den engen Gang bis zu einer vergitterten Tür am Ende. Phil nahm einen Schlüssel vom Haken an der Wand neben der Zelle und schloss die Tür auf.

Jetzt begann der Gangster plötzlich zu protestieren.

»Was wollen Sie von mir?«, fragte er aufsässig. »Wer sind Sie überhaupt?«

»FBI«, sagte ich nur und stieß den Mann in die schmale Zelle.

»Ich will einen Anwalt«, sagte er und starrte mich böse an.

»Den sollen Sie haben«, antwortete ich, »so schnell es möglich ist.«

»Zuerst verlange ich eine warme Mahlzeit, trockene Kleider und was zu trinken. Außerdem eine Packung Zigaretten und Streichhölzer.«

»Ist das alles?«, fragte Phil und wandte sich ab. Ich folgte ihm. Der Gangster begann zu toben.

»Ich kenne meine Rechte!«, schrie er aufgebracht. »Ich werde Ihnen Schwierigkeiten machen, verlassen Sie sich darauf!«

Ich schlug die Tür zum Gang hinter mir zu. Phil legte den Zellenschlüssel in eine Schublade des Schreibtischs. Ich hörte das Geschrei des Gefangenen bis hierhin. Der Mann hatte grundsätzlich Recht. Er konnte einen Anwalt verlangen und trockene Kleider und Essen und Trinken und sogar Zigaretten. Aber wir befanden uns in einem Katastrophengebiet, und solange sich andere Menschen noch in Lebensgefahr befanden und auf unsere Hilfe angewiesen waren, musste er warten. Nicht, weil er ein Verbrecher sein mochte, sondern weil er sich in Sicherheit befand.

Ich ging zum Wasserbehälter, der in einer Ecke stand, füllte einen Pappbecher mit Eiswasser und trank. Zuerst in kleinen, vorsichtigen Schlucken, dann kippte ich rasch noch zwei Becher hinterher. Am Waschbecken wusch ich mir das Salzwasser aus dem Gesicht.

Beim Schein der Batterielampe untersuchte Phil eine Abstellkammer. Als er wieder erschien, warf er mir ein Paar Gummistiefel zu.

Mein Freund leuchtete mir. Ich untersuchte meine Füße. Sie waren geschwollen, und unter den Rissen der Socken sah ich blutige Wunden. Ich biss die Zähne zusammen und schlüpfte einfach in die Stiefel. Sie waren mir reichlich groß, drückten aber trotzdem. Ich verbiss den Schmerz.

»Können wir?«, fragte mein Freund.

Ich nickte und folgte ihm nach draußen. Phil nahm die Lampe mit. Unten am Strandweg fanden wir einen Mann, der kläglich neben einem Baum hockte und uns ängstlich blinzelnd entgegensah. Seine Hände und Füße waren mit dünnen Stricken gefesselt.

Rasch befreiten wir ihn und halfen ihm hoch.

»Sind Sie okay?«, fragte Phil.

Der kleine Mann nickte hastig. »Ja, ja«, versicherte er.

»Dann gehen Sie nach Hause. Wir haben später noch mit Ihnen zu reden, Mr Shingler.«

Shingler wandte sich ab und lief eilig den Weg zurück. Wir gingen weiter. Phil ließ den Kegel des Scheinwerfers über die kleinen Häuser an der linken Seite wandern und riss verwüstete Häuser und Vorgärten aus der Dunkelheit. Vor uns schimmerte ein dünnes Licht. Wir stolperten durch Gerümpel darauf zu und betraten durch die offen stehende Tür ein massives Steinhaus. Die Tür hing schief in den Angeln, der Boden war von einer dicken, zähen Schlammschicht bedeckt, und die Wasserlinie etwa drei Fuß hoch an der Tapete zeigte, wie hoch das Wasser gestanden hatte.

In dem Wohnraum brannten zwei Kerzen. In ihrem flackernden Schein sah ich zuerst die reglose Gestalt, die auf einem Tisch lag. Dann fiel mein Blick auf die Couch, die nass und verdreckt war, und ich verstand.

»Das ist Doktor Strudwick«, sagte Phil und wies mit dem Kopf auf den hageren Mann, der neben dem Kopf des Verletzten stand.

»Cotton«, murmelte ich und sah den Hilfssheriff an. Die nackte

Brust war mit einem zerrissenen Bettlaken oder Tischtuch verbunden. Der Bauch hob und senkte sich mit den kurzen Atemzügen. Das Gesicht war stark eingefallen, die Schläfenknochen traten eckig hervor. Die Lippen waren leicht geöffnet, und er atmete rasselnd.

»Wie steht's?«, fragte ich den Arzt.

»Sehr schlecht.« Er nahm ein kleines Stethoskop aus der flachen Instrumententasche, die er aus der Brusttasche geholt hatte, steckte die Enden der Schläuche in die Ohren und begann, Brustraum und Bauch des Verletzten sorgfältig abzuhorchen. Strudwick hatte die Augen geschlossen. Sein Gesicht verriet Konzentration. Endlich richtete er sich auf und sah uns an. »Das Herz arbeitet kräftig. Die Kugel steckt eine Handbreit unter der linken Schulter. Wahrscheinlich ist sie am Schulterblatt abgelenkt worden und hat in dem Fall mit Sicherheit schwere innere Verletzungen hervorgerufen, obwohl …«, er betrachtete nachdenklich Quinces Gesicht, »… die Lunge heil geblieben ist. Auf jeden Fall gehört er sofort auf einen Operationstisch.«

»Können wir Hilfe anfordern?«, fragte ich meinen Freund.

Phil schüttelte bedrückt den Kopf. »Der Strom ist ausgefallen, und das Funkgerät in der Sheriffstation ist netzabhängig. Die Telefonleitungen sind schon seit Stunden unterbrochen. Die einzige Möglichkeit ist das Gerät im Jaguar.«

Der Jaguar!, dachte ich verbittert. Mein Wagen stand schätzungsweise zwei Meilen von hier entfernt. Zwei Meilen durch Wald und über umgestürzte Bäume und durch Schlamm und aufgeweichten Boden.

»Wir müssen es versuchen«, sagte ich fest.

»Ich gehe«, sagte Phil.

»Wir gehen.«

»Du hast mehr mitgemacht als ich«, stellte Phil fest. »Ich bin noch ziemlich fit, und der Weg ist nicht gefährlich. Wenn wir zu zweit gehen, vergeudet einer nur unnötig seine Kräfte. Also – wenn du dich stark genug fühlst, dann geh.«

»Du hast gewonnen, mein Freund«, gab ich müde zu.

Phil schnappte die Lampe und stapfte hinaus. Ich setzte mich in eine Ecke, zog die Beine an, legte den Kopf auf die Knie und war innerhalb einer einzigen Sekunde eingeschlafen.

Seit über einer Stunde lehnte Frank Capello schweigend an der Rückwand des Steuerstands. Die RED SUSAN stampfte heftig rollend durch die aufgewühlte See. Geschickt glich Capello die Schlingerbewegungen mit den Knien aus. Wachsam beobachtete er die anderen Menschen im schwachen Schein der runden Deckenlampe.

Der Steuermann verrichtete ruhig seine Arbeit. Von ihm hatte Capello keine Schwierigkeiten zu erwarten. Der Kapitän starrte stumm in die Dunkelheit hinaus. Über die Frontscheibe strömte das Wasser. Der Scheibenwischer schnitt einen großen Halbkreis aus den Wasserschleiern heraus, aber die Sicht musste gleich Null sein. Gelegentlich wandte Kelly den Kopf und betrachtete prüfend das Bild auf dem Radarschirm.

Unermüdlich fuhr die weiße Linie des Radarstrahls über das blaugrün schimmernde Glas und hinterließ für Sekunden weiße, verschwommene Punkte. Diese Punkte bedeuteten nicht unbedingt Gefahr. Bei dem rauen Wetter wurden die Strahlen, die das Radargerät aussandte, von den tief fliegenden Wolken genauso zurückgeworfen wie von anderen Schiffen oder von hohen Wellenkämmen. Capello verließ sich auf sein Glück.

Dix Hawthorn lehnte mit leicht grünlichem Gesicht matt neben der Tür zum Deck und starrte stumpf vor sich hin. Hoffentlich kotzt er die Bude nicht voll, dachte Capello gleichmütig und sah zu dem Girl hinüber.

Nancy Pemberton hatte die Arme vor der Brust verschränkt. Das lange blonde Haar fiel in weichen Wellen über ihre Schultern. Ihre Füße schmerzten vom langen Stehen, aber sie beklagte sich nicht. Und sie bemühte sich, den Gangster nicht anzusehen. Trotz des Morgenmantels, den sie lässig geschlossen hielt, fühlte sie sich nackt und irgendwie schutzlos. Wie gerne wäre sie in ihre Kabine gegangen und hätte sich einen Pullover und weite Segelhosen angezogen.

Sie zweifelte keinen Augenblick daran, dass der Mann mit den breiten Schultern unter dem zerrissenen Hemd ein Schwerverbrecher war. Obwohl er ausgesprochen gut aussah, wie sie sich unwillig eingestand. Mit den scharfen Falten um den Mund, dem kantigen Kinn und den tief liegenden dunklen Augen unter den wirren, schwarzen Haaren wirkte er männlich und hart. Verstohlen sah sie zu ihm hinüber, und als der Mann ihren Blick einfing und leicht lächelte, wandte sie rasch den Kopf ab.

Das ist ein echter Gangster, dachte sie sachlich, ganz anders als die anderen Männer, die sie aus dem Showgeschäft kannte und denen man teilweise auch nachsagte, sie seien Gangster. Sie erinnerte sich an Bemerkungen, die sie über McGaw gehört hatte, die sie aber nicht weiter beachtet hatte. Und sie erinnerte sich an die beiden hart und grausam aussehenden Burschen, die schweigsam und unauffällig um McGaw herumstanden, wenn er an Land war. Ihr war klar, dass das McGaws Leibwächter waren. McGaw ging über die Anwesenheit dieser Männer stets hinweg und erklärte sie auch nicht. Aus Filmen wusste sie, dass es zwei Sorten von Gangstern gab – die eine Sorte schoss, und die andere ließ schießen.

Weshalb waren diese beiden Kerle an Bord gekommen? Hatten sie eine Rechnung mit McGaw zu begleichen? Hatten sie gewusst, dass McGaw ohne seine Leibwächter unterwegs war, und die Gelegenheit ergriffen, mit ihm abzurechnen? Wenn ja, musste Kapitän Kelly mit McGaws Feinden unter einer Decke stecken! Erschreckt von dem Gedanken sah sie zu Kelly hinüber und schüttelte dann unwillig über ihre Vermutung den Kopf. Kelly konnte nichts damit zu tun haben, redete sie sich ein. Oder doch? Kelly musste McGaw hassen, oder er war kein Mann. Während der kurzen Zeit an Bord hatte sie oft genug erlebt, wie McGaw den Kapitän abgekanzelt hatte. Sie hätte sich das nicht gefallen lassen.

Plötzlich glaubte sie, es hier oben nicht mehr aushalten zu können. Sie musste einfach raus. Sie warf den Kopf in den Nacken und sah den Breitschultrigen herausfordernd an.

»Wenn Sie nichts dagegen haben, gehe ich in meine Kabine«, sagte sie und machte einen kurzen Schritt auf die Tür zum Niedergang zu.

»Stopp, Lady!«, murmelte Capello und hob die Pistole. »Mir ist es lieber, wenn ich meine Leute um mich habe.«

»Auf mich müssen Sie eine Weile verzichten. Ich gehe nach unten.«

Capello kniff langsam die Lider zusammen, die Brauen zogen sich finster zusammen.

»Sie bleiben hier«, sagte er drohend.

»Ich muss mal«, sagte sie wenig damenhaft. »Ich finde es traurig, dass Sie eine Dame zwingen, das auszusprechen.« Entschlossen öffnete sie die Tür.

In dem Moment rasselte das Wandtelefon neben ihr. Sie nahm den

Hörer ab, ohne den Gangster anzusehen. »Ja?«, fragte sie. Sie lauschte McGaws aufgeregter Stimme, runzelte die Stirn und unterbrach ihn dann rücksichtslos. »Wir haben Gäste an Bord. Ich schlage vor, Sie kommen herauf und begrüßen die Herren.« Ohne auf eine Antwort zu warten, hängte sie den Hörer zurück und wandte sich an den Gangster. »Das war der Besitzer der Yacht. Er wollte wissen, warum wir nicht bei der Insel geblieben sind.«

Capello grinste. »Das fällt ihm erst jetzt auf?«

»Es ging ihm nicht besonders. Der Weg zum Telefon war ihm wohl zu schräg.«

Capello lachte laut. »Das finde ich großartig, Mädchen. Ist wohl kein Seemann, Ihr Boss?«

Nancy schüttelte den Kopf und wollte den Raum verlassen. Mit zwei Sätzen war Capello bei ihr und trat die Tür ins Schloss. Sein Gesicht hatte einen verkniffenen Ausdruck angenommen.

»Du willst doch nur einen Trick probieren, stimmt's?«

»Wie sollte ich?« Nancy sah den Gangster kalt an. »Haben Sie etwa Angst vor mir?«

Capello lächelte plötzlich. »Wenn ich ehrlich sein soll, ja.« Unschlüssig stand er da, eine Hand neben dem Girl gegen die Tür gestemmt. Dann nickte er bedächtig und gab die Tür frei. »Okay, Mädchen. Aber ich komme mit, ob Ihnen das passt oder nicht.« Er drehte sich nach Dix um. »Pass auf. Wenn einer eine verdächtige Bewegung macht, brüllst du, verstanden?«

Dix nickte gequält.

»Und wenn einer an das Funkgerät geht, schlägst du den Kasten zusammen.«

Nancy tastete sich vorsichtig über die schmalen Stufen nach unten. Das Schiff schwankte immer noch, aber lange nicht mehr so stark wie bei ihrer Abfahrt. Sie hörte Capellos Schritte hinter sich, aber sie wandte sich nicht um. An der dritten Tür auf der linken Seite des Ganges blieb sie stehen, drehte den Knauf und schlüpfte in ihre Kabine. Als sie die Tür schließen wollte, hatte Capello seinen Fuß in den Spalt gesetzt. Er grinste unverschämt.

»Ich möchte doch sehen, wie schön du es hast«, sagte er grinsend und stemmte sich gegen das Holz. Nancy leistete einen Augenblick Widerstand, gab dann aber nach.

»Sehen Sie sich um, überzeugen Sie sich, dass ich keine Pistole unter dem Kopfkissen habe, und dann verschwinden Sie. Sie können auf dem Gang warten.« Sie stieg über einen umgestürzten und aufgesprungenen Koffer, trat auf herumliegende Wäsche und verschwand im Bad. Heftig schloss sie die Tür hinter sich und riegelte ab.

Sie warf den Morgenmantel ab und betrachtete ihr Gesicht im Spiegel. Sie zog ihre Lippen mit einem blassrosa Stift nach, legte neuen Lidschatten auf und bürstete dann sorgfältig und ausgiebig ihre Haare. Nach fünf Minuten schlug Capello mit der Faust gegen die Tür. Erschreckt zuckte das Girl zusammen.

»Beeil dich!«, rief der Gangster.

»Ich bin noch nicht fertig!«

»Ich gebe dir genau fünf Sekunden. Eins – zwei – drei ...«

Nancy ließ sich nicht stören, ruhig ordnete sie ihr Haar. Da dröhnte ein schwerer Tritt gegen die Tür, das dünne Holz bog sich. Beim zweiten splitterte das Schloss aus dem Rahmen, mit lautem Knall flog die Tür auf und krachte gegen das Waschbecken.

Nancy raffte den Mantel an sich und versuchte, ihn überzuziehen. Capello packte sie roh am Arm und zerrte sie aus dem Waschraum in die Kabine. Unvermittelt ließ er sie los. Sie stolperte über den Koffer und fiel quer über das Bett.

Aus dunkel umwölkten Augen sah Capello auf sie hinab. »Mit mir kannst du keine Mätzchen machen, Miss Pemberton«, sagte er schwerfällig. Langsam schob er die schwere Pistole in seine Hosentasche. Der große Griff ragte heraus. Capello beugte sich nieder, stützte sich mit den Armen rechts und links neben Nancys Oberkörper auf. Die Bettfedern quietschten unter seinem Gewicht. Unendlich langsam näherte er sein Gesicht dem ihren.

Nancy spürte seinen Atem auf ihren Lippen. Regungslos lag sie da und sah unverwandt in die dunklen Augen über sich. Verwundert stellte sie fest, dass sie keine Angst hatte, ja, die Situation sogar genoss. Sie war wie gelähmt, konnte sich nicht rühren, und eigenartige Schauer rannen über ihren Körper.

Capello presste plötzlich seine Lippen auf ihren Mund, bewegte seinen Kopf. Hart und fordernd küsste er sie. Sie wollte sich wehren, erwiderte dann aber den Kuss, zaghaft zuerst, und wand sich dann wohlig.

Capello löste sich unvermittelt, sein Blick wanderte über Nancys Körper, verweilte lange auf den Rundungen der Brüste, die unter dem Oberteil des Bikinis sichtbar waren. Nancy wälzte sich herum und verbarg ihr Gesicht in der Decke. Sie spürte, wie der Mann von ihrem Bett stieg und neben ihr stehen blieb. Dann hörte sie seine langsamen Schritte, das Öffnen der Tür. Sie wollte irgendetwas sagen, brachte aber keinen Ton über ihre Lippen. Dann schloss sich die Tür leise, und sie wusste, dass sie allein war.

Capello sah sich auf dem Gang um. Über jeder der zehn oder zwölf Türen brannte eine Lampe. Capello öffnete einige. Die erste Kabine war leer, in drei anderen entdeckte er jeweils ein Girl, das inmitten umgestürzter Koffer und durcheinander geworfener Kleidungsstücke auf dem Bett lag, leise stöhnte und für die Umwelt keinerlei Interesse zeigte.

In der großen Hauptkabine am Ende des Ganges war niemand, in dem kleinen Salon daneben begegnete Capello dem Schiffseigner. McGaw hockte zusammengesunken in einem Sessel und starrte auf den Teppich. Auf der lederbezogenen Couch lag ein Mädchen im Bikini, das genau wie der Mann einen abwesenden Eindruck machte. Leise schloss Capello die Tür. Er wollte niemanden aufscheuchen, denn die Situation mit den seekranken Passagieren konnte für ihn gar nicht günstiger sein. Zufrieden stieg er die Stufen zum Ruderhaus hinauf. Sein einziger Gegner an Bord war der Kapitän.

Capello betrat den Raum. Kelly drehte sich kurz um, starrte dann aber gleich wieder in die Nacht hinaus. Capello beugte sich über die Seekarte, die auf dem Kartentisch ausgebreitet war.

»Wo sind wir?«, fragte er.

»Der Leuchtturm von Eatons Neck steht sieben Meilen südwestlich vor uns«, antwortete Kelly.

Capello suchte die Stelle auf der Karte. Westlich des Leuchtturms öffnete sich die Huntington Bay. Von dort aus waren es noch sieben oder acht Meilen bis Centerport. Die Route dorthin führte um eine lang gestreckte Halbinsel herum in die Bucht von Northport und dann durch den engen Sound, an dessen Ende Centerport lag. Außer Huntington Bay und Huntington Beach entdeckte Capello keinen

Hafen, der am Weg lag und ihm von der Lage her gefallen hätte. Centerport lag an einer Hauptstraße, die direkt nach Queens und von dort aus weiter zum Queens-Midtown-Tunnel nach Manhattan führte. Er rollte unbehaglich die Schultern. Die Yacht war in Centerport zu Hause, man kannte dort den Kapitän, wahrscheinlich auch den Eigner, und das Einlaufen der Yacht nach dem Hurrikan musste wie eine kleine Sensation wirken.

»Wie lange brauchen wir bis Centerport?«, fragte Capello.

»Fünfundvierzig Minuten«, kam die einsilbige Antwort.

Capello wollte sich seine Unsicherheit nicht anmerken lassen. Er schwankte einen Augenblick, ob er dem Kapitän befehlen sollte, irgendeinen anderen Hafen anzulaufen, der näher an New York lag, aber er fürchtete, den Gegenargumenten des Kapitäns nicht gewachsen zu sein. Also hielt er den Mund. Die Passagiere lagen halb tot in ihren Kabinen, von denen hatte er nichts zu befürchten. Wenn er den Kapitän und den Steuermann sofort nach dem Anlegemanöver in einer Kabine einschloss, würde er reichlich Zeit haben, das Schiff unauffällig zu verlassen und unterzutauchen.

Mark Kelly schaltete den Scheibenwischer aus. Capello stellte sich neben den Kapitän und sah nach draußen. Viel war noch nicht zu sehen in der Dunkelheit, aber Capello spürte, dass das schwere Rollen der Yacht nachgelassen hatte. Dann riss die Wolkendecke auf, und Capello entdeckte zwei funkelnde Sterne am Himmel. Er sah zu Dix hinüber und lächelte ihm aufmunternd zu.

»Wir haben es bald geschafft«, sagte er.

Als Phil mich sanft weckte, zuckte ich zusammen, brummte unwillig vor mich hin und versuchte, meinen Kopf in eine bequemere Lage zu bringen und weiterzuschlafen. Mein Nacken war steif, die Beine schmerzten, und die Füße in den Gummistiefeln brannten wie Feuer. Es hatte keinen Zweck mehr.

»Wie spät ist es?«, fragte ich, ohne den Kopf zu heben.

»Gleich halb elf«, antwortete mein Freund.

Halb elf!, dachte ich matt. Und so viel war noch zu tun. Ich stand ächzend auf, war zuerst etwas wackelig auf den Beinen und reckte meine lahmen Knochen. Der kurze Schlaf hatte mich noch müder gemacht. Ich spürte die Erschöpfung von den Anstrengungen der letzten Stunden in jedem Muskel. Ich fühlte mich zerschlagen und war kaum in der Lage, einen klaren Gedanken zu fassen. Phil trug meine Jacke über dem Arm, und ich schlüpfte hinein.

Ich stolperte in den Wohnraum. Die zwei Kerzen flackerten genau wie vor zwei Stunden. Ihre Schatten zuckten über den Tisch. Ich starrte auf die leere Platte.

»Wo ist Quince?«, fragte ich Phil, der hinter mir herkam.

»Wir haben ihn schon verladen. Der Hubschrauber steht am Strand.«

»Was für ein Hubschrauber?« Ich machte bestimmt kein sehr geistreiches Gesicht. Hatte ich etwa so fest geschlafen, dass ich das Donnern eines Hubschraubermotors überhört hatte?

»Komm schon«, forderte Phil mich auf. »Die Jungs von der Marine haben heute noch mehr zu tun.« Phil löschte die Kerzen, und wir verließen das Strandhaus.

Undeutlich erkannte ich die Umrisse eines Hubschraubers, dessen Positionslichter hell in der Finsternis blinkten. Phil schaltete seinen Handscheinwerfer ein. Der Pilot schien auf dieses Signal gewartet zu haben. Ich hörte das Starten eines Motors und dann das helle Sirren der Rotorblätter. Wir liefen auf die Maschine zu, Phil half mir hinein, und schon hob der Vogel ab.

In der Kabine lagen Quince und der verletzte Fahrer des Geldtransporters, festgeschnallt in muldenförmigen Krankenliegen.

»Dies ist ein Rettungshubschrauber der Marineflieger«, erklärte Phil mir. »Der Chef persönlich hat ihn besorgt. An der ganzen Küste zwischen New Haven und Cape Cod muss es fürchterlich aussehen ...« Mein Freund schwieg, aber ich konnte mir das Ausmaß der Katastrophe ungefähr vorstellen.

Ich sah mich in der kleinen Kabine um. Vor uns saßen der Pilot und sein Kopilot, beide in ihren Sitzen festgeschnallt. Das grünliche Licht der Instrumente beleuchtete ihre Gesichter unter den unförmigen Helmen. Die Lippen des Piloten bewegten sich vor dem kleinen Mikrofon, das an einem Bügel vor seinem Mund hing. Verstehen konnte ich nichts.

»Wo ist der Doc? Und der Sheriff?«, fragte ich.

»Doc Strudwick wollte in Willow's Point bleiben. Der Hubschrauber ist zuerst oben bei der Fabrik gelandet und hat den Sheriff mit runtergenommen. Er wird alles regeln. Der Gefangene wird nach New London überführt, sobald die Straßen passierbar sind. Er wird auch diesen Adam Shingler verhören und uns ein Protokoll schicken. Und der Jaguar – wegen des Wagens habe ich noch nichts unternommen. Vielleicht holen wir ihn am nächsten Wochenende …«

Ich nickte. Ich sehe es nämlich nicht gern, wenn irgendein Amateur meinen kostbaren Flitzer misshandelt, da bin ich empfindlich.

Das gleichmäßige Dröhnen und Schwirren schläferte mich wieder ein. Die nächste Stunde zog unwirklich wie ein Traum an mir vorüber. Irgendwann setzte der Hubschrauber irgendwo auf, die beiden Verletzten wurden herausgezogen, dann stieg der Vogel wieder auf und landete wenig später.

Steifbeinig kletterte ich hinaus. Unter mir blinkten Millionen Lichter, ein milder Wind wehte, und über mir strahlten die Sterne am wolkenlosen Himmel. Ich war wieder in New York! Der Hubschrauber startete gleich wieder, und Phil und ich gingen auf den Ausgang zu. Der Pilot hatte uns auf dem Heliport des PanAm Building mitten in Manhattan abgesetzt. Mit einem Expresslift sausten wir nach unten und standen dann auf der Park Avenue. Ich holte tief Luft.

Phil fischte ein Taxi aus dem brausenden Samstagabendverkehr. Ich betrachtete die Menschen, die bummelten oder hasteten, lachten oder ernst und verschlossen waren, wie an jedem Tag, und ich konnte irgendwie nicht glauben, dass kaum hundert Meilen von hier entfernt Tausende vor den Trümmern ihrer Häuser standen oder gar ihre Toten beweinten. Es war unwirklich und kaum vorstellbar.

Das Taxi brachte uns in wenigen Minuten zum Distriktgebäude, und dann hatte mich der Rhythmus des FBI-Dienstes wieder gepackt. Und der war Realität.

Als wir auf die Fahrstühle zugingen, begegnete uns unser Kollege Steve Dillaggio. Als er mich erblickte, fiel sein langes Gesicht auseinander, und die blonden Haare auf seinem Kopf sträubten sich.

»Wo kommt ihr denn her?«, fragte er entgeistert.

»Von einem schönen, erholsamen Wochenende«, antwortete Phil ernsthaft.

»Junge, Junge, muss das schön gewesen sein«, sagte er andächtig.

Ich sah an mir hinab. Sah das zerrissene Hemd, die verknautschte

Hose und meine Füße, die in den unförmigen Gummistiefeln steckten. Und mein Freund sah auch nicht gerade salonfähig aus. Ich fuhr mit der Hand durch mein Gesicht und zuckte zusammen, als die Finger über die Schrammen und Beulen glitten.

Ich grinste Steve kurz an und trat schnell in den Aufzug, gefolgt von Phil.

»Gehen wir gleich zum Chef?«, fragte mein Freund.

Ich wusste, was er meinte, und nickte. »Die Fahndung nach der Yacht muss endlich anrollen«, sagte ich. »Später haben wir genug Zeit, um uns wieder schön zu machen.«

Unser Chef, Mr John D. High, war noch in seinem Büro. Auch er sah müde aus. Er musterte uns schweigend, verzog aber keine Miene und machte auch keine Bemerkung. Er wies auf die Stühle vor seinem Schreibtisch, dann drückte er einen Knopf der Sprechanlage und bestellte Kaffee. Extra viel und extra stark. Helen, die perfekte Sekretärin und beste Kaffeeköchin des FBI New York, schien zaubern zu können. Der Kaffee kam nach kaum einer Minute, und sie hatte sogar einen riesigen Stapel Sandwichs zubereitet.

Als ich die Sandwichs sah, begann mein Magen wütend zu knurren, und ich langte zu. Nach dem Imbiss und drei Tassen Kaffee, glühend heiß und pechschwarz, fühlte ich mich etwas besser.

Mr High lächelte. »Sie sind also noch ganz gesund«, stellte er fest.

»Hm«, brummte ich zustimmend. Und dann tat ich etwas, was man in Chefzimmern gewöhnlich nicht zu tun pflegt und erst recht nicht, wenn der Chef anwesend ist: Ich zog mir die Stiefel aus und ächzte auch noch wohlig dabei. Und Mr High lächelte weiter.

Phil und ich gaben einen zusammenhängenden Bericht. Der Chef beobachtete uns aufmerksam, unterbrach uns aber nicht. Erst als wir fertig waren, sagte er: »Sie haben gute Arbeit geleistet, mehr konnten Sie nicht tun. Ich werde den Sheriff von Centerport und die Küstenwache einschalten. Man soll versuchen, die Yacht zu ermitteln.«

»Wir fahren dann gleich …«

Der Chef unterbrach mich. »Sie fahren jetzt gleich. Und zwar nach Hause. Wenn ich etwas höre, gebe ich Ihnen sofort Nachricht.«

»Das Schiff ist bestimmt schon in irgendeinen Hafen eingelaufen«, protestierte ich. »Wenn die Gangster …«

»Wenn die Gangster Sie sehen«, mein Chef unterbrach mich schon wieder, was äußerst selten vorkam, »verlieren die allen Respekt vor dem FBI. Sie fahren nach Hause und legen sich eine Weile aufs Ohr. Sowie ich etwas höre, bekommen Sie Nachricht. Aber das sagte ich wohl schon.«

Ich nickte ergeben.

»Und lassen Sie sich einen Dienstwagen geben, damit Sie notfalls von zu Hause aus losfahren können.« Ich nickte wieder. »Und vergessen Sie nicht, Ihre Waffen auszutauschen.«

Der Chef war wirklich wie ein Vater zu seinen G-men. Ich stand auf, schnappte mir die verdreckten Gummistiefel, nickte ergeben und sagte: »Ja, Papa.« Allerdings ziemlich leise, und ich hoffte, dass er es nicht verstanden hatte.

Im scharf gebündelten Licht des Steuerbordscheinwerfers tastete sich die RED SUSAN an den Tonnen entlang, die die Einfahrt in die innere Bucht markierten, an deren Ende der Yachthafen von Centerport lag. Als die Yacht um eine hohe Landzunge herumglitt, erschien plötzlich die beleuchtete Linie des Piers von Centerport vor dem Schiff.

Capello stellte sich neben den Kapitän und starrte nach draußen. Rasch teilte sich die Lichterkette in winzige Punkte, dann vergrößerten sich die strahlenden Punkte zu hohen, hellen Bogenlampen, deren Schein auf dem unruhigen Wasser glitzerte.

Capello erkannte lange Holzstege, die vom Pier aus rechtwinklig abzweigten. An diesen Stegen lag Boot an Boot. Die RED SUSAN steuerte einen der Stege an, der etwas abseits lag, nicht so lang wie die anderen war, dafür aber breiter und offenbar auch massiver. Zwischen zwei großen Yachten bemerkte Capello einen langen, niedrigen Wagen. Dunkel und drohend stand er da, nur das Licht spiegelte sich im glänzenden Lack.

Capello spürte eine eisige Leere im Gehirn und stand eine Sekunde lang wie gelähmt. Eben noch hatte er sich einem Gefühl der Sicherheit hingegeben, war überzeugt gewesen, es geschafft zu haben. Und jetzt erkannte er, wie trügerisch das Gefühl gewesen war.

Er fuhr herum, starrte in das unbewegte Gesicht des Kapitäns.

»Was ist das für ein Wagen?«, fragte er leise, keuchend. Die Wut nahm ihm fast die Stimme.

Mark Kelly wandte langsam den Kopf und sah den Gangster ruhig an. Gelassen erwiderte er Capellos flackernden Blick.

»Das ist der Wagen des Chefs«, erwiderte er dann ausdruckslos.

Capellos Kopf ruckte wieder herum. Irritiert versuchte er den Wagen genauer zu erkennen. Lange Motorhaube, vorspringender Kühlergrill, eckige Vorderfront. Keine Dachlichter. Er spürte, wie ein Gefühl der Erleichterung Besitz von ihm ergriff. Er hätte schreien mögen vor Freude. Das war kein Wagen, der von Polizisten gefahren wurde, versicherte er sich selbst.

Das Schiff steuerte einen freien Liegeplatz am Anleger an. Der Kapitän gab knappe Kommandos. In spitzem Winkel glitt die RED SUSAN auf den Steg zu. Der Boden des Ruderstandes begann zu vibrieren, als die Maschinen auf Rückwärtsfahrt umgeschaltet wurden.

Kelly nahm den Hörer des Wandtelefons ab und wählte eine Nummer. Capello beobachtete ihn misstrauisch. »Hill? Wir legen an«, sagte er nur und hängte den Hörer zurück.

Ein junger Matrose erschien an Deck, turnte am Ruderhaus entlang und wickelte die Bugleine von einem Poller. Sprungbereit wartete er, um im rechten Moment an Land springen zu können.

Der Wagen erschien jetzt in ganzer Länge in Capellos Blickfeld. Zwei große Männer, beide in dunklen Anzügen mit dunklen Hüten auf den Köpfen, die die Gesichter beschatteten, lehnten lässig an der Tür der Fahrerseite und sahen dem Anlegemanöver zu. Beunruhigt beobachtete Capello die beiden. Dann hörte er, wie hinter ihm eine Tür geöffnet wurde, und er fuhr herum.

Im Rahmen stand ein schlanker Mann mit braun gebranntem Gesicht, und Capello erkannte in ihm den Eigner wieder, der jetzt besser aussah als vorhin.

McGaw sah sich verwundert um, dann blieb sein Blick auf Capello haften. Langsam schloss er die Tür und lehnte sich dagegen.

»Wer ist das?«, fragte er. Die Frage war an den Kapitän gerichtet.

Kelly zuckte mit den Schultern. »Er und der andere kamen bei der Insel an Bord. Wollten unbedingt nach Long Island.«

Capello zog langsam die Pistole aus dem Hosenbund und hielt die Waffe hoch.

»Mein Fahrschein«, grinste er. Zu seiner Verwunderung zuckte

McGaw mit keiner Wimper. »Aber wir steigen hier aus, keine Sorge«, fügte er etwas unsicher hinzu.

McGaw verzog die schmalen Lippen zu einem leichten Lächeln.

»Dann seid mal schön freundlich zu den Jungs da unten«, sagte er. Der metallische Unterton in seiner Stimme war kaum zu überhören.

Capello gefiel die Situation überhaupt nicht. Sein Blick flitzte zwischen dem Mann an der Tür und den Burschen auf dem Steg hin und her. In dem Moment ging ein leichter Ruck durch die Yacht, und der Matrose sprang an Land.

Capello warf Dix die Pistole zu. »Pass auf, Dix!«, sagte er. »Niemand verlässt diesen Raum, kapiert? Und schnapp dir schon die Säcke mit dem Geld, damit du gleich damit keine Zeit zu verlieren brauchst!«

Dix nickte eifrig, und Capello registrierte zufrieden, dass es seinem Komplizen auch wieder besser ging.

Mit wenigen Schritten durchquerte er den Steuerstand und stieß dabei McGaw brutal zur Seite. Dann knallte er die Tür hinter sich zu, lief die Treppe hinab und stürmte in Nancys Kabine.

Das Girl lag immer noch auf dem Bett. Als sie Capello hörte, hob sie den Kopf. Der Gangster betrachtete das Mädchen, das immer noch den knappen Bikini trug. Dann riss er seinen Blick gewaltsam los. Er bückte sich, hob ein leichtes Wollkleid vom Boden auf und warf es Nancy zu.

»Zieh das an, aber rasch«, sagte er.

Nancy rührte sich nicht.

Capello machte einen Schritt auf das Bett zu. »Mir ist es ja egal«, sagte er mühsam beherrscht, »du kommst mit mir. Mit dem Fummel da oder ohne. Du hast drei Sekunden.«

Das Girl wälzte sich herum und warf den Kopf zurück. Das lange blonde Haar flog über die nackten Schultern. Aufreizend langsam schwang sie ihre braunen Beine über die Bettkante, die Füße tasteten nach den leichten Sandalen und schlüpften hinein. Teilnahmslos sah sie den Gangster an.

Capello beugte sich vor, packte Nancys Arm und drückte zu, bis das Girl vor Schmerz das Gesicht verzog. »Zieh dich endlich an«, zischte er aufgebracht. Er bereute bereits seinen Entschluss, das Mädchen mitzunehmen.

Nancy Pemberton streifte das Kleid über ihren Körper. Capello hielt ihr die Tür auf. Ohne den Gangster anzusehen, schritt sie an ihm vorbei auf die Treppe zu.

Als Capello die Brücke wieder betrat, starrte McGaw ihm verbissen entgegen. Capello grinste. »Ich nehme die Kleine mit«, sagte er herausfordernd.

McGaw gab das Grinsen zurück. »Die kannst du geschenkt haben«, behauptete er. »Aber pass auf die Jungs auf, die machen vielleicht Hackfleisch aus dir.«

Capello kniff die Lider zusammen. Die Sicherheit des Mannes verblüffte ihn aufs Neue. Er schob Nancy zu der Tür, die aufs Deck hinausführte, und nahm Dix die Pistole wieder ab. Dann fasste er einen raschen Entschluss. »Sie kommen auch mit«, sagte er.

Tiefes Schweigen senkte sich über den Raum. McGaw zog leicht amüsiert die Brauen hoch. »Ich?«, erkundigte er sich gedehnt.

Capello nickte zustimmend. »Sie«, bestätigte er.

McGaw sah den Gangster ungläubig an. Bisher hatte er sich sicher gefühlt. Er konnte nicht wissen, dass der Gangster seinen Ruf nicht kannte. Ja, der Mann schien seinen Namen noch nie gehört zu haben. Verwundert schüttelte McGaw den Kopf. »Wissen Sie auch genau, was Sie da tun?«, fragte er leicht besorgt.

Capello nickte verbissen. »Los jetzt«, befahl er unwillig. Er stieß die Tür auf und betrat das Deck. Mit der linken Hand zerrte er das Girl neben sich und winkte McGaw mit der Pistole.

Einer der beiden Männer am Wagen riss die hintere Tür des Olds auf, als McGaw das Deck betrat. Capello versteckte die Pistole hinter dem schmalen Rücken des Girls.

»Vorgehen«, zischte er McGaw ins Ohr.

McGaw zuckte leicht mit den Schultern. Er ging in die Hocke und flankte von Bord. Capello sprang hinterher, ohne Nancy loszulassen. Das Girl schrie unterdrückt auf, als der Gangster sie herunterzerrte. Dix folgte, der Steg dröhnte unter seinem ungeschickten Aufprall.

Capello musterte die beiden Männer am Wagen mit schnellen Blicken. Er kannte diese Typen aus Erfahrung. Das waren Leibwächter, Burschen von der harten Sorte, und zum ersten Mal kam ihm der Gedanke, dass er mit McGaw an den Falschen geraten sein könnte. Wer sich mit solchen Kerlen abgab, war meist auch gewohnt, sie ihrer Begabung entsprechend einzusetzen.

Die Leibwächter hatten offenbar noch keinen Verdacht geschöpft. Ihr seid also doch nicht so clever, dachte Capello. Aber er musste jetzt schnell handeln.

Er drückte McGaw die Mündung der schweren Pistole gegen das Rückgrat und schob den Mann vor sich her. Als sie nur noch zwei oder drei Schritte vom Wagen entfernt waren, ließ Capello das Girl plötzlich los, packte McGaw und stieß ihn auf den Rücksitz des Olds. Er steppte einen Schritt zur Seite und winkte Dix zu. »Los, Junge, schmeiß dich neben ihn.«

Dix Hawthorn reagierte sofort. Er stürmte an Capello vorbei und schwang sich in den Wagen, wobei er McGaw grinsend anstieß.

Capello streckte den rechten Arm aus und hielt die Pistole ins Wageninnere. Die Körper der beiden Gorillas hatten sich gespannt. Der eine, der an der hinteren Tür stand, kaum eine Armlänge von Capello entfernt, hatte seine Rechte unter der Jacke, aber er rührte sich nicht. Der andere stand etwas gebückt am vorderen Kotflügel, eine Hand leicht angehoben, die andere auf die Motorhaube gestützt. Capello konnte ihre Gesichter nicht genau erkennen, nur die Augen des Mannes vor ihm schienen ihn abzuklopfen.

»Steig ein, Nancy«, sagte er zu dem Girl, das leicht fröstelnd neben ihm stand.

Nancy öffnete die Tür der Fahrerseite, stieg ein und rutschte auf die rechte Seite hinüber.

Capello ließ die beiden Gorillas nicht aus den Augen. »Ihr geht jetzt schön auf das Schiff«, sagte er laut, lauter, als er beabsichtigt hatte, und sah sich schnell um. Aber der Steg und der Pier waren zu dieser Stunde menschenleer. Nur vom Klubhaus eines Segelklubs drangen Musikfetzen herüber.

Die beiden Männer lösten sich langsam vom Wagen, versuchten, sich durch Blicke mit ihrem Chef zu verständigen, und wichen rückwärts zurück. Nacheinander kletterten sie an Bord der Yacht und blieben an der Reling stehen.

Capello warf die Fondtür zu und setzte sich hinter das Lenkrad. Die Tür auf seiner Seite ließ er noch offen. Aus den Augenwinkeln beobachtete er die Leibwächter, während seine Finger nach dem Starterschlüssel suchten. Endlich hatte er ihn gefunden. Sein linker Fuß suchte die Kupplung und trat ins Leere. Capello unterdrückte einen Fluch. Mit automatischen Schaltungen hatte er wenig Erfahrung, und einen Schlitten von der Größe dieses Olds hatte er noch nie gefahren.

Seine Rechte fummelte auf der Schaltkonsole herum, wobei die Pistole ihn behinderte. Er zog den Gangwähler zurück und hoffte, den Rückwärtsgang gefunden zu haben. Dann drehte er den Starterschlüssel. Mehrere Lichter auf dem Instrumentenbrett flammten auf. Er hatte den Schlüssel immer noch in Startstellung, als der Motor schon lange lief. Die Maschine war kaum zu hören, und der Wagen vibrierte kaum. Capello drückte einige Schalter, bis die Scheinwerfer aufleuchteten. Er erwischte einige falsche Knöpfe – die Lenksäule verstellte sich, die Rücklehne seines Sitzes glitt zurück, und die Seitenfenster fuhren lautlos herab.

Mit einem harten Ruck zog Capello die Tür zu. Er wandte sich um und gab behutsam Gas. Der lange Olds rollte tatsächlich rückwärts. Sanft schaukelnd rumpelte der große Wagen über die Bohlen, stieß auf den betonierten Pier und setzte bis auf die schmale Fahrstraße zurück. Capello trat auf die Bremse, etwas zu hart, ruckend blieb der Wagen stehen, aber der Motor lief weiter, wie Capello zufrieden feststellte.

»Rechts oder links?«, fragte er McGaw, der Capellos Bemühungen gelassen zugesehen hatte.

»Das kommt darauf an, wohin Sie wollen«, erwiderte McGaw.

»Manhattan.«

»Rechts.«

Capello warf noch einen Blick zurück auf die Yacht. Die Gorillas standen immer noch an der Reling, schienen aber nicht die Absicht zu haben, etwas zu unternehmen.

Capello schob den Gangwähler auf »Fahrt« und gab Gas. Die lange Schnauze des Olds hob sich, als die Hinterräder packten und der Wagen davonschoss.

Phil und ich traten auf den Hof des Distriktgebäudes hinaus und gingen zu dem ziemlich neuen Chevrolet Impala hinüber, den Ben Harper, der Leiter der Fahrbereitschaft, für uns locker gemacht hatte.

Während ich mich auf den Beifahrersitz fallen ließ und müde die

Beine von mir streckte, klemmte sich Phil hinter das Steuerrad, startete und lenkte den Wagen auf die Straße hinaus. Ich war jetzt endgültig so weit, dass ich nur noch an mein Bett denken konnte und an sonst nichts mehr. Frank Capello, sein Komplize und die Yacht, die mir auf der Insel vor der Nase davongefahren waren, konnten mir gestohlen bleiben. Keine feine Denkungsweise für einen G-man, zugegeben, aber ich war eben auch nur ein Mensch und fertig, zerschlagen und zerschunden.

In unserem Office hatte ich mir neue Klamotten übergezogen, die ich für alle Fälle dort verwahrt hatte. Die zerrissene Hose hatte ich seufzend in den Müllschlucker gestopft – sie war nicht mehr zu retten gewesen. Im Schulterholster steckte eine neue Kanone. Eine schöne, neue, zuverlässige Waffe, wie der Waffentechniker versichert hatte. Halsstarrig hatte ich darauf bestanden, dass der neue Smith & Wesson nicht auf meinen Namen eingetragen wurde – ich wollte meinen alten wiederhaben, gereinigt, überholt und frisch geölt. Ich hänge nun mal an dem Ding. Jack Stoneward hatte schließlich nachgegeben und versprochen, meinen Revolver bis Montag zu überholen.

Ich spürte, wie die Müdigkeit von meinem Körper Besitz ergriff, und schloss die Augen. Mein letzter Eindruck waren die Lichter der Fifth Avenue, als der Chevrolet an der Mauer des Central Park entlang nach Süden fuhr.

Mein Unterbewusstsein reagierte auf das vertraute Summen, und ich riss die Augen wieder auf. Erstaunt stellte ich fest, dass wir immer noch am Central Park entlangfuhren, ich konnte also noch gar nicht geschlafen haben. Das Sprechfunkgerät vor mir summte immer noch, und das rote Licht stach mir unangenehm in die Augen.

»Wenn du rangehst, ist unser Feierabend im Eimer«, meinte Phil warnend.

Ich knurrte etwas Undeutliches vor mich hin und hakte das Mikro ab. »Cotton«, meldete ich mich.

Die Stimme des Chefs drang aus dem Lautsprecher. »Jerry, wie versprochen habe ich eine Nachricht für Sie. Vor etwa einer Stunde ist eine Yacht in den Hafen von Centerport eingelaufen. Ob es die ist, mit der die Gangster geflohen sind, steht natürlich noch nicht fest. Ich wollte Sie aber schon unterrichten. Ich habe den Sheriff gebeten, Nachforschungen anzustellen.«

»Okay«, murmelte ich.

»Das Schiff heißt RED SUSAN«, fuhr der Chef fort, »und ist für Henry S. McGaw zugelassen.«

Ich fuhr steil in meinem Sitz hoch. Im Nu war ich hellwach. »McGaw, sagten Sie?«

»McGaw«, bestätigte Mr High. »Näheres weiß ich noch nicht. Wie gesagt, habe ich den Sheriff gebeten ...«

»Pfeifen Sie ihn zurück«, bat ich. »Wir fahren hin.«

Phil hatte auch schon geschaltet. Die Sirene auf dem Dach begann zu heulen, und der Chevy schoss die Fifth Avenue hinab auf die Zufahrt zum Queens-Midtown-Tunnel zu.

John D. High schwieg fünf Sekunden lang. Dann sagte er: »Ich hätte es ja wissen müssen ...« Und zögernd fügte er hinzu: »Okay. Aber passen Sie auf! McGaw ist gefährlich.«

Das war eine gelinde Untertreibung. McGaw gehört zu den undurchsichtigsten Figuren der Staaten. Nach außen hin stellt er einen überaus erfolgreichen Geschäftsmann dar. Er verfügt über Beteiligungen an angesehenen Zeitungen, er kontrolliert mehrere Film- und Fernsehstudios, Künstleragenturen, Werbeagenturen, Schallplattengesellschaften. Und ihm sollen zwei Spielhöhlen in Las Vegas gehören. Und zu allem Überfluss verfügt er über eine straff organisierte Gangsterbande. Kurz gesagt, McGaw ist genau das, was man einen Edelgangster nennt. Einer von der Sorte, die sich nicht schnappen lässt, einer, dem nie etwas nachzuweisen ist. Sollte er diesmal einen Fehler gemacht haben?

McGaws Yacht hatte zwei Gangster aufgenommen, die soeben einen schweren Raubüberfall verübt hatten. An einen Zufall mochte ich nicht glauben.

Oder doch? Sofort meldeten sich Zweifel. Hatte McGaw es nötig, bei einem lumpigen Zweihunderttausend-Dollar-Job mitzumischen? Für einen Mann wie McGaw war das nicht mehr als ein gutes Trinkgeld. Und außerdem stand noch gar nicht fest, dass es sich bei der Yacht, die ich gesehen hatte, um McGaws RED SUSAN handelte.

Der Chevrolet tauchte in den Tunnel, der den East River unterquert. Das gellende Heulen der Sirene brach sich an den Tunnelwänden. Ich schloss wieder die Augen. In spätestens einer halben Stunde würde ich mehr wissen, dachte ich grimmig. Vielleicht würde ich einen Grund finden, mit Henry S. McGaw ein sehr, sehr ernstes Wörtchen zu reden.

Vorsichtig steuerte Capello den großen Olds über die 25A in Richtung Queens. Die Scheinwerfer rissen einen Wegweiser aus der Finsternis. Manhattan 36 Meilen.

Die glatte Betonstraße war hier nass, vor kurzem musste ein heftiger Regenschauer niedergegangen sein. Capello setzte die Geschwindigkeit noch weiter herab, als vor ihm ein kleiner Lastwagen auftauchte. Der Wagen zog einen dichten Wasserschleier hinter sich her. Die Tropfen prasselten plötzlich auf die Windschutzscheiben des Olds, als er sich dem Laster näherte. Im Nu rann das Wasser über die Scheibe, und Capello konnte nichts mehr sehen. Nervös trat er auf die Bremse und suchte nach dem Schalter der Scheibenwischer. Er zuckte zusammen, als die großen Wischerblätter, von der Automatik eingeschaltet, plötzlich aus den Schlitzen unter der Scheibe auftauchten und über das Glas fuhren.

Capello überholte den Laster und setzte sich vor ihn. Die Straße lag leer und dunkel da. Capello kannte nur einen Gedanken: Manhattan. Er musste die City von New York erreichen. Obwohl er New York nur oberflächlich von einigen Episoden her kannte, hoffte er, in der großen Stadt am ehesten untertauchen zu können. Es musste tausend Möglichkeiten für ihn geben, sich einige Tage zu verstecken. Capello war zuversichtlich.

Dann dachte er an das Girl auf dem Rücksitz und an den Mann, der McGaw hieß. McGaw, McGaw. Hatte er den Namen schon einmal gehört? Er zermarterte sich das Gehirn – vergeblich. Er wusste, dass er die beiden aus dem Wagen schmeißen sollte, und zwar so bald wie möglich. Warum zögerte er noch?

Und plötzlich fiel Capello siedend heiß etwas ein. Der Queens-Midtown-Tunnel war gebührenpflichtig. Jedes Auto musste an einem der drei oder vier Schalter halten, um die Tunnelgebühr zu entrichten. Was war, wenn dort schon G-men oder Polizisten standen und in jeden Wagen hineinsahen? Und er hatte zwei gekidnappte Personen an Bord. Capello spürte, wie ihm der Schweiß aus allen Poren brach und kalt am Körper hinablief.

McGaw brach unvermittelt das Schweigen. »Wie viel habt ihr denn erwischt?«, fragte er.

»Erwischt?« Capello begriff nicht sofort.

»Wie viel ist in den Säcken, auf denen dein Partner sitzt?«

»Hunderttausend, schätze ich«, antwortete Capello verdrossen. Der Kerl auf dem Rücksitz sollte ruhig wissen, dass er, Capello, kein kleiner, mieser Ladendieb war.

»Sieh mal an«, lobte McGaw. Capello konnte nicht feststellen, ob das ironisch gemeint war. Die nächsten Worte des Mannes klangen eher noch rätselhafter. »Ich glaube allerdings nicht, dass du davon auch nur einen einzigen Dollar ausgeben wirst.«

In Capello stieg der Zorn auf. Er umklammerte heftig das Steuerrad und antwortete nicht.

»Du hast nur eine Chance«, sagte McGaw leise, fast unbeteiligt.

McGaw verstummte. Capello wollte nicht fragen, aber die Stimme des Mannes hatte etwas Zwingendes, und widerwillig fragte Capello endlich: »Und die wäre?«

»So einen harten Burschen wie dich kann ich immer brauchen. Lass dich auf meine Lohnliste setzen, und du bist allen Kummer los. Ein für alle Mal.«

Capello biss die Zähne zusammen und fuhr schneller, er wollte die Stimme nicht mehr hören.

»Aber ohne den Schwachsinnigen da«, fügte McGaw noch hinzu.

Dix Hawthorn begann heftig zu protestieren.

»Sei ruhig, Dix«, sagte Capello warnend. »Wir bleiben zusammen.«

»Deine Beute musst du natürlich abgeben«, fuhr McGaw unbeirrt fort. »Dafür bekommst du einen erstklassigen Lohn ...«

»Halten Sie die Schnauze!«, brüllte Capello.

»Du willst also nicht?«

»Nein!«, schrie Capello.

McGaw lachte tatsächlich leise. »Das war deine einzige Chance, Junge. Wirklich«, versicherte er, »deine einzige.«

»Noch haben wir Sie«, widersprach Capello, diesmal ruhiger. Er wollte sich nicht reizen lassen.

»Noch«, gab McGaw rätselhaft zurück. »Aber ich werde dir nichts nützen. Ob du mich umlegst oder nicht, Junge, du hast verloren.«

Capello spürte wieder den kalten Schweiß auf seiner Haut. Der Kerl sprach so verdammt sicher. Dabei hatte er zuerst den Eindruck eines Schlappschwanzes gemacht. Capello fluchte lautlos. Er hatte den Mann nach dem ersten Eindruck beurteilt, den Fehler sah er jetzt ein.

»Dix«, sagte er. »Durchsuche unseren Fahrgast nach Waffen.« Beinahe wieder ein Fehler, dachte Capello. Er hörte, wie Dix auf dem Rücksitz rumorte.

»Nichts, Frank«, berichtete er. »Der Kerl ist sauber.«

Capello hatte nichts anderes erwartet. Ein Mann vom Kaliber McGaws schoss nicht mehr selbst.

Plötzlich summte etwas hinter Capello. Irritiert nahm er den Fuß vom Gas.

»He, Frank!«, schrie Dix aufgeregt, »hier ist ein Telefon!«

Capello steuerte den schweren Wagen auf den Seitenstreifen, bremste und hielt. Dann wandte er sich um. McGaw schaltete eine kleine Lampe ein und lächelte Capello an.

»Soll ich rangehen oder nicht?«, fragte McGaw.

Capello starrte dem Mann in die grauen Augen. Unaufhörlich summte es aus einem lederbezogenen Kasten, der hinter der Lehne des Fahrersitzes befestigt war. Er drehte kurz den Kopf und sah das Girl an, das in seinem Sitz zusammengesunken dasaß und sich nicht rührte.

»Es ist deine Entscheidung, Junge«, sagte McGaw. »Nur – ich an deiner Stelle würde mich beeilen. Wenn meine Jungs keine Antwort bekommen, befürchten sie sicher das Schlimmste. Sie sind dann nicht mehr zu halten.«

Capello hob die Pistole und legte den Lauf auf die Lehne. »Machen Sie schon«, knurrte er.

McGaw beugte sich lächelnd vor und öffnete den Kasten. Seine schlanken Finger griffen nach dem cremefarbenen Hörer des Telefons. Immer noch lächelnd hielt er die Hörmuschel fest ans Ohr gepresst. »Ja?«, meldete er sich dann.

Unruhig beobachtete Capello den Mann.

McGaw lauschte aufmerksam. »Ich kann nicht klagen«, sagte er. »Nein, nein – niemanden – nur Baynes sollte Bescheid wissen ...« McGaw runzelte die Stirn, lauschte und sah Capello nachdenklich an. »Lasst mal, Jungs«, sagte er dann milde. »Ihr könnt nicht alle Brücken und den Tunnel nach Manhattan überwachen …«

Capello zuckte zusammen. »Schluss jetzt«, fauchte er böse.

McGaw reagierte gelassen. »Ich muss jetzt Schluss machen«, sagte er, »ich melde mich wieder, Jungs.« Behutsam legte er den Hörer zurück. »Warum so nervös, Junge? Meine Jungs wissen doch nicht, wo ich bin.«

»Licht aus«, befahl Capello. McGaw fügte sich. Capello überlegte fieberhaft. Er hatte das Gefühl, von McGaw hereingelegt zu werden. Oder schon hereingelegt worden zu sein. Der Satz mit den Brücken und dem Tunnel, die nicht überwacht werden sollten, hatte verdammt nach einer Verabredung geklungen. Er dachte an die beiden Männer, die ihren Chef im Hafen erwartet hatten. Wenn McGaw noch mehr Burschen vom gleichen Kaliber in petto hatte, dann konnte er sich gute Nacht sagen …

Entschlossen drehte er sich um und fuhr wieder an. Wieder hatte er den Kleinlaster vor sich, den er gerade erst überholt hatte. Diesmal blieb er hinter dem Wagen. Er brauchte Zeit zum Nachdenken. Capello fuhr eine halbe Meile, dann ließ er den Olds wieder an den Straßenrand rollen und hielt. Plötzlich hatte er Angst vor Manhattan.

»Ratlos?«, fragte McGaw.

»Halten Sie endlich die Schnauze!«, rief Capello gereizt.

Plötzlich rührte sich das Girl neben Capello. Sie legte ihm ihre Hand auf den Arm und wandte ihm das Gesicht zu. Das blonde Haar schimmerte trotz der Dunkelheit, und Capello sah auch die glänzenden Augen. »Lassen Sie mich raus«, sagte sie leise. »Bitte. Ich habe Angst.«

Capello schüttelte stumm den Kopf.

»Bitte – ich fahre nach Hause und werde alles vergessen, was heute war …«

»Nein«, sagte Capello stur.

Von hinten glitten Scheinwerfer heran, der Innenraum lag plötzlich in helles Licht getaucht. Capello blickte in den Rückspiegel. Eine Limousine näherte sich mit hoher Geschwindigkeit, wurde langsamer, scherte aus der Fahrbahn und glitt langsam heran. Jetzt erkannte Capello die zwei Dachlichter. Polizei!

Blitzschnell klemmte er die Pistole zwischen die Beine. Er hörte, wie ein Wagenschlag geöffnet und zugeworfen wurde. Dann näherten sich schwere Schritte.

Capello behielt die Nerven. Er hatte gesehen, dass nur einer der beiden Polizisten ausgestiegen war. Er sah die Silhouette des anderen im Rückspiegel. »Ein falsches Wort, und es gibt ein Blutbad«, drohte er leise und öffnete die Tür. Den Schalter für das elektrisch betriebene Seitenfenster hätte er so schnell doch nicht gefunden.

Eine massige Gestalt in blauer Uniform schob sich in Capellos Blickfeld. »Guten Abend«, grüßte eine tiefe Stimme. »Stimmt etwas nicht?«

»Alles klar«, sagte Capello fest. »Mein Chef hatte ein Telefongespräch zu erledigen.«

»So, so.« Der Cop spähte neugierig in den Innenraum, musterte das Girl, dann Dix und ließ seinen Blick eine Weile auf McGaws Gesicht verweilen.

McGaw nickte herablassend. »Stimmt schon, Officer. Wir kommen gerade von einer Kreuzfahrt mit meiner Yacht zurück. Ich hatte etwas mit meinem Generalbevollmächtigten zu besprechen.«

Der Hinweis auf die Schiffstour schien das Misstrauen des Polizisten zu besänftigen, falls es überhaupt vorhanden gewesen war. Allerdings wirkte Capello in seinem zerknitterten Aufzug kaum wie ein herrschaftlicher Chauffeur, aber McGaws Auftreten strahlte Autorität aus. Und vielleicht hatte der Cop von dem Hurrikan gehört, jedenfalls richtete er sich auf und wedelte mit der Hand.

»Fahren Sie weiter, bitte«, sagte er. »Hier ist nämlich Parkverbot.« Er trat einen Schritt zurück.

Capello schlug die Tür zu und gab behutsam Gas.

McGaw meldete sich wieder. »Nun?«, forschte er. »Ist dir etwas eingefallen?«

Capello schwieg verbissen. Er beobachtete den Streifenwagen, der gerade anfuhr und ihm folgte. Capello blieb stur bei der Geschwindigkeit von vierzig Meilen, obwohl in diesem Abschnitt sechzig erlaubt waren. Endlich scherte der Polizeiwagen auf die Überholspur und rauschte vorbei. Capello atmete unhörbar auf.

»Manhattan gefällt dir wohl nicht mehr, wie?« McGaw schnaufte verächtlich. »Ich an deiner Stelle würde die nächste U-Bahn-Station ansteuern und mit der Subway in die City fahren.«

»Wir bleiben noch etwas zusammen.«

»Du gefällst mir, Junge«, fuhr McGaw unbeirrt fort. »Du hast gute Nerven. Wirklich, das gefällt mir. Vielleicht sollte ich dir deshalb noch mal einen Vorschlag machen.«

Capello schwieg. Er nahm sich vor, sich auf nichts einzulassen. Von McGaw hatte er nichts zu erwarten, das war ihm klar.

»Keine drei Meilen von hier steht eins meiner Filmstudios«, sagte McGaw versonnen. »Es steht zur Zeit leer. Dort sind Betten, eine Kantine mit vollem Kühlschrank ...«

»Seien Sie still!«

Nancy richtete sich auf. »Doch, doch«, versicherte sie eifrig. »Ich kenne das Studio, ich war vor einigen Wochen da. Es steht wirklich leer!«

Capello presste die Lippen zusammen und sah starr geradeaus.

»Frank, Frank«, wimmerte Dix. »Ich habe Hunger! Und Durst auch!«

»Dann hättest du eben nicht kotzen sollen«, knurrte Capello.

»Tststs«, machte McGaw. »Warum so stur?«

Auch Capello spürte plötzlich seine Müdigkeit und Hunger und Durst, und der Gedanke, den McGaw aufgeworfen hatte, begann beharrlich in seinem Kopf zu pochen. Sachlich stellte er fest, dass die Begegnung mit dem Polizisten ihm doch einen Schock versetzt hatte.

Seine Fäuste umklammerten das Steuerrad, aber er spürte seine Arme nicht mehr, und das Bild der Straße verschwamm von Zeit zu Zeit vor seinen Augen.

»Wo ist das?«, fragte er fast gegen seinen Willen.

»In Queens«, antwortete McGaw. »Zwei Meilen noch und dann links ab. Elmhurst heißt die Gegend ...«

»Und kein Nachtwächter?«, fragte Capello misstrauisch.

»Keiner. Elektrische Alarmanlage.«

»Und wie kommen wir rein? Haben Sie etwa einen Schlüssel bei sich?«

»Du wirst es kaum glauben, Junge, aber ich habe einen. Ich habe einen Schlüssel, der sämtliche Türen öffnet, hinter denen Geld von mir steckt.«

Wie praktisch, dachte Capello matt. Er spürte, wie er nachgab, und wehrte sich noch.

»Komm, Frank, lass uns hinfahren.« Dix' Stimme klang weinerlich. »Nur was essen. Dann machen wir den Kerl kalt und hauen mit der Puppe ab. Ja, Frank?«

»Halt endlich die Klappe!«, drohte Capello. »Hier wird niemand kaltgemacht.« Capello überlegte noch zwei Sekunden, wägte seine Chancen ab und beschloss, es zu wagen. »Okay«, seufzte er. »Wohin?«

McGaw beschrieb den Weg. Sie fuhren über den hell erleuchteten Northern Boulevard durch die nördlichen Vororte von Queens. Hinter der Kreuzung mit dem Grand Central Parkway, der zum La-Guardia-Flugfeld führt, ließ McGaw nach links abbiegen. Der schwere Wagen glitt durch düstere Straßen, vorbei an alten Fabrikhöfen und abbruchreifen Wohnhäusern. Misstrauisch betrachtete Capello die Gegend. Kaum ein Wagen war auf den Straßen zu sehen, und Fußgänger schon gar nicht.

Plötzlich verließen sie das finstere, enge Viertel. Vor ihnen lag ein weites, locker bebautes Gelände. Moderne, flache Fabrikhallen wechselten ab mit hohen Bürogebäuden. Dazwischen standen die Rohbauten neuer Häuser.

Der Olds rumpelte über eine nicht befestigte Straße, an deren Ende eine große, schneeweiße Halle im Licht zahlreicher Bogenlampen stand. Das fensterlose Gebäude war von einem Maschendrahtzaun umgeben. Capello stoppte vor dem Tor und wandte sich um. McGaws Gesicht war im Widerschein der Neonlampen gut zu erkennen.

»Geben Sie ihm den Schlüssel«, befahl Capello mit einer Kopfbewegung zu Dix hin.

McGaw zog ein ledernes Schlüsseletui aus seiner Hosentasche, öffnete es und suchte einen Schlüssel heraus. »Dieser«, sagte er nur.

Dix sprang aus dem Wagen, und wenig später glitt der Olds über den weiten Hof. Dix schloss das Tor wieder und lief hinter dem Wagen her.

An der Stirnseite der Halle befanden sich zwei große, eiserne Rolltore. Daneben führte eine kleine Tür hinein. Capello, McGaw und Nancy stiegen aus. Dix lief auf die kleine Tür zu und wollte schon den Schlüssel ins Schloss schieben.

»Stopp!«, rief McGaw. »Lass mich das lieber machen!«

»Warum?«, fragte Capello misstrauisch.

»Wegen der Alarmanlage«, erwiderte McGaw, »eine falsche Bewegung, und ihr habt die Bullen auf dem Pelz.«

McGaw ging zur Tür. Capello fasste die Pistole fester und stellte sich neben ihn. Dix hatte die Geldsäcke aus dem Wagen geholt und wartete neben dem Girl.

Lautlos sprang die Tür auf. McGaw ging voraus, die anderen folgten. Im Dunkeln durchquerten sie einen kleinen Vorraum. Wieder öffnete McGaw eine eiserne Tür. Capello blieb dicht hinter ihm. Er spürte, dass er in einer großen Halle sein musste.

»Augenblick, ich mache Licht.« McGaws Stimme klang hohl. Dix stieß an Capello, löste sich aber gleich wieder von ihm.

Plötzlich flammten mehrere Deckenlampen auf, Schatten zuckten über den Boden. Capello riss entsetzt die Augen auf. Er hatte eine Szene wie aus einem fürchterlichen Albtraum vor sich. Genau vor ihm stand ein düsteres Haus mit gähnenden Fensteröffnungen, und in der kleinen Tür lehnte ein schneeweißes Skelett.

Nancy schrie unterdrückt auf.

Wie in einer Momentaufnahme biss sich das Bild dieser Grusellandschaft in Capellos Gehirn. In diesem Moment erlosch das Licht wieder. Und direkt neben Capello schrie jemand gellend auf und schrie, schrie …

Ich wachte erst wieder auf, als Phil den Chevy vor der Police Station von Centerport stoppte. Eine blaue Lampe schaukelte träge über dem Eingang des flachen Gebäudes. Auf dem Parkplatz standen zwei Radio-Cars. Phil stieg aus, und ich folgte ihm steifbeinig.

Die Luft roch nach Wasser und Fisch und nassem Holz und schmeckte salzig. Sie erinnerte mich unangenehm an meine Abenteuer im Hurrikan. Ich konnte kaum glauben, dass diese Ereignisse erst fünf Stunden zurücklagen, und noch unwahrscheinlicher schien mir, dass der Hurrikan Long Island offenbar überhaupt nicht berührt hatte.

Wir stiegen die wenigen Holzstufen hinauf und betraten den Wachraum. Hinter der Barriere saß ein uniformierter Polizist und döste über einer Schreibmaschine. Als er uns bemerkte, sprang er auf.

»Wir sind vom FBI New York«, sagte Phil und klappte seine

ID-Card auf. »Mein Name ist Phil Decker, das ist mein Kollege Jerry Cotton.«

Der Beamte öffnete die Pendeltür in der Barriere. »Kommen Sie bitte herein. Mr Facey erwartet Sie schon.« Er führte uns zum Office des Sheriffs.

Sheriff Facey musste uns schon gehört haben, denn er stand bereits in der Tür.

»Edward Facey«, sagte er und reichte uns eine schwielige Hand. Facey mochte Ende vierzig sein. Er hatte dunkles, volles Haar, das glatt zurückgekämmt war. Sein Gesicht war braun gebrannt, breit, flach und faltig, und die hellblauen Augen blickten klar und durchdringend unter buschigen Brauen hervor. Die Brauen schienen das einzige Vorspringende an diesem Gesicht zu sein. Facey war schlank, fast hager. Das helle Uniformhemd schlotterte um seinen knochigen Brustkorb. Aber sein Händedruck war fest, Marke Seebär, und ließ die Kraft ahnen, die in dem Mann steckte.

»Ich zeige Ihnen, wo der Kahn liegt«, sagte er. Mit einer schwingenden Bewegung legte er einen schweren Revolvergurt um seine Hüften und zog eine Jacke über.

Mit unserem Chevrolet fuhren wir das kurze Stück zum Hafen hinunter. Die Pier lag wie ausgestorben. Die hohen Bogenlampen leuchteten die Anlegestege mit den Liegeplätzen der kleinen Motorboote, der schlanken Segelyachten und der größeren Privatkreuzer voll aus.

Der Sheriff zeigte uns den Weg zu einem etwas abseits gelegenen Teil des Yachthafens, in dem die ganz großen Motoryachten unter sich waren. Ich musterte die Schiffe, die hier festgemacht waren. Die meisten waren unbeleuchtet, aber doch gut zu erkennen. Ich versuchte, mich an die Form der Aufbauten des Schiffes zu erinnern, das ich bei der Insel gesehen hatte, aber das war gar nicht so einfach. Ich hatte von der Yacht kaum mehr als das Heck gesehen, bevor sie im Toben des Sturms und der See verschwand.

»Stopp«, sagte der Sheriff. Wir hielten an der Ufermauer und stiegen aus. Facey ging voraus und betrat einen breiten, hölzernen Anlegesteg. Links und rechts lagen je drei oder vier große Yachten. Hinter einigen Kajütfenstern eines Schiffes auf der linken Seite brannte Licht. Der Rumpf war weiß, die Aufbauten mit dem Steuerstand braun.

Hinter den spiegelnden Scheiben des Steuerstands schimmerte blass ein gelbliches Licht. In erhabenen Buchstaben stand der Name der Yacht am Rumpf: RED SUSAN. Der Sheriff blieb stehen.

»Das ist es«, sagte er.

Ich ging an der RED SUSAN vorbei und betrachtete die Form des Hecks, aber ich war meiner Sache nicht sicher. Ich ging zu den anderen zurück. »Gehen wir an Bord«, entschied ich.

Das Deck lag etwa in Augenhöhe vor uns. Eine Leiter war nicht zu sehen. Der Sheriff schwang sich behände an Bord, Phil und ich folgten. Eine kurze Treppe führte zum Steuerstand. Jetzt ging ich vor. Ich lockerte meinen Smith & Wesson, ließ die Waffe aber stecken. Falls die Gangster an Bord gewesen sein sollten, waren sie es jetzt bestimmt nicht mehr. Aber man konnte nie vorsichtig genug sein. Ich stellte mich auf die Zehenspitzen und spähte ins Innere. Ich erkannte eine Reihe Instrumente, das Steuerruder und den Kartentisch. Eine Tür stand offen, die Lampe aus dem dahinter liegenden Niedergang warf einen matten Schein in den Raum. Ich drehte vorsichtig den Türknauf. Die Tür sprang auf.

Der Sheriff, Phil und ich schlüpften leise hinein. Ich fühlte mich nicht ganz wohl in meiner Haut und machte mir Vorwürfe, weil ich es versäumt hatte, mir einen Durchsuchungsbefehl ausstellen zu lassen. Ich sah Phil an. Auch er schien den gleichen Gedanken zu haben, ich merkte, wie er zögerte. Ein Schiff darf genauso wenig wie ein Haus oder eine Wohnung ohne Aufforderung oder ohne richterlichen Durchsuchungsbefehl betreten werden, von wenigen Ausnahmen abgesehen. Und ein Grund zu einer Ausnahme lag kaum vor. Ich hatte die RED SUSAN nicht eindeutig als die Yacht identifizieren können, mit der Capello und sein Komplize von der Insel entkommen waren. Wenn McGaw sich auf die Zehen getreten fühlte, konnte er einen ganz schönen Wirbel mit uns veranstalten. Und zu Recht, wie ich zugeben musste.

Ich spähte in den Niedergang und lauschte, aber nichts war zu hören. Ich erkannte einige Türen, die von dem schmalen Gang abzweigten, aber alle waren geschlossen. Ich zuckte mit den Schultern. Es hatte keinen Zweck, wir mussten uns melden.

»Hallo!«, rief ich laut. »Jemand an Bord?« Gespannt warteten wir.

Es verging kaum eine Sekunde, als zwei Türen gleichzeitig aufgerissen wurden. Ich sah auf einen breitschultrigen Mann mit borstigem Blondhaar, der verwundert zu mir heraufstarrte. Die andere Tür war zur Hälfte von der Oberkante des Niederganges verdeckt. In dem kleinen Ausschnitt, der in meinem Blickfeld lag, sah ich zwei Paar Beine – Männerbeine. Ich spürte, wie sich meine Kopfhaut zusammenzog. Langsam brachte ich meine rechte Hand in die Nähe meines Schulterholsters.

»Wer sind Sie?«, fragte der Borstenhaarige.

Der Sheriff antwortete. »Ich bin's, Mark«, er schien den Mann zu kennen, »Ed Facey.«

Die Haltung des Mannes unten im Gang lockerte sich etwas, und er begann, die Stufen hochzusteigen. Die Beine im Hintergrund rührten sich nicht. Sie steckten in schwarzen, sauberen Hosen mit scharfen Bügelfalten.

Der Mann betrat das Ruderhaus und musterte uns der Reihe nach. Dann wandte er sich mit finster zusammengezogenen Brauen an den Sheriff. »Was soll das heißen, Ed?«, fragte er grollend.

»Das sind zwei Beamte vom FBI«, sagte Facey, auf Phil und mich weisend. »Mr Cotton und Mr Decker. Sie hätten Sie gern gesprochen.« Facey blickte mich an. »Das ist Mark Kelly, der Kapitän dieser Yacht. Wir kennen uns seit vielen Jahren.«

Ich nickte, das konnte die Sache nur erleichtern. »Wann haben Sie heute«, ich warf einen schnellen Blick auf die Uhr und verbesserte mich, »gestern Abend hier angelegt, Mr Kelly?«

Der Kapitän runzelte die Stirn. »Warum wollen Sie das wissen?«

»Das erkläre ich Ihnen gern. Aber beantworten Sie mir bitte erst meine Frage.«

Kelly sah den Sheriff an. »Muss ich antworten?«, fragte er.

»Es wäre besser«, sagte Facey.

»Es war kurz vor elf.«

»Woher kamen Sie?«

»Von Dennis Port, Cape Cod.«

»Dann sind Sie durch den Hurrikan gekommen? Haben Sie irgendwo angelegt?«

Mark Kelly zögerte einen winzigen Augenblick, ehe er bestimmt den Kopf schüttelte.

»Wer war an Bord während der Fahrt?«

»Drei Besatzungsmitglieder und …«, wieder zögerte er, »und – einige Damen, Bekannte von Mr McGaw.«

»Wie viele?«

»Äh – fünf.«

»Sind sie noch an Bord?«

»Ja, sie übernachten hier. Wir sind später eingelaufen, wegen des Sturms.«

»Wer sind die beiden Männer, die eben unten im Gang standen?«

»Die beiden?« Kelly stockte. Ich fühlte, dass er unsicher war, er wollte Zeit gewinnen, wenn das stimmte, was ich vermutete: Der Kapitän log. Und er war unsicher, weil er nicht mit der Polizei gerechnet hatte.

»Ja«, sagte ich ungeduldig, weil ich ihm keine Zeit zum Überlegen lassen wollte. »Die beiden Männer am Ende des Ganges.«

»Die hat Mr McGaw geschickt, sie sollten die Damen abholen. Aber weil es so spät geworden ist …«

»Das sagten Sie schon«, unterbrach ich den Kapitän. »Wo steht denn der Wagen?«

»Welcher Wagen?« Kelly sah mich nicht mehr an. Ich hatte ihn in die Enge getrieben.

»Die Männer sollten die Damen abholen, stimmt das?«

Kelly nickte.

»Okay«, fuhr ich ungeduldig fort. »Womit? Mit einem anderen Schiff? Mit einem Hubschrauber? Mit der Eisenbahn?«

Kelly schüttelte stumm den Kopf. »Ich weiß es nicht.«

»Na schön«, sagte ich. »Dürfen wir uns auf dem Schiff mal umsehen?«

Kelly trat zur Seite und gab den Weg frei. Ich stieg die Stufen hinab, die anderen folgten mir. Die Tür im Hintergrund war wieder geschlossen.

»Schlafen die Damen schon?«, fragte Phil den Kapitän.

»Ich weiß es nicht«, antwortete Kelly. »Vorhin waren einige noch im Salon.«

Ich ging auf die Tür zu, in der ich kurz zuvor die Beine gesehen hatte, klopfte und öffnete gleich. Ich blickte in einen großen, mit schweren Möbeln eingerichteten Raum. Auf einem Tisch standen mehrere teuer aussehende Flaschen, vor denen zwei Männer saßen. Auf einer niedrigen Couch hockten zwei Girls, was sage ich, süße Käfer in aufregend kurzen Minikleidchen, blutjung und mit großen, unschuldig strahlenden Kinderaugen. Fünf Girls von der Sorte, dachte ich, und keine Playboys vom entsprechenden Kaliber an Bord? Das gibt es doch nicht. Denn die beiden Figuren gehörten nicht in den Raum, nicht auf das Schiff und nicht zu den Girls. Ihre Gesichter gehörten eher in Karteien verschiedener Polizeibehörden, und ich war fest überzeugt, sie dort auch finden zu können – ich müsste nur lange genug suchen.

Die beiden Figuren sahen uns ausdruckslos an. Beide schienen etwa Anfang bis Mitte dreißig zu sein. Sie steckten in gut sitzenden schwarzen Anzügen, trugen modische Hemden und etwas zu grelle Krawatten. Der eine hatte ein kantiges, weit vorspringendes Kinn mit bläulich schimmernden Bartstoppeln und einen schmallippigen, verkniffenen Mund. Der andere war dunkelblond, etwas kleiner als der Schmallippige, dafür aber breiter und wuchtiger. Beide wirkten kalt, unbeteiligt.

Ich zeigte meinen FBI-Ausweis und nannte unsere Namen. Die Männer sahen uns weiter stumm an.

»Wie heißen Sie?«, fragte ich Schmallippe.

»Tony Varese«, kam die gleichgültige Antwort.

»Und Sie?«

Der Wuchtige verzog unwillig das Gesicht. »Egon Marsh«, murmelte er.

»Ich heiße Carole Crump«, sagte eins der Girls, ein rothaariges Ding mit weißer Haut und vollen, nur leicht geschminkten Lippen. Ich nickte nur, die Girls interessierten mich erst in zweiter Linie.

Aber auch das andere Mädchen wollte sich in Szene setzen. »Ich heiße Fanny, aber nicht Hill«, sie kicherte albern. »Fanny Edge.«

Ich verkniff mir eine sarkastische Bemerkung und wandte mich den beiden Männern zu. »Wann sind Sie an Bord gekommen?«, fragte ich.

»Als das Boot anlegte«, antwortete Schmallippe träge.

»Und wer hat das Schiff verlassen?«

»Niemand.«

Ich beobachtete unauffällig die Girls, aber ihre Mienen verrieten nichts. Während wir oben mit dem Kapitän sprachen, hatten die vier hier unten Zeit genug, um ihre Aussagen aufeinander abzustimmen. Ich wusste, dass ich hier nicht weiterkommen konnte. Ohne ein Wort verließ ich den Salon und zog die Tür hinter mir zu.

»Wo schlafen die anderen Damen?«, fragte ich Kapitän Kelly.

Er wies mit dem Kopf auf einige Türen. Ich klopfte an eine, erst leise, dann heftiger, bis eine verschlafene Stimme rief: »Wer ist denn da?«

Hinter mir flog eine Tür auf. Ich sah mich um. Im Rahmen der Salontür stand der Wuchtige und starrte mich böse an.

»Ich schätze, Sie haben kein Recht, hier irgendjemanden aus dem Schlaf zu reißen«, knurrte er. »Oder etwa doch?«

»Ich habe das Recht«, antwortete ich lässig.

»Dann zeigen Sie mir doch mal den Durchsuchungsbefehl!« Lauernd sah er mich an.

»Dies ist keine Durchsuchung«, belehrte ich ihn. »Kapitän Kelly besitzt kraft seines Amtes das Hausrecht auf diesem Schiff. Er hat mir die Erlaubnis erteilt, die Räume zu betreten.«

Egon Marsh kniff die Lider zusammen. »So ist das also, Käpt'n. Bin gespannt, was der Chef dazu sagen wird.«

Die Tür vor mir sprang auf. Ein schwarzhaariges Girl mit zerknittertem Gesicht erschien im Türspalt. »Was is'n los?«, fragte sie.

Ich hielt ihr meinen Ausweis vor die blinzelnden Augen. »FBI«, sagte ich laut. »Nur eine Frage, Lady, dann können Sie weiterschlafen. Wer hat das Schiff verlassen, als es hier angelegt hat?«

»Wer? Na, Mac nehme ich an. Er ist jedenfalls weg, einfach weg«, quengelte sie. »Dabei wollten wir doch zusammen …«

»Halt den Mund!«, drohte der Wuchtige plötzlich. »Niemand hat das Schiff verlassen, verstehst du? Niemand!«

Ich gab Phil einen Wink, und mein Freund drängte den protestierenden Marsh in den Salon zurück.

»Niemand, verstehst du?«, schrie der Bursche noch einmal.

Das Girl sah mich irritiert an. »Was wollte der denn?«

Ich lächelte sie beruhigend an. »Er ist wohl etwas mit den Nerven herunter. Wer ist denn Mac?«

»Na, McGaw natürlich. Wer denn sonst? Dem gehört doch das süße kleine Schiffchen. Wussten Sie das nicht?«

Ich sah, wie der Kapitän die Lippen zusammenpresste und Phil erstaunt die Augen aufriss. Auch ich konnte meine Verblüffung kaum verbergen. McGaw war an Bord gewesen? Das veränderte die Situation natürlich schlagartig.

»Und wer ist noch von Bord gegangen?« Ich blickte die Schwarzhaarige fest an.

»Niemand«, sagte sie. »Oder meinen Sie doch? Fragen Sie doch den da!«

»Das werde ich tun. Schlafen Sie schön weiter.«

Das Girl knallte die Tür zu. Ich wandte mich an den Kapitän.

»Nun, Mr Kelly? Haben Sie mir nichts zu sagen?«

Kelly schüttelte nur den Kopf. »Nichts.«

Ich dachte nach. Irgendetwas stimmte auf dieser Yacht nicht. McGaw war an Bord gewesen, daran zweifelte ich nicht mehr. Aber warum versuchten der Kapitän und die beiden Figuren im Salon, diese Tatsache abzustreiten? Ich sah da keinen Zusammenhang. Den Verdacht, dass McGaw seine Hände bei dem Überfall auf den Geldtransporter im Spiel gehabt haben könnte, ließ ich fallen. Diese Möglichkeit schied aus. Dass McGaws Gangster einen Überfall starten könnten, hielt ich für möglich. Aber der Gedanke, dass McGaw sich derart exponieren könnte, die Täter höchstpersönlich nach ihrem Raubzug irgendwo abzuholen, war einfach absurd.

Nein, es gab nur eine Erklärung für das Geheimnis der RED SUSAN. Die Yacht hatte auf der Insel vor Willow's Point Schutz vor dem Hurrikan gesucht, und Capello und der andere hatten von dem Schiff Besitz ergriffen. Und dann hatten sie McGaw gezwungen, sie zu begleiten. Und zwar in dem Wagen, mit dem McGaws Gorillas ihren Chef abholen sollten. Das Bild war glasklar.

Aber warum schwiegen McGaws Leute dann? Doch auch dafür fiel mir die Erklärung ein, oder besser gesagt, sogar zwei. Capello mochte McGaws Männer durch Drohungen zum Schweigen gebracht haben. Oder sie schwiegen, weil sie den Fall selbst bereinigen wollten – auf ihre Art. Ich war fest davon überzeugt, dass McGaws Schlägertrupps unterwegs waren, um ihrem Boss zu Hilfe zu kommen. Capello war ein harter Bursche. Aber McGaws Tricks war er nicht gewachsen.

Ich sah den Kapitän fest an. »Sie hatten zwei Gangster an Bord. Die beiden haben Ihren Boss gekidnappt und sind mit dessen Wagen weggefahren. Haben Sie uns immer noch nichts zu sagen?«

Kellys Gesicht wirkte fahl und eingefallen, stumm sah er an mir vorbei.

»Wollen Sie sich mitschuldig machen, wenn es zu einer Katastrophe kommt?«

»Verlassen Sie das Schiff«, sagte er statt einer Antwort. »Sie wissen ja schon alles.«

Immerhin, das war eine Bestätigung. Ich sah ein, dass wir im Moment nicht mehr aus dem Kapitän herausholen konnten.

Eilig verließen wir die RED SUSAN und liefen zu unserem Wagen.

»Wohin?«, fragte Phil. »Manhattan?«

»Nein«, sagte ich. »Wir müssen die Spur von hier aus aufnehmen.«

»McGaw entführt«, sagte der Sheriff plötzlich, »mein Gott! Er kam oft hierher – Sie müssen ihn finden!«

Ich musste unwillkürlich grinsen. Der Sheriff sprach von McGaw schon in der Vergangenheit. »Wissen Sie«, sagte ich zu Facey, »ich fürchte nicht für McGaw. Wissen Sie, um wen ich eher Angst habe?«

Der Sheriff sah mich erstaunt an und schüttelte den Kopf.

»Um die beiden Burschen, die ihn gekidnappt haben. Auf die würde ich keinen miesen Dollar setzen.«

Der Schrei gellte Capello noch in den Ohren, als er schon längst in ein Röcheln übergegangen war.

»Dix!«, schrie Capello. »Dix!« Capello hörte nur das Echo seiner eigenen Stimme, und dann wimmerte jemand neben ihm. Nancy! Um das Girl konnte er sich jetzt nicht kümmern. Er streckte den linken Arm aus, bis die Hand die Wand berührte. Er tastete, fühlte den Türrahmen an den Fingern und dann das kalte Metall der Tür. Er fand den Knauf, drehte und zog. Die Angst schnürte ihm plötzlich die Kehle zu. Die Tür war verschlossen!

Langsam rutschte er an der Wand entlang, eng an die Mauer gepresst. Etwas Flatterndes stieß gegen ihn. Entsetzt schlug er danach, traf auf etwas Weiches, und ein schriller Schrei folgte. Schon wieder Nancy, dachte Capello. Er wollte schon zurückweichen, als er es sich anders überlegte.

»He, Nancy«, wisperte er. Er hörte ein Rascheln, dann war wieder Stille. »Nancy«, wiederholte er und ließ seinen Arm kreisen. Seine Finger fanden Stoff, stießen nach, packten zu. Er hatte den Arm des Girls erwischt. Der Arm zuckte zwar, hielt dann jedoch still.

»Pssst«, machte Capello beruhigend und zog das Mädchen näher zu sich heran. Er spürte ihr Zittern, als sie sich eng an ihn lehnte. Seine Linke streichelte beruhigend über ihr Haar. Vorsichtig strich er weiter an der Wand entlang, nur weg von der Tür, wo McGaw lauern musste.

Die Stille wurde drückend. Einmal stieß Capellos Fuß gegen einen Gegenstand, der umfiel und ein schepperndes Geräusch verursachte. Mit angehaltenem Atem blieb Capello stehen. Als nichts geschah, bückte er sich langsam. Seine Hand glitt suchend über den rauen Boden. Seine Finger stießen an etwas Rundes. Es war ein hölzerner Stiel. Capello hob ihn auf, spürte das Gewicht und tastete den Gegenstand ab. Es war ein Hammer! Er schob die Pistole in den Bund seiner Hose und packte den Hammerstiel mit der Rechten. Die Pistole war in der Finsternis ziemlich nutzlos, mit dem Hammer konnte er mehr anfangen, redete er sich ein.

Er atmete ein paar Mal tief durch und spürte, wie sich sein jagender Herzschlag beruhigte. Du brauchst vor diesem verdammten Hurenbock keine Angst zu haben, dachte er. Der kann genauso wenig sehen wie du auch. Und von diesen albernen Filmkulissen brauchst du dich auch nicht in Panik versetzen zu lassen.

Er stellte sich breitbeinig hin, das Mädchen fest an sich gedrückt, und wartete ab.

Plötzlich flammte das Licht wieder auf, und Capello schloss für eine Sekunde die Augen, als der grelle Schein eines Spotlight seine Augen traf. Reflexartig zuckte seine Hand zur Pistole, der Hammer polterte zu Boden. Capello riss die Waffe hoch und schoss gleichzeitig. Der Scheinwerfer zerbarst, Splitter regneten herab. Noch eine Sekunde lang brannten andere Lampen, dann erloschen auch diese, und ein dumpfes Lachen kam irgendwoher, brach sich schauerlich an den hohen Wänden und verebbte.

Capello zog scharf die Luft ein. Er zerrte das Girl hinter sich her und lief ein Stück in die Halle hinein, dorthin, wo die Kulisse des Spukhauses stehen musste. Er stolperte über einen quer stehenden

Balken und schlug lang hin. Nancy begrub er dabei unter sich. Das Mädchen schrie wieder auf, und Capello drückte ihr seine Hand auf den Mund.

»Verdammt, sei doch nicht so hysterisch«, presste er hervor und stöhnte leise. Er war mit dem Knie aufgeschlagen, der Schmerz zuckte durch die Knochen. Vorsichtig tastete er die Kniescheibe ab und fuhr zusammen, als seine Finger über die Schwellung strichen. Er richtete sich mühsam auf und stolperte weiter. Dann prallte er gegen eine Wand, Nancy stieß gegen ihn. Capello tastete die Wand ab. Sie schien aus Pappe zu bestehen und schwankte, als er dagegen drückte.

Capello drückte stärker, die Wand schwankte heftiger. Mit seinem ganzen Gewicht legte er sich dagegen, wich zurück, verstärkte den Druck wieder. Die Wand schaukelte wie eine Pappel im Wind, Holz ächzte, knallend zerbrach eine Latte. Capello spürte, wie sich die Wand plötzlich stärker überlegte und nicht mehr zurückschwang. Capello stemmte sich mit seiner Schulter dagegen, und dann wäre er beinahe gestolpert. Es knackte an vielen Stellen zugleich, etwas riss lärmend, und dann krachte die ganze Wand mit berstendem Knall zu Boden. Balken polterten hinterher, Holz splitterte, und Trümmer prasselten herab.

Capello hockte sich nieder, einen Arm hatte er schützend um seinen Kopf gelegt, mit der anderen Hand hielt er das Girl fest. Er wartete, bis das Dröhnen verhallt war. Der aufgewirbelte Staub drang ihm in die Augen und in die Nase. Er öffnete den Mund, um nicht niesen zu müssen.

Und wieder war Stille, tiefe, betäubende, beklemmende Stille. Dann flammten die Deckenlampen erneut auf. Capellos Kopf ruckte herum, sein Blick glitt über die Trümmer, fiel auf eine unförmige Gestalt, die neben der kleinen Tür lag, und er zuckte zusammen. Das war Dix. Seine langen Finger hatten sich in die Säcke verkrallt, der Kopf war zur Seite gedreht. Aus starren Augen schien er zu Capello herüberzusehen. Capello zog scharf die Luft ein, als das Licht abermals erlosch. Von irgendwoher kam wieder dieses schauerliche Lachen, und dann hörte Capello eine Stimme, die deutliche Worte formte. Es war ein heller, fast kindlicher Singsang, aber der Text jagte Capello einen eisigen Schauer über den Rücken.

»… zwei kleine Gangsterlein gerieten an einen großen, der eine wurde kaltgemacht, da war es nur noch einer …«

Capello wartete nicht auf die Fortsetzung. Er riss die Pistole hoch und schoss, zog immer wieder durch, leerte das ganze Magazin. Das Dröhnen der Schüsse legte sich für einige Sekunden betäubend auf seine Ohren und verhallte dann. Aber sein Gegner lachte nur dumpf.

Die Polizei- und Sheriff-Station von Centerport diente vorläufig als unsere Zentrale. Telefonisch hatte ich unserem Chef einen kurzen Bericht gegeben.

»Und nun?«, fragte er.

»Vorrangfahndung«, schlug ich vor. »Capello hat in New York keinen Schlupfwinkel, er kennt sich nicht aus. Vielleicht fährt er noch herum.«

»Ich werde das Nötige veranlassen«, sagte Mr High. »Wissen Sie, was für einen Wagen die Gangster benutzen?«

»Noch nicht. Aber das werde ich noch herausbekommen. Jetzt möchte ich das Archiv haben.«

»Ich stelle durch.« Es knackte in der Leitung, dann meldete sich der alte Neville.

»Hallo, Jerry«, grüßte er munter. »Was laufen Sie so spät noch in der Gegend herum? Kleine Jungs gehören ins Bett!«

»Das ist Zynismus«, grunzte ich empört. »Von Rechts wegen sollte ich jetzt ein schönes Wochenende verleben!«

Neville lachte. »Stattdessen sind Sie hinter McGaw her. Ich habe seine Akte schon vor mir liegen. Können Sie den alten Fuchs endlich festnageln?«

»Es sieht nicht so aus. McGaw ist entführt worden.«

»Entführt? Sagen Sie das noch mal!«

»Es stimmt …«

»Wer ist denn so lebensmüde, ausgerechnet McGaw zu kidnappen?«

»Es war ein Versehen«, klärte ich ihn auf. »Capello und ein Komplize …«

»Die armen Kerle«, meinte Neville mit einem mitleidigen Unterton in der Stimme, der so echt war wie ein Platinarmband am Handgelenk einer kleinen Verkäuferin.

»Ich brauche Angaben über McGaw«, fuhr ich fort. »Wie kann ich erfahren, was für einen Wagen er fährt?«

Neville schien einen Augenblick nachzudenken. »Er ist nicht verheiratet«, sagte er dann, »und er hat verschiedene Wohnungen. Eine auf Long Island, eine zusammen mit seinem Hauptbüro auf der Madison. Ich würde es mal bei seinem Vize versuchen. Baynes heißt der, nennt sich Generalbevollmächtigter.«

»Haben Sie die Telefonnummer?«

»Augenblick – hier ist sie schon. 421 – 09008. Die Adresse ist: 56th Street, Albany-Haus.«

»Danke, Alter«, sagte ich und drückte die Gabel nieder. Während ich die angegebene Nummer wählte, betraten zwei Cops den Raum, blickten uns erstaunt an und setzten sich an einen Tisch. Die Besatzung eines Radio-Cars, die Pause macht, dachte ich.

Das Rufzeichen ertönte, das erste Summen war kaum verklungen, als schon abgehoben wurde. »Ja?«, bellte eine herrische Stimme.

»Mr Baynes?«, fragte ich.

»Am Apparat. Wer ist dort?«

Sieh mal an, dachte ich. Mr Baynes musste neben dem Telefon gewartet haben. Das war immerhin etwas ungewöhnlich, denn die Uhr zeigte auf zehn Minuten vor zwei in der Nacht.

»Hier spricht Special Agent Jerry Cotton, FBI, Distrikt New York«, antwortete ich förmlich. »Ich habe einige Fragen. Wann haben Sie zuletzt von Mr McGaw gehört?«

»McGaw?«, fragte er misstrauisch zurück. »Warum wollen Sie das wissen? Er ist mit seiner Yacht unterwegs.«

»Machen Sie mir bitte nichts vor. McGaw ist vor drei Stunden in Centerport angekommen. Er wurde dort von zweien seiner Leute erwartet – Tony Varese und Egon Marsh. Also?«

»Wenn Sie das wissen, warum fragen Sie dann?« Baynes' Stimme klang jetzt vorsichtig.

»Geben Sie mir bitte eine Beschreibung des Wagens, den Varese und Marsh gefahren haben.«

»Warum? Sie müssen mir schon triftige Gründe nennen. Immerhin ist McGaw mein Brötchengeber.«

»Ihr Chef ist in Gefahr. Das dürfte im Moment Grund genug sein.«

»Woher wollen Sie das wissen?« Das klang keine Spur besorgt, ja, nicht einmal überrascht. Ich war sicher, dass Baynes Bescheid wusste. Und seine Sorglosigkeit musste einen Grund haben.

»Ich glaube, Sie übertreiben, Mr Cotton. Mein Boss weiß sich stets zu helfen.«

»Das will ich glauben«, warf ich grimmig ein. »Jetzt hören Sie eine Minute gut zu und treffen Sie dann Ihre Entscheidung.« Ich sprach scharf und etwas ungeduldig. Ich hatte das Schweigen der McGaw-Clique satt. Wenn die Brüder mir nicht helfen wollten, sollten sie doch sehen, wie sie aus dem Schlamassel rauskamen. »Ihr Boss ist von zwei Gangstern gekidnappt worden, das wissen Sie ganz genau. Ich bin sicher, dass Sie ein Rollkommando losgejagt haben, das Ihren Boss heraushauen soll …«

»Mr Cotton …«, setzte Baynes an.

»Ich bin noch nicht fertig«, donnerte ich dazwischen. »Wenn McGaws Leute einen der Gangster umbringen, nagele ich Ihren Boss fest und bringe ihn vor Gericht. Darauf können Sie sich verlassen. Und für Sie werde ich auch einen Paragrafen finden. Unterdrückung von Informationen über ein Schwerverbrechen …« Ich ließ das Wort drohend im Raum stehen.

Baynes schwieg einen Augenblick. »Mr Cotton«, sagte er dann mit dünner Stimme, »verstehen Sie doch – ich habe meine Anweisungen …«

»Sie müssen es wissen«, sagte ich kalt.

Baynes ächzte. »Fragen Sie doch Kelly …«

»Sie sind ein Wicht, Mr Baynes. Wollen Sie die Verantwortung auf Untergebene abschieben?«

Der Wicht schien zu wirken. »Mr McGaw hat den Olds, Delta 88 Custom, mitternachtsblau. Die Nummer weiß ich nicht aus dem Kopf …«

»Okay, Mr Baynes. Und wohin haben Sie die Bodyguards geschickt?«

Baynes ächzte erschlagen.

»Nun los«, drängte ich. »Wenn wir zu spät kommen, tragen Sie die Verantwortung.«

»Sie sind in den Elmhurst-Studios. Film- und Fernsehstudios, stehen zur Zeit leer.«

»Wo ist das?«

»Queens, Elmhurst, auf dem neuen Industriegelände zwischen Northern Boulevard und Grand Central Parkway.«

»Südlich des La Guardia?«

»Ja«, bestätigte Baynes. »Es ist eine flache weiße Halle. Die Außenbeleuchtung brennt. Sie können es gar nicht verfehlen. Außerdem sind die Jungs bestimmt schon da, bis Sie kommen …«

»Hoffentlich nicht«, meinte ich und rammte den Hörer auf die Gabel. Ich nahm ihn gleich wieder auf und rief unser District Office an.

Ich bat den Chef, das zuständige Polizeirevier zu alarmieren und Verstärkung zum Studio zu schicken. »Aber bitte«, fügte ich hinzu, »sie sollen warten und sich nicht sehen lassen, bis wir da sind. Es sei denn, der Schuppen fliegt in die Luft …«

Wir verabschiedeten uns hastig vom Sheriff, der uns sehnsüchtig nachblickte. Bestimmt hätte er zu gern einmal eine richtige Schießerei mitgemacht. Doch dazu konnten wir ihm nicht verhelfen. Im Gegenteil, Phil und ich wollten alles daransetzen, ein Blutvergießen zu vermeiden.

Kaum hatte Capello das Magazin seiner Waffe leer geschossen, als er es auch schon bereute. McGaw hatte ihn provozieren wollen, und es war ihm gelungen.

Capello steckte die Waffe in den Hosenbund und wechselte geräuschlos seine Position, Nancy hinter sich herziehend. Das Girl zitterte wieder heftig, aber es machte keine Anstalten, sich aus Capellos hartem Griff zu befreien. Er wunderte sich darüber, machte sich aber weiter keine Gedanken. Er dachte an Dix, der leblos nur wenige Schritte von ihm entfernt lag. Konnte er es riskieren, zu ihm hinzugehen? Wahrscheinlich wartete McGaw nur darauf, um ihm dann von hinten einen Knüppel über den Schädel zu schlagen. Aber Capello wollte das Geld haben, und er brauchte die Magazine für die Pistole, die Dix in seiner Tasche hatte.

Capello hatte keine Ahnung, wo McGaw stecken mochte. Die Halle stand voller Kulissen, Podeste, Kamerawagen und allem möglichen Gerümpel, das hatte er feststellen können, als die Lampen brannten. Aber die kurze Zeit hatte nicht ausgereicht, um sich das Bild besser einprägen zu können.

Capello hörte, nein, er ahnte eher, dass etwas durch die Luft flog. Ein schwerer Gegenstand schlug polternd neben ihm auf. Capello rührte sich nicht. Er spürte nur, wie das Girl heftig zusammenzuckte. Wieder flog etwas heran, knallte auf einen Balken, neben dem Capello stand. Der Balken wippte und berührte seine Kniekehlen. Capello wich weiter aus. Er bückte sich und suchte nach einem Gegenstand, der ihm als Waffe dienen konnte. Er fand eine lange Latte und hob sie auf.

Er fasste das Holz fest mit der rechten Hand und ließ es langsam kreisen. Die Latte war vielleicht acht bis zehn Fuß lang. Sie stieß gegen keinen Widerstand.

»Komm mit«, wisperte er Nancy zu. Behutsam schob er einen Fuß vor den anderen, lautlos bewegte er sich auf die Tür zu, neben der Dix lag. Die Finsternis war undurchdringlich, aber er glaubte, die Richtung zu kennen. Langsam ließ er die Latte kreisen, bereit, sich sofort auf den Boden zu werfen, wenn sie an etwas stoßen sollte. Er hoffte, McGaw in die Finger zu bekommen. Den Kerl würde er mit bloßen Händen umbringen, genauso, wie McGaw Dix erledigt hatte. Capello würgte seinen Zorn hinunter und tastete sich weiter.

Die Latte stieß an etwas Hartes, und Capello blieb wie angewurzelt stehen. Mit angehaltenem Atem wartete er auf eine Bewegung oder ein Geräusch. Nichts geschah. Er ließ sich auf die Knie nieder und biss die Zähne zusammen, als er den Schmerz in seiner verletzten Kniescheibe spürte. Nancy hockte sich neben ihn. Er fühlte ihr weiches Haar in seinem Gesicht. Ich bringe dich hier raus, versprach er ihr lautlos. Wieder wunderte er sich, diesmal über sich selbst. Was ging ihn die Kleine an?

Langsam rutschte er im Kreis herum, die Latte hatte er abgelegt. Mit den Händen tastete er herum. Einmal glaubte er, ein Geräusch gehört zu haben, und erstarrte. Ein metallisches Schaben, er war da ganz sicher. Aber es wiederholte sich nicht, also suchte er weiter.

Dann fühlten seine Finger Stoff, harten Stoff, und als er seine Hand weiterwandern ließ, spürte er Haut. Weiche, glatte Haut. Dix!

Der raue Stoff musste zu den Säcken gehören. Capello fasste zu und zog. Dix lag offenbar mit seinem ganzen Gewicht auf einem der Säcke, die immer noch zusammengebunden waren. Er zerrte heftig. Endlich gaben sie mit einem Ruck nach, und Capello schwang sich das Bündel über die Schulter. Dann tastete er seinen toten Freund ab.

Die Jacke hatte Dix irgendwann während des Sturms verloren, und heiß fiel Capello ein, dass Dix die Reservemagazine meistens in den Jackentaschen trug.

Er wälzte Dix auf die Seite und strich mit beiden Händen über dessen Hosentaschen. Mit wilder Freude fühlte er etwas Hartes in einer Tasche und fuhr hinein. Tatsächlich, da war ein Magazin!

Rasch zog Capello seine Pistole, löste den Rahmen aus dem Griff, sorgsam bedacht, kein noch so leises Geräusch zu verursachen. McGaw war gewiss überzeugt, dass er keine Patronen mehr hatte. Er presste die Waffe gegen seinen Bauch, um das leise Klicken abzufangen, wenn er das neue Magazin hineinstoßen würde. Er atmete auf, als es ohne einen Laut gelang. Vorsichtig zog er sich erneut in das Innere der Halle zurück.

Irgendwann musste auch McGaw sich rühren, dachte Capello verbissen. Die Stille und die Finsternis gingen ihm immer mehr auf die Nerven. All seine Sinne waren gespannt. Er rechnete jederzeit damit, dass McGaw das Licht wieder einschalten würde.

Diesmal wollte er sich besser umsehen. Wenn es ihm gelingen sollte, den Mann zu erspähen, ehe die Lampen wieder erloschen, wollte er dem Kerl das Magazin in den Leib pumpen. Aber er würde schon zufrieden sein, wenn er nur einen Lichtschalter entdecken würde. Dann hätte er nämlich die Trümpfe in der Hand. In diesem großen Bau musste es mehrere Schalter geben, dessen war er sicher. Und wenn es nur der Schalter für die Notbeleuchtung war, das war egal. McGaw saß wahrscheinlich in irgendeinem Regieraum, aber das spielte keine Rolle. Er würde ihn finden.

Der Gedanke an Licht beherrschte Capello jetzt und ließ ihn nicht mehr los. Licht, Licht, Licht, dachte er.

Als die Deckenlampen dann tatsächlich aufflammten, traf ihn der helle Schein zuerst doch wie ein Schock, und er schloss geblendet die Augen. Als er sie wieder aufriss, fiel sein Blick auf Dix' Leiche, zuckte zur Tür, und er erstarrte. In dem Moment erloschen die Lampen wieder.

Capello konnte es nicht fassen. Die kleine, eiserne Tür, durch die sie die Halle betreten hatten, stand offen! Das schabende, metallische Geräusch, dachte Capello. Hatte McGaw etwa das Studio verlassen? Nein, das konnte nicht sein. Oder doch? Konnte McGaw die Beleuchtung von dem Vorraum aus oder von einem anderen Raum, der neben dem kleinen Vorraum liegen mochte, bedient haben? Aber dann schüttelte Capello den Gedanken ab. Warum hätte McGaw das tun sollen?

Die Tür stand offen, er konnte raus.

All seine Sinne witterten die Falle, aber er musste einfach raus. McGaw sieht genauso wenig wie du, hämmerte er sich ein, und er traute sich zu, bei einem körperlichen Kampf mit ihm fertig zu werden. Worauf wartest du noch?

Capello zögerte nur noch eine Sekunde, dann schlich er auf die Tür zu. Er legte seinen rechten Arm um Nancys Schultern und zog das Girl behutsam mit sich. Die Pistole trug er in der linken Hand.

Capello stieß gegen die Wand und folgte ihr nach rechts. Dann fühlte er den eisernen Türrahmen und schlüpfte hindurch. Unendlich langsam glitt er an der Wand des kleinen Flurs entlang. Alle Muskeln hatte er gespannt, er erwartete jeden Moment den Angriff.

Dann hatte er die Außentür vor sich, und nichts war geschehen. Er tastete nach dem Türdrücker, seine Hand fand das kalte Metall. Mit angehaltenem Atem drückte er die Klinke nieder.

Er brachte seinen Mund an Nancys Ohr.

»Wenn ich die Tür aufstoße, rennen wir los, egal, was passiert, klar?«, flüsterte er. Er spürte ihr Nicken. »Dann los«, sagte er etwas lauter und stieß die Tür auf.

Er wollte losstürmen, blieb aber wie angewurzelt stehen. Auch Nancy verharrte regungslos. Die beiden starrten fassungslos auf die drei Wagen, deren aufgeblendete Scheinwerfer genau auf die Tür gerichtet waren. Er hob einen Arm schützend vor seine Augen, riss den anderen mit der Pistole hoch und schoss, einmal, zweimal.

Hastig wich er zurück, schlug die Tür zu, fasste das Girl und rannte in die Halle zurück. Er warf die innere Tür ins Schloss. Der Knall dröhnte in seinen Ohren. Keuchend lehnte er sich gegen das Metall, ehe er sich aufraffte und mit Nancy zusammen ins Innere der Halle auswich.

»Na, Mann«, kam dumpf die Stimme aus der Finsternis, »sind meine Jungs schon da?«

Capello antwortete nicht. Er blieb stehen und lauschte angestrengt. Er hörte, wie die Tür aufflog und gegen die Wand prallte, und er vernahm Schritte. Feste, gleichmütige Schritte von mehreren Männern, die sich offenbar gleich verteilten. Die Scheinwerfer der Autos draußen brannten nicht mehr, oder die Kerle hatten die äußere Tür hinter sich geschlossen. Kein Lichtschimmer drang in die Halle.

Capellos Faust umklammerte den Kolben der schweren Pistole. Er wollte sich nicht kampflos ergeben.

»Hau ab, Kleines«, flüsterte er dem Girl zu.

Wieder spürte er, wie sie den Kopf schüttelte.

Und dann dröhnte wieder diese Stimme durch die Halle. »So, Mann, jetzt machen wir dich fertig!«

Als wir vom Northern Boulevard abbogen, schaltete Phil die Sirene aus, die uns den ganzen Weg von Centerport bis hierher begleitet hatte. Ich wusste ungefähr, wo das neue Industriegebiet lag, und wies Phil den Weg. Die ersten Neubauten tauchten wenig später auf, und Phil schaltete auch das Rotlicht ab.

Ich entdeckte den flachen, fensterlosen Bau zuerst.

»Da rein«, sagte ich zu Phil.

Mein Freund riss den Wagen herum und schoss in die Straße hinein, die mehr ein ausgefahrener Feldweg war. Im bläulichen Schein der Bogenlampen sah ich, dass das Tor zum Grundstück offen war, und dann bemerkte ich auch die Wagen, die vor der Stirnseite standen. Es waren vier Stück. Menschen waren nicht zu sehen.

Phil steuerte den Chevrolet in den Hof und stoppte hinter einem Oldsmobile Delta 88, der McGaw gehören musste. Hinter uns glitten zwei Streifenwagen durch das Tor. Die Cops hatten sich gut verborgen, dachte ich anerkennend. Ich hatte sie vorher nicht bemerkt.

Phil und ich stiegen aus. Auch die Radio-Cars hielten an, und die Polizisten kamen zu uns herüber, es waren vier Mann.

Rasch verteilte ich die Rollen. Es waren nicht viel, noch nicht, und ich hoffte, nicht die volle Besetzung einsetzen zu müssen. Ich wählte den ältesten Sergeant aus, den ich zum Einsatzleiter bestimmte.

»Lassen Sie einen Wagen mit einem Mann um das Gebäude herumfahren«, sagte ich zu ihm. »Der Bau wird noch mehrere Türen haben. Postieren Sie eventuell einen Mann auf der Rückseite, der dann die eine Längsseite mit beobachten kann. Jeder, der die Halle verlässt, muss gestellt werden. Schusswaffe nur im äußersten Notfall. Alles klar?«

»Klar, Sir«, bestätigte der Sergeant.

»Okay. Lassen Sie erst die Zündschlüssel dieser Automobile abziehen«, ordnete ich noch an und sah Phil fragend an.

»Den Schlüssel zu unserem Chevy habe ich in der Tasche«, murmelte er. »Bin doch kein Baby!«

Ich grinste flüchtig und ging auf die kleine Tür neben den beiden Rolltoren zu. Phil und ich postierten uns rechts und links, ich drückte langsam die Klinke nieder. Die Tür ließ sich öffnen. Ich zog meinen Smith & Wesson, auch Phil hatte seine Waffe in der Hand.

Vor uns lag ein stockfinsterer Raum. Die Hofbeleuchtung reichte kaum einen Schritt weit hinein. Ich sah nur, dass zwei Wände sich etwa vier oder fünf Fuß breit gegenüberstanden, und schloss daraus, dass es sich um einen Flur oder einen Vorraum handeln musste. Ich schob mich vorsichtig hinein, während Phil mir Feuerschutz gab und mir dann folgte.

Wir huschten einige Schritte vor und stießen gegen eine weitere Tür. Ich presste mein Ohr gegen das Metall. Dahinter rauschte es, sonst war nichts Besonderes zu hören. Doch! Etwas polterte und dröhnte.

»Handscheinwerfer«, flüsterte ich meinem Freund zu. Phil lief leise zurück und brachte wenig später einen starken Batteriescheinwerfer mit.

Ich öffnete vorsichtig die Tür, während ich mich eng an die Wand presste. Ich sah nicht, wie die Tür zurückglitt, ich spürte es nur. Der Raum dahinter war in tiefer Finsternis. Blitzschnell huschten Phil und ich hinein.

Ein Schuss peitschte, die Kugel schlug knapp neben meinem Kopf in die Wand. Donnernd brach sich das Echo in der Halle, die sehr weit sein musste. Ich sah den Mündungsblitz, aber andere mussten ihn auch gesehen haben, denn jetzt blitzte es an mehreren Punkten auf, doch die Schüsse schienen nicht uns zu gelten, das erkannte ich an der Richtung der Mündungsblitze und daran, dass keine weiteren Kugeln in unserer Nähe einschlugen.

Bevor einer von uns etwas unternehmen konnte, hörte ich einen schrillen Aufschrei, der sofort wieder verstummte. Das war eine Frau gewesen! Ich spürte, wie sich meine Haare sträubten. Von einer Frau war nicht die Rede gewesen.

»Stopp!«, brüllte ich. »Hier spricht der FBI!« Eine Flüstertüte brauchte ich nicht. Der hohe Raum vervielfältigte meinen Ruf. Als er verhallte, herrschte Stille. Mehrere endlos erscheinende Sekunden lang.

»FBI?«, fragte jemand misstrauisch.

»FBI«, bestätigte ich laut. »Sind Sie hier, McGaw?«

Wieder verblüfftes Schweigen, dann: »Ich bin hier. Wer hat Sie gerufen?«

»Niemand. Alles rauskommen, und zwar mit erhobenen Händen. Ich gebe Ihnen zehn Sekunden!«

»G-man«, kam die Stimme wieder. »Gut, dass Sie hier sind. Sehen Sie zu, dass Sie diesen Gangster schnappen. Der Kerl hat eine Schusswaffe …«

»Sind Sie frei?«

»Ja!«

»Dann kommen Sie raus, mit Ihren Leuten.«

»Wir kommen! Jungs, wir ziehen ab.«

Ich hörte Schritte, Schlurfen und das Poltern einer Kiste oder etwas Ähnlichem. Phil und ich zogen uns durch den Vorraum zurück und gingen ins Freie. Dort erwarteten wir McGaw und seine Leute.

McGaw erschien zuerst. Ich war ihm noch nie begegnet, erkannte ihn aber sofort nach den Fotos, die regelmäßig von ihm in den Gesellschafts- und Filmspalten der Zeitungen erschienen.

McGaw kam gemessenen Schrittes auf mich zu, während die anderen neben der Tür stehen blieben, die Hände halb erhoben. Capello und der andere Gangster waren nicht dabei. Und keine Frau.

Ich sah McGaw an. »Wer ist die Frau da drin?«

Er zuckte mit den Schultern. »Nancy Pemberton heißt sie. War mit bei mir auf der Yacht. Dieser Gangster hat uns entführt, mich und das Mädchen.«

Phil und ich sahen uns stumm an, dann marschierten wir los.

»He!«, rief McGaw uns nach. »Sie brauchen nur mit einem zu rechnen. Den anderen habe ich ausgeschaltet.«

Wir betraten den Vorraum. Diesmal schloss ich die Außentür hinter uns. Bei unserem ersten Eindringen in die Halle musste ich ein verdammt gutes Ziel gegen die Außenbeleuchtung abgegeben haben, der Schuss neben meinen Kopf hatte es bewiesen.

Völlige Finsternis umgab uns. Phil trug zwar noch den Handscheinwerfer, aber es war kaum ratsam, ihn einzuschalten.

Leise schlüpften wir in die Halle. Ich hatte keine Ahnung, wie sie von innen aussehen mochte. Meine Hand tastete über die Wand neben der Tür, fand aber keinen Lichtschalter.

»Ich bin hier, Capello!«, rief ich laut. »Cotton, erinnern Sie sich?«

»Haben Sie es doch so schnell geschafft, G-man? Alle Achtung! Das hätte ich Ihnen nicht zugetraut. Sie sahen ja ziemlich mitgenommen aus.«

»Ich fühle mich jetzt ganz wohl, Capello. Und ich bin nicht allein. Der Laden hier ist umstellt. Sie haben nicht die geringste Chance. Ihrem Freund scheint es nicht besonders zu gehen, wenn ich Mr McGaw richtig verstanden habe. Und Ihren anderen Komplizen, den Burschen mit den roten Haaren, haben wir auch schon erwischt. Also, Capello, geben Sie auf!« Das war eine ruhige, ausführliche Rede gewesen.

Das Girl hatte ich mit Absicht noch nicht erwähnt. Vielleicht war sie verletzt worden, als McGaws Gorillas Capello unter Beschuss genommen hatten, und ich wollte den Gangster nicht unnötig auf sie aufmerksam machen. Vielleicht befand sie sich gerade in guter Deckung.

Schon die nächsten Worte des Gangsters brachten Klarheit.

»Ich habe noch einen kleinen Trumpf im Ärmel, Cotton!«, rief er. »Ich habe eine Lady bei mir!« Er wartete auf eine Reaktion von mir, und als ich nicht sofort antwortete, schrie er: »Haben Sie nicht gehört? Ich habe ein Girl hier! Verschwinden Sie, und geben Sie mir freie Bahn!«

»So einfach geht das nicht, Capello. Ist das Mädchen verletzt?«

»Es hat 'ne kleine Schramme, sonst nichts. Die hat McGaw zu verantworten, nicht ich.«

»Miss Pemberton!«, rief ich. »Melden Sie sich bitte!«

»Los«, hörte ich Capello sagen, »flöte mal.«

»Hier bin ich!«, rief eine weibliche Stimme.

»Sind Sie frei?«, fragte ich.

»Nein – bitte, lassen Sie uns gehen! Bitte«, flehte sie.

»Haben Sie gehört, Cotton? Gehen Sie raus und sagen Sie Ihren Leuten Bescheid, sie sollen abziehen. Stecken Sie den Zündschlüssel in McGaws Wagen.«

Ich musste den Gangster erst mal hier rausbekommen, dann konnte ich weitersehen.

»Okay«, sagte ich deshalb, »Sie sollen Ihre Chance haben. Wo setzen Sie das Girl ab?«

»Wo, werde ich Ihnen nicht verraten. Aber ich verspreche Ihnen: In genau dreißig Minuten nach meiner Abfahrt steht Nancy auf irgendeiner Straße. Und nun gehen Sie. Lassen Sie beide Türen auf! Dann kann ich sehen, ob Sie das Gruselkabinett auch wirklich verlassen.«

Blitzartig zuckte eine Idee durch meinen Kopf, und ich erinnerte mich an den Trick, der Phil bei dem anderen Gangster auf Willow's Point gelungen war. Ich fasste Phil an der Schulter und schob ihn zur Tür. Dort gab ich ihm einen sanften Stoß. Er schien begriffen zu haben und öffnete sie. Ich stellte mich hinter die Tür und wartete. Der Trick musste gelingen. Nur ich hatte mit Capello gesprochen, und wir hatten keine Geräusche verursacht, die auf die Anwesenheit zweier Personen hingewiesen hätten.

Phils Schritte verklangen. Von draußen drangen Rufe herein, dann legte sich atemlose Stille über den Raum. Die Minuten verstrichen. Dann hörte ich jemanden flüstern, einen Sprung, lärmend schien ein Bündel Balken oder Latten zusammenzubrechen, etwas schepperte, und dann waren da vorsichtige Schritte, die sich auf die Tür zu bewegten.

Ich strengte meine Augen an, um wenigstens etwas sehen zu können. Meine Augen hatten sich an die Dunkelheit gewöhnt. Ich bemerkte jetzt den schwachen Lichtschimmer, der durch die Tür drang. Ich stand neben dem Licht und konnte vielleicht wenigstens schattenhafte Umrisse erkennen, wenn der Gangster in meiner Nähe erschien.

Die Schritte tasteten sich heran. Ich ahnte die Bewegung, bevor ich sie sah. Etwas Helles, schimmernde Haut von nackten Beinen. Ich hielt den Atem an. Das Girl ging voran! Das war die Chance, auf die ich gewartet hatte. Ich roch leichtes Parfüm, spürte einen Hauch – das Girl war neben mir.

Ohne einen Laut warf ich mich auf das Girl, stieß es von mir und wirbelte mit ausgestreckten Armen herum. Meine Faust schlug gegen eine Schulter. Ich sprang vor, erwischte Stoff und packte zu. Capello stieß pfeifend die Luft aus. Er wand sich unter meinem Griff. Dann grub sich eine mächtige Faust in meinen Magen, aber ich hielt fest.

Ich kannte jetzt die Richtung und schickte einige Schwinger mit meiner Rechten ab, in der ich immer noch den Revolver hielt. Ich traf einmal ins Schwarze – Capello stöhnte und erschlaffte für einen Moment. Aber die Zähigkeit dieses Mannes war unglaublich. Ich spürte genau, wie sich seine Muskeln wieder spannten, und bevor ich einen neuen Schlag loslassen konnte, ließ er sich einfach fallen. Mit dieser Reaktion hatte ich nicht gerechnet. Der Stoff, es musste ein Hemd gewesen sein, riss, und Capello war weg.

Noch einmal spürte ich ihn, als er davonhuschte. Ich schoss eine Linke ab, traf aber keinen Widerstand. Stattdessen dröhnte ein Schuss aus allernächster Nähe, das Mündungsfeuer blendete mich fast, und die Kugel pfiff an meinem rechten Ohr vorbei. Ich warf mich lang auf den Boden. Dann hörte ich, wie Capello davonlief.

Ich hielt meinen Revolver mit beiden Fäusten, fest entschlossen, beim nächsten Schuss das Mündungsfeuer aufs Korn zu nehmen. Aber Capello hatte wohl denselben Gedanken und verhielt sich ruhig.

Ich rollte mich etwas zur Seite, hob den Kopf und richtete den Mund in die Höhe. Das ist ein alter Trick, wenn man in einem dunklen Raum seinen Standort nicht verraten will. Man spricht einfach gegen die Decke oder gegen eine Wand.

»Hören Sie, Capello«, rief ich leise und wechselte erneut die Stellung.

»Was gibt's, G-man? Sie haben mich reingelegt! Verdammt, ich hätte Sie am Strand ersaufen lassen sollen!«

»Warum haben Sie's nicht getan?« Ich musste ihn am Reden halten. Vielleicht gelang es mir, seinen Standort zu orten.

»Sie kennen doch meine Biografie, oder?«

»Sicher.«

»Ich war Mastersergeant bei den Ledernacken. Ich war in Korea dabei. Wissen Sie, was das heißt?«

»Ich kann es mir vorstellen.«

»Dreck und Blut und Scheiße. Das können Sie sich nicht vorstellen. Dauernd starben welche, nur weil die Kameraden die Hosen voll hatten und sie einfach liegen ließen – bei mir ist nie einer liegen geblieben.«

»Schön, Capello«, sagte ich und robbte wieder etwas vor. »Sie haben Ihre raue Zeit gehabt. Kommen Sie jetzt raus. Oder ich lasse Sie ausräuchern.«

»Sie kommen nicht durch die Tür, Cotton – nicht lebend. Ich kann Sie gegen den Hintergrund sehen und knalle Sie ab wie einen Hasen!«

»Wetten, dass ich doch rauskomme?« Ich glaubte, Capellos Standort zu kennen. Jetzt galt es nur, ihn abzulenken.

»Da bin ich aber gespannt. Die Wette würde ich halten, aber ich wüsste nicht, wie wir sie einlösen sollten.«

Ich drehte meinen Kopf und brüllte in Richtung zur Tür: »Phil! Mach die Außentür zu!« Dann warf ich mich wieder flach hin und kroch ein Stück auf Capello zu. Nicht zu früh. Ein Schuss dröhnte, die Kugel klatschte gefährlich nahe in den Boden. Dann hörte ich das Zuschlagen der Außentür.

»Sie haben die Wette gewonnen, G-man!«, rief Capello.

Ich antwortete von jetzt an nicht mehr. Zoll für Zoll tastete ich den Boden vor mir ab und kroch weiter. Vor mir raschelte etwas. Wenn ich Glück hatte, wurde Capello nervös. Er musste vermuten, dass ich mich auf die Tür zu bewegte. Unmittelbar über mir krachte ein Schuss. Ich hörte den Einschlag der Kugel in die offen stehende Innentür.

Ich warf mich vor und packte zu. Ich hatte Capellos Beine erwischt und riss sie zu mir heran. Capello stürzte schwer zu Boden, Balken polterten. Ich ließ die Beine los und fasste nach Capellos Oberkörper. Ein harter Schlag erwischte mich vor der Brust, dann konnte ich einen Arm packen und drückte ihn nieder. Mit der freien Hand schlug ich dorthin, wo ich Capellos Gesicht vermutete. Einmal schlug ich schwer daneben. Meine Faust ratschte über rohes Holz, aber dann hatte ich mein Ziel gefunden.

Capello stieß einen gurgelnden Schrei aus, als ich meine Handkante gegen seinen Hals setzte – schließlich konnte ich mich nicht auf einen fairen, aber langen Kampf einlassen, solange Capello noch eine Waffe in der Hand hielt.

Ich drückte seine beiden Arme auf den Boden, ließ den linken plötzlich los und packte sein rechtes Handgelenk. Ich riss den Arm hoch und schlug die Hand auf den Boden. Dann drückte ich ihm die Mündung meines Smith & Wesson unter das Kinn.

»Okay, G-man«, krächzte Capello. »Sie haben gewonnen.«

Schweigend standen wir wenig später in der jetzt hell erleuchteten Halle um Dix Hawthorns Leiche herum. Phil, McGaw und seine Gorillas, die Cops und Capello, der Handschellen trug, und Nancy Pemberton, deren linker Oberarm verbunden war.

Ich sah den Jungen an, der mit verdrehtem Kopf auf dem kalten Boden lag.

»Genickbruch«, meinte Phil.

Ich nickte und sah McGaw in die Augen.

McGaw erwiderte den Blick. »Notwehr, G-man«, sagte er ruhig und wies auf eine winzige Schramme auf seiner Wange.

»Er ist pervers«, sagte Nancy Pemberton plötzlich. Starr blickte sie an McGaw vorbei. Capello fing ihren Blick ein und lächelte. Ob Nancy das Lächeln erwiderte, konnte ich nicht feststellen. Ich glaube, es interessierte mich auch nicht. »Er hasst alle Menschen«, stieß sie dann hervor, »alle!« Sie wandte sich ab.

Ich ging nach draußen, an die frische Luft. Die anderen folgten mir. Die Cops führten Capello ab. Als der Gangster an mir vorbeikam, blieb er stehen und grinste mich an.

»Besuchen Sie mich doch mal in Sing-Sing«, sagte er. »Aber erst, wenn ich mein erstes Geld habe. Ich schulde Ihnen noch einen Drink – für die verlorene Wette.«

»Vielleicht kommen Sie mal bei mir vorbei, wenn Sie wieder draußen sind. In Sing-Sing gibt's keinen Brandy.«

Capello lachte. »Machen Sie's gut, G-man«, rief er mir zu.

»Sie auch«, rief ich zurück. Und ich meinte es ehrlich.

ENDE

Tod im Frisco-Express

»Bis dann«, sagte Al Jillings und nickte Edgar freundlich zu. Ed Brace nickte zurück. Es gab nichts mehr zu sagen, und Ed wollte nichts mehr hören nach der Spannung der letzten Tage. Al Jillings nahm sein Jackett vom Bett und warf es sich lässig über die Schultern. Dabei fiel die Brieftasche heraus, die Papiere machten sich selbstständig, und ein länglicher gelber Streifen landete vor Eds Füßen.

Al bückte sich hastig, um die Papiere zusammenzuraffen, aber bei dem gelben Zettel kam Ed ihm zuvor. Er hob ihn auf und las die gedruckten Zahlen und Buchstaben. Der gelbe Zettel war ein Eisenbahnticket nach San Francisco.

Überrascht blickte Ed auf und sah seinen Partner an. Mit Augen, aus denen plötzlich alle Freundlichkeit verschwunden war, die irgendwie seelenlos wirkten.

»Ja«, sagte Al, »nur ein Ticket.« Seine schmalen Lippen zuckten, dann fuhr seine Hand zum Schulterholster, die nur übergehängte Jacke fiel zu Boden, und schon wies die schwarze Mündung eines kurzläufigen Colt-Revolvers auf Eds Kopf. »Nur ich«, fügte Jillings noch hinzu, und es klang fast bedauernd.

Dumpf lag die Stille des kleinen schäbigen Hotelzimmers auf Eds Ohren. Warum?, dachte er hilflos. Wofür all die Schufterei? Alles umsonst! Der Zorn drohte ihn zu überwältigen, als Al die Hand ausstreckte und ihm das Ticket fast sanft aus den Fingern nahm.

»Du hast es gelesen, wie?«, fragte Al. »Schade, wir haben so schön zusammengearbeitet. Aber du musst verstehen, Alter. Du säufst zu viel, und auch so …« Jillings grinste unvermittelt. »Ich wette, damit hast du nicht gerechnet, wie?«

Ed Brace schüttelte langsam den Kopf. »Es ist doch genug für uns beide – ich verstehe dich nicht.« Eds Mund fühlte sich trocken an. Er spürte jetzt, dass er seit vier Tagen keinen Tropfen Brandy mehr getrunken hatte, und er spürte, dass sein Körper endlich wieder Alkohol brauchte. Seine Augen starrten auf den Revolver, dessen Lauf nicht zitterte. Ja, Al ist eiskalt, dachte Ed. Seine eigenen Finger würden zittern, wenn er sie ausstrecken würde, das wusste er genau.

Aber Ed wusste auch, dass er jetzt nicht sterben wollte. Al Jillings trat vorsichtig einen Schritt zurück, ohne Ed aus den Augen zu lassen. Das trübe Licht aus der nackten Birne an der Decke ließ Eds Gesicht grau und krank erscheinen.

Jillings zog das Kopfkissen vom Bett und legte es über seinen rechten Arm. Er drückte das Polster sorgsam über die Waffe und verdeckte auch die schwarze Mündung mit einem Zipfel des Kissens. Auf diese Weise würde der Schuss leiser klingen als ein zu Boden fallender Bleistift.

Schleier lagen über Eds Augen, und er zitterte am ganzen Körper.

Doch plötzlich sah er wieder klar, sah, dass Al das Kissen noch einmal von der Waffe nahm, um den Hahn des Revolvers mit dem Daumen zu spannen, damit der Stoff den Hammer nicht behindern konnte.

Eds Körper spannte sich unvermittelt, und irgendwie vergessene Reflexe in seinem vom Alkohol zerfressenen Gehirn befahlen seinen Beinen, den mageren Körper auf Jillings zu werfen.

Beinahe hätte er Jillings verfehlt, denn der drahtige Mann wich geschmeidig zur Seite. Nur hatte er mit dem Angriff nicht gerechnet, deshalb kam seine Reaktion zu langsam.

Eds knochige Schulter prallte gegen Jillings' Brust und wirbelte ihn halb herum. Seine Knie gerieten gegen die Bettkante, seine Beine knickten ein, und er fiel rücklings über das Bett.

Ed erkannte seine winzige Chance. Er warf sich auf Jillings. Die Federn knackten bedrohlich. Verzweifelt versuchte Ed, die Waffe aus Als Hand zu winden. Er hielt den Lauf gepackt, drehte und zerrte aus Leibeskräften, während seine Linke nach der Kehle des Gegners suchte, sie fand und zudrückte.

Jillings bäumte sich auf, als er den Druck spürte. Seine Hände krampften sich in plötzlicher Panik zusammen, und mit aller Gewalt krümmte er den rechten Zeigefinger, als er sicher war, dass der Lauf in dem Durcheinander nicht auf ihn selbst gerichtet war.

Die Explosion wurde von den beiden Körpern gedämpft. Mit einem Aufschrei ließ Ed den Lauf der Waffe fahren, gleichzeitig begriff er, dass er jetzt um sein Leben kämpfen musste – mehr noch als vorher.

Er richtete sich halb auf und knallte Al Jillings seine Faust unters Kinn.

Normalerweise hätte Al dieser Schlag nicht allzu viel ausgemacht, er konnte eine Menge vertragen. Aber Ed war im Vorteil. Al lag auf dem Rücken und vermochte sich nur mühsam zu wehren.

Ed schlug abermals zu, noch mal und wieder. Mit der Kraft der Verzweiflung – und Al musste jeden dieser Schläge hinnehmen, alles einstecken.

Dann erwischte Ed plötzlich erneut den Revolver. Er riss heftig am Lauf, und plötzlich hatte er die Waffe in der Hand. Reflexartig knallte er den Kolben des Revolvers gegen Als Stirn. Al Jillings verdrehte die Augen und wurde bewusstlos.

Ächzend taumelte Ed zurück. Er spürte den Schmerz an der linken Seite, wo die Kugel an seinen Rippen entlanggeschrammt war. Und als er seine Hand auf die Stelle legte, fühlte er das klebrige Blut an den Fingern. Ed warf den Revolver auf den Boden – auf den Gedanken, Al Jillings zu erschießen, kam er überhaupt nicht.

Al Jillings wälzte sich stöhnend auf dem Bett und schlug die Augen auf. Edgar Brace starrte seinen ehemaligen Partner an, wandte sich um, rannte aus dem Zimmer, floh die Stufen hinunter und tauchte in der Dunkelheit der finsteren Straße unter. An das Geld in den beiden braunen Lederkoffern unter dem Bett dachte Ed nicht. Er wollte leben und sonst nichts.

Der Schmerz an den Rippen war abgeklungen, aber der ohnmächtige Zorn und die Angst waren geblieben. Ed strich seit Stunden durch die finsteren Straßen Brooklyns. Seine Nerven verlangten dringend nach einem Schluck Brandy, aber er traute sich nicht in die Helligkeit einer Bar. Und außerdem – er lachte bitter auf bei dem Gedanken – hatte er nur noch zwei Nickelstücke in der Tasche, gerade genug für ein Telefongespräch, nicht für einen Brandy.

Zwei Nickel – zehn Cent. In den beiden Ledertaschen, die unter Al Jillings' Bett lagen, befanden sich über dreihunderttausend Dollar. Bei diesem Gedanken umnebelte sich Eds Gehirn.

Schritte in seinem Rücken ließen ihn herumfahren. Eine Gestalt näherte sich, dunkel, nur in Umrissen erkennbar. Ed drückte sich gegen die Hauswand, sein Mund war trocken, das Herz hämmerte plötzlich.

Al?

Vorsichtig atmete Ed auf, als die heruntergekommene Figur näher schwankte. Einen Augenblick lang spielte er mit dem Gedanken, den

Betrunkenen niederzuschlagen und ihm die letzten Cents zu rauben, die sich noch in seinen Taschen befinden mochten. Doch dann siegte der Stolz – Edgar Brace hatte noch nie einen Betrunkenen ausgeplündert, nicht einmal in seiner rauen Jugendzeit, die er in der Gegend der South Docks verbracht hatte.

Im Osten färbte sich der Himmel grau. Eine Uhr über dem Niedergang zur Subway zeigte drei Minuten vor fünf. Was mochte Al jetzt tun? Würde er den Zug um sieben Uhr neunzehn nach Frisco nehmen? Ed glaubte nicht daran. Al musste fürchten, einem wütenden und unberechenbaren ehemaligen Partner zu begegnen. Raffiniert ist der Junge, dachte Ed Brace mit einem Anflug von Bewunderung. Verschwindet mit der heißen Beute per Bahn – mit dem Flugzeug reist heute ja schon jeder lausige Taschendieb.

Ja, was mochte Al tun? Al war nicht vorbestraft, deshalb waren weder seine Fingerprints registriert, noch war sein Foto in den Akten irgendeiner Polizeibehörde zu finden. Und Al hatte unmissverständlich zu verstehen gegeben, dass er alles tun würde, um eine Änderung dieses Zustandes zu verhindern.

Wieder blieb Ed stehen und blickte sich um. Einige Männer gingen zu Fuß über die Straße. Es waren die ersten Arbeiter, die den Docks zustrebten.

Für Ed war die Sache plötzlich sonnenklar. Al Jillings konnte sich seiner Beute nicht erfreuen, solange er, Ed, lebendig herumlief. Also saß Al Jillings ihm im Nacken. Auch daran gab es keinen Zweifel. Er kannte Al Jillings. Er hatte sich mit Sicherheit sofort aufgerafft, nachdem er aus dem Zimmer geflohen war. Denn wenn ein Säufer wie Ed Brace erst irgendwo in Brooklyn, in der Bronx oder in Manhattan untertauchte, konnte ihn selbst eine Armee von Cops nicht innerhalb einer vernünftigen Zeit finden.

Ed begann zu laufen. Er setzte sich in einen leichten, gleichmäßigen Trab, der sein Herz zum Hämmern und seine Lungen zum Keuchen brachte. Er sah sich nicht mehr um.

Nach einiger Zeit spürte er seine schmerzenden Muskeln nicht mehr, nicht mehr das qualvolle Pumpen seines Herzens.

Sein Gehirn suchte nach einem Namen, der Hilfe verhieß. Wie hieß doch der Bulle, der mich damals hoppgenommen hatte? Nein, das war kein Bulle gewesen, das war ein G-man!

Abrupt blieb Ed stehen. FBI! Wie durch ein Wunder präsentierte ihm das Gehirn den Namen – der Typ hieß Cotton und war gar nicht so übel!

In Eds Blickfeld befand sich eine hell erleuchtete Telefonzelle. Er stolperte darauf zu, riss die Tür auf und schlüpfte hinein. Während er sich mit einer Hand an der Wand abstützte, um die Schwäche in den Beinen auszugleichen, kramte er mit zitternden Fingern die beiden Nickel aus der Hosentasche und warf sie in den Schlitz des Automaten. Hastig suchte er die Nummer, die auf der inneren Umschlagseite eines jeden Telefonbuches von New York steht, und wählte mühsam Ziffer für Ziffer.

»FBI District New York. Sie wünschen bitte?« Diese rauchige Frauenstimme klang ruhig, freundlich und Vertrauen erweckend und festigte Eds Entschluss.

»Cotton«, keuchte er. »Schnell, bitte – Cotton ...«

Myrna, die Telefonistin, erkannte die Verzweiflung in der Stimme und verlor keine Zeit.

»Cotton«, meldete ich mich Sekunden später. Ich war nicht mehr besonders fit, so kurz vor Ende einer ruhigen Nachtschicht.

»Hier ist Edgar Brace. Sie erinnern sich nicht mehr an mich, bestimmt nicht ...«

»Doch, Mr Brace«, sagte ich. »Sie haben damals den Emerson-Tresor in Union City aufgemacht ...«

»Ja!«, rief Ed begeistert und vergaß die Gefahr, die draußen lauerte. Zwanzig Schritte von der Telefonzelle entfernt stand Al Jillings, die Hand mit dem Revolver unter der Jacke verborgen, und wartete auf seine Gelegenheit. Er presste die Lippen zusammen, als sich der unförmige Wagen der Müllabfuhr zwischen ihn und den schmächtigen Mann in der Zelle schob.

»Und ich habe auch den Tresor bei Warren's auf der Lexington aufgemacht.«

»Und ich hatte schon gedacht, Sie hätten's aufgegeben, Ed«, sagte ich.

Ed seufzte. »Ich wollte auch nicht mehr, glauben Sie mir. Es sollte wirklich das letzte Mal sein, ich wollte weg von hier ...«

Der erste Schuss schnitt ihm das Wort ab. Ed riss die Augen auf, presste den Hörer an die Brust. Der zweite Schuss dröhnte, und langsam rutschte Ed an der Seitenwand zu Boden.

»Al Jillings!«, krächzte er. »Er hat ein Ticket nach Frisco – sieben Uhr neunzehn …«

Ein dritter Schuss schlug in den kleinen Körper, eine Scheibe brach aus dem Rahmen und zersplitterte. Dann verschwand der Mörder zwischen zwei Häusern, in jeder Hand trug er einen schmalen braunen Lederkoffer.

Ich war aufgesprungen. »Ed!«, brüllte ich in den Hörer. Ich hatte das Klirren der Scheibe gehört, vorher noch Eds Worte, aber jetzt war es still. Schon früher hatte ich auf einen Knopf gedrückt, der unsere Nachrichtenabteilung in Aktion setzte. Ich legte meinen Hörer nicht auf, um die Verbindung nicht zu trennen. Ich zog den Apparat meines Freundes Phil Decker zu mir heran und rief Myrna in der Zentrale an.

»Verbinden Sie mich mit dem Revier, das den Einbruch bei Warren's auf der unteren Lexington Avenue bearbeitet. Und dann schauen Sie bitte im Flugplan nach, ob und von wo aus um sieben Uhr neunzehn eine Maschine nach Frisco startet. Und wenn Sie's haben, bestellen Sie mir ein Ticket, okay?« Sicher ist sicher, dachte ich. Wenn es mir nicht gelang, diesen Jillings noch vor der Sperre zu identifizieren, musste ich wohl oder übel mitfliegen.

»Sofort, Jerry«, bestätigte Myrna. »Legen Sie auf, ich rufe zurück.«

Ich drückte die Gabel nieder und ließ sie sofort wieder los. Dafür, dass ich eine langweilige, ereignislose Nacht hinter mir hatte, entfaltete ich eine beachtliche Energie. Der Einbruch bei Warren's, einem Kaufhaus an der Lexington Avenue, ging uns vom FBI nichts an. Doch jetzt, wo einer der Haupttäter offenbar nach Frisco verschwinden wollte, wurden wir automatisch zuständig.

Ich wählte die Nummer des Archivs. Der alte Neville meldete sich. »Hallo, Neville!«, rief ich. »Suchen Sie mir bitte die Akte Edgar Brace heraus …«

»Brace, der Tresorknacker?«, fragte Neville aufgeregt. »Ist er etwa wieder aktiv? Der Junge ist ein Genie, sage ich Ihnen! Ich erinnere mich noch genau an sein erstes Ding, das war 1947. Er hat damals den Safe bei …«

»Ich weiß, Neville«, unterbrach ich hastig. »Ich brauche die Akte schnellstens! Und die von einem gewissen Al Jillings.«

Schweigen. Jetzt hatte ich ihn geschockt. Neville verfügt über das phänomenalste Gedächtnis, das sich ein Polizist nur wünschen kann. Er kennt sämtliche Gangster mit Lebenslauf, deren Akten einmal über seinen Schreibtisch gegangen waren. Und natürlich alle Größen der Unterwelt aus seiner eigenen aktiven Zeit, aber die liegt nun schon verdammt lange zurück, und die Stars jener Zeit sind mittlerweile auf natürliche Weise aus dem Rennen geschieden.

»Jillings?«, fragte Neville vorsichtig. »Aus unserem Bezirk?«

»Das weiß ich nicht«, gab ich zu. »Wenn er bei Ihnen keine Akte hat, fragen Sie bitte bei unserer Zentrale und bei der City Police nach. Okay?«

Es war okay. Wenn irgendwo in den Staaten eine Akte über einen Mann namens Al Jillings existierte, Neville würde sie finden.

Phils Apparat schrillte. Der Hörer meines Telefons lag immer noch neben dem Apparat. Ich hob ab.

»Sie können Ihren Hörer wieder auflegen«, sagte Myrna. »Die Nachrichtenabteilung hat die Leitung übernommen – hier kommt eben eine Nachricht – Passanten haben bereits die Mordkommission gerufen – der Mann in der Zelle ist tot ...«

»Wo ist es?«, fragte ich leise.

»Brooklyn, nahe der York Street Station. Ich habe hier das 34. Revier, Lieutenant Brooks. Aber Augenblick noch, Jerry. Um sieben Uhr neunzehn fliegt keine Maschine nach Frisco. Nicht vom Kennedy, nicht vom La Guardia Field, nicht von Newark. Weder sieben Uhr neunzehn morgens noch abends ...«

Verdammt, dachte ich, umsonst.

»Ich suche gleich noch die Bus- und Eisenbahnfahrpläne durch. Ich verbinde jetzt.«

»Morgen, Mr Cotton«, brummelte Detective Lieutenant Sam Brooks. »Was gibt's? Es geht um den Warren-Bruch, soviel ich höre. Haben Sie den Fall geklärt?«

»Keineswegs, Lieutenant. Ich bekam einen Hinweis auf einen Mann namens Jillings. Und ich hatte einen Mann, der sich der Tat bezichtigte ...«

»Ein Irrer?«

»Ich weiß es nicht. Kann schon sein, dachte ich zuerst. Edgar Brace, sein letztes Ding liegt Jahre zurück. Inzwischen ist er zum Säufer geworden. Vielleicht wollte er billig überwintern oder auf Staatskosten vom Schnaps wegkommen, was weiß ich. Aber er wurde erschossen, während er mit mir telefonierte.«

»Das hört sich natürlich ganz anders an«, stimmte Brooks nachdenklich zu. »Wo finden wir diesen Jillings?«

»Er will um sieben Uhr neunzehn nach Frisco. Ich habe die Flugpläne schon nachsehen lassen – keine Maschine um diese Zeit nach Frisco ...«

»Maschine?«, brummelte Brooks. »Keine Maschine. Das ist der Frisco-Express ab Penn Central!«

Das darf doch nicht wahr sein!, dachte ich verblüfft.

»Lieutenant, Sie sind großartig!«, rief ich. »Wenn Sie's nicht schon wären, würde ich Ihnen glatt vorschlagen, Detective zu werden!«

Brooks lachte auf.

»Ich werde Ihren Mann holen!«, versprach ich dann und legte auf.

Der Frisco-Express spielte auch in den Überlegungen anderer Leute eine Rolle. Einer von ihnen war Dave Sheldon.

Sheldon steuerte seinen grauen Dodge von der US 46 in die stille Vorortstraße von Newark hinein und ließ den Wagen am Straßenrand ausrollen. In der klaren Luft dieses Morgens war das Knirschen der Reifen sogar im Wagen zu hören.

Sheldon schaltete die Lichter aus, stellte den Motor ab und stieg aus. Fröstelnd rieb er die Hände und sah einmal kurz zu der Bushaltestelle auf der anderen Straßenseite hinüber. Er hatte Zeit, massig Zeit. Der Zug würde erst um sieben Uhr neunundvierzig in den Bahnhof von Newark rollen.

Sheldon setzte sich wieder in den Dodge und zündete eine Zigarette mit dem elektrischen Anzünder an, dann drückte er die Taste im Radio nieder. Der automatische Sendersuchlauf schnarrte leise und blieb dann auf der Welle der starken CBS stehen.

Der Sprecher verlas die ersten Morgennachrichten. Am Schluss wurde der Tod eines Mannes namens Edgar Brace erwähnt, der in einer Telefonzelle erschossen worden war. Sheldon hörte gleichmütig zu – der Name sagte ihm nichts. Auch der Name Jillings hätte ihm nichts bedeutet.

Der Mann in dem staubigen grauen Dodge konnte nicht ahnen, welche Bedeutung Al Jillings für Dave Sheldon noch erlangen sollte …

Der Apparat auf meinem Schreibtisch rasselte schon wieder, und wieder war es Myrna, deren rauchige Stimme mein Ohr erfreute. Stolz verkündete sie: »Jerry, ich hab's! Sie wären nie drauf gekommen! Um sieben Uhr neunzehn fährt …«

Ich konnte es mir einfach nicht verkneifen! Also unterbrach ich Myrna. Wenig gentlemanlike, zugegeben. »… der Frisco-Express ab Penn Central«, sagte ich mit emotionsloser Stimme.

Myrna schwieg verblüfft, dann fragte sie erstaunt: »Woher …?«

»Ich bin eben G-man, Myrna. Trotzdem, besten Dank!«

Ich dachte nach. Ein Mann namens Jillings. Ob der Name echt war? Bei Neville hatte es jedenfalls nicht geklingelt. Ein Bote brachte eine Akte, es war nur eine, und auf dem Deckel stand der Name – Edgar Brace. In New York hatten wir also nichts über Al Jillings.

Der Mann schien Ideen zu haben. Er plünderte den Tresor eines Kaufhauses, hielt ein paar Tage still, und statt sich dann wie die meisten seiner Sorte per Flugzeug zu verkrümeln, falls überhaupt, wählte er die Bahn. Er mied den Flughafen, auf dem es ständig von Detectives wimmelt, speziell ausgebildeten Beamten, die jeden Passagier mit den Augen abklopfen, jedes Gesicht in Gedanken mit den aktuellsten Fahndungsfotos vergleichen und mit einem siebten Sinn für solche Leute ausgestattet sind, die Dreck am Stecken haben.

Al Jillings hängte sich auf die Bahn zu einem gemächlichen, gemütlichen Trip quer durch das schöne Amerika bis ins sonnige Kalifornien. Ich warf einen Blick aus dem Fenster. Es wurde hell, was man in Manhattan so hell nennt. Es wurde grau.

Oder hatte Jillings seine Pläne geändert? Gefühlsmäßig verneinte ich diese Frage. Wäre Phil jetzt hier gewesen, hätte ich ihm eine Wette angeboten. Jillings hatte sich auf die Idee mit dem Zug versteift und würde an ihr festhalten, weil er sie großartig fand. Denn auch intelligente Verbrecher sind fantasielos.

Meine Uhr zeigte zwanzig Minuten vor sieben. Von Neville würde innerhalb der nächsten Minuten nichts mehr kommen.

Ich beschloss, den Chef zu informieren und mir dann ein Ticket nach Frisco zu kaufen. Rasch kritzelte ich eine Nachricht für meinen Freund und Kollegen Phil Decker auf einen Zettel. Phil war in einer Routinesache unterwegs. Pech für ihn, dachte ich, so kam er um eine Reise nach Frisco.

Mit dieser Vermutung hatte ich keineswegs Unrecht, doch ich konnte nicht ahnen, dass Phil vor mir an unserem Bestimmungsort ankommen würde. Dieser Ort der Entscheidung hieß allerdings nicht Frisco …

Al Jillings verließ die Subway unter der Pennsylvania Station. Im gleißenden Licht der Neonlampen ließ er sich mit dem Strom der anderen Reisenden über endlos lange Rolltreppen hinauffahren.

Immer noch überlegte er, ob er bei seiner Entscheidung bleiben sollte, mit der Bahn nach Westen zu fahren. War es Ed gelungen, ihn zu verraten? Wenn ja, an wen? Und welche Einzelheiten hatte Ed überhaupt gewusst? Nach wie vor war Jillings der Ansicht, dass Ed in dem winzigen Augenblick, in dem er das Ticket in der Hand hatte, unmöglich erkennen konnte, für welchen Zug es ausgestellt war.

Und jetzt, als der Gangster diesen Strom der Reisenden sah, der trotz der frühen Stunde unterwegs war, beglückwünschte er sich zu seinem Entschluss. In diesen Menschenmassen wäre er selbst mit einem Auge mitten auf der Stirn nicht aufgefallen.

Jillings fuhr gar nicht erst in die mächtige Halle hinauf, die von Fernsehkameras überwacht wurde – wegen der Taschendiebe. Jillings wollte nicht durch irgendeinen dämlichen Zufall auffallen. Die Griffe der beiden kleinen Koffer fest umklammert, betrat er eins der unzähligen Imbissrestaurants irgendwo unter der Erde. Er wählte einen kleinen Tisch, legte die Koffer auf die Platte und ging zum Tresen, ohne sein Gepäck aus den Augen zu lassen. Schweigend häufte er zwei Hamburger, mehrere Scheiben Toast und einige gegrillte Tomaten auf einen Teller, zahlte an der Kasse und setzte sich an den Tisch.

Die Uhr über dem Eingang wies auf elf Minuten vor sieben. In einer Viertelstunde würde der Zug einlaufen, und dann würde Kate am Bahnsteig stehen. Kate mit den strahlend blauen Augen, dem unbekümmerten Wesen und der beständigen Heiterkeit. Kate! Für sie hatte er das alles getan, obwohl er sicher war, dass sie den Einbruch nicht gebilligt hätte. Nein, Kate gehörte nicht zu dieser Sorte Mädchen, für die nur Geld wichtig war. Nein – Kate war ganz anders.

Jillings lächelte plötzlich. Jetzt hatte er Geld, das reichen sollte, um eine Existenz aufzubauen, die Kate akzeptieren konnte.

Die Imbissstube füllte sich zusehends, und bald waren alle Tische besetzt. Als Jillings den Teller leer gegessen hatte, stand er auf und holte schnell eine Tasse Kaffee. Er ging zum Tisch zurück. In diesem Moment setzte sich ein jüngerer Mann auf den freien Stuhl, und wie zufällig stieß er mit einem Fuß gegen einen der Koffer, die jetzt auf dem Boden standen. Jillings Augen verengten sich in plötzlichem Argwohn. Langsam ging er um den Burschen herum. Der Mann hatte ein langes Gesicht mit schlaffer, gelblicher Haut und rotes, strohiges Haar über der flachen Stirn. Er grinste, als er Jillings bemerkte, und entblößte lange gelbe Zähne.

»Ist doch gestattet, Mister?«, fragte er.

Jillings nickte so gleichmütig, wie er es gerade noch fertig brachte. Zur Polizei gehörte der Bursche gewiss nicht, und zu einem dieser Gangstersyndikate garantiert auch nicht, dafür war er zu schäbig gekleidet.

Jillings setzte sich, wobei er sorgfältig vermied, den Koffern neben dem Tisch allzu viel Aufmerksamkeit zu schenken, um den Kerl nicht mit der Nase draufzustoßen, dass sie irgendetwas Wertvolles enthalten könnten.

Langsam schlürfte Jillings seinen Kaffee. Der Mann beugte sich über den Tisch, während er aus der äußeren Tasche seiner abgewetzten Cordjacke einen zerdrückten Zigarettenstummel fischte.

»Haben Sie vielleicht Feuer, Mister?«

Jillings beugte sich angewidert zurück, als ihn der nach billigem Fusel, derbem Tabak, Zwiebeln und anderen nicht identifizierbaren Bestandteilen stinkende Atem traf. Krampfhaft den aufsteigenden Ekel unterdrückend, suchte er ein dünnes Streichholzheft heraus und schob es dem anderen zu. Ein unbestimmter Impuls riet ihm, schnellstens zu verschwinden, andererseits jedoch fürchtete er unnötiges Aufsehen, falls der Kerl seinen hastigen Aufbruch falsch auffassen würde.

»Wollen Sie verreisen, Mister?«, erkundigte sich der Rothaarige.

Jillings nickte verdrossen, zwang sich dann jedoch zu einem flüchtigen Lächeln, nicht zu viel, nicht zu wenig, wie er glaubte. Der Bursche lehnte sich zurück, betrachtete Jillings eine Weile, dann beugte er sich wieder vor und fragte leise: »Sie haben nich'n paar Cents für 'nen armen Teufel, wie?«

Jillings zog scharf die Luft ein und wollte zu einer groben Erwiderung ansetzen, als sich die imponierende Figur eines Cops in voller Dienstuniform in den Raum schob. Der Rothaarige konnte den Polizisten nicht sehen.

»Na?«, fragte er, mit einem unverschämt klingenden Unterton in der Stimme, die seine vorangegangene Frage unvermittelt in eine Forderung verwandelte. Der Cop ließ seinen Blick über die Gäste schweifen und ging dann auf den Tresen zu. Der Keeper hinter dem chromblitzenden Tresen schien den Cop zu kennen. Er schob ihm eine Tasse Kaffee hin. Der Polizist lehnte sich gemächlich an die Wand und schlürfte den Kaffee in sich hinein.

»Na?«, wiederholte der Bursche, diesmal schon etwas lauter. In dem Raum hing ein Gemisch aus den verschiedensten Geräuschen – die Gespräche der Anwesenden, das Scharren der Füße draußen und die offen stehende Tür –, sodass das Wort noch nicht einmal am Nebentisch zu hören war. Trotzdem spürte Jillings, wie ihm der kalte Schweiß ausbrach.

Er versenkte seine Hand in der Seitentasche seines leichten Mantels und fischte das Kleingeld heraus, das er eben zurückbekommen hatte. Er legte es auf den Unterteller seiner Tasse, sah den Burschen kurz an und schob den Teller schließlich über den Tisch. Der Cop hatte die Szene mitbekommen, wie Jillings jetzt bemerkte. Er presste die Lippen zusammen und versuchte, ein gleichgültiges Gesicht zu machen.

»Ich muss jetzt zum Zug«, sagte er und machte Anstalten, aufzustehen. Die schrille Stimme des Rothaarigen nagelte ihn wieder auf den Stuhl. »Mehr schulden Sie mir nicht, Mister?«

»Was soll das?«, zischte Jillings erbost. Seine Geduld war erschöpft. Wäre der Cop nicht gewesen, hätte er dem Kerl spätestens jetzt die Faust ins Gesicht gerammt. Der Cop spähte immer noch herüber.

Der Rothaarige beugte sich wieder über den Tisch. »Ich bin schnell«, sagte er. »Was meinen Sie, wie? Wenn ich mir einen Ihrer Koffer greife und abhaue, Sie, so schnell können Sie gar nicht gucken. Und wenn Sie doch nachkommen, schnappt einer meiner Kumpel, die auch hier sind, Ihren anderen. Sehn Sie, Sie werden auf jeden Fall eines Ihrer schönen Lederdinger los. Es sei denn …« Er machte eine Kunstpause, die er bestimmt einmal im Kino gesehen haben musste, aber sie beeindruckte Jillings nicht. Er wusste, was kommen musste.

»Helfen Se mir aus 'ner verdammten Patsche, Mister. Leihen Se mir'n paar Bucks, so zehn oder so …«

Jillings fühlte sich in einer Zwickmühle. Würde er dem Kerl sagen, an der Theke stehe ein Cop, würde der Bursche so hastig den Kopf wenden, dass der Cop noch misstrauischer werden würde, als er es vielleicht schon war. Würde der Cop sehen, wie er dem Rothaarigen einen Geldschein zusteckte, würde der Cop denken, Jillings habe Rauschgift erworben. In jedem Fall würde es einiges Theater geben, bei dem er, Jillings, auf der falschen Seite stehen würde. Der Cop würde ihn zur Wache schleppen, die Bullen in der Wache würden ihn durchsuchen und den Colt finden, und spätestens dann würden sie unbedingt wissen wollen, was in den Koffern war. Verdammt, das ging nicht. Und oben wartete Kate.

Jillings' Gehirn arbeitete glasklar. Innerhalb weniger Sekunden hatte er alle Möglichkeiten durchgespielt. Er entschloss sich, den Kerl auflaufen zu lassen. Der Cop starrte immer noch zu ihnen herüber, obwohl er die Tasse inzwischen leer hatte.

»Versuch's doch«, schlug Jillings vor. Seine Stimme hatte genau den Anteil an spöttischem Zweifel, der nötig war, um den Rothaarigen zu unüberlegten Reaktionen zu verleiten. Unbeteiligt beobachtete er, wie das Gesicht des Burschen langsam rot anlief. Jillings' Körper spannte sich, denn er wusste nicht, wie schnell der Cop reagierte, und er wollte sich lieber auf seine eigene Schnelligkeit verlassen.

Urplötzlich sprang der Kerl auf, stieß den Tisch um, die Kante traf Jillings' Bauch, der mit dieser Eröffnung jedoch gerechnet hatte und rechtzeitig die Hände an der Kante hatte. Er warf den Tisch zurück und hechtete hoch.

Der Gauner hatte schon einen der Koffer in der Hand und wirbelte herum, dem Ausgang zu. Jillings sprang über seinen zweiten Koffer, hinter dem Rothaarigen her. Der Cop reagierte fabelhaft. Fast gemächlich löste er sich vom Tresen und streckte ein langes Bein aus. Der Ganove, der beim Anblick des Uniformierten kurz zusammengezuckt hatte, schlug einen Haken, warf einen zweiten Tisch um, eine Frau schrie auf, als heißer Kaffee in ihren Ausschnitt spritzte.

Das Bein des Cops war lang genug. Der Rothaarige stolperte, kam aus dem Tritt. Er fiel nicht, verlor jedoch einiges an Fahrt, was dem Polizisten genügte, seine mächtige Pranke in den Nacken des Kerls zu schlagen. Der Hieb stoppte den Gauner augenblicklich und riss ihn von den Füßen.

Der Cop grinste Jillings breit an.

»Solche Typen kennen wir, Sir. Für diese Kerle habe ich ein Auge. Schon als ich hier reinkam, wusste ich, gleich gibt's Ärger.«

»Danke«, sagte Jillings. Vorsichtig brachte er den Koffer an sich, den der Rothaarige stehlen wollte.

»Alles in Ordnung?«, fragte der Cop. Jillings nickte. »Wollen Sie nicht lieber nachsehen, Sir?«

»Nicht nötig«, versicherte Jillings. Ohne Hast ging er zu seinem Tisch zurück und nahm den anderen Koffer. »Ich muss zum Zug …«

Die Leute im Raum starrten Jillings und den Cop an wie zwei Helden, die soeben den meistgesuchten Verbrecher der Staaten gestellt hatten.

»Wollen Sie selbst Anzeige erstatten? Wegen versuchter Körperverletzung?«

»Keine Zeit, Sie verstehen?«

Der Rothaarige wälzte sich am Boden, kam mühsam auf die Beine. Mit glasigen Augen blickte er umher, bis sich die Augen auf Jillings eingependelt hatten. Jetzt waren sie plötzlich wieder klar.

»Das ist er!«, schrie er und wies mit einem schmutzigen Zeigefinger auf Jillings. »Dieser Kerl da wollte meinen Koffer stehlen! Meinen Koffer! Officer, verhaften Sie diesen Mann!«

»Shut up!«, fauchte der Cop. »Du bist verhaftet.«

»Ich? Das ist ein Justizirrtum! Sehen Sie doch im Koffer nach! Ich kann Ihnen genau sagen, was drin ist! Vier Hemden, ein Paar Schuhe, fünf Paar Socken …«

»Shut up!«, brüllte der Cop.

Jillings brachte ein Lächeln zustande. »Er hat nicht einmal ganz Unrecht. Fünf Hemden, vier Paar Socken. Entschuldigen Sie mich jetzt bitte. Mein Zug ...«

Der Cop gab den Weg frei, und aufatmend verließ Jillings den Raum.

Nur weg, dachte er, weg von diesen kleinen Taschendieben, Strolchen und Schlägern. Diese Sache hätte verdammt schief gehen können ...

Der Taxidriver stoppte in der Taxieinfahrt des Bahnhofs. Ich drückte ihm ein paar Dollar in die Hand, riss den Koffer an mich, den ich noch schnell aus meiner Wohnung geholt hatte, und rannte in die riesige, lärmerfüllte Halle.

Der Koffer war nicht schwer – er enthielt nur das Notwendigste, das ich innerhalb einer Minute hatte zusammenraffen können, denn die Zeit war schon verdammt knapp geworden. Mein Freund Phil war immer noch nicht von seinem Einsatz zurück. Ich hatte von zu Hause aus noch einmal versucht, ihn zu erreichen, jedoch vergeblich. Schade, denn der Chef hatte es mir freigestellt, einen Kollegen mitzunehmen.

Ich orientierte mich mithilfe der Leuchtschilder und fuhr dann zum Bahnsteig des Frisco-Express hinab. Es war sieben Uhr dreizehn. Noch sechs Minuten. Das ist nicht allzu viel, wenn man die Ausmaße dieses riesigen Bahnhofs bedenkt, der mit täglich 750 Zügen und jährlich 120 Millionen Reisenden immer noch der größte der Welt ist.

Der gesamte Zugverkehr läuft unter der Erde in mehreren Etagen. Tunnels verbinden den Bahnhof mit den Stationen aller Subwaylinien bis hinauf zum Times Square und zur Öffentlichen Bücherei am Bryant Park, neun Blocks in nördlicher und drei in östlicher Richtung. Mehr als einhundert Rolltreppen und Aufzüge führen die Passagiere zu den Bahnsteigen.

Im röhrenförmigen Bahnsteig des Zuges nach Kalifornien war es verhältnismäßig ruhig. Mehrere Angestellte der Penn Central, die diese Strecke abwechselnd mit der Union Pacific bedient, standen an den Rolltreppen, prüften die Tickets und wiesen den Reisenden die Abteile an.

Ich hatte noch kein Ticket. Ich wandte mich an einen der Angestellten, der ein Formular auszufüllen begann. Ich blickte an dem silbrig schimmernden Stromlinienzug entlang und entschied mich dann für einen Salonwagen zwischen dem Speisewagen und dem *Vista Dome Car*, einem Wagen mit erhöhter Aussichtskanzel. In dem Salonwagen würde ich die meiste Bewegungsfreiheit haben, und irgendwann würde jeder Passagier einmal an mir vorbeikommen, auch Jillings, und wenn er noch so vorsichtig war und ein Pullmanabteil mit Bar und Bad und Salon gebucht haben sollte und sich die Mahlzeiten im Abteil servieren ließ. Drei Tage lang hält es niemand im Abteil aus, sei es auch noch so komfortabel. Und außerdem – ein Mann, der die Nase nicht vor die Tür steckte, würde dem Schaffner garantiert als seltsam auffallen. Das war vielleicht eine Chance für mich, Jillings zu identifizieren.

Bevor ich einstieg, bemerkte ich einen Mann in den Dreißigern, einen gut aussehenden schlanken Mann, dem eine blonde Schönheit juchzend in die Arme fiel. Die beiden küssten sich, als ob sie sich für immer trennen müssten. Ich lächelte und kletterte in den Salonwagen.

Der Wagon war nur etwa zur Hälfte belegt, deshalb konnte ich unter den nicht reservierten Plätzen wählen. Ich setzte mich so, dass ich noch während der letzten Minuten vor der Abfahrt den Bahnsteig beobachten konnte.

Das Pärchen stieg weiter vorn in einen der Pullmanwagen und entschwand damit aus meinem Blickfeld. Ich rückte meinen Sitz zurecht und lehnte mich zurück. Ich beschloss, sofort nach Abfahrt des Zuges den Speisewagen aufzusuchen und mir ein ausgiebiges Frühstück zu leisten. Ich hatte es nötig. Denn wer weiß, wie lange ich in diesem Zug bleiben musste und was auf mich zukommen würde.

Ich spürte, wie eine eigenartige Spannung von mir Besitz ergriff, eine Spannung, die diesem Routinejob gar nicht angemessen schien.

Dave Sheldon drückte seine Zigarette aus. Er startete den grauen Dodge, fuhr ein Stück die Straße hinauf, spähte in eine schmale, baumbestandene Straße mit hohen Mauern und eisernen Zäunen an den Seiten. Kein Mensch war zu sehen.

Weiter oben wendete Sheldon, rollte langsam am Bordstein und an der Bushaltestelle entlang, fuhr dann zur Einmündung der Villenstraße. Wieder wendete er, stoppte kurz vor der Ecke und stieg aus. Aus zwei Häusern nahe der Haltestelle kamen zwei Jungen und ein Mädchen. Einander laut zurufend, rannten sie über die Straße und stellten sich an der Haltestelle auf. Kurz hintereinander erschienen noch weitere Kinder, das älteste mochte zwölf sein, das jüngste sieben. Kein Erwachsener. Sheldon nickte zufrieden, das entsprach genau seinen Beobachtungen der letzten Zeit.

Mit raschen Schritten, als ob er ein Ziel hätte, bog er um die Ecke und ging an der weißen Mauer entlang. Das Haus der Prescotts befand sich am Ende der Straße, die eine Sackgasse war.

Sheldon ging langsamer. Der Junge muss jetzt jeden Moment auftauchen, dachte er. Der Bus fuhr um sieben Uhr zweiundzwanzig und war immer pünktlich. Und der kleine Prescott auch. Sheldons Uhr zeigte auf sieben Uhr neunzehn.

Da war der Boy! Sheldon blieb eine Sekunde abrupt stehen. Der Junge lief die leicht abschüssige Straße hinunter, der Packen Bücher baumelte an einem Lederriemen in seiner Hand.

Sheldon hörte das Brummen eines Motors, der Bus näherte sich. Der Junge, er hieß Percy, war jetzt fünf Schritte vor Sheldon, und Sheldon sah sich gezwungen, eine Entscheidung zu treffen. Blitzschnell sah er sich um und packte zu.

Der Boy schrie unterdrückt auf, mehr vor Überraschung und Schreck als vor Schmerz. Er wirbelte herum, der Packen Bücher und Hefte flog aus seiner Hand. Sheldon presste dem Jungen seine Hand auf den Mund, bückte sich, raffte die Bücher an sich und zerrte den Boy hinter einen Mauervorsprung, sodass er von der Hauptstraße unten nicht gesehen werden konnte, falls Mitschüler ihn vermissen und nach ihm rufen sollten.

Nichts geschah. Sheldon blickte die Straße hinauf, auch von dort drohte im Augenblick keine Gefahr, aber er wusste, dass spätestens in fünf Minuten ein Wagen aus einer der breiten Ausfahrten herauskommen würde. Sheldon war gerüstet. Eins der beiden Tore, die zu den Grundstücken in seiner Nähe führten, stand ständig offen. Er brauchte nur hindurchzuschlüpfen und mit dem Jungen hinter einem Busch unterzutauchen, bis er dem kleinen Percy das Beruhigungsmittel verpasst hatte.

Sheldon hörte, wie das Brummen des Motors lauter wurde und sich dann rasch entfernte. Aufatmend kam er hinter dem Mauervorsprung hervor. Er hatte einen Arm um die Schulter des Jungen gelegt, sodass die Hand über dem Mund einem flüchtigen Beobachter kaum aufgefallen wäre.

Percy Prescott, elf Jahre alt, von seinen Freunden kurz Pi-Pi genannt, erinnerte sich an tausend Fernsehabenteuer à la Lassie, Flipper und Dutzende von anderen Serien, in denen Boys wie er die gefährlichsten Situationen geradezu souverän meisterten. Percy beschloss, diesen Jungen nicht nachzustehen. Ein großer Freund, ein großartiger Vater oder ähnliche Figuren standen stets bereit, die gefährdeten Kinder unter heldenhaftem Einsatz ihres eigenen Lebens aus den Klauen der Banditen zu befreien. Percy war tatsächlich von diesen Fernsehabenteuern total versaut.

Er tat immerhin zwei gar nicht so unsinnige Dinge gleichzeitig – er biss den Kidnapper in den Handballen, der richtig einladend genau vor seinen Zähnen lag, und er riss beide Beine gleichzeitig an seinen Körper und trat mit den Füßen heftig um sich.

Es hätte beinahe geklappt, aber Dave Sheldon hatte mit einem solchen Angriff gerechnet. Trotz des rasenden Schmerzes, der durch seine Hand zuckte, ließ er den Kleinen nicht los, sondern verstärkte noch den Druck gegen die kleinen Zähne, bis sich der Biss lockerte. Mehrmals traf Percys harte Schuhspitze Sheldons Schienbein. Sheldon geriet in Wut. Hart schüttelte er den Jungen, doch der verstärkte nur seine Bemühungen, den Mann zum Loslassen zu bewegen. Wie eine Wildkatze wand er sich, strampelte und schlug mit den dünnen Armen um sich.

Sheldon versetzte dem Jungen einen heftigen Schlag mit der Linken in die Magengegend, und augenblicklich erschlaffte das Kind. Hastig sah Sheldon sich um – die Straße war immer noch menschenleer. Dieser Zustand konnte sich jetzt jede Sekunde ändern. Hastig schleppte er den halb bewusstlosen Jungen mit sich zur Hauptstraße, spähte um die Ecke. Mehrere Wagen rollten vorbei, Fußgänger waren nicht zu entdecken. In Irvington, dem vornehmsten Vorort von Newark, gingen nicht einmal die Dienstboten zu Fuß.

Drei Sekunden später hatte Sheldon den kleinen Prescott auf dem Rücksitz seines Dodge. Er drückte sich neben den Boy, schob ihn weiter zurück und lockerte langsam den Griff um den Mund. Drohend sah er in die schwarzen Augen, die jetzt feucht schimmerten.

»Schrei nur«, schlug Sheldon vor. »Der Schlag eben war nur eine Kostprobe. Der nächste kommt härter.«

Percy atmete heftig, schluckte, versuchte, die Nerven in der Gewalt zu behalten. Sheldon zog ein schmales Etui aus der Jackentasche, öffnete es, holte eine Fertigspritze heraus, von der er die Schutzkappe entfernte.

Der Junge starrte aus großen Augen auf die spitze Nadel. Sheldon drückte den Kolben nieder, bis etwas Flüssigkeit aus der Spritze trat.

Percy schrie auf. »Nein! Bitte – nicht wehtun ...« Er drückte sich in die äußerste Ecke des Fonds und hob abwehrend die Hände.

Sheldon langte hinüber, zog den Jungen an einem Bein zu sich heran und jagte ihm dann die Spritze durch den Stoff der Hose ins Fleisch. Hundert Milligramm eines Beruhigungsmittels, mit dem die rabiatesten Insassen einer Nervenklinik in sanfte Lämmer verwandelt wurden.

Der Junge wimmerte und sank in sich zusammen. Sheldon stieg aus, ging um den Wagen herum und setzte sich hinter das Lenkrad. Er startete den Motor und fuhr ohne Hast davon. Die Zeit war genau ausgeklügelt. Von jetzt an hatte er achtundzwanzig Minuten Zeit bis zur Abfahrt des Zuges. Der Boy wimmerte immer noch, aber wesentlich leiser als zuvor. Sheldon bog in die breite Wilmington Avenue ein, die genau zum Bahnhof führte. In einer Haltebucht stoppte er vor einer Telefonzelle, stieg aus und betrat die Kabine.

Die Nummer der Schule hatte er im Kopf. Er drehte die Nummer und verlangte Mr K. Simmons, den Sekretär der Schule. Diesen Namen hatte Sheldon aus dem offiziellen Verzeichnis aller Mitglieder der Schule, das in der Öffentlichen Bücherei auslag.

Simmons meldete sich, und Sheldon sagte: »Hier ist Stuart Prescott, Mr Simmons.« Sheldon hoffte, dass Prescott nicht allzu oft mit

Mr Simmons gesprochen hatte. Er glaubte nicht daran. Prescott verbrachte den größten Teil der Woche in Columbus, Ohio, und es war unwahrscheinlich, dass er ausgerechnet an den beiden Tagen der Woche, die er in Newark, New Jersey, verbrachte, mit der Schule telefonieren sollte, wenn sonst nur die Mutter für diese Art der Erziehungsaufgaben zuständig war.

»Oh, guten Morgen, Mr Prescott. Wie geht es Mrs Prescott?«

»Danke, Mr Simmons. Sie bat mich, Sie anzurufen. Ehrlich gesagt, sie traut sich nicht so recht, weil sie den Grund nicht einsieht. Der Junge muss zur Schule, Ausnahmen darf es nicht geben ...«

»Ein sehr anerkennenswerter Standpunkt, Mr Prescott. Was kann ich für Sie tun?«

»Nun, Percy drängt mich schon seit langem, einmal mit mir nach Columbus zu fliegen, und weil ich heute Abend schon wieder zurück bin, dachte ich, wir könnten einmal die Ausnahme riskieren. Es soll nicht so schnell wieder vorkommen ...«

»Nun gut, Mr Prescott. Ich möchte dem Jungen die Freude nicht nehmen und werde die Lehrer informieren. Guten Flug!« Simmons schwieg, und Sheldon hätte auflegen oder sich bedanken können, aber er hatte das Gefühl, als ob sein Gesprächspartner noch etwas sagen wollte. »Ach«, sagte Simmons dann nebenbei, »wie, sagten Sie, geht es Mrs Prescott?«

»Danke, Mr Simmons, es geht ihr gut – so long!« Sheldon legte den Hörer auf und sah zum Dodge hinüber. Er konnte den Jungen gut erkennen, dessen Gesicht einen völlig apathischen Ausdruck zeigte.

Sheldon wandte sich wieder dem Apparat zu. Er fischte eine Hand voll Kleingeld aus der Tasche, warf einige Münzen in den Schlitz des Automaten und wählte eine Nummer in Columbus, Ohio. Dort wartete Ernesto auf seinen Einsatz.

Pünktlich rollte der lange Expresszug aus dem Bahnhof, tauchte in die Tunnelröhre hinein, die unter dem Hudson entlangführte. Die beiden Dieselloks vorn fuhren noch langsam – der Zug hielt noch einmal drüben in Newark, bevor er endgültig Fahrt aufnehmen und dann zweieinhalb Stunden nicht mehr anhalten würde.

Ich versuchte, mich zu entspannen. Über Lautsprecher wurden die Fahrgäste begrüßt und mit den verschiedenen Einrichtungen vertraut gemacht – Speisewagen und Imbissbars, Aussichtswagen hinten, Schreibabteil, Telefon, Wagen mit Fernsehgeräten, Bädern und Duschen. Der Komfort gegenüber dem Flugzeug war ungleich höher, und ich war froh, dass der Gangster die Bahn gewählt hatte.

Ich stand auf und ging in den Speisewagen. Ein kleiner Tisch am Fenster war frei, ich setzte mich und kam gerade zurecht, um zu sehen, wie der Zug an die Oberfläche zurückkehrte. Über hässlichen Fabrikgebäuden und tristen Mietskasernen schien blass die Sonne. Ich bestellte ein Frühstück, bestehend aus Fruchtsaft, Toast, Eiern mit Schinken und frischen Virginia-Waffeln.

Während ich den erfrischenden Orangensaft trank, betrat das Pärchen den Wagen, das mir schon beim Einsteigen aufgefallen war. Ich hatte angenommen, dass das Girl zurückbleiben würde, nachdem sie die herzzerreißende Abschiedsnummer abgezogen hatte. Jetzt erkannte ich natürlich meinen Irrtum – die beiden hatten sich nicht verabschiedet, sondern begrüßt. Na ja, auch gut, dachte ich. Das Mädchen war schon eine Wucht. Langes blondes Haar floss um die runden Schultern, die Augen strahlten, der etwas zu breite Mund lächelte. Sie wippte in den Hüften, während der Mann nach einem Tisch suchte. Sie kamen an mir vorbei und setzten sich etwas weiter zu einem älteren Ehepaar an den Tisch. Meine Augen huschten über die Beine der Blondine und über ihre anderen anatomischen Besonderheiten, und seufzend befasste ich mich mit meinem Schinken, der unerwartet fad schmeckte. Mit etwas Salz versuchte ich dem abzuhelfen.

Meine Laune war plötzlich nicht mehr so prächtig. Ich saß da und hatte keinen Plan. Das musste ich ändern, und zwar sofort. Ich begann zu überlegen, sehr intensiv sogar …

Kendrick Simmons, Sekretär der West Newark Boy School, hatte den Hörer nach dem Gespräch mit Stuart Prescott nachdenklich aufgelegt. Die Uhr auf dem Schreibtisch tickte mahnend und stetig, doch Simmons war in Gedanken versunken und hörte sie nicht.

Unbewusst strich er mit der Hand über das weiße Haar, die Stirn hatte er sorgenvoll gerunzelt, die Augen blickten abwesend.

Ken Simmons war ein hagerer Mann Anfang sechzig, der in seinem Leben stets besonnen gehandelt hatte, weshalb er sich nicht sofort entschließen konnte, seinen Verdacht nachzuprüfen. Er kannte Mrs Prescott nicht gut genug, um beurteilen zu können, was er ihr mit unbedacht gestellten Fragen möglicherweise antun könnte.

Simmons seufzte tief auf, als ihm klar wurde, dass er etwas tun musste. Vielleicht hatte Mr Prescott die Vereinbarung nur vergessen? Simmons zog das Telefon zu sich heran, suchte die Nummer der Prescotts aus der Schülerkartei heraus und begann zu wählen.

In den letzten Jahren ist es üblich geworden, dass die Schulen mit den wohlhabenden Eltern gewisse Codewörter vereinbaren, die bei Telefongesprächen sicherstellen sollen, dass nicht irgendein Unfug oder Schlimmeres getrieben wird. Dies schien ein solcher Fall zu sein, wobei Simmons nicht daran zu denken wagte, dass es sich um etwas anderes als einen Scherz handeln könnte. Die Eltern fast aller Kinder wussten, dass sie bei Anrufen, die das Fernbleiben ihrer Kinder ankündigen oder begründen sollten, auf eine bestimmte Frage eine bestimmte Antwort zu geben hatten. Simmons oder sein Vertreter fragte nach dem Befinden des anderen Elternteils, und der Anrufer oder die Anruferin hatten zu antworten: »In dieser Woche geht es schon wesentlich besser.« Simmons hatte ausdrücklich noch einmal nach dem Befinden von Mrs Prescott gefragt und nicht die vereinbarte Antwort erhalten.

Simmons lauschte dem Rufzeichen, das sich monoton wiederholte. Seine Augen hingen dabei auf der kleinen, laut tickenden Uhr, deren Zeiger auf zehn Minuten vor acht standen.

Endlich klickte es im Hörer, und eine nicht sehr munter klingende Frauenstimme fragte: »Ja bitte? Wer ist dort?«

»Simmons, West Newark Boy School. Mrs Prescott?«

»Ja. Was ist, Mr Simmons?« Die Stimme klang plötzlich wach und gespannt.

»Ist Mr Prescott zu Haus, Madam? Ich glaube, er hat eben angerufen.«

»Mein Mann? Er ist in Columbus, wie an jedem Donnerstag. Ist etwas mit Percival?« Jetzt hatte die Stimme einen leicht schrillen Unterton, und Simmons wölbte unbehaglich die Schultern.

»Ihr Gatte hat vor wenigen Minuten angerufen ...«

»Stuart hat bei Ihnen angerufen? Das ist lächerlich. Mein Mann würde niemals auf die Idee kommen. Niemals. Er kümmert sich nämlich so gut wie gar nicht um den Jungen.«

»Ihr Gatte hat gebeten, seinem Sohn heute freizugeben, er wolle ihn mit nach Columbus nehmen, jedoch heute Abend bereits wieder zurückkommen.«

»Nein«, sagte Wilma Prescott leise. »Nein ...«

»Ich benachrichtige die Polizei, Madam.«

»Nein!« Laut und schrill. »Nein, Mr Simmons! So etwas kann ich nicht ohne meinen Mann tun. Er weiß am besten, was zu tun ist.«

»Nun, Mrs Prescott, ich fürchte, die Schule ist verantwortlich ...«

»Reden Sie keinen Unsinn, Mr Simmons! Percival war noch nicht in der Schule. Ich mache Sie für alles verantwortlich, falls etwas schief geht. Ich rufe meinen Mann jetzt an, er wird das Richtige unternehmen. Ich warne Sie«, fügte sie etwas atemlos, aber dennoch nachdrücklich hinzu.

»Ja, Madam. Ich werde Mr Woodward, den Schulleiter, informieren. Er soll entscheiden, was zu tun ist.«

»Tun Sie, was Sie nicht lassen können. Aber ich warne Sie – bevor Sie oder irgendjemand sonst etwas unternimmt, soll er sich mit mir in Verbindung setzen!«

Klick, die Verbindung war unterbrochen. Mrs Prescotts Stimme hatte hart und kalt geklungen. Auf Ken Simmons Stirn vertieften sich die Sorgenfalten.

Wenige Minuten zuvor hatte das Telefon in dem kleinen, schäbigen Pensionszimmer gerasselt und einen schwammigen, nach Schweiß riechenden Mann mit aschfahler Gesichtsfarbe aus unruhigem Schlaf gerissen. Der Mann hieß Ernesto Mastriani, und weil er brennend gern Amerikaner angelsächsischer Herkunft gewesen wäre, nannte er sich meistens Ernest Masters.

Ernesto schoss steil in die Höhe. Feuchtes schwarzes Haar hing ihm über die Augen. Mit zitternden Händen tastete er im trüben Dämmerlicht, das durch die verwaschenen Vorhänge fiel, nach dem rasselnden Apparat. Während er versuchte, den Hörer zu greifen, sah er aufs Zifferblatt seiner Armbanduhr. Es war kurz nach acht. »Hallo?«, nuschelte er in den Hörer.

Als er die Stimme seines Partners erkannte, war er hellwach. »Es ist so weit«, sagte Dave Sheldon. »Ich komme rüber.« Mehr nicht.

Ernesto Mastrianis Hände suchten den Nachttisch nach Zigaretten ab, und erst als ihm einfiel, dass er ja seit neun Tagen nicht mehr rauchte, stieß er einen Fluch aus. Jetzt suchte er nach der Dose mit den Pillen, die ihm ein Apotheker empfohlen hatte und die er nur unter heftigem Würgen hinunterbrachte. Außerdem verursachten sie nach einiger Zeit ein geradezu widerliches Aufstoßen.

Mastriani legte eine der Kapseln auf seine Zunge, sprang aus dem Bett und rannte zum Waschbecken. Er schüttete zwei Gläser Wasser die Kehle hinunter, rülpste und dachte an Zigaretten. Verdammt, eine einzige. Nein, der Arzt – Scheißarzt. Und Scheißangst um dieses Scheißleben.

Scheißleben? Das war vorbei. Wieder sah Ernesto auf die Uhr. Von diesem Augenblick an hatte er sieben Stunden Zeit, seinen Job zu erledigen.

Ruhig begann er, sich zu rasieren. Schön sorgfältig, denn er musste wie ein Herr aussehen, um nicht aufzufallen. Ruhig und gelassen, trotz des nagenden Verlangens nach einem Stäbchen, zog er sich an.

Ernesto kannte seine Aufgabe. Seit vier Tagen war er in Columbus. Er wusste genau, wann und wo er Stuart W. Prescott antreffen und wie er zu ihm vordringen konnte.

Zu diesem Zweck hatte er, zusammen mit Dave Sheldon, schon vor zwei Wochen eine Bewerbung losgelassen, und die Einladung zu einem Gespräch befand sich in seiner Brieftasche.

Ernesto packte seinen Koffer, sah sich noch einmal in dem Zimmer um und verließ es ohne Bedauern.

Er bezahlte seine Rechnung beim Empfang, ohne nur eine einzige neugierige Frage beantworten zu müssen. In Hotels der unteren Klasse interessierte sich niemand für Gäste, die ihre Rechnungen bezahlen.

Zu Fuß ging er die Summit Street hinab, benutzte dann einen Durchgang, um auf die 4th Street zu gelangen. In einem Drugstore in der Nähe des Bahnhofs, den er gleich am ersten Tag für genau dieses Frühstück bestimmt hatte, setzte er sich an die Theke, bestellte zwei Sandwichs und eine Tasse Kaffee, stand dann wieder auf und rief Prescotts Hauptverwaltung an.

»Prescotts Enterprises«, meldete sich die Telefonistin.

»Mein Name ist Herbert Woods«, sagte Ernesto. »Ich habe mich um die Pacht eines Hamburger-Grills beworben und möchte Mr Prescott sprechen …«

»Haben Sie eine Antwort von uns?«

»Ja. Wenn es geht, möchte ich Mr Prescott so bald wie möglich sprechen. Ich bin nur auf der Durchreise, und meine Zeit ist knapp bemessen …«

»Mr Prescott wird um halb neun im Haus sein. Ich verbinde mit seinem Sekretariat …«

Ernesto Mastriani wiederholte seinen Spruch und bat um einen Termin für halb neun. Die Sekretärin bestätigte die Zeit, als Mastriani die Sache dringend machte.

Ernesto ging zur Theke zurück und schwang sich auf den Hocker. Er begann zu essen, kaute lange auf jedem Bissen herum, um das Verlangen nach einer Zigarette zu unterdrücken. Dabei hingen seine Augen an den Zeigern der elektrischen Uhr. Jede Minute kam ihm wie eine Ewigkeit vor.

Ich sah auf den Bahnhof von Newark hinaus, während ich die letzte Tasse Kaffee trank. Durch die Sperre kam ein Mann mit einem Kind. Der Mann war mittelgroß und hatte dünnes Haar über einem nichtssagenden Gesicht. Er fiel mir auf, weil er nur einen Anzug trug trotz der Kühle, die seit einigen Tagen herrschte. Und der Junge fiel mir auf. Er sah elend aus und schwankte, obwohl der Mann ihn fest umschlungen hielt. Die beiden hatten außer einer kleineren Reisetasche kein Gepäck. Weiter vorn entschwanden sie meinen Blicken. Ich vermutete, dass sie ein Pullman-Abteil gebucht hatten.

Ich stand auf und ging nach vorn. Im Gang des ersten Pullman-Wagens begegnete ich dem Mann mit dem Jungen. Ich drückte mich an die Wand, um die beiden vorbeizulassen. Der Mann beachtete mich nicht. Er las die Nummern der Abteile auf den Türen und öffnete dann das mit der Nummer 4/2. Er zog den Jungen hinter sich her und verschloss sofort die Tür.

Ich ging weiter. Der vierte Wagen beherbergte neben einem Schnellimbiss einen Raum, der von einer Postgesellschaft betrieben wurde.

Man kann von diesen Wagons aus telefonieren und Telegramme aufgeben. Ich betrat das Abteil. Außer einem Angestellten der Western Union war niemand im Raum. Ich bat um eine Verbindung mit dem FBI New York.

Der Clerk sah mich einmal kurz an, unterdrückte dann jedoch seine Neugier, wies mir eine der engen Zellen zu und stellte die Verbindung her. Ich fragte Myrna, die sich meldete, nach Phil, und sie antwortete, dass Phil zurückgekommen, aber vor wenigen Minuten nach Hause gefahren sei.

»Dann geben Sie mir das Archiv«, bat ich.

Neville hatte ebenfalls dienstfrei. Morgan, Nevilles Kollege, gab mir Auskunft.

»Bisher nichts über diesen Jillings, Jerry. Wir fragen überall nach ...«

»Danke«, sagte ich und ließ das Gespräch zur Zentrale zurückgeben, um mich mit dem Chef verbinden zu lassen.

»Ja, Jerry«, meldete sich John D. High, Chef des FBI New York. »Lieutenant Kramer von der Mordabteilung Brooklyn hat sich eben gemeldet. Sie haben die Pension ermittelt, in der sich Edgar Brace bis gestern zusammen mit einem bisher unbekannten Mann aufgehalten hat. Sie suchen das ganze Zimmer nach Prints ab, aber der Vergleich wird einige Zeit in Anspruch nehmen. Ich habe jemanden mit Braces Abdrücken losgeschickt, um die Sache zu beschleunigen. Wenn Fingerprints von Brace in dem Raum gefunden werden, gehören die anderen mit einiger Wahrscheinlichkeit dem Komplizen ...«

»Jillings ...« Ich fiel leicht gegen die Wand der Kabine, als der Zug mit zunehmender Fahrt über ein paar Weichen ratterte. Als ich zufällig aus dem Fenster der Telefonkabine blickte, sah ich den schlanken Mann, der mit der Blondine reiste, am Schalter stehen.

»Wir werden es herausfinden. Rufen Sie in etwa einer Stunde noch einmal an, bis dahin haben wir eine Beschreibung von dem Unbekannten aus der Pension.«

»Okay, Chef, das würde helfen. Bis dann.«

Ich verließ die Kabine. Der Mann am Schalter wandte sich um und warf mir einen schnellen Blick aus kalten blauen Augen zu, senkte den Blick und betrat die Kabine. Ich bezahlte mein Gespräch. Während ich das Wechselgeld einsteckte, verband der Postmann den

Mann in der Zelle mit irgendeinem Teilnehmer. Als ich den Raum verließ, hörte ich gedämpft, aber deutlich, wie der Mann in der Telefonkabine zu sprechen begann.

Verdammt!, dachte ich. Diese Zellen waren nur schlecht isoliert. Ich musste künftig beim Telefonieren also wesentlich vorsichtiger sein, denn jeder in diesem Zug konnte Jillings sein. Auch jener Mann, der mit der netten Blondine reiste.

Andererseits: In einer Stunde wusste ich mehr, hatte ich die Beschreibung von Jillings. Der Frisco-Express würde aber frühestens erst wieder in etwas mehr als zwei Stunden halten.

Mit dieser Überlegung gab ich mich zunächst zufrieden, obwohl mir in diesem Moment ebenfalls zu Bewusstsein kam, dass ich den Namen Jillings während meines Gespräches unter Garantie genannt hatte. Wenn der Fremde also gelauscht hatte – dann musste er diesen Namen gehört haben ...

Es war kurz vor halb neun. Verzweifelt ließ Wilma Prescott den Hörer sinken. Ihr Mann hatte sein Hotel bereits verlassen, war aber noch nicht im Büro angekommen. Schon vor zwanzig Minuten hatte Woodward, der Direktor der Schule, angerufen. Jede Hoffnung auf einen Scherz war jetzt begraben – Percy war nicht in seiner Klasse.

Woodward hatte sich sehr besorgt gegeben, viel von seiner Verantwortung und auch von seiner Lebenserfahrung gefaselt. Woodward drängte, die Polizei einzuschalten.

Er stand auf dem Standpunkt, dass jeder, der von einem Verbrechen erfuhr, verpflichtet sei, dieses zu melden. Vor dem Gesetz hatte er salbungsvoll mehrmals wiederholt.

Woodward versprach, bis halb neun stillzuhalten. Falls er dann nichts von Mrs Prescott höre, wolle und müsse er die Polizei benachrichtigen.

Mrs Prescott war allein. Im Anbau neben den Garagen lebte Jay Mendell, der Chauffeur, mit seiner Frau Grace. Grace erledigte die Putzarbeiten im Haus, aber weil Wilma Prescott morgens, nachdem Percy das Haus verlassen hatte, noch einmal ins Bett ging, um bis Mittag zu schlafen, erledigte Grace die notwendigen Arbeiten erst am Nachmittag.

Wilma Prescott war dreiunddreißig Jahre alt. Sie war eine reife Frau, schlank und groß, mit ernst blickenden Augen, einer hohen weißen Stirn und straff zurückgekämmtem dunklem Haar. Jetzt, am Morgen, sah sie nicht ganz so vorteilhaft aus wie gewöhnlich, wenn sie sich erst einmal zurechtgemacht hatte. Ihre Augen schienen zu glühen, das Haar lag strähnig um den schmalen Kopf, die vollen Lippen hatte sie zu einem dünnen Strich zusammengepresst.

Wieder wählte sie die Nummer des Büros in Columbus, Ohio. Doch dann legte sie wieder auf. Es war zwei Minuten vor halb neun, sie musste diese zwei Minuten noch abwarten, wenn sie die Angestellten der Firma nicht hellhörig machen wollte. Niemand durfte wissen, dass Percy verschwunden war, niemand. Wenn die Kidnapper anriefen, sollten sie Geld bekommen, so viel sie wollten, nur musste Percival zurückkommen! Die Gangster sollten sich sicher fühlen. Notfalls wollte sie anbieten, sich selbst in die Gewalt der Kidnapper zu begeben, damit sie für ihren Jungen sorgen konnte, solange er sich bei diesen schrecklichen Menschen befand.

Woodward!

Auch der Direktor gehörte zu diesen schrecklichen Menschen, die sich in anderer Leute Privatleben einzumischen pflegen. Wilma hatte eine Idee, die sie sofort in die Tat umzusetzen begann.

Sie wählte die Nummer der Schule und ließ sich mit Simmons, dem Sekretär, verbinden. Sie glaubte, diesen alten Mann leichter überlisten zu können.

»Simmons!«

»Oh, Mr Simmons, stellen Sie sich vor! Percival ist tatsächlich mit meinem Mann nach Columbus geflogen! Eben rief Stuart an. Er hat den Jungen doch tatsächlich auf der Straße getroffen und sich spontan entschlossen, ihn mitzunehmen! Mein Mann will sich in Zukunft mehr um Percival kümmern, wenn die Geschäfte es zulassen.« Wilma Prescotts Stimme hatte etwas atemlos, aber vollkommen glatt und sicher wie bei einer Party-Plauderei geklungen. Gespannt wartete sie auf Simmons Antwort.

»Nun gut, Mrs Prescott«, begann er zögernd. »Dann war wohl alle Aufregung umsonst.«

»Ja, Mr Simmons. Ich danke Ihnen jedenfalls sehr, dass Sie so aufmerksam waren. Es hätte ja sonst was passieren können …«

»Da haben Sie Recht, Madam. Ich werde Mr Woodward sofort informieren. Alles Gute, Madam!«

Aufatmend drückte Wilma Prescott die Gabel nieder. Sie holte einen Augenblick Luft, ließ die Gabel dann los und wählte das Büro der Prescott Enterprises in Columbus, Ohio.

Kendrick Simmons glaubte der Frau kein Wort. Er verließ sein Büro und lief ziemlich schnell die Treppen in den ersten Stock hinauf, wo sich Samuel Woodwards Büro neben dem Aufenthaltsraum der Lehrer befand. Nach dem Plan, den Simmons selbst aufgestellt hatte, wusste er genau, dass Woodward an diesem Vormittag keinen Unterricht zu geben hatte.

Simmons klopfte und betrat das geräumige, mit schweren Möbeln aus Woodwards Privatbesitz eingerichtete Büro. Woodward blickte erstaunt auf, weil er Simmons selten in seinen Räumen hier oben sah. Meistens musste er, der Direktor, zu Simmons hinunterkommen, eine Reverenz, die er dem alten Herrn ohne jeden Protest erwies.

Etwas erschöpft ließ Simmons sich in einen der ledergepolsterten Besucherstühle sinken und blickte Woodward an. »Mrs Prescott hat angerufen«, begann er.

Woodward zog die buschigen Augenbrauen in die Höhe, das gerötete Gesicht war erwartungsvoll auf Simmons gerichtet.

»Der Junge ist wieder da.« Simmons machte eine winzige Pause, dann sagte er: »Sagt sie.«

»Wer?«, fragte der Schulleiter. Er hatte die kunstvoll gesetzte Pause offenbar nicht richtig gedeutet.

»Mrs Prescott.«

»Dann ist ja alles in Ordnung.« Woodward schnaubte zufrieden, lehnte sich zurück und ließ ein kugelrundes Stück Bauch unter dem Jackett hervorsehen.

»Ich glaube das aber nicht!«, sagte Simmons.

»Was glauben Sie nicht?«, erkundigte sich der Direktor.

»Dass alles in Ordnung ist.«

»Warum nicht?« Der Direktor schien immer noch nichts Böses zu ahnen.

»Weil ich nicht glaube, dass Percival Prescott wieder aufgefunden wurde«, erklärte der Sekretär.

»Aber«, Woodward kippte nach vorn, Simmons konnte rote Äderchen in den weit aufgerissenen Augen erkennen, »wieso – ich meine, Sie haben doch gesagt, Mrs Prescott …« Woodward verlor den Faden, denn er wusste nicht mehr genau, was sein Sekretär gesagt hatte. Hilflos starrte er Simmons an.

»Mrs Prescott lügt.«

»Um Himmels willen!« Der Direktor rang die Hände. »Mrs Prescott doch nicht …« Woodward sah ein neues, viel größeres Problem auftauchen, nachdem er das erste schon gelöst geglaubt hatte. »Was sollen wir denn tun, Simmons?«

»Die Polizei einschalten!«

»Aber Simmons! Wenn Mrs Prescott sagt, dass der Junge wieder …«

»Trotzdem.«

»Oh – meinen Sie? Diese Verantwortung! Wenn es nun doch stimmt? Ich meine, nicht stimmt?« Woodward verlor zusehends die Fassung.

»Wir müssen. Die Polizei kann ja schließlich unauffällig erst einmal feststellen, ob der Junge wirklich mit seinem Vater nach Columbus geflogen ist oder nicht.«

»Tun Sie das, Simmons. Unauffällig bitte. Vielleicht sollten Sie gleich den FBI einschalten? Ich meine, diese Leute sind doch diskreter. Ich kenne da jemanden aus dem Golfklub, dessen Schwager einmal entführt wurde. Das war, glaube ich, neunzehnhundertachtunddreißig – nein, warten Sie! Neununddreißig! Die Leute vom FBI sollen da tadellose Arbeit geleistet haben! Die Täter wurden hingerichtet. Also, rufen Sie den FBI an. Diskret. So wie damals.«

Simmons nickte ernsthaft und machte sich auf den Weg nach unten. Er suchte nach der Nummer des örtlichen FBI-Büros, fand keins in Newark und rief deshalb gleich in New York an.

Innerhalb weniger Minuten setzte sich die Maschinerie dieses gigantischen Fahndungsapparates, der sich FBI nennt, in Bewegung. Alle erreichbaren G-men wurden in Alarmbereitschaft versetzt. Unter ihnen war auch Special Agent Phil Decker.

Die zwei Dieselloks schleppten den langen Expresszug mit fast unverminderter Geschwindigkeit in die Alleghenies hinauf.

Ich strich ruhelos durch die Wagons, ohne die schöne Aussicht zu würdigen. Die Hänge der Berge leuchteten herbstlich bunt, und die Luft sah so klar aus, dass ich mir wünschte, dort irgendwo an einem einsamen See zu sitzen und die Angel nach Forellen auszuwerfen.

In den Salonwagen und den Coach Cars musterte ich meine Mitreisenden, ohne jemanden zu entdecken, der nicht harmlos aussah. Viele reisten mit ganzen Familien – Frauen, Kindern, Haustieren.

Die Reisenden in den Pullmanwagen dagegen bekam ich nicht zu Gesicht, oder nur selten. Ich öffnete die Verbindungstür zwischen einem der hinteren Salonwagen zu einem Pullmanwagen. Alle Türen zu den Abteilen waren geschlossen. Diese Pullmanabteile sind rollende Apartments, die mit verschiedenen Komfortstufen gebucht werden können. So stehen kleinere mit ausklappbaren Betten und einem Waschbecken im Schrank zur Verfügung, oder solche, die aus bis zu drei Räumen bestehen und mit eigenem Bad, Telefon und einer Bar ausgestattet sind, wobei die Bar von den Angestellten der Gesellschaft ständig neu aufgefüllt wird, falls die Passagiere sich die Reise mit entsprechenden Gelagen verschönern.

Wenn dieser Mann namens Jillings überhaupt im Zug war, dann in einem der Pullmanwagen. Bisher hatte ich mich nicht an den Schaffner gewandt. Zuerst wollte ich das Gespräch mit dem Chef abwarten, bevor ich einen Schaffner ins Vertrauen zog. Eine Beschreibung des Gangsters war besser, als jetzt vage nach einem Passagier zu fragen, der den Schaffnern verdächtig vorkommen mochte.

Etwa in der Mitte des Ganges zeigte sich ein weiß gekleideter Boy, der einen klappernden Getränkewagen vor sich her schob.

Mit lauter Stimme bot er Erfrischungen an. Weit hinter ihm, ganz am Ende des Wagons, löste sich eine Gestalt aus dem Schatten, kam einige Schritte auf mich zu und verschwand dann. Nur das kurze Aufblitzen eines Sonnenstrahls verriet, wo die Gestalt ein Abteil betreten haben mochte.

Ich drückte mich an die Wand, um den Boy mit seinem Karren vorbeizulassen, und ging dann weiter.

Ich hatte etwa die Hälfte des Wagons durchquert, als das blonde Girl plötzlich im Gang stand. Sie sah einmal kurz zu mir herüber und wandte sich um. Ich beschleunigte meine Schritte, um in die Nähe der strahlenden Honigblonden zu gelangen. Fasziniert hingen meine Augen auf dem Mädchen. Ich bewunderte den schwebenden Gang, den sanften Hüftschwung und die langen Haare, die in weichen Wellen über den schlanken Rücken fielen.

Das Girl schwebte durch die gläserne Verbindungstür in den nächsten Wagen, ihr Ziel war offenbar der Speisewagen. Ich ging wieder langsamer – die Blonde konnte mir nicht entrinnen, und ich freute mich auf einen kleinen Flirt. Meine Augen folgten immer noch dem Girl. Deshalb entging mir glatt, dass unvermittelt neben mir eine Tür leise geöffnet wurde.

Ein langer Arm schlang sich um meinen Hals, riss mich von den Füßen und zerrte mich durch die Tür in das dahinter liegende Abteil. Meine Schulter prallte unsanft gegen den Türrahmen, als auch schon ein hartes Knie gegen mein Rückgrat gerammt wurde. Der Druck um meinen Hals verstärkte sich noch, der Schmerz drohte unerträglich zu werden.

Der bricht mir das Rückgrat!, schoss es mir durch den Kopf. Dieser Gedanke setzte verschiedene Reflexe bei mir in Bewegung. Ich trat nach hinten aus, drehte meinen Körper und beugte ihn im selben Moment nach vorn. Alle diese drei Maßnahmen ergriff ich gleichzeitig.

Jedoch – keine dieser Maßnahmen zeigte auch nur die geringste Wirkung. Der Gegner in meinem Rücken hielt meinen Hals weiter umklammert, wobei es ihm gelang, meinen Tritten auszuweichen und mich eisern festzuhalten.

Mit einem lauten Knall flog die Tür ins Schloss. Ich wurde erbarmungslos quer durch das Abteil gezerrt. Mit der rechten Hand versuchte ich, an meine Waffe zu gelangen, die wie fast immer im Schulterholster steckte. Der Kerl in meinem Rücken – es konnte nur ein Mann sein – durchschaute die Bewegung. Mit seiner freien Hand riss er meine Jacke zurück, zerrte an den Riemen des Schulterholsters, bis er den Kolben der Smith & Wesson packen und die Waffe herausziehen konnte.

Ich hatte meinen Gegner immer noch nicht erkannt, nicht einmal gesehen. Ich roch den Duft eines herben Rasierwassers und fühlte seinen Atem in meinem Nacken. Jetzt drehte er mich um und stieß mich auf eine Tür zu. Er rammte mich rücksichtslos gegen das Türblatt, das aufsprang und mit lautem Krachen gegen eine Wand prallte. In dem Raum dahinter war es dunkel. Daraus schloss ich, dass es sich nur um das Bad handeln konnte.

Ich wurde in den finsteren Raum hineingedrängt. Meine Luft wurde knapp, aber der Druck um meinen Hals ließ nicht nach. Jetzt machte der Kerl eine rasche Drehbewegung mit seinem Oberkörper, mein Kopf musste mit, wohl oder übel. Die Folge war, dass mein Schädel gegen etwas Steinhartes, Kantiges prallte. Obwohl es ziemlich finster war, das bisschen Licht aus dem Salon half da auch nicht, tanzten mehrere Freudenfeuer vor meinem geistigen Auge, die allerdings abrupt erloschen, als mein ohnehin schon stark beanspruchter Kopf noch einmal gegen eine Kante geknallt wurde. Ich sackte zusammen und spürte überhaupt nichts mehr.

Auf die Minute genau um acht Uhr dreißig saß Ernesto Mastriani, der sich lieber Ernest Masters nennen ließ, in Stuart W. Prescotts Vorzimmer. Er hatte es allerdings vorgezogen, hier einen ganz anderen Namen zu verwenden.

»Mr Prescott wird sicher gleich kommen, Mr Woods«, tröstete die Sekretärin, ein schwarzhaariges Wesen mit brennenden dunklen Augen, die alles zu verheißen schienen, wenn sie einen Mann ansah. Ernesto wusste allerdings, dass er im Moment kaum begehrenswert aussah. Er hatte sich, bevor er dieses Büro betrat, schnell noch einmal frisch zu machen versucht, aber es war ihm nicht gelungen, die fahle Blässe und die tiefen Ringe um die Augen zu verdecken.

Die Schwarzhaarige nestelte eine Zigarette aus einem silbernen Etui, rollte das Stäbchen zwischen ihren schlanken Fingern. Ernesto atmete schwer, während er die Zeremonie gebannt beobachtete. Als die Lippen der Schwarzhaarigen sich endlich um das Mundstück schlossen, schluckte Ernesto schwer, und als das Feuerzeug klickte, zuckte er leicht zusammen.

»Sie rauchen wohl nicht, Mr Woods?«, erkundigte sich die Sekretärin.

Ernesto schüttelte stumm den Kopf. Mühsam brachte er dann hervor: »Seit neun Tagen nicht mehr.«

»Oh!« Wieder richteten sich diese verheißungsvollen Augen auf Ernestos blasses Gesicht. »Hoffentlich stört Sie mein Rauchen nicht!«

»Nein, nein, es macht gar nichts.« Gierig schnupperte er den blauen Rauchfahnen nach, die langsam zu ihm herüberwehten.

Das Telefon schnarrte dezent.

Das Girl nahm den Hörer an sich und schob die eine Hälfte unter das lange Haar. »Ja bitte? Gut, stellen Sie durch.« Sie seufzte ungeduldig und rief dann mit spürbar falscher Freundlichkeit in der Stimme: »Oh, Mrs Prescott! Mr Prescott ist immer noch nicht in seinem Büro. Ich verstehe das gar nicht! Es ist doch schon drei Minuten nach halb!«

Ernestos Lippen begannen zu zucken. Was hatte dieser Anruf zu bedeuten? Wussten die Leute in Newark etwa schon …? In seinen Ohren begann es zu rauschen. Während er die glänzenden Farbfotos an der Wand betrachtete, die Prescott-Hamburger-Grills in allen Teilen der Staaten zeigten, hörte er den Worten der Schwarzhaarigen zu.

»Ja, Mrs Prescott, ja, sowie er kommt – bestimmt, ich habe verstanden …« Sie stieß einen abgrundtiefen Seufzer aus, als sie den Hörer zurücklegte. In diesem Moment wurde die Tür geöffnet, und ein Mann betrat den Raum, der nur Stuart W. Prescott sein konnte. Ein Mann von vierzig, imposant, unglaublich selbstsicher. Stechende Augen in einem kantigen Gesicht, papierdünne Lippen, gerade Nase mit dicken braunen Sommersprossen.

Ernesto schoss in die Höhe. Prescotts Blick fuhr über ihn hinweg wie über eine Fliege an der Wand.

»Guten Morgen, Mr Prescott!«, rief die Schwarzhaarige munter. »Das ist Mr Woods, er hat eine Bewerbung geschrieben …«

Prescott ging auf die Tür seines Büros zu. »Hat er schon einen Termin bekommen?«

»Nein, er ist auf der Durchreise …«

»Dann soll er sich einen Termin geben lassen und noch einmal durchreisen.«

Prescott hatte die Tür seines Büros bereits geöffnet. Innerhalb einer Sekunde würde er dahinter verschwinden, und dann war die ganze Sache geplatzt.

»Sir!«, rief Ernesto laut. Prescott betrat sein Office. »Wir – ich bringe eine Nachricht, eine private …« Mehr konnte Ernesto nicht riskieren, ohne das Girl hellhörig werden zu lassen. Die Schwarzhaarige schien clever genug zu sein, um zwei und zwei zusammenzählen zu können.

Prescott stoppte die Tür gerade noch, bevor sie ins Schloss fallen konnte, und zog sie langsam ein winziges Stück zurück. »Wie war das?«

Ernestos Herz hämmerte wild, und er spürte, dass sein ganzer Körper schweißbedeckt war. »Ich habe etwas auszurichten. Es ist privat.«

Prescott verzog die dünnen Lippen, seine Miene drückte Abscheu aus. »Auf diese Weise versuchen es manche, geschafft hat es bisher keiner. Von welchem Mitglied meiner verdammten, nichtsnutzigen, verkommenen Familie kommen Sie?«

»Ich sage es Ihnen drinnen.« Ernesto bemühte sich um Fassung.

Prescott zögerte für den Bruchteil einer Sekunde, dann stieß er die Tür auf und ging voraus. Ernesto folgte. Betroffen stellte er fest, dass seine Knie sich wackelig anfühlten.

»Mr Prescott!«, rief die Sekretärin plötzlich laut. »Ihre Frau hat angerufen! Es sei dringend, hat sie gesagt! Soll ich gleich verbinden?«

»Später!«, stieß Prescott hervor. Ernesto schloss erleichtert die Tür und ging langsam auf Prescott zu, der hinter seinem Schreibtisch Platz genommen hatte. »Nun?« Das Wort klang kalt und scharf.

Ernesto schob den Kopf vor. Seine Augen hingen auf einem vergoldeten Zigarettenkästchen auf dem Schreibtisch. »Bleiben Sie jetzt ruhig, Mr Prescott«, begann Ernesto.

»Ich gebe Ihnen zehn Sekunden. Wenn ich dann nicht den Grund Ihres Hierseins weiß, lasse ich Sie von meinen Metzgern hinauswerfen.«

Ernesto holte tief Luft. »Wir haben Ihren Sohn, Mr Prescott.«

Prescotts stechende Augen richteten sich auf Ernesto, der immer noch stand. Prescott war ganz ruhig. Er hatte lange Jahre eiserne Selbstbeherrschung aufbringen müssen, bis er sein cholerisches Temperament einigermaßen unter Kontrolle hatte. Seine Wutausbrüche waren in der Fabrik gefürchtet gewesen.

Prescotts Selbstbeherrschung wurde auf eine harte Probe gestellt.

Er brauchte fast eine halbe Minute, bis er seine Nerven einigermaßen unter Kontrolle hatte. Während dieser endlos lang erscheinenden Zeit saß er starr da.

»Weiter«, sagte Prescott dann.

»Eine Million in bar. Kleine Scheine. Keine Polizei.«

Prescott nickte. »So läuft es wohl immer ab, wie? Allerdings habe ich noch nicht davon gehört, dass einer der Banditen zum Vater des Opfers kommt ...« Ein grünes Licht flackerte auf dem Schreibtisch. Prescott drückte einen Knopf.

»Ihre Frau. Soll ich durchstellen?«

»Ja.«

»Stu! Oh, Stu! Gut, dass ich dich endlich erreiche!« Ernesto konnte jedes Wort über den Telefonverstärker hören. »Stu, man hat Percival entführt!«

»Ich weiß. Unternimm nichts, solange du nichts von mir hörst. Ich rufe dich wieder an.«

»Warte! Stu, warte!« Die aufkommende Panik färbte die Stimme der Frau schrill.

»Du hörst von mir! Innerhalb der nächsten fünfzehn Minuten.« Prescott unterbrach die Verbindung und wandte sich wieder Ernesto zu. »Erzählen Sie mir, wie Sie sich die Sache gedacht haben.«

Ernesto leckte mit der Zunge über die Lippen. »Wir beide holen das Geld. Bis zwei Uhr muss es zur Verfügung stehen. Dann fahren wir zu Ihrem Sohn ...«

»Was passiert, wenn ich nicht zahle?« Neugierig betrachtete Prescott sein Gegenüber. Er hatte sich gefangen, den Schock verdaut, und sein Gehirn arbeitete so präzise wie immer.

Ernesto hatte mit dieser Frage gerechnet. Er steckte die Hände in die Taschen, um das Zittern der Finger zu verbergen, dann sah er Prescott fest in die Augen. »Mein Partner wird Ihren Sohn umbringen. Sie müssen mir das glauben. Ich werde in diesem Fall keinen Einfluss haben. Wenn wir ihn zu einem bestimmten Zeitpunkt nicht treffen, muss der Junge sterben. Das wird gegen drei Uhr heute Nachmittag der Fall sein.«

»Eine Million in bar innerhalb von fünf Stunden – das wird nicht leicht sein.« Prescott drückte auf einen Knopf der Sprechanlage. Als die Sekretärin sich meldete, sagte er: »Dayton soll zu mir kommen.«

Prescott lehnte sich zurück und fixierte Ernesto erneut. »Jetzt kommen wir zu den Garantiebedingungen. Setzen Sie sich, sonst haben Sie nachher Plattfüße und können nicht schnell genug laufen, wenn die Meute hinter Ihnen her sein wird. Also, welche Garantie haben Sie anzubieten?«

Ernesto zog einen Ledersessel heran und setzte sich. »Wir haben uns auch da etwas Besonderes ausgedacht. Es wird Zug um Zug gehen, wenn Sie bis dahin mitspielen und die Polizei herauslassen. Hämmern Sie das Ihrer Frau in den Schädel …«

»Lassen Sie meine Frau aus dem Spiel.«

»Wie Sie wünschen«, stimmte Ernesto gelassen zu. Seit er saß, fühlte er sich wesentlich wohler.

»Die Polizei bleibt draußen, wenn mir Ihre Bedingungen zusagen. Bisher tun sie das nicht.«

»Nun, wir fahren gemeinsam ein Stück und treffen dort meinen Partner. Sie übergeben das Geld und nehmen den Jungen. Die Sache ist denkbar einfach.«

»Schildern Sie den Vorgang präziser. Wo soll die Übergabe stattfinden? An einer einsamen Stelle?«

»Nein. Wir werden von Menschen umgeben sein …«

Prescott presste die Lippen zusammen. Nach einigen Sekunden nickte er bedächtig. »Okay, Sie können sich auf mich verlassen. Ich lasse die Polizei draußen …«

Ernesto grinste jetzt. »Fein. Und damit Sie nicht in Versuchung geführt werden, werde ich von jetzt an jede Minute bei Ihnen bleiben.«

Prescott verstand den Sinn dieser Maßnahme sofort, und er akzeptierte sie augenblicklich. Dieses Verfahren verhinderte einigermaßen sicher, dass die Gangster verrückt spielten, wenn nur mal eine Verkehrsstreife mit Rotlicht und Sirene durch die Straßen fuhr. Prescott hatte nicht die Absicht, falsch zu spielen. Er wollte Percival wiederhaben, um sich dann an den Gangstern zu rächen, die ihn überrumpelt hatten. Prescott konnte sich nicht erinnern, wann ihn zum letzten Mal jemand überlistet hatte.

Es klopfte, und ein gebeugter Mann mit dünnen grauen Haaren betrat den Raum.

»Setzen Sie sich, Dayton.« Prescott machte sich nicht die Mühe, die

Männer miteinander bekannt zu machen. »Wie lange brauchen Sie, um eine Million in kleinen Scheinen zu beschaffen?«

Ernestos Körper spannte sich. Daytons Kopf ruckte kurz zu dem Gangster hin. Prescott hatte die Bewegung gesehen.

»Ich weiß nicht, was Sie denken, Dayton, aber es könnte sein, dass Sie das Richtige vermuten. Egal, was es ist – Sie sprechen mit niemandem über unser Gespräch.«

»Ja, Mr Prescott – das ist doch selbstverständlich.«

»Gut. Beantworten Sie jetzt meine Frage.«

»In kleinen Scheinen?«, vergewisserte sich Dayton.

»Ich sagte es schon.« Prescott zeigte leichte Anzeichen von Ungeduld.

»Wir müssten es bei mindestens drei Banken holen, wenn wir nicht auffallen wollen.«

»Wie lange?« Prescotts Stimme klang jetzt bedrohlich leise.

Dayton rutschte unruhig auf seinem Stuhl hin und her. »Drei, vier Uhr …«

»Zu lange.«

»Das Zählen allein dauert jedes Mal mindestens anderthalb Stunden, ich meine, bei jeder Bank. Sie zählen es erst für sich allein, wenn ich es bestelle, und dann wieder, wenn es abgeholt wird …«

»Auf das Nachzählen verzichten wir.«

Ernesto entspannte sich. Die beiden Männer wussten, wovon sie sprachen. Er war zufrieden. Wieder tauchte das Verlangen nach einer Zigarette auf. Die Dose auf dem Schreibtisch stand in Reichweite. Nein. Er sah auf die Uhr. Zehn vor neun. Junge, Junge. Noch über fünf Stunden mit diesem Kerl. Aber dann …

Das grüne Licht der Sprechanlage flackerte wieder, und die Sekretärin sagte: »Ihre Frau.«

»Sie soll in der Leitung bleiben. Noch eine Minute.« Zu Dayton gewandt sagte er: »Sie sind verantwortlich. Um zwei Uhr muss alles Geld, das Sie beschaffen konnten, hier vor mir auf dem Tisch liegen.«

»Ja, Mr Prescott. Ich werde es schaffen.«

Prescott drückte einen Knopf der Sprechanlage. »Wilma?«

»Stu, o Stu! Wenn du doch hier wärst!«

»Wenn alles richtig läuft, wird Percy spätestens um drei bei mir sein.«

»Bei dir?« Lang gezogen, etwas schrill.

»Bei mir.«

»Ich komme sofort.«

»Du bleibst, wo du bist. Niemandem darf etwas auffallen. Ich rufe um drei an.«

»Warte doch, Stu! Ich weiß doch nicht, was los ist! Ich weiß gar nichts! Ich habe nur Angst ...«

»Einer dieser Männer ist hier. Die Sache läuft gut, wie so etwas nur laufen kann. Mach dir keine Sorgen ...« Prescotts Stimme hatte unvermittelt weich geklungen, aber abrupt trennte er die Verbindung, drückte einen Knopf und stieß kurz hintereinander einige Befehle in das Sprechgerät, von denen der wichtigste war, dass außer Dayton niemand Zutritt zum Büro hatte, und dass er nicht gestört werden wollte, unter keinen Umständen.

»So«, sagte Prescott und wandte sich wieder dem Gangster zu. »Wir haben jetzt Zeit. Wie gedenken Sie die nächsten Stunden zu verbringen? Schach? Wollen Sie rauchen? Lesen?«

Ernesto schüttelte den Kopf. »Sie können arbeiten. Ich bleibe hier sitzen, wenn es Sie nicht stört ...«

Prescott lächelte hintergründig und entfaltete die Morgenzeitung.

Ich hatte einen fürchterlichen Traum. Ich war gefesselt, und jemand versuchte mit allen Mitteln, mich einen Abhang hinunterzuschmeißen. Ich wehrte mich heftig, aber der Unbekannte war außerordentlich hartnäckig, und auf die Dauer wäre ihm der Erfolg bestimmt nicht versagt geblieben, denn ich war an Händen und Füßen gefesselt.

Der Schmerz setzte ein und unterbrach den Traum. Ich war natürlich froh, festzustellen, dass die soeben durchstandene lebensgefährliche Situation nur ein Traum gewesen war, doch rasch wurde mir klar, dass meine tatsächliche Lage nicht allzu viel besser war. Okay, niemand war dabei, mich irgendwo einen Abhang hinunterzuwerfen, aber das konnte noch kommen. Ich war gefesselt, und insofern entsprach der Traum durchaus der Wirklichkeit.

Ich lag in völliger Finsternis auf einem kalten Boden. Die regelmäßigen Stöße des fahrenden Zuges übertrugen sich direkt in mein schmerzendes Gehirn. Ich hob den Kopf etwas an, war aber zu schwach, um lange in dieser Stellung zu verharren. Also beachtete ich die Schmerzen einfach nicht und begann, meine Situation zu analysieren.

Der Zug ratterte über mehrere Weichen, mein Kopf flog hoch und prallte wieder auf den Boden. Verdammt, du musst etwas unternehmen, dachte ich. Der Raum war klein, so etwas spürt man einfach, und er roch nach Seife und Desinfektionsmitteln. Mein Kopf war in der Lage, einen einfachen Schluss aus diesen Wahrnehmungen zu ziehen – ich befand mich in einem Bad oder Waschraum, also war anzunehmen, dass ich mich noch dort befand, wo mich der Unbekannte niedergeschlagen hatte.

Ich zog die Beine an und schob meinen Körper langsam über den Boden, bis mein Kopf gegen eine Wand stieß. Ich rollte mich auf die Seite, drehte den Kopf, bis ich das Ohr an die Wand brachte, und lauschte. Im Nebenraum hörte ich Stimmen. Die Trennwand war dünn, deshalb konnte ich genau verstehen, was gesprochen wurde. Ein Mann und eine Frau unterhielten sich.

Die Stimme der Frau klang weich und hell. Sie lachte. Die Stimme des Mannes erwiderte das Lachen.

»Lass das!«, rief die Frau. Es klang allerdings nicht abweisend. »Nein! Lieber! He, was machst du?« Die Stimme wurde leiser, versickerte zu einem Stöhnen.

Ich ließ mich wieder zurückfallen. Vorsichtig rollte ich zur anderen Seite hinüber. Die beiden nebenan konnten nicht vor wenigen Augenblicken einen ausgewachsenen G-man aufs Kreuz gelegt haben und sich gleich darauf miteinander amüsieren. Ich stieß gegen einen Widerstand, der keine Wand war. Indem ich den Kopf daran hochschob, identifizierte ich den Gegenstand als das Ablaufbecken einer Dusche. Ich robbte darum herum, bis ich zur gegenüberliegenden Trennwand gelangte. Wieder presste ich das Ohr gegen das dünne Holz.

Stille. Nein, jetzt seufzte jemand, und ein Mann sagte: »Sei ruhig, Junge.« Mehr nicht. Ein Vater mit seinem Kind, das vielleicht schlafen sollte. Also doch das Pärchen auf der anderen Seite.

Also zurück. Ohr an die Wand. Das Mädchen kicherte, während

der Mann entspannt knurrte. Dann sprang jemand auf den Boden, nackte Füße trippelten herum.

»Ich geh mich schnell waschen!«, rief die Frau.

Der Mann fuhr auf, ich hörte genau, wie die Federn wegen der plötzlichen Entlastung knarrten. »Warte! Du kannst da jetzt nicht rein!«

»Warum nicht? Was ist denn mit dir los?« Die Schritte kamen näher.

»Stopp!« Die Stimme des Mannes klang plötzlich hart. Ich wäre stehen geblieben. Das Girl war offenbar zum ersten Mal mit einem rauen Burschen zusammen. Es lief weiter. Ich hörte, wie der Türknauf herumgedreht wurde. Die Tür öffnete sich jedoch nicht. Schläge klatschten auf nackte Haut, die Frau schrie entsetzt auf, ungläubig rief sie: »Al?«

»Komm da weg«, sagte der Mann ruhig.

»Al? Was hat das zu bedeuten? Ich will wissen, was dort drin ist!«

Ich seufzte. Das Girl lernte nicht schnell. Ich war enttäuscht, denn ich war jetzt ziemlich sicher, die Honigblonde zu hören.

Wieder klatschte ein Schlag auf nackte Haut. Ich zerrte an meinen Fesseln. Sie bestanden aus starken Schnüren, deren Knoten sich immer fester zogen. Ich gab das Zerren auf. Ich brauchte etwas Scharfes. Die Splitter eines Zahnputzglases vielleicht.

Nebenan ging die handfeste Diskussion weiter. Ich schob meinen Oberkörper an der Wand hoch, stellte mich auf die Beine. Die Fesseln gestatteten den Füßen, winzige Schritte zu machen, aber weil es dunkel war, fehlten mir wichtige Orientierungsmerkmale. Als ich den ersten Schritt versuchte, fiel ich um wie ein zu voller Sack. Mein Fall hatte ganz schönen Lärm gemacht. Ich lag da und lauschte. Nebenan herrschte plötzlich Stille, dann flog die Tür knallend auf.

Im Licht des Abteils dahinter, nur als Silhouette zu erkennen, stand ein nackter Mann im Rahmen. Er hielt eine Hand vor sein Geschlecht. Meine Füße lagen in dem Lichtstreifen, der ins Bad fiel. Der Kerl betrachtete von oben herab die Fessel, stellte fest, dass sie noch hielt, und schmetterte die Tür wieder ins Schloss.

Ich hatte die Einrichtung des winzigen Raumes erfasst. Mühsam kam ich wieder auf die Beine und schob mich an der Wand entlang auf das Waschbecken zu. Mit dem Gesicht tastete ich nach der Ablage über dem Becken. Die Ablage war aus Plastik. Und die Becher auch. Scheiße.

Phil erreichte das Distriktgebäude des FBI gegen neun Uhr, betrat kurz darauf sein Büro und meldete sich bei der Einsatzleitung. Seine Anwesenheit wurde registriert, und weil für ihn noch keine Aufgabe vorhanden war, konnte er sich vorläufig um andere Dinge kümmern, Berichte schreiben und dergleichen mehr tun.

Wenig begeistert machte er sich über den Bürokram her, als das Telefon auf seinem Schreibtisch schellte. Phil nahm den Hörer und klemmte ihn hinter sein Ohr.

Am Apparat war der Chef. »Ich habe mir gedacht, dass Sie gleich erscheinen würden«, sagte John D. High. Phil murmelte etwas und lauschte weiter. »Wie Sie wissen, fährt Jerry im Frisco-Express nach Westen. Er will sich etwa um halb zehn melden. Ich lasse das Gespräch dann zu Ihnen legen. Wir haben in der Zwischenzeit die Beschreibung eines Mannes bekommen, der sich im Zug befinden soll. Der Mann soll Al Jillings heißen. Rufen Sie Lieutenant Brooks vom 34. Revier an. Ich denke, er wird die Beschreibung inzwischen haben.«

»Okay, ich übernehme die Sache. Wie sieht's bei dem Kidnapping aus?«, erkundigte sich Phil.

»Nicht so gut«, antwortete der Chef mit einem düsteren Unterton in der Stimme. »Wir wurden von zweiter Hand informiert. Die Eltern scheinen unser Eingreifen abzulehnen – wir müssen abwarten. Steve Dillagio und drei weitere Leute sind rübergefahren und hören sich zunächst unauffällig um, mehr können wir im Augenblick nicht unternehmen. Sagen Sie mir Bescheid, wenn Jerry etwas erreicht hat.«

»Okay.« Phil legte auf und rief das 34. Revier an. Lieutenant Brooks war nicht da. Sein Sergeant, Willi Delmar, konnte Phil weiterhelfen.

»Well«, begann er langsam, »die beiden Männer haben drei Nächte in der Pension verbracht ...«

»Welche beiden Männer?«, fragte Phil.

»He!«, rief Delmar überrascht. »Ich denke, Ihr Stars vom FBI wisst alles?«

»Fast alles«, schränkte Phil gelassen ein. »Sie müssen bedenken, dass wir von solchen kleinen Fällen drei am Vormittag bearbeiten, und das jeder von uns!«

»Na, na!«, sagte der Sergeant. »Das kann ich doch fast nicht glauben!«

»Es ist aber so, Sergeant, und wir sind dabei noch nicht einmal überlastet. Also, ich glaube, uns interessiert nur ein Mann namens Jillings, den anderen müsst ihr schon selber suchen.«

»Den haben wir schon«, verriet Delmar, er verschwieg allerdings, dass Brace tot war. »Also, dieser Jillings, Moment – ja, hier ist es. Drei Zeugen beschreiben ihn ziemlich einheitlich. Er soll schlank und ziemlich groß sein, elegant gekleidet, Augen vermutlich blau, Haare mittelblond, schmales, kantiges Gesicht.«

»Na, viel ist das ja nicht«, meinte Phil.

»Verhören Sie doch mal die Zeugen und entscheiden Sie dann, was stimmt und was nicht!« Da hatte der Detective Sergeant sicher Recht.

»Okay«, seufzte Phil. »Mein Kollege wird den Burschen schon identifizieren. So long …«

»Warten Sie! Wir haben jetzt auch die Prints! Sie sind bereits unterwegs an die Zentrale der City Police und an Sie.«

»Danke. So long, Sergeant.«

Phil notierte die spärlichen Angaben und wartete auf meinen Anruf. Um halb zehn rasselte das Telefon. Am Apparat war wieder der Chef.

»Hat Jerry angerufen?«

»Nein, Sir, noch nicht.«

John D. High schwieg einen Moment, dann sagte er: »Wir haben die ersten Informationen in dem Entführungsfall. Der Vater des angeblich entführten Kindes – eine offizielle Bestätigung haben wir immer noch nicht – hält sich überwiegend in Columbus, Ohio, auf …« Wieder schwieg der Chef.

»Und Sie meinen, weil Jerry auf der Strecke ist …«

»Ja. Man sollte in Betracht ziehen, keinen der G-men aus Columbus einzuschalten und dort auch keinen Alarm geben.« Das war das übliche Vorgehen des FBI in solchen Fällen. Jede außergewöhnliche Aktivität hätte den Gangstern verraten können, dass sich die Eltern doch an die Polizei gewandt hatten. Wenn erforderlich, wurden die Agenten in irgendeinem Privathaus zusammengezogen.

»Sagen Sie Jerry, dass ich ihn sprechen möchte, wenn er anruft«, sagte der Chef mit plötzlicher Entschlossenheit in der Stimme. »Und Sie halten sich bitte bereit – eventuell fliegen Sie nach Columbus.« Damit legte der Chef auf. Phil merkte, dass Mr High sich Sorgen machte.

Phil bereitete sich auf den Flug nach Columbus vor. Er prüfte seine Waffe, steckte Munition und Handschellen ein und rief dann den Einsatzleiter an, bei dem die Fäden in der Kidnapping-Sache zusammenliefen.

Der Einsatzleiter war Pit Grossow. Pit versprach dafür zu sorgen, dass ab sofort eine Sondermaschine auf dem Floyd Bennet Field für alle Fälle bereitgehalten werden sollte.

Phil war zufrieden. Nun wartete er ungeduldig auf seinen Einsatz.

Stuart W. Prescott ließ die Zeitung sinken. Bei dem knisternden Geräusch zuckte Ernesto Mastriani unwillkürlich zusammen.

Ein Blick aus den stechenden Augen traf den Gangster, und Ernesto versuchte, diesen erbarmungslosen Augen standzuhalten. Er brauchte alle Kraft dazu.

»Wie kommen Sie gerade an mich?«

»Äh – an Sie? Das hat Dave ausgeknobelt …« Ernesto hatte den Namen noch zurückhalten wollen. Ach, egal, dachte er, Millionen heißen Dave.

Prescott setzte wieder dieses hinterhältige Lächeln auf, das dem dicken Gangster beinahe körperliches Unbehagen bereitete.

»Sie sind berühmt«, fuhr Ernesto fort. »Zweihundertvierunddreißig Hamburger-Grills! Erinnern Sie sich an den Bericht über Ihre Frau und Ihr schönes Heim in *Modern Woman*?«

Prescott erinnerte sich und nickte mit grimmigem Gesicht. Das hatte Wilma arrangiert, ohne ihn vorher zu fragen. Er hätte diesen Bericht glatt verboten oder sein Erscheinen verhindert. Und jetzt hatten sie das Ergebnis. Prescott verstand nur zu gut.

»Sehen Sie«, setzte Ernesto seine Geschichte fort, und Prescott merkte dem schwammigen Mann an, dass er eine gewisse Genugtuung empfand, »in dem Bericht stand alles schon drin. Der Sohn Percival Prescott, ein zartes Bürschchen …« Prescott presste die Lippen zusammen. Das war auch so eine Erfindung von Wilma. Percival, der Zarte.

»Ein großes Foto von Ihrem Sohn war dabei. Und dass Sie sich im fernen Columbus für die liebe Familie aufreiben, und dass Sie jeden Dienstag pünktlich um ein Uhr zum Lunch nach Hause kommen und mit dem Privatjet am Mittwoch nach dem Frühstück wieder davonfliegen. Wundert mich nur, dass uns noch niemand zuvorgekommen ist. Ehrlich, das will mir einfach nicht in den Kopf!«

Prescott nahm die Zeitung wieder auf. Er spürte, wie der Zorn wieder in ihm aufzusteigen drohte. Er neigte jetzt dazu, die Schuld an dem Dilemma seiner Frau Wilma zuzuschieben. Wilma, die sich immer noch nicht damit abgefunden hatte, einen Metzger geheiratet zu haben. Einen millionenschweren Metzger zwar, aber immerhin nur einen Metzger. Wilma stammte aus einer alten Familie, die erst in den Fünfzigerjahren ihr Vermögen durch gewagte Fehlspekulationen verloren hatte. Damals war er, Stuart Winston Prescott, gerade recht gewesen …

Die Buchstaben tanzten vor Prescotts Augen, und er ließ die Zeitung sinken. Sein Blick fiel auf den feisten Gangster. Prescott presste die Lippen zusammen, um den Hass nicht laut hinauszuschreien, den Hass auf Wilma und den Mann mit dem schwammigen Gesicht.

»Ich habe Hunger«, murmelte Percy Prescott mit schwerer Zunge. »Nein – Durst …«

Dave Sheldon sah auf. Er öffnete die Reisetasche, holte eine Flasche Whisky hervor und eine Tüte Milch. Er riss die Milchpackung auf und reichte sie dem Jungen.

Percy saß dem Gangster gegenüber. Er lehnte mit dem Oberkörper in der Ecke der Sitzbank. Mühsam richtete er sich auf, um an die Tüte zu kommen, und als er sie in den Händen hatte, fiel er kraftlos zurück. Mit zitternden Händen führte er die Öffnung an seinen Mund und trank gierig. Er verschüttete einen Teil der Milch über seinen Pullover, aber er schien es nicht zu merken.

Draußen im Gang hörte Sheldon die Stimme des Verkäufers. Er stand auf und ging zur Abteiltür. Bevor er sie öffnete, blickte er zu Percy zurück. Er verdeckte den Jungen mit seinem Oberkörper. Er öffnete die Tür einen Spalt breit und wartete, bis der klappernde Wagen in seine Nähe kam.

»Geben Sie mir ein paar Sandwichs«, sagte Sheldon zu dem Verkäufer.

»Tut mir leid, Sir, ich habe keine mehr. Wenn ich das nächste Mal vorbeikomme, klopfe ich.« Sheldon nickte verdrossen und schloss die Tür. Percy hatte die Tüte sinken lassen, sein Kopf war gegen die Lehne gesunken – der Junge schlief wieder.

Sheldon sah auf die Uhr – es war Viertel vor zehn. Sheldon hatte den Fahrplan der Strecke genau im Kopf. Um zehn Uhr fünf würde der Express in den Bahnhof von Harrisburg, Pennsylvania, einlaufen.

Sheldon zündete eine Zigarette an, atmete bedächtig den Rauch ein und stieß ihn ebenso gemächlich wieder aus. Seine Gedanken waren bei Ernesto, und seine Hoffnungen. Eine Million Dollar …

Die Finsternis in dem ratternden Käfig zerrte an meinen Nerven. Ich weiß aus Erfahrung, wie schnell man in solchen Situationen das Zeitgefühl verliert. Ich hatte keine Ahnung, ob ich bereits vermisst wurde. Wahrscheinlich nicht. Der Chef musste mit Verzögerungen rechnen, weil Telefonverbindungen von fahrenden Zügen aus nicht immer reibungslos hergestellt werden können.

An meine Uhr mit dem Leuchtzifferblatt kam ich nicht heran, weil meine Hände auf den Rücken gefesselt waren. Ich konnte nicht einmal beurteilen, ob ich die Uhr überhaupt noch hatte, denn in meinen Händen und Unterarmen war fast jedes Gefühl erstorben.

Ich wurde aufmerksam, als nebenan wieder Stimmen laut wurden. Rasch robbte ich hinüber und presste mein Ohr gegen die Trennwand. Ich hatte einige Zeit lang mit dem Gedanken gespielt, mit den Füßen gegen die Wand auf der anderen Seite zu trommeln und gleichzeitig zu rufen, den Gedanken jedoch schnell wieder verworfen. Jillings schien äußerst brutal und zu allem entschlossen zu sein. Das Ergebnis wäre gewesen, dass er mich sofort erschossen hätte und den Mann mit dem Kind nebenan wahrscheinlich kurz darauf.

»... noch mal verschwinden«, sagte der Mann, den ich für Al Jillings hielt.

Das Mädchen maulte. »Was ist denn jetzt schon wieder los? Hast du etwa ein Mädchen da nebenan versteckt?«

Jillings lachte kurz auf. »Verschwinde endlich.«

»Wie lange?«

»Ich hole dich im Speisewagen ab.«

»Wie du willst«, sagte das Girl schnippisch.

Eine Weile hörte ich undeutliche Geräusche, etwa eine Minute verstrich. Dann hörte ich wieder die Stimme des Mannes. Beherrscht zwar, aber mit einem deutlichen Unterton von Ungeduld.

»Wenn du dich nicht beeilst, jage ich dich so raus, wie du bist!«

Das Girl kicherte. Ich hörte, wie die Tür zum Gang geöffnet wurde. »Stan!«, rief das Girl überrascht.

»Raus!«

»Ich mach ja schon! Lass mich doch wenigstens ...« Die protestierende Stimme verklang.

Leichte Schritte näherten sich meinem Gefängnis, die Tür sprang auf. Im Rahmen stand der drahtig wirkende Mann, der mir bereits in Manhattan aufgefallen war und dann wieder im Postabteil des Zuges. Er machte sich jetzt nicht mehr die Mühe, sein Gesicht zu verbergen wie beim ersten Mal, als er zu mir hereingeschaut hatte.

Jillings schaltete das Licht an. Aus völlig reglosen, kalten Augen sah er auf mich hinab, dann bückte er sich plötzlich, packte meine Beine und zerrte mich wie einen Sack voller Lumpen ins Abteil. Ihn störte überhaupt nicht, dass ich dabei mit dem Kopf zuerst mehrmals auf den Boden und dann einmal hart gegen den Türrahmen knallte.

An der Außenwand des Abteils ließ er meine Beine einfach los.

»Wie sind Sie mir auf die Spur gekommen, G-man?«, fragte er. Der Ton seiner Stimme verriet, dass es ihn nicht sonderlich interessierte. Wenn er Edgar Brace erschossen hatte, musste er es ohnehin ahnen.

»Routineermittlungen«, brachte ich hervor. Ich konnte nicht verhindern, dass meine Stimme unnatürlich klang, heiser und verzerrt. Die Zeit auf dem kalten Boden war für meine Gesundheit bestimmt nicht von Vorteil gewesen.

Jillings beugte sich über mich, drückte den Fensterriegel zurück und schob den Rahmen nach unten. Der Fahrtwind strich über mich hinweg und ließ mich frösteln. Ich durchschaute die Absicht des Mörders. Er bückte sich und packte mich unter den Armen.

»Ich bin nicht der Einzige, der hinter Ihnen her ist«, sagte ich.

Jillings machte weiter. Er wuchtete mich neben dem Fenster hoch.

»Wir kennen auch Ihren richtigen Namen.« Der Bluff schien zu sitzen, denn Jillings hielt inne. Die Frau hatte ihn Stan genannt, also war anzunehmen, dass seine Identität als Verbrecher falsch war. Ich spürte, wie Jillings heftiger zu atmen begann, doch dann machte er weiter. Er drehte mich herum, bis ich mit dem Oberkörper über der Fensterkante lag. Er packte mich am Gürtel meiner Hose und schob mich weiter hinaus.

»Sie werden leider aussteigen müssen«, sagte Al Jillings.

Ich trat mit beiden Beinen zugleich nach ihm und traf wohl auch einmal, aber ich hätte beinahe das Gleichgewicht dabei verloren und wäre sofort aus dem Fenster gestürzt.

Der Fahrtwind zerrte in meinen Haaren und trieb feine Staubkörner in mein Gesicht. Die Kante unter meinen Rippen stieß rhythmisch in meinen Leib. Draußen war es hell und sonnig, gepflegte Vorgärten erschienen, flitzten vorbei. Jillings lehnte sich neben mir hinaus und sah sich prüfend um. Sein Kopf verschwand neben mir, und dann spürte ich, wie er seine Hände um meine Beine schlang und mich mit einem Ruck von den Füßen riss.

Mein Oberkörper hing draußen. Ich schnappte nach Luft, weil der scharfe Wind mir den Atem nahm. Der Zug mochte so um die neunzig, vielleicht auch hundert Meilen die Stunde fahren.

Einige Fabrikgebäude tauchten auf, mehrere Häuser jetzt dicht nebeneinander. Unter mir flitzten die stählernen Bänder anderer Schienen dahin. Warum schmeißt er mich nicht?, dachte ich. Ich hatte Angst. Ein Sturz aus dem Fenster auf die Gleise musste absolut tödlich sein bei der Geschwindigkeit.

Jillings schob mich noch ein Stück vor, und nun erwartete ich den letzten, entscheidenden Ruck, der mich hinausbefördern sollte.

Plötzlich schlugen die Druckluftbremsen an, packten, Metall knirschte. Jillings taumelte einen Schritt und zog mich etwas zurück.

Ich drehte den Kopf und starrte nach vorn. Der Zug bremste immer noch. Vorn tauchte das Gerüst einer Brücke auf, immer mehr Schienen zweigten von der Hauptstrecke ab. Ein Güterzug wurde überholt.

Jillings ließ meine Füße los und zog mich hastig ins Abteil zurück. Dann donnerten wir über die Susquehana-Brücke und rollten nach Harrisburg hinein.

Jillings schob das Fenster in die Höhe. Er hatte einen angespannten Zug um den Mund, als er mich mit seinen eisigen blauen Augen ansah. »Sie haben's noch nicht hinter sich, G-man. Zwischen hier und Pittsburgh gibt's bestimmt noch Gelegenheiten genug ...«

Ich hätte das nur bestätigen können. Weite, einsame Täler und tiefe Tannenwälder. Ich kannte die Strecke.

Jillings packte mich am Hals wie ein Karnickel und stieß mich ins Bad zurück. Als die Tür ins Schloss fiel, sank ich vor Schwäche zusammen. Ich hatte jetzt auch in den Füßen kein Gefühl mehr.

Phil wählte die Nummer der Zentrale. »Myrna«, sagte er, »hat Jerry sich immer noch nicht gemeldet?«

»Nein. Ihr Freund hat wohl Besseres zu tun. Er hat's gut ...«

»Da bin ich nicht so sicher«, murmelte Phil, und laut setzte er hinzu: »Versuchen Sie bitte, den Zug zu erreichen!«

»Okay. Es wird einige Minuten dauern.«

»Stopp!«, rief Phil. »Lieber nicht. Jerrys Name ist zu bekannt. Wenn er über den Zuglautsprecher ausgerufen wird, könnte der Gesuchte auf den richtigen Gedanken kommen ...«

»Nehmen wir doch irgendeinen Namen, den Jerry kennt und bei dem er annehmen muss, dass er gemeint ist – Mr Highs Name zum Beispiel, oder Ihrer – verzeihen Sie ...«

»Schon gut. Das wäre eine Möglichkeit. Rufen Sie den Zug an und verbinden Sie mich mit dem Postmann ...«

»Wird gemacht! Legen Sie so lange auf.«

Phil hatte den Hörer kaum auf die Gabel gelegt, als das Telefon schellte.

»Hat Jerry sich immer noch nicht gemeldet?«, fragte der Chef.

»Nein, Sir«, antwortete Phil bedrückt.

»Rufen Sie den Zug an«, entschied John D. High. »Lassen Sie ihn ausrufen. Wenn er sich nicht meldet, müssen Sie sofort los …«

»Wir sind schon dran, Myrna versucht es gerade. Wir wollen Jerry allerdings nicht unter seinem wirklichen Namen ausrufen lassen.«

»Unter welchem denn?«

»Unter irgendeinem, auf den er reagiert, auf Ihren vielleicht.«

»Kommt nicht in Frage. Lassen Sie sich etwas Besseres einfallen.«

Phil schwieg betreten wegen der ungehaltenen Reaktion des Chefs.

»Entschuldigen Sie, es war nicht so gemeint. Die Kidnappingsache – die Anhaltspunkte häufen sich, dass Columbus im Spiel ist. Ich habe unter verschiedenen Vorwänden bei Prescotts Zentrale in Columbus anrufen lassen. Mr Prescott ist im Haus, lässt sich aber unter keiner Bedingung sprechen. Selbst wichtige Anrufer werden auf heute Nachmittag oder morgen vertröstet.«

»Dann werde ich fliegen«, sagte Phil.

»Ja«, bestätigte der Chef. »Und noch etwas, nur zu Ihrer Information: In der Nähe des Bahnhofs wurde ein gestohlener Dodge gefunden. Nichts Außergewöhnliches, sicher nicht, aber Steve hat mit Kindern gesprochen, die gewöhnlich mit dem kleinen Prescott zur Schule fahren. Zwei erinnern sich, heute Morgen einen grauen Dodge in der Gegend gesehen zu haben, wo der Prescott-Junge gewöhnlich zusteigt. Steve und die anderen sind jetzt zum Bahnhof unterwegs. Es kann einige Zeit dauern, bis neue Informationen zur Verfügung stehen. Ich will nicht noch mehr Leute einsetzen. Vielleicht meldet sich Prescott. Ich habe mit Columbus gesprochen, die Kollegen werden nichts unternehmen, aber uns sofort benachrichtigen, wenn sie etwas von Prescott hören.«

John D. High schwieg einige Sekunden, dann sagte er: »Wenn Sie in Columbus ankommen, sind Sie auf sich selbst angewiesen. Holen Sie Jerry aus dem Zug, wenn Sie wollen und es für richtig halten.«

»Wenn er noch drin ist«, gab Phil zu bedenken. »Vielleicht hat er diesen Al Jillings bereits erkannt und ist ihm gefolgt, als er irgendwo ausstieg.«

»Das ist natürlich möglich. Er wird sich in jedem Fall melden und kann nachkommen, wenn es eine vernünftige Verbindung gibt. Viel Glück, Phil, und halten Sie mich auf dem Laufenden.«

Es war zehn Uhr zehn. Phil verließ das Distriktgebäude und fuhr zum Floyd Bennet Field.

Unterwegs flackerte das rote Lämpchen auf und signalisierte ein Gespräch. Phil hatte sich natürlich ordnungsgemäß abgemeldet.

Phil hakte das Mikrofon ab und meldete sich.

»Das Post Office im Frisco-Express«, sagte Myrna. Es klickte in der Leitung, dann meldete sich eine undeutlich klingende Männerstimme.

»Mein Name ist Decker, FBI, New York«, sagte Phil, wegen der schlechten Verbindung unwillkürlich die Stimme hebend. »Erinnern Sie sich an jemanden, der vor knapp zwei Stunden von Ihnen aus beim FBI New York angerufen hat?«

»Natürlich«, drang dünn die Bestätigung an Phils Ohr. Phil krampfte seine Hand um das Mikrofon, während er gleichzeitig auf den Verkehr achten musste.

»Haben Sie meinen Kollegen noch mal gesehen?«

»Nein, Sir, tut mir leid ...«

»Können Sie jemanden ausrufen lassen?«

»Selbstverständlich ...«

Phil steuerte seinen Sedan auf die Manhattan Bridge. Der Verkehr nach Brooklyn hinüber wurde dichter und beanspruchte seine ganze Aufmerksamkeit. »Ich melde mich wieder«, entschied Phil dann. Er konnte sich einfach nicht entschließen, mich unter irgendeinem Namen ausrufen zu lassen. Phil hatte plötzlich ein ungutes Gefühl.

Er schaltete das Sprechgerät ab und trat das Gaspedal bis zum Bodenblech durch. Mit Rotlicht und Sirene raste er durch Brooklyn. Erst hinter dem Prospekt Park, auf der Flatbush Avenue, schaltete er die Sirene wieder ab.

Vom Atlantik her schwebte eine Staffel Marineflieger auf den Navy-Flughafen ein. Die Rümpfe der Maschinen blitzten in der Sonne.

Phil war zufrieden. In wenigen Minuten würde er selbst in einem Flugzeug sitzen, und in einigen Stunden konnte er aktiv in die Ereignisse eingreifen. Für ihn war die Zeit des Wartens vorbei.

Die Sprechanlage von Prescott summte, und der Mann hinter dem Schreibtisch ließ die Zeitung sinken.

»Ihre Frau«, sagte die Sekretärin.

»Stellen Sie schon durch.« Prescott beugte sich über das Sprechpult. »Wilma? Ich habe dir doch ausdrücklich gesagt, dass ich dich um drei anrufe!«

»Stu!« Das klang wie ein Hilferuf.

Ernesto fühlte sich unbehaglich. Seine Stirn war mit kaltem Schweiß bedeckt, und die Haut auf dem Körper fühlte sich fiebrig an. Er nagte an den Fingernägeln, um seine Nervosität etwas zu dämpfen, und hin und wieder biss er sich auf die Lippen. Dabei dachte er nur an eines – an Zigaretten. Eine einzige Zigarette hätte ihn die Zeit mühelos überstehen lassen. Aber dieser verdammte Arzt. *Ihr Herz spielt nicht mit, wenn Sie nur noch einen Tag länger rauchen.* Der Kerl hatte das so eindringlich gesagt und ihn dabei aus großen braunen Augen warnend angestarrt.

Ernesto schüttelte sich und konzentrierte seine Ohren wieder auf das Gespräch.

»Woher willst du wissen, dass Percival noch …«

»… lebt«, ergänzte Prescott leidenschaftslos. »Ich weiß es nicht, meine Liebe, aber ich werde es in wenigen Stunden wissen. Und dann …« Prescott warf Ernesto einen kalten Blick zu. »Ich bin ganz sicher, dass Percy lebend zurückkommt. Und jetzt ruf nicht mehr an. Und kein Wort zu irgendjemandem! Ich will die Angelegenheit allein regeln …«

»Stu! Bitte! Sei vorsichtig!« Die Stimme klang unvermittelt weich. Mit einem Ausdruck des Erstaunens sah Prescott auf das Sprechgerät hinab. »Wenn alles vorbei ist – kommst du nach Haus?«

Prescott zögerte einen Moment, dann sagte er: »Ich werde sehen – vielleicht.« Der Mann beendete das Gespräch.

»Ich möchte einen Drink und ein paar Sandwichs«, sagte Ernesto.

Prescott sah den Gangster an und lächelte feindselig. »Sie hätten sich was mitbringen müssen«, sagte er gelangweilt. »Bei mir gibt's gar nichts für Typen wie Sie …«

Ernesto wollte auffahren, aber ein Blick aus Prescotts funkelnden Augen stoppte ihn.

»Ich warne Sie«, sagte Ernesto lahm, und er wusste, dass es lahm klang. »Denken Sie an Ihren Boy!«

»Wenn ich Ihnen die Fingernägel einzeln ausreißen würde, macht das meinem Jungen nichts aus. Sie haben keinen Kontakt zu Ihrem Partner. Es spielt also keine Rolle, oder?«

Ernesto sagte nichts.

»Vielleicht mache ich noch etwas Feines mit Ihnen, bevor wir das Haus verlassen. Nur so zum Spaß und zur Warnung …«

Ernesto versenkte seine Hand in die Jackentasche und zog einen kurzläufigen 32er Colt hervor. Er legte die Waffe auf den kleinen Tisch vor sich hin.

»Ich warne Sie«, sagte er noch einmal.

»Von einem toten Prescott bekommen Sie nichts«, gab Prescott zu bedenken. »Keinen Cent. Nur einen Platz auf dem heißen Stuhl …«

Ernesto zuckte zusammen. Richtig, in Ohio gab es noch die Todesstrafe. Er legte seine Hand auf den Kolben der Waffe, als ob er seine Entschlossenheit demonstrieren wollte, sie auch zu benutzen.

Prescott wandte sich wieder der Zeitung zu.

Ernestos Herz trommelte heftig vor Wut über die Abfuhr, die ihm dieser Mann erteilt hatte. Er verspürte Hunger. Wenn er schon nicht rauchen konnte, musste er, verdammt noch mal, doch etwas zum Beißen haben!

Er stand auf und ging langsam an den Schränken entlang, die alle Wände bedeckten. Hier und da öffnete er einen. Prescott ließ die Zeitung sinken.

»Was soll das?«, fragte er.

»Ich suche den Kühlschrank.«

»Setzen Sie sich hin!«, forderte Prescott den Gangster auf.

Ernesto kümmerte sich nicht darum. Neben der Tür zum Vorzimmer entdeckte er einen Schrank, der ein Kühlfach und Regale mit Gläsern und Flaschen enthielt. Ernesto bückte sich, um den Eisschrank zu öffnen. Da hörte er, wie hinter ihm ein Stuhl gerückt wurde.

Der Gangster fuhr herum und brachte den Revolver in Anschlag. Prescott schoss heran, aber er war einen Schritt zu weit entfernt. Abrupt blieb er stehen.

Ernesto richtete sich langsam auf. »Wenn Sie so etwas noch einmal machen, gehe ich, und Sie sehen Ihren Jungen nie mehr wieder. Meinem Partner sage ich dann, dass Sie nicht mitspielen wollten. Verstanden?«

Prescott nickte.

»Haben Sie verstanden?«, brüllte Ernesto plötzlich laut.

Prescott hob erstaunt die Augenbrauen. »Aber ja«, sagte er mit leicht erhobener Stimme, die Ernesto zu verhöhnen schien. Prescott sah natürlich, dass der Gangster nahe am Rande der Selbstbeherrschung angelangt war. Er hoffte nur, dass der Gedanke an eine Million Dollar den Mann vor Unbesonnenheiten bewahren würde. Vor unkontrollierten Reaktionen jetzt oder später, wenn es drauf ankam.

Prescott beschloss, den Mann zu testen. »Beruhigen Sie sich doch«, sagte er wie zu einem kleinen Kind, und unvermittelt zischte er: »Du feister, feiger Drecksack!«

Ernesto zog scharf die Luft ein. Dann riss er die Hand mit dem Revolver hoch und ließ sie in Richtung auf Prescotts Kopf niedersausen. Prescott hätte den Hieb fast mühelos abwehren können, aber er wollte es gar nicht. Er nahm nur den Kopf zur Seite und fing den Schlag mit der Schulter ab. Der Schmerz schien den linken Arm zu lähmen.

Er stöhnte auf, und der Schmerz half ihm, sein Gesicht erblassen zu lassen. Langsam zog er sich zu seinem Schreibtisch zurück. Als er die Zeitung aufnahm, setzte er wieder sein hintergründiges Grinsen auf.

Der Zug rollte aus dem Bahnhof von Harrisburg, demnach war es zehn Uhr zehn. Die Räder ratterten über die Schwellen der Schienen und übertrugen, solange die Geschwindigkeit so niedrig war, jeden Ruck in meine schmerzenden Knochen.

Verdammt, dachte ich, wann werde ich denn vermisst? Ich hatte das unbestimmte Gefühl, dass ich noch lange auf Hilfe warten musste, zu lange.

Der Zug nahm Fahrt auf, der Boden schwang weicher, die Stöße ließen nach. Ich lauschte auf Geräusche aus dem Abteil. Ich hörte, wie die Tür des Abteils zum Gang leise ins Schloss gedrückt wurde. Hastig schob ich mich an die Wand und presste mein Ohr an das kühle Holz. Kein Laut von nebenan. Wahrscheinlich war Jillings zu dem Girl gegangen, das ungeduldig im Speisewagen warten mochte.

Ich nahm an, dass er zu ihr ging, um ihr zu sagen, sie müsse noch eine Weile dort ausharren. Dann würde er zurückkommen und mich endgültig aus dem Fenster schmeißen.

Ich biss die Zähne zusammen und schob mich langsam an der Wand in die Höhe. Es musste doch eine Möglichkeit geben! Ein Werkzeug! Aber meine Hände waren so gefühllos, dass mir selbst ein Messer kaum geholfen hätte.

Ich tastete mich an der Wand entlang auf die Tür zu. Mit den Füßen konnte ich nur winzige Schritte machen, und sie boten auf dem schwankenden Boden kaum einen Halt. Den Rücken fest gegen die Trennwand gedrückt, kam ich langsam voran.

Mein Ellbogen stieß gegen den Drehknauf. Mühsam hob ich die gefesselten Hände und drehte. Die Tür öffnete sich, ich trat etwas zur Seite, zerrte die Tür mit den Fingern weiter auf. Licht! Helles, klares Licht fiel in den winzigen Raum.

Ich schob mich durch den Spalt in das geräumige Abteil hinein. Ich sah aus dem Fenster auf die vorüberflitzende Landschaft. Rote Häuser inmitten grüner Felder, dazwischen immer wieder braune Wälder an den Hängen der Berge. Der Zug fuhr über Land, bald würden die Wälder dichter werden. Zeit genug für Jillings, um alles mit mir zu machen, was er wollte.

Ich sah mich um. Ein Tisch, ein breites, zerwühltes Klappbett, auf dem Boden eine halb volle Flasche Whisky. Die Tür zum Gang. Ich hopste wie ein Känguru darauf zu, erreichte sie, ließ mich mit dem Rücken dagegen sinken. Meine gefühllosen Finger ertasteten mit Mühe den Knauf, hielten ihn fest und drehten. Dann ließ ich mich etwas nach vorn fallen.

Nichts geschah. Die Enttäuschung drohte mich zu lähmen – die Tür war abgeschlossen!

Ich beschloss, alles auf eine Karte zu setzen. Ich ließ mich auf den Boden nieder, rollte mich in Position, hob die gefesselten Beine und trommelte gegen die dünne Tür.

Der Radau musste draußen zu hören sein wie das Trampeln einer Rinderherde in der Prärie.

Ich hörte ein Geräusch und hielt inne. Metallisches Klicken, das von einem Schlüssel herrühren mochte. Ich sah, wie der Knauf sich drehte.

Es gab zwei Möglichkeiten für mich. Draußen stand der Schaffner und öffnete mit seinem Universalschlüssel. Oder Jillings war schon zurück.

Die Tür schwang auf mich zu, und ich nahm meine Beine zur Seite. Im Rahmen stand der Mörder mit seinen eisblauen Augen.

Aus, dachte ich.

Neben ihm drängte eine Gestalt ins Abteil. Ich sah langes, hellblondes Haar, weit aufgerissene Augen und eine weiße Hand, die sich im stummen Erschrecken auf volle Lippen presste.

»Willkommen, Madam«, sagte ich.

Jillings stieß die Frau ins Abteil und schloss die Tür hinter sich. Die Blonde stolperte und fiel über das Bett. Sie starrte mich an, ohne etwas zu begreifen. Sie würde noch begreifen. Denn Jillings musste nun uns beide umbringen.

Der Junge hatte die dünnen Arme wie fröstelnd um seine Brust geschlungen. Unruhig schob er sich auf seinem Sitz hin und her, ohne die Augen zu öffnen.

Dave Sheldon beobachtete ihn. Die Lider zuckten, das wirre schwarze Haar glänzte feucht. Der Kleine öffnete die farblosen spröden Lippen, leckte mit der Zunge darüber und schlug unvermittelt die Augen auf.

Der plötzliche Blick aus den kohlschwarzen Augen traf Dave Sheldon fast körperlich. Er wich diesen Augen aus, blickte zu Boden und fragte: »Willst du noch was trinken?«

»Ja, bitte, Mister ...«

Sheldon stand auf, öffnete den kleinen Schrank, der den Reisenden dieses Abteils zur Verfügung stand, und holte die angebrochene Packung Milch hervor. Percy schnappte die Tüte und führte die Öffnung an seine Lippen. Dabei hingen die durchdringenden Augen unverwandt auf dem Gangster. Er setzte die Tüte ab.

»Bringen Sie mich um?«, fragte er laut.

Sheldon zuckte zusammen. »Wie kommst du darauf?«

»Sie haben mich gekidnappt. Kidnapper bringen die Kinder doch um. Es ist viel zu gefährlich, sie leben zu lassen.«

Die Ernsthaftigkeit berührte Sheldon seltsam. Er hatte vergessen, dass der Tod etwas Abstraktes für ein Kind ist. Ein Kind kann unbefangen und unbeteiligt vom Tod sprechen, ohne ihn auf sich selbst zu beziehen, wie es ein Erwachsener tun würde.

»Niemand wird sterben«, versicherte Dave Sheldon rau.

»Ich kann Sie aber beschreiben«, gab der Junge zu bedenken.

Sheldon seufzte. »Und wenn schon.«

Er neigte lauschend den Kopf, als er die Stimme des Verkäufers draußen im Gang hörte. Er sah, wie sich die schmale Gestalt des Jungen spannte. Und weil er wusste, dass der Kleine mutig war und gewandt wie eine Katze sein konnte – unwillkürlich blickte Sheldon auf den Ballen seiner rechten Hand, wo immer noch die Abdrücke der Zähne des Jungen zu erkennen waren –, musste er irgendwelche Vorkehrungen treffen.

»Komm hier rüber«, forderte er Percy auf. Sheldon wollte sehen, wie weit der Bursche die Folgen der Injektion überwunden hatte.

Percy rutschte vom Sitz, seine Knie knickten kurz ein, er schwankte eine Sekunde lang, doch dann kam er mit festen Schritten auf Sheldon zu.

»Sie bringen mich wirklich nicht um?«, fragte er, an Sheldon aufsehend.

»Nein«, sagte Sheldon. »Wenn du vernünftig bist, nicht.«

Percy nickte ernsthaft. Sheldon hob ihn hoch und setzte ihn auf einen Klappsitz im toten Winkel hinter der Abteiltür.

Das Klappern des Wägelchens näherte sich, und dann pochte es gegen die Tür. Sheldon warf dem Jungen noch einen schnellen Blick zu, ehe er öffnete.

»Sandwichs, Sir?«, fragte der Verkäufer.

»Ja, drei Stück.« Sheldon suchte Kleingeld in der Rocktasche.

Percy rutschte vom Sitz und wollte zwischen Sheldon und der Tür hindurch nach draußen.

Sheldon sah die schnelle Bewegung beinahe zu spät. Rasch stellte er sein Bein davor. In diesem Moment drehte der Verkäufer sich wieder um.

»Bitte, Sir. Neunzig Cent ...«

Der Junge schrie: »Sie! He! Retten Sie mich!«

Sheldon brachte ein Grinsen zustande. »Zu viel Fernsehen!«

»Ja, das kommt davon, Sir«, antwortete der Verkäufer. »Ich habe auch Frankfurter und frisch gegrillte Hamburger da ...«

»Moment«, sagte Sheldon. Im toten Winkel der Tür packte er den Jungen am Arm und presste fest zu. Mit gütiger Vaterstimme drohte er: »Sei mal einen Augenblick still, Junge!« Er legte seine Hand über den Mund des Jungen, hob ihn hoch und setzte ihn hart auf den Sitz zurück. Drohend starrte er ihn an, während er seine Rechte unter dem Jackett versenkte und dem Kleinen kurz den Kolben einer großkalibrigen Pistole zeigte. Percys Gesicht verzerrte sich vor Angst. Sheldon wandte sich wieder zur Tür. »Zwei bitte«, sagte er.

Der Verkäufer holte mit der Zange zwei Würstchen aus dem Wärmefach des Wagens, legte sie zwischen die angetoasteten Milchbrötchen, spritzte eine gute Portion Ketschup auf zwei Pappteller und legte die fertigen Hamburger dazu. Zum Schluss breitete er zwei Papierservietten darüber.

Sheldon drückte dem Verkäufer zwei Dollar in die Hand und schloss die Tür. Sein Blick lag auf der grünen Schrift, die quer über die Servietten lief. *Sie verzehren Qualitäts-Hamburger – ein Prescott-Hamburger natürlich! Guten Appetit!*

Sheldon grinste verzerrt.

»Ich will endlich wissen, was das alles zu bedeuten hat, Stan!« Das Gesicht des Mädchens war vor Erregung gerötet. Ihr Blick wanderte zwischen mir und dem Mörder hin und her. Ich erkannte plötzlich den Ausdruck in den lebhaften Augen. Es war der gleiche wie bei den Frauen, die ganz vorn am Boxring sitzen. Geöffnete Lippen, feucht glänzende, erregte Augen und, trotz Puder und Schminke, gerötete Wangen.

Das Girl hieß Kate, Jillings hatte sie so genannt. An ihrem Hals pulsten heftig die Adern.

Jillings sah das Mädchen nachdenklich an. Er war offenbar dabei, die neu entdeckte Seite an seiner Zuckerpuppe richtig einzuschätzen. Der Mann war intelligent, das hatte ich schon lange raus, und ich war sicher, dass ihm meine Beobachtung nicht entgangen war.

Jillings überlegte, ob er sie töten musste.

Er wandte ruckartig den Kopf. Diese Bewegung erschien mir anzudeuten, dass er seine Entscheidung auf später verschoben hatte.

»Was ist los, Stan?«

Ein Lächeln spielte um Jillings' Lippen. Es war ein selbstgefälliges Lächeln, das mir nicht sonderlich gefiel, genauso wenig wie meine unwürdige Lage am Boden, zu Füßen der Blonden.

»Der Kerl ist hinter mir her«, sagte Jillings.

»Warum?«

Jillings zuckte mit den Schultern. »Warum wohl?«

Ich schwieg. Sollte Jillings seinem Girl von mir aus erzählen, ich sei ein Gangster, der ihm nach dem Leben trachtete. In diesem Fall hatte sie vielleicht eine Chance.

Aber nein, Jillings schien seinen mitteilsamen Tag zu haben.

»Der Kerl ist ein Bulle.« Kates Augen glänzten immer noch. Jillings beobachtete sie aufmerksam. »Er will mir etwas abjagen ...« Kate atmete tief ein, der Umfang der Brust erweiterte sich dabei bedrohlich. Ich sah erst jetzt, dass sie keinen Büstenhalter trug. Die harten Spitzen der Brüste zeichneten sich deutlich unter dem leichten Gewebe des Pullovers ab. Ich folgte ihrem Blick, der zur linken Ecke des Abteils wanderte, wo im Kofferregal zwei schmale braune Lederkoffer standen. Sie spitzte die Lippen und sah Jillings wieder an.

»Dreihunderttausend«, sagte Jillings und grinste.

»Junge, Junge«, flüsterte das Girl andächtig. »Das hätte ich dir ja gar nicht zugetraut!«

»Ich bin nirgendwo registriert. Nicht vorbestraft, war nicht einmal bei der Army!«

Ich sah immer klarer. Jillings, oder wie dieser Gangster sonst heißen mochte, hatte eine mehr oder weniger steile kriminelle Karriere hinter sich und war bisher nie erwischt worden. Jetzt endlich genoss er die Bewunderung einer Frau, konnte einmal von seinen Heldentaten erzählen. Ich kannte diese Erscheinung. Wir beim FBI erleben sie oft, wenn Verbrecher sich einmal zum Reden entschlossen haben.

Ich schwieg immer noch. Ich hätte dem Girl von dem feigen Mord an Edgar Brace erzählen können, den Jillings übers Ohr hauen wollte.

Aber auch von dieser Tat berichtete Jillings selbst. »Ich hatte einen Partner«, sagte er. »Er ist tot.«

»Oh!« Große, runde Kinderaugen.

»Er hat mich verpfiffen.« Großartig, dachte ich. Diese düstere Stimme, in der menschliche Enttäuschung mitschwang. »Deshalb ist der hier.« Jillings wies verächtlich auf mich.

Es kam mir vor, als redete Jillings von einem Fremden, als ob ich gar nicht da wäre. Jillings ging zum Fenster und sah hinaus. Ich erkannte von hier aus die geschlossene Waldkulisse. Der Gangster wandte sich um. Sein Gesicht war wieder verschlossen wie vorher. Die kalten Augen ruhten auf mir.

»Jetzt werden wir es noch einmal versuchen, Cotton.«

Ich sah das Girl an.

Das Gesicht zeigte den gleichen Ausdruck wie zuvor. Fieberhafte Erwartung, jetzt gemischt mit Bewunderung für Jillings, der in ihren Augen ein großartiger Bursche war.

So großartig, dass er auch sie umbringen würde. Ein Mann wie Jillings, der nicht vorbestraft war, würde alles tun, um diesen Status zu erhalten. Er hatte bewiesen, dass er dafür zu morden bereit war.

Der Gangster beugte sich über mich, zerrte mich an den Beinen durch das Abteil und ließ mich erst unter dem Fenster wieder los. Mit einem Ruck riss er den Rahmen herunter. Kalter Wind strich über meinen Körper. Jillings lehnte sich hinaus.

Ich wand mich, zerrte an meinen Fesseln. Die Handfessel hielt, aber bei den Schnüren um meine Fußknöchel hatte ich den Eindruck, dass sie sich etwas gelockert hatten.

Jillings zog seinen Kopf zurück, bückte sich erneut, legte seine Arme unter meine Schultern und wuchtete mich hoch. Die Blonde sah gebannt zu.

Jillings stellte sich so, dass ich nach draußen sehen musste. Ich war völlig hilflos. Der Gangster packte meine Beine und riss mich hoch. Der scharfe Fahrtwind zerrte wieder an meinen Haaren wie schon einmal an diesem Vormittag, wieder flitzten rasend schnell Bäume, Sträucher, Wiesen vorbei. Bewohnte Strecken schien es nicht zu geben.

Da klopfte es an die Abteiltür. Laut und deutlich.

Ich reagierte sofort. Ich zog die Beine an, stieß nach hinten aus. Ein Tritt, der eine Sekunde früher nicht möglich gewesen wäre. Jillings war überrascht und ließ meine Beine los. Er fing sich jedoch sofort wieder, als ich mich ins Abteil zurückrutschen ließ. Ich schrammte mit dem Knie über die Fensterkante, war dadurch benommen, brachte jedoch noch so viel Energie auf, um zu schreien. Schreien zu wollen.

Jillings war schnell. Er schien es zu ahnen. Er, der eben noch zur Tür geblickt hatte, wirbelte herum, packte meinen Kopf, und bevor nur ein einziger Laut über meine Lippen kommen konnte, knallte er meinen Schädel hart auf den Boden. Wieder wurde es schwarz um mich.

»Augenblick!«, rief Jillings, als es erneut an die Tür klopfte. Ich war nicht mehr im Rennen. Von den Ereignissen der nächsten Zeit bekam ich nichts mit. Jillings schleifte mich wie einen Sack ins Bad, drückte die Tür ins Schloss und ging zur Abteiltür.

Kate sprang auf. Sie bückte sich und raffte einige zu Boden gefallene Gegenstände auf, auch die Whiskyflasche, die umgefallen war. Jillings lächelte ihr anerkennend zu, ehe er die Tür öffnete.

Draußen stand ein junger Schwarzer in weißem Jackett, unter dem Arm trug er ein Brett mit aufgeklemmten Formularen.

»Guten Morgen, Sir«, sagte er, und als sein Blick auf das Girl fiel, fügte er hinzu: »Madam.«

»Bitte?« Jillings' Stimme klang unwirsch.

»Darf ich Ihre Wünsche notieren, Sir – Madam?« Der Schwarze ließ das Brett mit kühnem Schwung in seine linke Hand gleiten, in der rechten lag wie hingezaubert ein Bleistift. »Möchten die Herrschaften das Dinner im Abteil einnehmen, oder ziehen Sie Gesellschaft im Speisewagen vor? Das Menü wird in jedem Fall ausgezeichnet sein …«

»Hier«, sagte Jillings.

»Gern, Sir.« Der Schwarze riss eins der Formulare ab und reichte es dem Mann. »Hier stehen alle Gerichte drauf. Sie brauchen nur anzukreuzen, was Sie wünschen. In zehn Minuten hole ich die Bestellung wieder ab. Vergessen Sie nicht, die gewünschte Zeit mit anzukreuzen.« Er verbeugte sich höflich und ging weiter.

Jillings knallte die Tür zu und knurrte: »Verdammt.«

Kate lächelte. »Was gibt es, Darling?«

Jillings warf den Zettel aufs Bett. »Such dir was aus. Und mir auch.«

Der Gangster ließ sich neben dem Girl aufs Bett fallen. Er stützte den Kopf in die Hände und begann nachzudenken. Der Mann hatte

Kate gesehen. In Gedanken spielte Jillings die Konsequenzen durch, die sich für ihn aus dieser Tatsache ergaben.

Die beste Möglichkeit war, auf einer der nächsten Stationen auszusteigen. Das musste er ohnehin tun, wenn er mich aus dem Fenster stürzen wollte. Sollte man mich zu früh finden – was an sich unwahrscheinlich war –, würde man alle Passagiere des Zuges unter die Lupe nehmen. Vor allen Dingen dann, wenn der Zug noch auf der Strecke und die Passagiere noch beisammen waren.

Kate studierte die Speisenfolge und kreuzte dann rasch und beinahe wahllos einiges an. Für sie waren andere Genüsse wichtiger. Sie lehnte sich an den Mann und legte ihren Kopf an seine Brust. Ihre langen Finger glitten über das Gesicht, wanderten am Hals entlang, tasteten unter das Hemd. Zart streichelte sie die straffe Haut, und sie spürte, wie sich der Mann entspannte.

Plötzlich richtete Jillings sich auf. »Lass das«, knurrte er unwillig. »Ich habe andere Probleme ...« Seine Augen hingen auf dem Zifferblatt der Uhr. Es war kurz vor elf. Die nächste Station war Pittsburgh um zwölf Uhr fünfzehn. Jillings sah nach draußen. Immer noch glitt dichter Wald am Fenster vorbei, aber bald würden mehrere kleine Orte die Strecke säumen. Er stand auf und trat an den Streckenplan, der in jedem Abteil hing. Sein Finger folgte der Linie zwischen Harrisburg und Pittsburgh. Mount Union, Hollidaysburg, Altoona. Jillings nickte. Er musste abwarten, eine Gelegenheit würde sich schon ergeben.

Er öffnete die Tür zum Bad. Ich war immer noch bewusstlos. Jillings schaltete das Licht an. Aus dem Handtuchständer nahm er ein kleines Frotteetuch, dann beugte er sich über mich. Mit einem harten Griff öffnete er meinen Mund und stopfte das Tuch hinein. Er sah sich um, entdeckte den Erste-Hilfe-Kasten, der zur Ausstattung eines jeden Abteils gehört. Er öffnete ihn, nahm eine breite Rolle Heftpflaster heraus, zog ein mächtiges Stück von der Rolle, das er mit einem kräftigen Ruck abriss. Als er es über meinen Mund klebte und festdrückte, stand Kate im Rahmen. Interessiert sah sie zu, und Jillings bemerkte, dass sie immer noch dieses erregte Glitzern in den Augen hatte.

Er drängte das Girl hinaus, löschte das Licht und schloss die Tür. Er sah aus dem Fenster. Der Wald war einer weiten Farmlandschaft gewichen. Große Höfe glitten vorbei, kleine Herden auf den Weiden, hier und da ein Dorf, bestehend aus wenigen bunten Häusern.

Als es klopfte, ging Kate zur Tür. Sie hatte die Bestellung für das Mittagessen in der Hand. Sie öffnete die Tür und reichte das Formular hinaus.

»Stopp!«, sagte Jillings. »Welche Zeit hast du angekreuzt?«

»Zwölf«, antwortete das Mädchen.

»Gib her.« Jillings streckte die Hand aus, zog seinen Kugelschreiber heraus und strich das Kreuz bei der Zwölf. Stattdessen strich er zwölf Uhr dreißig an. Das war nach Pittsburgh. Bis dahin hoffte er, alles erledigt zu haben.

Kate schloss die Tür zum Gang. Jillings stellte sich an das Fenster und sah nach draußen. Er wartete auf eine Gelegenheit, mich endgültig hinauszuwerfen.

Kate trat hinter ihn. Ihre weichen Arme schlangen sich um seinen Körper, und langsam begann sie, ihn zu streicheln, wobei sie ihren Körper eng an seinen drückte.

Jillings spannte sich zunächst abwehrend, doch dann genoss er die Berührung. Er hatte das Mädchen zu lange entbehrt. Sein Körper reagierte entsprechend. Er wandte sich um, zog sie an sich, presste seine Lippen auf ihren Mund, der weich war und nachgab. Seine Hände glitten unter den leichten Pullover und streichelten die feste Haut. Er hatte ja Zeit. Die Tickets galten bis Frisco …

In Stuart Prescotts Büro war es vollkommen still. Prescott hatte die Zeitung schon vor einer halben Stunde weggelegt und saß jetzt über verschiedenen Papieren – Statistiken und Kostenanalysen. Der Mann wirkte völlig konzentriert auf seine Aufgabe. Die papierdünnen Lippen waren zusammengepresst, über der geraden Nase stand eine steile, nachdenkliche Falte.

Die Stille zerrte an Ernesto Mastrianis Nerven. Immer wieder wischte er mit einem bereits feuchten Taschentuch über die Stirn. Vor ihm standen eine Flasche Whisky und ein Glas. Der Boden des Glases war mit der braunen Flüssigkeit bedeckt. Ernesto schielte immer wieder zum Glas hin, aber er hatte sich eine Frist gesetzt – erst in fünf Minuten durfte er den nächsten Schluck nehmen. Innerhalb der letzten halben Stunde hatte er bereits ein großes Glas geleert, und er spürte die Wirkung des Alkohols in allen Fasern seines Körpers, nur nicht an den Nerven.

Der 32er lag neben der Flasche und vermittelte dem Gangster ein gewisses Gefühl der Überlegenheit. Aber Ernesto hatte genug Zeit gehabt, um über seine Rolle in diesem Spiel nachzudenken, und er war intelligent genug, um zu erkennen, dass dieser Prescott ihn in die Tasche stecken oder in ein wimmerndes Häufchen Elend verwandeln konnte.

Ernesto öffnete den Mund und atmete tief ein. Dieses tiefe Einatmen vermittelte ihm kurzfristig die Illusion, würzigen blauen Rauch zu inhalieren. Hoffentlich glaubt Prescott, dass wir es ernst meinen, dachte Ernesto. Hoffentlich. Und hoffentlich war Dave hart genug, die Sache durchzustehen. Daves Plan war schon in Ordnung, das musste Ernesto anerkennen. Viel konnte nicht passieren, und falls Ernesto nicht am Zug war, wenn der Express in Columbus einlief, würde sich Dave verkrümeln und einen toten Boy zurücklassen.

Ernesto schauderte. Dave hatte ihm versichert, dass er es tun würde. Er, Ernesto, würde es nicht fertigbringen. Er war zu weich dafür. Diese Eigenschaft spielte in Daves Berechnungen eine gewisse Rolle. *Wenn du mit dem Geld die Mücke machst, stirbt der Boy,* hatte Dave versichert und freudlos dabei gegrinst. Diesem Dave Sheldon ging der Ruf voraus, ein Killer zu sein. Dave wurde der Tod zweier Tankwarte bei White Plains angerechnet. In New York wurde er wegen dieser Sache jedenfalls gesucht, und als Ernesto ihn gefragt hatte, was daran wahr sei, hatte Dave nur geknurrt.

Nun gut, sie würden das Geld teilen und abhauen, getrennt, und sich nie wiedersehen. Sie hatten sich sowieso nur flüchtig gekannt, weil sie vor zwei Jahren einmal einige Tage zusammen in einer Zelle des Untersuchungsgefängnisses verbracht hatten, und als sie sich dann vor zwei Monaten zufällig in dem schmierigen Hotel auf der unteren Westseite wieder begegnet waren, waren sie einfach zusammengeblieben. Bis Dave Sheldon mit dem fertigen Plan herausgerückt war.

Um das nötige Betriebskapital zu bekommen – zwei Reisen nach Columbus mit der Bahn, ein Wagen, neue Kanonen –, hatten sie das Risiko auf sich genommen, ein Postamt zu plündern.

Ernesto grinste flüchtig bei der Erinnerung. Dave hatte schnell und entschlossen reagiert, und wenn Ernesto bis dahin Zweifel an der Sache gehabt hatte, weil sie ihm zunächst als zu groß erschienen war, hatte er sich nach diesem Überfall endgültig entschlossen, mitzumachen.

Einmal weil er erkannt hatte, wie schnell man eine Kugel in den Rücken bekommen konnte, und zum anderen, weil er mit diesem Kidnapping ein für alle Mal ausgesorgt haben würde.

Ernesto zuckte zusammen, als Prescotts raue Stimme die Stille zerriss. »Ja!«, bellte er.

Die Stimme des Mannes namens Dayton drang aus dem kleinen Lautsprecher. »Ich habe eben noch mal die Banken angerufen, Sir«, sagte er, »sie halten das Geld abgezählt bereit. Zwei Uhr wird klappen.«

»Okay«, bestätigte Prescott und unterbrach die Verbindung. Zu Ernesto gewandt sagte er: »Sie sehen, ich spiele mit offenen Karten. Tun Sie's auch.«

Ernesto nickte. Er nahm das Glas und trank den Rest.

Der kleine Prescott stand am Fenster des Abteils und sah nach draußen. Der Zug rollte durch die Pocono Mountains. Gruben wurden sichtbar und Kohlehalden, die Dächer waren von schwarzem Staub bedeckt. Mächtige Bagger erschienen wie winzige Insekten in den Tiefen der Gruben. Die schwarze Pennsylvania-Kohle wird hier im Tagebau gefördert.

Sheldon hatte seine Beine auf die gegenüberliegende Sitzbank gelegt und döste vor sich hin. Er fühlte sich wohl. Der Gedanke an das Geld beherrschte ihn noch nicht so sehr. Sheldon war Realist. Erst musste er die Scheine sehen und ein paar hundert Meilen zwischen sich und Columbus haben. Dann erst würde er sich richtig freuen.

Dave Sheldon entkorkte die Whiskyflasche und nahm einen vorsichtigen Schluck. Als er die Flasche absetzte, prüfte er anhand einer Einkerbung im Etikett, die er zuvor mit dem Fingernagel eingeritzt hatte, wie viel er bereits getrunken hatte. Viel war es nicht.

Er hörte die Stimme des Getränkeverkäufers auf dem Flur. Rasch sah er zu dem Jungen hin, der in den Ausblick versunken zu sein schien. Doch das konnte täuschen.

»Wenn du dich muckst, reiße ich dir ein Ohr ab«, sagte Sheldon.

Percy wandte den Kopf und sah den Gangster aus großen Augen an. Er würde gegen diesen Mann nichts mehr unternehmen, das hatte er sich vorgenommen. Er war zu stark. Und zu grob. Noch nie in seinem Leben hatte Percival Prescott körperliche Gewalt von einem Erwachsenen erdulden müssen. Wenn sein Vater einmal grob werden wollte, hatte stets die Mutter dazwischen gestanden.

Percy wünschte heftig seinen Vater herbei. Sein Vater war stark. Der würde es diesem schrecklichen Mann schon zeigen.

Sheldon stand auf und ging zur Tür. Als die Stimme des Verkäufers ganz nah war, öffnete er sie.

»Kaffee«, sagte er. »Und noch zwei Hamburger.«

Der Verkäufer machte die Hamburger zurecht, füllte einen Pappbecher mit schwarzem Kaffee, legte in Folie verschlossene Sahne und einige Stücke Zucker auf einen Pappteller und reichte Sheldon Kaffee und die Hamburger. Sheldon gab dem Boy wieder zwei Dollar, nahm das Gereichte und knallte die Tür mit dem Fuß ins Schloss. Als er die Hamburger und den Kaffee abgesetzt hatte, verriegelte er die Tür.

»Wenn du willst ...«, sagte Sheldon.

Percy näherte sich dem Gangster, betrachtete die Hamburger, entdeckte wieder das Firmenzeichen seines Vaters auf der Serviette und griff zu. Der Name Prescott auf der Serviette schien Hilfe zu verheißen, umso mehr, als Percy noch nie einen Hamburger aus einer der Bratereien seines Vaters verzehrt hatte. Er wusste nicht, dass seine Mutter lieber verhungert wäre, bevor sie einen dieser Grills aufgesucht hätte. Percy langte zu und aß das Milchbrötchen mit dem dampfenden Hackfleisch dazwischen mit gutem Appetit.

Sheldon sah auf seine Armbanduhr. Noch vier Stunden. Er nestelte eine neue Packung Zigaretten auf und schnippte ein Stäbchen heraus. Er zündete es an und atmete bedächtig den Rauch ein.

Dann schlürfte er den heißen Kaffee ohne Sahne und Zucker.

»Hier«, sagte er zu dem Jungen und hielt ihm die Zuckerwürfel hin. Der Junge zögerte einen Augenblick. »Na los, nimm schon.«

Percy griff zu, stopfte zwei Stück in seinen Mund und wandte sich wieder dem Fenster zu.

Auch Jillings lehnte wieder am Fenster. Kate lag nackt auf dem Bett und räkelte sich zufrieden. Ihre Augen hingen auf dem Rücken des Mannes. Nachdem die körperliche Begierde wieder einmal verklungen war, trat ein nachdenklicher Ausdruck in die sonst fröhlich blickenden blauen Augen.

Sie stellte fest, dass sie für den schlanken Mann am Fenster verdammt viel übrig hatte. Stan, wie sie ihn nannte, war schon eine Wucht von einem Mann. Im Bett und auch sonst. Die beiden Lederkoffer bewiesen es und der Bulle im Bad.

Aber was für eine Zukunft bedeutete ein Mann wie Stan für sie? Hetze, Flucht, vielleicht auch Gefahr. Sie hatte nichts gegen Aufregung, im Gegenteil, etwas Spannung gehört zum Leben. Aber eines Tages würden sie Stan schnappen, und was dann? Was war sie dann? Eine Gangsterbraut. Sonst nichts.

Kate rollte sich vom Bett und angelte nach ihren Kleidern, die auf dem Boden verstreut herumlagen. Jillings, er war wieder ganz angezogen, sah sich kurz um und blickte dann wieder hinaus.

Kohlengruben, Fabriken, Kanäle, Straßen. Verdammt, dachte er. Und überall Menschen. Wenn das so weiterging bis Pittsburgh, musste er sein Vorhaben glatt verschieben. Jillings kannte die Strecke nicht, sonst hätte er gewusst, dass die Landschaft weit über Pittsburgh hinaus von den Kohlengruben geprägt war.

Er beruhigte sich, denn er hatte Zeit. Er wandte sich um und sah dem Girl zu, das sich anzog. Kate steckte diesmal ihre üppigen Brüste in einen Büstenhalter, schüttelte den Oberkörper, bis sie richtig lagen, und zog dann den Pullover über. Als ihr Kopf in der Öffnung erschien, bemerkte sie den Blick des Mannes und lächelte.

»Gefalle ich dir?«, fragte sie.

Jillings nickte, und er meinte es auch so. Aber er würde sie trotzdem töten. Sie und diesen Bullen gemeinsam, irgendwo auf der Strecke, und dann aussteigen. Er war weit genug von Manhattan weg. Ed hatte den Bullen seine Fluchtrichtung verraten, deshalb musste er sie ändern.

Er trat an den Streckenplan und studierte die Linien. Er wollte bei der Bahn bleiben, diese Art der Reise sagte ihm zu. Komfort und Anonymität.

Der nächste größere Knotenpunkt war St. Louis. Jillings versuchte, die Entfernung bis dorthin zu schätzen. Er kam auf über vierhundert Meilen. Das bedeutete selbst bei dem Expresszug mehr als sechs Stunden Fahrt, denn er musste einen längeren Aufenthalt irgendwann am Abend einrechnen, der den Fahrgästen Gelegenheit geben sollte, noch einiges für die Nacht einzukaufen.

Kate setzte sich vor die eingebaute Frisierkommode und bürstete ihr honigblondes Haar. Im Spiegel sah sie Jillings' Gesicht, das sich langsam zuzog, bis es verschlossen und kalt wirkte. Er merkte nicht, dass die Augen des Girls auf ihm hingen, und es entging ihm, der bisher stets so wachsam gewesen war, dass sie ihre Schultern in plötzlichem Schaudern zusammenzog.

Jillings wandte sich ruckartig der Tür zu.

»Ich gehe einen trinken«, sagte er. Er verschwieg, dass er sich nach günstigen Verbindungen erkundigen wollte. »Halt du die Stellung. Wenn der Kerl da drin sich rührt, knall ihm irgendetwas auf den Kopf. Du hast freie Hand.«

Damit verließ er die Kabine. Er glaubte, des Girls sicher sein zu können.

Der Schmerz hämmerte mit dumpfen Stößen in meinem Kopf. Ich hatte für einen lausigen Vormittag elend viel einstecken müssen. Und alles hatte mein Schädel abbekommen.

Ich kam langsam klar und stellte fest, dass ich ein Tuch im Mund hatte, das fest saß. Das Tuch hatte den Mund austrocknen lassen und erschwerte das Atmen. Die Stunden auf dem kalten Boden hatten offenbar eine Erkältung verursacht, eine leichte zwar – aber immerhin, ich spürte mit aufsteigendem Entsetzen, dass sich meine Atemwege zusetzten.

Ruhig, Junge, sagte ich mir. Ganz langsam atmen. Ich pumpte mit aller Kraft, atmete langsam aus. Ein Nasenloch war zu.

Der Gedanke biss sich in mein Gehirn. Vor meinem geistigen Auge erschienen mehrere Menschen, die auf diese Weise elend erstickt waren. Ich hatte sie gesehen. An den Tatorten mit blau angelaufenen Gesichtern, die Körper im Todeskampf in den seltsamsten Stellungen verkrampft, weil die Fesseln nicht nachgegeben hatten. Und ich hatte sie in den Labors der Gerichtsmediziner gesehen, wenn die Pathologen leidenschaftslos die Befunde auf Band sprachen. Daher kannte ich die Symptome, die dem Tod vorausgingen. Unruhe und Atemnot, dann schnelle Bewusstlosigkeit, dabei Streck- und Beugekrämpfe, und schließlich die Atempause, bei der das Herz noch eine Weile weiterschlägt. Dann versucht der Körper noch einmal, sich mit tiefen, schnappenden Atemzügen Luft zu verschaffen, weil das Atemzentrum durch den Sauerstoffmangel gereizt ist. Aber mit dem Knebel im Mund war ein Luftholen nicht mehr möglich.

Ich versuchte, mich zu beruhigen. Ich musste langsam atmen. Ich lag auf der Seite, sämtliche Muskeln schmerzten. Ich drehte mich auf den Bauch und presste mein heißes Gesicht auf den kühlen Boden. Luft, dachte ich. Ich bekam zu wenig davon. Meine Füße stießen gegen eine Wand. Jetzt wurde mir langsam alles egal. Ich trommelte gegen die Wand.

Diese Bewegungen verursachten noch mehr Atemnot, aber ich machte weiter. So, wie ich meine Lage beurteilte, hatte ich sowieso nur noch wenige Minuten. Auch das andere Nasenloch schien sich zusetzen zu wollen.

Licht! Eine breite Bahn helles Sonnenlicht, im Rahmen stand die Blonde. Sie schaltete das Licht an und sah auf mich herab. Der erregte Ausdruck in den Augen war verschwunden. Sie blickten kühl und beherrscht. Sie kniete neben mir nieder. Meine Brust ging in heftigen Stößen. Mühsam wälzte ich mich auf die Seite, um dem Brustkorb das Atmen zu erleichtern.

Die Blonde fasste mit spitzen Fingern nach meinem Gesicht. Ich spürte die Nägel auf der Haut, wie sie sich unter das Heftpflaster schoben.

»Pst«, machte sie.

Ich versuchte zu nicken. Na klar, Kleine, man wird bescheiden in solchen Situationen.

Sie riss das Pflaster mit einem Ruck ab. Schmerzlich wurde mir dabei bewusst, dass ich mich heute noch nicht rasiert hatte.

Mit der Zunge stieß ich den Knebel aus, dann schnappte ich gierig nach Luft. Nur Luft. Kein anderer Gedanke hatte in meinem Kopf Platz.

Kate hockte neben mir. Interessiert und nachdenklich musterte sie mich, dann sah sie auf die kleine Uhr an ihrem Handgelenk. Die Information, die ihr die kleine Uhr vermittelt hatte, schien ihr zu einem Entschluss verholfen zu haben. Sie wandte sich meinen Füßen zu und zupfte an den Knoten.

Ich rührte mich nicht. Eben noch von einem elenden Erstickungstod bedroht, winkte jetzt die Freiheit! Ich konnte den Gedanken allerdings noch nicht richtig würdigen, denn immer noch arbeiteten meine Lungen wie ein Blasebalg, um den Nachholbedarf meines Körpers an Sauerstoff zu befriedigen.

Das Girl stand auf, und ich bewegte die Beine. Die Enttäuschung drohte mich zu überwältigen.

»Machen Sie weiter, Schwester«, krächzte ich. Mein Mund war immer noch knochentrocken.

Sie schüttelte langsam den Kopf, das lange Haar flog um die Schultern. »Mehr kann ich nicht tun. Viel Glück.«

Sie drehte sich um, löschte das Licht und zog die Tür ins Schloss. Der einschnappende Riegel klickte laut und metallisch. Mein Atem beruhigte sich allmählich, und mein Verstand war auch wieder zu gebrauchen. Vielleicht nicht voll, aber immerhin. Man wird bescheiden, doch das sagte ich bereits.

Ich bewegte die Beine. Sie waren immer noch aneinander gefesselt, verfügten jetzt aber über schätzungsweise zwei Fuß Spielraum. Damit sollte sich doch etwas anfangen lassen, dachte ich. Ich bewegte die Beine und die Füße, um die Blutzirkulation wieder in Gang zu setzen, denn vorher hatten die Stricke stramm gesessen.

Ich wälzte mich herum und ging erst in die Knie, dann mit einem Ruck auf die Füße. Mit kleinen Schritten ging ich in dem engen Raum hin und her, um mich wieder ans Laufen zu gewöhnen und um in der Lage zu sein, trotz der gefesselten Hände auf den Beinen zu bleiben, falls ich gegen Jillings kämpfen musste.

Der Zug fuhr langsamer, ich spürte das genau. Mit wilder Freude stellte ich fest, dass ich durchaus in der Lage war, die Veränderung der Geschwindigkeit breitbeinig auszutarieren. Ich wusste nicht, wie spät es sein mochte, aber wenn der Zug langsamer fuhr, so wie jetzt, ohne die Geschwindigkeit noch weiter abzubremsen, musste er in die Nähe einer Stadt kommen. Und diese Stadt konnte nach Lage der Dinge nur Pittsburgh sein. Pittsburgh, Pennsylvania. Meine alte Zuversicht kehrte zurück. Ich war entschlossen, diesem teuflischen Gangster ein höllisches Gefecht zu bereiten.

»Schnallen Sie sich bitte an«, hörte Phil die Stimme des Navy Captains aus dem kleinen Lautsprecher an der Wand der Kabine. »Ich gehe jetzt runter!«

Phil legte den Gurt um und ließ das Schloss einschnappen. Der Flugkapitän legte die Maschine in eine weite Linkskurve. Phil sah aus dem Fenster. Auf dem abgewinkelten Flügel glänzte die Sonne. Die Maschine war eine militärische Version der Lockheed Jet Star, die gern für allgemeine Aufgaben bei der Marine verwendet wird.

Unten lag Columbus, Ohio, Hauptstadt des Staates, 500 000 Einwohner. Details wurden erkennbar, das quadratische Netzwerk der Straßen und die hellen Betonbahnen des Zivilflughafens. Der Lockheed-Jet schwebte nieder, setzte kurz darauf sanft auf und rollte in den Bereich des Flughafens, der militärischen Maschinen vorbehalten ist.

Phil löste den Gurt und stand auf. Captain Squinley und sein Kopilot stießen die Tür zum Cockpit auf. Phil bedankte sich bei den Männern, dann sprang er über die Tragfläche auf die Piste. Rasch ging er auf den Schlagbaum zu, den zwei lange Kerle in blauer Uniform mit den weißen Helmen der Militärpolizei bewachten.

Aus der Wachstube kam ein Sergeant. Grüßend legte er die Hand an die Mütze. »Sie können passieren, Sir.« Die Militärpolizisten salutierten, einer öffnete den Schlagbaum. Phil stand auf der Seltzer Road. Er ging auf die zivile Abfertigungshalle zu. Dort nahm er ein Taxi und ließ sich in die Stadt fahren.

»Fourth Avenue«, sagte er zu dem Cabdriver, bevor es losging.

Der Fahrer rollte an. »Bahnhof oder sonst wo?«

»Bahnhof«, entschied Phil schnell. Von dort aus konnte er feststellen, wo sich das Whitlock Building befand, das Prescotts Hauptquartier beherbergte.

Phil legte sich bequem in die Polster zurück und versuchte sich während der kurzen Fahrt zu entspannen. Er hatte so ein Gefühl, als ob heute noch starke Anforderungen an ihn gestellt werden sollten – sowohl geistiger als auch körperlicher Art. Der Wagen rollte im vorgeschriebenen Tempo zuerst über einen schmalen Bach. »Das ist der Walnut Creek«, erläuterte der Fahrer. Dann wurde eine etwas längere Brücke sichtbar, unter der ebenfalls das grünliche Band eines Baches glitzerte. »Das ist der Alum Creek«, sagte der Driver.

»Schön«, meinte Phil. »Sie scheinen viel Wasser hier zu haben!«

Die feine Ironie der Bemerkung schien dem Mann glatt zu entgehen. »Yeah«, stimmte er zu. »Ich wette, Sie waren schon mal hier!« Phil brummelte etwas, das sowohl Zustimmung als auch Verneinung sein konnte. »Dann kennen Sie sicher auch den Scioto River? Und den Olentangy River? Die fließen mitten durch die Stadt! An einem Tag wie heute sitzen bestimmt die Angler im Town Street Park!«

Das Taxi verließ die Broad Street, unterquerte einen Eisenbahndamm, und dann bog der Wagen in einen weiten Platz ein.

»Der Bahnhof.«

»Okay, ich steige hier aus.« Phil las den Betrag von dem Taxameter ab, legte ein Trinkgeld hinzu und notierte im Geist den Betrag für die nächste Unkostenabrechnung.

Dann stand er auf der Straße, den leichten hellen Mantel über dem Arm, ansonsten ohne Gepäck. Eine Zahnbürste kann man überall kaufen.

Er bewegte sich vom Bahnhof weg die Straße hinauf, die die Fourth Avenue sein musste. Richtig, am Ende des Platzes entdeckte er das Straßenschild. Sein Blick wanderte die endlose Reihe Hochhäuser entlang, die immer weiter zu laufen schien, um nirgendwo zu enden. Jedes der Häuser war mit Reklameschildern und Transparenten überladen wie ein Gemüsekarren unten am Fulton Fishmarket in der Downtown Manhattans. Einen Hinweis auf das Whitlock Building fand er nicht.

Phil hatte nicht die Absicht, seine Schuhsohlen durchzulaufen. Er wandte sich an einen Cop, der neben einem Schaltkasten für die Ampelanlage lehnte und im Moment nicht besonders beschäftigt wirkte.

»Sorry«, sagte er. »Ich suche das Whitlock Building.«

»Da!« Der Polizist wies mit einem markigen Kinn irgendwohin. Phil folgte der Richtung, die das Kinn angedeutet haben mochte. Auf jeden Fall war es die Fourth Avenue. Aber das wusste er ohnehin.

»Wie weit?«, erkundigte er sich deshalb.

»Mit Wagen?«

»Nein«, antwortete Phil, und er fragte sich, ob ein Unterschied in der Entfernung bestand für Fußgänger und die Fahrer von Wagen.

Der Cop wiegte bedenklich seinen Kopf. »Fünf Minuten«, meinte er dann, und skeptisch fügte er hinzu: »Mindestens!«

Phil bedankte sich für die Auskunft und trabte davon. Die angegebenen fünf Minuten schienen noch nicht ganz um zu sein, als er die erhabenen Goldlettern über dem Portal des schneeweißen Gebäudes entdeckte. *Whitlock Building*. Sonst nichts.

Phil stieg die flachen Stufen der breiten Steintreppe aus echtem Marmor hinauf. Die gläserne Drehtür begann zu kreisen, als er zwischen zwei ihrer Flügel trat. Sie beförderte ihn in eine hohe, kühl wirkende Halle, deren Decke von schlanken Säulen gehalten zu werden schien. In der Mitte der Halle entdeckte Phil ein wuchtiges Pult aus Palisanderholz, dahinter einen Mann in schlichter blauer Uniform fast ohne Zierrat auf den Revers oder den Schultern der Jacke. Der Mann hatte ihn erspäht und sah ihn bohrend an.

Phil sah sich noch einmal kurz um, ehe er auf den Hüter dieses Hauses zuschritt. Die sieben Aufzüge schluckten und entließen vorwiegend Männer, die eilig durch die Halle eilten. Einige wiesen dem Mann hinter dem Pult mit blitzschnellen Bewegungen kleine Ausweiskarten vor, die der jedoch nicht zu bemerken schien. Aus irgendwelchen Gründen schien sich das Interesse des Mannes auf Phil zu konzentrieren.

Phil hatte kein einziges Schild entdecken können, das auf die Mieter des Hauses hinwies. In dem Fall hätte er einen beliebigen Vorwand benutzen können, um in das Haus zu gelangen und sich eine Weile ungestört umsehen zu können. So musste er jedoch Farbe bekennen.

»Prescott Enterprises«, sagte er deshalb, als er vor dem Uniformierten stand.

»Dachte ich mir's doch!«, rief der Mann, ein rothaariger Mittelalter. »Ich erkenne sie alle raus. Sie tapsen so'n bisschen unsicher hier rein, obwohl sie doch mindestens zwölf Mille auf der Hand haben müssen.«

»Zwölf Mille?«, fragte Phil.

»Sicher. Oder wollen Sie nicht Pächter bei Prescott werden?«

Phil nickte schnell.

»Ach so, doch, natürlich.«

»Ich würd's auch gern tun, Mister. Aber die zwölf Mille, daran hapert's eben.« Unversehens reckte der Rothaarige die Schultern und wechselte die Miene. »Aber ich glaube nicht, dass Sie heute Glück haben. Ist schon einer oben, seit halb neun! Und drei andere, die feste Verabredungen hatten, sind wieder runtergekommen, so lange Gesichter, sage ich Ihnen. Wenn Sie auf mich hören wollen, gebe ich Ihnen 'nen Rat. Rechts rum und dann den Durchgang durch is'n Drugstore. Nehmen Sie'n Lunch. Und dann versuchen Sie's in 'ner Stunde noch mal.«

Phil nickte dankbar und machte sich davon. Schnellen Schrittes ging er zum Bahnhof. In der Halle suchte er eine freie Telefonkabine. Bevor er sie betrat, wechselte er am Zeitungsstand einen Fünfer in Münzen um.

Wenig später war er mit John D. High verbunden. Der Chef ließ jede Formalität aus. »Einem Beamten auf dem Bahnhof von Newark ist ein Mann aufgefallen, der ein offenbar krankes Kind bei sich hatte. Das war um acht herum, genau weiß der Mann das nicht mehr, weil um diese Zeit der Express nach Frisco abgefertigt wurde.«

Phil pfiff durch die Zähne.

»Das besagt natürlich gar nichts«, schränkte der Chef ein, »aber Sie müssen der Sache nachgehen. Der Zug kommt um drei Uhr in Columbus an ...«

»Was ist mit Jerry?«

»Jerry hat sich nicht gemeldet! Sie sind dran. Und Sie sind allein. Die Eltern haben sich fürs Schweigen entschieden, vielleicht wissen sie warum, sie werden möglicherweise genau überwacht. Seien Sie vorsichtig – Augenblick, warten Sie – über eine andere Leitung kommt ein Anruf aus Columbus ...«

Phil wartete, während er den Münzen zusah, die durch den Automaten klickerten. Ich hätte mich besser anrufen lassen, dachte er, als der Chef wieder in der Leitung war.

»Das war Clark Klotkas, Leiter des dortigen FBI-Büros. Ein Vertrauensmann hat ihn angerufen. Prescotts Finanzchef hat bei der Midland Bank einhundertsiebzigtausend Dollar in bar abgehoben. Die Midland unterhält die kleinste Filiale in Columbus ...« Der Chef schwieg bedeutungsvoll, dann zog er seine Schlüsse. »Für Prescotts Art der Geschäfte dürfte es ungewöhnlich sein, so viel Geld in bar abzuheben ...«

»Wenn es anders wäre, hätte sich Klotkas' Vertrauensmann kaum gemeldet«, unterbrach Phil.

»Richtig.« Phil spürte die leise, unterdrückte Erregung, die in John D. Highs Stimme mitschwang. »Wenn er bei der Midland hundertsiebzig abholt, werden es bei den anderen mehr sein. Ich bin sicher. Ich denke an eine Riesensumme …«

»Okay. Ich melde mich in kurzen Abständen.«

»Schauen Sie nach Jerry – ich mache mir Sorgen.« Dann klickte es in der Leitung. Phil sammelte die restlichen Münzen aus dem Rückgabeteller und verließ die Kabine.

Dann stand er wieder vor dem Bahnhof und blinzelte in die Sonne. Entschlossen ging er zum Whitlock Building zurück. Er wollte in der Halle warten. Wenn etwas nicht stimmte, würde er es merken. Und früher oder später würde etwas geschehen, dessen war er sicher.

Kate, ihr Nachname war Riedman, lehnte am Fenster des Abteils. Sie drückte ihre Stirn gegen das kühle Glas und sah auf die schwarzen Bänder der Gleise hinunter, die sich zu bizarren Mustern formten, wenn sie in Weichen und Kreuzungen zusammenliefen und wieder auseinander strebten. Unwillkürlich dachte sie an ihre Beziehung zu Stanley McLean, den ich unter dem Namen Al Jillings kannte. Auch zu ihm fühlte sie sich hingezogen, und jetzt strebte sie von ihm weg. Sie lauschte den Geräuschen im Gang, hörte Füßescharren und Poltern.

Kate wandte sich vom Fenster weg und huschte zur Abteiltür. Sie drehte den Knauf, öffnete die Tür einen Spalt. Im Gang standen Menschen, Koffer in den Händen, wartend. Kate atmete heftig. Sie stieß die Tür ins Schloss und lehnte sich mit dem Rücken dagegen. Ihre Augen hingen auf den beiden braunen Lederkoffern in dem Koffergestell. Dreihunderttausend Dollar. Die Summe war abstrakt für ein Mädchen wie Kate, aber nicht abstrakt waren die Sicherheit und die Freiheit, die eine solche Summe repräsentierte.

Kate öffnete den Kleiderschrank, riss den leichten Wollmantel heraus, warf ihn über die Schultern. Aus der Tasche des blauen Mantels zog sie einen dünnen weißen Seidenschal, den sie mit raschen Bewegungen um ihr langes Haar wickelte. Ein Blick in den Spiegel bestätigte ihr, dass sie jetzt bei weitem nicht mehr so auffällig wirkte wie zuvor.

Ihr Herz trommelte heftig, als sie sich bückte und mit festem, entschlossenem Griff die Bügel der beiden Koffer packte.

Sie lief zur Tür, stellte einen Koffer ab, zog die Tür ein Stück auf und spähte in den Gang hinaus. Von Stan war nichts zu sehen. Nur die Mauer der Leute, die auf das Halten des Zuges warteten.

Als die Bremsen packten und den langen Zug sanft abbremsten, schlüpfte Kate Riedmann aus dem Abteil und kämpfte sich zielbewusst nach vorne durch. Sie musste schnell sein, wenn der Zug im Bahnhof von Pittsburgh ausrollte. Schnell oder tot.

Ich hörte, wie das Girl die Abteiltür ins Schloss drückte. Der Raum nebenan war leer. Ich lehnte an der Wand, stieß mich jetzt ab und ging zur Tür. Mit den gefesselten Händen ertastete ich den Lichtschalter und drückte ihn nach oben. Licht! Ich schob mich noch einen Schritt weiter bis zur Tür, meine Finger legten sich um den Drehknauf, und obwohl ich es besser wusste, versuchte ich es – doch die Tür war vom Abteil her verriegelt.

Ich sah mich jetzt in Ruhe um. Das Waschbecken mit den beiden Plastikbechern, der Medizinschrank weit oben an der Wand, damit Kinder nicht herankonnten und ich in meinem Zustand auch nicht, die Duschkabine mit dem zwar schwenkbaren, aber an der Wand festgeschraubten Sitz.

Ich taumelte einmal, als der Zug schärfer bremste, und stieß hart gegen das Waschbecken. Noch ein paar hundert Yards, dann würde der Zug stehen. In dieser Zeit würde Jillings bestimmt nichts gegen mich unternehmen, dachte ich, aber um sicherzugehen, dass er mich nicht überraschen konnte, hüpfte ich zur Tür und legte den Innenriegel um. Ich grinste, als ich mir Jillings' Gesicht vorstellte, wenn er gegen die verschlossene Tür stoßen würde. Dabei erblickte ich mein Gesicht in dem Spiegel über dem Waschbecken. Es war das Gesicht eines Fremden – fahl, mit dunklen Bartschatten auf den Wangen und am Kinn, die Augen lagen tief in den Höhlen.

Rasch sah ich weg. Ein kräftiger Lunch würde mich wieder auf die Beine bringen. Und ein paar Aspirin gegen die aufkommende Erkältung. Ich hielt mich am Rand des Beckens fest, als der Zug stoppte, wartete, bis er endgültig hielt, und ließ dann los. Meine

Augen wanderten zum Spiegel zurück. Eine schöne Spiegelscherbe konnte die Rettung bedeuten. Aber wie sollte es mir gelingen, den Spiegel zu zertrümmern? In dieser verdammten Kabine war fast alles verschraubt.

Die Schlauchbrause! Sie hing ziemlich tief, war abnehmbar, und der Schlauch schien ziemlich lang zu sein. Ich hüpfte hinüber, in der verzweifelten Hoffnung, endlich freizukommen aus meinem verdammten Käfig mitten in einem Zug voller Menschen!

Der Zug stand noch nicht ganz, als Al Jillings alias Stanley McLean, vom Speisewagen kommend, langsam zu seinem Abteil vorrückte. Er wollte dort sein, bevor der Zug hielt. Er traute seinem Girl nicht, und er traute mir nicht.

Die Leute im Gang bildeten eine starre Mauer, aber Al Jillings war entsprechend rücksichtslos. Er schlängelte sich durch, achtete nicht auf hier und da vorgebrachte Proteste, wenn er jemanden hart zur Seite schob. Da war sein Abteil! Aufatmend öffnete er die Tür, ein inneres Gefühl ließ ihn leise dabei verfahren. Vielleicht konnte er Kate überraschen. Wobei, war ihm nicht klar, aber es lag in seiner Natur, andere Menschen zu belauern.

Das Abteil war leer. Jillings zerbiss einen Fluch zwischen den Zähnen. Dann ruckte der Boden unter ihm, als der Zug kurz vor dem Halten noch einmal heftiger abgebremst wurde, und Jillings taumelte in die Kabine hinein. Seine Augen lagen auf dem Koffergestell. In der ersten Sekunde begriff er gar nicht, was er sah – oder nicht sah.

Doch dann wusste er Bescheid. Er wirbelte herum und stürzte aus dem Abteil. Ohne jede Rücksicht riss er die im Wege Stehenden zur Seite, hetzte an ihnen vorbei. Der Zug rollte die letzten Yards aus. Er musste an einer Tür sein, bevor Kate aussteigen konnte.

Ein Mann, bullig, mit baumelnden Armen wie ein Gorilla, packte Jillings an der Schulter.

»He!«, sagte er dumpf grollend. »Wir haben es genauso eilig wie Sie!« Der harte Griff nagelte Jillings auf der Stelle fest. Zwei oder drei andere Männer murmelten Zustimmung.

Jillings bohrte seine Augen in die des Bullen. Er sagte kein Wort, doch in seinen Augen stand nackte, spürbare Mordlust. Betroffen ließ der Mann Jillings' Schulter los. Jillings stürzte vorwärts. Nur noch wenige Menschen trennten ihn von der Ausstiegsplattform des Wagons. Kate sah ihn kommen. Sie zog sich etwas zur anderen Seite des Ganges zurück und suchte hinter dem Rücken eines Fahrgastes Schutz. Ihr Herz trommelte wild, die Handflächen fühlten sich feucht an, und schon bereute sie den Entschluss – sie hatte Stans glühende Augen gesehen.

Der Zug hielt, der Zugführer gab die elektrische Verriegelung der Türen auf der Bahnsteigseite frei. Die Doppeltür flog auf, und die Reisenden drängten hinaus.

Kate blieb stehen. Die hinter ihr heranströmenden Reisenden drohten sie nach vorn zu drücken. Kate presste sich eng an die Wand und ließ die anderen vorbei.

Jillings war als einer der Ersten aus dem Wagon gesprungen. Ein paar rasche Sprünge brachten ihn vom Zug weg, weit genug, um ihm einen verhältnismäßig günstigen Überblick über alle zu verschaffen, die den Zug verließen. Gleich neben ihm befand sich eine Doppelsperre, die von den meisten Reisenden benutzt wurde. Doch etwa achtzig Yards weiter befand sich noch eine Sperre, die er nicht so genau überblicken konnte.

Deshalb musterte Jillings jeden, der aus den Wagons kletterte, und er glaubte sicher zu sein, dass Kate ihm nicht entwischen konnte.

Kate, das große, schlanke Mädchen mit dem langen blonden Haar. Sie hatte sich weiter in den Wagon zurückgezogen und spähte vorsichtig hinaus. Sie sah den Mann, dessen Augen am Zug entlangwanderten.

Die letzten Fahrgäste für Pittsburgh verließen die Wagen. Der Strom kehrte sich um. Jillings hatte den Eindruck, dass weniger zustiegen als vorher ausgestiegen waren. Kate musste noch drin sein. Hatte sie sich etwa mit dem G-man zusammengetan? Dieser Gedanke verursachte ihm plötzlich ein kaltes Angstgefühl. Was konnte geschehen? Jillings war sich darüber im Klaren, dass er unmöglich alle Gefahren abwägen konnte, die sich aus einer solchen Situation ergeben konnten. Das Beste war, abzuhauen. Das Geld im Stich zu lassen. Da drinnen wartete der G-man. Jillings war seiner Sache jetzt ziemlich sicher. Denn warum war Kate nicht rausgekommen? Sie warteten auf ihn. Wahrscheinlich in dem verdammten Bad.

Die letzten Passagiere stiegen ein, der Fahrdienstleiter blickte am Zug entlang.

Der Lautsprecher brüllte plötzlich los. »Alle Passagiere für den Frisco-Express ...«

Jillings hörte nicht zu. Er musste eine Entscheidung treffen. Unter seiner Achsel spürte er den Druck des Colt Revolvers, und in der Jackentasche fühlte er das Gewicht des 38ers, den er mir abgenommen hatte. Genug Munition, um die beiden in der Badekabine durch die Tür hindurch zu durchlöchern.

»... alle einsteigen, die Türen schließen sofort!«

Jillings hechtete vorwärts und sprang mit einem mächtigen Satz in den Wagon. Zischend schlossen die Türen. Sie waren von jetzt an bis zur nächsten Station nicht mehr zu öffnen. Jillings atmete schwer – unvermittelt hatte er das Gefühl, in einem Käfig zu sitzen oder in einer Falle.

Er rückte sein Jackett zurecht und lehnte wartend neben der Tür. Es waren noch zu viele Leute im Gang des Pullmanwagens. Für das, was er vorhatte, musste der Gang leer sein. Jillings blickte nach draußen. Als der Zug anruckte, lag der Bahnsteig leer. Kate war also nicht draußen. Er grinste bösartig. Den beiden wollte er es zeigen. Sie kannten ihn nicht. Bei weitem nicht.

Jillings konnte nicht wissen, dass Kate sich in den rückwärtigen Teil des Zuges verzogen hatte, während sie darauf wartete, dass Stan seinen Beobachtungsposten aufgeben würde. Als sie ihn dann über den Bahnsteig flitzen sah, kam sie zu spät am nächsten Ausgang an – die Türen schlugen gerade zu, und die Elektromagneten hielten sie eisern geschlossen.

Von wilder Panik getrieben, rannte sie den Gang hinab und flüchtete in den Waschraum eines Salonwagens. Sie ließ die beiden Koffer einfach fallen, schaltete das Licht ein und legte mit zitternden Fingern den Riegel um.

Sie sah sich um. Lange konnte sie hier nicht bleiben, das sah sie ein. Reisende würden kommen und sich erfrischen wollen, und wenn sie nach einiger Zeit nicht aufmachte, würden sie einen Schaffner holen oder den Zugführer.

Kate setzte sich auf einen Hocker, um zu verschnaufen. Sie sah keinen Ausweg. Immerhin war ihr Stans Charakter nun so weit erschlossen, dass sie eines wusste: Die Koffer zurückzugeben war vollkommen sinnlos. Stan würde das Geld nehmen und sie lächelnd umbringen. Kate wusste, dass sie um ihr Leben kämpfte. Auf den Gedanken, sich dem Zugführer oder anderen Reisenden anzuvertrauen, kam sie nicht. Denn damit hätte sie zugleich das Geld aufgeben müssen. Und mit diesem Gedanken konnte sie sich überhaupt nicht befreunden. Sie hatte einen Entschluss gefasst, und an dem würde sie festhalten. Das Geld hatte sie überhaupt erst zu dem Entschluss gebracht, und solange das Geld da war, würde sie darum kämpfen. Um die Dollars und ihr Leben.

Ich stand in der flachen Duschwanne, den Rücken gegen die Seitenwand gedrückt. Mit dem Rücken versuchte ich, die Schlauchbrause aus ihrer Halterung zu reißen. Das war gar nicht so einfach. Mit den Händen kam ich nicht ran.

Ich hielt einen Moment inne und stellte mich fest auf beide Füße, bis das krampfartige Zittern meiner Waden nachließ. Ich drehte mich um und versuchte es noch einmal mit meinem Mund und dem Kopf, was zuvor schon gescheitert war.

Aber was war das? Mit wilder Freude stellte ich fest, dass der Griff zu wackeln schien – offenbar hatten die Bemühungen mit dem Rücken doch einigen Erfolg gehabt.

Schwitzend arbeitete ich mit Zähnen und Kopf und Schultern. Ich stieß und zerrte an dem verklemmten Griff, der zudem noch mit einer Festhalteschraube verbunden war, die ich mit den Zähnen nicht lockern konnte.

Ich spürte kaum, wie der Zug sich wieder in Bewegung setzte, nahm das Vibrieren unter meinen Schuhsohlen nicht wahr. Alle meine Gedanken konzentrierten sich auf den verchromten Griff der Brause.

Unvermittelt rastete sie aus der Halterung und polterte an der Wand herab. Ich stieß mir noch einmal den Kopf und lehnte mich dann aufatmend an die Wand. Meine Arme und die Schultermuskeln schmerzten jetzt höllisch.

Weiter!, hämmerte es in meinem Schädel. Vorsichtig ließ ich mich an der Wand hinabgleiten, bis meine gefühllosen Finger das kalte Metall des Schlauchs ertasteten. Ich griff zu und stieg aus der Bodenwanne. Ich drehte meinen Körper und ließ los.

Die Brause flog ein Stückchen, prallte gegen das Waschbecken, fiel herab und schwang in die Duschkabine zurück.

Ich stieg hinein, holte das Ding zurück. Mit den Augen maß ich die Entfernung zum Spiegel, schätzte die Länge des Schlauchs ab und vermutete schließlich, dass es mir auf die soeben erprobte Weise im Laufe der nächsten drei Tage bestimmt gelingen würde, den Spiegel zu zerschmettern.

Ich praktizierte die Brause unter meinen gefesselten Händen hindurch, sodass ich den Griff fest gegen mein Gesäß drücken konnte. Dann machte ich zwei Schritte nach vorn, bis sich der Schlauch straff gespannt hatte. Und dann legte ich mein ganzes Gewicht nach vorn und riss den Schlauch mit einem heftigen Ruck ab. Ich drehte mich schnell um. Der Schlauch war an der für mich denkbar besten Stelle gerissen – ganz oben, wo das Wasserrohr aus der Wandverkleidung trat.

Ich ließ die Brause auf den Boden fallen, legte mich hin und fasste jetzt das abgerissene Ende mit den Fingern. Mühsam stand ich wieder auf. Ich ließ einige Zoll des Schlauchs durch meine Finger gleiten, bis ich glaubte, genau die richtige Länge zur Verfügung zu haben.

Ich versetzte meinen Körper in halbkreisförmige Bewegungen. Die Brause schepperte über den Boden, hin und her. Und dann holte ich aus wie ein Hammerwerfer. Jetzt war ich sicher, alles unter Kontrolle zu haben. Der Griff schwang hoch, knallte gegen die Kante des Waschbeckens, prallte daran ab wie ein Pingpong-Ball, flog gegen den Spiegel, der augenblicklich in tausend Stücke zersplitterte.

Al Jillings stand vor der Tür seines Abteils. Er spürte plötzlich Angst. Zum ersten Mal in seinem Leben. Er streckte nervös die Finger, wobei er versuchte, den Schweiß zu ignorieren, der sich in den Handflächen bildete. Jillings sah nach rechts und links. Niemand war zu sehen. Behutsam öffnete er die Tür, bemüht, jedes Geräusch zu vermeiden. Er presste sich gegen die Wand, während er die Tür mit einer Hand aus der Deckung heraus aufstieß. Nichts geschah. Seine rechte Hand lag unter dem Aufschlag der Jacke am Kolben des Colts.

Mit angehaltenem Atem steppte Jillings einen Schritt vor, spähte in das Abteil hinein, drückte die Tür noch weiter zurück, bis er sicher sein konnte, dass sich niemand hinter der Tür verborgen hatte.

Vorsichtig trat er über die Schwelle. Immer noch konnte jemand unter dem Bett oder in einem der Einbauschränke lauern.

Ein lautes Geräusch ließ ihn mitten in der Bewegung erstarren. Nebenan war das. Ein Poltern und Scheppern. Rasch drückte er die Tür zum Gang ins Schloss und schlich auf die Tür zum Bad zu. Er sah sofort, dass die kleine Tür nicht nur von außen, sondern auch von innen verriegelt war. Was hatte das zu bedeuten? Beide konnten also nicht im Bad sein. Dort drin befand sich entweder Kate oder der G-man.

Es gab ein scharfes, schnappendes Geräusch, das Jillings zusammenzucken ließ. Beunruhigt zog er seinen 32er und spannte den Hahn. Rückwärts ging er zum Bett, nahm eins der Kopfkissen, das er über die Hand mit der Waffe breitete.

Glas klirrte, Scherben prasselten.

Jillings hob den Arm mit der Waffe und schoss die Trommel gegen die dünne Trennwand zum Bad leer.

Ich beugte mich über das Waschbecken und suchte nach einer geeigneten Scherbe. Es waren genug da. Aber wie sollte ich eine aus dem Becken herausbekommen? Mein Blick fiel auf den Boden. Auch dort lagen welche, darunter eine ziemlich große, spitze, dolchartig. Ich ließ mich auf die Knie nieder, schabte mit dem Knie einige der kleinen Splitter zur Seite und drehte mich dann so, dass ich mich rückwärts über die dolchartige Scherbe fallen lassen konnte.

Irgendetwas ließ meine Augen in die Höhe zucken. Ein seltsames Geräusch von splitterndem Holz vielleicht. Meine Augen bemerkten Löcher, die vorher nicht da waren, hinter denen helleres Sonnenlicht schimmerte. Und es wurden mehr. Kleine Löcher mit ausgefransten Rändern. Sechs, sieben, acht. Bleifetzen spritzten um meine Ohren, und jetzt erst wusste ich genau Bescheid. Die Kugeln waren gegen die Kacheln über dem Waschbecken geprallt, Steinsplitter rieselten auf mich herab. Die Schüsse hatten völlig lautlos geklungen, diese Tatsache ließ mich frösteln.

Ich gab die Scherbe auf, und mit ihr den Plan, mich mit ihrer Hilfe zu befreien. Rasch, jedes Geräusch vermeidend, rutschte ich zur Tür hinüber. Nirgendwo fand ich Deckung, und wieder fröstelte mich. Mir fiel ein, dass ich die Tür von innen verriegelt hatte. Das bedeutete wahrscheinlich, dass Jillings das Schloss zerschießen würde. Welche Schussrichtung würde er wählen? Schräg nach unten. Dorthin, wo ich gerade lag?

Ich schob mich eng an die Wand und starrte das Schloss an. In meinen Nerven zuckte es, sie befahlen mir, den Riegel zu öffnen. Mein Verstand sagte Nein. Das Drehen des Schlosses würde ein kleines Schild in einem Sicht-Fenster bewegen. Ich war sicher, dass Jillings sowieso schon bemerkt hatte, dass ich das Bad von innen verschlossen hatte.

Ich hatte noch eine winzige Chance, wenn Jillings mich für tot oder getroffen hielt. Vielleicht würde er nicht so vorsichtig sein wie sonst.

Ich lauschte. Nichts war zu hören. Ich vermutete, dass Jillings durch die Schusslöcher ins Innere des Bades zu spähen versuchte. Viel würde er nicht erkennen. Das Licht über dem zerbrochenen Spiegel brannte nicht, und die Birne unter dem Milchglas an der Decke war reichlich trübe für jemanden, der aus dem Sonnenlicht hier hereinsehen mochte.

Der Zug gewann Fahrt. Das Rattern der Räder über die Weichen und Kreuzungen war in ein gleichmäßiges, schwingendes Rollen übergegangen, das Fahrgeräusch lag auf einer Tonfrequenz, die andere Geräusche nicht störte. Im Bad war es völlig still, und auch nebenan schien sich nichts zu rühren. Dabei war klar, dass der Mörder dort lauerte. Ich versuchte, mir sein Vorgehen vorzustellen.

Wahrscheinlich stand er mitten im Raum, starrte auf die Schusslöcher in der dünnen Wand. Ging dann langsam darauf zu, bückte sich, näherte ein Auge einem Loch. Dahinter musste es ihm dunkel erscheinen. Deshalb führte er sein Auge noch näher heran. Er wartete, bis sich seine Augen so weit an das trübe Licht im Bad gewöhnt hatten, dass Konturen erkennbar wurden.

Ich blickte zu der Stelle am Boden vor dem Waschbecken. Auch der

Mörder mochte gerade durch eines der Schusslöcher dorthin starren in der Erwartung, meine Leiche dort zu entdecken. Vielleicht trat er auch gerade einen Schritt zurück und sah die kleine Tür an, die ins Bad führte. Vielleicht würde er plötzlich vorspringen, den Riegel packen, die Tür aufreißen und mit der Waffe in der Hand wieder zurückweichen! Würde er seine eigene nachladen oder meine benutzen? Für meinen Revolver würde sein Schalldämpfer nicht passen ...

Schalldämpfer! Blödsinn! Jillings hatte keinen Schalldämpfer, sondern einfach eine Decke oder ein Kissen genommen, um die Waffe gelegt ...

Ich hielt den Atem an. Der kleine Raum dröhnte plötzlich wie der Resonanzboden einer Gitarre. Kugeln prallten gegen das metallene Schloss, einige drangen neben dem Schloss durchs Holz. Stille.

Ich ließ mich auf den Boden rutschen und rollte schnell in Position. Rückenlage, Beine leicht angezogen, noch einmal die Entfernung messen. Richtig. Er konnte kommen.

Die Tür bekam einen Stoß und schwang auf. Meine erhobenen Füße stoppten sie. Jillings sprang hinterher, wollte ins Bad hechten, meinen Smith & Wesson in der erhobenen Faust.

Ich spannte meine Muskeln wie ein Karatekämpfer zu dem einen, kurzen, alles entscheidenden Hieb. Ich schnellte meine Beine ab, die beiden Fußsohlen trafen die Tür. Sie prallte zurück – mit ungeheurer Wucht.

Das Holz erwischte Jillings, als er genau zwischen Tür und Rahmen war. Die scharfe Kante traf seinen linken Arm, die Schulter und den Kopf, der gegen den Rahmen knallte, zurückprallte wie eine Billardkugel und noch einmal gegen die Tür schlug.

Jillings taumelte, ein Knie knickte ein. Ich rutschte näher ran, hob wieder meine Beine, trat mit voller Wucht zu. Der Tritt gegen Jillings' Knie riss den Mann von den Beinen. Er schlug hin, wollte sich gleich wieder aufrappeln, kam auch in die Hocke. Ich trat die Arme unter seinem Körper weg, und weil er noch benommen war, knallte er mit dem Gesicht auf den Boden und blieb liegen.

Für mich ging es ums Leben. Das wusste ich nur zu gut. Wie ein Seehund drehte ich mich und robbte auf den am Boden Liegenden zu. Ich stellte fest, dass ich bereits eine ganz beachtliche Fertigkeit darin entwickelt hatte, mit gefesselten Füßen und auf den Rücken gebundenen Händen voranzukommen.

Jillings stöhnte, er bewegte seinen Körper, zog ihn zusammen. Jetzt spürt er den Schmerz, dachte ich. Ich war neben ihm, und weil ich ihn unter Kontrolle halten musste, wälzte ich mich auf ihn, wobei ich ihn nach den Waffen absuchte. Ich vermutete bei ihm meinen Smith & Wesson und noch eine andere Waffe von kleinerem Kaliber. Die acht Schüsse durch die Wand ließen darauf schließen.

Wieder bewegte sich Jillings, und diesmal entdeckte ich den Kolben meines Revolvers unter seinem Oberkörper. Ich ließ mich von ihm rollen, legte mich auf dem Rücken neben ihn und drängte ihn zurück. Meine Finger tasteten über den Boden, und weil sie nun fast abgestorben waren, dauerte es entsprechend lange, bis sie das Metall des Smith & Wesson fühlten. Doch dann fassten sie zu, und ich beugte mich vor, zog den Revolver von dem Gangster weg.

Raus hier, dachte ich. Ich wälzte mich nach vorn und kam auf die Knie. Oberkörper zurück, ein kleiner Ruck, und ich stand. Schwankend zwar, aber es ging. Ich hatte meinen Feind bezwungen.

Mein erster Impuls, der mir riet abzuhauen, klang ab. Ich glaubte, den Mann am Boden unter Kontrolle halten zu können. Ich musste nur zusehen, dass ich jetzt schnellstens die Hände frei bekam.

Ich hüpfte ins Abteil, meine Augen flogen über das Bett, über den kleinen Klapptisch neben dem Fenster. Dort lag der kurzläufige Revolver. Ich sprang hin und spähte von vorn in die Kammer der Trommel. Soweit ich das feststellen konnte, war der Revolver leer geschossen und nicht nachgeladen worden.

In meinem Smith & Wesson mussten sich noch drei Kugeln befinden. Nicht viel. Aber genug für Jillings, um mich zu töten, falls er zu schnell wieder zu sich kam, und zu wenig für mich, wenn ich mich mit meinen gefesselten Händen damit verteidigen wollte.

Durch die Tür sah ich, dass Jillings die Beine anzog. Ich hüpfte hin. Er hatte die Augen geöffnet. Der Blick war noch leer, wurde jedoch schnell klar. Der Kopf zuckte in die Höhe, als er mich über sich erkannte. Er setzte zu einem Sprung an, der den geschmeidigen Mann ohne Zweifel mit einem Schwung auf die Beine gebracht hätte.

Ich stand nahe genug. Ich ließ mich einfach auf den Rücken fallen.

Übung darin hatte ich mittlerweile genug, und gerade bevor Jillings seine Körperkräfte auf diesen Sprung konzentrieren konnte, trat ich wieder zu. Zweimal. Es war gemein, und es sträubte sich alles in mir dagegen. Aber es ging um mein Leben.

Für mich bedeuteten die Tritte nur eine Verschnaufpause – das war mir klar. Zum einen behinderten mich meine Fußfesseln bei allen meinen Aktionen, zum anderen war dieser Jillings ein verdammt harter Bursche. Wäre er nicht noch immer halb betäubt gewesen und eben schwer angeschlagen, dann hätte ich kaum Chancen gegen ihn gehabt. Auch nicht mit dem Revolver.

Ich hätte jetzt das Abteil verlassen können, jemanden um Hilfe bitten. Aber vielleicht hätte dieser Jemand nicht schnell genug begriffen, dämliche Fragen gestellt, und in der Zwischenzeit konnte Jillings das Bewusstsein wiedererlangen und sonst was tun. Den Zug in seine Gewalt bringen, indem er Geiseln nahm zum Beispiel. Nicht auszudenken!

Verbissen machte ich mich daran, meine Handfesseln zu lösen.

Sheldon war schon aufgeschreckt, als die Kugeln gegen die Kacheln über dem Waschbecken geprallt waren. Die Kugeln waren nicht durch die Wand geschlagen, und die Geräusche hatten gedämpft geklungen, weil die Sitzbank in Sheldons Abteil genau an das Bad von Jillings' Abteil grenzte und einen Teil des Geprassels abgedämpft hatte. Sheldon hatte gelauscht und versucht, die Geräusche zu deuten.

Jetzt war er beunruhigt. Der Junge schlief, stellte für ihn im Moment kein Problem dar. Sheldon stand langsam auf und schlich zur Tür zum Gang. Er öffnete sie und steckte seinen Kopf nach draußen. Niemand war zu sehen. Doch die Unruhe blieb.

Percival Prescott räkelte sich auf seinem Sitz, murmelte einige Worte im Schlaf und verstummte wieder. Sheldon drückte die Tür zu und blieb mit dem Rücken an die Wand gelehnt stehen.

Wieder hörte er von nebenan unbestimmte Geräusche. Er huschte zur Sitzbank, kniete sich darauf und presste sein Ohr gegen die Wand darüber. Er hörte Schaben und Rutschen, unbestimmte Geräusche, die er nicht zu deuten vermochte, und unvermittelt war es wieder still.

Sheldon hielt sein Ohr noch eine ganze Weile an die Wand gepresst. Sein Herz klopfte etwas stärker als zuvor, und er hörte vornehmlich das Rauschen seines eigenen Blutes. Achselzuckend ließ er sich auf die Bank fallen. Er angelte die angebrochene Flasche Whisky vom Boden, setzte sie an den Mund und nahm einen winzigen Schluck, gerade so viel, um seine vibrierenden Nerven zu beruhigen.

Die Landschaft draußen war von einer friedlichen Schönheit. Die goldene Herbstsonne brachte das Laub der Wälder zum Leuchten, tauchte vorüberhuschende Dörfer in mildes Licht und ließ sie sauber und unendlich ruhig erscheinen.

Dave Sheldon genehmigte sich noch einen Schluck. Doch dann schraubte er die Flasche mit entschlossenen Bewegungen fest zu. Vor Columbus würde er jetzt keinen Tropfen mehr nehmen. Er sah auf die Uhr und rechnete. Noch zwei Stunden und siebzehn Minuten. Wenn in Columbus alles glatt verlaufen war, würde Ernesto mit dem Geld auf dem Bahnsteig stehen. Dave Sheldon lächelte, während er seinen Gedanken freien Lauf ließ. Mädchen spielten darin eine dominierende Rolle. Die Polizei kam in diesen Träumen überhaupt nicht vor …

Kate Riedmann öffnete vorsichtig die Tür, spähte in den Gang hinaus, schlüpfte dann aus dem Waschraum und wandte sich so ruhig, wie sie es gerade noch fertigbrachte, nach links. Der hintere Teil des Zuges verhieß am ehesten Sicherheit. Dort befanden sich die Salonwagen und die Coach Cars, die voll von Menschen waren. Und der Aussichtswagen. Hier war sie unter Menschen. Und von Zeit zu Zeit konnte sie in einem Waschraum unterschlüpfen.

Am Ende des Ganges kam sie an einer geöffneten Tür vorbei. In dem kleinen Raum dahinter saßen der Zugführer und zwei Männer in den Uniformen der Penn Central. Der Zugführer, ein Mann Anfang der fünfzig mit rötlicher Gesichtsfarbe und feinen Falten um den Augen, sah sie voll an.

Kate lächelte zögernd. Der Zugführer erhob sich und fragte: »Haben Sie irgendeinen Wunsch, Madam?«

Kate hatte einen. Spontan betrat sie den Raum, um vom Gang wegzukommen. »Ich möchte ein Pullmanabteil«, sagte sie.

Der Zugführer warf einen Blick auf einen Plan an der Wand und schüttelte dann den Kopf. »Tut mir leid, Madam, die Pullmanabteile sind ausnahmslos belegt. Allerdings wird eins in St. Louis frei …«

Kate schüttelte enttäuscht den Kopf.

»Warten Sie, Sie können eine Schlafwagenkabine haben. Eine für zwei Personen.«

Kates Augen leuchteten in plötzlicher Hoffnung. »Ich kaufe beide Plätze!«, sagte sie.

»Gern. Darf ich Ihr Ticket sehen?«

Kate biss sich auf die volle Unterlippe. Daran hatte sie nicht gedacht. Sie fing sich jedoch schnell. »Das hat mein Mann. Ich will weg von ihm, er ist so – so …«, sie suchte nach einem geeigneten Wort, während der Zugführer und die beiden Schaffner sie neugierig anstarrten. Dieses Publikum inspirierte sie jedoch zu einer glatten schauspielerischen Leistung. »… gewalttätig!« Sie warf den Kopf in den Nacken und zog das Seidentuch ab. Mit einer Handbewegung strich sie das lange Haar zurück. Am Hals waren die noch roten Male von Jillings' Schlägen zu sehen.

Die Augen der Männer drückten Mitleid aus. Der Zugführer sagte: »Kommen Sie, ich begleite Sie.«

»Sagen Sie meinem Mann nichts. Er wird mich sicher suchen …«

»Sie können sich auf uns verlassen, Madam!«, versicherte der Zugführer grimmig, und die beiden anderen nickten zustimmend.

Der Zugführer begleitete das Mädchen durch den Gang in den nächsten Wagon. Kate blickte sich mehrmals unruhig um, aber niemand war zu sehen. Der Zugführer schob sie in eine winzige Kabine mit zwei übereinander stehenden Betten. Kate warf die beiden Koffer auf das obere Bett.

»Wenn Sie das Ticket nicht haben, müssten Sie noch mal voll bezahlen, dazu käme der Zuschlag für dieses Abteil …«

Kate nickte. »Rechnen Sie bitte aus, wie viel das ist. Ich will nach Frisco …« Sie hielt es für besser, ein Ticket bis Frisco in der Tasche zu haben. Da konnte sie jederzeit aussteigen oder auch im Zug bleiben.

»Okay. Ich komme gleich wieder. Und – machen Sie sich keine Sorgen, Madam! Wir werden ein Auge auf Sie haben.«

Kate nickte dankbar. Der Zugführer verließ die Kabine. Kate riss einen der beiden Koffer herunter. Das war gerade noch mal gut gegangen. Was wäre gewesen, wenn der Zugführer im Abteil geblieben, und gewartet hätte, bis sie ihm das Geld gab?

Kate drückte die Verschlüsse zur Seite und wartete auf das Schnappen der Schlösser. Nichts geschah. Kate rüttelte an dem Koffer, aber auch das half nichts. Dann entdeckte sie die vier winzigen Räder, von denen jedes eine Zahl trug. Kate grub die Zähne in die Unterlippe. Sie hatte ein Kombinationsschloss vor sich und kannte die Kombination nicht. Woher auch? Vielleicht Stans Geburtsdatum? Doch das kannte sie ebenso wenig. Sie wusste nicht einmal, wie alt Stan war.

Kraftlos ließ sie sich auf das Bett sinken. Es ist aus, dachte sie und hätte am liebsten geheult. Aus, aus, aus, hämmerte es in ihrem Kopf.

Nein, das durfte nicht sein! Sie sprang auf, riss den Koffer an sich und knallte ihn mit Schwung gegen die eiserne Leiter, die zum oberen Bett hinaufführte. Der Koffer hatte einen festen Aluminiumrahmen unter dem braunen Leder. Wütend stellte Kate fest, dass die ersten Schläge dem Koffer offenbar nicht geschadet hatten. Wild blickte sie sich um.

In der ganzen Kabine gab es nichts, was sie als Werkzeug hätte verwenden können. Kein Messer, keine Schere, nichts. Wenn sie wenigstens ihr Kosmetikköfferchen bei sich hätte, doch das war in Stans Abteil und deshalb unerreichbar.

Wieder versuchte sie es, indem sie den Koffer gegen die Leiter schmetterte. Sie schwang mit dem Koffer einmal um ihre eigene Achse und ließ den Koffer dann mit der Schmalseite gegen das Metall prallen.

Der Koffer bekam eine Beule, und dort, wo Unterteil und Deckel zusammenkamen, bildete sich ein breiterer Schlitz. Kate verstärkte ihre Bemühungen. Immer wieder schlug sie den Koffer gegen die Leiter.

Schließlich sprang der Deckel mit lautem Knall auf. Im Nu war der Boden der Kabine mit Geldscheinen übersät. Kate warf den Koffer auf das Bett und ließ sich auf die Knie nieder. Hastig raffte sie das gebündelte und lose Geld zusammen. Achtlos stopfte sie es unter die Bettdecke.

Es klopfte gegen die Tür. Kate erschrak, denn immer noch lagen

Dutzende Scheine auf dem Boden. »Augenblick!«, rief sie, die Panik in der Stimme unterdrückend.

»Sicher, lassen Sie sich Zeit, Madam«, rief der Zugführer gutmütig von draußen.

Kate hatte beide Hände voller Scheine. Eine Hand voll davon drehte sie zu einer Rolle zusammen, die sie in die Manteltasche stopfte. Dann zog sie den Mantel hastig aus, warf ihn über das Bett und den Koffer, ordnete ihr Haar rasch vor dem Spiegel und blickte sich prüfend um. Kein loses Geld mehr auf dem Boden.

Lächelnd öffnete sie die Tür. »Entschuldigen Sie bitte«, sagte sie mit weicher Stimme. Die blauen Augen leuchteten. Für Kate schien die Welt wieder in Ordnung.

Die Flasche vor Ernesto auf dem Tisch war leer. Ernestos Mund fühlte sich trocken an von dem Alkohol, den er getrunken hatte. Mehr als beabsichtigt.

Prescott beobachtete den Mann aufmerksam, ohne sich anmerken zu lassen, wie besorgt er in Wirklichkeit war. Sein Verstand war gewöhnt, geschäftliche Transaktionen zu durchdenken und zu analysieren, und er hatte den Plan der Gangster ziemlich genau erfasst. Was fehlte, waren ein paar Details. Diese Details musste er erfahren.

Die Uhr auf Prescotts Schreibtisch zeigte auf zwanzig Minuten vor zwei. Bald würde Dayton mit dem Geld kommen.

»Sorgen Sie dafür, dass zwei Taschen oder Koffer da sind. Das Geld wird gleich hier geteilt. In gleiche Teile«, sagte Ernesto plötzlich.

Prescott nickte. Er hatte etwas Ähnliches erwartet. Dieser schmierige Gauner wollte seinen Anteil griffbereit in der Hand haben, wenn – wenn sie dem anderen begegneten. Offenbar schien dieser feiste Gangster wenigstens die Absicht zu haben, seinen Komplizen zu treffen. Oder gab es eine andere Möglichkeit? Sicher. Er konnte einfach sagen, gehen Sie da und da hin, da werden Sie meinen Kumpel schon finden. Geben Sie ihm den Koffer mit der halben Million, bestellen Sie ihm einen schönen Gruß vom Dicken, dann wird er den Boy schon rausrücken.

»Sie sollen den Kies auf zwei Koffer verteilen, haben Sie mich verstanden?«, fauchte Ernesto. Seine Lippen waren feucht, die Haare wirr, und er konnte das Zittern seiner Hände nicht mehr verbergen.

Prescott drückte einen Knopf seiner Sprechanlage. »Dayton«, sagte er nur.

Schweigend warteten die Männer, dann flackerte das grüne Licht, und die Stimme der schwarzhaarigen Sekretärin meldete: »Mr Dayton ist nicht im Haus, Mr Prescott.«

»Okay«, sagte Prescott und unterbrach die Verbindung. Er lehnte sich zurück und betrachtete den Gangster lauernd. »Sie haben ja die Koffer immer noch nicht bestellt«, stellte Ernesto fest.

»Das wird Dayton besorgen.«

»Ich will die Koffer hier liegen haben! Hier!« Ernesto wies auf den Tisch vor sich, wo der kleine Colt neben der Flasche lag.

»Wollen Sie wirklich, dass ich noch mehr Leute mit hineinziehe? Ihr ganzer schöner Plan klappt doch nur, wenn wir ganz unter uns bleiben.«

»Richtig«, bestätigte Ernesto und versank wieder in Schweigen. Er dachte an Zigaretten, und vor diesem Gedanken verschob sich der Hintergrund.

Prescotts Stimme riss ihn aus der Versenkung. »Ich glaube, es ist an der Zeit, dass Sie etwas mehr von Ihrem Plan verraten. Ihr Partner ist mit meinem Sohn unterwegs nach Columbus – wie?«

»Sage ich nicht.« Ernesto rülpste, hob erschrocken die Hand an den Mund und sah den Mann hinter dem Schreibtisch verlegen an.

Prescott erhob sich, drehte sich um, sah aus dem Fenster auf die Straße hinunter. Dann wandte er sich um und kam langsam auf Ernesto zu. Um den Schreibtisch herum, schön langsam und gleichmütig, die Hände in den Hosentaschen vergraben.

Ernesto beugte sich vor und nahm den Revolver an sich. Er steckte den Finger unter den Schutzbügel und ließ die Waffe um den Zeigefinger kreisen. Es klappte nicht besonders gut.

Prescott stand nun am Tisch und sah auf Ernesto hinab. »Wann kommt Ihr Partner in Columbus an?«

»Sage ich nicht.«

Prescotts Arm schwang herum, und bevor Ernesto auch nur die geringste Chance hatte zu reagieren, landete Prescotts offene Hand in Ernestos fleischigem Gesicht. Es klatschte laut. Ernestos Kopf flog zurück, die Wucht des Schlages drückte ihn tief in die Polster.

Prescott schlug die langen Finger seiner linken Hand um Ernestos Unterarm und drückte zu wie eine Stahlklammer. Aufschreiend ließ der Gangster den Revolver fallen. Prescott warf den Mann achtlos wie ein Bündel Lumpen in den Sessel zurück und hob den Colt auf. Er klappte die Trommel auf und ließ die Patronen auf den Teppich fallen. Den Revolver warf er zielsicher in den Papierkorb. Dann sah er Ernesto aus stechenden Augen an.

»So, und jetzt werden wir uns unterhalten. Wir verlassen diesen Raum nicht, bevor ich jedes Detail eures verdammten Plans weiß. Hast du mich verstanden, du miese, fette Ratte?«

»Geben Sie mir eine Zigarette!«, wimmerte Ernesto.

»Da hast du eine Zigarette!« Prescott holte aus und schmetterte dem Gangster wieder seine Hand ins Gesicht. »Wenn du nicht auspackst, muss ich dich schlagen!«, zischte er. »Mir ist es egal!« Wieder holte er aus. Prescott war wütend, aber nicht blind vor Zorn. Er war eiskalt, und er wusste genau, was er tat.

Müdigkeit und Kopfschmerzen nagten heftig an mir. Mein Körper verlangte nach einer Ruhepause und nach bequemer Lage. Ich musste die Arme strecken können!

Bald war es so weit! Ich hockte an der Wand, den Oberkörper vorgebeugt. Keuchend rieb ich die Handfesseln über die Spiegelscherbe, die ich mühsam in einen Spalt in der Verkleidung geklemmt hatte. Viel Druck konnte ich nicht draufgeben, sonst wäre sie gleich wieder rausgerutscht und das Verkeilen hätte abermals gemacht werden müssen. Die Scherbe klemmte in einem Spalt, gegen die vorstehende Spitze hatte ich meinen Rücken gedrückt. Ich spürte sie durch mein Jackett hindurch, wie sie sich in die Haut bohrte, aber das war mir im Moment völlig gleichgültig.

Jillings bewegte sich. Sein Atem ging schneller als zuvor, er beugte den Rücken durch, ließ sich zurückfallen, stöhnte. Viel Zeit hatte ich nicht mehr. Ich bewegte meine Hände schneller hin und her, spannte die Schnüre und wartete darauf, dass ein Strang endlich riss. Jillings hob den Kopf, ließ ihn sofort wieder sinken. Er war noch zu schlapp.

Ich hatte noch ein paar Sekunden. Um freizukommen oder ihn noch einmal bewusstlos zu treten.

Ich hockte hinter ihm, das war von Vorteil. Wenn er erwachte, würde er mich nicht sofort sehen. Die Waffe lag hinter meinem Rücken. Ich machte also weiter an der Fessel.

Wieder hob Jillings den Kopf, diesmal nahm er einen Arm zu Hilfe, mit dem er sich aufstützte, doch auch dafür schien er noch zu schlapp zu sein – er ließ sich wieder zurückfallen. Ich hörte seine schnellen Atemzüge, die mir bewiesen, dass er bei Bewusstsein war, oder wenigstens fast.

Verbissen kämpfte ich mit der Fessel. Das Material der Schnüre musste verdammt zäh sein. Meine Arme erlahmten. Aber ich wollte die Scherbe jetzt nicht aufgeben. Sie wäre vielleicht runtergefallen, und es war eine elende Schinderei, sie wieder in den Spalt der Verkleidung zu praktizieren.

Jillings setzte sich plötzlich hin. Die Bewegung wirkte konzentriert. Er saß da und blickte durch die Tür in sein Abteil.

Schnell, dachte ich. Kein Geräusch.

Meine Hände ruckten ein Stück auseinander! Ich musste überrascht gewesen sein und dabei etwas heftiger geatmet haben. Jillings Kopf zuckte herum, seine eisigen Augen waren groß und blau.

Dafür, dass er soeben aus seiner Bewusstlosigkeit erwacht war, reagierte er beachtlich schnell. Mit einem geschmeidigen Sprung schnellte er auf die Füße. Genau in diesem Moment durchtrennte ich die letzte Faser, meine Hand schoss auf den Boden, die Finger umklammerten den Kolben des Smith & Wesson.

Jillings Knie federten, als er zum Sprung ansetzte, der ihn mit Wucht gegen mich geworfen hätte. Meine Hand fuhr hoch, die schwarze Mündung meines 38ers wies auf Jillings' Kopf.

Ich hatte meinen Finger nicht einmal unter dem Abzugsbügel, dafür waren meine Hände noch viel zu steif und gefühllos, aber der Anblick des schwarzen Lochs genügte, ihn im Sprungansatz zu stoppen.

»Hände hoch!«, sagte ich, und ich glaube, ich beherrschte meine ganze aufgestaute Wut nur sehr schlecht. Zweimal hatte mich dieser Kerl beinahe aus dem Fenster geworfen, einmal fast ersticken lassen. Und wenn er mich jetzt erwischt hätte, hätte er mich endgültig fertig gemacht, das war ganz klar. Sofort, und ohne zu zögern.

»Zurück!«, sagte ich.

Jillings reagierte nur langsam. Er musste weg von mir, er stand zu nahe. Ich hatte die Füße noch nicht frei, hockte am Boden und konnte mich nicht aufrichten. Denn wenn ich dabei nur eine falsche Bewegung machte, konnte er über mir sein.

Ganz langsam wich Jillings zurück. Seine hellen Augen ließen mich nicht los. Der Lauf meiner Waffe folgte seinem Kopf.

Mühsam brachte ich den noch immer gefühllosen Zeigefinger unter den Schutzbügel und legte ihm um den Abzug. Ich konzentrierte meinen ganzen Willen auf diese winzige Bewegung.

Deshalb entging mir vielleicht ein verräterisches Flackern in Jillings' Augen, wenn überhaupt etwas da war, was seine Reaktion angekündigt hatte. Er wirbelte jedenfalls herum und war durch die Tür und meinem Blickfeld entschwunden, bevor ich nur einmal zucken konnte. Irgendein Reflex befahl meinem Zeigefinger, sich zu krümmen, aber der war nicht in der Lage, den Abzug zu betätigen. Etwa fünf Stunden waren meine Hände gefesselt gewesen, und die dünnen Stricke hatten Blut und Nerven nahezu abgeklemmt.

Meine Instinkte funktionierten jedoch gut, wie ich gleich merken sollte. Jillings war gerade durch die Tür, er konnte noch nicht durch das halbe Abteil sein, da war ich schon auf den Beinen. Ich rannte los.

Mit gefesselten Füßen.

Der Krach, mit dem ich lang auf den Boden schlug, fiel zusammen mit dem Zuschlagen der Abteiltür.

Percy hockte in seiner Ecke unter dem Fenster. Er war wach und starrte den Mann gegenüber aus seinen großen Augen an. Der Junge hatte wieder Angst. Er befand sich nun schon so lange Zeit in den Händen dieses – dieses Verbrechers. Es musste doch jemand kommen, um ihn zu befreien! Nach so langer Zeit!

Dave Sheldon wandte den Blick ab, und wieder ärgerte er sich darüber, dass er dem Blick dieses Bengels nicht standzuhalten vermochte. Er nahm die Whiskyflasche in die Hand, spielte einen Augenblick mit ihr herum, legte sie entschlossen wieder weg. Keinen Schluck mehr vor Columbus.

Nebenan klappte die Abteiltür, das war genau zu hören. Und dann fuhr Sheldon zusammen. Die Tür zu seinem Abteil sprang auf, im Rahmen stand ein Mann. Ich habe nicht abgeschlossen, schoss es durch Sheldons Kopf. Seine Hand zuckte unter die Achsel. Der andere registrierte die Bewegung. Er drückte die Tür schnell, aber leise, mit einer gleitenden Bewegung ins Schloss und warf sich mit einem langen, geschmeidigen Sprung auf Sheldon.

Jillings' Schulter traf Sheldon am Mund und riss ihm den Kopf in den Nacken. Dann rammte Jillings sein Knie dem anderen in den Bauch.

Sheldon riss den Mund weit auf, die Augen schienen ihm aus den Höhlen zu quellen. Gierig schnappte er nach Luft, seine Arme hingen schlaff herab. Jillings' Hand fuhr unter seine Jacke und kam mit der Pistole wieder heraus.

Jillings sprang von der Bank und wich bis zur Tür zurück. Mit der Linken verschloss er die Tür und lehnte sich dagegen. Sein Blick fiel auf den Jungen.

Percy verstand nun überhaupt nichts mehr. Mit dem Instinkt eines Kindes erfasste er, dass Jillings die größere Gefahr für ihn darstellte. Er rührte sich nicht, starrte den Mann nur an.

Sheldon bekam wieder Luft, aber sein Atem ging immer noch schwer, und er presste die Hände vor den Bauch. Er sah in Jillings' verzerrtes Gesicht und in das blaue Auge, das ihn über den Lauf seiner eigenen Luger hinweg anstarrte.

Jillings ließ die Waffe ein Stück sinken, sein Gesicht entspannte sich. Er neigte lauschend den Kopf ein wenig zur Seite.

»Ihr seid mal alle schön still«, sagte er leise. »Oder tot!«

Sheldon krümmte sich zusammen. Er hatte Schmerzen. Jillings hatte jedoch nicht die Absicht, sich reinlegen zu lassen.

Dave Sheldon richtete sich auf, sein Gesicht war grau wie nasser Kalk.

»Umdrehen!«, befahl Jillings. Sheldon kam dem Befehl schwerfällig nach. »Knie dich hin, Hände auf den Sitz!«

Dave Sheldon ging in die Knie und legte seine Hände auf den Sitz. Sein Gehirn versuchte, die Situation zu deuten. Polizei? War er schon am Ende?

Jillings trat von hinten an ihn heran und tastete ihn gründlich ab.

Zum Schluss zog er Sheldons Brieftasche heraus. Er nahm sie an sich und zog sich wieder zur Tür zurück. Rasch blätterte er die Papiere durch. Er fand keinen Fetzen Papier, der einen Hinweis auf die Identität des Mannes am Boden gegeben hätte.

»Kann ich mich wieder setzen?«, brachte Sheldon keuchend hervor.

»Nein. Wie heißt du?«

»Jim«, sagte Sheldon. »Jim Craig.« Diesen Namen hatte er häufig in Hotels benutzt.

»Wieso schleppst du eine Kanone mir dir rum?«

»Nur so. Für den Fall, dass mir mal 'ne Type wie du begegnet.«

»Für Typen wie mich bist du zu langsam. Also, warum?«

Sheldon keuchte, fieberhaft suchte er nach einer Antwort. »Mann, lass mich doch erst mal aufstehen!«

»Nein! Ich warte!« Jillings sah unvermittelt den Jungen an, der unter dem kalten Blick am liebsten in sich zusammengekrochen wäre.

»Wie heißt du?«

»Percival.«

»Weiter?«

»Prescott.«

»Wer ist das?« Jillings deutete mit dem Kopf auf Sheldon hin.

Der Junge schwieg. Nicht, weil er Sheldon helfen wollte. Er kannte einfach kein Wort, das das Verhältnis zwischen ihm und dem Fremden gekennzeichnet hätte. Kidnapper, ja – aber dieses Wort brachte er nicht über die Lippen, jedenfalls nicht diesem Fremden gegenüber. Warum eigentlich nicht? Er hielt den schlanken Mann für viel gefährlicher. Percy zuckte mit den Schultern.

»Verdammt, ich will eine Antwort!« Jillings wäre nie im Leben auf die Idee gekommen, mitten in ein Kidnapping hineinzuplatzen, nie. Das war einfach zu unwahrscheinlich. »Also? Ist der Kerl da dein Onkel? Vater? Was sonst?« Astrein war der Kerl mit dem nichtssagenden Gesicht keinesfalls, das spürte Jillings natürlich. Weshalb trug er sonst so eine großkalibrige Pistole und keine Papiere bei sich?

»Ich begleite den Jungen nach Columbus, das ist alles. Ich bin ein Angestellter seines Vaters.«

Jillings lauschte dem Klang der Worte nach. Sie klangen zwar beiläufig und ganz gut, aber trotzdem, ganz echt waren sie auch nicht.

»Du kannst dich setzen.« Sheldon erhob sich und ließ sich kraftlos auf die Bank fallen. Er musterte den schlanken Burschen an der Tür.

»Und was bist du für einer?«, erkundigte er sich.

Jillings grinste plötzlich. »Hat das Bürschchen 'nen reichen Vater?« Sheldon antwortete nicht. Jillings glaubte zu verstehen. »So ist das also! Du bist ein Gorilla! Wer ist dieser Prescott? Ein Mann vom Syndikat? Oder ein Millionär?« Sheldon antwortete nicht. Das Grinsen fiel aus Jillings' Gesicht. »Wenn ich von jetzt an nicht sofort meine Fragen beantwortet bekomme, schlage ich dir jedes Mal den Kolben dieser Kanone zwischen die Zähne. Also?«

»Syndikat«, antwortete Sheldon.

Jillings lachte leise. »Also nicht Syndikat. Dafür sollte ich dir die Zähne einschlagen. Falsche Antworten sind keine Antworten, verstanden? Der Daddy von dem Kleinen da ist also ein reicher Mann, und du bist sein Gorilla. Fein.«

»Mach dir keine falschen Hoffnungen«, sagte Sheldon müde. »Wir sind bald in Columbus. Ich werde von zwei Typen abgeholt. Von denen sind dir beide über, glaub mir. Verzieh dich, und ich halte die Schnauze. Die Luger kannst du behalten. Ich krieg 'ne neue.«

Jillings grinste immer noch. »Ich bleibe schön hier. Hinter mir ist nämlich einer her. Vielleicht wird er irgendwann hier reingucken. Dann stelle ich mich in den Schrank da. Und wenn du nur einmal mit den Augen zu mir hersiehst, mache ich den Jungen kalt. Für mich kommt's nicht darauf an.«

Sheldon begriff. Besorgt fragte er: »Wer ist hinter dir her?«

Jillings grinste immer noch. »Halb so schlimm, 'n Bulle vom FBI.«

Sheldon wurde blass, und seine Knie begannen zu zittern.

Ich stieß eine Serie nicht druckreifer Flüche aus. Wieder hatte mein Schädel das meiste abbekommen.

Ich wälzte mich herum und zog die Scherbe aus dem Spalt. Die Fußfessel hatte ich danach innerhalb weniger Sekunden durchtrennt.

Ich stand auf und ging zur Abteiltür. Ein Blick auf den Gang bestätigte nur, was ich vermutet hatte. Der Gang war leer. Jillings hatte etwa ein Dutzend Wagons zur Auswahl, schätzungsweise vierzig Pullman- und achtzig Schlafwagenabteile, in denen er unterschlüpfen konnte. Ich an seiner Stelle hätte den Schlafwagenabteilen den Vorzug gegeben, die um diese Zeit alle leer standen.

Ich sah auf die Uhr. Es war kurz vor zwei. Ich hatte noch eine Stunde Zeit bis Columbus. Ich brauchte also keine schädliche Hektik zu entwickeln.

Ich klappte die Trommel meiner Waffe auf, warf die leer geschossenen Hülsen aus und lud nach. Jillings hatte mir die Munition gelassen. Die Brieftasche und meinen FBI-Ausweis hatte er mir abgenommen.

Ich begann, das Abteil zu durchsuchen. Ich entdeckte, dass die Koffer fehlten, die das Geld enthielten! Deshalb hatte Kate mir die Chance gegeben, mich zu befreien und ihr den Killer vom Hals zu halten. Ganz vernünftig, dachte ich anerkennend. Den Griff nach den Dollars hielt ich für eine Kurzschlussreaktion.

In einer Schublade entdeckte ich meine Brieftasche. Weder mein Geld noch die ID-Card fehlten. Aufatmend steckte ich beides ein. Es ist immer eine Blamage, wenn ein G-man Waffe oder Ausweise verliert. So etwas zieht Kreise bis nach Washington.

Ich stellte mich mitten ins Abteil und machte ein paar Lockerungsübungen, bis ich das Blut in allen Gliedern wieder spürte, kribbelnd und prickelnd.

Ich musste Jillings möglichst innerhalb einer Stunde finden. Und unschädlich machen.

Ich verließ das Abteil. Ich musste telefonieren. Columbus musste ein paar Kollegen abstellen, für alle Fälle. Denn ich war gar nicht so sicher, ob ich innerhalb dieser einen Stunde jeden Winkel dieses Zuges absuchen konnte.

Stuart W. Prescott stand gebeugt über dem nach Schweiß riechenden Gangster. Ernesto wimmerte und presste eine Hand auf die Wange.

»Lassen Sie mich!«, winselte er. »Denken Sie doch an Ihren Sohn!«

»Ich denke an niemanden sonst. Schon gar nicht an dich.« Prescott packte den Mann an den Aufschlägen der Jacke und zog ihn hoch. Er stellte ihn auf die Füße, lockerte den Griff und wartete, ob der Gangster stehen bleiben würde.

Ernesto stand, wackelig zwar, aber er blieb auf den Füßen. Aus blutunterlaufenen Augen sah er Prescott an.

»Geben Sie mir eine Zigarette«, bat er.

»Ich will euren verfluchten Plan wissen!«

»Ich kann doch nicht …«

Prescott ließ ihn nicht ausreden. Seine Hand zuckte vor, klatschend landete sie auf Ernestos Wange. Der Kopf des Gangsters wurde von der Wucht des Schlages in den Nacken geworfen, und er taumelte einen Schritt zurück. Bevor er sich wieder in den tiefen Sessel fallen lassen konnte, fing Prescott ihn auf. Er schleifte den Mann in die Mitte des Raumes.

»Wohin gehen wir, wenn das Geld da ist?«

Ernesto schüttelte den Kopf. »Geben Sie mir eine Zigarette!«, bettelte er mit kaum verständlicher Stimme.

Statt einer Antwort holte Prescott wieder aus. Ernesto sah die Bewegung, er hob seine Hände vor das Gesicht. Prescott nahm seine linke Hand von der Jacke des Gangsters, schlug dessen Arme herab und landete einen Hieb, der wieder die Wange knapp unterhalb der Schläfe traf. Die Wucht des Schlages warf Ernesto zu Boden.

Ernesto stützte sich mit den Armen ab, schüttelte benommen den Kopf. »Eine Zigarette! Mein Gott! Ich brauche eine Zigarette!«

»Steh auf!«, befahl Prescott schneidend.

Ernesto erhob sich unbeholfen. »Die Zigarette …«

»Wenn ich alles weiß. Also?«

»Mein Partner bringt Ihren Sohn um!«, rief Ernesto undeutlich. »Verdammt, er wird's tun, wenn er weiß, was Sie mit mir machen! Er wird's tun!«, heulte Ernesto. Seine Wangen und Lippen bebten. Ernesto schluchzte. »Denken Sie an Ihren Sohn! Ich bin viel zu weich, aber Dave …«

»Quatsch«, sagte Prescott gelassen. »Du kannst deinen Partner nicht erreichen. Dein Partner will nur sein Geld. Deshalb ist es vollkommen gleichgültig, in welchem Zustand er dich wiedersieht.«

»Er wird Ihren Boy …«

»Quatsch. Dein Partner will Geld sehen. Wenn er's hat, wird er es so schnell wie möglich in Sicherheit bringen wollen. Du bist ihm egal, verstehst du das? Deshalb kann ich mit dir machen, was ich will. Und du wirst mir sagen, was wir tun, wenn das Geld da ist ...«

Die Sprechanlage meldete einen Anruf. Prescott sprang zum Schreibtisch und drückte eine Taste. »Ja?«, bellte er.

»Mr Dayton ...«

»Soll warten. Es kann noch etwas dauern!«

Ernesto heulte auf, als er Prescotts Worte hörte. Prescott wirbelte herum. Verächtlich musterte er die schwammige Gestalt. Er nahm die vergoldete Zigarettendose und das dazu passende Feuerzeug vom Schreibtisch und ging damit auf den Gangster zu.

»Wohin gehen wir?«

Ernestos Augen hingen an der Dose in Prescotts Hand. »Zum Bahnhof«, flüsterten die bebenden Lippen.

»Dein Partner kommt also mit dem Zug?«

Ernesto nickte schwach.

»Und der Junge – er ist dabei?«

»Ja.« Ernesto nickte. »Eine Zigarette, bitte ...«

Prescott öffnete die Dose. Ernestos Hand schoss vor, die Finger wühlten in dem Inhalt, packten ein Stäbchen. Da ließ Prescott den Deckel zuschlagen, gleichzeitig zog er die Dose an sich. Ernesto blickte auf den Fetzen dünnen Papiers und die Tabakkrümel zwischen den plumpen Fingern.

»Und dann?«

»Wir steigen ein. Sie bekommen Ihren Sohn, wir das Geld ...«

Prescott dachte nach. So einfach? Immerhin, es war möglich. Er war jedoch sicher, dass die Gangster eine Sicherung eingebaut hatten. Wahrscheinlich sollte er gefesselt werden. Oder niedergeschlagen und eingesperrt?

Oder getötet. Er und Percy.

Für die Gangster die einfachste Lösung. Sie stiegen aus, bevor der Zug weiterfuhr. Mit zwei Leichen an Bord, die möglicherweise erst in Frisco gefunden wurden.

Prescott klappte den Deckel des Zigarettenkästchens wieder auf. Diesmal ließ er den heftig atmenden Gangster eine Zigarette nehmen. Ernesto schob das Mundstück zwischen die bebenden Lippen, die zitternden Finger waren kaum in der Lage, das Stäbchen zu halten. Prescott ließ das Feuerzeug aufschnappen, langsam führte er die fast farblose Gasflamme an die Zigarette heran.

Ernesto verschluckte sich fast, als er den ersten Zug nahm und den Rauch gierig in die Lungen sog. Bevor er den zweiten Zug nehmen konnte, schlug Prescott zu. Mit der flachen Hand mitten auf die Glut. Ernesto verspürte einen geradezu irrsinnigen Schmerz.

Das war zu viel für den gequälten Verbrecher. Wimmernd hob er die Hände vor das Gesicht, die Schultern zuckten, seine Knie wurden weich und knickten einfach weg. Langsam sackte er zu Boden.

Prescott bückte sich, riss ihn hoch und warf ihn in den Ledersessel. Er stellte das Zigarettenkästchen und das Feuerzeug auf den Tisch vor den Gangster hin, ging zu dem eingebauten Barschrank, holte eine volle Flasche Scotch heraus, drehte den Verschluss ab und goss ein Wasserglas halb voll. Dieses Glas hielt er dem Gangster unter die Nase.

Ernesto zeigte nur schwache Lebenszeichen. Prescott packte die feuchten schwarzen Haare und zwang den Kopf in den Nacken. Dann hielt er die fleischige Nase zu, drückte mit einem brutalen Griff die Zähne auseinander und goss den Whisky über die Lippen des Gangsters.

Ernesto hustete und spuckte und schluckte krampfhaft. Sein Wille war jetzt gebrochen.

»Wollt ihr uns umbringen?«, fragte Prescott.

Ernesto riss die Augen auf. »Nein – nein …«, stammelte er.

Prescott starrte den Burschen voll Abscheu an. Du wirst es nicht tun, dachte er, aber dein Partner? Wie mag der sein? Prescott verschloss seine Augen nicht vor der möglichen Konsequenz. Er suchte nach einem Weg, der Gefahr zu begegnen. Gab es einen?

»Wie heißt du?«, fragte Prescott.

»Nein!«, heulte Ernesto. »Nicht, bitte! Nicht mein Name!«

Prescott hatte mit dieser Reaktion gerechnet. »Okay«, sagte er zufrieden. »Du sollst eine Chance haben, wenn ich eine bekomme. Wie heißt dein Partner?«

Ernesto presste die aufgeplatzten Lippen zusammen. Prescott machte einen drohenden Schritt auf ihn zu.

»Den richtigen Namen«, sagte er hart. »Ich brauche Sicherheit und du auch. Wenn ich den Namen deines Partners hier auf dem Schreibtisch liegen lasse, wird es kein Blutbad geben.«

In Ernestos umnebelten Gehirn arbeitete es. »Sheldon«, sagte er schließlich. »Dave Sheldon.«

Prescott schrieb den Namen zusammen mit ein paar anderen Angaben auf ein großes Blatt Papier, das er mitten auf seine Schreibtischunterlage legte.

Nachdenklich sah er den Gangster dann an. In ihm bohrte der fatale Gedanke, dass möglicherweise drei Tote nach Frisco reisen würden. Er, Percy und dieser fette Gangster.

Prescott bückte sich und sammelte die Patronen wieder auf. Dann fischte er den 38er aus dem Papierkorb und klappte die Trommel auf. Bedächtig schob er die Patronen in die Kammern, und bevor er die Trommel zurückklappte, zog er den Abzug ein paar Mal durch, um ein Gefühl für die Waffe zu bekommen. Für alle Fälle, dachte er. Lieber sollten zwei tote Gangster nach Frisco fahren.

Prescott drückte die Sprechtaste und sagte: »Schicken Sie Dayton rein!«

Der Angestellte im Schalterraum der Western Union begrüßte mich wie einen alten Bekannten, als ich eintrat.

»Hallo!«, sagte er. »Wo haben Sie gesteckt? Ihre Leute haben schon nach Ihnen gefragt!«

»So? Haben sie?«, knurrte ich verdrossen. Fein, dachte ich, sie haben immerhin an mich gedacht und nach mir gefragt. Während ich dabei war, elend zu verrecken.

»Dann geben Sie mir mal eine Verbindung mit meinen Leuten. Die Nummer haben Sie sicher noch.«

»Gewiss, Sir, sofort!« Der junge Mann entwickelte eine hektische Aktivität. Hin und wieder sah er scheu zu mir auf. Ich musste eine verdammt grimmige Miene aufgesetzt haben, der Bursche schien richtig Angst vor mir zu haben. Weil er keinen falschen Eindruck vom FBI bekommen sollte, grinste ich einmal kurz, mehr brachte ich in meinem jetzigen Zustand einfach nicht fertig. Doch das schien auch nicht das einzig Wahre zu sein. Der Mann sah mich jetzt überhaupt nicht mehr an. Na, dann eben nicht, dachte ich.

Ich betrat die Zelle und hob auf einen Wink des Angestellten hin den Hörer ab. Ich erkannte Myrnas rauchige Stimme sofort, obwohl es im Hörer stark rauschte.

»He, Mädchen«, grüßte ich.

»Jerry! Ich verbinde sofort mit Mr High!«

»He! Warten Sie! Was ist los?«

»Der Chef wartet – ich verbinde!«

Klick, Rauschen. »Jerry!« Das war John D. Highs sachliche Stimme, vertraut, beruhigend. »Ich will gar nicht wissen, was mit Ihnen los war, Sie können es später erzählen. Sie sind noch nicht in Columbus, nicht wahr?«

»Nein, Sir.«

»Okay. Seien Sie vorsichtig. Wenn Sie Jillings noch nicht identifiziert haben, lassen Sie ihn, suchen Sie nicht nach ihm, erregen Sie kein Aufsehen ...«

»Ich verstehe kein Wort! Jillings hätte mich beinahe umgebracht!«

»So ist das also! Haben Sie ihn?«

»Nein, Sir. Aber er ist im Zug.«

»Lassen Sie ihn. Er entkommt uns nicht ...«

»Stellen Sie denn in Columbus ein Empfangskomitee auf ...«

»Auf keinen Fall, Jerry!«

»Verdammt noch mal, Verzeihung, dürfte ich jetzt endlich wissen, was läuft?«

»Wir haben allen Grund zu der Annahme, dass ein Kidnapper mit seinem Opfer in dem Zug ist. Deshalb.«

Ich verstand und schwieg betroffen.

»Der Junge heißt Percival Stuart Prescott, ist elf Jahre alt, schmales Gesicht, schlank, dunkle Augen, schwarzes Haar ...«

»Kleidung?«

»Das wissen wir nicht so genau. Die Eltern haben die Entführung noch nicht gemeldet.« Großartig, dachte ich, das sind unsere liebsten Fälle. Wenn etwas passiert, und meist passiert etwas, zerreißen sie uns in der Luft. Die Presse, die Eltern. Verdammt, verdammt, auch das noch.

»In Columbus wird irgendetwas passieren. Der Vater ist dort, seine Hauptverwaltung befindet sich dort. Der Junge wohnt sonst bei seiner Mutter in Newark ...«

Newark, etwas begann in meinem ramponierten Schädel zu bimmeln.

»... dort ist es auch passiert. Die Schule hat uns informiert. Die Mutter hat eine lapidare Erklärung gegeben. Der Vater habe den Jungen überraschend mit nach Columbus genommen. Aber Prescott lässt sich seit heute Morgen nicht sprechen. Phil berichtet, dass ein Mann bei Prescott sei, seit halb neun ...«

»Phil?«, fragte ich wenig geistreich.

»Ja, er ist in Columbus. Zurzeit befindet er sich in dem Haus, in dem Prescott seine Zentrale hat. Das ist in der Nähe des Bahnhofs. Whitlock Building, Fourth Avenue, damit Sie Bescheid wissen. Columbus hält sich ganz raus. Nur Sie und Phil sind im Geschäft.«

»Was wissen wir noch?«

»Jemand ging heute Morgen in Newark mit einem offenbar kranken Kind zum Zug.« Wieder dieses Klingeln. Ein Mann und ein Kind, der Mann hatte seinen Arm um den Jungen geschlungen, wie um ihn zu stützen. Der Mann hatte ein flaches, nichts sagendes Gesicht. »Wir haben einen gestohlenen Dodge in der Nähe des Bahnhofs gefunden. Zunächst haben wir den Wagen in Ruhe gelassen, aber dann haben wir uns doch entschlossen, ihn zu öffnen. Hinter den Vordersitzen lag ein Bündel Bücher. Percy Prescotts Bücher, einwandfrei. Fingerabdrücke waren weggewischt – bis auf einen am Zigarettenanzünder. Der rechte Daumen von einem Burschen namens Dave Sheldon, der dringend verdächtig ist, in White Plains zwei Menschen erschossen zu haben. Seien Sie also vorsichtig!«

»Beschreibung von diesem Sheldon?«

»Seine Akte ist nicht mehr frisch. Mittelgroß, dünnes mittelblondes Haar. Siebenundvierzig Jahre alt, mehrere Vorstrafen wegen schweren Raubes, eine Anklage wegen vollendeten Mordes, Freispruch um Haaresbreite. Das ist Ihr Gegner. Alles klar?«

»Es muss. Bis später, Sir.«

»Alles Gute. Und denken Sie daran – Sie sind allein! Columbus hat strikte Anweisung, herauszubleiben, es sei denn, Sie pfeifen. Sehen Sie zu, dass immer Zeit bleibt zu pfeifen.«

Ich musste lächeln. »Ich kann verdammt laut pfeifen, wenn es sein muss, Sir. Ende.«

Phil lungerte währenddessen mit wachsender Ungeduld in der Halle herum. Dabei musste er sich bemühen, nicht aufzufallen. Hin und wieder führte er gelangweilte Gespräche mit dem rothaarigen Empfangschef, so wie ein Besucher, der weiß, dass er noch warten muss.

»Ich verstehe das nicht. So lange hat's noch nie gedauert!« Er warf einen Blick auf die kleine elektrische Uhr auf seinem Pult. »Zwanzig vor drei! Mann, oh, Mann! Nicht mal zum Lunch ist er runtergekommen!«

Phils Augen hingen auf dem Telefonapparat. Er rang mit einem Entschluss. Beiläufig fragte er schließlich: »Kann man hier mal telefonieren?«

»Wohin denn?«

»New York.«

»So, ja, natürlich, 'n Ortsgespräch hätten Sie gleich von hier haben können, das kostet nichts. Aber bei Ferngesprächen geht das nicht, nur über die Zentrale. Automaten gibt es in diesem Haus nicht ...« Er hob den Hörer ab. »Ich melde es an, sprechen müssen Sie dann von der Kabine da drüben.«

Wer A sagt, dachte Phil, aber was sollte schon passieren? Es war unwahrscheinlich, dass der Rothaarige die Nummer des FBI New York erkennen würde. Die einzige Gefahr stellte die Zentrale dar. Aber er musste wissen, was es Neues gab, und er durfte das Haus nicht verlassen.

»New York City«, sagte er dann entschlossen, »Fünf-drei-fünf-sieben-sieben-null-null.«

Der Rothaarige gab die Nummer weiter, ohne sie auf den Block vor sich zu schreiben. Er legte auf und sagte: »Gehen Sie da rüber. Links neben den Aufzügen. Es geht schnell ...«

Phil schlenderte hinüber, öffnete die erste von zwei Kabinen. Das Licht schaltete er nicht an. Er stellte sich so, dass er die Halle weiter beobachten konnte, obwohl es nicht viel nutzte, denn er kannte Prescott ja nicht. Deshalb setzt er auf den Rothaarigen, der ihm bestimmt einen Hinweis geben würde, bewusst oder unbewusst, wenn Prescott die Halle betrat.

Der Apparat an der Wand blieb stumm, während die Uhr beharrlich vorrückte. Zwei Uhr sechsundvierzig. In einer Viertelstunde würde der Zug einlaufen, und er wollte zur Stelle sein, um mich rauszuholen. Falls ich noch drin war, denn er wusste ja nicht, was ich in der Zwischenzeit erlebt hatte.

Der Apparat rasselte, und Phil riss den Hörer an sich.

»Myrna?«, rief er. »Den Chef bitte, schnell.«

John D. High meldete sich kaum eine Sekunde später.

»Ja, Phil?«

»Noch nichts im Whitlock Building.« Phil hatte die Stimme gesenkt, obwohl kein Mensch in der Nähe war. »Prescott muss noch in seinem Büro sein. Dieses Haus hat keine Tiefgarage und keinen freien Zugang zu den Kellerräumen. Er muss nach menschlichem Ermessen durch die Halle kommen.«

»Was ist mit dem Besucher?«, erkundigte sich der Chef.

»Auch noch nicht wieder draußen.«

»Gut, dann warten Sie auf jeden Fall dort!«

»Der Frisco-Express kommt gleich – ich wollte zum Bahnhof!«

»Jerry weiß Bescheid. Er wird die Augen offen halten. Irgendetwas wird passieren. Passen Sie auf und gehen Sie auf Ihren Posten zurück.«

»Okay, Chef ...« Phil legte auf und ging zu dem Rothaarigen zurück. Die Aufzüge spuckten jetzt wieder mehr Menschen aus, die ersten Angestellten schienen Büroschluss zu haben.

»Wie sieht Mr Prescott eigentlich aus?«, fragte Phil beiläufig.

Der Empfangschef zuckte mit den Schultern. »Unsereinen kennt der nicht, nee. Sieht glatt über uns weg, wenn er nicht an uns interessiert ist. Ich meine, an Ihnen ist er's ja, will ja auch, dass Sie Geld verdienen. Wenn Sie verdienen, verdient er auch. Das ist seine Devise, wie man so sagt. Ich hab mal drüber gelesen.«

Phil nickte. »Wie sieht er aus?« Das interessierte ihn weit mehr.

»Tja, wie soll ich sagen? So 'n Großer. Breit. So, wissen Sie?« Der Rothaarige deutete mit den Händen die Ausmaße eines ausgewachsenen Stiers an. »Und Augen! Sie, ich sage Ihnen, wenn der Sie mal unangenehm ansieht!« Er ließ offen, was dann geschehen würde. Phil nickte, weil er diese Art der Personenbeschreibung zur Genüge kannte.

Der Empfangschef blickte auf, als ein Girl vorübertrippelte. Hohe Beine, kurzer Lederrock, enge Taille, spitze Brust unter einem knallroten Pullover. »Maureen!«, rief er.

Das Girl blieb stehen und blickte den Mann unwillig an. Phil bemerkte die gleichen roten Haare, nur waren sie bei dem Girl länger und weicher. Und dann bemerkte er die Ähnlichkeit.

»Meine Tochter«, sagte der Empfangschef stolz. »Maureen Mahaffey. MM!« Er lachte. Das Girl lachte nicht mit. Die dünnen Augenbrauen zogen sich zusammen.

»Dieser Gentleman möchte Mr Prescott sprechen. Ist er noch oben?« Zu Phil gewandt, erläuterte Mr Mahaffey: »Maureen arbeitet bei Prescott. Ich habe ihr den Job vermittelt.«

»Er ist noch oben, aber da ist dicke Luft. Ich würde heute auf den Termin glatt verzichten. Irgendwas ist im Busch.« Maureen drehte sich auf dem Absatz um und trippelte zur Tür. Phil sah ihr versonnen nach. Das Mädchen war schon sehenswert. Na, egal!, dachte er.

Er sah auf die kleine Uhr auf dem Pult des Rothaarigen. Neun Minuten vor drei. Phil wurde langsam nervös. Kein Wunder, wenn man nicht weiß, was die nächsten Minuten bringen werden. Und wenn man dafür weiß, dass ein kleiner Fehler den Tod eines Menschen bedeuten kann. Wobei allerdings niemand hätte beurteilen können, was denn nun richtig und was falsch wäre. So etwas stellte sich regelmäßig erst hinterher heraus, wenn man Zeit hat. Zeit, um Entscheidungen zu überprüfen, die man vielleicht innerhalb von Sekundenbruchteilen hat treffen müssen.

Der Rothaarige zischte plötzlich wie eine undichte Dampflok. Phil sah ihn überrascht an. Mahaffey verzog das Gesicht zu einer Grimasse und verdrehte die Augen dabei in Richtung Aufzüge. Phil begriff und wandte langsam den Kopf.

Er erkannte Prescott sofort. Der Mann war wie ein Stier. Das Gesicht war verschlossen, die Lippen zu schmalen Strichen zusammengepresst, auf der geraden Nase prangten riesige Sommersprossen. In der linken Hand trug er eine große Reisetasche.

Mit weiten, raumgreifenden Schritten durchquerte er die Halle. Sein Gang war elastisch, was bei der Größe des Mannes Furcht einflößend wirkte. Die Augen waren starr geradeaus gerichtet.

Den kleinen dicklichen Mann, der mühsam Schritt zu halten versuchte, beachtete Prescott nicht, obwohl die beiden offensichtlich zusammengehörten, das spürte Phil.

Der G-man betrachtete das Gesicht des Kleinen. Er hatte eine ungesunde Hautfarbe, darüber täuschten auch die roten Stellen auf den Wangen nicht hinweg. Die Lippen waren geschwollen und an einigen Stellen aufgeplatzt. Auf der Unterlippe klebte eine Zigarette, und während des Laufens zog der Mann unentwegt daran.

Prescott betrat eine Kammer der Drehtür. Die Tür setzte sich automatisch in Bewegung, doch Prescott versetzte ihr einen zusätzlichen Stoß, was zur Folge hatte, dass der kleine Mann einen Flügel in den Rücken bekam, als er in die Kammer hinter Prescott stolperte.

»War das der Besucher?«, fragte Phil.

Mahaffey nickte. Er war offenbar sprachlos.

»Junge, Junge«, flüsterte er. »Wie sah der denn aus? Als ob er Prügel bekommen hätte!«

»Na, dann komme ich wohl doch lieber morgen wieder«, meinte Phil gleichmütig und löste sich ohne Hast von dem Pult. »Ach«, sagte er dann und legte seinen Mantel vor den Rothaarigen hin. »Es ist so schönes Wetter – Sie heben ihn für mich auf, ja?«

Bevor der überraschte Mahaffey etwas Ablehnendes hervorbringen konnte, war Phil schon ein paar Schritte entfernt. Er trat auf die Straße hinaus und wandte sich nach rechts, dem Bahnhof zu. Richtig, da vorne gingen die beiden. Es war drei Minuten vor drei. Sechs Minuten bis zum Einlaufen des Zuges.

Etwa eine halbe Stunde früher hatte ich das Postabteil verlassen und bewegte mich erneut durch den Zug auf der Suche nach dem Zugführer. Ich stöberte ihn schließlich in seinem Dienstabteil auf, dessen Tür offen stand. Er saß zusammen mit zwei Schaffnern, einer war ein Schwarzer, und trank Kaffee.

Ich betrat das Abteil und schob die Tür zu.

»He!«, sagte der Zugführer protestierend. »Die Toilette ist am Ende des Ganges!«

»Witzbold!«, knurrte ich. »Erinnern Sie mich, dann lache ich später.« Ich hielt ihm meine ID-Card unter die Nase und gab ihm Zeit genug, alles genau zu lesen. Was er sah, machte sichtlich Eindruck. Er stand immerhin auf.

»Entschuldigen Sie bitte«, sagte er schlicht.

»Okay. Ich heiße Cotton. Und Sie?«

»Ich bin Dick Seipt. Was kann ich für Sie tun, Mr Cotton?«

»Zuerst – alles, was wir besprechen, muss unter uns bleiben. Das gilt auch für Sie!« Ich sah die beiden Schaffner an. Alle nickten eifrig. »Schön«, fuhr ich fort. »Ich brauche einen Hauptschlüssel, falls es so etwas gibt. Falls Sie dafür etwas Schriftliches brauchen, können Sie es haben, von mir aus einen Wisch vom obersten Bundesrichter. Nur jetzt nicht. Das Ding muss erst rangeschafft werden. Was sagen Ihre Vorschriften?«

Dick Seipts Gesicht zuckte, dann grinste er breit. »Vorschriften? Die stecken da im Schrank. Ich werde sie bei Gelegenheit mal unter diesem Gesichtspunkt durchsehen. Bis dahin ...« Er nestelte an seinem Schlüsselbund und gab mir einen Dreikantschlüssel und einen schmalen Sicherheitsschlüssel.

»Der Dreikant passt in alle Gemeinschaftsräume – Toiletten, Waschräume, Duschen. Dieser«, er wies auf den anderen Schlüssel, »passt auf alle Abteiltüren der Pullmanwagen und der Schlafwagen. Diese Abteile dürfen wir natürlich nicht ohne triftigen Grund betreten, wenn sie belegt sind.«

»Klar. Besten Dank.«

»Ich weiß nicht, ob es mich etwas angeht, aber – nun, ich meine, vielleicht kann ich helfen?« Der Mann meinte es offensichtlich ehrlich.

»Ist Ihnen etwas aufgefallen?«, fragte ich deshalb. »Irgendetwas?«

»Die Blonde«, sagte der Schwarze.

»Ja, die. Ich habe ihr versprochen, ihr zu helfen. Aber das gilt wohl nicht Ihnen gegenüber? Sie sagte, ihr Mann sei hinter ihr her. Er soll sie geschlagen haben. Suchen Sie das Girl?«

»Kann schon sein. Aber sie ist ausgestiegen.«

»Aber nein! Sie steckt in einem Schlafwagenabteil. Nummer 9/3!«

»So«, wunderte ich mich. »Sie interessiert mich im Augenblick nicht sonderlich. Ihr Mann eher.«

»Den kenne ich nicht.«

»Nicht so wichtig. Sind Kinder im Zug?«

»Kinder? Da waren vor etwa einer Stunde im Vista Dome zwei Mädchen mit ihren Eltern.« Seipt sah mich an, doch mein Gesicht verriet nichts. »Dann sind da die Zwillinge, vorne in der Coach, sieben Jahre alt. Was in den Abteilen ist, weiß ich nicht so genau. Da kann Ihnen Charlie helfen. Charlie ist der Getränkeverkäufer. Er kommt in die Abteile …« Seipt zog die Tür auf und spähte hinaus. »Er kommt gerade!«, rief er zu mir hinein. »Soll ich ihn rufen?«

»Bitte.« Ich warf einen besorgten Blick auf die Uhr. Noch eine Viertelstunde.

Charlie hatte ein rotes Gesicht, war sehr jung und verfügte über lebhafte Augen. Ich wiederholte meine Frage nach Kindern im Zug. »Kinder in Abteilen«, präzisierte ich.

Charlie dachte nur wenige Sekunden nach, dann zählte er alle Kinder auf, die er gesehen hatte. Es waren insgesamt zwölf, davon acht Mädchen, und von den übrig gebliebenen Jungen schieden zwei aus, weil sie nicht das passende Alter hatten.

»Einer reist mit seinem Vater«, beantwortete Charlie seine entsprechende Frage. »Das ist der in 4/2. Der andere ist mit seinen Eltern zusammen, der in 6/9.«

Den schmächtigen Jungen, der mit dem Mann in Newark zugestiegen war, hatte ich gesehen. »Beschreiben Sie mir das Kind in 6/9«, forderte ich den Burschen auf.

Charlie zuckte mit den Schultern. »Eben ein Kind. Struppiges blondes Haar, tobt dauernd rum, passt auf wie ein Luchs – jedes Mal, wenn ich vorbeikomme, Tür auf, Daddy, 'ne Cola!« Charlie grinste.

Ich grinste zurück. Der cocasüchtige Boy schied aus. Der Junge in 4/2 war das Opfer. Diese Eliminierung war nicht sonderlich schwer. Der Kidnapper hatte alles darauf gesetzt, unbehelligt nach Columbus zu reisen. Sie mussten einen Trumpf haben, mit dem sie die Eltern bis zur Geldübergabe stillhalten konnten. Einen Trumpf oder Terror. Ich tippte eher auf Terror.

»Wie viele Leute sind in 4/2?«

»Ein Mann und dieser Junge. Mehr nicht.«

»Sind Sie sicher?«

»Sicher. Das Abteil hat kein Bad. Viele Möglichkeiten, sich zu verstecken, gibt es da nicht.«

»Danke. Gehen Sie jetzt. Aber erwähnen Sie niemandem gegenüber ein Wort über unser Gespräch, und keins über meine Anwesenheit.«

»Versteht sich von selbst, Sir. Viel Glück.« Der Boy verließ das Abteil und entfernte sich mit seinem klappernden Getränkewagen.

Das Abteil 4/2 lag genau neben dem, in dem Jillings mich gefangen gehalten hatte, 4/1. Auch ich verließ das Abteil und ging zurück zum vierten Wagon. Leise ging ich an der Tür zu 4/2 vorbei und schlüpfte, die Faust am Kolben meines Revolvers, in Jillings' Abteil. Vielleicht packte der Gangster gerade seinen Koffer, man kann nie wissen. Rasch durchsuchte ich es, dann huschte ich ins Bad und presste mein Ohr lauschend an die Wand.

Stille. Was mochte dort vor sich gehen?

Dave Sheldon hatte doch zur Flasche gegriffen. Jillings hatte ihm kalt zugesehen, ihm die Flasche dann aus der Hand genommen und irgendwo hingestellt.

»Du wirst einen klaren Kopf brauchen«, sagte er. »Denn du wirst mir helfen, aus diesem verdammten Zug zu kommen.«

»Wie?«, erkundigte sich Sheldon matt.

»Das kommt darauf an, was in Columbus los ist.«

Das Gefühl der Leere in Sheldons Kopf verstärkte sich wieder. Er konnte sich vorstellen, was in Columbus los sein würde. Der ganze Bahnhof würde von Bullen wimmeln. Uniformierte, Detectives in Zivil, G-man. Dutzende. Der ganze Laden würde umstellt sein.

Und Ernesto würde Leine ziehen. Mit dem Geld?

Sheldon lehnte sich zurück. Er öffnete den Mund und atmete schwer. Percy saß in seiner Ecke, aus großen Augen sah er zwischen den beiden Männern hin und her. Er spürte, dass etwas schief gegangen war.

»Was passiert, wenn du nicht aussteigst? Werden deine Leute reinkommen?«

Sheldon zuckte mit den Schultern. »Vielleicht. Sie wissen, welches Abteil ich habe.«

Jillings lehnte entspannt an der Tür. Zum ersten Mal in seinem Leben war die Polizei hinter ihm her, hinter ihm direkt. Das war eine neue Erfahrung, die seine Nerven erwartungsvoll vibrieren ließ. Er würde durchkommen, dessen war er sicher.

Er verschränkte die Arme über der Brust, die Luger lag in der

Ellenbeuge. Die dicke Öffnung wies schwarz und drohend auf Sheldons Kopf.

Noch ist nicht alles verloren, dachte Sheldon. Sie wissen nichts. Soll er doch das Kind schnappen und es als Geisel benutzen. Soll er doch! Ernesto würde sowieso nicht da sein. Nicht, wenn jetzt die Streifenwagen auf den Bahnhof zurasten. Sheldon beschloss, abzuwarten. Nur nicht die Nerven verlieren ...

Keine einzige Sirene jaulte in der Nähe des Bahnhofs von Columbus. Nicht einmal ein Streifenwagen war zu sehen. Nur der eine Cop neben dem Schaltkasten, der sich langsam auf die beginnende Rushhour einzustellen begann.

Stuart Prescott ging mit schnellen, gleichmäßigen Schritten, die Ernestos Lungen zum Keuchen brachten.

»He!«, japste er. »Nicht so schnell!«

Prescott kümmerte sich wenig um den jammernden Gangster. Seine linke Faust hielt die Tasche mit dem Geld umklammert. Prescott hatte selbst noch nie eine Million Dollar in bar gesehen. Ihn hatte diese Menge Scheine erstaunt und das Volumen, das sie einnahm. Und dann hatte ihn das leichte Gewicht überrascht. Als sie Prescotts Büro verließen, war Ernesto wieder so weit auf dem Damm, dass er nach der Tasche griff. Prescott hatte ihn nur höhnisch angegrinst und ihn achtlos zur Seite geschoben.

Ernesto konnte nicht mehr. Er spürte plötzlich Stiche in der linken Brustseite und ging langsamer. Vor seinen Augen tanzten Kreise. Er blieb einen Moment stehen. Seine Augen konzentrierten sich auf Prescotts breiten Rücken. Dann rannte er los, bei Rot auf die Fahrbahn. Bremsen quietschten, eine Polizeistreife gellte schrill.

Da packte ihn ein Arm, und eine Stimme sagte: »Langsam!« Phils Stimme.

Er führte Ernesto über die Straße. Der Cop rannte herbei, öffnete den Mund.

»Der Mann ist krank«, sagte Phil. »Sehen Sie das nicht?«

Der Cop schloss den Mund.

»Ich kümmere mich um ihn.« Mit festem Griff führte er den schwitzenden Mann über den Bahnhofsvorplatz. Unauffällig tastete er ihn nach Waffen ab. Verblüfft stellte er fest, dass keine Waffe da war.

»Danke«, brachte Ernesto hervor. Er wand sich aus Phils Griff. »Danke«, sagte er noch einmal und rannte davon.

Phil ließ ihm den Vorsprung. Noch vier Minuten bis zur Ankunft des Zuges.

Prescott blickte sich kurz um, als er den hechelnden Atem des Gangsters hinter sich hörte.

»Warten Sie doch, verdammt! Mein Partner gibt sich Ihnen doch gar nicht zu erkennen, wenn ich nicht dabei bin! Er kann nicht, weil er Sie nicht kennt!«

»Er hat doch mein Bild gesehen. Erinnern Sie sich? *Modern Woman*? Ich in Großaufnahme!«

»Trotzdem!«

Prescott betrat die Bahnhofshalle und ging auf die Ticketschalter zu.

»He!«, rief Ernesto. »Ich habe die Tickets!«

»Na fein«, sagte Prescott. Ernesto hielt die gelben Streifen in der Hand. Wie ein Raubvogel packte Prescott zu und las den Aufdruck. Pullmann Car 4, Compartment 2. Achtlos schob er die beiden Tickets in seine Brusttasche.

Ernesto wimmerte kraftlos. Er wollte etwas sagen, brachte jedoch kein Wort über die Lippen.

»Du bist nicht mehr im Geschäft, verstehst du?«, sagte Prescott kalt. Jetzt gestattete er sich den Luxus zu hassen. Er konzentrierte seinen Hass auf diesen Mann, damit er sich bei der Auseinandersetzung mit dem anderen besser in der Gewalt behalten konnte.

»Mein Anteil an der Sache …«

»Bist du der Boss?«, fragte Prescott. »Oder dein Partner?«

»Wir sind Partner!«

Prescott ging langsamer, und der kleinere Gangster konnte jetzt besser Schritt halten. Vor ihnen lagen die Sperren. Prescott zog ein Ticket hervor und ließ es abstempeln. Ernesto spürte wieder diese Stiche in der linken Brustseite.

Und wieder hatte er das Gefühl, als ob seine Beine den Dienst versagen wollten. Er schleppte sich an die Barriere und sah den Mann hinter dem Schalter flehend an. Seine zitternden Finger suchten eine der Zigaretten, die er aus Prescotts Vorrat eingesteckt hatte. Er schob sich ein zerdrücktes Stäbchen zwischen die wunden Lippen.

»Hören Sie! Bitte!«, flehte er. »Der Mann da ...«, er wies auf Prescott, der nicht weit entfernt stehen geblieben war, »... er hat mein Ticket!« Kraftlos stützte er sich auf, während er ein altes Streichholzbriefchen hervorbrachte.

»Hallo, Sir!«, rief der Angestellte. Prescott wandte sich träge um. Ernesto konzentrierte seine Bemühungen darauf, eins der letzten Streichhölzer zu entzünden. Die Schwefelköpfe waren alt und brüchig. Ernesto war den Tränen nahe.

Da reichte ihm jemand Feuer, Phil. Ernesto führte die Zigarette gierig an die Flamme. Ohne den Spender anzusehen, sagte er: »Danke.«

Ernesto sah Prescott an, der zurückgekommen war und mit dem Mann an der Sperre verhandelte.

»... gehört der Herr wirklich zu Ihnen?«, fragte der Eisenbahner.

Phil stand mit einem eilig gekauften Ticket hinter Ernesto. Gespannt verfolgte er die Szene. Er versuchte, sich ein Bild von dem Verhältnis zu machen, das zwischen den beiden Menschen herrschte. Wäre jemand da gewesen und an einer Wette interessiert, hätte Phil sechs zu eins gewettet, dass der schwammige Mann mit dem feuchten schwarzen Haar kein Kidnapper war, und Prescott kein Opfer.

Prescott grinste hintergründig. »Ach ja, ich hätte ihn fast vergessen. Ich brauche den Burschen nämlich gar nicht mehr.« Damit zupfte er das Ticket aus seiner Brusttasche und ließ es zu Boden flattern.

Ernesto stürzte sich aufheulend auf das Papier, raffte es an sich und legte es auf das Schalterbrett.

Phil konnte den Aufdruck genau erkennen. Der Gangster raffte den abgestempelten Fahrschein an sich und wieselte auf den Bahnsteig. Phil ließ sein Ticket stempeln und folgte den beiden langsam. Er suchte den Wagenstandsanzeiger, der ihm verriet, wo der vierte Wagen halten sollte. Wagen Nummer vier war ein Pullmanwagen mit insgesamt neun Abteilen unterschiedlicher Größe. Das Compartment mit der Nummer 4/2 bestand aus einem einzigen Raum ohne Bad und war für zwei Personen bestimmt, wenn es auch zum Schlafen benutzt werden sollte, oder für vier Personen für den Tagesaufenthalt.

Phil stand etwa sechs Schritte von der Bahnsteigkante entfernt,

Prescott und der Kleine drei Schritte von ihm entfernt etwas näher an der Kante. Der Bahnsteig war nur mäßig belebt. Er und die beiden da vorn schienen die Einzigen zu sein, die in den Wagen mit der Nummer Vier einsteigen wollten.

Phils Augen wanderten zu der elektrischen Uhr hinauf. Es war zwei Minuten nach drei. Phil blickte nach Osten, aus der Bahnhofshalle hinaus. Noch war der Zug nicht zu erkennen, zu viele Wagons und andere Züge versperrten die Sicht. Aber der Express würde pünktlich sein.

Phil fragte sich, was die nächsten Minuten bringen mochten. Unerwartetes auf jeden Fall. Phil spürte die Spannung in jeder Faser seiner Muskeln.

David Sheldon stand am Fenster des Abteils, die Hand an der Schnur der Jalousie.

Sein Herz hämmerte wild. Jeden Moment mussten die Uniformierten in seinem Blickfeld erscheinen. Polizei. Streifenwagen außerhalb des Bahnhofsgeländes, ohne viel Fantasie oder Mühe zufälligen Blicken entzogen. Sheldon hatte Erfahrung mit solchen Situationen. Oft hatten die Wagen auf ihn gewartet.

Der Zug rollte langsam in die hohe Halle. Sheldon drückte sein Gesicht fest gegen die Scheibe, angestrengt spähte er nach vorn. Die ersten Menschen glitten vorbei, Wartende, Reisende. Das Abteil lag dem Bahnsteig zugewendet. Das war kein Zufall. Die Wahl genau dieses Abteils gehörte zu Sheldons Plan.

Immer noch keine Polizei, doch der eiserne Ring, der seine Brust umklammert zu halten schien, wollte sich nicht lockern. Das lag an der Mündung der Luger, die unverwandt auf seinen Rücken zielte.

Dave Sheldon legte seine Hand auf Percys Schulter und drückte die Finger fest zusammen. Der Junge wich dem Druck nicht aus. Er spürte, dass eine Entscheidung bevorstand.

Jillings zischte einen Befehl, und Sheldon zog die Jalousie herab. In dem Abteil herrschte jetzt gelbliches Zwielicht. Sheldon setzte sich und starrte den anderen unverwandt an.

Ich hatte nichts gehört – jedenfalls kein Wort. Aber unbestimmte Geräusche verrieten mir, dass in dem Abteil nebenan Menschen sein mussten.

Der Zug wurde immer langsamer. Ich verließ das Bad und betrat das Abteil. Ich stellte mich ans Fenster. Menschen glitten vorbei. Ich brachte mein Gesicht nahe an die Scheibe, um ein möglichst großes Blickfeld zu haben. War Phil da? Prescott? Andere Gangster? Selten hatte ich so wenig gewusst bei einem Einsatz.

Da stand Phil! Ich nahm meinen Kopf zurück. Der Zug hielt. Wir sahen uns an, aber kein Zucken einer Wimper verriet, dass wir uns kannten.

Phils Augen wanderten gemächlich zu einem Mann, nein, zu zweien. Meine Augen huschten über die beiden hinweg. Der eine war groß und breit, in der mächtigen Faust trug er eine Reisetasche. Der Mann neben ihm lutschte nervös an einem Zigarettenstummel. Sein Gesicht war verschwollen, eine Tatsache, die mich stutzen und hellwach werden ließ.

Einige Reisende stiegen aus, der Große und der Zerschlagene traten näher. Phil ging hinter dem Kleinen. Ich öffnete das Fenster und spähte auf den Bahnsteig hinaus. Irgendwie erwartete ich, Jillings zu sehen. Ich hoffte nur, dass er ohne Aufsehen verschwinden würde.

Der Bahnsteig lag ziemlich übersichtlich da. Kein Jillings, keine Blonde. Wahrscheinlich vermutete Jillings sein Betthäschen ebenfalls noch im Zug und wollte nicht verschwinden, ohne ihr das Geld wieder abzunehmen.

Ich zog meinen Kopf zurück, als die beiden Fremden einstiegen, ging durch das Abteil und öffnete die Tür zum Gang. Sie mussten bei mir vorbeikommen. Ich hoffte, einen Blick in das Abteil nebenan werfen zu können. Vielleicht gelang es mir auch, jetzt schon einen der Gangster abzufangen. Ich brauchte ihn nur in mein Abteil zu zerren, so, wie Jillings es mit mir gemacht hatte. Aber wer war der Gangster?

Der Große kam vorbei. Ich öffnete die Tür meines Abteils ganz und betrat den Gang.

»Verzeihung«, murmelte ich, als ich gegen den kleinen Mann prallte. Der reagierte erschreckt, drückte sich hastig an mir vorbei. Meine Augen trafen Phils, ich ließ meine Brauen fragend in die Höhe schießen.

Phil schüttelte unmerklich den Kopf.

Der Große stand jetzt vor der Tür zum Abteil 4/2. Der Kleine wieselte herbei und drängte sich vor. Er klopfte in einem schnellen Kurzkurz-lang-kurz-Rhythmus und drehte den Knauf ...

Sheldon drückte mehrere Lamellen der Jalousie zusammen und spähte durch den Spalt hinaus. Was er sah, hatte er sich in den kühnsten Träumen der letzten Wochen immer wieder ausgemalt.

Auf dem Bahnsteig standen Ernesto und Prescott.

Und eine mächtige, bauchige Tasche war da. Voll mit guten, alten Dollarnoten.

Doch das erwartete Gefühl der Freude wollte sich nicht einstellen. Müde wandte er sich um und sah den schlanken Mann an der Tür an. »Keine Polizei«, sagte er rau. »Überzeugen Sie sich!«

Jillings schüttelte den Kopf. »Du bist naiv, Junge. Ich bin kein Fall für die Dorfpolizei. FBI, verstehst du? Hast du die schon mal in Uniform gesehen?«

»Mann«, sagte Sheldon, »verschwinde! Hau ab! Du hast ja keine Ahnung ...«

Jillings lächelte nur überlegen. Wachsam registrierte er die wachsende Unruhe im Gesicht des anderen. War ihm etwas entgangen?

»Meine Leute kommen rein«, berichtete Sheldon nach einem neuerlichen Blick nach draußen.

Jillings riegelte die Abteiltür auf und kam auf Sheldon zu. Er stellte sich zwischen Sheldon und den Jungen, der angstvoll die Tür anstarrte.

Daddy, Daddy!, dachte er verzweifelt, heftig bemüht, die Tränen zurückzuhalten, die heiß in ihm aufsteigen wollten.

Jillings hatte wieder die Arme über der Brust verschränkt, die Mündung der Pistole wies, von einem Arm halb verdeckt, auf Sheldons Kopf.

Es klopfte in einem eigenartigen Rhythmus. Ein Signal, das war Jillings klar. Hier spielte sich etwas ab, das er nicht verstand, dieses Gefühl verstärkte sich in dem Gangster zu intensiv spürbarer Erregung.

»Was ist los?«, zischte er Sheldon zu. Sheldon schwieg wie gelähmt.

Der Türknauf drehte sich, die Tür wurde geöffnet. Im Spalt erschien Ernestos Kopf.

Sheldon brüllte: »Bleib draußen!«

Ernestos Kopf zuckte zurück, aber unvermittelt flog die Tür ganz auf, knallte gegen die Wand, und Ernesto schoss nach einem schweren Tritt von Prescott ins Abteil, genau auf Jillings zu.

Jillings Hand zuckte vor, der Zeigefinger krümmte sich und riss den Abzug zweimal durch.

Zwei Kugeln schlugen in Ernestos schwammigen Körper. Eine traf sein ohnehin schwaches Herz und tötete ihn augenblicklich.

Die Schüsse befreiten uns von jedem Zweifel, der hinsichtlich eines Eingreifens unsererseits in die Geschehnisse bestanden haben mochte. Das Verbrechen lief garantiert nicht so ab, wie seine Initiatoren es geplant hatten.

Ich hechtete vor, auf den Mann zu, der sich später als Stuart W. Prescott entpuppen würde. Ich hatte gesehen, wie er den schwitzenden Kleinen mit einem brutalen Fußtritt in das Abteil befördert hatte. In den Tod.

Ich hechtete auf Prescott zu und prallte mit voller Wucht gegen den bulligen Mann. Prescott, der mit meinem Angriff nicht gerechnet hatte, taumelte zur Seite, genau in dem Moment, als weitere Schüsse aus dem Abteil heraus um meine Ohren pfiffen und klatschend in die Verkleidung des Ganges zwischen zwei Fenstern schlugen.

Der Zug rollte sanft an, doch davon bemerkte ich nichts. Prescott fing sich unglaublich schnell. Er wirbelte herum, die Tasche schwang mit, knallte mir in die Seite gegen die kurzen Rippen und nahm mir den Atem. Gleichzeitig schoss Prescott eine Faust von der Größe eines Vorschlaghammers gegen mein Gesicht ab. Wenn der Schlag trifft, bist du erledigt, zuckte es durch mein Gehirn, während die Faust herankam – wie in einem Albtraum, unausweichlich.

Meine Reflexe arbeiteten träger als sonst in meinem ramponierten Schädel, nur einer sprach an, ließ meinen Kopf aus der Schlagrichtung pendeln. Den größten Teil meines Kopfes wenigstens, denn die Faust war wirklich besonders groß. Der Hammerschlag schrammte seitlich am Schädel vorbei, harte Knöchel schienen mein Ohr mitnehmen zu wollen und ratschten seitlich über die Kopfhaut.

Nach dem, was ich in den letzten Stunden durchgemacht hatte, konnte ich von mir selbst nicht mehr verlangen – eine durchwachte Nacht, Schläge mit dem Kolben von Jillings' Waffe und der Rundschlag von Prescotts Tasche gegen die Rippen vor einer halben Sekunde. Ich blieb immerhin auf den Beinen!

Meine Hand fuhr unter die Jacke, während ich versuchte, die Benommenheit abzuschütteln. Mein Verstand bekam die Situation einfach nicht richtig in den Griff, denn immer noch hielt ich Prescott für den Kidnapper oder wenigstens für einen von ihnen, und ich war froh, dass ich zwischen ihm und dem Opfer war. So hoffte ich wenigstens, denn den Jungen hatte ich bisher noch nicht gesehen.

Der Bullige schrie: »Percy!«

Ich konzentrierte meine Augen auf den Mann, sah den 32er in der mächtigen Faust. Woher ...?, dachte ich verblüfft. Verdammt, die Waffe musste weg. Ich schoss einen Handkantenschlag ab, der Prescotts rechten Arm lähmte. Die Waffe polterte zu Boden.

Ich glaubte, den entführten Jungen gerettet zu haben, als ich einen Stoß in den Rücken bekam, der mich gegen Prescott warf, die zunehmende Beschleunigung des Zuges tat ein Übriges.

Prescott schlug mit der Linken nach mir, während er wie von Sinnen »Percy!«, brüllte.

Verdammt, dachte ich erbittert. Was macht Phil eigentlich? Sieht er zu, wie ich hier in Stücke gerissen werde?

Phil hatte in ungünstiger Position hinter mir gestanden und war in Deckung gegangen, als die Schüsse in dem Abteil abgefeuert wurden. Er hatte den Jungen gesehen. Während ich mich dagegen wehrte, von Prescott zermalmt zu werden und ihm die Waffe aus der Hand schlug, spähte Phil, seinen Smith & Wesson schussbereit, aus gebückter Lage in das Abteil hinein.

Was er sah, veranlasste ihn, die Kanone schleunigst außer Sichtweite zu schaffen. Jillings, die Luger in der Faust, hielt den Jungen als Schutzschild vor sich. Der kantige Lauf der schweren Pistole war gegen Percys Schläfe gepresst. Percy hatte seinen Kopf zur Seite geneigt, um dem erbarmungslosen und schmerzhaften Druck der Waffe zu entgehen. Sein schmales Gesicht war unnatürlich blass und verzerrt.

Percy fühtle instinktiv, dass sein Leben jetzt in Gefahr war. Die körperliche Nähe des Mannes mit den eisigen blauen Augen raubte ihm jede Hoffnung – trotz der Nähe seines Vaters.

Jillings bemerkte das Durcheinander und nutzte einen Moment, der sich als günstig erweisen sollte. Er schlang seinen linken Arm von hinten um den kleinen Percy, hob ihn mühelos hoch und sprang auf die Tür zu, über den toten Ernesto hinweg, während Sheldon die Szene völlig passiv an sich vorübergehen ließ.

Jillings rannte los, sprang in den Gang hinaus und trat nach Phil, der am Boden rechts neben der Tür hockte und Jillings nicht kommen sah.

Der Tritt traf Phil hart und wirksam – mein Freund kippte nach hinten und blieb sekundenlang liegen.

Jillings wollte nach links weg, er rechnete sich dort, wo er die meisten Wagons vor sich hatte, die besten Chancen aus. Im Wege standen Prescott und ich. Mit der linken Schulter warf sich Jillings in meinen Rücken, katapultierte mich genau in einen Schlag Prescotts hinein, der mich wie einen Punchingball zurückwarf.

Jillings wich geschickt aus und ließ mich an sich vorbeischießen wie der Torero den Stier – elegant und wirkungsvoll.

Jillings und Prescott standen sich gegenüber. Zwei Paar kalte, gefühllose Augen trafen sich für den Bruchteil einer Sekunde. In beiden Augenpaaren stand die Bereitschaft zu töten deutlich zu erkennen.

Percy rief: »Daddy!« Gequetscht, verzweifelt.

Prescott schwang seine Arme. Jillings deutete den Ausdruck in den Augen des anderen richtig. Er nahm die Mündung der Luger von Percys Schläfe, richtete die Waffe auf Prescott und drückte ab.

Der Einschlag der Kugel warf den schweren Mann halb herum, er prallte mit dem Rücken gegen die Wand und stand dort wie erstarrt. Jillings hetzte vorbei und rannte durch den Wagon davon. Danach erst brach Prescott zusammen.

Ich blieb auf den Beinen, obwohl ich fast über Phil gestolpert und gefallen wäre. Phil kam gerade taumelnd auf die Füße.

Ich sah ihn an. Die glasigen Augen sagten mir genug. Mein Freund war angeschlagen, aber richtig. Er stand zwar, aber jeder Ringrichter der Welt hätte ihn im Stehen ausgezählt.

Jillings verschwand am Ende des Ganges. Ich hatte ihn natürlich erkannt, und der Hass stellte sich wieder ein. Mein erster Impuls befahl mir: hinterher! Doch mein Training und meine Selbstdisziplin halfen mir, mich zu beherrschen. Als G-man wusste ich außerdem, dass blindes Hinterherrennen unnötige Gefahren für den kleinen Prescott bedeutet hätte. Jillings brauchte Ruhe, um seine eigene Nervosität zu dämpfen, die ihn nur zu Kurzschlusshandlungen bringen würde.

Der Zug rollte durch die Vororte von Columbus. Irgendwie erschien es mir seltsam, dass der Zug fuhr, dass nicht der Teufel los war, der Bahnsteig von Neugierigen wimmelte, die das Drama durch die Fenster wie ein Theaterstück hätten verfolgen können.

Ich war natürlich nicht böse darüber. Ich begrüßte die Tatsache, dass die anderen Reisenden ihre Türen verschlossen hielten. In diesem Wagon musste jeder die Schüsse gehört haben. Wie es mit den anderen stand, konnte ich nicht beurteilen. Ich konnte nur hoffen, dass Jillings nicht noch mehr Unschuldige in Gefahr brachte.

Mein Blick glitt über das Schlachtfeld, blieb auf dem Mann mit dem nichts sagenden Gesicht hängen, das ich schon in Newark gesehen hatte. Schütteres, mittelblondes Haar, wie es Mr High beschrieben hatte. Ich sah Phil an, dann wieder den Mann.

»Sheldon?«, fragte ich den Mann.

Der Gangster nickte apathisch. Phil lehnte jetzt neben der Tür. Seine Augen blickten wieder einigermaßen klar.

»Okay, Alter?«, fragte ich mitfühlend, während ich die Mündung meiner Smith & Wesson auf Sheldon richtete.

»Okay«, ächzte mein Freund. »Wenn ich den erwische!«

»Ich habe ältere Rechte. Hast du Manschetten mit?«

Phil nickte und hakte ein Paar Handschellen von seinem Gürtel. Ich sah, dass er noch ein Paar bei sich hatte.

Phil betrat das Abteil, während ich ihm Deckung gab. Er schlang die Handfessel um den massiven Fenstergriff und hielt die beiden Öffnungen einladend dem Gangster hin. Ich gab Sheldon einen aufmunternden Wink. Sheldon zuckte mit den Schultern, legte seine Handgelenke in die stählernen Armbänder, und die Schlösser klickten zu. Sheldon war uns sicher.

Ich bückte mich neben dem Mann, der im Abteil am Boden lag.

Er war tot. Die zwei großen Ausschussöffnungen in seinem Rücken und das wenig ausgetretene Blut hatten mir schon vorher angezeigt, dass er tot sein musste.

Ich trat in den Gang hinaus und beugte mich zu dem bulligen Mann nieder, der schwache Lebenszeichen von sich gab. Ich drehte ihn vorsichtig auf die Seite, zog die Tasche unter seinem Körper weg und suchte die Schusswunde. Phil stand neben mir.

»Das ist Prescott«, sagte er, »der Vater des Jungen ...«

Prescott blutete heftig, alles war voll, das ganze Hemd, die linke Seite der Jacke, und die Lache auf dem Boden hatte einen Besorgnis erregenden Umfang.

»Er braucht einen Arzt«, sagte ich gepresst zu Phil, der jetzt neben mir hockte und ebenfalls versuchte, die Art der Verletzung festzustellen und die Blutung zu stoppen.

Phil versteht mehr von Medizin als ich, deshalb stand ich auf und ging los. Ich musste den Zugführer auftreiben, der über Lautsprecher nach einem Arzt unter den Reisenden fragen konnte. Und laut Vorschrift musste der Zugführer über einen Erste-Hilfe-Kasten verfügen, und nur er würde in der Lage sein, den Zug dort anhalten zu lassen, wo Prescott in ein Krankenhaus kommen konnte.

Denn bis zum nächsten fahrplanmäßigen Stopp in Cincinnati würde Prescott verbluten.

Jillings hetzte durch den Gang des Pullmanwagens, schlängelte sich mit dem Jungen durch die Schiebetür in den nächsten und hatte das Glück, auch diesen leer vorzufinden, obwohl der Zug gerade erst abgefahren war.

Er ging langsamer und steckte die Luger unter die Jacke. Dann stellte er Percy auf die Beine und schob den Jungen vor sich her.

Er drehte am Knauf eines Abteils in der Hoffnung, ein leeres zu finden, in dem er sich verbergen konnte. Die Tür öffnete sich, aber eine empörte Männerstimme blökte bei seinem Anblick los.

»Entschuldigung«, murmelte Jillings, wobei er den Mann am liebsten erschossen hätte.

Seine Gedanken arbeiteten fieberhaft, während er nach einem Ausweg suchte. Den G-man hatte er aufgehalten, das war ihm klar, aber nicht allzu lange, das war ihm auch klar. Er musste den verdammten Zug zum Halten bringen. Irgendwie.

Und dann raus. Dem G-man sagen, wenn auch nur ein einziger Mensch mit aussteigt, wird der Boy sterben. Das zieht.

Jillings durchquerte einen Salonwagen. Mehrere Reisende standen noch zwischen den Tischen herum, suchten nach ihren Plätzen und nach einer Abstellmöglichkeit für das Gepäck. Jillings stieß zwei oder drei Leute ziemlich rücksichtslos zur Seite. Wer protestieren wollte, ließ es nach einem Blick auf Jillings' starres Gesicht mit den eisigen Augen.

Am Ende des Wagons entdeckte Jillings ein Hinweisschild auf das Dienstabteil des Zugführers – es befand sich im zehnten Wagen.

Jillings hetzte weiter. Durch zwei Coach Cars und einen Schlafwagen. Jillings lief durch den Gang, so schnell der Junge konnte. Percys Beine rannten mechanisch, dabei hätte er sich am liebsten fallen lassen, den Kopf auf die Arme gelegt und geheult.

Neben Jillings öffnete sich eine Tür. Jillings war nervös. Er zuckte zur Seite. Im Türspalt erschien blondes Haar, ein Gesicht und Augen, die sich bei Jillings' Anblick entsetzt weiteten.

Kate warf sich gegen die Tür, um sie wieder zu schließen, doch Jillings reagierte weitaus schneller. Er ließ den Jungen für einen Sekundenbruchteil los, trat mit aller Kraft gegen die Tür, sodass Kate zurückflog und in das Abteil hineingeschleudert wurde.

Bevor Percy Prescott sich überhaupt besinnen konnte, hatte Jillings ihn wieder gepackt und in das Abteil geworfen. Er sprang hinterher und schloss aufatmend die Tür hinter sich.

»Sieh mal einer an«, sagte er gedehnt. »Wolltest mit meinem Geld abhauen, wie? Nun, daraus wird jetzt nichts mehr!« Jillings lächelte plötzlich. Es war ein böses Lächeln.

Kate schlang fröstelnd die Arme vor der Brust zusammen und rieb mit den Händen über die Haut. Dieses Abteil verfügte nicht über eine Toilette, deshalb war sie überhaupt auf den Gang hinausgetreten. Sie fragte sich, ob ihr Bedürfnis überhaupt noch eine Rolle spielte.

»Ich muss mal«, sagte sie mit bleichen Lippen.

»Ich auch!«, meldete sich der Junge.

Jillings schüttelte den Kopf. »Lasst euch was einfallen«, sagte er. »Ich muss nicht …« Er stellte sich an die Tür und zog sie einen winzigen Spalt weit auf. Er war sicher, dass der Zugführer irgendwann vorbeikommen musste. Dann würde er den auch schnappen. Mit zwei Geiseln konnte er seiner Forderung ungleich stärkeren Nachdruck verleihen, denn er konnte das Mädchen vor den Augen des Zugführers erschießen, wenn es sein musste.

Jillings wartete …

Ich sah nicht, wie Jillings zurückzuckte, als ich an der Tür des kleinen Schlafwagenabteils vorbeilief. Ich fand den Zugführer in dessen Dienstabteil, er war allein, die beiden Schaffner halfen vermutlich den Reisenden, ihre Abteile und Plätze in den anderen Wagen zu finden.

Seipt erkannte sofort, dass etwas nicht stimmte. »Sir?«, fragte er aufmerksam.

»Wir brauchen einen Arzt im vierten Wagen. Ziemlich schnell, denn es geht auf Leben und Tod …«

Der Zugführer verlor keine Sekunde. Er klappte den Deckel über dem Steuergerät der Sprechfunkanlage hoch, schaltete das Mikrofon an und legte einen anderen Schalter auf die Stellung »Wagenlautsprecher«.

Während Seipt mit ruhiger Stimme nach einem Arzt unter den Reisenden fragte und bat, sich in den Wagon Nummer Vier zu begeben, hakte ich einen großen Verbandskasten von der Wand.

»Noch etwas, Sir?«, fragte Seipt.

»Ja. Veranlassen Sie eine der nächstmöglichen Stationen, einen Krankenwagen zu rufen, und bereiten Sie das fahrende Personal auf einen außerplanmäßigen Aufenthalt vor. Ich hoffe, Ihre Vorschriften lassen diese Entscheidung zu, ohne erst lange bei Ihrer Zentrale nachzufragen.«

»Nicht, wenn Menschenleben auf dem Spiel stehen. Und dafür habe ich Ihr Wort …«

»Sie haben es.« Ich hielt den Kasten hoch. »Können Sie mit dem Ding umgehen?«

»Ich habe einen Kurs in Erster Hilfe absolvieren müssen. Vorschrift.«

»Okay, dann gehen Sie nach vorn. Sie können dann gleichzeitig verhindern, dass sich zu viele Neugierige versammeln.« Seipt hörte mir zu, während ich gleichzeitig mit dem Stationsvorsteher eines Ortes namens Laparossa sprach. Der Mann versicherte, in der Lage zu sein, innerhalb der nächsten zehn Minuten einen Krankenwagen am Bahnsteig zu haben.

»Okay, halten wir dort. In zehn, elf Minuten ...« Seipt drückte eine Taste und informierte den Cheflokführer.

»So«, sagte er dann und stand auf.

»Wie war das mit der Blonden?«, fragte ich. »Ist sie wirklich in Sicherheit?«

Seipt zuckte vorsichtig mit den Schultern. »Wenn sie die Nase nicht zur Tür rausstreckt ...«

»Welches Abteil?« Ich hatte die Nummer vergessen.

»Neun-drei.«

»Danke, ich will mal nach ihr sehen, bevor wir den ganzen Zug absuchen.«

Gemeinsam gingen wir durch den Gang. Vor der Tür von Nummer 9/3 blieb ich stehen und klopfte. Seipt ging weiter.

»Schicken Sie meinen Kollegen her!«, rief ich dem Zugführer nach.

Die Tür vor mir sprang auf, und ich starrte in die schwarze Mündung einer Luger. Jillings trat einen Schritt zur Seite.

»Kommen Sie rein. Es ist zwar eng hier, aber es soll nicht für lange sein.«

Wieder war ich in Jillings' Falle getappt. Der Mann entwickelte sich zu einem Albtraum für mich.

»Tür zu.« Ich befolgte den Befehl. »Abriegeln!« Ich tat auch das.

Die blonde Kate hockte auf dem Bett, der kleine Percy stand vor ihr, er hatte seinen Kopf an ihre Brust gelehnt und weinte. Jillings trat neben die beiden. Mit einer rohen Handbewegung stieß er das Girl zurück, packte den Jungen mit der linken Hand fest am Arm und riss ihn mit einem Ruck an sich.

»Sie sind ein FBI-Bulle. Sie würden eher Ihr eigenes Leben anbieten, bevor Sie zusehen, wie ich dem Jungen eins verpasse!« Er presste die Mündung der Waffe hart gegen Percys Schläfe. Der Junge schrie kurz auf, und ich konnte es nicht verhindern, es war ein Reflex, ich federte in den Knien, bereit zum Sprung.

»Na, na!«, warnte Jillings.

Ich stieß pfeifend die Luft aus. »Okay. Wie weiter?«

»Lassen Sie den Zug anhalten. Ich will aussteigen. Auf freier Strecke. Rufen Sie den Zugführer.«

»Geht nicht.« Ich bemühte mich, meiner Stimme einen kalten Klang zu unterlegen.

»Warum nicht? Und schnell, mein Lieber, sonst gibt's was! Ich lasse mich nicht hinhalten!«

»Der Zugführer ist bei dem Mann, den Sie niedergeschossen haben.« Ich erwähnte mit Rücksicht auf den Jungen nicht, dass es sein Vater war.

Jillings leckte mit der Zunge nervös über die Lippen – dies war das erste Zeichen einer Unsicherheit, die ich an ihm bemerkte. Als es an die Abteiltür klopfte, zuckte er zusammen.

»Das ist ein Kollege von mir«, sagte ich. »Er ist in Columbus zugestiegen.«

Jillings' Augen flitzten unruhig zwischen mir und der Tür hin und her. »Sagen Sie etwas! Aber denken Sie an den Boy!«

»Phil?«, rief ich.

»Wer sonst? Was machst du da drin?«

»Warte einen Augenblick.« Zu Jillings gewandt, sagte ich: »Mein Kollege wird nichts unternehmen, solange er weiß, dass ich am Leben bin oder solange ich ihm nicht sage, irgendetwas zu unternehmen. Okay?«

Jillings nickte. Er atmete schwer. Ich schätzte, dass der Zug in etwa sieben oder acht Minuten halten würde. Bis dahin musste ich klar gekommen sein.

»Haben Sie eine Idee?«, fragte ich beiläufig, so, als ob ich Unmengen Zeit hätte.

»Sagen Sie was – Sie kochen doch was aus, ich seh's ganz genau!«

»Natürlich denke ich nach. Ich suche nach einem Weg ...« Ich musste reden, ihn ablenken. Ich hatte noch meine Waffe unter der Achsel. Jillings hatte noch nicht daran gedacht, und ich hätte sie beinahe vergessen. Aber an einen Schuss war nicht zu denken.

»Nun?«, rief Jillings. »Los doch! Ich habe nicht ewig Zeit!« Ich sah, wie Percy das schmale Gesicht verzog, als Jillings noch fester zudrückte.

»Lassen Sie doch erst mal den Jungen los! Wir finden schon einen Weg …«

»Das könnte Ihnen so passen, Sie – Sie …« Ihm schien das rechte Schimpfwort zu fehlen. Ich hatte den Eindruck, als ob ihm das Wort »Bandit« auf der Zunge gelegen hätte, doch dann war wohl auch Jillings das Unpassende daran zu Bewusstsein gekommen.

»Wenn der Zug auf freier Strecke hält, würden Sie aussteigen, allein, meine ich, wenn Sie sicher sind, dass mein Kollege und ich nichts unternehmen können?«

Jillings leckte sich wieder die Lippen. Seine Augen bohrten sich in meine. »Vielleicht. Aber ich kann nicht sicher sein. Wie? He?«

»Mein Kollege hat ein Paar Handschellen. Sie fesseln uns um den Bettpfosten oder um den Fenstergriff. Damit sind wir aus dem Rennen, und Sie können in Ruhe verschwinden. Mit dem geraubten Geld.«

Natürlich versuchte ich, Jillings zu bluffen, denn ich dachte gar nicht daran, ihn laufen zu lassen! Niemals – nicht diesen skrupellosen Killer!

Jillings kniff die Lider zusammen. Ich wartete, während die Spannung in mir stieg. Kein Laut war zu hören außer Percys Wimmern.

»Okay«, sagte Jillings nach endlosen Sekunden. Das Spiel seiner Augen hatte sich beruhigt. Sie blickten wieder so kalt und sicher wie zuvor. Und ich wusste, dass er sich niemals an eine Abmachung halten würde. Nun gut, dachte ich. Nur zu, Freundchen! Aber ich war froh, die Situation etwas entspannt zu haben, wodurch sie nicht mehr so explosiv war und die Gefahr einer spontanen Katastrophe für den Augenblick gebannt schien.

»Dein Kollege kann sich nützlich machen, er soll dem Zugführer Bescheid sagen!«

Es lief so, wie ich es mir vorstellte. Ich machte ein bedenkliches Gesicht und sagte schließlich: »Es wird wohl das Beste sein.« Ich wandte mich zur Tür.

»Drinnen bleiben, Mister!«, warnte Jillings. »Nur durch den Spalt, klar? Ich passe auf!«

Ich nickte und öffnete die Tür. Ich hütete mich, Jillings auch nur im Geringsten zu provozieren. Wenn solche Typen durchdrehen, dann kommt es unweigerlich zur Katastrophe. Seltsam war jedoch, dass Jillings offensichtlich nicht mehr daran dachte, dass ich meinen 38er seit unserer letzten Auseinandersetzung in seinem früheren Abteil wiederhatte.

»Sag dem Zugführer, dass er den Zug anhalten soll. Sofort.« Ich schloss ein Auge, was Jillings nicht sehen konnte. Phil schüttelte den Kopf, und ich zwinkerte bestätigend. Phil hatte verstanden. Er würde vor der Tür bleiben. »Komm hierher zurück, wenn du den Zugführer erreicht hast. Klopf zweimal kurz …«

Phil sagte laut: »Okay!«

Ich drückte die Tür ins Schloss, ohne sie zu verriegeln. Jillings dachte offenbar nicht mehr an alles.

»Lassen Sie jetzt den Jungen los«, forderte ich Jillings auf.

Er schüttelte den Kopf. »Wenn ihr, du und dein Kollege, da am Bettgestell hängt. Aber vorher muss dein Kollege seine Kanone reinschmeißen. Denk dran!«

»Klar«, bestätigte ich. Wieder herrschte Stille. Das Rattern der Räder spürte ich schon lange nicht mehr, es gehörte einfach dazu, war da. Ich riskierte einen Blick auf die Uhr, beiläufig, lässig. Es war drei Uhr achtzehn. Um drei Uhr sieben hatte der Zug Columbus verlassen, und seit dem Gespräch mit dem Zugführer mochten jetzt sechs Minuten vergangen sein. Die Zeit schlich dahin, scheinbar langsam, aber ich musste zu einem Entschluss kommen.

Mein Blick tastete die Luger an Jillings' Hand ab. Ich sah den Sicherungsflügel, die Waffe war entsichert. Jillings' schlanker Zeigefinger lag locker um den Abzug.

Nach endlosen drei Minuten klopfte Phil an die Tür.

»Okay!«, rief ich. »Warte!« Zu Jillings sagte ich: »Nun?« Ich brauchte noch etwas Zeit. Bis – wie hieß das Kaff? Laparossa. Bis der Zug bremste. Vielleicht hatte ich dann eine Chance. Noch drei Minuten vielleicht.

»Dein Kollege soll jetzt seine Kanone reinwerfen!«

»Phil!«, rief ich. »Du musst jetzt deinen Revolver reinwerfen!« Dreißig Sekunden, rechnete ich.

»Mach die Tür auf, aber bleib vor dem Spalt stehen! Ich will nicht von einem eurer verdammten Scharfschützen eine Bohne zwischen die Augen bekommen!«

Eine Minute.

Ich stellte mich vor die Tür und zog sie ein kleines Stück auf, beide Arme hielt ich vom Körper weg. Nur nichts riskieren, nichts Unnötiges jedenfalls. Ich sah Phil in die Augen, fragende Augen voll Unsicherheit. Schweißtropfen bedeckten seine Stirn. Ich konnte nicht wissen, dass mein Freund soeben eine schwere Entscheidung getroffen hatte.

»Wirf«, sagte ich und spreizte die Beine. »Schön vorsichtig.«

Phil warf seinen Dienstrevolver ins Abteil, und ich schloss die Tür.

Eine Minute und dreißig Sekunden.

Verlor der Zug bereits an Tempo? Ich glaubte es, war meiner Sache jedoch nicht sicher, denn die Jalousie vor dem einzigen Fenster war herabgelassen.

»Stoß das Ding hier rüber!«, befahl Jillings.

Ich kickte den Revolver an, er rutschte über den glatten Boden und blieb neben Jillings' rechtem Fuß liegen.

Jillings wechselte die Luger in die linke Hand, bückte sich blitzschnell, ohne den Jungen loszulassen, und hob den Revolver auf. Er grinste, als er den Hahn spannte und die Luger in seiner Jacke verstaute.

Zwei Minuten.

Jillings grinste noch immer. Er lockerte den harten Griff um Percy etwas, aber die Mündung des 38ers war jetzt an Percys Schläfe gepresst. Meine Augen lagen an Jillings' Zeigefinger, der sich um den Abzug krümmte. Ein winziger Druck, und der Hammer schlug auf eine Kammer …

»Junge, Junge«, sagte Jillings. »Die Luger ist wahrscheinlich leer! Ich hab gar nicht mitgezählt!« Er grinste jetzt breit und selbstbewusst. »Dein Kollege kann reinkommen!«

»Phil! Komm rein!«, rief ich. Ich wunderte mich, dass der Zorn meine Stimme nicht erstickte.

Ich blieb mit dem Rücken zur Tür stehen. Die Tür klappte, dann stand mein Freund neben mir.

»Erklär's ihm«, forderte Jillings mich auf.

Zweieinhalb Minuten.

Ich informierte meinen Freund mit ein paar kurzen Sätzen. Phil nickte gleichmütig.

»Klar. Die Hauptsache ist, den beiden hier passiert nichts.«

Ich warf meinem Freund einen schnellen Blick zu. Er wirkte völlig entspannt, ganz anders als ein paar Sekunden zuvor, wie ausgewechselt. Er brachte es tatsächlich fertig, das Girl auf dem Bett mit den Augen abzuklopfen und ihm beruhigend zuzuzwinkern.

Dann wanderte sein Blick fast träge zu Jillings. »Sieh mal an«, sagte er, »ist das etwa mein Revolver? So hatte ich mir die Sache allerdings nicht vorgestellt!«

»Es ist deiner!«, bestätigte Jillings grinsend. »Los jetzt! Der zuerst!« Er wies mit dem Kopf auf Phil.

Der Zug bremste jetzt stärker. Phil taumelte, unnötig heftig, wie ich meinte. Und auch Jillings schien Schwierigkeiten zu haben, denn er verstellte seine Füße.

Phil sah Percy an, machte einen langsamen Schritt auf Jillings und den Jungen zu.

»Na, wie heißt du denn?«, fragte er.

Percy sah Phil stumm aus großen Augen an. Jillings nahm die Mündung von Percys Schläfe und richtete sie auf Phil.

»Zurück!«, zischte er.

Phil lachte plötzlich, und im gleichen Moment erkannte ich es. Die Kammern des Revolvers waren leer!

Ich nutzte die Überraschung und warf mich auf Jillings. Jillings ruckte mit der Waffe herum und zog ab. Es klickte nur. Auch Phil hatte einen Sprung vorwärts gemacht und den kleinen Percy aus Jillings' Armen gerissen. Ich trat auf den Gangster zu und warf ihn zu Boden.

Ich bemerkte nicht, dass Phil den Jungen und Kate nach draußen auf den Gang brachte und zum Dienstabteil des Zugführers begleitete, wo einer der beiden Schaffner Percy und Kate übernahm.

Jillings fing sich schnell. Er schlug seine langen sehnigen Hände um meinen Hals und drückte zu, mit roher Gewalt, erbarmungslos und mit dem festen Willen zu töten. Ich spannte meine Halsmuskeln, brachte erst eine Hand nach oben, dann die andere. An meine Waffe kam ich jetzt nicht heran, das war klar. Ich musste aus dieser tödlichen Umklammerung raus, und zwar schnell.

Meine tastenden Hände glitten über Jillings Gesicht. Dann drückte ich zu. Plötzlich, ohne dem Killer Zeit zu einer Gegenreaktion zu lassen.

Jillings stieß einen tierischen Schrei aus, die mörderische Klammer um meinen Hals lockerte sich.

Ich wand mich heraus – und dann tauchte Phil plötzlich neben mir auf.

Ohne ein Wort zu verlieren, riss er Jillings Hände auf den Rücken. Die Handschellen schnappten zu.

»Aus, Jillings!«, sagte er dann. »Aus und vorbei!«

»Das war knapp!«, krächzte ich. Mein Hals fühlte sich wund an. »Was ist mit Prescott?« Gleichgültig registrierte ich, dass der Zug hielt.

»Es waren zwei Ärzte da. Er hat einen Lungendurchschuss. Es sieht ernst aus ...«

Menschen rannten jetzt durch den Gang, eine laute Stimme brüllte Befehle, dann stand ein Mann mit braun gebranntem Gesicht in der Tür.

»Sind Sie die Leute vom FBI?«

Ich nickte nur. Welcher verdammte Trottel hatte die Dorfpolizei alarmiert? Der Stationsvorsteher wahrscheinlich. Doch jetzt war es egal. Ich konnte abschalten, andere taten die Arbeit.

»Sammeln Sie den ein«, brachte ich hervor. »Und das Geld. Hier dreihunderttausend, und irgendwo da vorne muss noch eine Million rumliegen.«

Der Sheriff oder was der Braungebrannte immer darstellen mochte, wurde blass unter der Bräune.

»Eine was?«

»Million«, bestätigte Phil lässig. »Stecken Sie das Geld solange in Ihre Geldbörse ...«

Der Braungebrannte ächzte fassungslos und entschwand unseren Blicken.

»Was meinst du?«, fragte Phil. »Steigen wir hier aus, oder fahren wir ins sonnige Kalifornien?«

»Aussteigen«, meinte ich. »Hier scheint auch die Sonne!«

»Okay.« Er führte mich nach draußen. Dann sagte er leise: »Du, das war verdammt riskant.« Ich wusste, was er meinte. Die leere Waffe. »Ich wusste ja nicht, was du vorhattest. Aber ich wusste, dass Jillings acht Schüsse abgegeben hatte ...« Er seufzte. »Es war riskant. Verdammt, so eine Entscheidung möchte ich nicht jeden Tag treffen müssen!«

»Es war verdammt mutig«, versicherte ich überzeugt. »Ganz verdammt viel Mut gehörte dazu ...« Meine Stimme versagte. Ich dachte daran, was alles hätte passieren können.

Kate Riedmann stieg am billigsten aus der Affäre aus. Sie bestritt einfach, das Geld für sich selbst genommen zu haben, und meldete Anspruch auf die Belohnung an – dreißigtausend Dollar. Weil sie unbescholten war und sich von Jillings getrennt hatte, als sie erkannte, dass er ein Verbrecher war, wird sie das Geld zweifellos bekommen.

Dave Sheldon steht zur Zeit in New Jersey vor dem Schwurgericht, ihm droht der elektrische Stuhl, mindestens jedoch lebenslänglich. Um Al Jillings alias Stanley McLean streiten sich noch die Staatsanwälte der Staaten New York und Ohio. Der Ausgang kann dem Verbrecher nicht gleichgültig sein, denn in Ohio gibt es noch, im Gegensatz zum Staat New York, die Todesstrafe. Und obwohl in den Staaten seit Jahren keine Todesstrafen mehr vollstreckt wurden, wurden sie doch ausgesprochen, und die Verurteilten leben seitdem in Todeszellen, allein, streng bewacht, mit der ständigen Drohung, es könnte doch einmal sein ...

Percival Stuart Prescott, von seinen Freunden Pi-Pi genannt, stand unter schweren Schockeinwirkungen, die allerdings bald abklangen, weil er jetzt als Held galt und sich in einem Ruhm sonnen konnte, der immerhin mehrere Wochen anhielt.

Stuart Winston Prescott überlebte. Seine Frau, Wilma Prescott, kam noch am Abend nach – wie hieß doch das Kaff? – Laparossa. Mit dem Jet ihres Mannes. Sie wich nicht von seinem Krankenlager, bis er zur vollständigen Genesung in ein Sanatorium nach Colorado verlegt werden konnte, und auch dorthin folgte sie ihm.

Später erfuhr ich, dass sie ganz nach Columbus gezogen ist, und ein Kollege berichtete mir bei Gelegenheit, dass er sie einmal beim Lunch in einem von Prescotts Grills gesehen hatte. Prescotts Hamburger sind wahrscheinlich tatsächlich die besten ...

ENDE

Der Schinder

Der Schläger

Die zylinderförmige Lampe am Ende des biegsamen Metallrohres warf einen kreisrunden, scharf begrenzten Lichtstrahl auf das Arbeitsfeld. Ein mit Diamantsplittern besetzter Bohrer surrte auf dem harten Stahl der Tresortür, rutschte ab, riss eine Furche in den grünen Lack.

Der Mann fluchte leise. Er packte die elektrische Bohrmaschine fester, führte den scharfen Bohrer zu der winzigen Vertiefung zurück, die er zuvor in dem harten Stahl hinterlassen hatte. Dann legte er sein ganzes Gewicht gegen die Maschine. Das helle Surren wurde dunkler, dumpfer. Staubförmige Metallsplitter blitzten im Licht der Lampe, aber selbst bei diesem Druck widerstand das Material der Tür noch dem harten Bohrer.

Der Mann ließ den Schalter los, und die Maschine verstummte. Er zog den Ärmel über der Armbanduhr zurück und hielt die flache Uhr in den Lichtschein. Es war fast genau zwei Uhr. Zwei Uhr in der Nacht.

Der Mann wischte sich den Schweiß von der Stirn, setzte den Bohrer wieder an und schaltete die Maschine an. Das schrille Geräusch legte sich betäubend auf die Ohren des Mannes.

Er hörte nicht, wie hinter ihm eine Tür geöffnet wurde. Plötzlich flammte Licht auf, und eine Stimme brüllte: »Aufhören! Hände hoch!«

Der Mann zuckte nicht einmal zusammen. Er schaltete die Maschine ab und ließ sie zu Boden fallen. Dann hob er die Arme.

»Umdrehen!«, befahl die Stimme.

Der Einbrecher wandte sich langsam um. Er hatte ein langes Gesicht mit hageren Wangen, einer schiefen Nase und einem stark vorspringenden Kinn. Aus tief liegenden Augen musterte er den Wächter, der ihn gestellt hatte. Der Wächter trug eine dunkelblaue Uniform und eine Schirmmütze, die sein halbes Gesicht in Schatten tauchte. Aber der Einbrecher konnte erkennen, dass der Mann alt war. Jedenfalls viel zu alt für diesen Job. Er trug einen unförmig wirkenden Revolver in der mageren Faust. Der Einbrecher sah, dass der Hahn nicht gespannt war. Und er sah, dass der Alte ziemlich ratlos war.

»Hände hoch!«, rief der Wächter, obwohl der Einbrecher beide Arme in die Luft streckte. Er fuchtelte mit dem Schießeisen, eine Gebärde, die offenbar drohend wirken sollte.

Der Einbrecher verzog die dünnen Lippen zu einem flüchtigen Grinsen. Der Alte ging vorsichtig nach links hinüber, wo das Telefon auf dem mit Papieren überladenen Schreibtisch stand. Der Einbrecher rührte sich nicht. Der Alte grapschte mit der linken Hand nach dem Hörer, presste ihn dann mit der Schulter an sein Ohr, lauschte. Das Gesicht verzog sich in ungläubigem Staunen, leicht hervorquellende Augen richteten sich auf den Mann vor dem Tresor, huschten dann an dem Kabel entlang bis zu einer Stelle unten an der Wand, saugten sich an dem herausgerissenen Ende des Kabels fest.

Der Alte legte den Hörer sorgfältig auf die Gabel zurück. Seine Augen waren jetzt wachsam, die Muskeln in dem spitzen Gesicht waren vor Anspannung erstarrt. Vorsichtig wich er zur Wand zurück, schob sich auf die Tür zu. Der Einbrecher rührte sich nicht. Mitleidlos folgten seine Augen der schmächtigen Gestalt des alten Mannes, der sich jetzt langsam durch die Tür schob. Der Raum dahinter war stockfinster. Der Einbrecher wusste genau, was in dem Raum war. Gerümpel, Kisten mit Konserven, gestapelte Getränkekästen. Und Brisco. Brisco, der hinter einem Regal lauerte.

Der Alte schob einen Schlüssel ins Schloss. Der Einbrecher bemerkte, dass die Finger zitterten. Hinter dem Alten ertönte ein schriller Pfiff. Der Wächter fuhr herum, sein Arm mit dem Revolver flog in die Höhe, der Daumen glitt über den Hammer, versuchte noch, die Waffe zu spannen.

Dann zerrissen die beiden Schüsse die Stille. Die Kugeln schlugen in den mageren Körper des Alten, warfen ihn in den kleinen Büroraum zurück. Der Alte prallte mit dem Rücken gegen den Schreibtisch und brach dann zusammen.

Der Einbrecher nahm die Hände runter. Er raffte die Bohrmaschine, die Magnetlampe und eine Schachtel mit Bohrern zusammen, stopfte alles in einen alten Seesack, den er sich über die Schulter warf. Er streifte den Safe mit einem letzten prüfenden Blick. Nur einige Kratzer im Lack und die Andeutung eines Bohrloches zeigten, dass jemand unberechtigterweise versucht hatte, den Safe zu öffnen.

Er grinste, als er Briscos Blick begegnete. Brisco lehnte im Türrahmen, den Revolver hatte er noch in der Faust. Brisco war ein großer, schwerer Kerl mit stacheligem rotem Haar auf dem kantigen Schädel.

»Das Ding hättest du nie geknackt«, sagte Brisco. »Nie, und wenn du eine Woche Zeit gehabt hättest!«

»Nein!«, bestätigte der Hagere gut gelaunt. »Aber wofür gibt es denn Spezialisten?«

Brisco schaltete das Deckenlicht aus. Dann verließen die beiden Männer den Supermarkt am Sandford Boulevard in Mt. Vernon.

Als ich morgens um acht meinen Dienst antrat, befand sich die Meldung von dem Mord an dem Wächter als eine von vielen unter den Nachrichten, die sich auf meinem Schreibtisch stapelten. Mein Freund und Kollege Phil Decker traf wenig später ein, und gemeinsam gingen wir die Routinemeldungen durch.

Ich las das Fernschreiben der Polizeibehörden von Mt. Vernon und hätte es wie alle anderen abgelegt, wenn mir nicht ein Name aufgefallen wäre.

»Glen Simmons«, sagte ich nachdenklich. »Erinnerst du dich an den?«

Phil runzelte die Stirn. »Ich brauche ein Stichwort«, meinte er.

»Als wir ihn vor sechs oder sieben Jahren erwischten, hatte er rund zwei Dutzend Tresore geknackt – alles Paterson-Morris-Safes.«

»Richtig!«, rief Phil. Es hörte sich so an, als ob er nur mühsam seine Bewunderung für diesen Mann unterdrückte. »Der Junge konnte was!«

»Er kann's immer noch«, seufzte ich enttäuscht. »Und nicht nur das – er hat einen Wächter umgelegt.«

»Kaum zu glauben«, murmelte mein Freund. »Was war los?«

»Einbruch in einem Supermarkt in Mt. Vernon. Simmons' Handschrift, soweit sich das bei den wenigen Spuren sagen lässt. Er wird überrascht, erschießt den Wächter und flieht.«

»Woher weiß man, dass Simmons …«

»Sie haben einen Tipp bekommen, einen anonymen Anruf …« Vielleicht hatte er diesmal einen Partner, dachte ich. Einen, der bei Mord nicht mehr mitspielte. Nein, so einfach war das nicht. Die Sache sah mir viel zu glatt aus.

Ich angelte das Telefon zu mir heran und rief das Archiv an. Der alte Neville meldete sich sofort.

»Hallo, Neville! Ich brauche die Akte Glen Simmons.«

Neville stieß einen schrillen Pfiff aus. »Ist er wieder aktiv? Er hat doch gesessen bis – warten Sie! Er ist schon seit vier Jahren wieder frei. Wegen guter Führung und wegen einiger Leute, die sich für ihn eingesetzt haben.«

»Richtig«, knurrte ich. Einer der Leute, die sich für Simmons eingesetzt hatten, war ich gewesen. Simmons hatte im Gefängnis ein Fernstudium begonnen, und zwar mit besten Zensuren. Daraufhin wurde er unter Vorbehalt entlassen, damit er seine Studien an der New Yorker Universität fortsetzen konnte.

»Hat er wieder was ausgefressen?«, erkundigte sich Neville neugierig.

»Ich weiß es nicht. Schicken Sie seine Akte runter.« Ich überwand meine schlechte Laune und fügte hinzu: »Bitte.« Dann drückte ich die Gabel nieder, wählte die Zentrale an und bat Myrna, unsere Telefonistin mit der aufregend rauchigen Stimme, um eine Verbindung mit der Polizei von Mt. Vernon.

Noch bevor die Verbindung zustande kam, brachte ein Bote die Akte Simmons. Ich schlug die dicke Akte auf und nahm die Karteikarte heraus. Glen Simmons, weiß, 29 Jahre alt, Stahlbauingenieur. Also hat er sein Studium beendet, dachte ich. Anschrift: 150 Hamilton Lane, Quaker Ridge, Greenwich / Connecticut.

Da hatten wir es. Simmons wohnte kaum zwanzig Meilen vom Tatort entfernt! Aber er wohnte erst seit knapp zwei Wochen dort. Weil er immer noch unter Bewährungsaufsicht stand, musste er jede Änderung seiner Lebensumstände, wie es so schön heißt, umgehend melden.

Das Telefon rasselte. Ich fragte nach dem Beamten, der den Mord in dem Supermarkt bearbeitete, und wurde mit Captain Bud Fisher verbunden.

»Jerry Cotton, FBI New York«, sagte ich. »Guten Morgen, Captain. Ich lese, dass Sie einen Mord hatten. Gesucht wird ein Mann namens Simmons. Ist das so richtig?«

»Ja, leider, Mr Cotton. Scheußliche Sache. Der Wächter war neunundsechzig Jahre alt. Er musste immer noch arbeiten, weil er eine gelähmte Frau zu versorgen hat …«

»Haben Sie Simmons schon erwischt?«

»Nein. Die Fahndung läuft aber.«

»Erzählen Sie mal mehr«, forderte ich Fisher auf.

»Well, gegen drei bemerkte eine Streife, dass in Warren's Supermarkt eine Tür offen stand. Die Beamten drangen ein und fanden den Toten. Er heißt Nat Gump. Um vier brachte der örtliche Sender schon die Nachricht, und zehn Minuten nach vier rief jemand an. Wir sollten diesen Simmons mal überprüfen, sagte der Anrufer. Simmons sei einschlägig vorbestraft und lebe über seine Verhältnisse. Ich habe zwei Streifenwagen und ein halbes Dutzend Detectives losgejagt, aber die Adresse, die der Anrufer genannt hatte, stimmt nicht mehr.«

»Er wohnt ein paar Meilen weiter«, sagte ich. »In Greenwich, Connecticut.«

»Mist«, knurrte der Captain. »Dafür brauchen wir den FBI.«

Er hatte Recht. Mt. Vernon, an der nördlichen Stadtgrenze New Yorks, liegt im Staat New York. Einige Meilen nordwestlich, hinter Port Chester, beginnt der Nachbarstaat Connecticut.

»Okay, Captain«, sagte ich. »Wir kümmern uns darum. Ich rufe an, sowie ich mit Simmons gesprochen habe.«

Captain Fisher atmete hörbar auf. »Danke, G-man!«, rief er. »Kann ich eine Erklärung an die Presse geben?«

»Lieber nicht«, meinte ich. »Simmons kann ziemlich jähzornig reagieren. Ich will nicht, dass er seinen Namen im Radio hört. Captain, eine Frage – was war das für ein Safe, der in dem Supermarkt geknackt werden sollte?«

»Ein Paterson-Morris-Safe. Warum?«

»Ach, nur so. So long, Captain!«

»Du reißt dich auch um jede Arbeit!«, maulte Phil, der an die Fahrt nach Greenwich dachte.

»Erst reden wir mit dem Chef«, entschied ich. »Vielleicht schaltet er die Kollegen aus Connecticut ein. Komm schon, irgendetwas müssen wir schließlich tun ...«

Etwa um diese Zeit, es war halb neun, verließ der gepanzerte Geldtransportwagen den Hof der New Yorker Hauptzweigstelle der National City Bank. Der Wagen, ein an sich unauffälliger Dodge

Kleintransporter mit Kastenaufbau, ordnete sich in den Verkehr auf der 14th Street ein, um den East Side Highway östlich von Stuyvesant Town zu erreichen.

Die Besatzung bestand aus zwei kampferprobten Männern, Frank Vanderloo und Victor Rosetta, die sich blind aufeinander verließen. Beide waren Anfang vierzig, und beide hatten es bei der City Police in den rauesten Revieren der Stadt bis zum Sergeant gebracht, bevor sie in die Dienste der National City Bank traten. In dem grauen Dodge fühlten sich die Männer vollkommen sicher.

Dieser rollende Safe war mit so vielen Schikanen und Sicherheitseinrichtungen ausgestattet, dass ein Überfall so gut wie aussichtslos erscheinen musste. Die Außenpanzerung musste selbst eine mit allen Werkzeugen ausgerüstete Bande mindestens eine halbe Stunde lang aufhalten. Diese halbe Stunde würde der Besatzung in jedem Fall ausreichen, über Funk Hilfe herbeizuholen. Der Fahrerraum war von der Ladefläche völlig unabhängig, und der Tresorraum war von der Besatzung allein, das heißt ohne Anwesenheit eines Beauftragten der National City Bank, nicht zu öffnen. Die Männer saßen hinter schusssicherem Glas und gepanzertem Stahl, ihr Funkgerät verband sie ununterbrochen mit der Funkleitstelle der City Police New York. Nein, der Wagen war sicher und von der Außenwelt so unabhängig wie ein getauchtes U-Boot in der Tiefsee.

Doch selbst wenn es Gangstern gelingen sollte, den Außenpanzer zu überwinden und an das Herz des Transporters zu gelangen, würden sie schnell merken, dass sie mit Zitronen gehandelt hatten.

Ein zwar kleiner, aber hochmoderner Paterson-Morris-Safe war fest auf der Ladefläche verschweißt. Der Safe verfügte über ein Kombinationsschloss und über ein Schlüsselschloss, die praktisch nicht zu knacken waren, wenn man nicht allerhand über die Arbeitsweise der Schlösser wusste. Sie waren in einer bestimmten Reihenfolge zu bedienen, sehr ausgeklügelt, und wenn diese Reihenfolge nicht eingehalten wurde, würde sich der Safe überhaupt nicht mehr öffnen lassen. Er musste dann an den Hersteller geschickt werden.

Der Wagen und der Safe waren also den beträchtlichen Mengen Bargeld, die darin befördert wurden, durchaus angemessen. Der Dodge verkehrte täglich zwischen Manhattan und den Hauptstädten der beiden Bundesstaaten Connecticut und Rhodes Island. Die

Geldsumme, die sich im Tresor auf der Ladefläche befand, schwankte zwischen einhundertzwanzigtausend und etwa eineinhalb Millionen Dollar. Einmal, das war vor zwei Jahren gewesen, befanden sich sogar über zwei Millionen Dollar in bar hinten in der Stahlkiste.

Auf die Gemütsverfassung der beiden Männer im Fahrerhaus hatten diese Summen keinerlei Einfluss, denn sie wussten niemals, welchen Betrag sie jeweils durch die Gegend schaukelten.

An diesem Tag saß Frank Vanderloo am Steuer. Er folgte der einmal festgelegten Route, die er schon wie im Schlaf beherrschte. Viele Gesellschaften, die Geld transportieren, wechseln die Fahrtstrecken täglich nach einem ausgeklügelten System – oder nach gar keinem.

Die Sicherheitsexperten der National City hatten lange herumgetüftelt und vieles probiert und zahlreiche Überfälle auf Geldtransportfahrzeuge analysiert, ehe sie sich im Falle der täglichen Transporte nach Hartford und Providence für eine stets gleich bleibende Route entschieden. So wussten der Sicherheitsbeauftragte der Bank und die Beamten der Polizei fast auf die Sekunde genau, wo sich der Wagen gerade befand. Nein, der Dodge war sicher.

Vanderloo, ein schweigsamer, fast kahlköpfiger Mann mit deutlichem Bauchansatz unter der eng sitzenden Uniformjacke, folgte dem East Side Highway an der Ostseite Manhattans entlang, an Harlem vorbei, blieb auf dem Highway, als der dem Harlem River in die Bronx hinauf folgte, und wechselte erst am High Bridge Park auf den Cross Bronx Expressway, der direkt auf den New England Thruway zuführte.

Um diese Zeit waren die breiten Highways nicht sehr stark befahren. Nur hin und wieder überholte sie ein Personenwagen, noch öfter fuhren sie selbst an einem langsamer dahinrollenden Truck vorbei.

Hinter dem Westchester Creek fuhr Vanderloo die Rampe zum New England Thruway hinauf. Am Gebührenschalter löste er ein Ticket für zweieinhalb Dollar, schob die Quittung hinter den Innenspiegel und verriegelte das Seitenfenster wieder, bevor er erneut Gas gab.

Die Fahrt verlief gleichförmig wie immer. Die Straße stieg an, hier und da sahen Vanderloo und Rosetta rechts das stahlgraue Wasser des Long Island Sound schimmern.

Hinter Norwalk, das war schon mitten in Connecticut, lief der

Highway über eine Strecke von zwei Meilen oben auf dem Kliff über der See entlang. Die Felsen fielen hier mehr als vierhundert Fuß steil ab. Rosetta blickte hinaus, wandte jedoch sofort den Kopf wieder nach vorn. An diesen Anblick würde er sich nie gewöhnen, und wenn er die Strecke noch zwanzig Jahre lang fahren müsste.

Die Wellen rollten gleichmäßig tief unten gegen die schroffen Felsen, das Wasser schäumte hell um das Brandungsgeröll und floss zurück. Hinter dem winzig schmalen Uferstreifen wurde das Wasser schnell dunkler, fast schwarz wogte es im Schatten des Kliffs. Es musste sehr tief sein dort unten.

Frank Vanderloo lächelte. Er kannte die Schwäche seines Kollegen, aber er sagte nichts. Er beschleunigte ein wenig, bis er das Stück Weges hoch am Rande des Kliffs hinter sich hatte.

Die Straße beschrieb einen verhältnismäßig engen Bogen, deshalb war die Höchstgeschwindigkeit hier auf fünfzig Meilen beschränkt. Der Verkehr floss immer noch dünn, wie immer im Herbst. Die Gegenfahrbahn war durch einen breiten, dicht mit Büschen bewachsenen Mittelstreifen abgetrennt, und mehrere Sekunden lang befand sich der graue Dodge allein auf der Fahrbahn in östlicher Richtung …

Nick Gallagher ließ den Feldstecher sinken.

»Mann, das wäre eine Gelegenheit gewesen«, sagte er leise und reichte das Glas an Nomey weiter. Nomey verstellte die Brücke etwas, bis die Okulare für seine eng zusammenstehenden Augen richtig standen. Dann liefen seine großen Ohren rot an.

»Klar, Boss! So kommt's nicht wieder!«, bestätigte er.

Gallagher riss dem anderen das Fernglas unwillig aus der Hand.

»So war's fast jeden Tag!«, sagte er und presste das Glas wieder an seine Augen. Unten, auf der schimmernden Betonbahn des Highways, schnurrte der graue Dodge gerade in weitem Bogen aus dem Blickfeld der beiden Männer. Und erst jetzt tauchte ein weiterer Wagen auf.

Gallagher schlug den Kragen seiner Pelzjacke hoch. Hier oben fegte ein scharfer Wind über das Plateau. Er verstaute das Fernglas unter der Jacke und wandte sich dann ab. Der Plan war in allen Einzelheiten fertig.

Gallagher schlug die Richtung zu dem schmalen Trampelpfad ein, der zu der kleinen Fischersiedlung östlich von Saugatuck hinunterführte. Nomey folgte seinem Boss, er tänzelte um ihn herum wie ein junger Hund. Nick Gallaghers breite, gedrungene Gestalt stemmte sich gegen den Wind, der an seinen gelben Haaren zerrte. Er hatte einen kantigen Schädel mit hoher Stirn und helle, wachsame Augen unter buckligen Stirnhöckern. Weder Nomey noch sonst jemand aus Gallaghers Umgebung wusste, wie alt der Boss war, und niemand kannte ihn gut genug, um den Mut aufzubringen, ihn danach zu fragen. So schwankten die Schätzungen zwischen achtunddreißig und vierundfünfzig.

Nick Gallagher, der Name stimmte übrigens nicht, war neunundvierzig Jahre alt, aber der Mann verfügte über die Kraft eines Bullen und über die gebändigte Energie eines Atommeilers.

Am Fuße des Hügels stand der schwarze Ford, den Gallagher während der Vorbereitungen für das geplante Ding benutzte. Nomey klemmte sich hinter das Steuer und fuhr los. Die schmale Strandstraße wand sich den Berg hinab und mündete dann auf eine betonierte Fahrbahn, die auf die Straße nach Westport mündete. Kurz vor Westport schwenkte der Fahrer auf einen schmalen Feldweg ein, der auf dem Gelände einer verlassenen Farm endete. Nomey steuerte den Ford hinter das niedrige Haupthaus und schaltete den Motor ab.

Gallagher sprang aus dem Wagen und betrat das Haus. In dem großen Wohnraum zog er seine Jacke aus, warf sie über einen Stuhl und starrte die anwesenden Männer einige Sekunden lang stumm an.

Die Männer waren bei Gallaghers Eintreten verstummt. Einer von ihnen war Brisco, neben ihm saß Willie Amsden, der Hagere, und vor dem Kamin hockte ein baumlanger Schwarzer auf dem Boden, dessen mächtige Muskelpakete sich unter dem dünnen Pullover abzeichneten.

Nomey wieselte durch den Raum auf die anschließende Küche zu und schlug die Tür hinter sich ins Schloss.

Nick Gallagher blickte Brisco starr an. »Morgen kann's losgehen«, sagte er schließlich. »Der Spezialist wird heute noch eintreffen.«

»Dieser Simmons?«, erkundigte sich Brisco. »Es hat also geklappt?«

»Es wird klappen«, versicherte Gallagher ruhig. »Was ich plane, hat bisher immer geklappt. Ihr solltet daran denken.«

Brisco grinste. Er schien der Einzige zu sein, der die gespannte Atmosphäre nicht spürte. Besonders George, der Schwarze, wurde zusehends unruhiger, obwohl man ihm das nicht ansah. Doch Brisco konnte die versteckten Anzeichen der Nervosität erkennen. George war nicht süchtig, beileibe nicht, darauf hatte Gallagher vernünftigerweise geachtet, denn es stand von vornherein fest, dass sie lange Zeit zusammenbleiben mussten – vor dem Raub und auch nachher.

Gallagher war es gelungen, eine Mannschaft der rauesten Burschen zusammenzustellen, die zur Zeit frei an der Ostküste herumliefen. Zwei dieser Kerle waren unterwegs – sie hatten die Aufgabe, Simmons zu holen. Simmons, den einzigen Menschen, der in der Lage war, den rollenden Tresor zu öffnen. Wenigstens glaubte Gallagher daran. Brisco hatte so seine Zweifel. Auch er hatte in seiner bisherigen Laufbahn schon einige Büchsen aufgemacht, aber er war weit davon entfernt, sich für einen Könner zu halten.

»Was ist, wenn Simmons es auch nicht schafft?«, fragte Brisco.

Gallagher starrte Brisco immer noch an, doch jetzt wurde sein Blick zusehends kälter. »Simmons kann es, und er wird es tun. Er wird schließlich Zeit haben.« Gallagher sah auf die Uhr. »Die Sache läuft. Von jetzt an gibt es kein Zurück mehr.«

»Wer will denn zurück?«, fragte Brisco. Er sah sich lachend um. Niemand erwiderte sein Lachen. Brisco verstummte. »Für zweihunderttausend Dollar Garantie kann man einiges wagen, was, Willie?«

Der Hagere nickte nur. Er legte sich im Sessel zurecht und schloss die Augen.

Gallagher stapfte durch den Raum. Abseits von den anderen, in der Ecke neben dem hohen Fenster, stand ein gebrechlich wirkender Schreibtisch. Diesen Platz hatte Gallagher zu seinem Lieblingsplatz erkoren. Er setzte sich, stützte den Kopf in die Hände und starrte auf den Zeitplan, den er vor sich ausgebreitet hatte.

Brisco beobachtete den Schwarzen. George war aufgestanden. Er ging mit wiegenden Schritten zu der Kommode hinüber und schaltete das Transistorradio ein. Er suchte auf der Scala herum, bis laute Popmusik ertönte. Er drehte die Lautstärke voll auf, bis die Gläser in der Kommode zu klirren begannen.

Gallagher blickte auf. »Schalt das Ding ab«, forderte er. Seine Stimme klang ruhig. Brisco starrte George an.

Der Schwarze wiegte sich im Takt der Musik, er schien Gallagher gar nicht gehört zu haben. Besorgt ließ Brisco seine Augen zwischen Gallagher und George hin und her wandern. Jetzt würde es wohl zu einer Kraftprobe kommen, dachte Brisco erwartungsvoll, doch dann kamen ihm die möglichen negativen Auswirkungen zu Bewusstsein. Falls Gallagher den Kürzeren zog, brach die ganze Bande auseinander, und der verdammte Tresor würde noch Jahre oben über das Kliff rollen.

»Du sollst das Ding abschalten!« Gallaghers Stimme klang gefährlich rau, seine Stirn färbte sich dunkel. George drehte Gallagher den Rücken zu. Gallagher stand auf. Mit einem Ruck schob er den Schreibtisch zurück, der Stuhl fiel polternd um.

George schnippte mit den Fingern im Takt der Musik, die Lider über den leicht hervorquellenden Augäpfeln waren halb geschlossen.

Gallagher schob sich näher, unaufhaltsam und mit der Entschlossenheit eines Flusspferdes. Gallagher mochte zwar gut in Form sein für sein Alter, dachte Brisco, aber George hatte einige Zeit als Berufsboxer und dann als Sparringspartner gearbeitet. George war jung und einmalig in Form. Brisco sah eine Katastrophe auf sich zukommen.

Brisco hatte alles in diese einmalige Sache investiert, nachdem Nick Gallagher ihn in der Absteige oben in der Bronx aufgespürt und ihm das große Ding, das Superding, schmackhaft gemacht hatte.

Brisco hatte sich entschieden. Und er wollte nicht mehr zurück. Denn er hatte bereits gemordet.

Brisco stand auf, schob sich vor Gallagher. George drehte sich gerade um seine eigene Achse, und als er die Drehung vollendet hatte, stand Brisco vor ihm.

George riss die Augen auf. Brisco rammte dem Schwarzen sein Knie zwischen die Beine. George schrie auf, klappte zusammen. Brisco riss sein Bein ein zweites Mal hoch. Diesmal traf das Knie Georges Kinn. Der längliche Kopf des Schwarzen flog in den Nacken. Brisco holte aus und rammte eine stahlharte Faust mitten in das Gesicht, genau auf die Kinnspitze.

George brach zusammen und rührte sich nicht mehr.

Brisco rieb seine schmerzenden Fäuste und lutschte über eine aufgeplatzte Stelle, als er das Radio ausschaltete und sich dann wieder neben Willie setzte.

Gallagher blickte Brisco missbilligend an. »Ich wäre auch mit diesem Arsch fertig geworden«, grollte er.

»Schon gut, Nick«, meinte Brisco. »George ist gefährlich, aber wir brauchen ihn. Da ist es besser, wenn er von mir ein Ding verpasst bekommt anstatt von dir.«

Gallaghers breite Brauen schossen in die Höhe, er verstand offenbar nicht.

Brisco lächelte. »Wenn George auf mich sauer ist, schadet das nichts ...«

Gallagher kniff die Lider zusammen, nickte dann und wandte sich abrupt um.

Hinter Port Chester brach die Sonne erst zögernd, dann hell und klar durch die Wolken und tauchte die Landschaft in freundliches Licht.

In Greenwich verließ ich den Highway und steuerte meinen roten Flitzer durch die Stadt. John D. High, Chef des FBI New York, hatte Phil und mich beauftragt, Glen Simmons' Alibi zu überprüfen und der anonymen Beschuldigung gegen den Mann nachzugehen.

Phil kurbelte das Fenster auf seiner Seite herunter, und als ich anhielt, fragte er einen Cop nach dem Weg. Der Vorort Quaker Ridge war nicht schwer zu finden, er liegt hinter der Staatsstraße 15 zwischen dem Byram River und dem Rockwood Lake. Die Häuser lagen in hübschen Vorgärten, manche tief in weiten Parks, wo von ihnen nur die Dachfirste zu sehen waren, und manchmal nicht einmal die. Quaker Ridge war bereits Neu-England. Grün und ruhig und gediegen.

Die Hamilton Lane entpuppte sich als eine breite Villenstraße. Hohe Linden mit breiten Laubdächern überdachten die Fahrbahn. Auf den Gehwegen lag hoch das farbige Laub. Die Straße schien irgendwie verzaubert. Es war eine Straße, wie es in Manhattan keine mehr gab.

Sorgfältig gestutzte Hecken schirmten die Grundstücke zur Straße hin ab. Ich entdeckte die Nummer 150 an einem Mauerpfosten neben einem schmiedeeisernen Tor, das offen stand und den Blick auf eine kiesbestreute Einfahrt und ein schneeweißes, zweistöckiges Holzhaus freigab.

Ich lenkte meinen Jaguar in die Einfahrt und stoppte vor der breiten Haustür. Noch bevor wir ausgestiegen waren, wurde die Tür geöffnet und eine ältere Frau mit strengen Gesichtszügen stand im Rahmen. Sie hatte das braune, von einigen grauen Strähnen durchzogene Haar im Nacken zu einem Knoten gebunden. Das Gesicht war nicht geschminkt. Ohne ein Wort sah sie uns entgegen.

»Guten Morgen, Madam«, grüßte ich höflich.

»Guten Morgen«, erwiderte sie meinen Gruß. Auch Phil murmelte einen Gruß.

»Hier wohnt Mr Simmons?«, erkundigte ich mich, und als die Frau nickte, sagte ich: »Können wir ihn sprechen?«

»Er ist nicht hier. Kann ich etwas ausrichten?«

Ich zögerte einen Augenblick. »Wo können wir ihn treffen?«, fragte ich dann. »Es ist ziemlich wichtig.«

Die Frau musterte erst mich, dann streifte ihr Blick meinen Jaguar mit dem aufmontierten Dachlicht. »Sie sind von der Polizei?«

»FBI«, korrigierte ich. »Mein Name ist Cotton, das ist mein Kollege Phil Decker. Wir haben ein paar Fragen an Mr Simmons ...«

»Kommen Sie bitte herein«, forderte die Frau uns plötzlich auf.

Phil warf mir einen verwunderten Blick zu, aber wir folgten beide der Aufforderung. Die Frau führte uns in eine mit schweren, dunklen Möbeln eingerichtete Halle. Das riesige Porträt eines alten Mannes, dessen faltiger Hals von einem hohen steifen Kragen betont wurde, hing alles beherrschend an einer Wand. Ein kleines Metallschild unten am Rahmen gab Auskunft, um wen es sich handelte – um Josuah Norman Jensen, der von 1849 bis 1926 gelebt hatte.

»Ich bin Mrs Jensen«, sagte die Frau. »Das war der Großvater meines Mannes«, verriet sie, auf das Bild deutend. »Er hat die Jensen-Stahlwerke gegründet. Bis auf ein paar Aktien gehören sie uns nicht mehr. Mr Simmons arbeitet bei Jensen-Krananlagen. Hat er Schwierigkeiten?«

Mich irritierte der unvermittelte Gedankensprung ein wenig. Phil lächelte smart.

»Wir brauchen eine Aussage von ihm, Madam. Können wir ihn in der Firma erreichen?«

»Ich denke ja. Verzeihen Sie meine Neugier, meine Herren. Wir sind mehr als sozial eingestellt, und Mr Simmons ist nicht der erste ehemalige Sträfling, dem wir eine Chance gegeben haben. Aber bei Mr Simmons handelt es sich um einen besonders gelagerten Fall …« Mrs Jensen verstummte, das Gesicht war ausdruckslos.

»Wieso?«, fragte ich schließlich, nachdem keine Erklärung folgte.

»Marion will diesen Mann heiraten. Marion ist meine Tochter. Mein Mann ist in dieser Hinsicht einfach zu lax. Er vertraut ihm. Deshalb wohnt er auch hier. Ich hätte das nie zugelassen, nie!«

Ich verstand einiges. »Es wird sich alles aufklären«, versicherte ich mit Überzeugung. Wenn Simmons mit einer solchen Familie verlobt war, würde er nie seine Zukunft wegen ein paar lumpiger Tausender aus dem Safe eines Supermarktes aufs Spiel setzen.

Oder doch? Wollte er seinem Girl imponieren?

»Wo ist Ihre Tochter?«, erkundigte ich mich. Vielleicht war sie in der Lage, ihm ein Alibi zu verschaffen.

»Marion ist in Stamford, sie unterrichtet dort am College.«

»Wird sie heute Abend zu Hause sein? Vielleicht haben wir ein paar Fragen an sie.«

»Marion ist abends immer zu Haus. Mr Simmons ebenfalls. Wollen Sie sein Zimmer durchsuchen?«

»Aber nein!«, wehrte ich hastig ab. Dazu bestand nach einer anonymen Anschuldigung nicht der geringste Anlass. »Hat Mr Simmons einen eigenen Wagen?«

»Ja, er fährt einen Buick. Der Wagen steht in der Garage, weil Mr Simmons morgens mit meinem Mann in die Firma fährt. Wollen Sie den Wagen sehen?«

Ich wollte, aber ich wollte mir dieses Verlangen auch nicht so ohne weiteres ansehen lassen, weil ich Simmons' Image hier nicht noch mehr schädigen wollte. Ich sah Phil an, mein Freund nickte schließlich.

Er sagte: »Es könnte sein, dass Mr Simmons' Wagen unbefugt benutzt wurde. Würden Sie uns bitte die Garage zeigen?«

»Sie finden den Weg sicher allein. Der Garagenbau ist hinter dem Haus. Sie brauchen nur dem Fahrweg zu folgen. Wenn Sie Mr Simmons suchen, werden Sie ihn am besten in der Firma finden. Die ist in Riverside, dort, wo die Werften sind. Sie entschuldigen mich jetzt. Auf Wiedersehen.«

Phil und ich verließen das Haus und gingen um das Gebäude herum. Die breite Garage, man erkannte deutlich, dass es sich um die ehemaligen Pferdeställe und die Remise handelte, bot Platz für ein halbes Dutzend Fahrzeuge. Zwei Wagen standen unter dem Dach, einer war ein neuerer Buick, ein grünes, zweitüriges GS Hardtop-Coupe.

Ich fühlte mich nicht ganz wohl, als ich die Garage betrat, obwohl sie offen stand. Ich hatte kaum ein Recht, Simmons' Wagen ohne richterlichen Befehl zu untersuchen.

Phil schien nicht von so vielen Skrupeln geplagt zu sein wie ich. Er öffnete die Tür auf der Fahrerseite, setzte sich in den Wagen, klappte das Handschuhfach auf und durchsuchte es rasch. Dann schüttelte er den Kopf. »Nichts.« Er blickte über die Rücklehne, auf den Sitzen lag nichts, nicht einmal ein Staubkörnchen. Er stieg wieder aus und ging auf den Kofferraum zu. Er drückte auf den Verschluss, aber die Klappe ließ sich nicht öffnen. Phil zuckte mit den Schultern, ging noch einmal um den Buick herum, beugte sich hinein, zog den Zündschlüssel, der steckte, ab und öffnete dann den Kofferraum.

»Komm mal her, Jerry!«, rief er dann.

Neugierig trat ich näher. In dem Kofferraum lag ein olivfarbener Seesack, der prall gefüllt, aber nur nachlässig zugezogen war. Phil erweiterte die Öffnung und schüttete den Inhalt einfach aus. Der Inhalt bestand aus einem Satz Diamantbohrer, einer starken elektrischen Bohrmaschine, Gewindeschneidern, Feilen, Schlüsselrohlingen, einer Lampe mit Magnetfuß und noch einigen Utensilien, deren Bestimmung für einen Fachmann allzu eindeutig war – es handelte sich um Einbruchswerkzeuge.

»Nun?«, fragte Phil. »An dem Anruf scheint was dran zu sein.«

Ich nickte. »Es sieht so aus. Schließ den Kofferraum ab und nimm den Schlüssel mit …«

Der Ortsteil Riverside lag nur etwa fünf Meilen von Quaker Ridge entfernt. Der südliche Teil des Ortes bestand aus Werften und Betrieben der Zulieferindustrie und des Handwerks, die für die Werften arbeiteten. In Riverside werden Fischtrawler gebaut.

Die Firma Jensen-Krananlagen lag vor dem Ausrüstungskai hinter dem Gelände einer größeren Werft, deren Portalkrane die übrigen Gebäude weit überragten.

Das Konstruktionsbüro war in einem flachen Betonbau untergebracht. Ich stoppte vor dem Gebäude. Kurz darauf betraten Phil und ich das Büro, das in der Hauptsache aus einem riesigen Saal mit unzähligen Zeichenbrettern zu bestehen schien. Hinter jedem Zeichenbrett stand ein Mann in weißem Kittel, in seine Arbeit versunken.

»Wo finde ich Mr Simmons?«, fragte ich den Ersten.

Er zuckte zunächst mit den Schultern, deutete dann irgendwo nach draußen. Phil und ich trotteten wieder los, zogen quer über den Hof auf eine Fabrikhalle zu. Wir trafen einen Mann in blauem Overall, den ich nach Simmons fragte.

»Versuchen Sie es da drin!«, rief er mir zu und deutete mit einem schmutzigen Daumen auf die Halle.

Die Halle war lärmerfüllt, staubig und, wie mir schien, dunkel. Halb fertige Krangerüste erhoben sich in der Mitte, an anderen Stellen wurden Führerkörbe montiert und Laufkatzen zusammengesetzt.

Wir fanden Simmons in der Schweißerei. Er trug einen Kopfblendschirm, der seine Augen vor dem grellen blauweißen Licht des Lichtbogens schützen sollte, den ein Schweißer mit der Elektrode erzeugte.

Als ich Simmons antippte, klappte er den Schirm hoch. Er sah mich an, sein Blick glitt zu Phil, kam zu mir zurück.

»Cotton!«, rief er dann überrascht. Er schien jedoch nicht unangenehm überrascht zu sein, wie ich aufmerksam feststellte. »Mr Cotton und Mr Decker!« Er reichte uns eine große Hand, ich erwiderte seinen festen Druck.

Doch dann verfinsterte sich seine Miene unvermittelt. Er ging voraus, hielt uns das Schweißzelt auf und führte uns in den Essraum der Arbeiter, der leer war. Er setzte sich an einen Tisch.

»Wie geht es Ihnen, Glen?«, fragte Phil.

»Nun, ich kann nicht klagen«, antwortete Simmons vorsichtig. »In ein paar Wochen wird geheiratet.«

»Gratuliere«, sagte Phil.

Simmons entspannte sich ein wenig. Er war sehr groß, über sechs Fuß, und sehr schlank. Er hielt sich etwas gebeugt, seine lebhaften braunen Augen musterten uns. Er hatte die Ellbogen auf die Oberschenkel gestützt, eine seiner Fäuste lag unter dem kantigen Kinn. Mittelblondes Haar fiel ihm locker in die hohe Stirn und verlieh ihm ein jungenhaftes Aussehen. Weder der Gefängnisaufenthalt noch die Strapazen des späten Studiums schienen ihm geschadet zu haben, dachte ich, wenigstens nicht äußerlich, fügte ich in Gedanken hinzu.

Simmons biss sich auf die Lippen, dann packte er den Stier bei den Hörnern. »Ist das ein Freundschaftsbesuch?«

»Ich fürchte, nein, Glen«, begann ich. »Wo waren Sie heute Nacht?«

Simmons runzelte die Stirn. »Heute Nacht? Mr Cotton, was soll das bedeuten?«

»Beantworten Sie erst meine Frage. Dann entscheidet sich, ob ich Ihre beantworte.«

»Ich war mit Marion – meiner Braut – in Greenwich. Ich habe sie gegen elf nach Haus gebracht. Wir wohnen im selben Haus, wissen Sie?«

»Wir wissen Bescheid. Waren Sie anschließend noch einmal weg?«

Simmons zögerte unmerklich, dann nickte er. Er senkte den Blick. »Ihre Eltern sind sehr – nun, konservativ, vor allen Dingen die Mutter. Wir müssen unbedingt zurückhaltend sein. Ich muss Marion spätestens um elf verlassen …«

»Wie alt ist Marion?«, fragte Phil.

»Vierundzwanzig, aber …« Simmons presste die Lippen zusammen und nahm dann den ursprünglichen Faden wieder auf. »Ich bin dann noch mal weggefahren …«

»Wohin?«

»Nach Port Chester. Hören Sie, ich stehe noch unter Bewährungsaufsicht, ich weiß, dass ich um elf nirgendwo außer in meinem eigenen Bett mehr sein darf …« Simmons ballte die Hände. »Aber, verdammt noch mal, meine Braut ist eine Heilige, und ihre Mutter auch, und ich will manchmal eben was anderes sehen, bis ich – na ja, verheiratet bin! Verstehen Sie das nicht?«

»Wo waren Sie also genau?«

»In ein paar Discotheken …«

»Sie wissen sicher die Namen?«

»Natürlich, einige wenigstens. Aber mich kennt da niemand! Deshalb fahre ich ja nach Port Chester!«

Ich seufzte. »Sie haben ein Mädchen abgestaubt?«

»Eben nicht. Es hat nicht geklappt …«

»Was haben Sie dann in Mt. Vernon gesucht?«

»Mt. Vernon?« Simmons riss die Augen auf. »Ich war nicht in Mt. Vernon! Bestimmt nicht! Sie wollen mir was anhängen!«

»Wir haben uns erlaubt, in den Kofferraum Ihres Wagens zu sehen. Buick GS, grün, Baujahr 70, Zulassungsnummer 19 NT 327 von Connecticut …«

»Das ist er. Was hat das zu bedeuten?«

»Ein Seesack liegt darin. In dem Seesack befindet sich komplettes Werkzeug, um einen Tresor aufzumachen, kalt aufzumachen. So, wie es heute Nacht in Mt. Vernon geschehen ist.«

Simmons ließ den Zigarettenstummel fallen und hob abwehrend beide Hände.

»Nein, nein!« Er stammelte, seine Lippen zitterten. »Nein, Mr Cotton! Mr Decker! Glauben Sie mir doch! Ich bin um zwei zu Hause gewesen! Fragen Sie Mrs Jensen! Ich wette, sie hat mich gehört! Bestimmt, sie verfolgt jeden meiner Schritte! Sie wartet nur darauf, dass ich einen Fehler mache, damit sie Marion von mir abbringen kann …«

Ein Mann steckte seinen Kopf in den Raum. Er war breitschultrig und grauhaarig.

»Glen!«, rief er. »Wenn du fertig bist, brauche ich dich drüben bei – oh, du hast Besuch?« Der Grauhaarige wollte sich zurückziehen, doch irgendetwas schien ihn stutzig zu machen. Er trat näher.

»Das ist Mr Jensen«, stellte Simmons vor. »Mr Cotton und Mr Decker.«

Jensen nickte. »James Irving Jensen«, sagte er mit kräftiger Stimme. Seine Augen blickten freundlich und durchdringend. Er sah Glen an. »Was ist los, Junge?«

Simmons' Gesicht war blass. »Die Leute sind vom FBI. Ich bin beschuldigt worden …«

Jensens Kopf ruckte herum, alle Freundlichkeit fiel aus dem vollen Gesicht. »Können Sie einen denn niemals zufrieden lassen, nachdem Sie ihn einmal erwischt haben? Glen hat gebüßt, und er hat geschuftet, um etwas zu erreichen. Er wird …«

»Jim!«, rief Simmons. »Es ist nicht so einfach!« Seine Stimme klang jetzt seltsam ruhig und gefasst. »Man will mir etwas unterschieben. Nicht die Polizei oder der FBI. Andere …«

»Wer? Glen, rede, wenn du etwas weißt!«

»Ich weiß nichts. Ich weiß nur, dass ich beschuldigt werde und dass jemand irgendwelches Werkzeug in meinen Wagen praktiziert hat …«

»Werkzeug?« Jensen starrte Simmons ungläubig an.

»Einbruchswerkzeug«, präzisierte Simmons.

Jensen verstummte für einen Augenblick. Ich war gespannt, ob er seinen zukünftigen Schwiegersohn jetzt fallen ließ. Dann sah Jensen mich an. »Wie geht es weiter?«

»Es gibt verschiedene Möglichkeiten. Mr Simmons wird im Staat New York gesucht, er befindet sich aber in Connecticut. Deshalb werden wir ihn vorläufig festnehmen, bis ein Bundesanwalt den Haftbefehl unterschreibt. Dann kann Mr Simmons nach Mt. Vernon gebracht werden.«

»Und dann?«

»Dann beginnen die eigentlichen Ermittlungen. Paraffintest, Verhöre, Analyse der Kleidungsstücke …«

»Paraffintest?«, fragte Simmons mit tonloser Stimme.

»Ja«, antwortete Phil hart. »Ein Mann wurde ermordet.«

Simmons sah Phil und mich nacheinander fest an. »Das ist absurd. Sie können sich den Bundesanwalt sparen. Ich komme freiwillig mit nach Vernon …«

»Glen!«, rief Jensen dazwischen. »Überleg dir, was du tust! Du solltest zuerst mit einem Anwalt …«

»Nein. Je eher die Ermittlungen gegen mich in Gang kommen, desto besser. Ich bin nämlich unschuldig, verstehst du?« Zu mir gewandt fügte Simmons hinzu: »Ich hoffe, Sie erwähnen, dass ich freiwillig mitkomme, Mr Cotton?«

»Selbstverständlich. Wenn es Ihnen nichts ausmacht, nehmen wir gleich Ihren Buick mit.«

Simmons nickte mit grimmig verzogenem Gesicht. Er erhob sich. »Ich ziehe mich eben um. Darf ich mit meiner Braut sprechen?«

Ich schüttelte den Kopf. »Lieber nicht.«

Simmons presste die Lippen zusammen und ging voraus. Phil blieb neben ihm, Jensen und ich schlenderten langsamer hinterher. Jensen hatte die Stirn gerunzelt. Er schüttelte den Kopf.

»Das wird ein Schock für Laura werden«, meinte er dann besorgt. »Laura ist meine Frau. Sie ist gegen Glen, weil er früher ein Verbrecher war. Sehen Sie, ich scheue mich nicht, das Wort auszusprechen. Andere reden drumherum. Vorbestraft, gestrauchelt, was weiß ich. Glen war ein Verbrecher. Er war es, verstehen Sie?«

»Ich verstehe. Ich habe auch an ihn geglaubt. Ich habe mich für ihn eingesetzt ...«

»Wie schlimm steht die Sache?« Jensen blieb stehen und sah mich durchbohrend an.

Ich wich dem Blick aus und zuckte mit den Schultern. »Ich weiß noch zu wenig. Mehr als ein Fernschreiben und ein Telefongespräch sind noch nicht unternommen worden. Ach ja, und Simmons' Wagen. Ihre Gattin hat uns erlaubt, die Garage zu betreten. Der Wagen war offen.« Ich verstummte. Wir traten auf den Hof hinaus. Phil und Simmons näherten sich vom Verwaltungsgebäude her meinem Jaguar. Simmons sah nicht herüber.

»Einbruchswerkzeug, sagten Sie?«

Ich nickte.

»Was ist das? Als Stahlbauingenieur hat man schon mal Werkzeuge bei sich, die auch dazu missbraucht werden könnten, eine Tür zu öffnen.«

»Diamantbohrer? Elektrische Kleinbohrmaschine? Lampe mit Magnetfuß? Schlüsselrohlinge?«

Jensen presste die Lippen zusammen.

»Ist Simmons ein guter Mann? Welche Position bekleidet er in Ihrer Firma?«

»Glen ist sehr gut, von allen anerkannt. Nicht, weil er der zukünftige Schwiegersohn vom Boss ist. Damit kommt man heutzutage nicht mehr durch. Nur Leistung entscheidet. Glen ist einer von drei Montageleitern ...«

Wir waren an meinem Jaguar angelangt. Phil quetschte sich auf den engen Rücksitz, Simmons setzte sich auf den Beifahrersitz. Jensen beugte sich zu Simmons hinab.

»Setz dich sofort mit einem Anwalt in Verbindung. Lass dir den besten empfehlen. Mr Cotton hilft dir vielleicht dabei. Du kannst dich jederzeit auf mich berufen, Glen. Vergiss das nicht.«

»Danke, Jim«, brachte Simmons mühsam hervor. Er blickte Jensen nicht an. »Sag Marion Bescheid. Sie soll mich nicht besuchen.«

Jensen reichte Glen die Hand. Der nahm die Pranke zögernd, drückte sie dann jedoch kräftig. Ich schlug die Tür zu und gab Gas.

Als wir wieder in die Einfahrt auf der Hamilton Lane einbogen, trat Mrs Laura Jensen erneut aus dem Haus. Ich stoppte vor ihr.

Simmons stieg aus. Während der kurzen Fahrt hierher hatte er keinen Ton gesagt. Simmons wollte offenbar nichts falsch machen. Er wandte sich an mich.

»Fragen Sie sie!«, forderte er mich auf und wandte sich ab.

»Es könnte Mr Simmons und der Polizei sehr von Nutzen sein, wenn Sie uns sagen würden, wann Mr Simmons in der vergangenen Nacht oder gestern Abend nach Hause gekommen ist.« Aufmerksam beobachtete ich das Gesicht der Frau, das starr und verschlossen wirkte.

»Er hat Marion um elf nach Haus gebracht. Danach ist er noch einmal weggefahren. Das tut er öfter.«

»Wann ist er zurückgekommen?«, forschte ich geduldig.

»Ich habe ihn nicht gehört.« Sie schloss die Lippen und presste sie zusammen.

Glen Simmons wirbelte herum.

»Sie wissen ganz genau, wann ich nach Hause gekommen bin!«, rief er. Sein Gesicht war blass, die Augen hatten plötzlich dunkle Ringe. Mrs Jensen drehte sich um und verschwand im Haus. Nachdrücklich schloss sie die Tür.

»Sie weiß es!«, schrie Simmons. »Diese verdammte …«

»Na, na!«, rief ich. »Mein Kollege wird Ihren Wagen fahren. Ist Ihnen das recht?«

»Mir ist alles recht, wenn die Sache nur schnell aufgeklärt wird!«

Ich forderte Simmons auf, wieder einzusteigen, und ging um den

Jaguar herum, während Phil hinter dem Haus verschwand, um den Buick zu holen. Ich hakte ein Paar Handschellen von meinem Gürtel und begegnete dann Simmons' Blick. Er sah mich stumm an. Ach, verdammt, fluchte ich in mich hinein. Ich schmetterte die Tür ins Schloss, klemmte die Fessel wieder an meinen Gürtel und sprang in den Wagen.

Als Phil hinter mir hupte, rammte ich den Gang rein und rauschte die Einfahrt hinab, dass der Kies spritzte.

Erst als wir wieder auf dem Highway waren, Phil immer schön hinter uns, machte Simmons zum ersten Mal den Mund wieder auf.

»Wie kommen Sie auf mich?«, fragte er.

»Ein anonymer Anrufer nannte Ihren Namen.«

»Pah! Es gibt viele, die von meiner Vergangenheit wissen. Vielleicht steckt Marions Mutter dahinter.«

»Sie würde auf gewisse Schwierigkeiten stoßen, wenn sie Einbruchswerkzeuge besorgen sollte«, gab ich zu bedenken.

»Die bringt alles fertig! Vielleicht hilft ihr jemand dabei, einer von diesen verdammten versnobten Neu-England-Bastarden, die so tun, als hätten sie die Moral und sämtliche Tugenden gepachtet!«

»Mrs Jensen hätte Ihre neue Adresse gewusst«, sagte ich.

»Wie war das?«

»Der Anrufer nannte Ihre alte Adresse. Sie wohnten bis vor zwei Wochen in Tarrytown.«

Simmons wandte mir sein Gesicht zu. »Mr Cotton, merken Sie denn nicht, dass Methode dahinter steht? Das ist doch Absicht, um die Beschuldigung glaubhafter klingen zu lassen! Und dann das Zeug im Kofferraum! Sie werden keinen Fingerabdruck von mir an den Werkzeugen finden!«

»Natürlich nicht, Glen ...«

»Und Mord! Sie kennen mich doch! Mord war bei mir nicht drin! Und außerdem – ich hätte die Büchse wahrscheinlich aufbekommen.«

»Möglich, wenn Sie mehr Zeit gehabt hätten. Sie wurden zu früh gestört, und weil eben Mord nicht Ihre Sache ist, sind Sie abgehauen, nachdem Sie den Wachmann getötet haben. So kann man's wenigstens auch betrachten.«

Simmons starrte mich an.

»Jetzt will ich Ihnen was erzählen, was mir gerade einfällt. Sie werden es nicht glauben«, sagte er dann.

»Versuchen Sie's.«

»Vor ein paar Monaten hat mich jemand aufgefordert, bei einem großen Ding mitzumachen ...«

»Und?«

»Wie, und? Ich habe abgelehnt! Was denken Sie denn?«

»Haben Sie die Sache gemeldet?«

»Ich hätte es melden müssen, weil ich unter Bewährungsaufsicht stehe, ich weiß. Ich bin aber nicht kopfkrank. Ich habe abgelehnt und habe mich in der Ecke nie mehr blicken lassen. Das ist die beste Methode für einen Ex-Sträfling, mit so etwas fertig zu werden. Alles andere taugt nichts. Wenn ich das gemeldet hätte, wären alle Bullen wochenlang hinter mir her gewesen ...«

»Die sind jetzt auch hinter Ihnen her«, sagte ich trocken. »Erzählen Sie mal von diesem Jemand.«

Simmons zuckte mit den Schultern. »Das war vor drei Monaten. Ich hatte in Yonkers zu tun, und ich hatte dort auch übernachtet, im Saw Mill Motel. Ich nahm einen Drink irgendwo in der Stadt, und als ich zurückfahren wollte, sprach mich jemand an. Es war schon nach elf, verstehen Sie jetzt? Wenn ich den Vorfall gemeldet hätte, hätte ich eklige Schwierigkeiten bekommen! Ich kann den Mann nicht einmal beschreiben. Er war älter, glaube ich. Sein Gesicht habe ich gar nicht gesehen, er trug einen Hut mit breiter Krempe. Die Stimme würde ich natürlich wiedererkennen. Er bot mir einen Job an mit garantierten fünfzigtausend für mich. Ich habe ihn zum Teufel geschickt und bin gefahren.«

»Das war alles?«

»Nein, nicht alles.« Simmons schwieg einige Sekunden nachdenklich. »Am nächsten Morgen rief er im Hotel an. Er zwang mich zuzuhören, indem er drohte, er würde mir was anhängen. Ich sollte wenigstens zuhören. Er sagte, er brauche mich und er würde mich bekommen. Dann wiederholte er das Angebot mit den fünfzigtausend Dollar und bot zusätzlich einen Anteil. Eine sichere Sache, sagte er, ich müsste nur Zeit haben. So zwei Wochen ...« Simmons atmete erregt. »Er hat es ernst gemeint. Er wollte mich unbedingt haben. Er faselte immer von einer großen Sache, absolut sicher und so. Ich habe ihm was geflüstert. Ich habe ihm gesagt, wenn ich zu ihm käme, würde ich die Bullen mitbringen. Und ich habe das so gesagt, dass er es glaubte. Ich habe seitdem nichts mehr von ihm gehört. Wahrscheinlich verdanke ich es ihm, dass ich hier sitze.«

»Was sollte der Mann für einen Vorteil davon haben?«

»Rache, was sonst? Diese Kerle sind rachsüchtig, ich kenne sie. Ich habe schließlich drei Jahre mit ihnen verbracht. Sie können es nicht vertragen, wenn es einer schafft.«

»Wir werden Ihren Angaben nachgehen«, versprach ich. »Aber versprechen Sie sich nicht zu viel davon.«

Simmons lehnte sich zurück und starrte nach draußen. Bis zu unserer Ankunft in Mt. Vernon sagte er nichts mehr.

Das Büro des District Attorney, die Räume der Kriminalpolizei und eine Nebenstelle der State Police waren in der City Hall untergebracht. Wir fuhren gleich in den Hof des weitläufigen Gebäudes und stellten die beiden Wagen auf den abgeteilten Streifen ab, die für die Dienstfahrzeuge der Polizei vorgesehen waren.

Wir fanden Captain Bud Fisher im zweiten Stock. Fisher rief sofort einen seiner Leute herbei, einen Detective Lieutenant namens Bob Minnick.

Fisher war Anfang fünfzig, der Lieutenant Mitte dreißig. Minnick trug das dunkle Haar straff zurückgekämmt, die tief liegenden Augen blickten ernst und teilnahmslos.

»Das ist also Mr Simmons«, sagte Fisher. Er hatte eine Akte vor sich liegen, zweifellos Simmons' Akte, die er sich in der Zwischenzeit besorgt hatte. »Sie haben das Recht, sofort einen Anwalt hinzuzuziehen, aber weil Sie bisher weder festgenommen noch verhaftet noch formell beschuldigt worden sind, ein Verbrechen begangen zu haben, erübrigt sich eine solche Maßnahme möglicherweise.«

»Stopp, Captain!«, fiel ich ein. »Wir haben etwas in Mr Simmons' Wagen gefunden. Einen Sack voller Werkzeuge. Bohrer, Bohrmaschine und so weiter. Die Sachen sollten zunächst untersucht werden. Wir haben Mr Simmons vorläufig festgenommen.«

»So ist das also«, sagte Fisher, und Minnick heftete seine ausdruckslosen Augen auf Simmons. Der Captain drückte einen Knopf, worauf ein uniformierter Cop erschien. Fisher wies auf Simmons und ließ ihn in den Zellentrakt bringen.

Simmons warf mir noch einen Blick zu, doch er sagte nichts mehr. Ich fürchte, ich hatte ihn irgendwie enttäuscht.

Der Cop übergab Glen Simmons einem Beamten, der Simmons' Papiere und Wertgegenstände an sich nahm, ihm dafür eine Quittung ausstellte und ihn dann einen langen, schlecht beleuchteten Gang entlangführte. Am Ende des Ganges, der sich im Kellergeschoss der City Hall befand, öffnete er eine Stahltür. Hinter der Stahltür lag ein quadratischer, fensterloser Raum. Drei der vier Wände wurden von Gittern gebildet. Hinter den Gittern befanden sich winzige Zellen. Alle sechs Zellen waren belegt, in dreien drängten sich sogar jeweils zwei Männer. Der Wachmann schloss eine der beiden Zellentüren gegenüber der Eingangstür auf.

Glen Simmons blieb einen Augenblick stehen, so als ob er sich fürchtete, eine dunkle Höhle zu betreten. Er erinnerte sich an den Schwur, den er vor sich selbst abgelegt hatte – er wollte nie mehr ins Gefängnis zurück.

»Bitte«, sagte der Wächter.

Simmons schien aus einer Erstarrung zu erwachen. Schwerfällig überschritt er die Schwelle. Als die Gittertür dröhnend ins Schloss fiel, zuckte er zusammen. Du bist noch nicht im Gefängnis, sagte er zu sich selbst. Du bist in Untersuchungshaft.

Simmons wandte sich um. Auf einer der beiden Pritschen, die nebeneinander unter dem kleinen vergitterten Fenster standen, lag ein Mann, der ihn prüfend musterte. Der Mann war fast kahlköpfig, seine Haut unnatürlich gerötet, und die Handrücken waren von gelblichem Schorf bedeckt. Die kleinen Augen unter haarlosen Lidern und Brauen glitzerten. Simmons schüttelte sich unbewusst. Der Mann sah krank aus. Er wälzte sich von der Pritsche und baute sich vor Simmons auf.

»Ich heiße Larry«, sagte er mit unangenehm hoher Stimme. »Und du?«, fragte er, als Simmons keine Anstalten machte, seinen Namen zu nennen.

»Glen«, sagte Simmons schließlich mürrisch.

»Glen Simmons?« Die Augen funkelten feucht.

Überrascht blickte Simmons den Kerl an. »Woher kennst du meinen Namen?«

»Du bist schon berühmt, Junge. Ein Mord in Mt. Vernon, das kommt nicht alle Tage vor.«

Simmons ließ sich schwerfällig auf die freie Pritsche fallen. Das durfte doch nicht wahr sein, dachte er verzweifelt. Sein Name konnte doch noch nicht herum sein! Wann war der Mord passiert? Irgendwann in der vergangenen Nacht.

Larry setzte sich neben Simmons. »Mach dir nichts draus«, sagte Larry. Eine übel riechende Atemwolke streifte Simmons. »Ich bin auch für ziemlich lange Zeit weg vom Fenster ...« Er schwieg einen Moment, sah Simmons lauernd von der Seite her an und fügte dann hinzu: »Wenn ich hier nicht abhaue!«

Simmons hatte den Kopf in die Hände gestützt. Er reagierte nicht auf die Worte des anderen.

»Ich bleibe nicht hier«, flüsterte Larry vielsagend. Simmons reagierte immer noch nicht. »Ich habe Freunde draußen. Einer holt mich raus. Wenn du willst ...«

Simmons hob den Kopf. Larrys Mund war halb geöffnet, die Lippen schimmerten feucht. Ekelhaft, dachte Simmons.

»Nun?«, forschte Larry.

Simmons schüttelte langsam den Kopf. »Mir kann man nichts anhaben.«

»Du wirst es erleben«, orakelte Larry. »Du bist doch vorbestraft, eh?«

Simmons regte sich nicht, nur seine Augen verschleierten sich nachdenklich.

»Sie werden dir den Prozess machen und dich im Knast verschimmeln lassen, verlass dich drauf.« Larry stand auf, schlurfte zu seiner Pritsche hinüber und ließ sich auf die Liegefläche fallen. Er verschränkte die Hände hinter dem Kopf und starrte zur Decke hinauf.

Es wurde seltsam still in dem Raum. Man hörte kaum die geflüsterten Worte und das leise Rascheln aus den anderen Zellen. Simmons' Gehirn war leer, er fühlte sich zu keinem klaren Gedanken fähig. Dabei war ihm überdeutlich bewusst, dass er kämpfen musste. Zum ersten Mal in seinem Leben lohnte es sich für ihn, zu kämpfen. Er hatte ein Mädchen und einen anständigen Beruf. Er würde beides verlieren, wenn er nicht wie ein Mann hartnäckig darum kämpfte.

Aber wie sollte er kämpfen, wenn er in diesem Loch eingesperrt war? Unwillkürlich wanderte sein Blick zu Larry hinüber, aber als der ebenfalls seinen Kopf wandte und Simmons grinsend ansah, drehte Simmons sich hastig wieder der Wand zu.

Nein, Flucht kam nicht in Frage. Sie würden ihn hetzen wie ein Tier, jeder würde ihn für schuldig halten. Es musste einen anderen Weg geben …

Die Stahltür wurde geöffnet. Träge wandte Simmons den Kopf. Der uniformierte Wächter schob einen kleinen Mann vor sich her, der stolpernd in den freien Raum zwischen die Zellen schoss, sich einmal im Kreis drehte und dann seine Arme um den Wächter schlang.

»Junge, Junge!«, lallte er. »Mich hat's erwischt …«

»Mach keine Faxen!« Grob stieß der Wachmann den offensichtlich Betrunkenen auf eine Zelle zu, nestelte das Schlüsselbund von seinem Gürtel und schloss die Zelle auf.

Der Kleine fiel förmlich in die Zelle hinein. »Lasst ihn ausschlafen«, sagte der Wächter. »Wenn er kotzt, nehmt seine Jacke zum Aufwischen!«

Die Männer lachten.

Der Kleine taumelte zu einer Pritsche und ließ sich darauf fallen. Der Wächter schloss wieder ab und verließ den Zellentrakt.

Simmons lehnte sich zurück, aber eine Bewegung ließ ihn aufmerksam werden. Larry war aufgesprungen und stand jetzt an der Gittertür, und als Simmons an ihm vorbeiblickte, sah er den Kleinen am Gitter von dessen Zelle stehen. Der kleine Mann war stämmig, ein kurzer dicker Hals wuchs aus breiten runden Schultern und trug einen fast kugelrunden Kopf mit unrasiertem Kinn. Der Mund mit den wulstigen Lippen grinste.

Der Mann mochte alles sein, dachte Simmons. Nur eins war er nicht – betrunken. Er nickte Larry zu. Larry drehte sich um und sah Simmons an, mit einem triumphierenden Ausdruck in den feuchten Augen.

»Es klappt«, sagte er leise zu Simmons. »Der Junge da drüben heißt Tom, er ist mein Freund. Er hat 'ne prima Nummer als Besoffener abgezogen. Hat 'nen Cop angerempelt und sich ein bisschen gewehrt – und schon ist er hier. Nur um mich, seinen alten Kumpel Larry, rauszuholen!« Er hatte leise gesprochen, und keiner der anderen Gefangenen hatte etwas verstehen können.

Ein unbestimmter Verdacht begann in Simmons' Kopf zu pochen.

Larry lehnte mit dem Rücken am Gitter. Er grinste. »Kommst du mit?«, fragte er.

Simmons schüttelte den Kopf. »Nein.«

»Du musst aber!«

»Warum?«

»Weil du uns sonst verpfeifst, deshalb.«

»Quatsch, ich habe noch nie jemanden verpfiffen!« Und ich habe auch nicht die Absicht, es jemals zu tun, fügte er in Gedanken hinzu. Und er wunderte sich darüber, wie schnell er zu den alten Gefängnisgewohnheiten zurückfand. Singen war das Schlimmste. »Wie wollt ihr denn rauskommen?«, fragte er und bereute die Frage sofort. Sie verriet ein Interesse, das in Wirklichkeit gar nicht vorhanden war.

Larry grinste immer noch. Mit der verschorften Hand wischte er über seine feuchten Lippen. Simmons kämpfte gegen sein Ekelgefühl.

»Haben sie dich schon mal besoffen aufgegriffen?«, fragte er.

Simmons schüttelte den Kopf.

»Ich hab noch nie gesehen, dass die Bullen 'nen Besoffenen richtig gefilzt haben. Tom hat 'ne Kanone in seinem Schuh!« Die letzten Worte stieß Larry zischend aus, die Augen waren zu schmalen Schlitzen verengt.

Simmons glaubte, eine kalte Klammer um seinen Brustkorb zu spüren. Der Kerl meint es ernst, dachte er entsetzt. Er will schießen, hier unten! Larrys Augen funkelten, sein magerer Brustkorb hob und senkte sich in erregten Zügen.

Simmons schloss die Augen, als ob er sich damit von den kommenden Ereignissen ausschließen könnte. Larry wandte sich um, Tom stand noch immer am Gitter, sein breites Gesicht gegen die Gitterstäbe gedrückt, erinnerte er an einen Affen im Zoo.

»Los!«, rief Larry unterdrückt.

Tom bückte sich und zog den rechten Schuh aus. Er fummelte in dem Schuh herum und brachte schließlich eine Pistole zum Vorschein. Eine kleine europäische 6.35er, sechs Patronen im Griffmagazin, eine im Lauf. Tom bückte sich und schleuderte die kleine Waffe über den Boden auf Larrys Zelle zu. Das scheppernde Geräusch ließ Simmons hochfahren. Larry nahm die Pistole gerade auf, er legte den Sicherungsflügel um und spannte die Waffe. Jetzt wurden auch andere Häftlinge aufmerksam. An den Gittern rechts und links erschienen Gesichter, die stumm auf Larry blickten. Larry nickte Tom zu.

Tom schrie plötzlich auf. Er warf den Kopf in den Nacken und schrie, lang gezogen, heulend wie ein hungriger Wolf. Simmons spürte, wie sich sein Körper mit einer Gänsehaut überzog.

Es dauerte nur wenige Minuten, bis ein Schlüssel im Schloss der Stahltür gedreht wurde, dann flog die Tür auf, und der Wächter erschien im Rahmen.

»Ruhe!«, brüllte er.

Tom verstummte.

»Was ist los?«

Keine Antwort. Simmons atmete flach. Er wollte etwas sagen, eine Warnung ausstoßen, aber seine Kehle war einen Moment lang wie zugeschnürt.

»Ich habe Krämpfe!«, jaulte Tom. Er krümmte sich vor dem Gitter zusammen. Simmons' Augen hingen an der Waffe, die Larry hinter seinem Rücken verborgen hielt. Sein Finger lag am Abzug.

Der Wächter zögerte, ging dann auf Tom zu. Simmons wollte immer noch rufen, eine Warnung ausstoßen. Das ist kein Singen, dachte er. Mord gehörte nicht zu den Spielregeln, die er akzeptieren mochte.

Mit einem Satz sprang Simmons von der Pritsche und hechtete auf Larry zu. Er umschlang den völlig überraschten Gangster von hinten, wobei er mit dem Knie dessen rechte Faust mit der Waffe nach vorne drückte.

»Lass es!«, flüsterte er in Larrys Ohr. »Lass es, oder ich breche dir das Rückgrat!«

Larry erstarrte. Simmons presste mit aller Kraft. Der Wächter war bei Tom angekommen. Tom brachte sein Gesicht an das Gitter, er stöhnte jetzt nicht mehr.

»Hör jetzt gut zu, du Hundesohn!«, stießen die vollen Lippen klar und allen verständlich hervor. »Du schließt jetzt meine Zelle auf, verstanden?«

Der Wächter schluckte, dann zuckte seine Hand zum Holster an der Hüfte.

»Stopp!«, zischte Tom. Dieses eine Wort enthielt so viel Ausdruckskraft, dass der Uniformierte erstarrte. »Eine geladene und entsicherte Kanone ist auf dich gerichtet! Lass es nicht drauf ankommen!«

Der Wächter sah sich langsam um. Larry stand immer noch wie gelähmt. Der Kopf des Wachmannes wanderte herum. Larry trat plötzlich nach hinten aus, ein harter Tritt traf Simmons' Schienbein, und für einen Augenblick lockerte er seinen Griff um Larrys Oberkörper.

Larry entwand sich der Umklammerung. Er hob den Arm mit der Pistole. Der Wächter sah die Waffe, und er reagierte automatisch – allerdings falsch. Seine Faust schloss sich um den Kolben des schweren Revolvers, er wollte ihn herausreißen, aber er hatte zu wenig Übung im schnellen Ziehen und Schießen.

Larry drückte ab, zweimal und so schnell hintereinander, dass die dünnen Explosionen der Kleinkaliberpatronen wie ein einziger Knall erschienen.

Der Wächter ließ die Rechte sinken, seine Linke presste sich auf die Brust, wo nebeneinander zwei dunkelrote Flecken entstanden. Seine Knie knickten ein, er taumelte und prallte mit der Schulter gegen das Gitter vor Toms Zelle.

Simmons stand da wie gelähmt. Er sah, wie ein Mensch starb.

Larry schrie, die Hand mit der Pistole immer noch erhoben. »Wenn einer von euch nur einen Muckser macht, bekommt er auch 'ne Pille! Keiner von euch muss mitgehen! Wer will, kann mitkommen!«

Niemand sagte etwas. Larry wirbelte herum und richtete die Mündung der Pistole auf Simmons. »So, mein Junge, nun zu dir! Du hättest mir beinahe die Tour vermasselt. Wegen dir hätte ich vielleicht zehn Jahre schmoren können!« Er hob die Hand mit der Waffe und ließ sie so schnell niedersausen, dass Simmons kaum ausweichen konnte. Der kantige Lauf der Pistole schrammte an seinem Schädel entlang und riss eine tiefe Wunde bis zum Hals hinunter.

Simmons presste die Lippen zusammen. Er sah, wie Tom seine kurzen Arme durch das Gitter reckte und versuchte, an die Schlüssel heranzukommen, die der Wächter am Gürtel trug. Entsetzt bemerkte Simmons, dass der Mann noch lebte. Er bewegte schwach die Hände, sein Kopf wackelte, und die Beine zuckten.

Endlich hatte Tom die Schlüssel losgehakt, und mit fliegenden

Fingern begann er, den richtigen Schlüssel für seine Zelle herauszusuchen.

Erst der dritte passte. Die Tür flog auf. Tom lief durch den Vorraum, rammte einen Schlüssel in die Tür, drehte, riss sie auf.

»Los!«, rief er.

Larry wandte sich an Simmons. »Komm«, sagte er.

Simmons schüttelte den Kopf. Er hielt eine Hand auf die blutende Wunde gepresst.

Larry glitt hinter Simmons. Roh stieß er ihm den Lauf der Pistole in den Rücken. »Du kommst mit, mein Junge. Wegen dir haben wir den ganzen Zirkus schließlich aufgeführt. Was glaubst du, was der Boss sagt, wenn wir ohne dich auftauchen? Ob du es glaubst oder nicht, ohne dich ist er glatt aufgeschmissen!«

Simmons zog scharf die Luft ein. So war das also. Plötzlich verstand er die Zusammenhänge. Einen Augenblick spielte er mit dem Gedanken, nicht mitzukommen, egal, was passierte. Die Zeit arbeitete für ihn. Ewig konnten diese Gangster nicht bei ihm warten.

Aber dann erkannte er, dass er nur eine Chance hatte, an die Leute heranzukommen, die den Mord begangen hatten, für den er büßen sollte.

Er zuckte mit den Schultern und ging vor Larry her auf die Stahltür zu. Im Vorbeigehen sah er, dass Tom dem jetzt toten Wächter den 45er Colt aus dem Holster zog.

Phil und ich waren auf dem Weg nach unten. Phil öffnete die Tür zum Hof, als ich stehen blieb. Männer rannten plötzlich an uns vorbei, zwei Cops stürmten in den Hof, irgendwo gellte eine Sirene. Das Haus glich einem Hühnerstall, in den ein Fuchs eingedrungen war.

»Ruft einen Krankenwagen!«, brüllte eine Stimme. Sie schnappte über, als sie den Befehl wiederholte. Wir befanden uns in einem Tollhaus.

»Lass uns nachsehen!«, rief Phil. Er rannte an mir vorbei, quer durch die Halle, einem Schild nach, das auf die Abteilung des District Attorney hinwies. Mehrere Männer rannten in die Richtung, andere kamen von dort.

Ich hielt einen Mann in der Uniform der Justizverwaltung fest, der offenbar genau wie wir kaum wusste, was los war und weshalb er rannte.

»Was ist los?«, fragte ich ihn.

Seine Augen irrten umher, stellten sich dann auf mich ein. Das gerötete Gesicht drückte blankes Entsetzen aus.

»Sie haben Tom erschossen!«, stießen die Lippen hervor. »Sie haben ihn erschossen!« Der Uniformierte riss sich los und rannte weiter. Ich bezweifelte, dass er ein bestimmtes Ziel hatte.

Zwei Männer sausten vorbei, von denen einer eine aufgerollte Trage trug. Ich folgte ihnen eine Treppe hinab, einen langen Flur hindurch. Phil stand mit einigen Leuten zusammen in einem Türrahmen. Die Männer mit der Trage drängten sich vorbei.

Ich blieb neben Phil stehen. Mein Freund deutete stumm auf eine reglose Gestalt am Boden. »Tot«, flüsterte er.

Ein Arzt war schon da, er beugte sich über den Mann, öffnete die Uniformjacke, schüttelte dann den Kopf. Mein Blick wanderte über die Gittertüren. Zwei standen immer noch offen. In einer der beiden offenen Zellen saß ein Mann auf einer Pritsche. Er hielt den Blick abgewandt, die Hände strichen immer wieder durch das Haar.

Der Raum füllte sich immer mehr, und dann erschien Captain Fisher, in seinem Gefolge befand sich Lieutenant Minnick. Grimmig musterte der Captain die Insassen der Zellen, dann wandte er sich an einen Beamten der Justizverwaltung und flüsterte mit ihm. Ich trat näher.

Fisher drehte sich mir zu. »Simmons ist weg. Simmons und noch zwei Typen …«

»Wie kam die Waffe hier rein?«, fragte Phil

Captain Fisher zuckte mit den Schultern. »Wir werden es herausfinden.« Er wandte sich an den Beamten. »Wie heißen die beiden anderen?«

Das Gesicht des Uniformierten lief rot an. »Wir kennen nur den Namen des einen, er heißt Gerald Holmes – jedenfalls nannte er sich so – er hatte keine Papiere, als er eingeliefert wurde.«

Fisher schien nach Luft zu schnappen. »Wer hat ihn eingeliefert?«

»Eine Streife, das war am frühen Morgen. Der andere hatte die Aufnahmeprozedur noch nicht durchlaufen. Von ihm wissen wir gar nichts, außer, dass er betrunken war.«

»Betrunken!«, schrie Fisher. »Wenn der betrunken war, dann – dann ...« Sein Blick fiel auf den Toten, und er verstummte. Abrupt wandte er sich um und stürzte aus dem Raum.

Im Gang blieb er stehen und wartete auf uns.

»Ich werde die Ereignisse bis ins Kleinste rekonstruieren, meine Herren. Glauben Sie mir, so etwas ist in Mt. Vernon noch nicht vorgekommen. Wir werden diese Banditen identifizieren! In den Zellen haben sie schließlich keine Handschuhe getragen!« Wieder stürmte der Captain vorwärts, Phil, Lieutenant Minnick und ich hinterher. Fisher stürmte wie ein Wirbelwind in die Funkleitstelle. Der Einsatzleiter, ein behäbig aussehender Captain, thronte über der Leitstelle in einem rundum verglasten Büro. Zwei Mikrofone und mehrere Telefone verbanden ihn mit den verschiedenen Untergebenen unten an den Leitpulten.

Captain Fisher trat neben seinen uniformierten Kollegen. Der Einsatzleiter schob eins der Mikrofone zur Seite, sah Fisher kurz an und schüttelte dann den Kopf. Fisher kam zurück.

»Sie sind entkommen«, sagte er. »So, wie sich die Sache jetzt darstellt, lief sie folgendermaßen ab: Der Mann, der sich Gerald Holmes nannte, sollte befreit werden. Ein Komplize mimte den Betrunkenen, rempelte einen Polizisten an und landete in der Zelle. Bei der Aufnahme wurde er nicht durchsucht. Wir – äh, na ja, von jetzt an werden wir es tun – machten das in solchen Fällen bisher nie. Well, und Simmons hat die günstige Gelegenheit nicht verpassen wollen. Lebenslänglich oder die Freiheit, und vielleicht landet er gleich im Schutz einer wohl organisierten Bande ...«

Ich nickte düster. An der Theorie des Captains gab es kaum eine schwache Stelle.

»Genau vor dem Haupteingang stand ein Wagen mit Fahrer. Die Kerle sprangen rein, und weg waren sie. Zu dem Zeitpunkt hatte noch niemand etwas bemerkt. Niemand hatte die Schüsse gehört, der Flur ist sehr lang, die Zellen liegen im Keller ...«

»Okay, Captain, wir fahren nach Manhattan zurück. Wenn es etwas Neues gibt, benachrichtigen Sie uns bitte sofort!«

»Natürlich. So long, G-men!«

Langsam gingen Phil und ich auf den Hof hinaus. An meinem Jaguar blieb ich stehen. Meine Miene musste ziemlich finster aussehen, denn Phil sagte: »So was kann passieren, Alter! Nicht jeder schafft es …«

»Die Voraussetzungen bei Simmons waren anders«, gab ich zu bedenken. »Er ist nicht dieser Typ Krimineller, der nicht anders kann.«

»Die Tatsachen sprechen aber gegen ihn, oder?«

Ich nickte zögernd. »Natürlich.« Doch dann erzählte ich Phil, was Simmons mir unterwegs berichtet hatte. Besonders die Begegnung mit dem Unbekannten, der Simmons für ein bestimmtes Ding anheuern wollte.

Mein Freund hörte aufmerksam zu, doch er blieb skeptisch. »Die Story passt zu schön …«

»Gehen wir doch einmal davon aus, dass sie stimmt …«

»Was dann?« Phil stützte sich auf das Dach des Jaguar und sah mich an. »Dann will ihn jemand in die Pfanne hauen. Seine liebe Schwiegermama in spe. Das halte ich sogar für möglich!«

»Na also«, brachte ich mit Genugtuung hervor.

»Aber warum ist er dann abgehauen? Kannst du mir das erklären? Jetzt ist er erst recht in einen Mordfall verwickelt!« Phil schüttelte den Kopf. »Nein, nein! Wenn er unschuldig wäre, säße er noch unten in seiner Zelle. Er musste doch nicht mit abhauen, oder?«

»Vielleicht doch?« Ich war von meiner eigenen Idee fasziniert. »Erinnerst du dich? Simmons war richtig scharf drauf, hierher zu kommen. Er wollte so schnell wie möglich nach Mt. Vernon, damit die Ermittlungen rasch in Gang kommen!«

Jetzt wurde mein Freund nachdenklich. »Da passt tatsächlich einiges nicht so ganz zusammen. Ich schlage einen Kompromiss vor – wir untersuchen den Einbruch, bei dem der Wachmann ums Leben gekommen ist. Okay?«

Ich rannte schon wieder auf den Eingang der City Hall zu. »Komm schon! Worauf warten wir denn noch?«

Larry hatte Simmons vor sich hergetrieben, mitten durch die belebte Halle der City Hall, die Steinstufen hinab auf einen blauen Oldsmobile zu, der mit laufendem Motor am Straßenrand gewartet hatte. Simmons' Muskeln und Nerven waren zum Zerreißen gespannt.

Jeden Augenblick erwartete er Schreie hinter sich zu hören und Schüsse.

Tom hüpfte vor ihnen her, riss dann den hinteren Wagenschlag auf. Larry stieß Simmons hinein, quetschte sich neben ihn. Tom stieg auf der anderen Seite ein.

Noch bevor die Türen zuschlugen, stieg der Fahrer aufs Gas. Der Olds schoss die Straße am Bronx River entlang, donnerte mit wimmernden Reifen in die Auffahrt zum Cross County Parkway hinein und drosselte erst nach einer Meile die Geschwindigkeit auf die zulässigen sechzig Meilen.

Simmons saß wie erstarrt zwischen den beiden Gangstern. Vor seinen Augen stand immer noch das Bild des sterbenden Mannes vor der Zellentür. Er schüttelte den Kopf, um dieses Bild aus seinem Gedächtnis zu verbannen. Er heftete seinen Blick auf den Nacken des Fahrers. Der hatte das lange ölglänzende Haar glatt nach hinten gekämmt. Die schmalen Schultern steckten in einer gestreiften Anzugjacke mit wattierten Schultern.

»Das ist Ralph«, sagte Larry. »Du wirst ihn noch besser kennen lernen. Ihn und uns und den Boss. Er wird dir gefallen, der Boss. Er hat zwei Jahre lang an dem Ding gearbeitet, stell dir das vor! Zwei Jahre lang an einem einzigen Ding!« Larry schnalzte bewundernd mit den Zähnen.

Der Olds wechselte auf den Hutchinson River Parkway und stoppte am Zollschalter. Simmons erstarrte, als er den harten Druck einer Revolvermündung in der Seite fühlte. Sein Kopf ruckte herum, und er blickte mitten in Toms rundes, feixendes Gesicht. Simmons' Blick wanderte tiefer, fiel auf den 45er Colt mit dem gespannten Hammer. Simmons rührte sich nicht.

Der Fahrer reichte ein paar Münzen hinaus, dann fuhr er weiter. Der Hutchinson River Parkway verläuft über viele Meilen parallel zum New England Thruway, der der Küstenlinie folgt. Simmons registrierte verwundert, dass sie wieder nach Connecticut fuhren, zumindest die Richtung war die gleiche. Als der Oldsmobile hinter White Plains auf die Interstate 287 wechselte und dann auf Port Chester zurollte, bestätigte sich Simmons' Vermutung. Klarer wurde seine Lage dadurch allerdings nicht. Einen schrecklichen Augenblick lang kam ihm der Gedanke, dass diese Entführung – ein anderes Wort fiel ihm für seine Lage nicht ein – gar nicht ihm galt, sondern der Familie Jensen. Doch er verwarf diesen Einfall sofort. Weder in der Firma noch im Wohnhaus in Quaker Ridge gab es Safes, die nennenswerte Beträge Bargeld oder Wertsachen enthielten. Und Marion? Wollte man an Marion heran? Nein, Simmons glaubte nicht daran. Die Richtung war Zufall.

Larry kratzte an seinen verschorften Händen herum. Weiße Schuppen rieselten durch die Gegend, und Simmons spürte, wie sich sein Magen umdrehte. Er hasste diesen Mann, der sich Larry nannte. Er repräsentierte für ihn die Macht, die ihn aus seiner sicheren Umgebung gerissen hatte. Heute Morgen noch war die Welt in Ordnung gewesen. Jetzt, fünf oder sechs Stunden später, schien bereits alles zerstört worden zu sein.

Simmons sah, wie einige dieser ekelhaften Schuppen auf seine Hand herabrieselten.

»Hör auf damit!«, schrie er. »Hör auf, oder …«

Larry sah Simmons verständnislos an. Simmons hatte die Fäuste geballt, das kantige Gesicht war verzerrt. Simmons spürte nicht den Druck des Revolvers in seiner Seite. Er sah das gerötete haarlose Gesicht, die glitzernden kleinen Augen, und er spürte wieder den Schmerz, den Larry ihm mit der kleinen Pistole zugefügt hatte. Roter Nebel wallte plötzlich vor Simmons' Augen. Seine rechte Faust zuckte vor, mitten in das rote, wie nackt wirkende Gesicht hinein.

Larry nahm den Hieb voll. Sein Kopf flog in den Nacken und prallte gegen die Scheibe. Er verdrehte die Augen und rutschte in sich zusammen. Aus der Nase schoss Blut.

Simmons öffnete den Mund zu einem stummen Schrei, als Tom ihm den Kolben des Revolvers in den Nacken knallte. Für Simmons versank die zerstörte Welt in Schleiern aus Blut und Schmerz …

Captain Fisher breitete die Tatortfotos auf einem großen Tisch aus. Seine Leute hatten genaue Skizzen erstellt und jede Kleinigkeit eingetragen – nicht nur die Lage des Toten, sondern auch die Position des ausgerissenen Telefonkabels, die Stellen, an denen die Spurensicherung Metallstaub gefunden hatte, Rutschspuren im frischen Bohnerwachs des Bodens und alle Steckdosen. Und zu jedem Detail gab es große Hochglanzfotos.

»Schnelle Arbeit«, lobte Phil. Fisher sagte nichts. Ich studierte die Bilder der Tresortür. Es gab Gesamtaufnahmen und stark vergrößerte Darstellungen des einzigen Bohrloches.

»Tiefer als ein Zehntel Zoll sind sie nicht gekommen«, erläuterte Lieutenant Minnick verächtlich.

»Das Labor meint, dass die Kerle Diamantbohrer benutzt haben müssen«, erklärte der Captain. »Sie sind dabei, den Bohrstaub zu analysieren und das Material der Tür. Selbst mit einem Hartmetallbohrer wären die Gangster nicht tiefer als durch den Lack gekommen.«

»Die Kerle?«, wiederholte Phil. »Waren es mehrere?«

Fisher schob ein Foto, das die am Boden liegende Gestalt des Wächters zeigte, vor Phil hin. Mit einem Bleistift deutete er auf die Umrisse in der Skizze, die die Lage des Toten angaben. »Die Kugeln haben ihn von vorn getroffen, aber er muss so gestanden haben, sehen Sie!«

Fisher stellte sich seitlich und deutete die Richtung an, von der aus die Schüsse den Wächter getroffen haben mussten, und dann taumelte er erst seitlich, dann rückwärts durch den Raum.

»Ich glaube«, fuhr er fort, »dass er versuchte, einen Mann am Safe in Schach zu halten, und weil das Telefon außer Betrieb war, wollte er in den Laden gehen, um von dort aus auf die Straße zu gelangen. Ich bin sicher, dass der Schütze hier gestanden hat, hier in dem kleinen Abstellraum!«

»Haben Sie dort Spuren gefunden?«

»Keine. Die Kugeln waren 38er, vermutlich Revolver. Der Mörder brauchte sich nicht einmal die Mühe zu machen, die ausgeworfenen Hülsen einzusammeln.«

Ich nickte. Dann sagte ich: »Simmons hat seine Einbrüche stets sehr sorgfältig recherchiert. In seiner ganzen Laufbahn ist er keinem einzigen Nachtwächter vor die Füße gelaufen ...«

»Das ist kein Beweis«, meinte Phil wegwerfend.

»Nein, aber ein Hinweis.«

»Was vermutest du also?«

»Noch einmal«, sagte ich, »gehen wir davon aus, dass Simmons' Story stimmt, dass irgendjemand ihn unbedingt braucht. Wo könnten wir ansetzen?«

»Bei seinen ehemaligen Mithäftlingen. Wir stellen fest, wann diese angebliche Begegnung mit dem großen Unbekannten war, und fragen in Sing-Sing nach, wer kurz zuvor entlassen wurde. Dann prüfen wir nach, wer von den Entlassenen Simmons gekannt hat.«

»Das ist eine Arbeit für Wochen«, gab ich zu bedenken.

»Richtig«, bestätigte mein Freund. »Kleinarbeit.« Er grinste freudlos. »Ich schätze aber, dass wir nicht allzu viel Zeit haben, wenn wir davon ausgehen, dass Simmons bei einem Verbrechen mitmachen soll.«

Ich registrierte, dass mein Freund offenbar ganz auf meine Theorie eingegangen war. »Dieses Verbrechen wird innerhalb der nächsten Stunden stattfinden«, vermutete ich. »Und ein Tresor wird eine entscheidende Rolle dabei spielen. Mist! Wir stehen hier und können nur warten!«

»Wenn jemand uns helfen kann, dann seine Freundin! Marion heißt sie? Vielleicht weiß sie mehr? Sprechen wir doch mal mit ihr. Am besten, bevor ihre Mutter das tut!«

»Die wird ihre Tochter schon entsprechend informiert haben«, sagte ich düster. Ich öffnete die Tür des Wagens, auch Phil stieg ein, und dann fuhren wir den Weg nach Connecticut zurück. Marion Jensen sollte am Stamford College unterrichten, erinnerte ich mich. Stamford liegt sieben Meilen hinter Greenwich zwischen dem Merrit Parkway und der Küste des Long Island Sound. Ich erinnerte mich an Stamford als eine nette, mittelgroße Stadt mit mehreren Yachthäfen und einer weit ins Meer hinausreichenden Mole, an der das ganze Jahr die Angler stehen, wegen des beständig blasenden Windes in gelbes Ölzeug gehüllt …

Ich schüttelte die Gedanken an friedliche Weekend-Beschäftigungen ab und konzentrierte mich auf den Weg und das bevorstehende Gespräch mit Marion Jensen.

Simmons erwachte wie zögernd aus seiner Bewusstlosigkeit, doch als der Schmerz und damit die quälenden Gedanken schlagartig wieder einsetzten, wäre er am liebsten sofort in die weiche, schwarze, gefühllose Dunkelheit zurückgesunken.

Er spürte die Stöße des unebenen Bodens in jeder Faser seiner Muskeln, als der Wagen über einen offenbar unbefestigten Weg rollte. Er richtete sich ein wenig auf und öffnete zögernd die Lider. Sein erster

Blick fiel auf die Hand mit dem rissigen Schorf, sein zweiter nach draußen. Immer noch saß er zwischen den beiden Männern. Draußen tanzten halbhohe Hecken vorbei. Simmons wollte sich weiter aufrichten, um die Gegend besser erkennen zu können.

Da wurde Larry aufmerksam. Der kahle Schädel ruckte herum, bösartige kleine Augen richteten sich auf Simmons. »Wir sind gleich da, du Miststück. Ich will dich jetzt nicht weiter zurichten, weil du einen Job zu machen hast – aber warte, wenn du fertig bist! Dann gehörst du mir!«

Der Olds schaukelte heftig. Simmons wurde gegen Tom geworfen, der stieß ihn von sich, und er prallte gegen Larry. Larry hieb ihm einen eckigen Ellbogen in die Rippen, und Simmons japste nach Luft. Der Olds hielt. Larry und Tom sprangen aus dem Wagen. Larry packte Simmons am Arm und zerrte ihn heraus. Simmons stand unsicher im Gras. Er bemerkte einen schwarzen Ford, der im Schatten einer alten, baufälligen Scheune stand, und das niedrige Farmhaus aus Ziegelsteinen, von denen der weiße Verputz blätterte. Er glaubte, ein Gesicht hinter einem der blinden Fenster zu bemerken, aber er war seiner Sache nicht sicher.

Sein Blick fiel auf den Mann, den die anderen Ralph genannt hatten. Ralph hatte ein flaches braunes Gesicht, das Kinn war scharf ausrasiert, auf der Oberlippe prangte ein fadendünnes Bärtchen. Ralph beachtete ihn nicht. Er schritt kerzengerade auf das Haus zu.

Simmons erhielt einen heftigen Stoß in den Rücken, und Larrys Stimme zischte: »Worauf wartest du denn noch, du Star! Vorwärts!« Immer wieder erhielt er einen Stoß in den Rücken, einmal stolperte er und wäre beinahe lang hingeschlagen. Wütend wandte er sich um und hob die Fäuste vor sein Gesicht. In Toms plumper Hand lag der mächtige Colt, und Larry grinste bösartig.

»Du darfst ihn doch nicht verletzen, Tom!«, höhnte Larry. »Er wird gebraucht!« Larry verstummte, als Ralph in der Tür verschwand und die Gestalt eines anderen Mannes im Rahmen erschien, ein Mann mit eng zusammenstehenden Augen und bemerkenswert großen Ohren. Der Mann trat zur Seite, als Simmons den Raum betrat.

Es roch nach gebratenem Speck und frischem Brot, und der Geruch erinnerte Simmons daran, dass er seit dem Frühstück nichts mehr gegessen hatte. Trotz der Schmerzen in seinem Schädel spürte er einen wühlenden Hunger. Er begrüßte dieses Gefühl, denn wenn er Hunger hatte, konnte er keine Gehirnerschütterung haben.

Larry und Tom schrien laut nach Essbarem. Nomey beschwichtigte seine Komplizen. »Geht erst zum Boss rein, ich mache euch was in der Zwischenzeit.«

Ralph hielt die Tür zum Nebenraum offen, und Simmons ging an ihm vorbei. Er stand in einem großen Raum mit niedriger Holzbalkendecke und rötlichem Steinfußboden. Durch die kleinen Fenster fiel nur schwaches Licht, sodass er nicht sofort erkannte, wie viele Leute sich darin aufhielten. Die raue Stimme, die jetzt an seine Ohren drang, ließ ihn jedoch zusammenzucken. Es war die Stimme des Mannes, der ihn in Yonkers angesprochen hatte.

»So sieht man sich wieder«, sagte Gallagher. Er erhob sich und stieß den Schreibtisch zurück. Gallaghers massige Gestalt löste sich aus dem Schatten der hinteren Ecke.

Simmons sah den Gangster ruhig an. Gallagher trat näher, die Hände hielt er hinter dem Rücken verschränkt. Er baute sich vor Simmons auf und blickte zu dem größeren Mann hinauf. Simmons sah das lockere gelbe Haar und die tiefen Furchen in der breiten Stirn. Der Mann sah wie ein Bauer oder ein Fischer aus, aber nicht wie ein erfolgreicher Gangster, dachte er, aber vielleicht war das seine Stärke.

»Sie hätten sich einiges ersparen können, Simmons«, sagte er. »Sie hätten meinen Vorschlag annehmen sollen, dann hätten Sie hinterher friedlich weiterleben können …«

»Das hätte ich nicht«, warf Simmons ruhig ein.

Gallaghers dünne Brauen schossen in die Höhe.

»Nein?«, fragte er neugierig.

»Nein. Die Polizei kennt meine Handschrift. Ich habe eine bestimmte Methode. Nachdem man mich gefasst hatte, war diese Methode für mich tabu …« Mein Gott, dachte er, das hört sich ja so an, als ob ich immer noch in der alten Branche tätig wäre!

Gallagher lächelte unvermittelt. »Ich werde Ihre Probleme berücksichtigen«, sagte er. »Ihr Anteil soll hoch genug sein, um Ihnen ein angenehmes Leben im Ausland zu ermöglichen. Es bleibt bei den fünfzigtausend, dazu bekommen Sie einen Anteil wie alle anderen – ein Neuntel.« Gallagher blickte sich um, als erwartete er Proteste.

Richtig, jemand meldete sich, ein großer, schwerer Mann mit borstigem rotem Haar und dunklen, erbarmungslos blickenden Augen.

»Mein Anteil wird immer kleiner«, sagte der Rothaarige mit einer Stimme, die wie verrostet klang.

Gallagher wirbelte herum. »Du kannst die Büchse nicht aufmachen, oder?« Gallagher wartete die Antwort nicht ab. »Jeder bekommt einen genau gleichen Anteil, nachdem ich meine Unkosten abgezogen habe. Das ist nur fair. Die Vorbereitungen haben verdammt viel Geld gekostet. Ist das fair?«, fragte er Simmons.

Simmons nickte, ohne es zu wollen.

»Es bleibt genug für alle. Mindestens zweihunderttausend für jeden.« Gallagher lächelte Simmons an. »Das ist Brisco. Ich hoffe, ihr werdet miteinander auskommen. Er ist sonst ein friedlicher Mann. Ich habe jeden sorgfältig ausgesucht, wissen Sie? Ich finde, man muss die richtigen Leute haben, dann kann man alles erreichen ...«

»Ich bin aber nicht der richtige Mann für Sie«, sagte Simmons.

Das Schweigen entstand plötzlich und legte sich wie eine Decke über die Männer. Man hörte nicht einmal Briscos heftige Atemzüge. Nur einmal klirrte eine Scheibe, als ein Windstoß ums Haus fegte.

»Setzen Sie sich«, sagte Gallagher schließlich nach einer endlosen Stille. Simmons ließ sich in einen zerfledderten Sessel vor dem Kamin fallen. Gallagher ließ sich ihm gegenüber auf einem Schemel nieder. Er richtete seinen Blick starr auf Simmons und öffnete den Mund. »Hören Sie mir jetzt gut zu«, begann er.

Simmons' Gesicht verschloss sich. Er sah betont an dem Gangsterboss vorbei. Langsam schälten sich die Gestalten der anderen Anwesenden aus dem Halbdunkel – er bemerkte einen baumlangen Schwarzen, der mit halb geschlossenen Augen in einem Sessel hing, und einen hageren Kerl mit schiefer Nase, der ihn aufmerksam beobachtete. Simmons konnte nicht wissen, dass der Hagere, es war Willie Amsden, versucht hatte, ihn, Simmons, zu kopieren, und Simmons konnte ebenfalls nicht wissen, dass er in Brisco den wahren Mörder von Mt. Vernon vor sich hatte.

Es war ihm natürlich bewusst, dass der bullige Gangsterboss und einer dieser Kerle, oder auch mehrere, für seine Schwierigkeiten verantwortlich waren, aber die Situation erschien ihm irgendwie unwirklich, wie ein Film, der ihn gefangen nahm, ihn aber nicht persönlich berührte. Erstaunt stellte Simmons fest, dass er ganz ruhig war. Unnatürlich ruhig. Sein Gehirn war gewissermaßen voll eingeschaltet, bereit, alle Informationen aufzunehmen, die er bekommen konnte, und nach einem Ausweg zu suchen. Zum ersten Mal seit seiner Festnahme fühlte Simmons wieder eine gewisse Zuversicht. Er war mit den wahren Mördern zusammen …

»… nicht wahr?«, drang Gallaghers Stimme in sein Bewusstsein.

Simmons lächelte. »Ich habe Sie nicht ganz verstanden«, sagte er, »entschuldigen Sie mich bitte.«

Gallaghers Gesicht lief rot an. Simmons bemerkte, wie der Boss seinen Ärger gewaltsam herunterschluckte. »Sie werden morgen Gelegenheit haben, einen Safe zu öffnen. Werkzeuge sind vorhanden. Sie werden diesen Safe öffnen, denn vorher werden Sie hier nicht herauskommen. Ich bin sicher, Sie werden uns keine Schwierigkeiten machen, nicht wahr?«

Simmons lächelte immer noch. »Ich werde es mir überlegen«, sagte er.

Brisco ächzte überrascht. Er starrte Simmons aus großen Augen an und sah sich dann hilflos um.

Gallaghers Gesicht lief schon wieder rot an.

»Es gibt nichts zu überlegen«, grollte er. »Sie werden die Büchse öffnen.«

Simmons fühlte sich zunehmend sicherer. Er schlug eins seiner langen Beine über das andere ohne zu vergessen, das Hosenbein an der Bügelfalte hochzuziehen. Diese Bewegung wirkte in dieser Umgebung ungemein arrogant und herausfordernd.

Er sah Gallagher fest an. »Mister – ja, wie darf ich Sie nennen? Haben Sie einen Vorschlag?«

»Nennen Sie mich Nick oder Gallagher, es spielt keine Rolle.«

»Sie sind beide falsch, nicht wahr?«, entgegnete Simmons lächelnd. »Nun, das spielt in der Tat keine Rolle. Sie dürfen mich Mr Simmons nennen. Wenn Sie wollen, dürfen Sie noch ein Sir hinzufügen.«

Gallaghers Kopf hatte jetzt die Farbe einer überreifen Tomate angenommen, und Brisco glitt mit einem schnellen Schritt hinter seinen Boss.

»Ich bestehe nicht darauf, Nick«, sagte Simmons besänftigend. »Ich bin nicht besonders empfindlich. Das Sir können Sie auch ruhig weglassen …« Simmons bewegte vorsichtig den Kopf. Der Hals schmerzte immer noch, wo ihn Larry mit der Pistole getroffen hatte, und auch der Nacken tat noch ekelhaft weh. Simmons fischte seine Zigaretten aus der Jackentasche und schnippte ein Stäbchen heraus. Er schob es zwischen seine Lippen und zündete es an. Dann lehnte er sich entspannt zurück. »Haben Sie jetzt alles gesagt?«, erkundigte er sich lässig.

»Alles«, knurrte Gallagher. »Morgen bekommen Sie Arbeit.«

Simmons nahm einen tiefen Zug aus seiner Zigarette. Er spürte, wie die Schmerzen ein wenig nachließen. Er blinzelte Gallagher freundlich an und fragte dann: »Spielen wir doch einmal die andere Möglichkeit durch, ganz theoretisch. Was passiert, wenn ich Nein sage? Einfach Nein sage und nicht zu bewegen bin, den Safe zu öffnen?«

Gallaghers Gesicht verzog sich zu einem bösartigen Grinsen. »Ich glaube, ich habe schon erwähnt, dass ich an diesem Job sehr lange gearbeitet habe. Wissen Sie, warum ich Sie ausgesucht habe?« Er hob die Hand, um einem Einwand Simmons' zuvorzukommen. »Nicht nur, weil Sie ein Spezialist für Paterson-Morris-Safes sind, beileibe nicht. Wir haben Zeit, das Ding zu öffnen. Und innerhalb einer Woche würde es sogar Willie gelingen, es aufzukriegen. Nein, wir hatten noch einen anderen Grund.« Gallagher richtete seine hellen Augen auf Simmons. »Ich habe Sie lange beobachtet. Sie sind in einer wunderbar bürgerlichen Umgebung untergetaucht. Sie haben jeden Kontakt zu Leuten wie wir es sind nicht nur abgebrochen, sondern auch verloren. Mr Simmons, Sie haben einen Fehler gemacht, als Sie sich so eng banden, gefühlsmäßig, meine ich …«

Simmons spürte, wie sich seine Muskeln verkrampften. Er wusste jetzt, was kam. Er unterdrückte das beginnende Zittern seiner Hände, und er brachte es fertig, seine entspannte Stellung beizubehalten. Ruhig führte er die halb aufgerauchte Zigarette zum Mund, nahm einen Zug und blies den Rauch in die Luft. »Ja?«, fragte er lächelnd, als Gallagher seine Pause ausdehnte.

»Ihr Girl heißt Marion Jensen. Sie ist sehr jung, sie ist sehr hübsch. Wenn Sie uns diesen kleinen Gefallen nicht tun, Mr Simmons, einen Gefallen, den wir Ihnen auch noch fürstlich belohnen«, Gallagher lehnte sich vor, seine Blicke schienen Simmons zu durchbohren,

»dann wird Ihre Braut morgen Abend nicht mehr das hübsche junge Mädchen sein, das Sie zurückgelassen haben, Simmons!«

Das Stamford College lag hinter dem East Shore Park inmitten weiter grüner Wiesen. Die flachen Gebäude standen weit verstreut in dem parkähnlichen Gelände. Abseits der Straße lagen die Sportfelder, und ich sah zwei Mannschaften, die ein Baseball-Match austrugen, und einige junge Leute, die Tennis spielten.

Ich folgte den Schildern zum Sekretariat des College und stellte den Jaguar auf dem Besucherparkplatz ab. Als wir ausstiegen, traf uns ein kühler Wind von der nahen See her, und eilig liefen wir ins Haus.

»Miss Jensen?«, fragte wenig später der Sekretär mit gerunzelter Stirn. Neugierig blickte er erst Phil, dann mich an. »Was wollen Sie von Miss Jensen? Privatbesuche sind hier nicht gern gesehen, verstehen Sie?«

»Es handelt sich um keinen Privatbesuch, verstehen Sie?«, äffte ich den Tonfall des Sekretärs nach. »Wollen Sie uns bitte sagen, wo wir sie finden können?«

Der Mann musterte mich reserviert, dann sagte er: »Wen darf ich melden, und in welcher Angelegenheit wünschen Sie Miss Jensen zu sprechen?«

Ich unterdrückte den aufsteigenden Zorn. »Mein Name ist Cotton, das ist Mr Decker. Ich werde Ihnen den Grund unseres Besuches nicht mitteilen. Miss Jensen kann das tun, wenn sie es für angebracht hält. Sagen Sie uns jetzt endlich, wo wir sie finden können, oder wir suchen sie.«

Der Sekretär blätterte in einer Liste, sah auf einen Kalender, runzelte die Stirn. »Miss Jensen müsste jetzt auf Feld C sein, das ist hinter den Tennisplätzen, vielleicht haben Sie die Plätze gesehen. Der Weg ist beschildert ...«

Ohne ein weiteres Wort verließen wir das Büro und stiegen wieder in den Jaguar. Feld C entpuppte sich als ein Leichtathletikplatz. Etwa zweihundert Mädchen, siebzehn-, achtzehnjährige, schätzte ich, trainierten Hürdenlauf, Hoch- und Weitsprung. Sie trugen leichte Trainingsanzüge oder weiß-rote Trikots. Einige blickten neugierig zu uns herüber, sie begannen zu tuscheln und zu kichern.

Am Rande einer Aschenbahn blieben wir stehen und sahen den Girls eine Weile zu. Einige schienen beachtliche Leistungen zu vollbringen, soweit ich das beurteilen konnte. Zwei Lehrerinnen maßen die erreichten Weiten und Höhen, die sie in Listen eintrugen. Langsam schlenderten wir näher.

Mein Blick blieb auf einem Girl haften, einer schlanken, fast knabenhaften Erscheinung in einem weinroten Sportdress, der aus einer eng anliegenden Hose und einer locker sitzenden Bluse bestand. Sie hatte ein längliches, schmales Gesicht mit einer schwarzen Ponyfrisur, leicht schräg stehende, melancholisch wirkende Augen und volle, rote Lippen unter einer leicht angedeuteten Stupsnase. Sie war groß für eine Frau, als sie sich jetzt aufrichtete und uns entgegensah. Sie schien kaum älter als die von ihr unterrichteten College-Girls zu sein.

»Wir suchen Miss Jensen«, sagte ich.

»Ich bin Marion Jensen«, sagte sie mit einer angenehm klingenden dunklen Stimme. Ihre Augen blickten ungewöhnlich ernst, und plötzlich wusste ich, dass sie es schon wusste.

»Wir sind vom FBI«, sagte ich leise. »Können wir Sie einige Augenblicke ungestört sprechen?«

»Ich komme in zehn Minuten. Wenn es Ihnen nicht zu kalt ist, können wir uns dort drüben an der Bank treffen.«

Ich nickte bestätigend. Phil und ich gingen langsam zu der Bank hinüber, die unter einem verblühten Magnolienstrauch stand.

»Simmons müsste total verblödet sein«, meinte Phil unvermittelt. Ich folgte seinem Blick, sah zu den laufenden Mädchen hinüber und glaubte, Marion Jensens schlanke Gestalt erkennen zu können.

»Ein Polizist sollte nie nach seinem Gefühl urteilen«, sagte ich lächelnd. Marion Jensen war keine Schönheit im üblichen Sinne – sie war ein reizendes Geschöpf, liebenswert, und sah aus, als ob sie ungemein zärtlich sein könnte. Aber zugleich wirkte sie ungewöhnlich ernsthaft – sie war kein Mädchen, mit dem man spielen konnte. Sie beanspruchte einen Mann ganz oder gar nicht. Ich verstand Simmons …

Die schlanke Gestalt in dem weinroten Sportdress löste sich von den anderen, die sich gerade in Reih und Glied aufstellten. Mit schnellen Schritten kam Marion Jensen auf uns zu. Wir standen auf.

»Marion Jensen!«, rief Phil plötzlich laut. Ich sah meinen Freund leicht irritiert an, aber bevor ich eine Frage stellen konnte, war Marion Jensen heran.

Ich stellte uns vor, und sie reichte jedem von uns eine schmale Hand zu einem kurzen, kräftigen Händedruck, dann setzte sie sich auf die Bank und schlug die Beine übereinander.

»Marion Jensen«, sagte Phil erneut. »Sie sind amerikanischen Rekord über einhundert Yards Hürden gelaufen, stimmt's?« Das Girl nickte ohne zu lächeln. »Und Sie sollten zur Olympiade nach Mexiko City?« Wieder nickte sie. »Warum sind Sie nicht gegangen?«

Das Paar dunkler Augen umwölkte sich. »Familiäre Gründe. Sie haben Glen verhaftet und mitgenommen«, sagte sie. »Mein Vater hat mich angerufen ...«

»Wir haben ihn vorläufig festgenommen«, stellte ich richtig.

»Wo ist er jetzt?«

Ich räusperte mich. »Wir wissen es nicht«, gestand ich zögernd. »Er ist geflohen.«

Marion Jensen sah mich befremdet an. »Das kann nicht wahr sein, Mr Cotton. Glen ist unschuldig. Er hatte keinen Grund zu fliehen. Was ist wirklich geschehen?«

Im Stillen beneidete ich Simmons um ein Mädchen wie Marion, das so unerschütterlich an ihn glaubte. »Die Ermittlungen sind noch nicht abgeschlossen«, brachte ich lahm hervor und wusste im selben Moment, wie falsch meine Worte klangen. »Ich werde Ihnen gleich alles erklären«, fuhr ich schnell fort. »Zuvor bitte ich Sie jedoch, uns einige Fragen zu beantworten.«

Das kleine Gesicht zog sich zu wie ein Fenster, wenn die Jalousie herabgelassen wird. Die Augen blickten mich abweisend an. »Ich werde nichts sagen, was Glen belasten könnte«, sagte sie fest und ballte unbewusst die Hände. »Und weil ich nicht weiß, was ihn belastet, werde ich nichts sagen. Ob das Gesetz dabei auf meiner Seite ist oder nicht, interessiert mich nicht im Geringsten.« Das klang endgültig.

Phil setzte sich neben das Mädchen, er probierte ein Lächeln, das jedoch nicht ankam, weil Marion auf ihre Hände sah. »Miss Jensen, wir wollen die Wahrheit herausfinden, weil wir Glen helfen wollen. Sehen Sie, auch wir sind nicht von seiner Schuld überzeugt.« Der

Kopf ruckte einmal kurz hoch, ich sah Tränen in den dunklen Augen. »Wenn nichts geschieht, wird Glen vor Gericht kommen, sowie man ihn gefunden hat. Und wie ein Schwurgerichtsverfahren ausgehen wird, können Sie sich denken.« Phil schwieg und wartete auf eine Reaktion. Marions Schultern begannen zu zucken.

Phil legte behutsam einen Arm um sie. »Sie können ihm gar nicht schaden, Marion«, sagte er eindringlich. »Sie können ihm nur von Nutzen sein.« Rasch erzählte er ihr von den Ereignissen, die zu Simmons' Festnahme geführt hatten, von dem anonymen Anruf, von den Einbruchwerkzeugen im Kofferraum des Buick.

»Mein Gott«, flüsterte sie. »Glen hat mit dieser schrecklichen Sache nichts zu tun, bestimmt nicht. Ich weiß, dass er öfter noch einmal wegfährt, wenn wir zusammen waren. Sehen Sie, Glen ist sehr zurückhaltend bei mir. Er hat mich noch nicht – angefasst. Ich glaube, er hat sich noch nicht an den Gedanken gewöhnt, ganz frei zu sein, so frei, dass er unbefangen mit einem Mädchen zusammen sein kann.«

»Mit einem Mädchen wie Ihnen«, schränkte Phil ein, und Marion nickte.

»Außerdem passt meine Mutter zu sehr auf. Ich glaube, er hat Angst vor ihr. Sie mag ihn nicht …«

»Wann haben Sie zuletzt in den Kofferraum des Buick gesehen?«, fragte Phil.

Marion zuckte mit den Schultern. »Vor ein paar Wochen, bei einem Picknick. Seitdem nicht mehr. Wir waren auch oft mit meinem Wagen unterwegs.«

»Gestern auch?«

»Nein.«

»Wissen Sie, wann Glen nach Hause gekommen ist?«

Marion schüttelte den Kopf. »Ich habe geschlafen. Ist es wichtig?«

»Sehr sogar.« Phil sah Marion mitleidig an. »Der Mord passierte gegen drei Uhr in der Nacht in Mt. Vernon, das ist so um die fünfzehn Meilen oder zwanzig Minuten von Ihrem Haus entfernt. Wenn jemand gesehen hat, dass Glen vor drei Uhr zu Hause war, ist er draußen.«

Marion nickte unglücklich. »Ich weiß, dass er manchmal lange wegblieb. Er trank dann auch viel. Das wird besser, wenn wir erst verheiratet sind.«

Jetzt schaltete ich mich in das Gespräch ein. »Ist Ihnen in der letzten Zeit irgendjemand aufgefallen? Jemand mit einem Wagen, jemand, der irgendwo stand und Sie beobachtete?« Kopfschütteln. »Hat Glen Ihnen von einer Begegnung erzählt, die er vor einiger Zeit drüben in Yonkers hatte?« Wieder Kopfschütteln und ein Blick aus großen Augen. Wenn Simmons seinem Girl wenigstens von dem Angebot des Unbekannten erzählt hätte, dachte ich. Es wäre kein Beweis gewesen, aber ein Hinweis für mich, der mir geholfen hätte, Simmons' schöne Story zu glauben.

»Ich glaube, jetzt sind Sie dran«, sagte Marion plötzlich mit fester Stimme.

»Ja«, begann ich zögernd. »Wir haben ihn mit seinem Einverständnis nach Mt. Vernon gebracht. Während wir noch mit dem zuständigen Kriminalbeamten sprachen, brachen zwei Untersuchungshäftlinge aus – so, wie die Polizei die Sache sieht, hat Simmons sich angeschlossen.« Marion schüttelte den Kopf. »Ein Wächter kam dabei ums Leben«, fügte ich hinzu.

Marion sah uns flehend an. Sie schien uns jetzt zu vertrauen. »Was können wir tun? Was kann ich tun? Kann man mit Geld etwas erreichen?«

»Wie meinen Sie das?«, fragte ich reserviert.

»Nun, wir könnten vielleicht eine hohe Belohnung für Hinweise aussetzen, oder Privatdetektive engagieren. Ich kann mir vorstellen, dass die Polizei noch andere Aufgaben …«

Ich lachte. »Das mit der Belohnung können Sie sich noch überlegen, wenn wir innerhalb der nächsten zwei, drei Tage nicht zu Resultaten gekommen sind. In der Zwischenzeit setzen wir alle Mittel ein, glauben Sie mir.« Ich stand auf. »Kopf hoch, Miss Jensen, Sie hören von uns. Mein Kollege oder ich rufen Sie an, sowie es Neues gibt …«

Marion stand ebenfalls auf. »Kann es sein, dass Glen – ich meine, besteht Gefahr für ihn …?«

»Für sein Leben, meinen Sie? Ich glaube nicht, jedenfalls nicht während der nächsten Stunden. Wir haben bestimmte Vermutungen. Wenn die stimmen, ist er sicher, solange er nicht das tut, was man von ihm verlangen wird …«

Marion sah mich groß an. »Was wird man von ihm verlangen?«, fragte sie.

»Nun, einen Tresor zu öffnen, was sonst?«

Simmons' und Gallagher starrten sich an, und beide wussten, dass sie Feinde waren, Todfeinde.

Simmons glaubte dem Gangsterboss aufs Wort. Sie würden sich an Marion heranmachen, um ihn gefügig zu machen. Was das für Marion bedeuten würde, konnte Simmons sich denken. Kerle wie dieser Gallagher kannten sich aus, hatten ihre Methoden, und Gallagher würde vor keiner Scheußlichkeit zurückschrecken.

Simmons brachte trotzdem ein Lächeln zustande. Er schnippte den Zigarettenstummel in den Aschenbecher und lehnte sich zurück. Er wusste, dass er jetzt keine Angst zeigen durfte.

»Die Tour mit dem Girl haben Sie mir sowieso vermasselt«, sagte er lässig. »Bei der Familie habe ich verschissen. Ihr Bluff zieht nicht, Nick Gallagher.«

Die Falten auf der buckligen Stirn des Gangsterbosses vertieften sich noch, um die Mundwinkel spielte ein böses Lächeln. »Du bluffst, Glen! Ich möchte dich sehen, wenn wir dem Girl die Haut abziehen!« Er beugte sich vor. »Wenn es dir nichts ausmacht, mein Junge, könnten wir es ja einmal probieren, was hältst du davon?«

Simmons zuckte mit den Schultern. Er presste seine Hände auf die Sessellehnen, um das Zittern der Finger zu verbergen, dabei wusste er nicht einmal, ob das Zittern Wut oder Angst oder einfach nur Schwäche bedeutete. »Tu, was du nicht lassen kannst«, sagte er gleichmütig. »Wenn ich morgen einen Job machen soll, musst du mich bei Kräften halten. Ich brauche ein Steak!«

Gallagher nickte. Simmons hoffte, dass er mit dem Hinweis auf den zu erledigenden Job klar genug angedeutet hatte, dass er tun wollte, was Gallagher von ihm verlangte.

Gallagher schnippte mit seinen dicken Fingern, und jemand ging zu Nomey in die Küche. Simmons versuchte krampfhaft, seine Gesichtsmuskeln, seine Hände und seine Atmung unter Kontrolle zu halten. Er durfte diesen Banditen gegenüber keine Schwäche zeigen. Er konnte nur eins tun – geduldig auf seine Chance warten.

Nomey brachte einen Teller mit gebratenen Speckscheiben, kalt gewordenem Rührei und ein paar Scheiben zähen Toast. Simmons stocherte auf dem Teller herum, schob einen Bissen in den Mund und sah Nomey dann voll an.

»Was ist das denn für ein Fraß?«, nörgelte er. »Merk dir das mal gleich, Mister! Wenn du mir schon so ein billiges Zeugs vorsetzt, sorg gefälligst dafür, dass es heiß und frisch ist, verstanden?« Nomey grinste blöde. Simmons hielt Nomey den Teller hin, der ihn unwillkürlich ergriff.

»Los!«, fauchte Simmons. »Beeil dich!«

Nomey starrte Gallagher verblüfft an. Dann, auf einen Wink von Gallagher, stampfte er wütend davon.

Simmons lehnte sich zufrieden zurück. Er wusste zwar nicht, ob er sich richtig verhalten hatte oder nicht, aber er hatte diesen Kerlen gezeigt, dass er sich nicht herumstoßen ließ.

Gallagher stand auf. Er winkte Brisco und Larry zu sich und verließ das Haus durch den Vordereingang. Simmons konnte die drei Männer durch ein Fenster sehen. Sie gingen unter niedrigen, verkrüppelten Apfelbäumen hin und her. Gallagher erklärte etwas.

Schließlich trennte sich Gallagher von den anderen und kam zurück. Brisco und Larry gingen um das Haus herum. Nach hinten, wo die Wagen standen.

Simmons hörte, wie ein Motor angelassen wurde, das Geräusch entfernte sich dann rasch. Gallagher betrat den Raum. Seine hellblauen Augen trafen Simmons, irrten jedoch gleich wieder ab. Gallagher rieb sich die Hände und setzte sich in die dunkle Ecke hinter seinen Schreibtisch.

Phil und ich fuhren nach Manhattan zurück. Am späten Nachmittag trafen wir John D. High, unseren Chef, in dessen Büro. Wir hatten ihn bereits über Funk informiert, und er hatte die Zwischenzeit genutzt, um einige Routinemaßnahmen einzuleiten.

Als wir sein Office betraten, hatte Helen, seine Sekretärin, bereits jedem von uns Kaffee eingeschenkt.

John D. High lächelte. »Wie ich Sie kenne, wird es spät werden.« Dann beugte er sich über die aufgeschlagen vor ihm liegende Akte. Es war Simmons' Akte.

»Wir müssen noch einige Meldungen abwarten«, fuhr der Chef dann fort. Er warf einen Blick auf die Uhr. »Ich fürchte, dass wir heute nicht mehr alle Antworten bekommen. Ich habe veranlasst, alle ehemaligen Freunde Simmons' und etliche seiner Bekannten aus Sing-Sing zu überprüfen. Ich vermute, dass der Schlüssel zu Simmons' Flucht, zu dem ganzen Fall, in der Vergangenheit liegt – wenn Ihre Theorie stimmt, Jerry.«

Hier, in der ruhigen Atmosphäre des Chefbüros, kam mir mein Vertrauen zu Simmons plötzlich seltsam vor, aber ich sagte nichts. Ich dachte an sein Mädchen, an Marion, und hatte Mühe, mich zu konzentrieren.

»Mir ist etwas aufgefallen«, berichtete John D. High weiter. »Es war keine kriminalistische Meisterleistung, denn es steht in der Akte. Simmons war spezialisiert auf Paterson-Morris-Safes!« Er hob den Blick. »Wussten Sie das?« Phil und ich nickten nur.

Der Chef lächelte. »Das ist jetzt eine feine Aufgabe für unsere Schwarze Lola.« Die Schwarze Lola ist die Elektronische Datenverarbeitungsanlage des FBI District New York.

»Natürlich!«, rief ich. Ich richtete mich auf. »Dann stellen wir neben jeden dieser Safes einen Cop und warten, bis Simmons auftaucht!«

Der Chef lächelte immer noch. Er schob die Akte zur Seite und deckte damit einen Packen Lochkarten auf. »Paterson-Morris-Safes«, sagte er und ließ die Karten wie ein Kartenspiel durch die Hand gleiten. Ich ließ die Luft ab und setzte mich wieder zurück.

»Über achtzig Stück«, sagte John D. High. »Bei diesen Safes handelt es sich ausschließlich um Objekte aus New York City und um solche, die bei der Zentrale der City Police oder einem Revier gemeldet sind. Die meisten sind sogar per Alarmanlagen mit einem Revier verbunden.« Er warf die Karten mit einem lauten Klatschen auf den Tisch.

»Erledigt«, sagte Phil.

»Es sieht so aus«, bestätigte der Chef. »Patterson-Morris baut zwar sehr ausgeklügelte Safes, aber auch sehr kleine. Die meisten stehen in Kaufhäusern, Supermärkten, bei Juwelieren, zwei Dutzend stehen allein bei den Diamantenhändlern unten in der Downtown …«

»Dabei ist noch gar nicht raus, dass Simmons einen New Yorker Safe aufmachen soll«, gab Phil zu bedenken.

Sieh mal an, dachte ich, Phil vertritt immer noch meine Theorie!

Ich sah meinen Freund von der Seite her an. Wahrscheinlich hatte Marion es ihm angetan.

»Angaben über Objekte aus den umliegenden Städten habe ich angefordert. Vielleicht ist ein Safe dabei, der besonders viel Bargeld oder Wertsachen enthält, die leicht zu veräußern sind. Wir werden sehen ...«

»Das ist hoffnungslos«, sagte ich mutlos. »Es sind einfach zu viele. Außerdem besteht immer noch die Möglichkeit, dass der Safe gar nicht registriert ist. Zum Beispiel dann, wenn es sich um illegales Geld handelt.«

Der Chef nickte. »Buchmacher, Gangster, Spielclubs ...« Es gab so viele Möglichkeiten.

»Eine Möglichkeit haben wir noch gar nicht diskutiert«, sagte Phil dann leise. »Was ist, wenn Simmons sich weigert?«

Ich zuckte mit den Schultern. »Was soll schon sein?« Ich hatte schon daran gedacht, den Gedanken aber nicht ganz bis zum Ende verfolgt. Er wird sicher sein, solange er *nicht* tut, was man von ihm verlangt. Das hatte ich zu Marion gesagt.

»Gangster, die eine solche Nummer abziehen – mit zwei Morden! – werden Simmons zwingen!«, sagte Phil, und nachdrücklich fügte er hinzu: »Sie werden nicht den geringsten Zweifel daran haben, dass Simmons den Safe öffnen wird!«

»Sicher nicht«, stimmte ich unbehaglich zu. Ich scheute mich jetzt, den Gedanken zu Ende zu denken.

»Simmons wird den Safe öffnen«, sagte der Chef. Sein faltiges Gesicht war ungewöhnlich ernst. Auch sein Gehirn war schon weiter ...

Phil sah mich groß an. »Wenn Simmons das ist, wofür du ihn hältst, wird er den Safe nicht öffnen!«, rief er erregt. »Und wenn er denken kann, wird er es erst recht nicht tun!« Phil holte tief Atem. »Denn danach werden sie ihn töten, töten müssen!«

Klar, Simmons musste zwangsläufig die meisten Bandenmitglieder kennen lernen. Die Männer, die für zwei Morde verantwortlich waren.

»Wie werden die Gangster Simmons also zwingen?«, fragte Phil jetzt laut.

Ich hatte Angst vor der Antwort, aber ich sprach sie aus.

»Marion!«

»Ja, Marion! Sie ist in Gefahr, Chef!«

John D. High starrte auf eins seiner Telefone, doch er zögerte. »Wir könnten die örtlichen Polizeibehörden bitten, ihren Schutz zu übernehmen, was meinen Sie?« Er wartete keine Antwort ab, sondern spann seine eigenen Bedenken aus. »Die Familie scheint recht prominent in Greenwich zu sein. Es könnte wilde Spekulationen geben, die Presse wird sich mit Genuss auf die Sache stürzen ...«

Klar, dachte ich. Auf so etwas warten die Leser. Schönes reiches Mädchen will mordverdächtigen Tresorknacker heiraten!

»Fahren Sie noch einmal rüber«, sagte der Chef. »Informieren Sie den Sheriff meinetwegen mündlich und verpflichten Sie ihn zur Diskretion. Arrangieren Sie irgendetwas ...«

Phil nickte dankbar, man konnte ihm die Erleichterung richtig ansehen.

»Dich hat's erwischt«, grinste ich, als wir draußen waren.

Phil stieß mir seinen Ellbogen in die Seite und starrte mich böse an. »Behalt deine schmutzigen Gedanken für dich«, fauchte er. »Du könntest dich ruhig etwas schneller bewegen, Alter! Um diese Zeit brauchen wir glatt zwei Stunden bis Greenwich, Connecticut!«

»Na, na«, sagte ich beruhigend. »Wir werden genau zum Diner zurecht kommen. Du führst sie zum Essen aus, und ich bleibe als euer Schutzengel in der Nähe ...«

Ich lief schnell auf den Hof, bevor es Phil noch einmal gelang, mir seine harten Knochen in die Rippen zu stoßen.

Brisco hatte den Stadtplan von Greenwich auf den Knien liegen. Er kannte den Weg nach Quaker Ridge nicht gut genug, um Larry ohne Umweg zur Hamilton Lane lotsen zu können.

Gallagher hatte bestimmt, dass sie Marion Jensen in der Nähe ihres Hauses schnappen sollten. Gallagher wusste, wann sie nach Hause kommen würde. Es war einfach fantastisch, dachte Brisco bewundernd, der Boss wusste einfach alles. Er hatte fast unbeschränktes Vertrauen zu ihm.

»Dort«, sagte Brisco, er hatte das Schild mit dem Straßennamen erspäht. Larry kurbelte heftig, um den großen Wagen noch um die Ecke zu bringen. Es gelang ihm nicht. Der vordere linke Kotflügel streifte eine Buchenhecke. Brisco fluchte, Larry wurde rot bis hinter die Ohren.

»Du hättest mir ja auch etwas früher Bescheid sagen können!«, schrie er. »Ich denke, du kennst die Gegend?«

»Ich war einmal hier«, sagte Brisco. »Halt jetzt die Schnauze. Wenn du nicht fahren kannst, lass es lieber ...«

»Deine Schuld!«, schrie Larry aufgebracht.

»Schnauze!«, brüllte Brisco. Besorgt sah er aus dem Rückfenster, aber niemand schien Larrys Ungeschicklichkeit beobachtet zu haben. »Geradeaus, hinter der Laterne wenden und halt!«, sagte er.

Larry wendete schwerfällig, obwohl die Straße breit genug war. Er setzte den Wagen auf den Gehweg, das Laub raschelte, dann rumpelte der Olds den Bordstein hinab und hielt ruckend. Als Larry den Schlüssel herumdrehte und das Motorengeräusch erstarb, legte sich Stille über die beiden Männer.

Unter dem Dach der Linden herrschte bereits Halbdunkel. Brisco beugte sich zum Fahrersitz hinüber, um einen Blick auf die Uhr am Armaturenbrett zu werfen. Es war kurz vor halb sieben, sie hatten noch Zeit.

Larry blickte betont aus dem Fenster. Er mochte Brisco nicht. Er mochte überhaupt keinen aus der Bande, die Gallagher zusammengestellt hatte. Er mochte nicht einmal Gallagher. Gallagher, wer war das schon! Okay, der Mann hatte offenbar etwas Geld, und er hatte Ideen. Larry wollte abwarten, klar, denn zweihundert Mille waren eine hübsche Stange Geld, mehr als er jemals allein erbeutet hatte.

Larry liebte nur Geld, und für Geld tat er alles, auch morden, ohne mit der Wimper zu zucken. Deshalb hatte der Boss ihn wohl ausgesucht. Woher der Boss ihn wohl kannte? Diese Frage beunruhigte Larry manchmal, aber er vergaß den Gedanken stets schnell wieder.

Was Gallagher allerdings nicht zu wissen schien, war die Tatsache, dass Larry nicht nur für Geld tötete – er tat es auch zu seinem Vergnügen oder aus sonstigen Motiven heraus, die nur einem kranken Hirn entspringen konnten. Das allerdings wusste nicht einmal Larry selbst.

Larry kratzte immer heftiger an seinem Schorf herum. Er wusste, dass er, Larry Shaw, dazu ausersehen war, diesen widerlichen Simmons zu töten. Und wenn er Simmons töten sollte, musste er auch das Girl erledigen.

Larry blies die weißen Schuppen von seiner Jacke und grinste Brisco aus weit aufgerissenen Augen an. »Wann kommt dieser Käfer denn endlich?«, fragte er aufgeregt.

»Wart's ab«, knurrte Brisco. »Du hast jedenfalls noch Zeit. Soll ich dir in der Zwischenzeit das Fahren beibringen?«

Larrys kahler Schädel färbte sich kirschrot. Warte, du Mistkerl, dachte er erbittert. Deine Stunde kommt auch noch!

George Hanson zog die Vorhänge vor die kleinen Fenster, bevor Willie mehrere Kerzen anzündete und Nomey das Abendessen servierte – gebratenen Speck, Rühreier und Bohnen.

Nick Gallagher setzte sich an den Eichentisch, der den Männern schon seit einer Woche als Esstisch diente, und begann schweigend zu essen. Willie, George, Tom und Ralph murrten, als sie wie jeden Mittag und jeden Abend Rühreier mit Speck vorfanden, aber Gallagher blickte sie nur einmal kurz an.

»Heute gibt's keinen Whisky«, sagte er mit vollem Mund.

»Warum nicht?«, rief George, der Schwarze.

»Wir müssen alles noch einmal durchsprechen und die letzten Vorbereitungen treffen. Deshalb. Hat jemand Einwände?«

Simmons hörte den anderen schweigend zu. Als ihn niemand aufforderte, am Tisch Platz zu nehmen, erhob er sich, nahm einen Teller vom Stapel und schaufelte eine Portion aus der heißen Pfanne darauf.

»Setz dich«, sagte Gallagher.

»Danke«, antwortete Simmons betont freundlich. Gallagher zog finster die Brauen zusammen, sagte jedoch nichts. Nach einer Weile schob er seinen Teller zurück und fischte eine schwarze Zigarre aus seiner Jackentasche, die er von Nomey in Brand setzen ließ.

Simmons missachtete die bohrenden und pochenden Kopfschmerzen, die zuzunehmen schienen. Die ersten Bissen hatte er mit großem Hunger in sich hineingeschaufelt, obwohl er erst wenige Stunden zuvor etwas gegessen hatte. Doch nun aß er immer langsamer, bis er schließlich, der Teller war noch halb voll, ganz aufhörte. Er lehnte sich zurück und betastete vorsichtig die verkrustete Wunde am Hals und die mächtige Beule im Nacken. Beide Stellen taten scheußlich weh, wenn man sie berührte.

Gallagher blickte Simmons besorgt an, wandte sich dann jedoch den anderen am Tisch zu. »Tom«, sagte er, »du holst nachher die Taucheranzüge und die Geräte aus der Garage. Wenn Brisco zurückkommt, müsst ihr alles noch einmal durchgehen. Ralph, du kannst dann die Benzinkanister in den Ford laden. Wie viel haben wir hier?«

»Sechs Kanister zu je zwei Gallonen hier und noch mal zehn unten im Boot.«

»Das sollte reichen. Willie«, sagte der Gangsterboss zu dem Hageren, »du zeigst Glen das Werkzeug. George geht mit.«

Simmons schnaufte verächtlich. »Du hast garantiert nicht das, was ich brauche«, sagte er. »Gib mir tausend Dollar, dann kann ich im Laufe der nächsten drei Monate vielleicht alles besorgen.«

Gallagher lutschte genüsslich an seiner Zigarre. »Irrtum, mein Lieber!« Er grinste heftig. »Ich habe deine Nummer genau studiert! Ich weiß, was du brauchst!«

Simmons verzog das Gesicht vor dem pochenden Schmerz. Gallagher deutete den Ausdruck falsch.

»Die Zeitungen haben damals viel über dich gebracht«, fuhr Gallagher fort. »Und in Sing-Sing wurde viel von dir erzählt. Du warst der Star im Knast, wusstest du das?«

Anfänglich vielleicht, dachte Simmons. Doch als er sich von den anderen absonderte, verlor er schnell seinen Nimbus. Simmons war immer Einzelgänger gewesen. Diese Eigenschaft half ihm später, mit der Isolierung im Gefängnis fertig zu werden. An Gallagher konnte er sich jedoch nicht erinnern.

»Warst du auch in Sing-Sing?«, fragte er und bereute die Frage sofort. Sie täuschte ein Interesse vor, das nicht vorhanden war. Es war Simmons vollkommen gleichgültig, woher Gallagher ihn kannte. Der Gangster hatte ohnehin Recht – es hatte damals genug in der Zeitung gestanden, jeder konnte die Berichte in den Zeitungsarchiven nachlesen, und wer etwas von Metallen und Werkzeugen verstand, konnte seine, Simmons', Methoden, ohne allzu viele Schwierigkeiten nachahmen.

»Wir haben uns nie gesehen«, gab Gallagher Auskunft. »Ich lag in einem anderen Trakt. Vier Monate nachdem du eingeliefert wurdest, kam ich raus.« Gallagher warf den anderen schnelle Blicke zu, als ob er sich fürchtete, zu viel verraten zu haben, und wechselte schnell das Thema.

»Sieh dir das Zeug genau an«, sagte der Gangsterboss. »Wenn du noch etwas brauchen solltest, sag es sofort – vielleicht können wir es morgen früh noch besorgen.«

Simmons nickte. Weil ihm an einem Themawechsel jedoch nicht gelegen war, fragte er: »Wer hat mir eigentlich das Werkzeug in den Kofferraum praktiziert?«

Gallagher rauchte, blinzelte Simmons durch den Rauch hindurch an. »Das war ich höchstpersönlich«, sagte er selbstgefällig, nachdem er sich entschlossen hatte, überhaupt zu antworten.

Simmons nickte wieder. »Und wer hat den Wächter umgelegt?«

Alle Stimmen verstummten plötzlich, und jeder starrte Simmons an. Simmons erwiderte die teils betroffenen, teils gehässigen Blicke mit Gleichmut.

»Der da?«, fragte er, auf den Hageren deutend. »Nein«, korrigierte er sich sofort. »Der hat keinen Schneid …«

»Richtig«, kommentierte Gallagher mit glitzernden Augen. »Weiter!« Sein Gesicht hatte einen gespannten, lauernden Ausdruck angenommen. Simmons fragte sich, ob Gallagher an seinem Urteil gelegen war.

»Der da – Nomey, kommt auch nicht in Frage …«

Nomey starrte Simmons an, senkte jedoch schnell den Blick, als Simmons' Blicke ihn trafen.

»Warum nicht?«, fragte Gallagher.

»Der Wächter war sicher bewaffnet«, sagte Simmons, und als Gallagher bestätigend nickte, erläuterte Simmons: »Nomey würde einen bewaffneten Mann höchstens in den Rücken schießen …«

»Du Hund!«, jaulte Nomey. Er lief um den Tisch herum, blieb sechs Schritte vor Simmons stehen und ballte die Hände.

»Reg dich wieder ab!«, sagte Simmons gelassen. »Du kannst mir eine Tasse Kaffee einschenken!«

Nomeys große Ohren röteten sich. Er wandte sich schnell ab und verschwand in der Küche.

»George?«, fragte Simmons und betrachtete den Schwarzen, der mit abwesendem Gesichtsausdruck in einem Sessel hing. »Nein, George benutzt ein Messer. Tom?« Simmons blickte den kleinen Mann an. Um die wulstigen Lippen in dem runden Gesicht spielte ein verschlagenes Lächeln. »Tom könnte es gewesen sein, aber ich glaube es nicht, weil er die Show im Untersuchungsgefängnis abziehen musste – es wäre zu gefährlich gewesen, den richtigen Mörder freiwillig hinter Gitter zu bringen.«

»Du hast einen scharfen Verstand«, murmelte Gallagher leise. »Verdammt scharf …«

Simmons machte eine verächtliche Handbewegung. »Was du schon denken nennst«, sagte er höhnisch. »Damit könnte ein Briefträger nicht einmal seine Brötchen verdienen.«

Gallagher schoss steil in die Höhe. Er bleckte die Zähne, seine Brauen waren finster zusammengezogen. Der breite Brustkorb hob und senkte sich in heftigen Stößen. Simmons starrte ihn unverwandt an. Trotz seiner heftiger werdenden Kopfschmerzen wünschte er fast, dass Gallagher kommen sollte – er würde ihm den Schädel einschlagen!

Gallagher ließ sich zurücksinken. »Wo wir schon mal dabei sind – mach ruhig weiter«, sagte er.

»Ralph, ich glaube, er ist der Harmloseste. Du hast ihn vermutlich nur als Fahrer angeheuert. Ich nehme an, du brauchst jemanden, der einen strammen Reifen fahren kann?«

Gallagher lächelte amüsiert. »Stimmt beinahe. Ralph wird ein Boot fahren, aber Autofahren kann er auch.«

»Bleiben noch Brisco und Larry«, fuhr Simmons fort. »Larry scheidet aus, nicht nur aus denselben Gründen wie Tom …«

»So?« Gallagher kniff die Lider zusammen. »Weshalb nicht?«

»Larry tickt nicht richtig«, sagte Simmons ruhig. Er erinnerte sich an Larrys Gesichtsausdruck, nachdem er den Gefängnisbeamten in Mt. Vernon erschossen hatte. »Ich glaube nicht, dass du einen solchen Mann mit einer so wichtigen Mission beauftragt hättest …«

»Warum nicht? Larry hat schließlich das Ding in der City gedreht, und mit bestem Erfolg«, warf Gallagher ein.

»Dort war Larry genau der richtige Mann«, antwortete Simmons. Er sah Gallagher in die Augen. »Nur ein Narr wie Larry bringt es fertig, vor einem Dutzend Zeugen einen Beamten abzuknallen. Nur ein Psychopath!«

Gallagher lachte plötzlich. »Lass Larry das nicht hören«, warnte er. »Wenn du Recht hast …«

»Sorg du dafür, dass der Kerl mir vom Leib bleibt«, stieß Simmons aus zusammengebissenen Zähnen hervor. »Hast du mich verstanden, Nick Gallagher?« Simmons beugte sich weit über den Tisch. »Lass ihn nicht in meine Nähe kommen, oder ich weiß nicht, was passiert!«

Gallagher wedelte die Qualmwolken vor seinem Gesicht zur Seite. »Lass das meine Sorge sein! Ich teile die Arbeit ein!«

»Du kennst jetzt meine Bedingungen. Ich meine es ernst.«

»Wir werden sehen. Was hast du dir sonst noch ausgedacht?«

»Brisco hat also den Nachtwächter ermordet«, sagte Simmons. Es klang wie eine Feststellung. »Stimmt's?«

Gallagher antwortete nicht.

»Dann eben nicht. Wo bleibt mein Kaffee?«

Nomey stand in der Küchentür. Er wollte sich schnell zurückziehen, weil er Simmons nicht bedienen wollte.

»Bring endlich den Kaffee!«, schrie Gallagher. »Und ihr macht euch jetzt an die Arbeit!«, brüllte er die anderen an.

Der Kaffee linderte Simmons' Schmerzen nicht, im Gegenteil, er schien sie zu verschlimmern. Er ließ die halbe Tasse stehen und folgte schließlich Willie und George in den Schuppen. Die beiden Gangster trugen starke Handscheinwerfer, und Willie hatte eine Pistole in der Hand. Simmons war sicher, dass der Schwarze ein Messer in Reichweite hatte. Simmons fühlte sich nicht wohl, aber trotzdem hätte er vielleicht einen Ausbruch versucht, wenn die beiden Strolche Larry und Brisco nicht unterwegs gewesen wären. Simmons wurde das Gefühl nicht los, dass die beiden Marion holen sollten.

Der Hagere schloss die Scheunentür sorgfältig ab, bevor er sich einem großen Haufen in einer Ecke zuwandte und eine alte, verrottete Plane davon herunterzog. Willie und George richteten die Kegel ihrer Lampen auf blitzendes Werkzeug, Kabel und Schläuche.

»Mit dem Autogen-Gerät fange ich nichts an«, sagte Simmons und deutete auf die Gasflaschen mit Messingarmaturen und den roten und blauen Schläuchen, die zu einem Schneidbrenner führten.

»Das ist auch nicht für dich bestimmt«, sagte Willie gelassen. »Es wurde gewissermaßen nur in deiner Abteilung gelagert.«

»So.« Simmons bückte sich und prüfte die anderen Werkzeuge und Geräte. Die starke Bohrmaschine mit Aufsatzteller, Teilscheibe und Futter für Bohrer und Fräser, Zahnrad- und Freilaufknarren, Schraubzwingen aus gehärtetem Stahl, Gewindeschneider, Schraubenschlüssel, Stemmeisen, ein Satz hochwertige Schlüsselfeilen und noch drei Dutzend Teile mehr. Simmons bemerkte, dass alle Werkzeuge von allererster Qualität waren, sie mussten einen Haufen Geld gekostet haben.

Jetzt öffnete er einen großen Lederkoffer. Er lächelte, denn er konnte sich denken, was er enthielt – einen Messoszillographen, wie er ihn am Anfang seiner Laufbahn als Safeknacker zweimal verwendet hatte. Später hatten die Hersteller von Sicherheitsschränken Kupferprofile in die Wandungen der Schranktüren eingelegt, sodass die Messströme diesen hochleitfähigen Wegen folgten und damit um die Kombinationsschlösser herumgeleitet wurden.

Simmons richtete sich auf. »Okay«, sagte er. »Wird schon hinhauen …«

Willie leuchtete Simmons ins Gesicht. »Sag mal ehrlich, glaubst du, dass du so'n Ding aufkriegst?«, fragte er, vertraulich die Stimme senkend.

Simmons grinste. »Notfalls feilen wir einen Schlüssel, du und ich, eh?«

Willie lächelte irritiert. »Wenn du meinst. Der Boss hat doch bisher alles richtig gemacht, nicht wahr? Sogar das Werkzeug – es ist doch alles da?« Simmons nickte ungeduldig. »Siehst du, er hat noch keinen Fehler gemacht!«

Doch, dachte Simmons. Der Mann, der sich Gallagher nannte, hatte schon einen ganzen Haufen Fehler begangen. Einer davon war der, dass er ihn, Simmons, gekidnappt hatte …

Marion Jensen fuhr einen dieser neuen kleinen Kompaktwagen, einen Ford Pinto, zitronengelb mit schwarzem Lederdach. Sie hatte die Scheinwerfer voll aufgeblendet, als sie in die Hamilton Lane einbog und das Gaspedal noch einmal durchtrat, um mit Schwung die leichte Steigung hinaufzupreschen und leicht schleudernd in die kiesbestreute Einfahrt einzubiegen. Ihre Mutter liebte diese tägliche Aufführung nicht, sie fiel ihr auf die Nerven, wie sie jedes Mal betonte, aber Marion lachte stets und drückte ihr einen Kuss auf die Wange.

Heute war ihr jedoch weder nach Lachen zumute noch danach, ihrer Mutter einen Kuss auf die Wange zu drücken. Im Gegenteil, sie wäre ihrer Mutter am liebsten aus dem Weg gegangen, bis sich herausstellte, dass sie nichts mit Glens Schwierigkeiten zu tun hatte. Aber sie hatte sich mit ihrem Vater verabredet, und sie war schon recht spät dran, deshalb fegte sie mit voller Geschwindigkeit die Straße hinauf. Die Scheinwerfer ließ sie aufgeblendet. Sie bemerkte gar nicht, dass ihr ein Wagen entgegenkam, dessen Fahrer geblendet die Augen schloss.

Larry hob einen Arm vor die Augen und fluchte.

»Stell dich nicht an!«, fauchte Brisco. »Pass auf!«, schrie er. Der gelbe Ford fuhr ziemlich in der Mitte und kam dem Olds ziemlich nah.

Marion wollte den Pinto nach links in die Einfahrt hineinziehen, als sie den entgegenkommenden Olds bemerkte. Das Gangsterfahrzeug war unbeleuchtet, es rollte langsam zwischen ihren Ford und die Einfahrt.

Marion trat heftig auf die Bremse, aber bis der Wagen stand, rutschte er auf dem feuchten Laub, das die Fahrbahn bedeckte, noch ein gutes Stück weiter, und mit einem hässlichen Laut bohrte sich die gebogene Stoßstange des Ford in den ohnehin schon leicht beschädigten linken vorderen Kotflügel des Oldsmobile.

Marion erschrak und würgte den Motor ab, das Gleiche passierte Larry. Einer der beiden Halogenscheinwerfer des Ford stach grell über die gewölbte Motorhaube in die Augen der Gangster.

Brisco fing sich als Erster. Er sprang mit einem Satz auf die Straße, rannte auf den Ford zu und riss die Tür auf.

»Entschuldigen Sie vielmals!«, stammelte Marion. »Ich habe Sie gar nicht gesehen! Ich werde für den Schaden natürlich aufkommen!«

»Natürlich«, sagte Brisco grob. »Fahren Sie Ihre Karre mal ein Stück zurück!«

Marion griff mit zitternden Fingern nach dem Startschlüssel und drehte. Sie vergaß, dass immer noch der zweite Gang eingelegt war, und der Wagen ruckte ein paar Mal heftig gegen den Olds.

»Verdammt!«, zischte Brisco. »Lassen Sie mich mal!« Er stieß Marion rücksichtslos auf den Nebensitz und zwängte sich hinter das Steuer. Marion war noch viel zu verwirrt, um gegen diese ungewohnte Behandlung zu protestieren.

Brisco startete die Maschine, setzte den Ford zurück und rangierte ihn dann zwischen zwei Bäume am Straßenrand.

»Ich wohne doch da!«, rief Marion. »Fahren Sie bitte da hinein, dann können wir alles regeln.«

»Später«, wehrte Brisco ab. »Steigen Sie aus!« Brisco zog den Zündschlüssel ab, dann wischte er mit dem Ärmel seiner Cordjacke über das Lenkrad und den Türgriff.

Marion stieg aus. Brisco lief um den Wagen herum, er packte das immer noch erschreckt wirkende Mädchen am Arm und führte es über die Straße. Larry langte über die Rücklehne und stieß die linke Fondtür auf. Brisco schob Marion auf die hintere Sitzbank, sprang ebenfalls in den Wagen und rief Larry zu: »Los! Ab!« Er wollte weg hier, so schnell wie möglich. Was für ein Glück, dass die Hütten hier in so tiefen Gärten lagen, da hatten die Leute von dem Bums wahrscheinlich nichts gehört.

Larry betätigte den Anlasser, laut summte der Starter, aber sonst passierte nichts. Larry ließ den Startschlüssel los, probierte es noch einmal. »Wahrscheinlich abgesoffen«, sagte er über die Schulter.

Brisco presste die Lippen aufeinander. Das helle Mahlen des Anlassers zerrte an seinen Nerven.

»Tritt das Gas durch!«, schrie Brisco. »Ganz durch!«

»Ja!« Wieder versuchte Larry es, und nach einer endlos erscheinenden Zeit begann der Motor stotternd zu drehen. Larry gab Gas, doch zu früh, und wieder erstarb die Maschine.

Marion atmete heftig, ihre weit aufgerissenen Augen lagen auf Brisco. Sie begriff nicht, was vorging, aber ein Gefühl warnte sie. Ihre rechte Hand tastete nach dem Türgriff, sie zog und warf sich gegen die Tür. Die Tür gab unter dem heftigen Anprall nach, ihr Oberkörper fiel bereits nach draußen.

Brisco fuhr herum. Seine breite Faust zuckte vor und packte Marions Bein. Er riss es an sich, das Girl kippte zur Seite und schlug mit dem Kopf gegen die Fensterkante. Sie schrie leise auf. Brisco zerrte sie jetzt an beiden Beinen in den Wagen zurück, warf sich auf sie und zog die Tür wieder ins Schloss.

Marion strampelte mit den Beinen, ihre kleinen harten Fäuste trommelten gegen Briscos breite Brust. »Lassen Sie mich los!«, schrie sie.

Brisco richtete sich auf. Er griff nach ihren Armen und hielt sie fest. Larry war es gelungen, den Motor in Gang zu bekommen. Er legte den ersten Gang ein.

»Licht an!«, rief Brisco.

Larry tastete, suchte den Schalter, legte ihn um. Dann gab er vorsichtig Gas.

Blech schepperte grell und laut.

»Brisco!«, schrie Larry entsetzt und trat wieder auf die Bremse.

»Behalt die Nerven!«, rief Brisco. »Das ist nur Blech.«

»Mach du das!«

Brisco starrte das Girl an. Er konnte doch nicht raus! Zum Teufel, Larry war nur ein Nervenbündel. Brisco ließ Marion los. Er schlug kurz und trocken zu. Seine harte Faust traf sie genau am Kinn, und ohne einen einzigen Laut kippte Marion zur Seite weg.

Brisco sprang auf die Straße und kniete neben dem linken Vorderrad nieder. Verbogenes Blech berührte den Reifen. Brisco legte seine kräftigen Fäuste um das Blech und spannte alle Muskeln. Das dünne Blech gab mit einem hellen Geräusch nach. Brisco tastete mit der Hand unter dem Kotflügel her, und als er alles frei fand, stand er auf und stieg wieder ein.

»Los jetzt!«, rief er. »Aber pass auf, verdammt noch mal!«

»Ja, Brisco«, sagte Larry kleinlaut. Er ließ vorsichtig die Kupplung kommen und gab behutsam Gas. Langsam rollte der große Wagen an, unter den Reifen raschelte das Laub.

Unten an der Straße schoss in diesem Moment ein roter Sportwagen um die Ecke. Der Fahrer schaltete herunter und gab sofort wieder Gas. Durch die geöffneten Fenster war das satte Geräusch der starken Maschine selbst in dem Olds gut zu hören. Der niedrige Wagen fegte heran.

Obwohl der Wagen noch ziemlich weit entfernt war, erkannte Larry die runde Wölbung auf dem Dach, als der Wagen unter einer Straßenlaterne herfuhr.

»Polizei!«, schrie Larry entsetzt. »Brisco! Polizei!«

»Halt drauf!«, brüllte Brisco. Der andere musste zur Seite, er musste einfach! »Draufhalten!«, schrie er wieder. Er stemmte sich mit den Armen gegen die Vordersitze ab. Er fühlte, wie sich seine roten Haare sträubten, und seine Augen bohrten sich in die rasend schnell näher kommenden Scheinwerfer des roten Jaguar ...

Ich fühlte mich abgespannt, als ich mit höchstmöglicher Geschwindigkeit durch Greenwich raste. Die Fahrt durch die Rushhour in Manhattan und über verstopfte Highways und eine nagende Unruhe machten mich langsam aber sicher fertig.

Während der Fahrt hatte Phil versucht, Marion Jensen telefonisch zu erreichen, aber sie hatte den Campus wie stets um sechs Uhr verlassen und musste also noch unterwegs sein.

Roundhill Road, Byram River Street, Hamilton Lane.

»Halt dich fest!«, rief ich Phil zu.

Willig folgte der Jaguar, als ich ihn hart in die Kurve zwang. Er schleuderte ganz leicht in dem feuchten Laub, fing sich aber sofort, als ich in den zweiten Gang zurückschaltete und gegensteuerte.

Grelle Lichtfinger aus zwei Doppelscheinwerfern stachen in meine Augen. Verflucht, wollte der Kerl nicht abblenden? Die Scheinwerfer tanzten heran, mitten auf der Straße. Entfernung zweihundert Yards.

Ich biss die Zähne zusammen und ließ meinen Fuß auf dem Gas. Ich war stur und hatte nur einen Gedanken.

»Vorsichtig«, warnte Phil.

»Der Kerl soll ausweichen! Ist doch Platz genug!«

Am Straßenrand standen Bäume. Der Wagen kam näher, die Finger der Scheinwerfer trafen mich frontal, und der andere Fahrer schien noch zu beschleunigen.

Ich nahm den Fuß vom Gas, es hatte keinen Zweck, Panzerfahrer zu spielen. Ich nahm den Jaguar ein paar Zoll nach rechts, aber ich sah schnell, dass es nicht reichen würde.

Entfernung achtzig Yards.

Ich drehte hart am Lenker, das rechte Vorderrad berührte die Bordsteinkante, aber meine Geschwindigkeit war noch zu hoch, Kante und Straßenrand bedeckte hoch das Laub, und das Rad rutschte ab. Mein Fuß stieg auf die Bremse, behutsam, nur nicht die Räder blockieren. Das Vorderrad berührte noch einmal den Bordstein, der wohl sehr hoch war, ein Ruck ging durch den Wagen, Phil flog nach vorne, konnte sich gerade noch abstützen.

Entfernung zwanzig Yards.

»Mist!«, schrie ich. Die Lichter zitterten vor meinen Augen, ich konnte nicht mehr unterscheiden, ob sie nun genau auf mich zukamen oder gerade eben vorbei konnten.

»Jerry!«, brüllte Phil, »Runter! Runter, mein Gott, runter!« Phil rutschte vom Sitz. Das Vernünftigste, was er tun konnte.

Ich war nicht so vernünftig, denn der Jaguar ist mein Privateigentum, daran ändern weder das Dachlicht noch das eingebaute Funkgerät etwas. Ich versuchte es noch einmal. Steuer nach rechts, ganz schnell und scharf, und Gas, voll durch bis zum Sockenhalter.

Die Maschine brüllte auf, die Vorderräder prallten gegen die Bordsteinkante, einen sinnlosen Moment lang dachte ich an notwendig werdende Untersuchungen der Spurstange, der Radbolzen und der Achsschenkel, dann sprang der Jaguar vorne hoch wie ein bockender Widder.

Gerettet, dachte ich.

In dem Augenblick krachte etwas weiter hinten, mein kostbarer Flitzer bekam einen neuerlichen Stoß, Metall riss, und dann war der andere Wagen vorbei.

»Du kannst wieder hochkommen«, sagte ich zu Phil. Ich stellte fest, dass ich schräg zwischen zwei beachtlich dicken Baumstämmen stand. Ich knallte den Rückwärtsgang ein und ließ die Kupplung kommen. Der Jaguar rumpelte auf die Straße zurück. Ich lauschte auf unbekannte Geräusche, als ich in engem Bogen zurückstieß und schleudernd wendete.

»Was war das denn für'n Idiot?«, keuchte Phil, immer noch leicht angeschlagen.

»Wir werden es feststellen«, stieß ich grimmig hervor. »Ich habe einen Verdacht …«

»Ich auch! Ich glaube nämlich nicht an Zufälle! So fahren Gangster …«

»… wenn sie es aus irgendwelchen Gründen verdammt eilig haben«, ergänzte ich.

Die Rücklichter des fremden Wagens waren verschwunden, als ich meinen Renner die Straße hinabtrieb. »Hast du gesehen, was das für einer war?«, fragte ich meinen Freund.

»Blau und ein ziemlicher Schlitten – mehr war nicht drin …«

Ich stoppte an der Ecke. Rechts oder links? Verdammt! Hier herrschte noch starker Verkehr, deshalb entschied ich mich für rechts. Der andere Wagen wird es eilig gehabt haben, und Rechtsabbiegen ist in solchen Fällen immer sicherer – und es geht schneller.

Ich schaltete das rote Dachlicht an und tippte ein paar Mal auf den Schalter der Sirene. Einige Wagen spurten sofort und rutschten nach rechts. Ich zog auf die linke Spur und trat das Gas durch.

Ich hoffte, den flüchtenden Wagen daran erkennen zu können, dass er stur weiterfuhr, deshalb ließ ich das Dachlicht an und tippte immer wieder auf die Sirene.

Phil starrte angestrengt nach draußen, musterte die vorbeihuschenden Fahrzeuge. Er hakte das Mikrofon ab.

»Was hast du vor?«, knurrte ich. »Willst du eine Jagd auf alle blauen Wagen veranstalten?«

»Auf einen blauen«, antwortete Phil, ohne mich anzusehen. »Auf den, in dem Marion sitzt …« Phil betätigte einen Schalter, dann hatte er den Kanal und die Zentrale der State Police. Er bat um erhöhte Aufmerksamkeit. »… in Frage kommt eine große blaue Limousine, vermutlich ist der linke Kotflügel, möglicherweise einer der linken Scheinwerfer oder das Positionslicht beschädigt …«

In der Gegend von Stanwich, an der Stadtgrenze von Greenwich, gab ich es auf. Der Rowdy war entwischt.

Mit Höchstgeschwindigkeit raste ich zurück, während Phil dem Funkverkehr der State Police lauschte. Die State Troopers waren dabei, die Radio Cars der umliegenden Gemeinden zu informieren. Innerhalb der nächsten Minuten würden Hunderte von Augenpaaren nach Fahrzeugen mit beschädigten Kotflügeln spähen.

Dann schoss ich – es war das vierte Mal an diesem Tag, fiel mir ein – die Hamilton Lane hinauf. Das Licht meiner Scheinwerfer huschte über einen zitronengelben Ford Pinto, der ein Stück hinter der Einfahrt zum Grundstück der Jensens auf dem Gehweg abgestellt war. Ich stoppte neben dem Wagen. Gleichzeitig sprangen Phil und ich aus dem Jaguar.

Ich spähte in den Pinto hinein, probierte das Schloss – der Wagen war offen. Ich öffnete die Tür, die Deckenbeleuchtung schaltete sich ein. An der Lenksäule hing die Zulassungskarte. Phil spähte mir über die Schulter, als ich die Vorderseite der Karte ins Licht hielt.

Marion Jensen, 150 Hamilton Lane, Quaker Ridge, Greenwich …

Ich trieb den Jaguar in die Auffahrt und bremste hart vor der Eingangstür des weißen Hauses. Zwei starke Lampen verbreiteten mildes Licht. Phil war die paar Schritte zu Fuß gegangen.

»Deine Stoßstange und ein Kotflügel sind im Eimer«, sagte er. »Ich habe auf der Straße nachgesehen – da liegen Lampenscherben und gelbe Splitter vom Blinker. Ich rufe gleich die Kriminalabteilung der Polizei, sie sollen die Spuren sichern. Falls der Wagen nicht sofort ermittelt werden kann, können wir in der Zwischenzeit wenigstens feststellen, welche Marke dir die Beule verpasst hat.«

Ich nickte abwesend. Klar, solche Routineermittlungen sind kein Problem. Hinter dem Glas der breiten Tür entstand eine Bewegung, und dann schwang der Türflügel auf. Mrs Jensens verschlossenes Gesicht erschien im Spalt.

»Ist Ihre Tochter zu Hause?«, fragte ich ohne jede Einleitungsfloskel.

»Marion ist noch nicht da«, sagte sie abweisend.

»Hat sie heute ihren Wagen benutzt, den Ford?«

»Den gelben? Natürlich, den nimmt sie ja immer. Warum fragen Sie?«

»Der Wagen steht dort an der Straße«, antwortete Phil. Er schob sich an mir vorbei, Mrs Jensen wich unwillkürlich zurück. »Ist Mr Jensen zu Hause?«

Die Frau nickte, und Phil ging an ihr vorbei ins Haus. Ich nickte meinem Freund zu und zog mich zum Jaguar zurück. Jetzt stand mit großer Sicherheit fest, dass die Gangster schneller zugeschlagen hatten, als wir erwarten konnten. Marion Jensen befand sich in den Händen kaltblütiger Verbrecher, die vor Mord nicht zurückschreckten – nicht vor sinnlosem Mord, das hatten sie bereits bewiesen. Ein Mord an Marion Jensen und später an Glen Simmons müsste diesen Verbrechern dann vergleichsweise sinnvoll vorkommen.

Ich schaltete das Funkgerät auf FBI-Welle und ließ mich mit dem Chef verbinden.

John D. High versprach, zentral alle einlaufenden Meldungen zu verfolgen, die die Fahndung nach dem beschädigten Gangsterfahrzeug betrafen. Um Phil und mich zu entlasten, würde er den Inhalt unseres Fahndungsersuchens den wechselnden Verhältnissen anpassen. Schon jetzt musste, weil vorausgesetzt werden konnte, dass Marion sich in dem Gangsterfahrzeug befand, die Fahndung von »laut« auf »leise« umgestellt werden. Nicht anhalten, nur verfolgen, hieß von jetzt an die Parole. Und sofort Meldung an den FBI New York …

Als ich ausstieg, verließen Phil und James Jensen gerade das Haus. Jensen sah mich stumm an.

»Sagen Sie mir die Wahrheit«, verlangte er dann, »was ist mit Marion?«

»Wir wissen noch nichts«, antwortete ich.

»Sie haben doch mit Ihren Leuten gesprochen! Warum mussten Sie das heimlich tun? Sie konnten doch bei mir im Haus telefonieren …«

»Beruhigen Sie sich, Mr Jensen«, sagte Phil. »Über Funk werden wir sofort verbunden, per Telefon kann das lange dauern …«

Jensen nickte apathisch. »Schaffen Sie Marion wieder her«, sagte Jensen. Sein zuvor frisches, gerötetes Gesicht sah käsig aus. »Haben Sie alle Polizeidienststellen alarmiert?«

»Ja, Mr Jensen«, antwortete ich geduldig.

»Ob sie Lösegeld verlangen werden?«

»Ich glaube es nicht«, antwortete Phil. »Man kann die Möglichkeit jedoch nicht ausschließen. Benachrichtigen Sie uns sofort, verstehen Sie? Sofort, wenn irgendjemand Sie anruft und behauptet, er habe Marion in seiner Gewalt! Es kann sich dann um Verschleierungsmanöver handeln oder um die Forderung, Marion nicht zu suchen. In jedem Fall müssen wir Bescheid wissen!« Jensen nickte.

»Haben Sie das verstanden?«, fragte ich, um mich zu vergewissern.

»Ja, ja! Ich werde keinen Alleingang versuchen. Warum hat man Marion entführt, wenn nicht für Geld? Und die Sache mit Glen – ich verstehe das nicht!«

»Der Grund liegt auf der Hand«, beantwortete Phil die Frage. »Glen will freiwillig nicht das tun, was die Gangster von ihm verlangen ...«

»Glen kann verdammt stur sein«, flüsterte Jensen.

»Und jähzornig«, fügte ich hinzu. Ich erinnerte mich an einen blitzschnellen Fausthieb, der mich beinahe von den Füßen gerissen hatte. Das war nach Simmons' Verhaftung vor sieben Jahren gewesen. Bei einem Verhör hatte ich behauptet, Simmons sei zu feige gewesen und habe nur deshalb keine Waffe bei seinen Einbrüchen getragen.

Solche provozierenden Fragen gehören zu jedem Verhör. Simmons' Reaktion hatte mich für ihn eingenommen ...

»Entschuldigen Sie mich bitte, Mr Jensen, einer von uns muss am Funkgerät bleiben.« Ich stieg in den Jaguar, und Phil kam sofort nach.

Ich fuhr ab. Jensen sah uns nach, bis wir in die Hamilton Lane einbogen. Ich hatte den Eindruck, dass er sich scheute, seiner Frau gegenüberzutreten. Ob James Jensen immer noch rückhaltlos hinter Simmons stand?

Ein Streifenwagen und eine zivile Limousine stoppten gerade unmittelbar vor uns. Ich hielt an, dann stiegen Phil und ich kurz aus.

Beamte der Kriminalabteilung begannen sofort mit der Spurensicherung, wo ich mit der blauen Gangsterlimousine aneinander geraten war. Ich wechselte ein paar Worte mit einem der Detectives. Ich bat ihn, die Scherben an den FBI New York zu senden. Er versprach, die sichergestellten Beweisstücke noch heute per Boten abzusenden.

Phil und ich sprangen wieder in meinen Jaguar, und ich preschte los. Unten wandte ich mich nach rechts. Aber ich wusste nicht, wohin.

Phil konzentrierte sich auf den Funkverkehr, auf die sachlich gegebenen Meldungen der Streifen, die meistens von Unfällen handelten. Wir warteten auf eine. Verdammt, irgendein Cop musste doch Augen im Kopf haben ...

Einer hatte Augen im Kopf. Er saß auf seiner aufgebockten Maschine in der Haltebucht westlich Darien auf dem Connecticut Turnpike und sah den blauen Olds auf der Gegenfahrbahn daherkommen.

Der Cop war Corporal David Pouliot von der Highway Police, dreiundzwanzig Jahre alt, unverheiratet. Corporal Pouliot hätte den Wagen an sich passieren lassen, weil er auf der anderen Bahn fuhr und er, um ihn anhalten zu können, drei Meilen zurückfahren musste, weil vorher keine Wendemöglichkeit bestand. Pouliot fiel der Wagen auf, weil weder der linke Scheinwerfer noch das linke Positionslicht brannte.

Wie gesagt, er hätte den Wagen normalerweise passieren lassen, denn von der Fahndung wusste der Corporal nichts. Der blaue Olds fegte jedoch mit einem Tempo dahin, das wesentlich über der erlaubten Höchstgeschwindigkeit lag. Diese beiden Faktoren zusammen veranlassten den jungen Corporal, die Maschine des schweren Motorrades zu starten, aufzusitzen und die Verfolgung aufzunehmen. Eine Verfolgung, die zunächst in entgegengesetzter Richtung verlief.

Pouliot drehte auf. Das Motorrad machte spielend einhundertzehn Meilen. Es war nur eine Frage der Zeit, bis er die einäugige Limousine eingeholt haben würde. Das Funkgerät war über dem Tank eingebaut, und ein kleiner Lautsprecher im Helm des Highway-Polizisten sorgte dafür, dass er den Funkverkehr seiner Dienststelle während der Fahrt mithören konnte.

Unglücklicherweise wurde der Fahndungstext während dieser Minuten nicht wiederholt. Pouliot hatte die erste Durchsage nicht mitbekommen, weil er zu dieser Zeit ein WC hatte aufsuchen müssen, und auch die zweite Durchsage hatte er verpasst. Sie hatte auf die Wichtigkeit bei der Suche nach der blauen Limousine aufmerksam gemacht und den Befehl des FBI weitergegeben, den Wagen nicht anzuhalten, sondern nur zu verfolgen. Als diese zweite Durchsage über den Sender lief, saß David Pouliot zu einem schnellen Imbiss unten in Noroton in Martha's Snackbar. Er hatte es nicht für nötig gehalten, sich bei seiner Zentrale abzumelden, weil er nur wenige Minuten hatte wegbleiben wollen, und deshalb hatte er sich auch schlecht zurückmelden können. Corporal Pouliot wusste also nicht, dass etwas Besonderes los war, und die Kollegen in der Funkleitstelle wussten nicht, dass der Corporal keine Ahnung hatte.

Für Corporal Pouliot handelte es sich also um eine Routinemaßnahme. Er hielt es nicht einmal für notwendig, die Zentrale über den bevorstehenden Einsatz zu informieren. Die Sache war einfach zu alltäglich.

In dem blauen Olds erwachte Marion Jensen gerade in diesen Minuten aus ihrer Ohnmacht. Sie richtete sich stöhnend auf, ihre Lider zuckten, und als ihr Verstand schlagartig wieder einsetzte, wusste sie auch, was mit ihr geschehen war – sie war k.o. geschlagen worden. Zum ersten Mal in ihrem Leben. Als ausgebildete Sportlehrerin mit Hochschuldiplom wusste sie über den K.o. natürlich genau Bescheid. Sie wusste, dass das Gehirn, das frei in der Gehirnflüssigkeit schwimmt, bei einer sehr plötzlichen, ruckartigen Bewegung des Kopfes in heftige Schwingungen gerät, die zu sofortiger Bewusstlosigkeit führen. Marion wusste auch, dass meistens keine Schmerzen zurückbleiben, außer an der getroffenen Stelle.

Sie rieb ihr Kinn und spürte die Schwellung an der Spitze des Unterkiefers. Brisco wandte ihr sein Gesicht zu. Marion sah ihm in die Augen, und sie konnte ein plötzliches Frösteln nicht unterdrücken. Sie hatte noch nie in Augen geblickt, die so viel Erbarmungslosigkeit ausdrückten.

Der Ausdruck in Briscos Augen milderte sich nicht, als er das Girl angrinste. Brisco war etwas enttäuscht von Simmons' Girl, sie war für seinen Geschmack zu mager. Er legte ihr seine breite sommersprossige Pranke auf die Brust und drückte fest zu. Immerhin, dachte er anerkennend. Sein Grinsen vertiefte sich.

Marion schrie nicht, sie zuckte auch nicht zurück, sie versuchte nicht, dem rothaarigen Gangster die Augen auszukratzen. Sie erwiderte den Blick ohne mit den Wimpern zu zucken und sagte kühl: »Nimm deine Scheißpfoten weg, du widerlicher Mistkerl!«

Brisco war verblüfft. Er kannte Nutten und andere Girls massenhaft, die solche Ausdrücke gebrauchten. Von dieser Puppe hätte er so etwas allerdings nicht erwartet.

»Wird's bald?«, sagte Marion. »Deine beschissenen Stinkfinger tun mir weh …«

Brisco lachte jetzt, aber er nahm die Hand weg. Er schüttelte verständnislos den Kopf.

»Hast du das gehört?«, fragte er Larry, der verkrampft hinter dem Lenker hockte. Larry reagierte nicht.

Marion atmete vorsichtig auf. Erstaunt stellte sie fest, dass ihr Herz wild pochte. Na klar, dachte sie dann, warum auch nicht? Immerhin befand sie sich in den Händen echter Gangster.

Sie lächelte und hoffte gleichzeitig, dass der Gangster ihr Gesicht in der Dunkelheit nicht sehen konnte. Sie benutzte solche Ausdrücke höchst selten, eigentlich nur, um ihre Mutter zu schocken. Ihre Mädchen gebrauchten diese Ausdrücke oft beim Sport, wenn das Temperament mit ihnen durchging. Anfangs war sie noch rot geworden, wenn die jungen Dinger mit Worten um sich warfen, die man allenfalls Marinesoldaten zubilligen würde, nicht aber College-Girls aus so genanntem gutem Haus. Mit der Zeit hatte Marion sich jedoch an die Wörter gewöhnt, sie war sogar dazu übergegangen, sie auch zu benutzen. Ihr Repertoire war beachtlich.

»Was wollt ihr Scheißkerle von mir?«, fragte sie Brisco. Sie sah den Mann an, obwohl allein sein Anblick ihr Schauer der Furcht über den Rücken jagte.

Sie hatte Angst, ja, aber niemand hätte ihr die Furcht angesehen. Brisco wandte den Kopf. Der blaue Schein der vorüberhuschenden Bogenlampen zuckte über sein breites Gesicht.

»Wart's ab«, antwortete Brisco amüsiert. »Es dauert nicht mehr lange.«

»Werde ich Glen sehen? Ich meine Glen Simmons?«

Brisco grinste. »Den Safeknacker? Natürlich, Kleine, den wirst du sehen!«

»Sag nicht Kleine zu mir, du Hurensohn«, sagte Marion und bemühte sich, ihre Stimme unterkühlt klingen zu lassen.

»Du bist schon 'ne Nummer«, meinte Brisco kopfschüttelnd. Er hob den Arm, legte ihn um ihre Schultern und ließ die Hand auf Marions kleiner Brust ruhen. Marion wollte etwas sagen, aber Larry schrie plötzlich dazwischen.

»Brisco!«, schrie Larry. »Brisco! Sieh mal hinten raus!«

»Was ist denn los?« Brisco wandte sich um, dann sog er scharf die Luft ein.

»Brisco! Brisco! Polente! Tu doch was!« Larrys Stimme kippte über. Seine Augen hingen wie festgenagelt im Rückspiegel, wo der hüpfende einzelne Scheinwerfer stetig näher kam. Der Olds geriet gefährlich nahe an die Leitplanke.

»Sieh auf die Straße!«, brüllte Brisco.

Larrys Blick zuckte auf die Fahrbahn zurück, er erkannte die Gefahr und ruckte am Lenkrad. Der Olds schlingerte, fing sich jedoch.

»Und ruhig, Larry! Fahr gefälligst langsamer!« Brisco atmete heftiger. Der Cop saß wie ein Bär auf seiner Maschine, die unförmige Brille, die das halbe Gesicht mit bedeckte, verlieh ihm etwas Bedrohliches.

Larry wartete, bis die Tachonadel um die Sechzig-Meilen-Marke zitterte, dann senkte er seinen Fuß vorsichtig auf das Gaspedal, um die Geschwindigkeit zu halten. Der Cop scherte aus dem Windschatten des Olds aus, überholte und winkte mit der Hand, die in einem großen, weißen Stulpenhandschuh steckte. Als er vorbeifuhr, war er zum Greifen nah. Brisco erkannte den Kolben des schweren Revolvers im Gürtelholster. Er sah den Riemen, der hinter dem Hammer lag und vorn auf dem Holster in einem Druckknopf endete. Brisco wusste, dass auch die Highway-Bullen verdammt gute und schnelle Schützen waren.

»Was soll ich tun?«, schrie Larry.

»Anhalten natürlich!«

Das riesige rote Bremslicht des Motorrades flammte auf, die Maschine fuhr rechts auf den Seitenstreifen. Larry folgte ihr.

Brisco überlegte fieberhaft. Die meisten Bullen ließen sich auf kein Risiko ein, selbst dann nicht, wenn ihnen ein Fahrer nur wegen einer läppischen Übertretung auffiel. Es waren zu viele Bullen erschossen worden. Sie waren jetzt vorsichtig. Hand in der Nähe des Revolvers, ein paar Schritte Abstand, und Insassen aussteigen lassen. Hände aufs Wagendach, wenn dem Cop jemand verdächtig vorkam.

Brisco schwitzte. Er musste eine Entscheidung treffen. Der Cop ließ die Maschine ausrollen, sein Fuß schleifte bereits über den Asphalt. Brisco sah sich schnell um. Zwei Limousinen fegten vorbei. Scheiße, dachte Brisco, die fahren auch zu schnell. Er blickte Marion an. Sie saß reglos neben ihm, die Augen starr geradeaus gerichtet. Sie wartet auf ihre Chance, dachte Brisco.

Corporal Pouliot hatte seine Maschine aufgebockt. Er nahm den Helm vom Kopf und legte ihn auf den Tank. Dann streifte er die dicken Handschuhe ab, die er auf den Sattel warf. Er rückte den Waffengürtel gerade, und erst jetzt ging er auf den blauen Olds zu.

Sie standen unter einer Bogenlampe, aber trotz des starken

Lichtes konnte er die Insassen des Wagens nur undeutlich erkennen.

Brisco stieß die Tür auf. »Behalt die Nerven!«, zischte er Larry zu. Er versenkte die Hand unter der Jacke. Marion sah die Bewegung, die sie genau kannte – in wie vielen Fernsehkrimis kam sie vor? Sie fühlte ein flaues Drücken in der Magengegend.

Pouliot war bis auf vier oder fünf Schritte heran. Brisco sprang mit einem Satz aus dem Wagen, in seiner Faust lag der Achtunddreißiger, der Daumen glitt über den Hammer, und als der Lauf auf den Bauch des Polizisten gerichtet war, krümmte Brisco den Zeigefinger.

Der Schuss peitschte, gar nicht mal so laut, wie Marion verwundert feststellte. Der Polizist warf die Arme zur Seite, taumelte ein paar Schritte zurück, er geriet auf die Fahrbahn. Dann blieb er stehen, er presste eine Hand auf den Leib, während die andere Hand suchend über die rechte Seite glitt.

Brisco spannte den Hahn. Er hob den Arm, zielte genau und drückte ab. Marion sah, wie der junge Polizist zusammenbrach.

»Nein!«, schrie Marion. »Nein, nein, nein …« Sie schlug die Hände vor das Gesicht, ihr Magen revoltierte, und dann erbrach sie sich.

»Ab!«, brüllte Brisco, noch während er sich in den Wagen zog. Von hinten näherten sich mehrere Fahrzeuge.

Larry fuhr ruckartig an. Er wich der reglosen Gestalt auf der Fahrbahn aus, blieb deshalb zu lange auf dem Seitenstreifen und rasselte deshalb gegen das aufgebockte Motorrad. Es bekam einen Stoß, prallte gegen die Leitplanke und stürzte scheppernd um. Larry riss das Steuerrad nach links und gab Gas.

Brisco blickte aus dem Rückfenster. »Scheiße«, murmelte er. Er sah, wie erst ein Wagen und dann auch der zweite neben dem Cop stoppte. Sie mussten sehen, dass sie von der Straße kamen.

»Zeig mal, was du kannst«, forderte Brisco Larry auf. »In fünf Minuten ist die Hölle los! Bis dahin müssen wir weg sein!« Brisco kurbelte das Seitenfenster herab und atmete die frische Luft ein. »Bist du endlich fertig?«, sagte er grob zu Marion, die immer noch vornübergebeugt dasaß und würgte.

Als die Meldung über Funk kam, war mir klar, dass sie uns betraf. Dabei stand noch gar nichts fest. Die metallische Stimme aus dem Lautsprecher beorderte zwei Radio Cars zu einer Unfallstelle auf dem Highway. Betroffen war die Streife 184, ein Schwerverletzter …

Ich schaltete Rotlicht und Sirene ein und raste auf den Highway zu. Die klirrende Stimme im Funkgerät beschäftigte sich jetzt nur noch mit dem Unfall.

»… 52 westlich Noroton …«

»Verstanden – sperre die Ausfahrt, Roger.«

»102 und 97 Compo Beach. Norwalk City Police übernimmt die Stadtausfahrten Norwalk. Über Auffahrt 15 wird die Ambulanz auf den Highway fahren. Sorgt dafür, dass sie durch kann …«

Langsam schälte sich ein Bild aus den abgehackten Gesprächsfetzen. Unfall mit Fahrerflucht auf dem Connecticut Turnpike. Ein schwer verletzter oder sogar toter Officer der Highway Police …

Ich donnerte die Auffahrt zum Highway hinauf. Von den vier Gebührenschaltern waren nur zwei geöffnet. Es gab einen kurzen Aufenthalt, dann war die Durchfahrt frei, und ich sauste sofort auf die linke Spur hinüber. Rotlicht und Sirene erlaubten mir, den Jaguar wieder einmal voll auszufahren.

Phil schaltete sich in den Sprechfunk ein, als er sicher sein konnte, keine wichtigen Durchsagen zu verhindern. »Special Agent Decker«, sagte er. »Wir sind auf dem Weg zur Unfallstelle. Schickt ein paar Spezialisten für die Spurensicherung!«

»Schon geschehen«, antwortete der Mann in der Leitstelle. »Ein Kollege ist ermordet worden.«

»Ermordet? Sind Sie sicher?«

»Wir bekamen die Meldung per Telefon.« Das klang schon leicht ungeduldig. »Corporal David Pouliot wurde von zwei Kugeln aus nächster Nähe getroffen …« Phil beendete das Gespräch.

»Wo ist die Stelle?«, fragte ich meinen Freund. Phil entfaltete die Karte und suchte den Tatort nach den Angaben, die zuvor über Funk gekommen waren.

»Neun Meilen von hier«, antwortete er. »Die Gangster fliehen also nach Osten. Wir sollten die Fahndung ausweiten, auf jeden Fall nach Osten hin verstärken!«

»Wir werden sie nach Möglichkeit unbehelligt lassen«, sagte ich.

»Was?«, rief Phil, aber er begriff natürlich sofort. »Du hast Recht, Jerry«, sagte er dann. »Aber dann müssen wir auch die Fahndung abbrechen! Mein Gott, wenn der Wagen jetzt in eine Straßensperre gerät! Die Cops sind verbittert, und sie werden kein Risiko eingehen! Sie werden …«

»Langsam, langsam!«, bremste ich meinen Freund. »Die Gangster rechnen mit normalen Ermittlungen, und dazu gehören nun mal Straßensperren! Alles andere würde sie sogar misstrauisch machen! Sie werden sich danach richten. Entweder befinden sie sich bereits in ihrem Schlupfwinkel oder sie stehlen einen anderen Wagen, falls sie es noch weit haben. In beiden Fällen dürfte Marion außerhalb einer unmittelbaren Gefahr sein!«

»Hoffentlich hast du Recht«, meinte Phil. »Da! Pass auf!«

Ich nahm das Gas weg, weil ich auf eine langsam dahinschleichende Kolonne zuraste. Meine Sirene veranlasste die Fahrer, eine Gasse für den Jaguar zu bilden.

Zuckende gelbe Lichter kündigten die Unfallstelle an. Streifenwagen standen am Rand, Polizisten hatten die rechte Spur samt Seitenstreifen gesperrt und bemühten sich, den Verkehr über die mittlere und linke Spur zu leiten. Ich scherte nach rechts rüber, stoppte hinter dem letzten Radio Car und schaltete Rotlicht und Sirene aus.

Es war schon fast alles vorbei. Der tote Highway-Polizist wurde soeben auf einer zugedeckten Bahre in die Ambulanz geschoben. Drei State Trooper standen mit steinernen Gesichtern daneben.

Zwei andere schleppten das beschädigte Motorrad auf einen Pritschenwagen zu, alle Umstehenden fassten mit an und wuchteten es hinauf.

Mein Blick fiel auf einen mit Kreide markierten unförmigen Umriss auf der Straße – dort hatte der ermordete Polizist gelegen.

Phil und ich gingen auf einen Lieutenant der State Police zu und stellten uns vor.

»Ich heiße Charles Hallacy. Fein, dass Sie hier sind. Ich nehme doch an, dass diese Sache mit Ihrem Fahndungsersuchen zu tun hat?« Wir nickten. »Ich werde nie verstehen, warum Pouliot – so hieß er«, Hallacy deutete mit seinem Kinn auf den abfahrenden Krankenwagen, »sich allein mit den Banditen angelegt hat, ohne der Zentrale auch nur Bescheid zu geben!« Der Lieutenant schüttelte den Kopf.

»Gibt es Zeugenaussagen?«, erkundigte sich Phil.

»Drei Personen, sie sind gerade drüben im Einsatzwagen der Mordkommission.« Ich entdeckte das große Fahrzeug jetzt erst, es wurde von zahlreichen anderen verdeckt. »Sie haben die Verbrecher noch abfahren gesehen. Demnach steht fest, dass es sich um einen 70er oder 71er Oldsmobile Cutlass handelt. Einer der Zeugen ist Gebrauchtwagenhändler. Gehen Sie doch mal rüber!«

Phil nickte und trabte los, während ich bei dem State Trooper blieb. Hallacy versuchte, die Positionen der Beteiligten zu rekonstruieren.

»Pouliot kam von hier an den Wagen ran, ganz vorschriftsmäßig«, sagte er. Mit dem Arm beschrieb er einen weiten Halbkreis. »Hier müssen ihn die Schüsse getroffen haben. Er taumelte zurück, die Verbrecher gaben Gas und stießen dabei gegen das Motorrad. Der District Attorney hat das Motorrad beschlagnahmt und befohlen, es nach Hartford zu schaffen.«

Der Lieutenant zog mich zu seinem Streifenwagen, als ein uniformierter Sergeant ihn heranwinkte. Hallacy nahm das Mikrofon und meldete sich. Ich lauschte der Stimme, die aus dem Lautsprecher klang.

»Hunsinger hier, Lieutenant.«

Hallacy warf mir einen schnellen Blick zu. »Der Captain«, flüsterte er, wobei er das Mikrofon zuhielt.

»He, sind Sie noch da?«

»Ja, Captain.«

»Sind die Typen vom FBI bei Ihnen?«

»Mr Cotton steht neben mir, Captain.«

»Gut, dann soll er aufpassen. Ich habe eben mit seinem Obermufti gesprochen, High heißt der, glaube ich. Was jetzt kommt, gilt für alle Angehörigen der State Police! Ab sofort haben die beiden Typen, äh, Cotton und Decker, absolute Befehlsgewalt! Das gilt, bis dieser Befehl ausdrücklich aufgehoben wird! Haben Sie mich verstanden, Lieutenant?«

»Ja, Captain.«

»Okay, dann sorgen Sie dafür, dass jeder diesen Befehl mitbekommt und nicht irgendjemand schläft wie Pouliot offenbar geschlafen hat!« Es knackte, und das Gespräch war beendet.

Hallacy sah mich betreten an. »Glauben Sie mir, Cotton, er meint es nicht so. Die Sache mit Pouliot nimmt ihn stärker mit, als er sich anmerken lassen will.«

»Ich kann es mir vorstellen.«

»Haben Sie Anweisungen?«

»Lassen Sie den blauen Olds überall suchen, auch in den Städten und Dörfern, schalten Sie die örtlichen Polizeibehörden ein. Ich vermute, dass die Gangster den Wagen wechseln werden oder es bereits getan haben. Wir müssen das Fahrzeug finden. Spuren an den Reifen können uns vielleicht verraten, wo die Bande ihren Schlupfwinkel hat.«

»Wird gemacht. Sonst noch etwas?«

»Im Moment nicht. Rufen Sie uns aber, sowie es Neues gibt. Wir sind immer erreichbar.«

Phil kam zurück. »Unergiebig«, meinte er. »Die Fahrer zweier Wagen und eine Beifahrerin befanden sich etwa zweihundert Yards hinter dem Olds. Außer dem Typ des Fahrzeuges haben sie nichts gesehen.«

»War ein Arzt am Tatort?«, fragte ich.

»Natürlich. Das Ergebnis der Autopsie wird in etwa acht Stunden zur Verfügung stehen.«

Acht Stunden, die wir eigentlich für den Schlaf nutzen sollten, dachte ich, aber gleichzeitig wusste ich, dass weder Phil noch ich es fertig bringen würden, ein Auge zuzumachen, solange Marion Jensens Schicksal ungeklärt war.

Lieutenant Hallacy beendete gerade ein Gespräch. Ich berichtete Phil kurz, dass wir jederzeit auf die Beamten der State Police zurückgreifen konnten.

Hallacy kam heran. »Jeder verfügbare Wagen ist jetzt draußen«, sagte er zufrieden. »Jeder verdammte Streifenwagen zwischen Bridgeport und Port Chester. Und ein paar Dutzend Cops werden um zehn auf ihren Feierabend verzichten und mit ihren Privatwagen durch die Gegend gondeln. Wir werden den blauen Olds finden!«, versprach der Lieutenant grimmig.

»Wir suchen mit!«, bot ich spontan an. »Solange wie wir keine sinnvollere Aufgabe haben ...«

»Dann sollten wir uns auch teilen«, meinte Phil. Zu Hallacy

gewandt, sagte er: »Sie werden doch irgendeinen fahrbaren Untersatz für mich haben?«

»Sicher. Sie können meinen eigenen haben …«

Simmons hörte den Wagen vorfahren. Am liebsten wäre er aufgesprungen, aber er zwang sich, sitzen zu bleiben. Er sah, dass Gallagher ihn interessiert musterte. Auch die anderen Männer wurden jetzt aufmerksam.

Simmons verfolgte das Geräusch des Wagens, der um das Haus herumfuhr. Dann herrschte eine Weile Stille. Die Köpfe der Männer ruckten herum, als Schritte durch die Küche polterten. Die Tür sprang auf, Marion stolperte in den Raum, sie hatte ein bleiches Gesicht, und Simmons sah, dass sie am Rande ihrer Kraft angelangt war. Und als die beiden Männer, Larry und Brisco, dann hinter ihr auftauchten und in den Schein der Kerzen traten, war zumindest für Simmons und Gallagher klar, dass einiges schief gegangen sein musste.

Gallagher sprang auf. Simmons erhob sich betont langsam. Er ging auf Marion zu, fasste sie locker am Arm und führte sie zu einem Sessel. Sie lächelte, als sie in sein Gesicht blickte, und dann verzog sich das schmale Gesicht, und Tränen rannen unter den seidigen schwarzen Wimpern über die Wangen.

Gallagher und Brisco flüsterten hastig miteinander, Simmons konnte nichts verstehen. Er wandte sich an Marion.

»Marion, Liebes«, flüsterte er hastig, »was war los? Schnell!«

Marion schüttelte erst den Kopf, doch dann antwortete sie: »Er hat einen Polizisten erschossen, der da!« Sie deutete mit dem Kopf auf Brisco. Simmons presste die Lippen zusammen. Marion legte den Kopf auf die Arme, ihre Schultern zuckten.

Sofort begriff Simmons, dass er sich zu Marion bekennen musste. Er konnte nicht so tun, als bedeute sie ihm nichts. Und er begriff, dass er alles tun musste, was Gallagher von ihm verlangte. Obwohl er wusste, dass Gallagher ihn und Marion anschließend töten würde.

Simmons sah die Gangster an. Larrys kahler Kopf hatte sich gerötet, betreten starrte er Brisco an, der gleichmütig mit den Schultern zuckte. Zusammen verließen die beiden Männer den Raum, und wenig später hörte Simmons, wie zwei Wagen abfuhren.

Gallagher kam zu Simmons hinüber. »Deine Braut wird dich bereits informiert haben ...«

»Deine Stümper haben wieder was vermasselt«, sagte Simmons, »das war zu erwarten ...«

»Halt den Mund!«, fauchte Gallagher. »Von jetzt an will ich von dir nichts mehr hören, ohne dass ich dich gefragt habe! George wird euch die Zimmer zeigen. George!«

George kam mit seinem schwingenden Gang herbei. »Boss?«

»Bring unsere Gäste auf ihre Zimmer.« Zu Simmons gewandt, fuhr er fort: »Wir stehen um sechs Uhr auf. Du kommst mit uns, dein Girl bleibt hier. Nun troll dich!« Gallagher wandte sich ab und stapfte durch den Raum auf seinen Platz hinter dem Schreibtisch zu.

George versetzte Simmons einen Stoß in den Rücken. Simmons fuhr herum, und er sah gerade noch, wie der Schwarze Marion seine Hand unter den Rock schob. George grinste selig.

Simmons holte tief Luft. Er verlor nicht die Beherrschung, denn er hatte während der letzten Stunden, als sich sein Verdacht, dass die Banditen Marion holten, immer mehr zur Gewissheit verdichtete, mit dieser Möglichkeit gerechnet. George war genau der Typ, der Frauen vergewaltigte, er kannte diesen Ausdruck in den Augen, den flackernden Blick, den Speichel in den Mundwinkeln. Er hatte Männer wie George zu Dutzenden in Sing-Sing gesehen.

Simmons holte weit aus. George grinste immer noch verklärt. Simmons rammte ihm eine Linke in den Magen. Der Hieb traf George völlig überraschend. Er krümmte sich zusammen, ächzte, seine Lungen pumpten verzweifelt nach Luft.

Bevor die anderen Männer oder George richtig begriffen, was los war, ballte Simmons die Rechte. Er ging leicht in die Knie, holte Schwung, und mit kalter Präzision rammte er dem Schwarzen die knallharte Faust in den Unterleib.

George hatte sich von dem ersten Hieb noch nicht erholt. Auch dieser zweite Schlag raubte ihm nicht die Besinnung. Er machte ihn für Sekunden stumm. Er ging in die Hocke, während er seine Hände auf den Unterleib presste.

Marion war an die Wand zurückgewichen. Entsetzt hatte sie diesen neuerlichen Ausbruch roher Gewalt beobachtet.

Tom Sparling wieselte heran, er war als Erster zwischen George und Simmons, in seiner Faust hielt er den 45er Colt. Gallagher keuchte heran, er riss Tom zurück, und als er sah, dass Simmons offenbar ganz friedlich war, atmete er erst einmal auf.

»Was ist hier los?«, schrie er.

George wollte antworten, aber vor Schmerz versagte ihm die Stimme. Er saß immer noch am Boden. »Ich bringe dich um, du Hund!«, röchelte er schließlich. Er wollte aufstehen, fiel aber mit einem Schmerzenslaut zurück.

Gallagher sprang auf ihn zu. »Du bringst niemanden um!«, brüllte er. Dann starrte er Simmons wütend an.

»Sie ist meine Braut«, sagte Simmons, »und nicht die Gemeinschaftsnutte für deine Bande. Stell das klar.«

»Schon gut«, raunzte Gallagher wütend. »Haut jetzt ab. Tom, bring sie nach oben!«

Tom behielt seine Kanone in der Faust, aber er hielt sich in respektvoller Entfernung von Simmons. Simmons führte Marion die steilen Stufen hinauf. Oben brannte eine Kerze auf einem Teller. Simmons blickte Tom fragend an, und der nickte. Simmons hob den Teller auf und betrat den Raum hinter einer offen stehenden Tür. Der flackernde Schein der dicken Kerze tanzte über schräge Wände, in Fetzen herabhängende Tapeten, ein eisernes Bettgestell und ein winziges, mit Brettern vernageltes Fenster.

»Das Girl kommt mit mir«, sagte Tom, er wedelte mit dem großen Colt. »Sie hat ein eigenes Zimmer in diesem komfortablen Hotel.«

»Sie bleibt hier«, sagte Simmons. Er stellte den Teller mit der Kerze auf einer Kommode ab, wandte sich um und sah Tom an, dessen gedrungene Gestalt er nur undeutlich gegen den dunklen Hintergrund des Flurs erkennen konnte. Nur das runde Gesicht reflektierte den gelben Schein der Kerze.

Tom leckte die wulstigen Lippen, seine Augen flackerten, ratlos wiegte er den Kopf.

»Frag den Boss«, sagte Simmons müde. Er ging auf Tom zu, der zurückwich. Simmons schmetterte die Tür ins Schloss und lauschte. Richtig, ein Schlüssel wurde gedreht, dann hörte Simmons Toms Schritte auf der baufälligen Treppe.

Simmons ging auf Marion zu. Er schlang seine Arme um sie, sie legte ihren Kopf an seine Schulter und begann zu weinen. Simmons streichelte ihre Haare, während er nach draußen lauschte. Langsam entspannte er sich. Er führte Marion zum Bett, schlug eine feuchte, stinkende Decke zurück, dann legte er das Mädchen behutsam nieder. Die Matratze quietschte.

Marion lächelte ihn an, in den Tränen in ihren Augen und den großen Tropfen, die über die Wangen rannen, brach sich glitzernd das Kerzenlicht. Sanft küsste Simmons Marions Lippen, sie erwiderte den Kuss mit plötzlicher Leidenschaft und zog Glen zu sich herab. Sie wand sich unter seinem Körper, erwiderte die immer wilder werdenden Küsse, unter denen die beiden Menschen Vergessen suchten.

Der Volkswagen war ziemlich neu und knallrot. Phil zwängte sich hinter das Steuerrad.

»Was tut man nicht alles für den Schutz der Bürger«, seufzte er.

»Übernimm dich nicht«, sagte ich gelassen. Lieutenant Hallacys Gesichtsausdruck wirkte leicht gequält, offenbar bereute er bereits, seinen Wagen zur Verfügung gestellt zu haben. Wir hatten noch einmal versucht, einen Polizeiwagen mit Funk zu bekommen, aber es war nichts zu machen – sämtliche Fahrzeuge der State Police im Südabschnitt des Staates Connecticut waren im Einsatz. Und Phil hatte es sich nun einmal in den Kopf gesetzt, seine Einsatzbereitschaft nicht dadurch zu verschwenden, dass er neben mir in meinem Jaguar hockte und Beifahrer mimte.

»Viel Glück!«, rief ich und trat zurück. Der rote Golf rollte vom Hof der State Police in Stamford East. Während ich zu meinem Jaguar hinüberging, der an der Zapfsäule stand, schlug Phil die alte Landstraße nach Springdale ein und hielt sich dann parallel zum Highway. Auf diese Weise musste er durch jedes Kaff zwischen Stamford und Bridgeport. In Bridgeport wollte er umkehren.

Phil schaltete das Radio ein, um wenigstens auf diese Weise mit den Ereignissen in Kontakt zu bleiben. Er fuhr langsam, bog hier und da in Nebenstraßen ein, rollte über die großen Parkplätze hinter Kinos oder die kleineren der Hotels und Motels. Phil rechnete nicht damit, auf Anhieb Erfolg zu haben. Er wollte nichts weiter, als die Augen offen halten und damit eine einzige Masche in dem

Netz bilden, das wir in dieser Nacht über die Südküste Connecticuts geworfen hatten.

Es war kurz nach Mitternacht, als er Bridgeport erreichte. Von Greenfield Hill her stieß er auf die Staatsstraße 58. Er bog rechts ein, den Wegweisern zur City folgend. Während der letzten Viertelstunde waren ihm nur zwei Radio Cars begegnet, einer mit dem Wappen des Fairfield County, der andere mit dem Stadtwappen von Bridgeport auf den Türen. In jedem Wagen saßen Beamte mit wachen Sinnen.

Hier, auf der Straße nach Bridgeport hinein, wurde der Verkehr etwas lebhafter. Die Straße führte auf hohen Stelzen über das Samp Mortar Reservoir. Unten im Wasser spiegelten sich die Lichter der Straßenbeleuchtung. Phil folgte den Wegweisern zum Strand, passierte die Stadtmitte. Er verließ die gut beleuchteten Hauptstraßen, schlängelte sich durch enge, dunkle Gassen. Am intensiver werdenden Geruch nach Fisch und Salz und am stärker werdenden Wind, der an dem kleinen Wagen rüttelte, merkte er, dass die See nicht mehr weit sein konnte.

Phil fuhr bis zum Strand hinunter. Die breite hölzerne Promenade war feucht von der ständig sprühenden Gischt, die Lichter brannten nicht, auch die Hotels waren unbeleuchtet. In diesem Abschnitt herrschte nur im Sommer Leben. Der Hauptstrand von Bridgeport lag weiter östlich. Phil entdeckte eine Telefonzelle, den einzigen Lichtpunkt weit und breit. Er hielt an, stellte den Motor ab und schaltete das Licht aus.

Die Telefonkabine stand an der Promenade. Unter Phils Füßen gluckerte das Wasser. Er betrat die Zelle, wählte die Nummer der State Police in Stamford East und erkundigte sich nach Neuigkeiten. Es gab keine.

Phil hängte auf und ging zum Golf zurück. Er stieg ein und rollte langsam in westlicher Richtung durch Bridgeport. Und dann sah er den blauen Wagen. Das heißt, er sah einen Wagen, dessen linker Scheinwerfer beschädigt war. Erst als er näher herankam, sah er, dass es ein blauer Oldsmobile Cutlass war.

Der Olds war plötzlich genau vor ihm in die Crown Street eingebogen, und Phil hatte mehr durch Zufall einen Blick auf die Vorderfront erhaschen können. Der Wagen rollte jetzt zügig eine lange Steigung hinauf, die am Trinity Hospital endete. Der riesige Betonklotz des neuen Krankenhauses stand auf einem Hügel, und mit seinen zahlreichen erleuchteten Fenstern überragte er die umstehenden Häuser wie ein Leuchtfeuer.

Auf der Zufahrtsstraße herrschte reger Verkehr. Zweimal schossen Krankenwagen mit jaulenden Sirenen vorbei. Wagen mit Besuchern wollten vorbei. Taxis, Ärztewagen – die kleine Stadt da oben auf dem Hügel schlief nicht. Phil konnte es riskieren, nah an dem Olds zu bleiben. Allerdings fiel ihm der schwarze Ford nicht auf, der jetzt dichter aufschloss und an Phils Stoßstange hing.

Phil konzentrierte sich ganz auf die blaue Limousine. Er sah, dass nur ein Mann in dem Wagen saß. Dieser Mann lenkte den Olds auf den ersten Parkplatz auf der rechten Seite. Es war ein Dauerparkplatz, der für Patienten gedacht war, die mit eigenem Wagen anreisen und nach menschlichem Ermessen auch selbst wieder abfahren konnten. Im Gegensatz zu den Parkplätzen weiter oben war dieser Platz unbeleuchtet.

Phil folgte dem Olds trotzdem, er hatte kaum eine andere Wahl. Wäre er der Zufahrtsstraße weiter gefolgt, hätte er erst eine Viertelmeile weiter wenden können. Phil steuerte den Golf in die erstbeste Lücke zwischen zwei langen Limousinen und schaltete Motor und Lichter aus. Er sah die Lichter des Olds weiter voraus, die Bremslichter flammten auf, dann erloschen alle Lichter und signalisierten, dass der Fahrer den Wagen ebenfalls abgestellt hatte.

Phil suchte nach dem Türriegel und öffnete die Tür, hielt dann jedoch inne. Einer Eingebung folgend, zog er seine Brieftasche mit dem FBI-Ausweis heraus, hakte die zwei Paar Handschellen, die er stets mit sich führte, vom Gürtel und verstaute alles unter dem Sitz. Erst dann stieg er aus.

Gedeckt von den abgestellten Fahrzeugen huschte er auf die Stelle zu, wo der Olds stehen musste. Er hatte sich den Platz gemerkt, aber in der Dunkelheit war er gar nicht so einfach zu finden. Geduckt rannte er über die Zufahrt, die in den hinteren Teil des Platzes führte, und tauchte dann zwischen anderen Wagen unter. Wenn seine Berechnung stimmte, war er jetzt höchstens fünf oder sechs Wagenbreiten vom Olds entfernt.

Was machte der Fahrer dieses fieberhaft gesuchten Fahrzeugs hier? Wartete er auf einen Komplizen? Wusste er nicht, dass Tausende

Polizisten nach ihm Ausschau hielten? Phil hockte sich nieder und blieb in dieser Stellung. Er hatte etwas gehört. Schritte? Er lauschte angespannt.

Die Geräusche von der Straße her bildeten eine gleichmäßige Kulisse. Phil war sicher, Schritte gehört zu haben. Aber sie wiederholten sich nicht. Jetzt hörte er ein metallisches Geräusch, ein Schloss schnappte, dann kratzte eine Sohle auf Beton. Der Fahrer war ausgestiegen.

Phil musste etwas tun. Gebückt rannte er weiter. Er rannte zu weit. Er prallte gegen einen Mann, gegen Larry Shaw. Larry schrie entsetzt auf, seine Faust zuckte vor, ohne viel Kraft traf sie Phils Schulter, doch die Rechte verschwand unter der Jacke. Im schwachen Licht konnte Phil die Bewegung deutlich erkennen.

Phil schoss eine blitzschnelle Dublette ab, eine Linke, die Larrys Deckung herunterriss, und eine Rechte seitlich gegen das Kinn, die ihn gegen den Wagen warf. Larrys kahler Schädel prallte gegen die Dachkante, und ohne einen Laut brach er zusammen.

Phil packte den Mann unter den Armen, schleppte ihn von der Tür weg, die er versperrte, er öffnete die Tür und zerrte den Bewusstlosen in den Wagen. Phil beugte sich in den Wagen hinein und begann, die Taschen des Niedergeschlagenen zu durchsuchen. Er fand eine kleinkalibrige Pistole. Unwillkürlich drängte sich der Gedanke an den toten Justizbeamten auf, und Phil schaltete die Innenbeleuchtung ein.

Er hielt kurz die Luft an. Die Beschreibung war eindeutig – Glatze, etwa vierzig, ungesundes Aussehen, mittelgroß. Natürlich.

Hastig suchte Phil weiter, aber er fand keinen Fetzen Papier. Der Mann stöhnte, schlug die farblosen Lider auf. Schnell schaltete Phil die Innenbeleuchtung wieder aus. Er wollte sich aufrichten und von dem Mann weg. Die Stimme in seinem Rücken stoppte ihn. Eine rasselnde, gelassene, ungemein selbstsichere Stimme.

»Bleib schön so stehen, Junge!«

Phil spürte den harten Druck einer Revolvermündung in den Rippen, und er war überzeugt, dass es sich wirklich um eine Waffe handelte. Einen winzigen Moment lang hoffte er, dass er es nur mit einem Nachtwächter zu tun hatte, aber die nächsten Worte des Glatzköpfigen belehrten ihn eines Besseren.

»Wo bist du abgeblieben?«, fauchte Larry. »Ich dachte schon, es wäre was passiert …«

»Ist doch was passiert, oder?«, antwortete Brisco gelassen. Er fand Phils Revolver und zog ihn aus dem Holster. »Oder ist der 'n Freund von dir?«

Phil stand immer noch halb gebückt, den Kopf im Wagen. An eine Verteidigung oder gar an Überraschungsaktionen war nicht zu denken.

»Du passt schön auf diesen Jungen hier auf«, sagte Brisco jetzt. »Der Ford steht an der Straße im Halteverbot – nicht, dass ich 'n Ticket kriege …«

»Ich pass auf, verlass dich drauf!«, versicherte Larry, der sich ein paar Zoll von Phil zurückgezogen hatte und jetzt wieder seine kleine Pistole in der Faust hielt.

»Damit es dir nicht zu schwer fällt …«, sagte Brisco. Das war das Letzte, was Phil für die nächste Zeit hören sollte. Etwas Hartes knallte seitlich gegen Phils Schläfe, und er fiel bewusstlos neben Larry auf den Sitz.

Der Morgen dämmerte kühl und neblig herauf, und nur zögernd wurde es hell. Ich hatte eine halbe Stunde am Steuer meines Jaguar geschlafen, bei eingeschaltetem Funkgerät, denn seit Stunden hatte ich nichts mehr von Phil gehört.

Ich stand auf einem Parkplatz hoch über den Klippen, aber von der See tief unten war nichts zu erkennen.

»Lieutenant Hallacy für Special Agent Cotton«, quäkte die Stimme, die mich geweckt hatte.

Ich schüttelte mich, hakte das Mikro ab, drückte auf den Sprechknopf, alles vertraute Bewegungen, obwohl ich nicht jeden Morgen so verkatert erwache und gleich per Funk gerufen werde.

»Cotton«, brachte ich heiser heraus. »Was wegen Decker?«

»Tut mir leid, nichts …« Hallacy schwieg eine Sekunde, dann sagte er: »Ich habe Nachricht von der Gerichtsmedizin aus Hartford. Sie haben festgestellt, dass Pouliot und Nathaniel Gump aus derselben Waffe erschossen wurden. Ich hielt es für richtig, Ihnen diese Nachricht sofort mitzuteilen.«

»Danke, Lieutenant.«

Jetzt standen endgültig die Zusammenhänge fest. Der Wächter in dem Supermarkt in Mt. Vernon und der Streifenpolizist waren von demselben Mann ermordet worden.

»Cotton, hören Sie noch?«

»Sicher!«

»Sowie es hell genug ist, setzen wir Hubschrauber ein! Mein Chef trommelt alles an fliegenden Hornissen zusammen, was aufzutreiben ist. Dann werden wir entweder den blauen Olds oder den roten Golf finden.«

»Der VW dürfte leichter zu finden sein«, meinte ich.

»Das hoffe ich auch – wegen Ihres Kollegen.«

»Natürlich. Ende.«

Ich beschloss, mir irgendwo ein schnelles Frühstück zu kaufen und dann meine Runden wieder aufzunehmen …

Nick Gallagher stapfte durch das alte Haus. Er hämmerte gegen Türen, rüttelte an Schultern, fluchte, bis seine Truppe wach war.

Mürrisch betrachtete er Phil, der auf einem unbequemen Stuhl saß. Er hatte dort die Nacht verbracht, von Schmerzen im Schädel gepeinigt. Jetzt ging es ihm nicht viel besser. Wütend zerrte er an seinen Fesseln.

»Willst du mir jetzt sagen, was du für einer bist?«, fragte Gallagher.

Phil trug das, was wir Räuberzivil nennen – eine nicht mehr allzu neue Cordhose, einen Rollkragenpullover und eine Lederjacke. In einer solchen Kluft kann jeder stecken – Ganove oder Polizist, Chauffeur oder Reporter. Phil leierte die Story herunter, die er schon am Abend, nachdem er aus seiner Bewusstlosigkeit erwacht war, erzählt hatte.

»Mann, ich hab's doch gesagt! Lass mich jetzt endlich in Ruhe …«

»Erzähl's noch mal!«, forderte Gallagher ihn auf. Er achtete nicht auf die anderen, die jetzt mit verschlafenen Gesichtern durch den Raum schwankten.

»Euch kann ich's ja sagen – ich klaue Autos«, sagte Phil. »Der Patientenparkplatz ist geradezu ideal …«

»Mit wem arbeitest du zusammen?«

Phil nannte ein paar Namen aus der New Yorker Unterwelt, die für solche Sachen durchaus in Frage kamen – eine Verleumdungsklage war kaum zu befürchten.

»Bist du vorbestraft?«

»Ja.«

»Warst du schon mal in Sing-Sing?«

»Dreimal«, antwortete Phil.

»Wie heißt der Direktor? Welche Abteilungen liegen im Westflügel? In welchem Trakt liegt die Zentralwäscherei?«

Phil runzelte die Stirn. Er kannte das Gefängnis des Staates New York natürlich, und der Name des Direktors war ihm geläufig. »Richard Clough heißt der große Boss, glaube ich.« Die anderen Fragen konnte Phil nicht so fließend beantworten. »Mit dem Westflügel hatte ich nie zu tun gehabt«, sagte er dann, ohne zu verraten, welchen Flügel er besser kannte. »Ich glaube, dort liegen die Ausbildungsstätten …« An Gallaghers Gesichtsausdruck erkannte er, dass er ins Schwarze getroffen hatte. »Und die Zentralwäscherei müsste im Block F liegen, wenn ich mich recht erinnere …«

Brisco stand plötzlich hinter Gallagher. »Wir haben die Sachen verladen«, sagte er. »Was sollen wir machen? Nehmen wir Sim …«

Gallagher stieß einen zischenden Laut aus, der Brisco verstummen ließ, doch dann seufzte der Gangsterboss. Es spielte offenbar keine Rolle, ob Phil etwas mitbekam oder nicht. »Er kommt mit. Nur die Mieze bleibt hier. Und dieser Autodieb!« Er spuckte das Wort verächtlich aus. »Sieh nach seinen Fesseln, bevor ihr abfahrt!«

Gallagher wandte sich ab. Brisco trat hinter Phil und prüfte gewissenhaft jeden Knoten. Aus den Augenwinkeln sah Phil jemanden die Treppe herabkommen. Einen Mann und eine Frau. Phil wartete, bis er die Gesichter genauer erkennen konnte, aber er wusste, wer da kam.

Marions Hand flog zum Mund, ihr Fuß stockte, als sie Phil erkannte. Simmons hatte Phil ebenfalls erkannt. Sein Gesicht zuckte kurz, dann fasste er Marion hart am Arm und führte sie an Phil vorbei.

Brisco schob dem Girl einen Stuhl zu. Er fesselte sie sorgfältig und verband ihre Fessel mit dem Wasserrohr. Dann verließ auch Brisco den Raum. Außer Phil und Marion waren nur noch Simmons und Gallagher in dem großen Wohnraum.

»Wenn ihr etwas passiert, Gallagher, bringe ich dich um!«, sagte Simmons.

Gallagher grinste dünn. »Keine Sorge. Du hast sie bald wieder.« Der Gangsterboss ging zur Hintertür. »Komm jetzt!«

Simmons zögerte. »Mein Schädel brummt. Ich kann so nicht arbeiten. Hast du ein paar Tabletten da?«

Gallagher kniff die Lider zusammen, dann deutete er mit dem Kopf auf ein Regal in der geräumigen Küche. Simmons Blick fiel auf ein Tablettenglas. Er schüttelte eine Hand voll Aspirintabletten in ein Glas, ließ Wasser drauflaufen und kippte es hinunter.

Gallagher beobachtete ihn ununterbrochen. Für einen Trick blieb keine Zeit. Ohne ein weiteres Wort verließ er den Raum und stieg zusammen mit Gallagher zu Brisco in den weißen Pontiac, den der rothaarige Gangster noch in der Nacht gestohlen hatte.

Frank Vanderloo und Victor Rosetta standen frierend im Hof der National City Bank in Manhattan. Der Hof war abgesperrt wie stets, wenn der Transporter beladen wurde. Es wimmelte von bewaffneten Sicherheitsleuten der Bank, von uniformierten Polizisten, die das 27. Revier jeden Morgen abstellte, und von Männern in Zivil. Ernst blickende Männer, die für viel Geld verantwortlich waren.

Zwei Kollegen von Vanderloo und Rosetta brachten die letzten Kassetten, die in den Paterson-Morris-Safe geschoben wurden. Der Safe war voll. Einem niemals richtig eingeübten Zeremoniell folgend, traten die Sicherheitsleute und die Cops jetzt zurück, zwei Bankangestellte – Männer mit Prokura – verschlossen den Safe, drehten den Schlüssel, stellten die Kombination ein und zogen schließlich den Schlüssel ab.

Frank Vanderloo machte jetzt die paar Schritte auf den Wagen zu. Er drückte die beiden Außentüren ins Schloss, deren Schnappschlösser automatisch zuschnappten und nur von den Filialleitern der Geschäftsstellen in Hartford und Providence wieder zu öffnen waren.

Victor Rosetta kletterte auf der Fahrerseite in den Dodge, während Frank Vanderloo die andere Seite wählte. Vanderloo schaltete das Funkgerät ein, wartete, bis es warm geworden war, und meldete sich dann bei der Funkleitstelle der City Police. Er wechselte einen Scherz mit dem wachhabenden Beamten, man kannte sich schließlich seit Jahren, bestätigte sich gegenseitig den guten Empfang, und der Mann von der City Police wünschte gute Fahrt.

Es war wie an jedem Morgen.

Irgendjemand öffnete das massive Gittertor und winkte den Dodge dann hinaus. Rosetta und Vanderloo überprüften noch einmal alle Riegel, dann startete Rosetta den Motor und steuerte das wegen des Aufbaus etwas unhandliche Gefährt durch die Ausfahrt auf die Straße hinaus.

Während sich Rosetta ganz auf den Verkehr konzentrierte, beobachtete Vanderloo die Wagen, die ihn überholten, achtete auf solche, die vielleicht mehrmals in seinem Blickfeld auftauchen sollten, oder auf Personen, die ein ungewöhnliches Interesse an dem Geldtransporter zeigten.

Weder Rosetta noch Vanderloo hatten die Absicht, das geringste Risiko einzugehen. Beim ersten Anzeichen einer Gefahr würden sie Alarm schlagen. Vanderloo kicherte, als er an das letzte Mal dachte.

Es war im Sommer gewesen. Ein alter Chevrolet mit drei jungen Burschen und vier spärlich bekleideten Girls an Bord hatte sie viermal überholt. Der Fahrer, ein Girl und ein schwarzhaariger Kerl auf dem Rücksitz, hatten jedes Mal mit Glotzaugen in die Fahrerkabine des Dodge gestarrt und Rosetta mit Zeichen bedeutet, anzuhalten.

Vanderloo hatte eine Meldung losgelassen, und es hatte keine zwei Minuten gedauert, als auch schon vier Radio Cars aus allen Richtungen geschossen kamen und den Chevy einkeilten. Diese dämlichen Gesichter! Mit gezogenen Waffen hatten die Cops die jungen Leute gezwungen, auszusteigen.

Rosetta war natürlich weitergefahren. Später erfuhren sie, dass die jungen Leute – sie waren arbeitslos – zu einem Picknick am Strand unterwegs gewesen waren. Einem der Girls hatte ein Mann gefehlt, ihr war Rosettas markantes Profil aufgefallen, und sie hatte ihre Freunde gelöchert, bis die Rosetta Zeichen machten. Sie hatten Rosetta glatt mitnehmen wollen!

Rosetta hatte die Enttäuschung wohl bis heute nicht überwunden, dachte Vanderloo.

Der Dodge verließ das Stadtgebiet von Manhattan. Vanderloo schüttelte die Erinnerungen ab. Er konzentrierte sich wieder auf seine Aufgabe.

Um Punkt halb zehn waren Gallaghers Männer auf ihre Positionen verteilt. Mit dem Nebel hatte niemand gerechnet, auch Gallagher nicht, obwohl Nebel im Herbst an der Küste durchaus nicht ungewöhnlich ist.

Gallagher begrüßte ihn jedoch, er kam seinem Vorhaben ungemein entgegen. Der Nebel beseitigte die letzten Unsicherheitsfaktoren, die der ganze Plan noch aufweisen mochte.

Jeder Mann befand sich genau an dem Platz, den Gallagher nach langem Nachdenken und ausführlichen Planspielen für ihn bestimmt hatte.

Gallagher selbst lehnte an der Rückwand im Cockpit eines Motorbootes. Es war ein umgebauter Fischkutter, ein ehemaliger Hummerfänger, den Gallagher vor Monaten billig gekauft hatte. Er selbst konnte das 35 Fuß lange Schiff nicht fahren, das musste Ralph besorgen.

Der Schwarzhaarige trug immer noch seinen eleganten Streifenanzug und dazu eine dünne Strickkrawatte. Äußerlich passte er auf dieses Boot etwa so wie ein Säufer in einen Weinkeller, aber niemanden schien sein Aufzug zu stören. Jeder wusste, dass Ralph mit einer Yacht umgehen konnte. Und Gallagher hatte unbedingtes Vertrauen in Ralphs nautische Fähigkeiten. Nur darauf kam es an.

Außer Ralph und Gallagher befanden sich noch Simmons und George im Cockpit. Der Schwarze trug einen Bademantel über einer Badehose. Er hatte die Arme über der Brust verschlungen und tänzelte hin und wieder, aber er schien dennoch zu frieren. Jedes Mal, wenn sein Blick Simmons streifte, sah er schnell wieder weg, aber Simmons entging nicht der hasserfüllte Ausdruck in den leicht hervorquellenden Augen.

Simmons wusste, dass Brisco und Willie unter Deck waren, sie steckten in Taucheranzügen und schienen auf ein Zeichen für ihren Einsatz zu warten. Und Simmons wusste, dass drei Männer – Larry, Tom und Nomey – irgendwo oben auf dem Kliff waren, mit einer bestimmten Aufgabe betraut, deren Sinn Simmons noch nicht zu durchschauen vermochte.

Die Männer im Cockpit starrten angestrengt in den milchigen Dunst hinaus. Die beiden Türen des Cockpits waren ausgehängt. Gedämpft drang das Rauschen der nahen Brandung herein, dünn und gedämpft wie durch Watte. Nicht weit von hier schäumten die Wellen um die Felsen des Steilufers. Einmal glaubte Simmons, dunkel die wuchtige Masse des Kliffs erkannt zu haben, die drohend vor der Yacht aus der See wuchs und sich irgendwo weit oben im Nebel verlor. Aber weil niemand von den anderen was bemerkt zu haben schien, glaubte er schließlich an einen Irrtum. Er hoffte sogar, der Küste nicht so nahe zu sein.

Ralph schien diese Sorge zu teilen. Der Motor des Kutters tuckerte leise. Ralph starrte besorgt nach draußen, in die feuchte, weiche, undurchsichtige Helligkeit, die sich tropfenweise auf der Scheibe vor seinem Gesicht niederschlug. Hin und wieder korrigierte er nach irgendwelchen Gesichtspunkten die Lage des Schiffes. Eine leichte Bewegung mit dem Ruder, etwas Gas, mehr konnte man nicht tun. Es gab weder ein Echolot noch ein Radargerät an Bord.

Gallagher sah auf die Uhr. »Viertel vor zehn«, sagte er, »es dauert nicht mehr lange!«

Simmons hörte die unterdrückte Spannung aus der Stimme heraus. Es muss um etwas verdammt Großes gehen, dachte er. Er betrachtete den Mann von der Seite. Das kantige Gesicht war verzerrt vor Anspannung, ja, es war hässlich. Auf der buckligen Stirn stand der Schweiß, und über die leicht geöffneten Lippen kam der Atem laut und stoßweise.

Simmons plagte schon seit langem das Gefühl, dass er diesen Mann kannte. Nein, er kannte ihn nicht, aber er war jetzt sicher, dass er ihn schon einmal gesehen hatte. Simmons ließ seine Gedanken in die Vergangenheit wandern. Sing-Sing, hatte Gallagher gesagt. Es klang plausibel. Aber Simmons glaubte nicht so recht daran. Oder doch?

Alle Männer, die zu Gallaghers Bande gehörten, hatten einmal in Sing-Sing gesessen. Aber niemand hatte Gallagher zuvor gekannt.

Was sollte also falsch sein an Gallaghers Story? Er hatte das große Ding in Sing-Sing ausgeknobelt, vielleicht jahrelang daran herumgefeilt. Und er hatte sich dort schon unauffällig nach Spezialisten umgesehen, es liefen schließlich genug in dem großen Staatsgefängnis herum.

»Da!«, schrie Ralph.

Simmons schrak auf. Sein Herz machte einen schmerzhaften Sprung, als er die irrsinnig hohe, schwarz glänzende Felswand erblickte, die scheinbar zum Greifen nahe vor dem kleinen Kutter aufragte.

Ralph wirbelte das Speichenrad herum, gleichzeitig ließ er den Kutter langsam zurücklaufen. Simmons beugte sich aus der Tür und spähte nach draußen. Der Schock ließ langsam nach, und einen Augenblick lang spielte er mit dem Gedanken, sich ins Wasser zu stürzen. Aber er wusste, dass es zum Schwimmen vermutlich zu kalt sein würde, jedenfalls zu kalt für ihn. Und er wusste nicht, wie er schnell zu dem Farmhaus kommen konnte, er wusste nicht einmal genau, wie er dorthin gelangen konnte.

Der Nebel wurde dünner. Simmons erkannte den schmalen, von Felsbrocken übersäten Uferstreifen, und er fragte sich, was die Banditen hier, ausgerechnet hier, suchten. Er blickte nach oben. Langsam schälte sich die obere Kante des Kliffs aus dem Dunst, er erkannte einen Streifen grünes Gras und etwas Weißes, Langes, und dann wusste er, was das war – das war eine Leitplanke!

Simmons spürte, wie sein Herz wieder heftig zu hämmern begann, und er fühlte schmerzhaft jeden Pulsschlag unter dem Schorf am Hals und in der Beule im Nacken. Dumpf ahnte er, dass es wieder Tote geben würde.

Sein Blick fiel auf das Werkzeug, das ordentlich im Vorschiff gestapelt lag – die Gasflaschen, der Schneidbrenner, ein Flaschenzug, Vorschlaghammer, Drahtscheren, Eisensägen, sogar mehrere Handfeuerlöscher. Allerdings keine Waffen. Unwillkürlich wanderten seine Augen wieder die Steilwand hinauf, und er schauderte.

Simmons bemerkte undeutlich eine Bewegung an der Leitplanke. Ja, jemand schwenkte die Arme. Dann hörte Simmons schwere Atemzüge neben sich, und er wandte den Kopf. Gallagher stand neben ihm, er hatte einen Feldstecher an die Augen gepresst.

Jetzt ließ er das Glas sinken. Heiser sagte er: »Es geht los!«

Victor Rosetta verkrampfte sich leicht. Vanderloo warf seinem Kollegen einen lächelnden Blick zu. Er wusste, was kam. Sie näherten sich dem zwei Meilen langen Straßenstück, das unmittelbar am Rande des Kliffs entlangführte.

Vanderloo spähte nach vorn. Der Nebel hatte sich gehoben, aber trotzdem war die Sicht nicht besonders. Rosetta setzte die Geschwindigkeit herab, wie es vorgeschrieben war. Die Straße krümmte sich nach links, deshalb sah Vanderloo die Warnbaken als Erster.

»Langsam«, sagte er. »Unfall ...«

Gelbe Lichter zuckten mitten auf der mittleren Spur, und weiter vorn erkannte Rosetta jetzt undeutlich die dunkle Masse eines stehenden Wagens. Er musste sich entscheiden, links oder rechts an dem Hindernis vorbeizufahren. Er blickte in den Rückspiegel und bemerkte einen roten Sportwagen, der rasch näher kam. Dann stand ein Mann auf der Straße.

Der Mann winkte Rosetta nach rechts ein. Rosetta nickte, für ihn war alles klar. Er befand sich ohnehin auf der rechten Spur und konnte dort bleiben. Der rote Sportwagen rauschte links vorbei ...

Tom Sparling ließ den Geldtransporter an sich vorbei, dann stieß er einen schrillen Pfiff aus. Larry gab Nomey ein Zeichen, der in dem schwarzen Ford saß. Der Ford stand auf der gesperrten mittleren Fahrspur, gesichert von zuckenden Warnlichtern. Der Motor lief. Nomey ließ die Kupplung kommen und gab Gas. Der Ford fuhr ruckweise an.

Ein Seil, das hinten an der Anhängerkupplung befestigt war, spannte sich. Es war ein dickes Hanftau, das über die rechte Spur zu der Leitplanke auf der Seite des Steilhangs führte.

Die stählerne Leitplanke, etwas siebzig Fuß lang und biegsam wie ein gigantisches Stahllineal, war an einem Ende losgeschraubt.

Rasch entstand eine klaffende Lücke, das Ende der Planke bog sich über die rechte Fahrspur, spannte sich wie ein Flitzebogen. Nomey trat das Gas jetzt voll durch, als der Widerstand stärker wurde. Der Ford schien zu zittern. Larry lief neben dem Wagen her, in der Hand hielt er ein langes scharfes Messer ...

Der Dodge brummte heran. Rosetta glaubte immer noch, dass der schwarze Ford eine Panne hatte. Die Betonfahrbahn glänzte dunkel und feucht.

»Öl«, sagte Vanderloo. »Oder Benzin. Dem ist der Tank ausgelaufen. Sei vorsichtig …«

Die Männer konnten nicht ahnen, dass Nomey und Larry vier Gallonen Öl über die Fahrbahn geschüttet hatten. Doch dann bemerkte Rosetta die Leitplanke, die über die gesamte rechte Spur reichte, und er stieg auf die Bremse.

Es war zu spät. Er hatte bereits Öl unter den Reifen …

Der Ford stand. Larry sah dem heranrutschenden Dodge entgegen. Es klappt, dachte er irgendwie erstaunt. Es klappt tatsächlich! Dann beugte er sich über das straff gespannte Seil, säbelte mit dem Messer, Fasern sprangen, dann zerriss es mit einem knirschenden Laut. Mit einem hellen Ton sauste die Leitplanke los, knallte seitlich gegen den Dodge und wischte ihn von der Straße, wie man einen Brotkrümel vom Tisch fegt. Einfach so.

Innerhalb einer Zehntelsekunde war der graue Dodge über dem Abgrund verschwunden.

Tom keuchte heran. Larry war bereits in den Ford gesprungen, er hielt Tom die Tür auf. Tom warf die eilig aufgesammelten Warnbaken auf den Rücksitz und schwang sich dann vorne neben Larry. Nomey gab Gas.

Niemand hatte etwas gesehen – es war einfach zu schnell gegangen.

Die Männer auf dem Kutter sahen den Dodge kommen. Der Wagen schoss über den Abgrund. Simmons riss die Augen auf, er konnte es nicht glauben. Einen entsetzlichen Augenblick lang schien der Wagen in der Luft zu stehen, dann stürzte er.

Simmons fühlte, wie sich sein Magen umdrehte, und er schloss die Augen. Er hörte die Männer keuchend atmen, und dann drang das fürchterliche Krachen an sein Ohr, das Bersten und Reißen von Metall.

Stille, mehrere Sekunden lang. Dann dröhnte eine Hupe. Simmons riss die Augen auf. Gallaghers Daumen lag auf dem Signalknopf. Brisco und Willie turnten an Deck, sie schoben Taucherbrillen vor ihre Augen und warfen sich ins Wasser.

Ralph steuerte das Schiff näher an die Küste heran. Die Wellen gingen jetzt höher als zuvor, der Wind hatte aufgefrischt. Simmons' Augen hingen gebannt auf der verformten Masse, die noch Sekunden zuvor ein Auto gewesen war. Der Trümmerhaufen lag auf der Wasserlinie, halb an Land, halb im Wasser. Weiße Gischt schäumte über das Blech.

Brisco und Willie richteten sich auf, stolperten auf das Wrack zu. Brisco winkte. Ralph gab behutsam Gas, steuerte den Kutter noch näher. Gallagher gab dem Schwarzen einen Wink. George warf den Bademantel ab und sprang auf Deck hinaus. Er hakte den Flaschenzug in eine stählerne Öse, schlang sich das aufgerollte Seil um den Oberkörper und sprang über Bord.

George konnte hier noch nicht stehen.

»Näher ran!«, rief Gallagher. »Weiter, weiter, weiter!«

Ralph steuerte das Boot hinter dem schwimmenden Schwarzen her, bis der Grund unter den Füßen bekam und sich aufrichtete. George rollte das Seil ganz ab und befestigte den Haken provisorisch an einer aus dem Schrotthaufen ragenden Strebe. Er sprach mit Brisco, der den Kopf schüttelte.

Die drei Männer zerrten an geborstenen Stahlplatten. Gallagher sah ihnen fasziniert zu. Simmons erinnerten die drei Männer an dem Wrack an Strandräuber.

»Besser konnte die Kiste nicht landen«, keuchte er. »Ideal! Ich glaube, sie brauchen nicht einmal den Schneidbrenner. Nein! Der Aufprall hat den Safe glatt von der Ladefläche gesprengt!«

»Was ist mit der Besatzung?«, fragte Simmons.

Gallaghers Blick kehrte aus endloser Ferne zurück und lag dann befremdet auf Simmons. Er schüttelte kurz den Kopf und starrte dann wieder nach draußen.

Brisco und George befestigten das Seil des Flaschenzuges an dem mittlerweile freigelegten Safe. Dann gab Brisco ein Handzeichen.

»Komm mit!«, forderte Gallagher Simmons auf. Die beiden gingen nach draußen. Gemeinsam packten sie das freie Seilende des Flaschenzuges und begannen, gleichmäßig zu ziehen. Brisco, George und Willie begleiteten den Safe, stießen ihn in die richtige Position, hielten ihn fest, als er vorübergehend im Wasser versank, und halfen dann, ihn an Bord zu heben.

»Ab jetzt!«, keuchte Gallagher.

Ralph zog den Gaszug ganz heraus und warf das Steuer herum. Innerhalb von zwei Minuten war das Schiff im Nebel verschwunden. Der ganze Spuk hatte genau neun Minuten gedauert.

Es dauerte nur ein paar Minuten, bis die Meldung über Funk kam. Vier oder fünf Minuten. Großalarm, Vorrangfahndung. Der Sprecher verlas die Meldung. Funkkontakt mit einem Geldtransporter war abgerissen. Connecticut Turnpike, Fahrtrichtung Ost, zwischen den Ausfahrten Saugatuck und Sherwood Island.

Das Verlesen der Einzelheiten dauerte weitere zwei Minuten, und noch eine Minute verging, bis ich begriff, dass ich an der Stelle des Überfalls vorbeigekommen war. Und ich fuhr immer noch von ihr weg.

Verdammt, fluchte ich, nach einer durchwachten Nacht arbeiten meine kleinen grauen Zellen eben nicht voll.

Fünf plus zwei plus eins – acht Minuten. Ich trat das Gas durch, die Maschine meines Jaguars heulte auf, der flache Wagen machte förmlich einen Sprung. In die nächste Ausfahrt, unter dem Highway weg, drüben wieder rauf. Die jaulende Sirene räumte mir eine Durchfahrt an der Gebührenstelle.

Ich hakte das Mikrofon ab und ließ mich mit Lieutenant Hallacy verbinden. Alle Müdigkeit war von mir abgefallen. Alte Soldaten kennen diesen Zustand – vorher Ungewissheit, man weiß, der Feind hat ein dickes Ding vor, aber man hat keine Ahnung, was kommt. Und dann geht es los. Es ist wie ein Aufatmen für den Körper. Obwohl die nächsten Stunden den Tod bringen können.

Mir war sofort klar, dass die soeben durchgegebene Meldung irgendwie mit Simmons' und Marions Verschwinden in Zusammenhang stand. Als Hallacy sich meldete, erklärte ich ihm meine Vermutung. Meine Augen blieben auf dem grauen Band des Highway haften.

»Ich bin an der Stelle vorbeigekommen«, sagte ich. »Das muss sie gewesen sein! Ich habe nur nicht geschaltet – ein schwarzer Ford stand auf der mittleren Spur, als ob er eine Panne hätte. Die Stelle war ordnungsgemäß gesichert – aber irgendwie komisch war es schon! Der Transporter, ich bin sicher, er war es«, fuhr ich fort, denn die

Beschreibung war über Funk gekommen, »fuhr rechts, ich links an dem Ford vorbei. Mein Gott, hätte ich …«

»Sie wussten doch nichts!«, sagte Hallacy. »Der Wagen war nicht beschriftet, eben ein Lieferwagen wie tausend andere …«

»Bis später, Hallacy! Warten Sie, was machen die Helikopter?«

»Gut, dass Sie fragen! Über der neuen Sache hätte ich's beinahe vergessen. Wir haben die Wagen gefunden. Den Volkswagen und den Olds. Sie stehen auf dem Patientenparkplatz des Trinity Hospital in Bridgeport, keine fünfzig Yards auseinander. Wir fanden die Brieftasche Ihres Kollegen und zwei Paar Handfesseln unter dem Sitz. Sonst keine Spuren. Was sollen wir tun?«

»Spuren sichern«, entschied ich. Die Gangster hatten den Olds abgestoßen, es war deshalb nicht anzunehmen, dass die Gangster noch einmal zurückkommen würden. Der Olds war zu heiß zum Anfassen.

»Okay, Cotton.«

Dann rief ich meinen Chef an. Ich bat um Details über den Geldtransporter.

»Haben wir schon, Jerry. Ich wollte Sie in einigen Minuten anrufen. Haben Sie eine Spur von Phil?«

»Wir haben die Wagen gefunden. Phil hat seine Papiere im Wagen gelassen. Vielleicht hat er sich an die Burschen gehängt …«

»Er hätte sich gemeldet …« John D. Highs Stimme klang besorgt. Doch dann verlas er die Informationen, die ich brauchte. »Ich glaube, wir haben den Safe, den Simmons öffnen soll! In dem Dodge befindet sich ein Paterson-Morris-Safe! Aber der Safe ist fest mit dem Chassis verschweißt! Die Gangster müssen schon den ganzen Wagen schnappen und in einen Wagen verladen. Aber dann kann er immer noch senden! Der Funkkontakt ging abrupt verloren. Die letzten Worte waren: *Mein Gott! Frank! Das haut uns von der Stra…* Wenn Sie wollen, kann ich Ihnen die Tonbandaufnahme vorspielen lassen. Es ist schrecklich, Jerry. Nach zehn Sekunden gibt es einen Knacks, und dann ist Stille.«

»Ich melde mich wieder, Chef. In ein paar Minuten weiß ich mehr.«

Ich hatte eine Ahnung. Eine Ahnung, die mir nicht gefiel.

Ich erinnerte mich nicht mehr ganz genau an die Stelle, wo der

Mann auf der Straße gestanden und den Dodge rechts, mich jedoch links an dem liegen gebliebenen Ford vorbeigewiesen hatte. In den letzten Stunden war ich Hunderte Meilen gefahren. Aber ich würde die Stelle wiedererkennen, dessen war ich sicher.

Hinter einer Biegung erhaschte ich einen Blick durch den Blendschutz auf die andere Seite. Es musste dort einen Unfall gegeben haben – drei Fahrzeuge standen ineinander verkeilt, Menschen rannten herum, winkten. Oder gehörte das etwa immer noch zu der Szene des Überfalls?

Ich fuhr scharf rechts ran, stoppte, schaltete die Warnblinker an und gab meine Position der State Police durch. Dann flitzte ich über die Straße, flankte über die mittlere Leitplanke, kletterte über den Blendschutz und sprang auf der anderen Seite hinab.

Das Erste, was ich sah, war die breite Öllache auf der Fahrbahn. Irgendjemandem schien es gelungen zu sein, die nachfolgenden Fahrer zu warnen, denn sie krochen vorsichtig vorbei. Schwerverletzte schien es nicht gegeben zu haben, nur eine Frau saß mit leerem Blick auf einer Decke. Aus einer Wunde in den Haaren rann Blut, das ein Mann mit einem Taschentuch zu stillen versuchte.

Ich betrachtete die Spuren, ohne die aufgeregten Menschen zu beachten, die sich empört über die Zustände auf den amerikanischen Straßen äußerten. Ich trat an die Leitplanke und warf einen Blick hinüber.

Beinahe wäre ich zurückgezuckt, so unvermittelt traf mich der Eindruck der Tiefe. Weiß schäumte die Gischt, spülte um Geröll, leckte über den schmalen Uferstreifen und eine graue, formlose Masse, die eine entfernte Ähnlichkeit mit den Überresten eines Fahrzeuges aufwies, soweit das aus vierhundert Fuß Höhe zu erkennen war.

Ich spürte ein flaues Gefühl in der Magengegend und ein leichtes Zittern in den Knien. Ich wandte mich um. Der Wind pfiff jetzt, wo sich der Nebel noch weiter gehoben hatte, schärfer über die Kante. Ich rannte zurück zu meinem Jaguar.

Phil hörte die Gangster zurückkommen. Obwohl ihm nicht danach zumute war, lächelte er Marion aufmunternd zu. Sie schien mehr von ihm, dem G-man, erwartet zu haben, denn sie erwiderte das Lächeln nicht. Vermutlich hat sie geglaubt, ich würde mir einen Arm durchnagen, dachte Phil verbittert. In seinem Schädel tobte immer noch der Schmerz, und immer wieder überrollten ihn Wellen von Übelkeit.

Phil hatte natürlich versucht, sich zu befreien. Er hatte jedoch schnell gemerkt, dass ein Fachmann seine Fesseln geknüpft hatte. Es hatte nichts genutzt. Es war ihm nicht einmal gelungen, mit dem schweren Stuhl zu Marion hinüberzurutschen, um an ihre Fesseln heranzukommen.

Die beiden Wagen brummten ums Haus, das Motorgeräusch verlor sich in der Gegend der Scheune, dann war eine Weile Stille. Phil vermutete, dass die Gangster die Fahrzeuge in der Scheune abstellen würden. Vor einer Stunde hatte er mehrmals Hubschraubergeräusche gehört, und er hatte schon geglaubt, sie suchten ihn. Doch dann hatten die Helikopter offenbar abgedreht. Phil konnte nicht wissen, dass sie zurückgezogen wurden, als man den roten Golf und den Olds gefunden hatte.

Dann sprang die Tür auf. Gallagher stand im Rahmen. Breit und wuchtig, mit zerzausten Haaren und glänzenden Augen. Leichter als sonst stapfte er in den Raum, blickte sich triumphierend um. Hinter ihm schoben sich die anderen ins Haus. Brisco, Nomey, Larry, George. Nicht mehr.

Phil sah schnell zu Marion hinüber. Ihr Gesicht verfiel. Etwas musste passiert sein, und Simmons war auf der Strecke geblieben. Klar, dachte Phil. Kein Ding ist groß genug für acht Männer, oder sogar für neun, falls man Simmons einen Anteil geboten hatte.

»Wo ist er?«, fragte Marion mit zitternden Lippen.

Gallagher sah das Mädchen lächelnd an. »Er ist nebenan, wo sonst? Glen hat seine Aufgabe noch vor sich!«

Marion schloss erleichtert die Augen, unter den dunklen Wimpern quollen Tränen hervor und rannen über die Wangen.

Die Männer begannen plötzlich laut und durcheinander zu reden, so, als ob sie lange geschwiegen hätten. Phil hörte genau zu. Sie sprachen von einem Wagen, der durch die Luft flog, von viel Geld und von einem Tresor. Er konnte sich kein Bild machen.

Willie stand plötzlich im Rahmen.

»Boss!«, sagte er. Gallagher hörte ihn zuerst gar nicht. »He, Boss!«, schrie Willie.

»Was ist denn?«, fragte Gallagher unwirsch.

»Der Kerl will nicht ...«

Gallaghers Gesicht lief rot an. »Was soll das heißen?«

»Er will sein Girl bei sich haben, sonst rührt er keinen Finger. Und die Zuschauer sollen raus, sonst kann er nicht arbeiten.«

Phil sah genau, wie sich Gallaghers Nasenflügel weiteten. Sein Blick fiel auf ihn. Der Gangster dachte nach.

»Schafft ihn auch rüber«, befahl er schließlich, »ihn und das Mädchen. Dann haben wir alle unter Kontrolle ...«

Brisco schnitt Phil los, als Gallagher sagte, Phil könne Simmons zur Hand gehen. Willie löste Marions Fesseln, dann führten zwei der Gangster Phil und Marion in die Scheune. Brisco rief Tom und Ralph, die mit gezogenen Waffen hinter Simmons standen, hinaus.

»Er kann dir helfen«, sagte Brisco zu Simmons. »Oder willst du mit deiner Puppe ganz allein sein?« Er lachte.

»Schon gut!«, brummte Simmons. »Haut endlich ab. Um zwölf wünsche ich mein Essen, aber etwas Vernünftiges, und um drei bekomme ich eine Kanne Kaffee. Was ich zum Abendessen möchte, werde ich dir noch mitteilen.«

Brisco knurrte nur und warf die Scheunentür ins Schloss. Unvermittelt herrschte Stille. Phil rieb seinen schmerzenden Schädel und die geschwollenen Handgelenke.

»Da haben wir den Salat!«, rief Simmons. »Jetzt sehen Sie zu ...«

Phil sprang auf Simmons zu und presste ihm die Hand auf den Mund. Simmons verstand. Phil kümmerte sich zunächst nicht um Simmons. Er inspizierte die Scheune. Sie befand sich in gutem Zustand. Der Boden bestand aus gestampftem Lehm, die Wände aus Ziegelsteinen, fensterlos, das Schindeldach befand sich in unerreichbarer Höhe.

Das Tor lief mittels Rollen auf Schienen, sie waren gefettet. Phil zerrte an dem Tor, aber es bewegte sich nicht. Die kleinere eingelassene Tür in dem Tor, durch die sie die Scheune betreten hatten, war ebenfalls verschlossen. Sie sah massiv aus und öffnete nach außen. Phil glaubte, draußen einen dicken Balken gesehen zu haben. Diesen Balken brauchte man nur schräg gegen die Tür zu lehnen, und jeder Versuch, die Tür gewaltsam zu öffnen, war von vornherein aussichtslos.

Phil lehnte sich gegen die Tür. Zwei Wagen standen in der Scheune. Ein schwarzer Ford und ein weißer Pontiac. Dort, wo Simmons am Boden hockte, lagen Werkzeuge aufgestapelt, und ein Starkstromkabel endete in einer Kupplung. Phil bemerkte die Präzisionsmaschine.

Er huschte um die beiden Wagen herum. Beide waren verschlossen.

»Mist«, knurrte er. Dann deutete er auf die Bohrmaschine. »Kann man damit ein Loch in die Wand bohren?«, fragte er.

Simmons grinste freudlos. »Wenn ich damit dieses Ding anbohren kann, werde ich auch durch die Wand damit kommen«, sagte er, mit dem Kopf auf den kleinen Safe deutend, der etwas seitlich von ihm auf zwei Holzbänken stand.

»Was war los?«, fragte Phil. Den Gedanken an einen Ausbruch verschob er auf später. Die Gangster würden draußen auf der Lauer liegen und nur darauf warten, dass er ihnen einen Vorwand lieferte, ihn abzuknallen.

Simmons erzählte mit leiser Stimme. Alles, angefangen von seiner »Befreiung« aus der Untersuchungshaft bis zu der Sache mit dem Geldtransporter. Zuletzt versagte ihm fast die Stimme. »Dann haben sie den Safe irgendwo umgeladen und den Kahn in den Grund gebohrt …«

»Ich mache das verdammte Ding nicht auf«, zischte er dann. »Ich tue es nicht!«

Ein Geräusch an der Tür ließ sie herumfahren. Gallagher, Brisco und Larry standen im Rahmen.

»Ich hörte da etwas von Abendessen«, schnarrte Gallagher. »Wir haben jetzt zehn Minuten vor elf. Ich kenne deine Qualitäten, Simmons. Ich gebe dir Zeit bis drei Uhr.«

»Unmöglich«, knurrte Simmons.

»Ich hoffe, ihr habt euch inzwischen ausgeweint«, sagte Gallagher und gab Brisco einen Wink. Brisco huschte in die Scheune hinein, er packte Marion, riss sie an sich und schleppte sie zur Tür.

Simmons sprang auf und hetzte hinter dem Rothaarigen her. Er achtete nicht darauf, dass Larry eine Pistole in der Hand hielt. Er warf sich von hinten auf Brisco. Larrys Arm zuckte, er warf seinem Boss einen unsicheren Blick zu, aber er traute sich doch nicht, zu schießen.

Brisco stieß Marion in Gallaghers Arme und wirbelte herum. Simmons gelang es, dem bulligen Brisco eine linke Gerade gegen den Hals zu schmettern, aber dann war Brisco dran.

Er riss Simmons' Deckung herab, trieb ihm mit zwei kurzen Schlägen gegen die Rippen die Luft aus den Lungen, versetzte ihm dann einen Leberhaken, der Simmons zusammenklappen ließ. Als Zugabe schlug er Simmons von oben die zusammengehakten Hände in den Nacken. Dieser Schlag ließ Simmons kraftlos in sich zusammenfallen.

Simmons blieb bei Bewusstsein. So konnte er hören, was Gallagher sagte.

»Bis drei Uhr. So lange hängen wir dein Girl hier in einen Apfelbaum. In den da!« Gallagher wies auf einen der verkrüppelten Bäume, in denen hier und da noch ein roter Apfel hing.

Brisco übernahm Marion wieder. Ruhig schlang er ein kräftiges Seil um ihre Handgelenke, wobei er ein langes Ende ließ.

»Mal sehen, wie lange sie es aushält«, sagte Gallagher jetzt. »Bis drei bestimmt. Du kannst es ihr allerdings leichter machen, indem du dich beeilst.«

Brisco zerrte Marion an dem Strick wie ein Kalb hinter sich her auf einen der Bäume zu. Er warf das Seil über einen Ast und zog die Arme des Girls langsam in die Höhe. Marion stand jetzt auf Zehenspitzen, das schmale Gesicht verzerrte sich. Dann hing sie in der Luft. Aber kein Laut kam über ihre Lippen.

Simmons wand sich am Boden. Phil spürte, wie ihm das Blut aus dem Gesicht wich, aber er zwang sich, gleichmütig sitzen zu bleiben. Wenn er auf diese Provokation hereinfiel, war niemandem geholfen. Er brauchte Zeit.

Die Tür fiel ins Schloss. Simmons kam ächzend auf die Beine, er lehnte sich gegen das Tor, hämmerte mit den Fäusten dagegen. Aber seine Schläge hatten keine Kraft.

Phil lief zu ihm hinüber. Er stützte ihn und führte ihn zum Safe. »Wie lange brauchen Sie?«, fragte er.

Simmons starrte Phil verständnislos an, und einen Moment lang glaubte Phil, Simmons sei übergeschnappt. Doch dann kehrte der Blick des anderen zurück.

»Eine halbe Stunde«, knurrte er verächtlich. »Aber was dann? He,

Sie, was dann!«, schrie Simmons. Er klammerte sich an Phil. »Die bringen uns doch um!«

»Sachte!«, meinte Phil. »Machen Sie die Büchse erst mal auf, dann sehen wir weiter. Okay?«

Simmons nickte. »Mehr als eine halbe Stunde brauche ich für dieses Scheißding nicht …« Entschlossen packte er die Bohrmaschine, setzte einen der mit Diamanten besetzten Bohrer in das Futter ein und schaltete die Maschine ein.

Wieder einmal glich der Highway einem Heerlager. Innerhalb einer halben Stunde versammelten sich State Trooper und Polizisten, Beamte der umliegenden Staatsanwaltschaften, Boote der Küstenwache zogen unten auf. Sie tauchten wie Schemen aus dem Nebel, sprachen über Funk mit mir und den Kollegen der State Police, die wegen ihrer geografischen Kenntnisse zwangsläufig die bessere Position hatten.

Auch die Hubschrauber, die bereits entlassen waren, wurden wieder hergerufen. Sie schwebten brummend auf die See hinaus, stießen tief hinab, aber der Nebel über dem Wasser ließ ihre Aktionen von Anfang an zweifelhaft erscheinen.

Ich stand neben Hallacy an dessen langem Radio Car und lauschte den quäkenden Stimmen im Lautsprecher. Um zwölf Uhr – hier oben auf dem Kliff schien inzwischen die Sonne – stand fest, dass die Gangster verschwunden waren. Wenigstens vorläufig. Der unmittelbar angesetzten Fahndung waren sie entschlüpft. Und unten am felsigen Strand lagen zwei tote Männer in ihrem Blut.

Jetzt musste die nächste Phase beginnen, bei der die Kreise weiter gezogen werden mussten. Jeder kleine Hafen innerhalb eines bestimmten Radius – ich schätzte ihn auf zehn bis zwanzig Fahrminuten auf See – musste abgeklappert werden. Gesucht wurde ein Boot, das trotz des Nebels ausgelaufen war.

Hallacy schien denselben Gedanken nachzuhängen, denn ihm würde diese Aufgabe zufallen. Er fragte: »Wissen Sie, wie viele Yachthäfen es im Umkreis von, sagen wir, zehn Meilen gibt? Über dreißig! Und wenn wir die privaten hinzurechnen, können Sie diese Zahl glatt noch einmal verdoppeln!« Düster starrte der Lieutenant auf die See hinaus.

Vielleicht sind sie auch nach Long Island rübergefahren, dachte ich, aber ich erwähnte diese Möglichkeit nicht. Mein Chef hatte routinemäßig die Polizeibehörden aller Küstenorte auf der Nordseite von Long Island alarmiert.

»Wahrscheinlich sind sie schon lange an Land. Den Kahn haben sie irgendwo versteckt. Es ist überall verdammt tief hier an der Steilküste!«

Ich blickte nach unten. Das flaue Gefühl in der Magengegend stellte sich nicht mehr so prompt ein, aber meine Fäuste umklammerten die Leitplanke. Winzig klein sah ich unten am Wrack des Dodge die Umrisse der Männer in den Taucheranzügen, wie sie in den Trümmern arbeiteten.

Die punktförmige blaue Flamme am Ende eines Schneidbrenners wurde sichtbar, dann sprühten Funken. Die Männer da unten begannen, die Toten aus dem Fahrerhaus herauszuschweißen.

Ich wandte mich ab. Das alles dauerte viel zu lange. Die Gangster würden Simmons zwingen, den Safe so schnell wie möglich zu öffnen. Sie hatten Marion, um ihrer Forderung Nachdruck zu verleihen. Wo steckte die Bande? Sie konnte nicht weit sein, daran zweifelte ich nicht, denn sie konnten es nicht riskieren, mit dem Safe im Kofferraum längere Strecken zurückzulegen. Nein, sie waren nah, ganz nah.

»Gibt es Inseln in Küstennähe?«, fragte ich Hallacy.

Der State Trooper schüttelte den Kopf. »Nicht in dem Umkreis, der uns interessiert.«

»Okay, dann besorgen Sie mir bitte einen Hubschrauber.«

Hallacy blickte mich kurz an, dann zuckte er mit den Schultern. »Sie sind der Boss.« Er angelte das Mikrofon seines Funkgerätes aus dem Wagen und gab ein paar Befehle, wobei er sich ausdrücklich auf mich berief. Er warf das Handmikrofon in den Wagen zurück und starrte in den Himmel.

Wenig später stieß einer dieser kleinen Helikopter herab. Die vorgewölbte gläserne Kanzel blitzte in der Sonne. Der Hubschrauber schwang herum, dann setzte der Pilot elegant auf dem immer noch gesperrten Highway auf.

Die Tür neben dem Piloten glitt zurück, ein uniformierter Beamter sprang heraus und machte mir damit seinen Platz in der Hummel frei.

Ich rannte unter den wirbelnden Rotoren her, schwang mich neben den Piloten in den Schalensitz, und schon hob die Flugmaschine ab. Die Menschen und Fahrzeuge da unten schienen zurückzuweichen, wurden immer kleiner.

Der Pilot deutete auf einen Helm. Ich stülpte ihn über und hatte plötzlich den Sprechfunk der State Police am Ohr. Ich fand auch den Schalter, um selbst auf Sendung gehen zu können. Für die Verständigung an Bord brauchte der Umweg über den Sender natürlich nicht genommen zu werden. Neben der Sprechfunkleitung bestand eine Dauerleitung zwischen Pilot und dem Nebensitz.

»Wohin?«, hörte ich die Stimme des Piloten aus dem Lautsprecher im Helm.

»In mäßiger Höhe immer schön im Halbkreis um die Stelle da unten herum«, sagte ich. Der unförmige Helm des Piloten wackelte bejahend. »Und zwar über Land«, fügte ich hinzu.

»Über Land«, bestätigte der Pilot. Er setzte die Nase seines Vogels in den Wind und begann mit dem ersten Halbkreis, der etwa eine Viertelmeile um den Tatort herumführte.

Die nächsten Kreise lagen weiter vom Tatort entfernt. Und sie waren nicht mehr vollkommen rund, denn ich ließ den Piloten hier und da einen Feldweg, dort eine Jagdhütte und woanders eine Baumgruppe anfliegen.

Bisher hatte ich kaum bewohnte Häuser entdeckt. Nur das Dörfchen Ransome Village lag zwischen dem Highway und Saugatuck, und dieses Dorf war so klein, dass es als Unterschlupf für eine größere Gangsterbande kaum in Betracht kam.

Ein paar Farmhäuser lagen am Weg. Sie waren natürlich eher interessant. Ich achtete darauf, ob ich Bewohner sah, die versuchten, Zeichen zu geben. Oder auf Häuser, die einen bewohnten Eindruck machten, wo aber kein Mensch zu sehen war. Denn es war möglich, dass die Gangster als ungebetene Gäste bei einer Farmerfamilie Unterschlupf gesucht hatten.

Es gab mehrere verlassene Farmen, deren Häuser alle Zustände des Verfalls aufwiesen. Mehrmals ließ ich den Piloten tiefer gehen, weil ich glaubte, Rauch aus einem Kamin oder frische Reifenspuren gesehen zu haben.

Eine Stelle nach der anderen stellte sich als Niete heraus. Weiter,

weiter, trieb ich den Piloten an. Ich sah auf die Uhr. Es war kurz vor zwölf. Seit dem Überfall waren jetzt zwei Stunden vergangen, und die Zeit arbeitete für die Verbrecher. Wenn es Simmons gelang, den Safe zu öffnen, konnten sie verschwinden. Einzeln oder in kleinen Gruppen, und mit jeder Stunde, die verging, würde es uns schwerer fallen, ihnen das Verbrechen nachzuweisen. Vor allem dann, wenn Marion, Phil und Simmons als Tote auf der Strecke blieben …

Je weiter wir uns vom Tatort entfernten, desto größer wurde die Auswahl für mich. Dreieinhalb Meilen landeinwärts tauchte ein weiterer kleiner Ort auf. Das Gelände wurde hügelig, die Übersicht schlechter. Der Pilot ging auf fünfhundert Fuß.

Meine Augen eilten voraus. Traktoren zogen über abgeerntete Felder, Fahrzeuge aller Art bewegten sich scheinbar langsam wie die Käfer. Ich griff nach einem starken Feldstecher und presste die Okulare an die Augen. Ich richtete das Glas auf eine offenbar unbewohnte Farm halb rechts von mir. Irgendetwas hatte meine Aufmerksamkeit erregt. Eine hastige Bewegung vielleicht, ich weiß es nicht.

Das Glas riss das Haus förmlich heran. Ich tastete es ab. Unter kahlen Bäumen bemerkte ich wieder eine Bewegung. Ein Mann, nein zwei, rannten geduckt auf das Haus zu. Einer sah zum Hubschrauber her. Und dann sah ich, dass sie etwas zwischen sich schleppten, etwas Orangefarbenes, Längliches. Eine Frau!

Ich war nicht ganz sicher, denn jetzt verschwanden die Männer hinter einer Ecke des Hauses.

»Soll ich näher ran?«, fragte der Pilot, dem mein gespanntes Interesse nicht entgangen war.

»Bloß nicht!«, zischte ich. »Ziehen Sie einen weiten Bogen und fliegen Sie dann zum Highway zurück. Nur nicht auffallen!«

Mein Herz hämmerte. Sollte ich das Versteck der Bande gefunden haben?

Phil hörte Simmons' keuchende Atemzüge. Der Mann hatte schwer gearbeitet, das musste Phil zugeben. So einfach schien es doch nicht zu sein, einen Safe zu knacken. Dabei konnte Simmons hier Lärm machen, und er hatte alle Werkzeuge zur Verfügung. Es war ihm gelungen, mithilfe einiger Dutzend Bohrlöcher die Frontplatte des

Safes zu entfernen. Jetzt kratzte Simmons an der glasharten Füllung herum, die aus einem Gemisch aus Beton und Asbest bestehen musste. Darunter erst befand sich das zentrale Riegelsystem, an das Simmons heran musste.

Wütend hämmerte er auf dem Zeug herum, setzte hier und da ein Bohrloch, das er mit einem Diamantfräser erweiterte.

Phil war in der Zwischenzeit nicht untätig geblieben. Er hatte die beiden Wagen aufgebrochen – Werkzeuge gab es ja genug – und den Ford fahruntauglich gemacht. Bei dem Pontiac hatte er die Zündung kurzgeschlossen, nachdem es ihm mit Simmons' Hilfe gelungen war, das Lenkschloss zu öffnen.

Jetzt löste er die Drähte wieder und schlug die Tür ins Schloss. Das Ausstellfenster war nur angelehnt. Phil konnte jederzeit in den Wagen hinein.

Phil hielt einmal inne, als er in der Ferne Motorgeräusche hörte. Ein Hubschrauber! Doch die Maschine schien abzudrehen.

Simmons stieß einen leisen Schrei aus. Es war ihm gelungen, eine weitere Platte abzuheben. Darunter glänzte mattschwarz das zentrale Riegelsystem, das Herz des Safes. Simmons' Gesicht war schweißüberströmt, als er mit zwei Stahlstiften zwischen die Riegel ging und vorsichtig mehrere Stangen zugleich anhob. Phil hörte ein Schnarren. Simmons lehnte sich zurück. Er lächelte erschöpft.

»Wollen Sie …«, fragte er.

Phil starrte Simmons verblüfft an. »Er ist offen?«

Simmons nickte.

»Worauf warten wir dann?«, rief Phil.

Simmons zog an dem Gerippe der Tür. Mit einem saugenden Geräusch schwang sie zurück. Jeder Winkel des Innenraumes war mit rechteckigen Aluminiumbüchsen gefüllt.

Phil und Simmons nahmen einige heraus. Jede trug einen Aufkleber, die handschriftlichen Eintragungen nannten die Inhalte der Büchsen. Keineswegs alle enthielten Bargeld. Es waren Büchsen mit Schecks, Aktien und Schuldverschreibungen dabei.

Phil und Simmons warfen die Büchsen mit dem Bargeld auf eine Seite. Simmons rechnete grob die Summen zusammen. Dann lehnte er sich mit blassem Gesicht zurück, seine Lippen zitterten.

»Was ist?«, fragte Phil.

»Knapp dreihunderttausend«, flüsterte Simmons. »Die teilt Gallagher nie …« Simmons hatte eigentlich nie an dieser Tatsache gezweifelt, und es war ihm von Anfang an bewusst gewesen, dass Gallagher ihn und Marion umbringen musste. Aber jetzt hatte er Gewissheit, und die machte den Unterschied aus. Simmons durchschaute jetzt glasklar Gallaghers Plan. Der Gangster hatte nie die Absicht besessen, auch nur einen Cent der Beute abzugeben. Die Konsequenz lag auf der Hand – Gallagher würde der Einzige sein, der die Farm lebend verließ.

»Los!«, zischte Phil. Er raffte die Büchsen zusammen und verstaute sie wieder im Safe. Dann warf er die Tür zu. Keine Sekunde zu früh. Die Scheunentür flog auf. Gallagher stand breit und massig im Rahmen, hinter ihm erschien Brisco.

»Wie steht's?«, fragte Gallagher.

»Ist es schon drei?«, erkundigte sich Simmons höhnisch. »Was macht mein Steak?«

»Erst die Arbeit …«

»Ich kann nicht mehr!«, schrie Simmons. »Mann, das ist Schwerarbeit! Sieh dir die Löcher an! Das Material ist glashart! Komm doch her!«

Phil blickte besorgt zu Gallagher hinüber. Hoffentlich nimmt der die Aufforderung nicht so wörtlich und zieht vielleicht mal an der Tür.

Gallagher starrte Simmons jedoch nur finster an.

»Ich schicke was«, knurrte er und zog sich zurück.

Für einen Augenblick erhaschte Phil einen Blick nach draußen. Er stieß Simmons an. »He, Glen! Marion ist nicht mehr draußen!«, rief er. »Sie haben es aufgegeben, vielleicht wegen der Hubschrauber!«

Simmons atmete auf. »Dann lassen Sie sich etwas einfallen, G-man. Ich will hier raus. Und mein Girl möchte ich gerne mitnehmen.«

Wieder wurde die Tür geöffnet. Nomey zwängte sich hindurch, gedeckt von Larry, der eine Pistole in der Faust hielt. Phil sah an dem Glatzkopf vorbei, und seine Hoffnungen fielen in sich zusammen.

Brisco schleppte Marion hinter sich her, warf das Seil wieder über den Ast und riss das Girl brutal von den Füßen.

Larry grinste nur. Auch Simmons hatte die Szene mitbekommen.

Er wandte sich um, damit Larry den Hass in seinen Augen nicht sehen konnte.

Die Kollegen von der State Police verschafften mir innerhalb von fünfzehn Minuten einen geländegängigen Wagen, einen Jeep von der Forstverwaltung, wie Hallacy sagte. Ein Förster brachte das offene Fahrzeug an. In einer Spezialhalterung zwischen den beiden Vordersitzen steckte noch eine doppelläufige Flinte. Der Mann wollte sie herausnehmen.

»Lassen Sie die ruhig drin«, bat ich ihn. »Vielleicht können Sie mir auch ein paar Patronen überlassen?«

Der Mann zuckte mit den Schultern und deutete auf das Handschuhfach. Ein mürrischer Bursche, der den Wagen offenbar als sein Privateigentum betrachtete. Hallacy rüstete mich mit einem Walkie-Talkie aus, einem weitreichenden Gerät, wie es auch bei der Küstenwache verwendet wird.

»Viel Glück«, sagte der Lieutenant. »Sie wollen wirklich allein gehen?«

Ich nickte.

»Wie Sie wollen. Ich sorge dafür, dass alles andere wie vereinbart erledigt wird. Viel Glück!«

Ich probierte die Gänge, klemmte dann eine Generalkarte des Gebiets in die dafür vorgesehene Halterung und gab Gas.

Hallacy und der Pilot hatten mir den Weg zu der Farm auf der Karte gezeigt. Dreieinhalb Meilen Luftlinie bedeuteten hier auf dem Boden neun oder zehn Meilen. Ich verließ den Highway über die Ausfahrt Saugatuck, folgte ein Stück der schmalen Staatsstraße 33 in Richtung Westport. Vor den ersten Häusern des Ortes fand ich eine asphaltierte Straße, eigentlich handelte es sich nur um einen Weg. Die Fahrbahndecke wies riesige Löcher auf. Der Jeep sprang hindurch, an ein Ausweichen war nicht zu denken, denn der Weg war kaum breiter als das Fahrzeug.

Hohe Hecken versperrten die Sicht, aber ich wusste, dass ich noch nicht am Ziel war.

Der asphaltierte Weg endete abrupt irgendwo, ich stand mit dem Jeep vor einer Wiese und hatte die Wahl zwischen mehreren Feldwegen. Alle waren tief ausgefahren. Weit und breit gab es kein Haus.

Einer der Wege führte einen Hügel hinauf. Ich kuppelte wieder ein und trieb den Wagen vorwärts. Hundert Yards vor der Hügelkuppe hielt ich an und zog die Handbremse. Der Motor lief erfreulich leise.

Ich sprang hinaus und rannte den Hügel hinauf. Auf der anderen Seite standen Obstbäume, und hinter den Bäumen erkannte ich die dunklen Dächer zweier Gebäude. Ich erkannte sie nicht wieder, die Perspektive war ganz anders, aber ich glaubte dem Piloten, der mir diese Stelle auf der Karte gezeigt hatte.

Ich warf mich ins Gras und spähte nach vorne. Zu sehen gab es nichts aus dieser Entfernung. Ich musste näher ran.

Ich flitzte zu dem Jeep zurück, fuhr noch etwas weiter hinauf und wendete dann. Erst als der Wagen mit der Schnauze hügelabwärts stand, schaltete ich den Motor aus.

Den Zündschlüssel versteckte ich unter dem Vordersitz. Als ich aussteigen wollte, fiel mein Blick auf die Jagdflinte in der Gewehrhalterung. Ich nahm die Flinte heraus und wog die schwere Waffe in der Hand. Sie fühlte sich irgendwie gut an, zuverlässig und sicher. Es war eine verzierte Winchester Bockdoppelflinte. Ich drückte die Schiebesicherung zur Seite, klappte die Läufe um und spähte in den großen Schrot- und in den kleineren Kugellauf hinein. Im Ablagefach suchte ich nach den Patronen, fand zwei Schachteln mit der roten Winchester-Munition und schob kurz entschlossen je eine Patrone in den Kugel- und in den Schrotlauf. Als ich ausstieg, legte ich das Gewehr über die beiden Vordersitze.

Ein paar Sprünge brachten mich über die Hügelkuppe. Ich benutzte die Obstbäume als Deckung, als ich den Hang hinablief. Die Gebäude waren noch weit genug entfernt, sodass ich ziemlich rasch vorankam. Reifenspuren konnte ich nicht entdecken. Deshalb vermutete ich, dass es noch eine andere Zufahrt zu der Farm geben musste, und falls sich hier tatsächlich Gangster verborgen hielten, würden sie ihre Aufmerksamkeit vermutlich auf diesen Weg konzentrieren.

Das Dach des Farmhauses war meinen Blicken entschwunden, nachdem ich zwischen den Obstbäumen untergetaucht war, und es tauchte erst wieder auf, als ich schon ziemlich nah dran war. Ich warf mich ins feuchte Gras, zerquetschte einen faulenden Apfel dabei und spähte nach vorn. Ich sah auf die Hinterfront des niedrigen Farmhauses. Es gab dort zwei Fenster und eine Tür. Die Fenster waren blind, die Tür geschlossen.

Links lag die größere Masse der Scheune. Ich robbte näher heran, weil immer noch zu viele Bäume die volle Sicht versperrten. Ein Laut ließ mich innehalten.

Ich lag starr da, ohne zu atmen, angestrengt lauschend. Was hatte ich gehört? Ein Wimmern? Ein Seufzen?

Da war es wieder! Mein Kopf ruckte herum, mein Blick versuchte, durch das Gewirr der tief hängenden Äste hindurch etwas zu erkennen. Und dann sah ich es. Eine Gestalt hing in einem Baum. Eine Frau. Marion.

Ich zwang mich, ruhig liegen zu bleiben. Blindes Drauflosstürmen wäre falsch gewesen. Ich spähte herum. Irgendwo muss doch jemand aufpassen! Marion hängt doch nicht ohne Grund dort, dachte ich.

Als ich niemanden bemerkte, kroch ich näher heran. Marions Kopf hing herab, sie schien mit einer Ohnmacht zu kämpfen. Und dann erst bemerkte ich, dass ihre Füße in der Luft schwebten. Der Zorn übermannte mich und raubte mir für einen Augenblick den Verstand. Ich grub meine Finger in den Boden und biss mir auf die Lippen, bis ich wieder klar denken konnte.

Unendlich langsam schob ich mich näher heran. Marion musste sowohl vom Haus als auch von der Scheune her zu sehen sein. Die Gefahr schien jedoch eher beim Farmhaus zu lauern, denn die Scheune hatte keine Fenster.

Ich presste mich etwa zwölf Yards hinter dem Girl flach auf den Boden. Noch einmal spähte ich herum. Keine Bewegung.

»Sst!«, zischte ich. »Marion!«

Ich sah ihren Rücken und die Arme, die Handgelenke mit den Stricken, die tief ins Fleisch schnitten, und den gesenkten Kopf. Keine Reaktion.

»Marion!«, rief ich etwas lauter.

Nichts. Das Girl hing dort wie tot. Ich fluchte auf mich, weil ich das Walkie-Talkie nicht bei mir hatte. Hallacy und seine Leute würden langsam näher rücken, aber sie würden auf ein Zeichen von mir warten und nichts unternehmen. Bis drei Uhr. Ich zerbiss einen Fluch zwischen den Zähnen. Ich konnte Marion retten, vielleicht. Aber was geschah dann mit Simmons und Phil?

Ich konnte Marion nicht dort hängen lassen, also musste ich zu einem Entschluss kommen. Ich hatte keine Ahnung, wie lange sie schon dort hing, aber ich wusste, dass sie sterben musste, irgendwann. Ich wusste nicht warum, aber ich wusste, dass es so war. Nach einer gewissen Zeit stirbt ein Mensch, den man so aufgehängt hat wie die Gangster Marion. Wenn sie nicht schon gestorben war, denn keine Bewegung eines Muskels verriet, ob noch Leben in ihr war.

Ich durchwühlte meine Taschen nach meinem Messer, ich fand es endlich und klappte die größte Klinge auf.

»Marion!«, rief ich noch einmal. Nichts.

Ich sprang auf, wieselte zwischen den Bäumen her. Hinter Marion richtete ich mich auf. Ich stieß sie an, sie bewegte sich, baumelte hin und her. Ich schlang meinen linken Arm um ihre Taille, hob den leichten Körper etwas an und begann, an dem Strick zu schneiden.

Der Strick war feucht und zäh. Es dauerte endlos. Marion hing kraftlos auf meiner Schulter, aber ich spürte ihre Atemzüge an meinem Hals. Einige Fasern sprangen. Die kleine Klinge glitt mehrmals ab, meine Blicke flogen immer wieder zu dem Farmhaus. Nichts rührte sich hinter den blinden Fenstern, dabei erwartete ich jeden Moment Schüsse zu hören.

Unvermittelt riss das Seil. Ich warf das Girl ganz über meine Schulter und rannte los, zwischen den Bäumen her den Hügel hinauf.

Schon nach wenigen Yards hämmerte mein Herz wie wild. Und dann ging auch der Tanz los. Ein Mann schrie, brüllte. Ich sah mich um. Ich erkannte die Gestalt eines Mannes. Er stand zwischen dem Haus und der Scheune. Und dann waren plötzlich noch mehr Männer da. Sie verteilten sich. Ich hörte ihre Schritte und eine heisere Stimme, die Befehle brüllte.

Keuchend rannte und stolperte ich den Hügel hinauf. Marion rührte sich einmal kurz, sie seufzte erschreckt. Ich kümmerte mich nicht um sie. Ich musste machen, dass ich wegkam. Es war ein erbarmungsloser Wettlauf. Ich hatte nur einen winzigen Vorteil. Die Bäume deckten mich für eine Weile. Sie standen zwar nicht dicht wie in einem Wald, aber solange die Gangster weiter als etwa sechzig Yards hinter mir blieben, würden sie mich kaum entdecken.

Marion rutschte von meiner Schulter. Ich ließ sie herabgleiten, verschnaufte zwei oder drei Sekunden. Dann riss ich sie wieder hoch, ging in die Hocke und legte sie mir quer über die Schultern.

Bevor ich weiterrannte, hörte ich Schritte. Sie waren noch weit hinter mir, aber sie kamen stetig näher.

Verbissen stolperte, rannte, floh ich weiter, den verdammten Hügel hinauf. Vor mir stand der Jeep, der Rettung verhieß, hinter mir hetzten Schritte, die den Tod bedeuteten.

»Du sollst weitermachen!«, schrie Larry. Er lehnte an der Tür, bedachte Simmons immer wieder mit giftigen Blicken, wedelte hin und wieder mit der Pistole und keifte vor sich hin.

Gallagher hatte Larry als Aufpasser hier gelassen. Die Tür war von außen verschlossen. Phil hockte am Boden. Er ließ den glatzköpfigen Gangster nicht aus den Augen – er wartete auf eine Gelegenheit. Aber Larry war vorsichtig. Er ließ niemanden an sich herankommen. Phil und Simmons mussten beim Safe bleiben.

Simmons polkte unlustig an der Safetür herum. Phil löste seinen Blick von Larry, sah zu Simmons hinüber, wartete, bis ihre Blicke sich trafen.

Jetzt blickte Simmons Phil an, in seinen Augen stand ratlose Verzweiflung. Phil nickte unmerklich.

Simmons grinste flüchtig. Wie beiläufig zog er die Safetür auf. Larry bemerkte zunächst gar nicht, dass die Tür offen stand. Doch als sein Blick dann auf die schimmernden Aluminiumbüchsen fiel, stieß er einen leisen Schrei aus. Seine nackten Augen öffneten sich weit, er schluckte erregt. Zögernd kam er einen Schritt näher heran.

Doch dann blinzelte er, als ob er aus einem Traum erwachte. Er hob den Arm mit der Pistole.

»Okay, das wär's also«, flüsterte er aufgeregt. Sein Mund öffnete sich, die Zunge glitt über die Lippen.

Phil hörte das Schnappen der Sicherung.

»Halt«, sagte er so lässig, wie er es in dieser Situation gerade noch fertig brachte. »Wenn du ihn umlegst, schlage ich die Tür zu. Das Schloss schnappt automatisch ein. Dann seid ihr die Angeschmierten.« Larry schluckte. Phil stieß nach. »Was wird dein Boss dazu sagen?«

Larrys kahler Kopf ruckte von Simmons zu Phil und zurück.

»Ich lege euch beide um!« Larrys Finger krümmte sich.

»So schnell kannst du gar nicht ballern«, sagte Phil. »Lass es lieber …«

Simmons bewegte blitzschnell den Fuß, die Tür des Safes knallte zu. »Was nun?«, fragte er.

»Mach das Ding sofort wieder auf!«, keifte Larry.

Simmons schüttelte den Kopf. »So einfach geht das nicht. Dafür brauche ich meine Zeit …«

»Er hat die Büchse schon mal aufgehabt«, sagte Phil zu Larry. »Weißt du, wie viel Kies da drin ist?«

Larry schüttelte den Kopf.

»Rat mal«, forderte Phil ihn auf.

»Mindestens eineinhalb Millionen«, keuchte Larry.

Phil schüttelte bedauernd den Kopf. »Lumpige dreihundert Mille.«

»Du lügst!«, schrie Larry. »Sag, dass du lügst!«

»Es stimmt«, versicherte Simmons. »Gallagher hat bestimmt nicht die Absicht, das Geld durch acht oder neun zu teilen. Der ganze Aufwand lohnte doch nicht für dreißig- oder vierzigtausend. Wenn Gallagher weiß, dass der Safe offen ist, hat auch deine Stunde geschlagen, Larry.«

»Nein!« Larry schüttelte den Kopf. »Nein, nein! Du lügst. Du kannst gar nicht wissen, wie viel drin war.«

»Hast du schon Radio gehört?«, fragte Phil.

»Nein, wir haben keines …« Larry biss sich auf die Lippen.

Phil grinste. »Siehst du! Wir haben hier Autoradio gehört«, er wies mit dem Kopf auf den schwarzen Ford.

»Die Wagen sind abgeschlossen«, meinte Larry. Simmons lachte laut.

Larry lief rot an. »Mach das Ding auf!«

»Du kannst es ja mal versuchen«, sagte Simmons. Er trat einen Schritt zurück. Larry kam vorsichtig näher. Sein Blick hing auf Simmons, er schien ihn für den Gefährlicheren zu halten.

Er kam vier Schritte entfernt an Phil vorbei. Phil spannte alle Muskeln zum Sprung.

In dem Moment ging draußen das Geschrei los. Larry fuhr herum, starrte zur Tür. Das war der Moment. Phil schnellte vor, er erwischte den Kahlköpfigen in Höhe der Knie und rammte seine Schulter gegen Larrys Oberschenkel.

Larry brüllte erschreckt auf, als er vornüber fiel. Phil warf sich auf ihn, riss ihn herum und knallte ihm die Faust unter das Kinn. Larry erschlaffte.

Wo war die Pistole? Larrys Hand war leer. Er sah sich um, wälzte Larry zur Seite, er sah den Kolben unter Larrys Schulter, wollte gerade nach der Waffe greifen, als eine Stimme ihn mitten in der Bewegung stoppte. Eine eisige Stimme, gefährlich und kalt, eine Stimme, die gewohnt war, gefährliche Situationen mit Worten zu meistern. Gallaghers Stimme.

»Halt! Aufstehen!«

Phil wusste, dass er gemeint war. Er stellte sich auf die Füße. In Gallaghers Hand erblickte er eine 7.35er Magnum, eine gedrungene, schwere Waffe, deren Geschosse einem glatt den halben Kopf wegreißen können.

»Hände über dem Kopf verschränken, ihr beide! Los, wird's bald?«

Larry kam langsam wieder zu sich. Er blinzelte, wälzte sich dann hastig herum und suchte nach seiner Waffe. Als er sie hatte, stieß er ein Triumphgeheul aus.

»Bring sie rüber ins Haus!«, befahl Gallagher. »Aber lass dich nicht wieder übertölpeln!«

Larry nickte eifrig. »Soll ich sie umlegen?«, fragte er.

Gallagher warf einen schnellen Blick über seine Schultern nach draußen. »Ohne Befehl wird nicht geschossen, verstanden? Los jetzt, schaff sie rüber!«

Larry wedelte mit der Pistole. Phil war gespannt, ob Larry etwas von dem offenen Safe verraten würde. Nein, der Gangster schwieg.

Gallagher schloss den Kofferraum des Ford auf. Er steckte die Magnum in die Jackentasche und holte ein längliches Bündel aus dem Kofferraum. Er wickelte die Decke ab und hielt jetzt eine Maschinenpistole in der Faust. Aus der Werkzeugtasche nahm er drei Magazine. Eins schob er in die Waffe, die beiden anderen steckte er ein. Eilig verließ er die Scheune.

Larry trieb Phil und Simmons durch den hinteren Eingang ins

Farmhaus. Der große Wohnraum war leer. Larry blickte sich genauso erstaunt um wie die beiden anderen.

»Da scheint einiges schief zu laufen«, stellte Phil gleichmütig fest. Er bückte sich etwas, um aus einem der niedrigen Fenster schauen zu können. Er sah einen Mann, der wie ein Wilder zwischen den Bäumen herumrannte. In der Hand hielt er eine Waffe.

Gallagher stapfte in den Raum. Larry hielt für einen Moment die Luft an, als er die Tommy Gun in Gallaghers Faust erblickte.

Gallagher ging zu einem der beiden Fenster hinüber und starrte hinaus. Er schien auf etwas zu warten ...

Meine Lungen begannen zu schmerzen. Ich spürte Stiche überall, der Schweiß rann mir am Körper hinab, und das Herz hämmerte schmerzhaft in der Brust. Marion schien immer schwerer zu werden, der Hügel immer steiler. Die Schritte hinter mir hörte ich nicht mehr, aber das führte ich auf das Rauschen des Blutes in meinen Ohren zurück. Der Verfolger war immer noch hinter mir, denn ich verursachte garantiert Geräusche wie eine Herde Büffel.

Marion begann zu zappeln, sie machte ein paar heftige Bewegungen, und ich konnte sie nicht mehr halten. Etwas unsanft glitt sie zu Boden.

Wir hatten die Deckung des Obstgartens hinter uns. Ich zog meinen Smith & Wesson. Marion starrte mich an, ihre Augen waren rund und groß und verständnislos.

»Sie?«, flüsterte sie dann.

»Weiter!« Ich packte sie unter der Achsel, half ihr auf die Beine, und schneller als zuvor hetzten wir weiter. Marion brach ein paar Mal in die Knie, aber sie gab nicht auf. Noch wenige Schritte, dann hatten wir die Kuppe erreicht.

Ich rannte hinter dem Girl her, von Zeit zu Zeit blickte ich mich um. Wieder stolperte Marion, und diesmal fiel ich über sie. Ein Schuss peitschte, die Kugel zischte über mich hinweg. Marion kam wieder auf die Füße, aber sie hinkte jetzt. Ich legte mich auf den Rücken, hob den Revolver, aber ich fand kein Ziel. Der Schütze stand in guter Deckung. Zwei Schüsse fetzten Erdfontänen neben mir hoch.

Ich ergriff erneut die Flucht. Marion war hinter der Hügelkuppe verschwunden. Ich rannte hinter ihr her, erkannte ihren orangefarbenen Pullover, der wie ein Signal leuchtete. Sie hatte den Jeep fast erreicht, noch ein paar Sprünge, dann war sie hinter dem Wagen.

Keuchend erreichte ich ebenfalls den Jeep. Kraftlos ließ ich mich neben dem Girl ins Gras sinken. Ich fasste unter den Sitz, fand den Schlüssel.

»Warten Sie, bis ich die Kiste gestartet habe, dann schwingen Sie sich hinein …«

Marion nickte. Ich beugte mich über den Beifahrersitz und steckte den Schlüssel ins Schloss. Wieder peitschten Schüsse, und ich zog den Kopf ein. Eine Kugel ging durch die aufgeklappte Windschutzscheibe und hinterließ ein kleines Loch mit zersplitterten Rändern.

Ich drehte den Schlüssel, der Anlasser mahlte, der Motor sprang sofort an. Ich wollte mich umdrehen, den Schützen für ein paar Sekunden in Deckung zwingen. Er musste irgendwo oben auf der Kuppe liegen, vom hohen Gras gut gedeckt.

Zwei Schüsse schnell hintereinander schlugen klatschend ins Blech, und dann schlugen hinten die Flammen hoch. Von einer Sekunde zur anderen stand der Jeep in Flammen. Der Schütze musste den hinten angebrachten Reservekanister getroffen haben.

Marion war entsetzt aufgesprungen, sie floh den Hügel hinab. Ich ließ sie laufen, riss das Jagdgewehr an mich, angelte nach dem Walkie-Talkie, das auf dem Rücksitz unter einer Plane lag. Irgendetwas ließ mich hochblicken. Durch die lodernden Flammen sah ich einen Mann auf den Wagen zurennen. Er wollte offenbar hinter Marion her.

»Stehen bleiben!«, brüllte ich und riss das Gewehr hoch. Der Mann schwenkte herum, im Laufen hob er einen Arm, und plötzlich starrte ich in die Mündung eines großkalibrigen Revolvers.

Ich hatte die Flinte erst halb hoch. Wie von selbst glitt mein Zeigefinger unter den Abzugsbügel, und ohne zu zögern riss ich den Stecher durch.

Die Explosion dröhnte, die Waffe in meiner Hand bäumte sich auf, und der heranstürmende Mann schien gegen eine Mauer gelaufen zu sein. Dann brach er ohne einen weiteren Laut zusammen.

Ich rannte los, nur weg von dem brennenden Jeep, dessen Tank jeden Augenblick in die Luft fliegen konnte. Ich dachte jetzt nur an

Marion. Blind stürmte ich hinter ihr her, das Gewehr immer noch in der Faust. Irgendwann hatte ich den Smith & Wesson ins Schulterholster zurückgeschoben, ich spürte den beruhigenden Druck unter der Achsel.

Von Marion war nichts mehr zu sehen. Ich rannte zwischen den hohen Hecken entlang auf eine Biegung zu, brach mit vollem Tempo hindurch, bremste dann meinen wilden Lauf und blieb atemlos stehen.

Zwanzig Schritte entfernt stand Marion. Es war wie in einem Albtraum. Sie stand dort, ein Arm lag um ihren Hals, ein fremder, dicker Arm, der ihren kleinen Kopf brutal in den Nacken riss. Und eine schwarze Faust presste einen Revolver gegen Marions Stirn.

»Langsam, Junge, langsam«, erreichte mich eine weiche Stimme. »Schmeiß die Knarre weg!« Weiße Zähne blitzten in dem schwarzen Gesicht, das hinter Marions Kopf hervorlugte.

Ich warf das Gewehr in die Hecke und hob die Arme. Aus Marions Augen schossen Tränen, die helle Streifen in dem schmutzigen Gesicht hinterließen.

»Umdrehen und denselben Weg zurück!«, befahl der Schwarze. »Ich kenne zwar noch einen anderen Weg, aber der ist länger!« Er lachte glucksend. »Für den muss man gut zu Fuß sein!« Ich glaubte ihm aufs Wort. Er musste glatt um den Obstgarten herumgelaufen sein, um uns von unten packen zu können. Eine olympiareife Leistung.

Weiter oben explodierte der Jeep. Brocken flogen durch die Luft bis hierher, ein zerbeultes Stück Blech der Seitenverkleidung segelte herab und landete wenige Fuß hinter dem Schwarzen, der nicht einmal zusammenzuckte. Dann war wieder Stille. Langsam ging ich los.

Als wir an dem Jeep vorbeikamen, züngelten die Flammen über den Trümmern. Ich blieb stehen und wandte mich um. Ich sah den Schwarzen und Marion, aber jeder Gedanke meines Gehirns kreiste um die Waffe in meinem Schulterholster. Der Schwarze hatte mich noch nicht nach Waffen abgetastet, und solange er Marion in den Armen hatte, konnte er es auch nicht tun.

Der Schwarze warf dem Toten nur einen kurzen Blick zu. Marions Augen wurden groß und starr, dann verdrehte sie die Augen und hing plötzlich wie tot in den Armen des Schwarzen.

Der Schwarze hielt sie jedoch fest an seinen Körper gepresst. Er schleppte Marion an der Leiche vorbei.

»Das war Willie!«, rief er mir zu. »Um den ist's nicht schade.« Wieder lachte er glucksend.

Es gab keine Gelegenheit für mich. Der Schwarze hielt Marion wie eine Stoffpuppe vor seinem Körper, und die Mündung seiner Waffe lag wie aufgeklebt an Marions Schläfe.

»Weiter!«, befahl der Schwarze.

Ich atmete ein paar Mal tief durch, um meine Erregung und meinen Zorn zu dämpfen. Ruckartig wandte ich mich schließlich um und stapfte zur Hügelkuppe hinauf. Der Schwarze machte auch keinen Fehler, als die Bäume der Obstplantage näher rückten. Er schloss dichter auf und hielt sich etwas seitlich, sodass er mich im Auge behalten konnte. Ich konnte nicht einfach zwischen den Stämmen verschwinden. Er hätte mich spielend abknallen können. Mich oder Marion.

Der Schwarze stieß einen schrillen Pfiff aus, als wir den Hof zwischen dem Farmhaus und der Scheune betraten. Einige Männer standen plötzlich um uns herum. Der Schwarze stieß mich in das Farmhaus, durch die Küche, in den größeren Wohnraum.

Es war nicht sehr hell hier. Als Ersten sah ich einen Mann, der an einem der beiden vorderen Fenster gestanden hatte und sich nun umwandte. Ich sah die breite Gestalt mit dem kantigen Schädel und noch etwas – eine Maschinenpistole in seiner Hand.

Dann fiel mein Blick auf Phil und Simmons, die beide an der Schmalseite des Raumes standen. Sie wurden von einem kahlköpfigen Mann bewacht. Phil verriet mit keinem Zucken seines Gesichtes, dass er mich kannte.

Der gedrungene Gangster mit der Tommy Gun war der Boss, daran gab es keinen Zweifel. Er kam langsam auf mich zu, blieb zwei Schritte vor mir stehen und starrte mir ins Gesicht.

»Wer bist du?«, fragte er.

Ich antwortete nicht.

»Er hat Willie umgelegt«, sagte der Schwarze hinter mir. Aus den

Augenwinkeln sah ich, dass sich der Raum gefüllt hatte. Offenbar war die gesamte Bande versammelt.

Der Gangsterboss stieß mir unvermittelt die Mündung der MPi in den Bauch. Ich krümmte mich zusammen, schnappte nach Luft, spürte, wie meine Knie weich wurden.

»Wer bist du?«, wiederholte der Boss seine Frage.

Ich atmete vorsichtig ein und aus, bis die Wellen des Schmerzes abebbten, und richtete mich ganz langsam auf. Starr sah ich in die hellblauen Augen. Ich musste etwas sagen, dachte ich. Den Schweigsamen zu mimen hatte wenig Sinn.

»Ich heiße Jim Sherince«, sagte ich. Der Name fiel mir gerade ein.

Gallagher, seinen Namen erfuhr ich natürlich erst später, klemmte sich die MPi unter den rechten Arm, sein Finger lag am Abzug. Die Mündung zeigte irgendwo auf meinen Bauch. Plötzlich glaubte ich, einen Stein im Magen zu spüren. Der Boss schob sich näher an mich heran, und blitzschnell schoss seine Hand unter meine Jacke. Er riss sie wieder heraus und hielt meinen Smith & Wesson in die Höhe.

Dann ging er zurück und betrachtete die Waffe genauer. »Smith & Wesson, 38er Special! Sieh mal an, eine solche Kanone habe ich heute doch schon mal gesehen!« Er blickte zu Phil hinüber. »Ich weiß, wer diese Knarre als Dienstwaffe benutzt. Der FBI gehört dazu, stimmt's?«

Ich antwortete nicht. Ich kann nichts dafür, manchmal bin ich einfach zu stolz. Oder zu blöd. Der Kerl brauchte ja nur meine Brieftasche herauszuholen. Aber er hatte offenbar auch seinen Stolz. Er wollte die Bestätigung von mir hören. Um uns herum war es still geworden.

Ich sah die Bewegung kommen, und es gelang mir gerade noch, die Muskeln zu spannen. Der harte Lauf der Tommy Gun schoss auf meinen Bauch zu, wühlte sich unterhalb der Gürtellinie in mein Gedärm.

Ich packte zu. Trotz des Schmerzes schlug ich meine Finger um den Lauf der Waffe, riss den Lauf hoch und drehte mich einmal um meine Achse. Manchmal klappt der Trick, und derjenige, der sie in der Hand hat, lässt los, bevor ihm die Finger brechen.

Nicht so Gallagher. Er schlug mir eine Handkante in die Seite, und ich ließ los. Ich stand einen Augenblick wackelig da, dann knickten meine Knie ein, und ich sank langsam zu Boden.

Was während der nächsten Minuten geschah, bekam ich nur zur Hälfte mit. Der gemeine Schlag war offenbar so genau dosiert gewesen, dass er mich von den Beinen riss, mir aber nicht das Bewusstsein raubte.

Gallagher sprach. Für mich hörte es sich nur wie undeutliches Murmeln hinter einem dicken Vorhang an.

Mir erschien es wie ein plötzlicher Aufbruch, als sich unvermittelt alle in Bewegung setzten. Der Glatzkopf mit der Pistole scheuchte Phil und Simmons durch die Hintertür nach draußen, dann folgte der Schwarze, dessen Arme immer noch Marion umklammerten, und schließlich packten mich zwei Kerle unter der Schulter und schleiften mich nach draußen, über den Hof, in die Scheune. Sie legten mich irgendwo nieder wie einen alten Teppich, aber sie waren immerhin so vorsichtig, dass einer mit gespannter Waffe neben mir blieb.

Gallagher, die MPi immer noch unter dem Arm, stand neben dem Safe. Er starrte auf die Tür hinab, sah Simmons an, dann Marion. Dann warf er einen Blick auf seine Armbanduhr.

»Es ist erst halb drei«, sagte er langsam, fast bedächtig, »und du hast Zeit verloren. Aber ich kann nicht länger warten. Ich werde jetzt einen erschießen.«

Gallaghers Blick glitt über mich hinweg, lag für einen Augenblick auf Marion, wanderte dann zu Phil und blieb auf meinem Freund hängen. Gallagher hob den Lauf ein wenig an, sein Finger krümmte sich.

»Du wirst der Erste sein«, sagte er leidenschaftslos. »Dann der«, damit war ich gemeint, »und dann sie.«

Ich glaube, ich keuchte laut, als ich sah, wie Simmons sich unvermittelt vor Phil schob.

»Schon gut«, sagte Simmons. »Die Tür ist offen.«

Gallaghers Gesicht verzerrte sich, die Augen verschwanden hinter zusammengekniffenen Lidern, und eine Sekunde lang glaubte ich, er wollte Simmons erschießen, ohne sich von der Wahrheit dessen, was Simmons behauptet hatte, zu überzeugen.

Gallagher bückte sich, er zerrte am Rahmen der Tür. Dann hörte ich einen Aufschrei. Die Tür schwang zurück. Der Mann, der geschrien hatte, war der Glatzkopf. Hasserfüllt starrte er Simmons an.

Gallagher richtete sich wieder auf und sah seine Komplizen der Reihe nach an. Bei jedem nickte er kurz.

»Schafft sie wieder rüber«, knurrte er.

Zwei Männer, es waren Brisco und Tom Sparling, wie ich später erfuhr, rissen mich hoch und stellten mich probeweise auf die Füße. Ich blieb stehen. Die beiden nahmen mich in die Mitte und führten mich hinter Marion und Phil her. Simmons war hinter mir.

»Halt!«, befahl die heisere Stimme

Wir alle blieben stehen. Gallagher deutete mit dem Kopf auf Simmons. »Du bleibst hier«, sagte er, und Larry anblickend, fügte er hinzu: »Er gehört dir.«

Larrys Augen leuchteten auf. Er trat neben Simmons und führte ihn an uns vorbei zur Tür hinaus. Simmons warf Marion einen stummen Blick zu. Marion streckte die Arme nach ihm aus, sie wollte ihn festhalten, aber der Schwarze riss sie zurück.

Ich rührte mich nicht. Neben mir atmete Phil heftig. Marion schluchzte und rief dann Simmons' Namen.

Mir war die MPi egal, die auf mich gerichtet war, und auch die Waffe, die der Rothaarige in der Faust hatte. Ich stürmte los.

Ich hielt mich für schnell, für genauso schnell wie sonst auch. Ich rammte Tom mit der Schulter, stieß ihn gegen den Rothaarigen. Ich sah, wie er zurücktaumelte. Brisco trat mit einer geschmeidigen Bewegung zur Seite, es sah so richtig lässig und überlegen aus. Dann sah ich seine Hand kommen. Eine Hand, zur Faust geballt, in der Größe eines Kohlkopfes. Ich wich aus. So dachte ich jedenfalls.

Phil erzählte mir später, wie ich ausgesehen hatte. Wie ein angeschlagener Boxer, langsam wie eine Schnecke. Briscos Gesicht war erstaunt, er konnte nicht glauben, dass meine taumelnden Bewegungen einen Angriff bedeuteten. Zur Sicherheit knallte er mir seine Faust in die Seite. In die linke Seite.

Ich war ja noch halb bewusstlos von Gallaghers Handkantenschlag. Der Fausthieb jedenfalls traf genau dieselbe Stelle. Der Schmerz war erträglich, weil es schlagartig finster um mich herum wurde.

Für Glen Simmons war die Welt hinter einem Schleier verschwunden. Zum ersten Mal seit vielen Jahren weinte er. Er weinte aus Zorn und Hass und um Marion.

Er hörte die Schritte des kahlköpfigen Gangsters hinter sich, das Laub raschelte laut. Hintereinander gingen sie an der Längswand der Scheune entlang.

Steifbeinig wich Simmons einem verrosteten Heuwender aus. Bis zur Ecke des Gebäudes war es nicht mehr weit. Simmons konnte nicht erkennen, wie weit es war, es war jedenfalls nicht weit genug. Er vermutete, dass es irgendwo hinter der Scheune geschehen sollte. Vielleicht gab es dort eine vergessene Grube, einen Brunnen, ein leeres Futtersilo.

Mechanisch setzte Simmons einen Fuß vor den anderen. Die flache Grube war mit Laub gefüllt, er sah sie deshalb nicht. Er stolperte und fiel der Länge nach hinein. Seine Rückenmuskeln verkrampften sich, er erwartete, dass Larry an einen Trick glauben und schießen würde. Aber Larry lachte nur hämisch.

Simmons richtete sich auf. Langsam und umständlich. Sein Knie schmerzte. Er klopfte feuchte Blätter von seiner Hose ab und kletterte dann aus der flachen Grube. Er spürte das Stechen im rechten Knie, der Schmerz war nicht besonders heftig, aber er brachte Simmons auf eine Idee.

Er machte einen Schritt vorwärts, schrie unterdrückt auf und bückte sich. Er rieb sein Knie, während er ununterbrochen stöhnte.

Larry ging um die Grube herum und trat hinter Simmons.

»Mach schon!«, keifte der Gangster. Er hob einen Fuß und trat nach Simmons.

Simmons ließ sich fallen, richtete sich wieder auf.

»Ich kann nicht«, jammerte er. »Mann, lass mich doch laufen! Los, hauen wir beide ab!«

Larry lachte laut. »Ich soll all den schönen Zaster im Stich lassen? Nie!«

Larry hat nichts begriffen, dachte Simmons. Er stand aufrecht, tat so, als ob er sein rechtes Bein belastete, und schrie wieder auf. Larry machte einen schnellen Schritt auf Simmons zu und stieß ihn mit dem Pistolenlauf in den Rücken.

Warum tut er es nicht hier?, dachte Simmons verwundert.

Larry schob Simmons jetzt mit der linken Hand vorwärts.

Simmons hielt den Atem an, er blieb stehen und wartete, dass Larry den Druck verstärkte. Dann ließ er sich fallen.

Larry stolperte, Simmons trat nach hinten aus, er erwischte Larrys Bein am Schienbein, und der Gangster fiel über Simmons.

Simmons wälzte sich herum und warf sich auf Larry. Larry hielt die Pistole in der Faust, die Waffe lag flach zwischen den beiden Männern. Simmons' Hände tasteten nach der Waffe, er spürte Larrys üblen Atem in seinem Gesicht, er hatte das rote, widerliche Gesicht ganz nah vor sich, und er ekelte sich.

Larry glückte ein schneller Faustschlag gegen Simmons' Hals, aber Simmons presste sich nur noch enger auf den Gangster. Mit einem Ellbogen drückte er Larrys rechten Oberarm in den weichen Boden, während er mit der anderen Hand versuchte, an die Pistole zu kommen. Larry schlug Simmons' Nase blutig, aber Simmons spürte den Schmerz nicht.

Seine Finger tasteten sich zwischen den beiden Körpern hindurch, bis sie das runde Metall des Laufes spürten. Simmons hob sich blitzschnell leicht an, seine Hand krallte sich um die Waffe, und mit einem erbarmungslosen Ruck entwand er die Waffe Larrys Fingern. Mit einem dumpfen Schrei des Triumphes schleuderte er die Pistole von sich.

Larry bäumte sich auf. Simmons spürte die rauen, verschorften Hände an seinem Hals und den heißen Atem in seinem Gesicht. Eine Welle von Hass und Ekel überrollte ihn, er packte voll Widerwillen und Abscheu Larrys Kopf und drückte den kahlen, schwitzenden Schädel des Gangsters zurück.

Simmons spürte nicht, wie ihn das Bewusstsein verließ. Es ging ganz langsam, fast unmerklich, während seine Muskeln sich verkrampften.

Als er wieder zu sich kam, hörte er ein Rasseln und Keuchen, und es dauerte mehrere Sekunden, bis er feststellte, dass er selbst diese Geräusche erzeugte. Er spürte das Gewicht auf seinem Körper, und dann sah er seine Hand, die immer noch gegen die Stirn presste und den Schädel des Gangsters in den Nacken drückte.

Simmons schauderte, und entsetzt zog er seine Hand zurück. Er schüttelte den Toten ab, hastig kroch er ein paar Schritte weit weg.

Schwer atmend ließ er sich am Rand der Grube nieder, lehnte sich zurück. Simmons spürte, wie die Übelkeit in ihm aufstieg. Er ließ sich zur Seite fallen und übergab sich.

Danach ging es ihm besser. Er dachte an Marion. Er kroch durch das Laub, wühlte es so lange um, bis er Larrys Pistole fand. Er umklammerte die Waffe wie ein Ertrinkender einen Rettungsring. Schwankend ging er auf das Farmhaus zu.

Der Schmerz überfiel mich schlagartig. Es war, als ob eine Dampfwalze über mich hinwegrollte. Es gab kein Ausweichen, keine wohltuende, betäubende Ohnmacht zog mich in die Schmerzlosigkeit, in die empfindungslose Stille zurück. Ich nahm meinen Willen zusammen und konzentrierte alle Macht auf meine Augenlider, bis es mir gelang, sie zu öffnen.

Ich sah Phil, meinen Freund. Er sah mich stumm an und schien gar nicht froh zu sein, dass ich wieder zu mir kam. Er blickte zur Seite.

Ich folgte seinem Blick mit den Augen. Gallagher stand in der Tür zur Küche, er hatte die MPi im Anschlag. Sein Kopf war lauschend geneigt. Ich sah in die Richtung, in die die Mündung der Tommy Gun wies. Dort standen die übrigen Gangster, und alle machten betretene, verständnislose Gesichter. Einige Augenpaare blickten hasserfüllt in Gallaghers Richtung. Und das Gesicht des Schwarzen sah tatsächlich grünlich aus. An Marion schien er jedes Interesse verloren zu haben. Niemand brachte einen Ton heraus. Die Stille war sekundenlang vollkommen, man hörte nicht einmal den Wind, der zuvor noch pfeifend ums Haus gestrichen war.

Marions schmales Gesicht war blass und starr, aber sie hielt den Kopf hoch und sah den Gangsterboss verächtlich an. Ihre Augen waren trocken, und die sonst vollen Lippen hatte sie zu farblosen Strichen zusammengepresst. Auch sie schien zu lauschen.

Ich fragte mich, worauf Gallagher und Marion warteten, und dann fiel es mir ein. Sie warteten auf den Schuss, der Simmons töten sollte. Und dann, wenn der kahlköpfige Killer zurückkam, waren die anderen dran. Wir alle.

»Er wartet auf den Glatzkopf«, unterbrach Phil flüsternd die Stille. »Er hat dann alle zusammen …«

Gallagher schien etwas zu hören. Er neigte den Kopf, die hellen Augen rollten in den Höhlen. Er trat einen Schritt zur Seite, gab damit die Tür frei. Ich konnte in die Küche hineinsehen, und auch die halb offenstehende Hoftür lag in meinem Blickfeld. Ich war der Einzige, der sah, wer da kam.

Glen Simmons stakste unsicher über den Hof. Sein Gesicht hatte kaum Ähnlichkeit mit dem eines Menschen. Es war zu einer Grimasse verzerrt. Er taumelte näher, in der rechten Hand hielt er eine kleine Pistole. Dann hatte er die Hoftür erreicht. Er blieb stehen, lehnte sich erschöpft gegen den Rahmen.

Ich hielt den Atem an. Simmons war am Ende seiner Kräfte. Er lehnte da, den Mund weit aufgerissen, den Kopf in den Nacken gelegt.

Gallagher hob die MPi, drehte sie in Richtung zur Tür. Simmons würde wahrscheinlich der Erste sein, der eine Salve abbekam.

Simmons stieß sich vom Rahmen ab und taumelte durch die Küche. Noch drei Schritte. Verdammt, dachte ich hilflos, du musst etwas tun!

»Bleib draußen!«, brüllte ich. Alle im Raum zuckten zusammen, Simmons erstarrte, seine Augen ruhten auf mir, sie blickten leer.

Gallagher fuhr herum, der Lauf der MPi wies auf meinen Kopf, seine Hand und der Finger am Abzug zuckten. Brisco warf sich nach vorn, mit einem verzweifelten Sprung wollte er den Boss erreichen.

Gallagher musste die Bewegung und die Gefahr fast instinktiv erfasst haben. Er zog durch, riss die Waffe gleichzeitig herum. Die MPi hämmerte los, die ersten Geschosse fetzten neben mir in den Boden. Ich konnte ihre Bahn verfolgen, wie sie in einen Schrank und dann quer über die Brust des rothaarigen Gangsters schlugen. Mit weit ausgebreiteten Armen flog Brisco zurück, er prallte gegen Nomey, der laut und verzweifelt schrie, als ihn die Kugeln trafen, die durch Briscos Körper gedrungen waren.

Gallagher drehte sich, die nächste Garbe zertrümmerte die Scheiben der beiden Fenster und erwischte dann den kleinen Tom Sparling und Ralph Longo und ratterte zu George hinüber, dessen Augen aus den Höhlen quollen. Der Schwarze klappte zusammen, als ihm die Kugeln den Bauch aufrissen.

Das alles war so schnell gegangen, so entsetzlich schnell. Marion hatte die Hände an die Augen gepresst. Mein Freund hechtete hoch, noch bevor der Schwarze zusammenbrach, und ich flog förmlich hinterher. Ich wollte nicht so erbärmlich sterben.

Meine Reflexe waren natürlich miserabel, aber welche Rolle spielte das schon! Die Spur der Geschosse kam herum, auf Phil zu. Einen Augenblick glaubte ich, er würde es nicht schaffen und genau in die Garbe hineinrennen. Es war knapp, verdammt knapp, als er gegen den Gangster prallte, ihm die Schulter in die Seite rammte und ihn von den Füßen riss. Das Hämmern verstummte.

Phil wollte sich auf Gallagher werfen, und auch ich hatte die Absicht. Ich war noch ein oder zwei Schritte entfernt, als Phil schon sprang. Gallagher rollte sich zur Seite, er benutzte die MPi wie eine Keule und schmetterte Phil das Metall seitlich gegen den Hals.

Phil stürzte zu Boden. Gallagher raffte seine Knochen zusammen, aber er kam nicht schnell genug hoch, um mich stehend zu empfangen.

Ich war natürlich immer noch angeschlagen und entsetzlich langsam. Gallaghers Augen betrachteten mich kalt und abschätzend. Als ich nach der MPi griff, riss er sie herum und drückte ab.

Die Tommy Gun spuckte ein paar Kugeln aus, die nah an mir vorbeizischten, dann verstummte das Hämmern – der Ladestreifen war leer.

Ich ließ mich auf Gallagher fallen, aber der Gangster hatte schneller als ich erfasst, was los war. Er wälzte sich zur Seite, genauso, wie er es bei Phil getan hatte, und genau wie mein Freund bekam ich das Metall der MPi gegen den Kopf.

Wenn ich nicht so nahe an dem Gangster gewesen wäre, hätte er mir glatt den Schädel eingeschlagen. So hatte sein Hieb nicht die volle Wucht. Gallagher gelang es jedoch, auf die Beine zu kommen. Er sprintete zur Tür.

Ich rappelte mich hoch, stolperte hinterher. Im Rahmen stand Simmons. Blut rann über sein Gesicht, die Augen waren halb geschlossen. Der Mann ist gar nicht richtig bei Bewusstsein, dachte ich, als Gallagher ihm einen Stoß versetzte und dann an ihm vorbei nach draußen stürmte.

Ich rannte gegen Simmons, verlor eine wertvolle Sekunde, wollte hinter dem fliehenden Gangster her, wirbelte jedoch herum, weil mir irgendetwas an Simmons komisch vorgekommen war.

Simmons stand in der Küche, er hatte beide Arme erhoben und zielte auf Gallaghers Rücken. Ich schlug ihm den Arm nieder, der Schuss bellte, die Kugel klatschte in einen Kochtopf.

Simmons ließ die Waffe fallen. Ich bückte mich danach und rannte nach draußen. Niemand war zu sehen. Gallagher war im Obstgarten untergetaucht, vermutete ich.

Ein Impuls trieb mich hinterher, doch die Vernunft siegte. Ich kehrte um. Ich war zu Tode erschöpft, als ich gegen Simmons taumelte. In diesem Zustand hätte ich nicht einmal eine Schildkröte verfolgen oder überwältigen können, von einem zu allem entschlossenen Gangster wie Gallagher gar nicht zu reden, der möglicherweise die Taschen mit Magazinen für seine Tommy Gun voll gestopft hatte.

Ich hatte Recht mit meiner Vermutung. Ein Hagel von Schüssen prasselte in die Küche. Ich riss Simmons mit mir zu Boden und suchte Deckung unter dem Fenster.

Phil kroch herein. Er hatte zwei Revolver in den Fäusten, einen warf er mir zu. Es war mein Smith & Wesson, und er war geladen.

»Ich hatte gesehen, wo er sie hingelegt hatte«, erläuterte mein Freund. Er feuerte nach draußen, und ich gab ein paar Schüsse in Richtung Obstbäume ab.

Eine neue Salve zwang uns in Deckung. Verdammt, dachte ich, der Kerl kann uns auf diese Weise mühelos in Schach halten, bis …

Ich warf einen Blick auf die Uhr. Es war wenige Minuten vor drei.

Die nächste Salve kam aus einer etwas anderen Richtung. Ich merkte das an den Querschlägern, die plötzlich über uns hinwegjaulten. Ich konnte mir vorstellen, was der Gangster vorhatte. Er wollte unbedingt in die Scheune, weil er einen Wagen brauchte und das Geld nicht im Stich lassen wollte.

Ich gab Phil ein Zeichen und veränderte meine Stellung etwas. Mit etwas Glück würden wir ihn erwischen, denn einmal musste er seine Deckung aufgeben, wenn er wirklich in die Scheune wollte.

Phil und ich stellten das Feuer ein, und wir reagierten auch nicht, als Gallagher fortfuhr, uns mit Schüssen einzudecken.

Dann verstummte das Hämmern der Tommy Gun. Phil und ich rührten uns nicht. Gespannt spähten wir zur Scheune hinüber. Jeden Moment erwartete ich eine geduckte Gestalt, die über den Hof rannte.

Nichts geschah. Oder doch, es geschah sogar verdammt viel. Sirenen jaulten und Motoren dröhnten. Ich starrte auf das Zifferblatt meiner Uhr. Es war genau drei.

Schon eine halbe Stunde später stand fest, dass Gallagher entkommen war. Er musste Hallacy, der mit seinen Leuten und den Detectives des County Sheriffs angerückt war, früher gehört haben. Er war durch die einzige Lücke geschlüpft, die noch nicht geschlossen war – über den Hügel, über den auch ich gekommen war.

Dankbar überließ ich Hallacy die Regie. Fassungslos stand er zunächst in dem großen Wohnraum, der einem Schlachtfeld glich. Fünf tote Gangster lagen verkrümmt und blutüberströmt an der Wand, und als man den toten Willie Amsden und Larry Shaw hergebracht hatte, waren es sogar sieben.

Irgendwann erschien auch ein Arzt, sogar eine Ambulanz stand auf dem Hof. Marion hatte einen Zusammenbruch erlitten. Zwei Sanitäter legten sie behutsam auf eine Trage, der Arzt gab ihr eine Spritze, und die Männer brachten Marion hinaus.

Auch Simmons sollte ins Hospital. Sein Nasenbein war gebrochen, und der Doc diagnostizierte Blutungen und Risse in der Muskulatur des Halses. Simmons konnte kaum sprechen. Der Arzt führte ihn hinaus.

Doch in der Tür blieb Simmons stehen, er öffnete den Mund, er krächzte, und weil ich zunächst nichts verstehen konnte, ging ich auf ihn zu.

»Für Sie ist alles erledigt, Glen«, sagte ich beruhigend.

Er schüttelte den Kopf. »Gallagher – der Boss – ich kenne ihn, ich habe ihn in Ossining gesehen …« Simmons schluckte.

Auch Phil war näher gekommen. Aufmerksam blickten wir Simmons an. In Ossining steht das Staatsgefängnis des Staates New York, besser unter dem Namen Sing-Sing bekannt.

»Gallagher«, sagte ich, »ist das sein richtiger Name?«

Simmons schüttelte den Kopf. »Ich kenne seinen richtigen Namen nicht. Er wird der Schinder genannt …«

»Wann war er dort?«, erkundigte sich Phil. Wenn man nur einen Spitznamen kennt, kann man den Mann wohl ermitteln, aber es gibt bestimmte Spitznamen, die immer wieder »verliehen« werden.

Simmons' Antwort haute mich beinahe um. »Er ist noch dort«, brachte er hervor. »Ich glaube es jedenfalls. Er ist Oberaufseher im Block D!«

Als ich nickte, führte der Doc Simmons hinaus, und die Ambulanz fuhr sofort ab.

Phil und ich zündeten uns Zigaretten an. Ein Wolf im Schafspelz. Ein Mann, der die Spezialisten kannte. Der mühelos an ihre Adressen herankonnte, auch wenn die Leute längst entlassen waren.

»Er wählte nur Leute, die ihm nie begegnet waren«, sagte Phil. »Eine an sich überflüssige Vorsichtsmaßnahme, denn er wollte sie ohnehin nach getaner Arbeit umlegen.«

Ich konnte es noch nicht begreifen. Aber überall gibt es Menschen, die einmal ausbrechen, die den Weg des Verbrechens beschreiten.

Phil sprach mit Hallacy, dann zog er mich hinter sich her. Er schob mich in ein Radio Car der State Police, setzte sich selbst hinter das Steuer und rauschte los.

»Würdest du mir bitte verraten …?«, fragte ich.

Phil nickte grimmig. »Wir kaufen uns den Schinder, was sonst?«

Was sonst, dachte ich müde. Ich lehnte mich zurück und schlief nach wenigen Sekunden ein.

Ich wachte einmal kurz auf, als Phil mich in ein mir völlig unbekanntes Gebäude schleppte.

»He!«, muckte ich auf. »Wo sind wir?«

Wie ein kleines Kind führte mein Freund mich zu einem Bett. Es war ein breites, mit einer bunten Tagesdecke überzogenes Bett. Es war das herrlichste Bett, das ich seit Jahren gesehen hatte.

»Wir sind in Elsmere«, antwortete mein Freund.

»Wo um alles in der Welt ist Elsmere?«, fragte ich, aber ich glaube, die Antwort interessierte mich nicht sonderlich. Ich setzte mich auf das herrliche Bett und ließ mich ganz langsam nach hinten fallen.

»Elsmere liegt am Highway, ein paar Meilen von Albany …«

»Ach so«, murmelte ich, obwohl die Sache für mich deshalb nicht klarer wurde.

»Ich warte noch auf einen Anruf«, erklärte Phil, »dann fahren wir nach Ossining weiter.«

Ossining, Sing-Sing, mir wurde einiges klar. Bis zum Staatsgefängnis war es nicht weit. Als mir das klar wurde, schlief ich wieder ein.

Als ich das nächste Mal erwachte, war es dunkel in dem kleinen Raum. Ich hörte Phils Stimme, der einsilbige Antworten gab, hin und wieder etwas bestätigte und dann den Hörer auflegte. Er bemerkte, dass ich wach war. Deshalb schaltete er das Licht an, hob den Hörer wieder ab und bestellte irgendwo eine Mahlzeit, die aus saftigen, besonders großen und zarten Steaks und einem riesigen Eimer Kaffee bestehen sollte.

»Ausgeschlafen?«, fragte Phil dann.

»Wie spät ist es jetzt eigentlich?«, stellte ich eine Gegenfrage.

»Zehn Uhr fünfzehn«, antwortete Phil.

Ich seufzte. »Ich bin ausgeschlafen«, rief ich und sprang aus dem Bett. Ich entdeckte eine Tür und dahinter ein Badezimmer. Ich zog mich schnell aus, stellte mich unter die Dusche, ließ heißes Wasser über meinen Körper laufen, dann eiskaltes, bis ich es nicht mehr aushalten konnte. Als ich mich abgetrocknet und wieder angezogen hatte, klopfte es. Phil öffnete die Tür, und ein Boy brachte das Essen. Phil bezahlte.

»Das lasse ich mir gefallen!«, rief ich begeistert und fiel über mein Steak her. Wir ließen nichts übrig. Kein Stück Fleisch, keinen Fetzen Salat und keinen Tropfen Kaffee.

»Dieses Motel ist ja ganz nett«, sagte ich. »Aber wie soll es weitergehen? Kommt dieser Gangster etwa hierher?«

Phil lachte. »Natürlich nicht. Aber ob du es glaubst oder nicht, er hat heute Abend um zehn Uhr, vor einer halben Stunde also, seinen Dienst angetreten!«

»Unglaublich«, murmelte ich.

»Es ist aber so. Er fühlt sich sicher. Er rechnet wahrscheinlich nicht damit, dass Simmons ihn doch einmal gesehen hat und sich an ihn erinnert. Wackowski hatte Urlaub …«

»Wackowski?«

»Ja, Ernest Wackowski. Es war nicht schwer. Er hat zwar schon seit Jahren keinen direkten Kontakt mehr zu den Häftlingen, aber sein Spitzname ist auch den Vorgesetzten bekannt.«

»Der Schinder.«

»Ich habe mit dem Gefängnisdirektor gesprochen. Man hatte nichts Richtiges gegen ihn in der Hand, nichts als ein paar Beschwerden von Häftlingen oder deren Anwälten. Es gab keine Beweise ...«

»Also hat man ihn wegbefördert«, stellte ich bitter fest.

»So ist es, leider.« Phil stand auf. »Lass uns gehen. Seine Karriere als Schinder ist beendet. Von jetzt an betrachtet er die Welt von der anderen Seite der Gitter her.«

Phil steuerte den Streifenwagen durch die Nacht. Als wir vor dem riesigen Komplex des Staatsgefängnisses stoppten, war es fast Mitternacht.

Wir wurden in den äußeren Hof gelassen, und dort fand eine genaue Kontrolle statt. Der Direktor hatte uns zwar angekündigt, aber nur einem hohen Beamten der Torwache.

Der Mann hieß Fred Modlin. Er bat uns auszusteigen.

»Ich bringe Sie zu Wackowski«, sagte er. »Kommen Sie.«

Der breite Streifen zwischen den Gebäuden und den Mauern war taghell ausgeleuchtet, hinter den Scheinwerfern auf den Türmen erkannte ich hin und wieder den Umriss eines Wächters.

Modlin öffnete eine Tür, er zeigte einem Kollegen ein Papier, das ihn und uns berechtigte, diesen Teil der Anstalt zu betreten. Dann gingen wir zu Fuß eiserne Treppen hinauf, von denen die Galerien mit den unzähligen vergitterten Zellentüren abzweigten.

Erst im dritten Stock betraten wir einen Gang, der vom Zellentrakt wegführte. Hier lagen einige Büros und die Aufenthalts- und Wachräume der Aufseher.

»Dort ist es«, sagte Modlin. Er wies auf eine Tür, die ein kleines Schild trug. *E. Wackowski, Sicherheitsbeauftragter Block D.*

Ich lockerte meinen Smith & Wesson, den ich auf der Fahrt hierher überprüft und aus Vorräten der State Police von Connecticut neu geladen hatte. Von mir aus konnte es losgehen. Ich nickte Modlin zu.

Der Beamte klopfte und stieß gleich darauf die Tür auf. In dem kleinen Büroraum war es hell. In der Ecke gegenüber der Tür stand ein zerkratzter Schreibtisch mit einem breiten Lehnstuhl davor. Der Stuhl war leer, von Gallagher alias Wackowski keine Spur.

Modlin betrat den Raum und sah sich erstaunt um. »Er muss doch hier ...« In dem Moment schoss ein Arm hinter der Tür hervor, der sich um Modlins Hals legte und den Aufseher rücksichtslos zurückriss. Gleich darauf erschien Wackowski. Er hatte einen Revolver in der Faust, dessen Mündung er in Modlins Rücken presste.

»Ihr seid zu dämlich, was?«, sagte er. »Glaubt ihr, ich habe euch nicht kommen sehen?«

Mein Blick fiel auf ein Fenster. Verdammt, daran hätte Modlin denken müssen.

Gallagher alias Wackowski zog seinen Kollegen in den Raum hinein.

»Kommt schon rein!«, fauchte er. »Worauf wartet ihr noch?«

Phil und ich betraten den Raum. Ich stieß mit dem Fuß die Tür ins Schloss. Wackowski trug die blaue Uniform des Aufsehers mit der Mütze auf dem breiten Schädel. Sein Gesicht war von Hass verzerrt.

»Wie habt ihr mich gefunden?«, fragte er.

Ich zuckte mit den Schultern. »Das konnte nicht gut gehen«, sagte ich.

»Keine frommen Sprüche! Wie habt ihr mich gefunden?«

»Simmons hat Sie erkannt. Er hat wahrscheinlich ein gutes Gedächtnis ...«

»Ich hätte diesen Sauhund doch nicht nehmen sollen«, sagte Wackowski. »Ich hätte es selbst probieren müssen ...«

»Es spielte keine Rolle. Sie haben genug Fehler gemacht. Wir hätten Sie in jedem Fall erwischt ...«

Seine Augen verdunkelten sich plötzlich. Er verstärkte den Druck um Modlins Hals. Ich sah, wie das Gesicht des Beamten blau anlief.

»Lassen Sie ihn los!«, rief ich scharf. »Sie haben keine Chance!«

Wackowski lachte schrill. »Werft eure Kanonen weg!«

Phil und ich kamen dem Befehl nach, unsere Revolver polterten auf den Boden.

»Umdrehen!«

Wir drehten uns zur Wand. Ich hörte Wackowskis Schritte, er zerrte und schob Modlin mit sich. Ich wusste, was kam. Der Gangster wollte erst mich und Phil und dann Modlin niedergeschlagen.

Ich hörte einen dumpfen Laut und einen schweren Fall. Ich hatte mich geirrt, was die Reihenfolge anbetraf. Wackowski hatte Modlin als Ersten niedergeschlagen. Jetzt glitt er auf Phil zu.

Ich wirbelte herum, aus der Drehung heraus sprang ich den bulligen Mann an. Mein Angriff kam für ihn überraschend, sodass er seine Waffe nicht gegen mich einsetzen konnte.

Wir krachten zu Boden, ich packte seinen rechten Unterarm und drehte rücksichtslos, bis er die Waffe fallen ließ. Aber der Mann war zäh, und seine Reflexe waren in Ordnung – bei seinem Beruf kein Wunder.

Bevor Phil eingreifen konnte, hatte er mich mit einem wütenden Schwung abgeworfen, er kam auf die Beine, rammte Phil eine Schulter in den Magen und mir einen Fuß in den Unterleib. Und schon hatte er die Tür aufgerissen und war draußen.

Ich sprang über den stöhnenden Modlin hinweg auf die Tür zu, meinen Revolver hob ich im Lauf auf. Phil kam hinter mir her. Ich hörte Wackowskis dröhnende Schritte auf einer der stählernen Galerien. In dem stillen Haus hallten die Schritte laut wider, sie schienen überall zu sein.

Es dauerte nur ein paar Sekunden, dann hatten die Häftlinge erfasst, dass etwas Ungewöhnliches vor sich ging. Sie standen an den Gittertüren, die Gesichter gegen die Stäbe gepresst.

»Sie sind hinter dem Schinder her!«, schrie einer laut und gellend.

»Der Schinder! Der Schinder! Kill ihn! Kill ihn!«, dröhnte es aus Hunderten von Zellen. Immer mehr fielen ein, und bald glich das Haus einem Hexenkessel.

Plötzlich stürmten Aufseher über die Gänge, Männer mit ratlosen Gesichtern. Die Gefangenen begannen, mit Löffeln und anderen Gegenständen über die Gitter zu schlagen. Von Wackowski war nichts mehr zu sehen oder zu hören.

»Er ist oben!«, brüllte jemand.

»Oben! Oben! Oben!«, echoten andere.

Phil und ich rannten auf die Wendeltreppe am Ende der Galerie zu. War Wackowski wirklich nach oben geflohen? Ich wäre nach unten geflohen. Aber Wackowski kannte den Bau natürlich besser als ich.

»Da ist er!«, schrie Phil. Richtig, jetzt sah ich die Gestalt auch, die eilig in die Höhe turnte.

»Was ist los?«, fragte eine Stimme neben mir. Ich fuhr herum.

Phil ließ sich nicht aufhalten, er rannte an mir vorbei und sprang die Stufen hinauf. Neben mir stand ein junger Aufseher, der mich misstrauisch anstarrte. Mir fiel ein, dass außer dem Gefängnisdirektor und Modlin niemand von unserer Anwesenheit wissen konnte. Der Junge hielt mich vielleicht für einen Fluchtgehilfen.

»FBI«, sagte ich schnell. »Gibt es da oben irgendwelche Querverbindungen oder Ausgänge?«

»Sicher, Sie kommen in den Block A rüber und von dort aus zu der Haupttreppe …«

Das genügte mir. Ich rannte los.

»He!«, rief der Aufseher. Er war kaum zu verstehen bei dem Höllenlärm, aber ich blieb noch einmal stehen und drehte mich um.

»Ich kann den Gang von hier aus schließen lassen«, meinte der Aufseher.

Clever, dachte ich. »Dann tun Sie das, aber machen Sie schnell!«

Der junge Mann flitzte zu einem Kasten an der Wand, schloss auf und drückte auf den Knopf des Haustelefons.

Ich stürmte jetzt hinter Phil her, der schon die nächste Galerie erreicht hatte. Die Wendeltreppe war eng. Sie hing wie angeklebt an der Mauer, auf der anderen Seite ging es tief in den Lichthof hinab – dieser Teil von Sing-Sing war sieben Stockwerke hoch. Zum Schutz für Selbstmörder waren in Höhe des ersten, dritten und fünften Stocks Stahlnetze gespannt.

Phil war immer noch ein halbes Stockwerk über mir, er musste es bald geschafft haben. Vorsichtig, dachte ich, als auch schon Schüsse dröhnten und die Kugeln als Querschläger vorbeijaulten. Ich blieb stehen und starrte nach oben. Ich erkannte Phil durch das Stahlgerüst. Er hockte auf dem letzten Podest unterhalb der obersten Galerie.

Ich erkannte auch Wackowski, der breitbeinig am Ende der Treppe stand und zwischen den Stäben des Geländers und den Stufen hindurch nach unten feuerte. Aber er saß dort oben in der Falle, und er musste es wissen. Wieder peitschte ein Schuss, die Kugel prallte auf einer der stählernen Stufen ab und pfiff nahe an mir vorbei.

»Sechs!«, zählte Phil laut. Er sprang auf, zwei, drei Stufen auf einmal nehmend, hetzte er Wackowski entgegen. Wackowski lachte. Mir lief es eiskalt über den Rücken. Ich hatte automatisch mitgezählt, und ich war nur bis fünf gekommen. Ich konnte mich natürlich verzählt haben, aber trotzdem …

»Vorsicht, Phil!«, brüllte ich.

Mein Freund stoppte mitten im Lauf, und keine Sekunde zu früh. Ein einziger Sprung hätte ihn jetzt genau vor Wackowskis Kanone gebracht. So ging die letzte Kugel des Gangsters ins Leere.

Ohne zu zögern rannten wir beide weiter. Wackowski schleuderte Phil seinen Revolver entgegen. Die Waffe traf Phil mitten auf die Brust, er verlor für einen Augenblick den Halt und taumelte zurück, mir in die Arme.

Schweigend rannten wir weiter, über die Galerie, hinter dem fliehenden Gangster her. Es war warm und stickig hier oben, und augenblicklich brach mir der Schweiß aus. Wackowski erreichte eine Stahltür am anderen Ende des Ganges, er warf sich gegen das Metall, rüttelte am Knauf, lehnte sich dann mit dem Rücken gegen die Tür und sah uns entgegen.

Phil und ich verlangsamten unser Tempo. Im bläulichen Schein der Neonlampen sah sein Gesicht glatt und kalt und blass aus, auf der Stirn glitzerten Schweißtropfen. Immer noch tobten die Gefangenen, ihr Lärm hüllte uns ein, wir empfanden es nur noch als dumpfes Dröhnen. Auf der ganzen Welt schien es in diesem Moment nur Wackowski und Phil und mich zu geben.

Die Hitze und die stickige Luft wirkten sich immer mehr aus. Speichel troff von den farblosen Lippen des Gangsters und rann über die Aufschläge der Uniform.

Fünf Schritte. Wackowskis Blicke flitzten hin und her, suchten einen Ausweg aus der Falle. Drei Schritte vor ihm blieben wir stehen.

»Sie sind verhaftet«, sagte ich ruhig. »Alles, was Sie von jetzt ...«

Wackowski sprang. Die massige Gestalt flog auf uns zu. Wie ein Rammbock schoss er zwischen Phil und mir hindurch. Wir reagierten beide sehr schnell. Jeder von uns erwischte ihn an einem Arm, Stoff riss. Wackowski kam auf Phils Seite frei und rotierte um mich herum wie ein Ball an einer Schnur. Er prallte gegen das Geländer, ich flog, getrieben vom eigenen Schwung, auf ihn zu.

Wackowski schlang die Arme um mich und drückte zu. Das ging so schnell, dass mir nicht einmal die Zeit blieb, meine Muskeln zu spannen. Der Gangster konzentrierte seine Kraft, und augenblicklich begannen rote Ringe vor meinen Augen zu kreisen, und ich glaubte, meine Knochen knacken zu hören.

Ich drehte meinen Körper heftig hin und her und beugte ihn nach vorne, gegen Wackowski. Ich bekam etwas Luft, stieß meinen Kopf gegen den Kopf des Gangsters. Der verstärkte den Druck seiner Arme. Er wirbelte mich herum und presste mich mit dem Rücken gegen das Geländer.

In diesem Augenblick griff Phil ein. Er schlug zu. Mit aller Härte.

Wackowski zuckte, und irgendein Reflex ließ ihn die Bewegung vollenden, die er begonnen hatte. Mit dieser Bewegung hatte er mich über das Geländer stürzen wollen. Und es gelang ihm noch. Aber er war schon fast bewusstlos, und die Klammer seiner Arme um meinen Oberkörper löste sich nicht.

Plötzlich fiel ich ins Leere, zusammen mit Wackowski. Wir überschlugen uns, drehten uns einmal um unsere Längsachsen, und dann kam auch schon der Aufprall.

Er war hart und weich zugleich, das Stahlnetz schien unendlich weit nachgeben zu wollen, schleuderte uns dann wie die Bespannung eines Trampolins ein Stück in die Höhe und nahm uns wieder auf.

Ich befreite mich von Wackowskis Griff, stand unsicher auf dem nachgiebigen Untergrund. Auch Wackowski taumelte hoch, er schlug blind um sich, seine Augen entdeckten mich, und sofort rollte er auf mich zu.

Ich bemerkte, dass es plötzlich totenstill in dem hohen Haus geworden war. Wackowski holte zu einem mörderischen Hieb aus. Ich ließ den Schlag kommen, blockte ihn ab. Mit einer kurzen Linken riss ich Wackowskis Deckung herab und schmetterte ihm dann eine volle Rechte ans Kinn. Er brach auf der Stelle zusammen.

Ich wischte mir den Schweiß von der Stirn. Die atemlose Stille hielt an. Nicht lange. Einer fing an, andere fielen ein. Und dann klatschten tausend Hände Beifall, Füße trampelten, Pfiffe gellten.

Ich will es nicht verschweigen – ich fühlte mich gar nicht so übel in diesem Moment.

Ernest Wackowski alias Nick Gallagher wurde noch am selben Abend in das Untersuchungsgefängnis von Albany überführt. Den Rest seiner Tage würde er jedoch wieder im Gefängnis verbringen, ob hier in Sing-Sing oder im Staatsgefängnis von Connecticut, das hatten die Staatsanwälte zu entscheiden.

Spät in der Nacht fuhren wir nach New York zurück. Ich lehnte mich wie schon auf der Hinfahrt zurück und wollte versäumten Schlaf nachholen, den ich redlich verdient hatte.

»Du könntest mich ruhig etwas unterhalten«, maulte Phil.

»Lass mich in Ruhe«, knurrte ich. »Ich habe seit mindestens achtundvierzig Stunden nicht mehr geschlafen …«

»Ha, ha!«, machte Phil. »Übertreib nicht! Du hast heute Nachmittag erst sechs volle Stunden gepennt wie eine Ratte …«

»Sechs Stunden!«, höhnte ich. »Du solltest doch wissen, dass du nicht richtig bis sechs zählen kannst! Fünf, mein Lieber, die Zahl fünf ist meine Spezialität. Wenn ich nicht richtig zählen könnte, hättest du jetzt ein wunderschönes rundes Loch und ein paar Unzen Blei in deinem Körper. Denk dran und lass mich schlafen!«

»Okay«, lachte mein Freund. »Fünf Stunden!«

»Sechs«, korrigierte ich. »Beim Schlafen ziehe ich sechs vor …«

ENDE

Sehr geehrte Leserin, sehr geehrter Leser,

falls Ihr Buchhändler die **Jerry-Cotton-Taschenbücher** nicht regelmäßig führt, bietet Ihnen die ROMANTRUHE in Kerpen-Türnich mit diesem Bestellschein die Möglichkeit, diese Taschenbuch-Reihe zu abonnieren.

Hiermit bestelle ich bis auf Widerruf bei ROMANTRUHE,
Röntgenstr. 79, 50169 Kerpen-Türnich, Tel-Nr. 02237/92496,
Fax-Nr. 02237/924970 oder Internet: www.Romantruhe.de
die **Jerry-Cotton-Taschenbücher** zum Preis von 49,80 Euro
für 12 Ausgaben.
Die Zusendung erfolgt jeweils zum Erscheinungstag. Kündigung jederzeit möglich. Auslandsabonnement (Europa/Übersee) plus Euro 0,51 Porto pro Ausgabe.

Zahlungsart: ☐ - jährlich ☐ - 1/2-jährlich ☐ - 1/4-jährlich
☐ - monatlich (nur bei Bankeinzug)

Bezahlung per Bankeinzug bei allen Zahlungsarten möglich.
Bitte Geburtsdatum angeben: ___ /___ /19___
Name und Ort der Bank: ______________________________

Konto-Nr.: ______________ Bankleitzahl: ______________

Name: ________________ Vorname: ________________

Straße: ______________________________ Nr.: ______

PLZ/Wohnort: ______________________________

Unterschrift: ____________________ Datum: ____________
(bei Minderjährigen des Erziehungsberechtigten)

Die Bestellung wird erst wirksam, wenn sie nicht innerhalb von zwei Wochen ab dem auf die Aushändigung dieser Belehrung folgenden Tag schriftlich (zweckmäßigerweise per Einschreiben bei: Romantruhe, Röntgenstr. 79, 50169 Kerpen-Türnich) widerrufen wird. Zur Wahrung der Frist genügt die rechtzeitige Absendung des Widerrufs. Dies bestätige ich mit meiner

2. Unterschrift: ______________ Datum: ______________

Wenn Sie das Buch nicht zerschneiden möchten, können Sie die Bestellung natürlich auch gerne auf eine Postkarte schreiben.

Jerry Cotton ist die erfolgreichste Kriminalromanserie der Welt. Die Gesamtauflage der Serie liegt bei über 850 Millionen Exemplaren und wird in über fünfzig Ländern der Erde gelesen.
BASTEI-LÜBBE präsentiert für alle Freunde des Kriminalromans drei lange vergriffene Ausgaben der Jerry-Cotton-Taschenbücher in einer Sonderausgabe.

Dieser Band enthält die Romane:

Ihr letztes Gefecht
Der Ledernacken-Cop
Traumziel – Todesziel

ISBN 13: 978-3-404-31968-8

BASTEI
LÜBBE

Jerry Cotton ist die erfolgreichste Kriminalromanserie der Welt. Die Gesamtauflage der Serie liegt bei über 850 Millionen Exemplaren und wird in über fünfzig Ländern der Erde gelesen.
BASTEI-LÜBBE präsentiert für alle Freunde des Kriminalromans drei lange vergriffene Ausgaben der Jerry-Cotton-Taschenbücher in einer Sonderausgabe.

Dieser Band enthält die Romane:

Verschwörung der Bosse
Highway zur Hölle
Tödlicher Countdown

ISBN 13: 978-3-404-31967-1

BASTEI
LÜBBE